Volker Harry Altwasser

Letzte Haut

Volker Harry Altwasser

LETZTE HAUT

Roman

Matthes & Seitz Berlin

Meinen mir unbekannten Großvätern.

VERDÄCHTIGT

I

Wer handle, brauche nicht zu hoffen. Wer hoffe, handle nicht. Wahrheit sei, was sich auszahle. Kurt Schmelz stellte kurz entschlossen den rechten Fuß auf die nächste Stufe, zog sich mit der freien Hand am Geländer hoch und überstieg, wieder in Schwung gekommen, mit dem anderen Fuß sogleich die nächste Stufe. Na bitte! Hielt er nicht durch? Er hielt durch! Mal wieder! Doktor Kurt Schmelz ließ die Kellertür ins Schloss fallen und gönnte sich im Flur des Mietshauses Nummer hundertfünfundzwanzig eine Pause.

Das Haus hatte vor fast vierzig Jahren die Luftangriffe auf Frankfurt überstanden, die Bodenkacheln waren poliert aber blind, die Holzstufen sauber aber ausgetreten, und das Geländer knarrte, wenn Kurt Schmelz sich an ihm hoch in seine Wohnung zog. Vor einigen Wochen hatte er mit seiner Frau Anna den dreißigsten Hochzeitstag gefeiert, still und rückblickend. Vielleicht hatten sie da sogar zum ersten Mal über den Krieg und über den Nürnberger Prozess geredet, Kurt Schmelz war sich nicht mehr sicher, doch was er genau wusste war, dass sie zum ersten Mal über ihre Kinderlosigkeit gesprochen hatten. Natürlich war er aufbrausend geworden, verdammt noch mal, warum sollte ihn denn immer alle Schuld treffen? Der Zweiundsiebzigjährige Kurt Schmelz schüttelte erbost den Kopf und löste den Haken der offenstehenden Haustür, die mit einem saugenden Geräusch, das mit dumpfem Schlag endete, ins Schloss fiel. Und nun war sie weg, ausgezogen, durch diese Tür da marschiert, und ihre Koffer waren schon gepackt gewesen! Das musste man sich mal vorstellen! Seit wann waren die Koffer seiner Frau gepackt gewesen? Dass Frauen nie ehrlich und geradeaus sein konnten. Einfach weg.

Jetzt hatte er natürlich wieder Schuld! Schuld, wenn ihr künstliches Hüftgelenk versagte und sie mitten auf einer Kreuzung im Straßenverkehr stürzte. Schuld, er habe eine ganz andere Schuld, das ahnte er, und es war diese Ahnung gewesen, die ihn hinab in den Keller getrieben hatte, um diese vergilbten Blätter heraufzuholen. Doktor Kurt Schmelz wollte der Sache nun auf den Grund gehen, ehe es zu spät wäre. Er wollte sich erinnern, denn das Erinnern war eine Art Handlung, und zu handeln, das war nun mal sein Naturell. Schon immer gewesen. Tatsachen schaffen! Tatsachen schaffen und die Konsequenzen aushalten, so hatte er sein Leben bestritten, und so wollte er es auch beenden. Der letzten Konsequenz, Doktor Kurt Schmelz spürte, es sei an der Zeit, sich ihr zu stellen.

Die Hoffnung auf das Vergessen war gescheitert und vielleicht, Schmelz war sich da nicht mehr so sicher, gab es im Leben so etwas wie das Vergessen gar nicht. Vielleicht war das Vergessen nur ein Handlungselement aus dem Totenreich, von dem einst blinde Dichter gesungen hatten. Ob jemand wirklich je etwas vergessen hatte oder ob alle nur stets vorgetäuscht hatten, vergessen zu haben, das war unmöglich nachzuprüfen. Du hast vergessen, wir haben vergessen, das waren nur theoretische Formeln. Die einzig praktische Formel, und nur das Praktische ließ Kurt Schmelz seit jeher gelten, lautete: Ich habe vergessen. Doch das, das war nichts weiter als eine Behauptung. Nichts weiter. Und setzte man diese Behauptung mit der Behauptung gleich, du bist vergessen, schloss man also alle anderen Möglichkeiten mit dem ›Prinzip der Ausschließlichkeit‹ aus, so war Behauptung Nummer eins als Lüge entlarvt, denn Behauptung Nummer zwei war ja gelogen. Oder wie sollte das praktisch aussehen, jemandem ins Gesicht zu sagen: Du bist vergessen. Kurt Schmelz musste in sich hinein lächeln. Dieser Satz, der nicht mehr als eine leere Drohung war. Genau das war er! Eine leere Drohung. Genauso hilflos wie die vom Tod: Du bist tot. Eine Behauptung.

Auf so etwas können auch nur Dichter kommen, dachte Schmelz, die keine Zuhörer brauchen. Er setzte sich auf die untere Stufe, starrte eine ganze Weile auf die Haustür, ehe er einen Blick auf den Bericht von Doktor Tarnat warf:

19.11.1944

Hauptsturmfuehrer Doktor Schmelz,

die geographische Lage von Auschwitz auf der Karte zu finden, bereitete mir einige Schwierigkeiten, aber schliesslich stand ich eines Vormittags auf dem Bahnhof dieses kleinen Ortes. Irgendwie hatte ich ja gedacht, wo etwas so Unvorstellbares, Unsagbares, Ungeheuerliches vorgeht, da muss es irgendwie auch Spuren geben, aber stellen Sie sich den Ort als kleine Stadt mit grossem Durchgangs- und Verschiebebahnhof vor, aehnlich Bebra!
Dauernd gehen Zuege durch, Truppentransporte nach Osten, Verwundetentransporte zurueck. Kohlenzuege, Erzzuege, Gueterzuege, auch Personenzuege. Die Menschen steigen um, die jungen lustig, die alten muerrisch, alle abgearbeitet, als waere es die alltaeglichste Sache der Welt.
Ich sah auch die gestreiften Anzuege der Haeftlingstransporte, die aber alle von Auschwitz weggingen. Es kam keiner an!

Allerdings ist das Konzentrationslager nicht zu uebersehen. Von aussen bot es den gleichen Anblick, wie wir ihn schon von anderen Lagern kennen: Hohe Mauern, Stacheldraht, Wachtuerme, Posten, die auf und abgehen, ein Tor, geschaeftiges Treiben der Haeftlinge, nichts Auffaelliges.
Ich meldete mich beim Kommandanten, Obersturmbannfuehrer Hoess, ein etwas untersetzter, wortkarger, einsilbiger Mann mit steinernem Gesicht.
Mein Ankommen hatte ich durch Fernschreiben angekuendigt und eroeffnete ihm, dass ich hier Untersuchungen zu fuehren habe. Er antwortete, sinngemaess, dass ihnen hier eine ungeheure harte Aufgabe übertragen sei, der charakterlich nicht alle gewachsen seien, und fragte, wo ich beginnen wolle.
Ich sagte, zuerst muesse ich mir einen Ueberblick verschaffen, worauf er auf den Dienstplan sah, einen Hauptsturmfuehrer herbei telefonierte, der mich durch das ganze Lager fuhr. Ich sah alles!
Und ich begann mit dem Ende, die Rampe in Birkenau.
Sie sah wie jede andere Rampe eines Gueterbahnhofs aus. Keine besonderen Vorkehrungen, weshalb ich meinen Fuehrer nach dem Ablauf befragte: Kurz vor Eintreffen wird der Transport, meist Juden, dem Lager gemeldet. Es rueckt eine Wachmannschaft aus, die Gleise und Rampe absperrt. Die Tueren der Waggons werden geoeffnet. Die Ankoemmlinge steigen aus, setzen ihr Gepaeck ab. Maenner und Frauen getrennt.
Es wird nach Rabbinern gefragt. Rabbiner und sonstige bedeutende Persoenlichkeiten werden ausgesondert und in eine Baracke gebracht, die sie für sich haben. Ich habe sie persoenlich gesehen,

sie ist gut erhalten, keiner der Bewohner muss arbeiten, es wird lediglich von ihnen erwartet, dass sie moeglichst viele Briefe und Postkartengruesse aus Auschwitz in die weite Welt schicken. Um jeden Verdacht von vorne herein zu zerstreuen. Vielleicht ist so auch zu erklaeren, warum die Juden alle so arglos herkommen?
Dann wird nach Spezialisten gefragt, das Lager ist ja mit grossen Industriebetrieben verbunden, und der Rest wird nach arbeitsfaehig und nicht arbeitsfaehig getrennt. Die Arbeitsfaehigen marschieren zu Fuss ins Lager und werden regulaer als Haeftlinge aufgenommen, eingekleidet und eingeteilt. Die andere Gruppe wird auf Lastwagen verfrachtet und wird sofort, ohne namentliche Erfassung, in die Gaskammern von Birkenau gebracht.
Es gibt hier einen schwarzen Witz: Wenn man keine Zeit habe oder kein Arzt da sei oder zu viele Ankoemmlinge da seien, dann verkuerze man gelegentlich die Prozedur, indem man ausrufe, in moeglichst hoeflichen Worten, das Lager sei einige Kilometer entfernt, wer sich krank oder schwach fuehle, oder wem das Gehen zu unbequem sei, moege auf den Lastkraftwagen Platz nehmen. Meistens setze dann ein Massenansturm auf die Autos ein. Nur die, die nicht mitkommen, koennen ins Lager marschieren, die anderen haben unbewusst den Tod gewaehlt.
Von der Rampe folgte ich dem Weg der Todesfracht nach Birkenau. Aeusserlich auch nichts Auffaelliges: Ein grosser Maschendrahtzaun, etwas windschief, mit nur einem Posten. Dahinter das so genannte Lager „Kanada“, wo die Effekten der Opfer durchsucht, geordnet, weiter verwendet werden.

Vom letzten Transport sah ich eine Menge aufgebrochener Koffer, Waeschestuecke, Aktentaschen, ganze Zahnarzteinrichtungen, Schustereinrichtungen, Medikamententaschen liegen.
Die so genannten Evakuierten sind wirklich der Auffassung, sie wuerden im Osten angesiedelt, sich eine neue Existenz aufzubauen.
Hinter „Kanada" sind die Krematorien: Einstoeckige Hallen mit Satteldaechern, die genauso gut Werkschuppen oder kleine Werkstaetten sein koennten. Selbst die breiten, massiven Schornsteine brauchen dem Laien nicht aufzufallen, denn sie sind sehr niedrig, enden kurz über dem Dach. Auf der Seite, wo die LKW anfahren, ist der Boden schraeg vertieft, etwa in Schulhofgroesse, mit Schlacke bestreut. Fahren die Autos in die Hallen, stellt der Aussenstehende nur fest, dass sie ploetzlich in einer Bodensenkung verschwunden sind, ohne selbst feststellen zu koennen, wo die Transporte geblieben sind.
Also wieder eine dieser raffinierten, aber im Grunde primitiven Vorsichtsmassnahmen, die man als roten Faden durch die ganze Organisation immer wieder feststellen kann.
Im Hof fand ich ein Rudel, man muss schon sagen, ein Rudel juedischer Haeftlinge mit gelbem Stern vor, mit ihrem Kapo, der einen langen Knueppel trug, das uns sofort umkreiste, dauernd im Kreis herumlief, gegenwaertig, jeden Befehl und jeden Blick zu erhaschen.
Mich durchfuhr der Gedanke, wie ein Rudel Schaeferhunde, den ich aussprach, worauf mein Fuehrer loslachte und meinte, genau das sei auch ihre Auf-

gabe: Die Todesopfer sollen erst mal, beim Anblick ihrer Glaubensgenossen, Vertrauen haben. Dieses Kommando hat auch die Aufgabe, ja nicht zu schlagen, damit ja keine Panik ausbraeche. Vor einer Panik, die den Ablauf stoeren wuerde, hat man hier mehr Angst als vor allem anderen. Das Kommando soll den Todesopfern ein wenig Angst machen, damit sie Respekt haben, aber eigentlich nur einfach da sein, und die Opfer leiten und fuehren.
Hinter dem Hof ist das grosse Tor, dahinter die Umkleideraeume, aehnlich denen von Turnhallen: Holzbaenke, Kleiderrechen, auffaellig ist nur, jeder Platz ist nummeriert und hat eine Garderobenmarke. Man schaerft den Todesopfern ein, ja auf ihre Marken aufzupassen. Alles nur, damit nicht noch im letzten Moment Panik ausbraeche. An der Wand ist ein grosser Pfeil, der auf einen Gang weist, über dem ganz kurz und buendig steht: ‚Zu den Duschen'. (Ich habe zuerst gelesen, zu den Deutschen, und mich sehr erschrocken.) In sechs oder sieben Sprachen. Man sagt denen also, kleidet euch aus, ihr werdet geduscht und desinfiziert.
Den Gang entlang lagen verschiedene Kammern ohne jede Einrichtung, kahl, nackt, Zementfussboden. Auffaellig und zunaechst unerklaerlich ist ein vergitterter Schacht, der in der Mitte dieser Kammern ist und bis zur Decke reicht. Erst hatte ich keine Erklaerung, dann sagte man mir, vom Dach aus wird durch diesen Schacht Gas, in kristalliner Form, Zyklon B, in die Todeskammern gegossen. Bis zu diesem Moment sind die Haeftlinge also genauso ahnungslos wie ich, dann aber wird die Tuer geschlossen, und es ist freilich zu spaet.

Gegenueber den Todeskammern sind Leichenaufzuege, die zum ersten Stock fuehren, der von der anderen Seite aus zur ebenen Erde liegt.
Das eigentliche Krematorium ist ein riesiger Saal, der an einer Seite eine lange Reihe von Oefen hat. Geplaetteter Fussboden, alles atmet eine sachliche, neutrale, technische, wertfreie Atmosphaere aus. Spiegelblank, geleckt, einige Haeftlinge in Monteuranzuegen, die gerade Armaturen polierten, als ich da war, sonst alles still, alles leer.
Nachdem ich diese aeusseren Einrichtungen gesehen hatte und irgendwie SS gar nicht in Erscheinung getreten war, interessierte ich mich natuerlich fuer diese und wollte die SS Leute sehen und kennenlernen, die diesen ganzen Apparat verwalten und in Betrieb hielten, woraufhin mir ein kurzer Blick in die so genannte Wachstube von Birkenau gewaehrt wurde. – Und das hat in meinem Leben zum ersten Mal einen wirklichen Schock ausgeloest.
Eine Wachstube zeichnet sich bei allen Armeen durch Kargheit aus, spartanische Einfachheit, Schreibtisch, Anschlaege an der Wand, einige Pritschen für die Abloesung, Telefon, aber das hier, das war anders!:
Ein niedriger, etwas schummriger Raum. Bunt zusammengewuerfelte Couchen, auf denen malerisch einige SS Leute lagen, meist untere Fuehrungsdienstgrade, die mit glasigen Augen doesten. Statt eines Schreibtisches ein riesiger Hotelherd, auf dem vier Maedchen Kartoffelpuffer backten, offensichtlich Juedinnen, sehr schoene, orientalische Schoenheiten, vollbusig, feurige Augen, die keine Haeftlingskleidung trugen.

Diese brachten nun ihren Paschas die Puffer und fragten besorgt, ob auch genuegend Zucker drauf sei! Juedinnen fuetterten SS Leute!
Keiner nahm von mir oder meinem Lagerfuehrer, immerhin ein Hauptsturmfuehrer, Notiz. Keine Meldung, keiner liess sich stoeren, und ich traute meinen Ohren nicht, duzten sich weibliche Haeftlinge und SS doch gegenseitig!
Ich musste also ziemlich entgeistert meinen Begleiter angeschaut haben, der nur mit den Achseln zuckte und sagte: „Die Maenner haben eine schwere Nacht hinter sich. Sie hatte einige Transporte abzufertigen."
Das hiess, dass waehrend ich im Zug nach Auschwitz stand, hier Tausende von Menschen vergast und verascht worden waren: Und nicht ein Staeubchen auf auch nur einer Ofenarmatur war übriggeblieben!
Nach Birkenau also habe ich einen Rundgang durchs Lager gemacht, was man so alles auf die Schnelle gezeigt bekommt: irgendeine gut ausgesuchte Haeftlingsbaracke, Kultureinrichtungen des Lagers, der Krankenbau. Ich liess mich dann natuerlich in den Bunker fuehren, wo mir ganz offen und bereitwillig die ,Schwarze Wand' gezeigt wurde, der Ort der Erschiessungen.
Nachdem ich das Lager besichtigt hatte, es war jetzt spaeter Nachmittag, schritt ich zur Aktion und liess das ganze SS Krematoriumskommando in seiner Unterkunft vor den Spinden antreten und nahm eine Untersuchung vor: Goldene Ringe, Muenzen, Ketten, Kettchen, Perlen, so ziemlich saemtliche Waehrungen der Welt; bei dem einen so genannte ,Souvenirs', bei den anderen kleine Vermoegen.

Was ich aber nicht erwartet hatte, aus einem Spind fielen mir Geschlechtsteile frisch geschlachteter Bullen entgegen. Ich konnte mir das nicht erklaeren, der Spindinhaber unterrichtete mich, tatsaechlich, das gibt es hier, er brauche sie zur Steigerung seiner eigenen sexuellen Potenz!
Nachdem ich also die Durchsuchungen vorgenommen hatte, damit ziemlich das ganze Krematoriumskommando festgenagelt hatte, saemtliche Mitglieder kurz verhoert hatte, war der Tag zu Ende, und ich begab mich in meine Unterkunft.
Es ist also ein voller Erfolg. Ich konnte die Unterschlagung in dreiundvierzig Faellen aufdecken.
Bitte um weitere Instruktionen und um schnellstmoeglichen Abzug.
...
Doktor Tarnat
Obersturmfuehrer.

Schnellstmöglicher Abzug. Schmelz lächelte müde. Wenn das möglich gewesen wäre. Schnellstmöglicher Abzug. Entweder schaffe man Tatsachen, oder man ziehe schnellstmöglich ab, so hatte er es Tarnat zurücktelegrafiert. Von Stendal aus, weil er auf dem Weg von Buchenwald nach Ravensbrück gewesen war; überall, in allen Lagern hatten die gleichen Zustände geherrscht und gegen alle Lagerleiter hatte er ermitteln müssen. Zusammen mit Tarnat und Liebig.

Was aus denen wohl geworden war? Doktor Kurt Schmelz erhob sich, die Papiere zwischen den steifen Fingern haltend, und nahm die Treppen bis zur Wohnung im zweiten Stock in Angriff. Auf den letzten Stufen musste er den Tarnatbericht zwischen die Lippen nehmen, um sich mit beiden Händen hochziehen zu können. Wieso er auch den Krückstock nicht mitgenommen hatte? Unvorstellbar. Wahrscheinlich, weil er ein Geschenk von Anna war. So wie er sich kannte, war das der Grund gewesen, aber egal, ein alter Mann war ja kein D-Zug.

Alter Mann sei kein D-Zug, hatte das nicht sein Vater gesagt, als der ihn einmal besucht hatte? Doch, aber ja! Schmelz erinnerte sich, das hatte sein Vater gesagt, als die Rede auf Hindenburg gekommen war.

Sehr richtig, Herr Oberassistent der Staatsbahn, ein alter Mann ist kein D-Zug, dachte Doktor Kurt Schmelz, schloss die Wohnungstür hinter sich, verriegelte sie sorgsam und ließ die Blätter des Berichts auf den Boden fallen. Einige segelten, andere fielen bleischwer. Ob allein die Flugbahn den Unterschied zwischen Hoffen und Handeln mache, überlegte er. Dann sei das Hoffen der freie Fall und das Handeln ohne Zweifel ein sanfter Flug in die Tiefe.

II

Tatsachen hielten den Lauf der Dinge auf, Hoffnungen beschleunigten ihn. Jede Arbeit war ein Versuch, den Lauf abzubremsen und abzuspringen, ein Versuch, der den Tätigen verzweifeln ließ, weil es zu viele Hoffende gab. Wahrheit sei, was sich auszahle, Schmelz erinnerte sich nicht, wer das zu ihm gesagt hatte. Nicht einmal an die Situation erinnerte er sich. Er stand vor dem großen Spiegel im Flur, die Blätter lagen noch immer auf dem Boden, verstreut vor der Wohnungstür, als wären sie eine Barrikade, meinte Schmelz, die zu überwinden nicht mehr seine Aufgabe wäre.

Er schaltete die Stehlampe ein und trat vor den mannshohen Garderobenspiegel. Wie lange stand er hier so verlassen vor dem Spiegel? Zehn Minuten oder eine Stunde?

Wann hatte er die Tür geschlossen und verriegelt? Vor einer Stunde oder vor zehn Minuten? Und warum überhaupt hier? Wann hatte er sich je um den Spiegel gekümmert, den Spiegelblick? Hatte er ihn nicht gescheut die letzten zehn, fünfzehn Jahre? Und nun konnte er den Blick einfach nicht mehr vom Spiegel lösen. Fragen, die sich türmten, die unbeantwortet blieben, Schmelz ließ sie zu, verharrte mit zitternden Knien vor dem Spiegel, hielt sich am Rahmen fest und wich dem Blick des alten Mannes nicht aus, der ihm fest in die Augen sah.

Was hast du angestellt? Warum hast du solch eine Angst? Vor welcher Erinnerung? Vor welcher? Was ist es, das du tief in diesen blauen Pupillen versenkt hast? Muss ich dich erst foltern, foltern mit jeder Sequenz deines verbrauchten Lebens, damit du mir Rede und Antwort stehst? Muss ich dich wirklich erst verhören, verhören wie all die Verbrecher, die ich als Ermittlungsrichter vor mir auf den Stühlen gehabt habe? Ich soll dich wie einen Verdächtigen behandeln, dem ich etwas zu beweisen habe? Aber was? Du wirst es mir sagen, davon bin ich überzeugt. Zwischen diesen schrumpligen, trockenen Lippen wird es hervorgekrochen kommen, und ich werde es hören. Auch wenn ich bis an mein Lebensende hier vor dir stehen und sitzen muss. All diese Falten, die tarnen nur deine Gesundheit, davon bin ich überzeugt. Du siehst gesund aus. Siebzig Jahre sieht man dir nicht an. Steh gerade, verdammt! Wackel nicht so, wenn ich mit dir rede. Das Verhör beende immer noch ich. Na also, kerzengerade kannst du noch stehen. Kein Übergewicht, nicht mal einen Bauchansatz. Einen Meter dreiundneunzig groß, vereinzelte Altersflecke auf der Haut, sicherlich, das ist nichts Neues. Vorwiegend auf den Händen und am Hals, aber auch auf dem Gesicht. Dein Gesicht, ausdruckslos wie die Maske des Königs von Frankreich, den sein Bruder im Kerker faulen ließ. Was ist hinter dieser wie Eisen wirkenden Maske, Fäulnis? Die Fäulnis welchen Vergehens? Was verbirgst du vor mir, was verheimlichst du vor mir, was? Du bist kein anderer. „Du nicht", flüsterte Doktor Kurt Schmelz, ehemals SS Ermittlungsrichter im Wehrkreis Hessen-Thüringen und Beamter der Kriminalpolizei Berlin.

Er wischte sich mit flachen Händen übers Gesicht, stockend, immer wieder hoch und runter, dann kreisend. Über die Glatze nach hinten, über die Ohren zurück, den Blick starr geradeaus gerichtet, mitten hinein in die blauen Pupillen. Die Zeigefinger hart über den Augenbrauen, dass die Stirnhaut sich straffte und zusammenzog. Die Fingerspitzen über die Wangen, hart drückend, als die Finger sich plötzlich krümmten, die Nägel in die Haut über den Wangenknochen fuhren. Tief, reißend, acht Fingernägel, die die Gesichtshaut aufkratzten, um den plötzlichen Juckreiz zu lindern, während der Blick erbarmungslos starrte: „Jedem das Seine."

Erschrocken hielt Schmelz inne, ging einen Schritt zurück, erinnerte sich an diese Worte, erinnerte sich, wie er sie fixierte, bevor er zum ersten Mal das Innere Lager des Konzentrationslagers Buchenwald betrat, um seine Pflicht zu tun. Ins Tor waren sie geschmiedet worden. Als Verzierung.

„Jedem das Seine", hatte Lagerleiter Karl Koch lachend gesagt: „Und mir das meiste!"

Doktor Kurt Schmelz hörte ihn lachen. Dieses bellende Gelächter. Nein. Krächzend.

Er dachte: Nichts ist vergessen und niemand, denn Wahrheit ist, was sich auszahlt. Und auch die Wahrheit dieses achten Juni dreiundvierzig, der Tag meines vierunddreißigsten Geburtstags, auch die wird sich auszahlen. So oder so.

III

Aufgeregt zwitscherten Spatzen irgendwo in den Wipfeln der jungen Bäume, die im Lager Buchenwald entlang der Hauptstraße angepflanzt worden waren. Obersturmführer Schmelz hob beim Gehen den Kopf, musste ihn aber der strahlenden Junisonne wegen schnell wieder senken. Er blinzelte ein paar Mal und konzentrierte sich wieder auf das nahe Ende der Straße: Das eiserne Tor des Inneren Lagers, das mit jedem Schritt größer wurde. Was für eine schöne Schmiedearbeit das sei, meinte Kurt Schmelz. Sie müsse gutes Geld gekostet haben.

Irgendwo waren Enten, Schmelz sah auf die Uhr. Ihm blieben noch sieben Minuten bis zur elften Stunde. Genug Zeit also, den Koffer kurz abzustellen, den Sitz der Uniform zu überprüfen und sich zu sammeln. Der erste Eindruck zähle, der vierunddreißigjährige Schmelz wollte sich unbedingt nach dieser Regel richten. Musste! Er musste diese zweite Chance nutzen, wenn er nicht endgültig abgeschoben werden wollte.

Er musste!

Die beiden Posten kamen aus ihren Häuschen und richteten die Mündungen der Maschinenpistolen auf ihn, Schmelz jedoch zuckte nicht einmal mit den Wimpern: „Obersturmführer Schmelz, melden Sie mich dem Lagerleiter, Standartenführer Pister!"

„Zu Befehl, Obersturmführer!", erwiderte der Obersturmmann, während der einfache Sturmmann mit unbewegter Miene stehen blieb und Schmelz nicht aus den Augen ließ.

Schmelz erlaubte sich nicht, den Koffer abzustellen, und starrte dem einfachen SS Mann solange direkt in die Augen, bis dieser demütig den Blick senkte. Schmelz biss sich verstohlen auf die Unterlippe, um nicht lächeln zu müssen, und stellte nun doch den Koffer ab. Er nahm die Mütze ab und wischte sich den Schweiß von der Stirn.

„Hitze heute, was?“, sagte er und hörte vom Wachposten: „Zu Befehl, Obersturmführer, Hitze heute!“

Breit übers ganze Gesicht grinste Schmelz und steckte damit den jungen Mann an. Ein hochaufgeschossener, hohlwangiger Junge mit Sommersprossen auf dem ganzen Gesicht. Wie alt mochte er sein, fragte sich Schmelz, einundzwanzig, zweiundzwanzig oder erst achtzehn, ehe er befahl, der Mann solle sich rühren.

Jetzt lächelte auch der Wachposten, versetzte einen Fuß zur Seite und ging leicht in die Knie. Der Oberkörper sackte ein wenig nach unten, die Mündung der Pistole zeigte auf den Boden.

„Woher stammen Sie, Mann, und wie ist Ihr Name?“

„Aus Tutow.“

„Ach, Pommernland! Noch immer nicht abgebrannt! – Da, wo der Nachschubflugplatz ist!“

„Ja, genau! Von da“, der Junge grinste und fügte hinzu, sein Name sei Christian.

„Mensch!“, brauste Schmelz lachend auf: „Ich meine Nachname! Was kümmert mich dein Vorname!“

„Zu Befehl!“, schrie der Pommer, straffte sich augenblicklich und schrie: „Heinze, Sturmmann Heinze!“

„Rühren! Die Pommern sind die treuesten, meinte schon Bismarck. Sagen Sie, können Sie Auto fahren?“

„Jawohl, Obersturmführer!“

„Ich werde hier einen Fahrer brauchen. Einfache Strecken. Komme auf Sie zurück.“

„Jawohl, Obersturmführer!“

Schmelz sah, wie betont gehorsam sich der Junge geben wollte, doch er sah auch, wie sehr seine Augen leuchteten.

So ist die Jugend, dachte er, leicht zu begeistern, schwer zu besiegen.

Er fixierte jetzt erst das Eingangstor, das immer noch zwischen dem Wachposten und ihm lag. Es war etwa drei Meter hoch, war oben mit Stacheldraht abgesichert und hatte an den Seiten dicke Pfosten, die in den Boden betoniert worden waren. Von ihnen ging ein hoher Zaun ab, elektrisch gesichert, der das Innere Lager vom äußeren trennte. Etwa alle hundert Meter stand dicht am Zaun ein Wachturm. Sie waren alle mit SS Männern besetzt, die mit zum Schuss bereiten Gewehren das Gelände des Inneren Lagers absicherten.

Komisch, dachte Kurt Schmelz, dass die Schießscharten alle nach innen zeigen. Was für seltsame Wachtürme sind das denn? So kann man doch das Lager unmöglich vor Eindringlingen schützen. Was wird hier nur fabriziert?

Er sah wieder auf das Tor und bemerkte jetzt erst die Verzierung im verschweißten Gitter. Von weitem hatte das Tor auf ihn verschnörkelt und verspielt gewirkt, doch nun erkannte Schmelz die Strenge und Klarheit der Struktur. Er trat einen Schritt zurück und las: ‚Jedem das Seine'.

Die Worte bildeten eine halbrunde Linie, genau in Kopfhöhe, und Doktor Kurt Schmelz wunderte sich über diese Worte. Er zog die Stirn in Falten, und Sturmmann Heinze, der die krause Stirnhaut bemerkte, erlaubte sich, zu erklären, es handele sich um einen Satz des großen deutschen Dichters Goethe, der hier in der Nähe gelebt habe. Soviel dürfe er sagen.

Kurt Schmelz nickte bedächtig und fragte, was sie genau zu bedeuten haben und was es für einen Sinn habe, sie ins Tor gesetzt zu haben.

„Darüber darf ich keine Auskunft geben, Obersturmführer. Befehl des Lagerleiters."

„In Ordnung, ich frage ihn direkt", sagte Schmelz und musterte die Umgebung.

Hinter dem Zaun war keine Menschenseele. Das ganze Lager strahlte eine Ruhe aus, die Schmelz zuerst nervös machte. Er kam ja direkt aus dem bombardierten Berlin, über das tags Fliegende Festungen hereinbrachen. Und noch letzte Woche war er an der Ostfront gewesen. Und nun diese Ruhe hier. Fehlte nur noch Glockengeläut. Zuletzt hatte er in der Division Wiking die Stellung an irgendeinem dieser verdammten Flussufer gehalten, bis die Russen sie dann doch Kilometer weit zurückgejagt hatten, mitten hinein ins Prasseln der Stalinorgeln. Und nun stand er hier, von Himmler selbst geschickt, und sah nichts als Frieden und Waldesruhe. Wie kam er jetzt nur auf den Begriff ‚Waldesruhe'? Er wandte sich vom Tor ab und sah rechter Hand einen Zwinger mit Braunbären außerhalb des Maschendrahtzauns.

„Was haben Sie denn da für eine Attraktion?", fragte Schmelz. Er sah die vier Bären zwischen einer Gebirgsnachbildung faul in der Sonne liegen. Der größte lag ein wenig abseits, die zwei kleinen hatten es sich auf der Mutter bequem gemacht. Alle vier Schnauzen zeigten in Richtung Inneres Lager. Was für eine seltsame Idee, fand Schmelz, ehe er sich fragte, was genau in Buchenwald vorgehe.

„Die sind noch vom ersten Lagerleiter, Standartenführer Karl Koch. Der wird sie wohl demnächst abholen lassen."

„Von Koch?", fragte Schmelz mit schärferem Ton, als er es gewollt hatte. Augenblicklich war er wie elektrisiert und hatte große Mühe, Gelassenheit vorzutäuschen, während er nachfragte, welchen Grund Koch gehabt habe, die Bären hierher zu bringen, womit er sie finanziert habe und woher er die Tiere überhaupt habe.

Sturmmann Heinze konnte als Antwort nur mit den Achseln zucken. Erst wirkte er ein wenig verstört, dann drückte sein jugendliches Gesicht echten Kummer aus. Schmelz sah ihm an, wie gern der Junge ihm geholfen hätte, doch offensichtlich wusste er nicht wie.

„Schon gut", sagte Schmelz, der sich an seine Zeit als Ermittlungsrichter in Krakau erinnerte, bevor er degradiert und an die Ostfront versetzt worden war: „Ich sehe Ihnen an, dass Sie es nicht wissen."

„Zu Befehl, Obersturmführer!" Sofort wich der Kummer aus dem Gesicht und machte Erleichterung Platz. Schmelz grinste schon wieder. Wieso musste er auf einmal ständig grinsen? Tja, seine Menschenkenntnis hatte ihn nicht getäuscht. Erfahrung war eben doch das A und O in seinem Geschäft.

Schmelz war sich sicher, dieser Junge da werde ihm ein zuverlässiger und treuer Fahrer sein. Dieser Heinze sei ehrlich und ein wenig dumm wie die meisten Pommern. Und dankbar, hier wegzukommen. Und Dankbarkeit, wusste Schmelz, sei das Fundament der Treue. Was immer in diesem Lager vorgehe, der Junge da, der wolle weg, überlegte Kurt Schmelz, entweder nur weg oder einfach nur Auto fahren? Das Vorrecht der Jugend sei es, nicht lügen zu müssen.

Alliierte Luftangriffe zerstörten am elften Juni dreiundvierzig fast die gesamte Stadt Düsseldorf, Himmler ordnete die Liquidierung aller polnischen Ghettos an, und in Paris wurde Sartres Stück „Die Fliegen" uraufgeführt, während ich drei Tage zuvor am Tor zum Tod stand, auf den Lagerleiter wartete und mir meine Gedanken über einen trotteligen SS Mann machte, ehe mich Standartenführer Pister einließ, damit ich meine Pflicht erfüllen konnte, dachte der zweiundsiebzigjährige Schmelz und sah sich weiterhin in die Augen: „Die Fliegen"!

Bestimmt wolle er nur Auto fahren, meinte Schmelz und fragte: „Haben Sie überhaupt etwas übrig für Autos, Motoren, Flugzeuge, Sturmmann Heinze?“

Der einfache SS Mann kam nicht mehr dazu, den Mund aufzumachen, rief der Lagerleiter doch in diesem Moment schon von Weitem Schmelz eine Begrüßung zu. Schmelz sah den jungen Sturmmann zusammenzucken und dessen Augen geradezu aufleuchten. Er lächelte, freute sich über den Glanz in den jungen Augen, der ihn ein wenig die Schreie der Verstümmelten vergessen ließ, zwischen denen er an der Ostfront gekrochen war und getötet hatte. Verstümmelte, die er im Prasseln der Stalinorgeln zurückgelassen hatte, und nun diese Vorfreude des Jungen. Schmelz war gerührt, doch ein Zwinkern untersagte er sich dann doch. Er nahm den Koffer, Sturmmann Heinze öffnete ihm das Tor, und Schmelz kam dem Lagerleiter ein paar Schritte entgegen, nachdem er kurz gezögert hatte, ins Innere Lager von Buchenwald zu treten.

IV

„Obersturmführer“, grüßte Standartenführer Pister, obwohl er noch gute zehn Meter von Schmelz entfernt war: „Stehen Sie da doch nicht so herum, Mann, kommen Sie! Kommen Sie ruhig hereinspaziert! – Oder wie der Berliner sagt: Komm’ Se rin, könn’ Se rauskieken.“

Doktor Kurt Schmelz grüßte den ranghöheren Offizier, kam ihm entschlossen entgegen und hielt den ernsten Blick Pisters aus, der ihm so gar nicht zu den unverfänglichen Worten zu passen schien. Er schaffte es zwar nicht, Pisters Blick niederzuringen, aber immerhin senkte auch er seinen Blick nicht, beruhigte Schmelz sich. Die beiden Männer standen sich gegenüber, unentschlossen, ob sie einen Freund oder Feind vor sich hatten. Einen Augenblick lang schwiegen sie, ehe Pister sagte: „Sie brauchen keine Angst zu haben, Obersturmführer …? Schmelz? Kurt Schmelz aus Frankfurt am schönen Main?"

„Jawohl, Obersturmführer Doktor Kurt Schmelz. SS Ermittlungsrichter und Beamter der Kriminalpolizei Berlin, Standartenführer, und mit Sonderbefehl und Sonderbefugnissen vom Reichsführer SS ausgestattet."

„Richtig! Und Sie wollen unserem netten, kleinen Schutzhaftlager nun einen Besuch abstatten. Warum denn, wenn ich fragen darf?"

„Das möchte ich vorerst noch für mich behalten. Zu gegebener Zeit werde ich Sie unterrichten, Standartenführer. Sie verstehen, ich bin zur Geheimhaltung verpflichtet. – Hier ist der Geleitbefehl, von Himmler unterschrieben. Er bevollmächtigt mich damit."

„Zeigen Sie her! Zeigen Sie her! Ein persönliches Schreiben vom Reichsführer SS, das hat man auch nicht alle Tage vor sich. Zeigen Sie doch her, Mann! Nicht so geizig! – Möchte man sich glatt einrahmen. Donnerwetter! ‚Der Reichsfuehrer SS hat angeordnet, dass der SS Obersturmfuehrer und SS Richter Doktor Schmelz den Auftrag hat, die von ihm vermuteten Unregelmaessigkeiten im Lager Buchenwald zu untersuchen. Der Reichsfuehrer SS wuenscht, dass mit aller Schaerfe durchgegriffen wird, und Sie haben ueber das Fortschreiten der Untersuchungen mir laufend zu berichten.' – Laufend zu berichten, dann stehen Sie im persönlichen Kontakt mit dem Reichsführer selbst?"

„Jawohl, ich informiere direkt den Gerichtsherrn des Wehrkreises neun, Obergruppenführer Erbprinz von Waldeck Pymont, und der wiederum informiert direkt den Reichsführer über meine Ermittlungen. Jedes meiner Worte erreicht den Reichsführer also! – Ich kann Ihnen zwar als Untergebener nicht direkt Befehle geben, aber …"

„Aber es wäre schon besser für meine Karriere, wenn ich Ihre, Ihre, sagen wir, Ratschläge, wie immer diese auch aussehen mögen, ernsthaft in Betracht zöge."

„Genau so, Standartenführer! Besser hätte ich es nicht formulieren können, meinen Respekt!"

„Danke, danke! Hört man gerne! Ein echter Preuße, was! – Donnerwetter, Sie machen aber sofort Nägel mit Köpfen! Sie jagen den Hasen schon im Bau!"

„Ich stehe dafür, Tatsachen zu schaffen. Meine Berufserfahrung ist, dass eine aktive Ermittlung immer erfolgversprechend ist. – Sehen, sondieren, siegen!"

„Und was genau Sie untersuchen, Sie verstehen, das interessiert mich schon, denn es ist immerhin mein Lager, diese vermuteten Unregelmäßigkeiten da, wie es in Ihrem Geleitbrief steht, darüber können Sie mir gar nichts sagen, Obersturmführer? Überhaupt gar nichts?"

„Rein gar nichts. Nur soviel, es betrifft vorerst nicht Sie! Weder Sie persönlich noch Ihre Befehlsgewalt. Noch Ihre Lagerorganisation."

„Ach so, na ja. Wenn es so ist! Schweigsam wie ein Friese beim Feiern! – Wissen Sie, es ist sehr ungewöhnlich, dass wir hier Besuch bekommen. Quasi neutrale Personen hatten wir hier noch nie. Und so unangemeldet! Kein Wort vom Reichssicherheitshauptamt, oder vom Wirtschaftshauptamt, nichts! Aber Heimlichkeit ist ja immer das beste Mittel, um große Pläne umzusetzen, das hat der Reichsführer SS selbst gesagt. Ich war dabei! – Obersturmführer, Sie sind in diesem Lagergrau eine wirkliche Attraktion, wissen Sie das? Mein Telefon stand gar nicht mehr still. Ich weiß, dass Sie Punkt elf Uhr am Tor waren, dass Sie sich sieben vor elf die Uniform zurechtgerückt haben, dass Sie sich den Bärenzwinger angesehen haben, dass Sie über den Zaun und besonders über das Tor gestaunt haben. Dass die Haarfarbe unter Ihrer Mütze da dunkelblond ist. Sie sollen sehr verwundert gewirkt haben, als Sie die Türme gemustert haben, Obersturmführer! Warum, wenn ich fragen darf? – Hängen doch keine Zigeuner dran, oder? – Kleiner Lagerwitz!"

„Ich bin nur beeindruckt, Standartenführer, sehr beeindruckt, aber um ehrlich zu sein, ich habe nicht über das Tor gestaunt, sondern über die Worte, die eingeschmiedet sind. ‚Jedem das Seine', was soll das?"

„Ein Scherz von Standartenführer Karl Koch, als er das Lager bauen ließ. Nichts Wichtiges, wenn Sie mich fragen."

Schmelz nickte nur, um nicht schon jetzt durch ein Nachfragen seine wahren Absichten zu verraten. Immerhin, Koch schien Bildung zu haben. Das zeigte doch einen ganz anderen Koch als jenen, welcher in den wenigen Akten zu finden war. Schmelz beschloss, die Richtung zu wechseln, räusperte sich, streckte die Brust heraus, ganz so, als stünde er vor Gericht und hielte ein Plädoyer. Sich in diese Rolle hineinzudenken, hatte ihm schon immer geholfen, auch die schwierigsten Situationen zu meistern. Er räusperte sich noch einmal und sagte: „Ich bin gewiss keine neutrale Person, wie Sie formulierten, Standartenführer! Ich weiß auch, dass so ein KL streng geheim ist. Ich weiß, es ist dermaßen gesichert, dass es heißt, in den Tower von London komme man leichter rein als aus einem KL raus, aber ich bin gewiss nicht neutral. Im politischen Sinne durchaus, wenn mit Neutralität die Treue zum Reich gemeint ist, aber nicht im juristischen. Im juristischen Sinne stehe ich absolut auf der Seite des Gesetzes, da kenne ich kein Wenn und erst recht kein Aber! Gesetz ist Gesetz, und da rücke ich nicht von ab! Keine Macht der Welt bringt mich dazu, das Gesetz zu verraten. Verstanden? Ich bin als SS Richter zuständig für Verbrechen innerhalb der SS und als Beamter der Kripo Berlin bin ich zuständig für alle Verbrechen außerhalb der SS. Sie sehen, es gibt kein Entrinnen vor meinen Untersuchungen. Nur um das klarzustellen, mich interessiert hier alles, alles und jeder. – Entschuldigen Sie, Standartenführer, aber mir liegt daran, ganz zu Anfang direkt und offen zu sein. – Schließlich sind wir Männer, was, Pister, und keine Weiber!"

„Und Witz haben wir auch! – Schon gut, schon gut", sagte Pister und dachte: Die Ehrlichen sind die Gefährlichen. Was will der hier, was putzt der mich herunter, als sei ich ein verdammter Wehrmachtsgefreiter? Bleib nett, Pister, bleib nett, erst schauen, dann schießen! – Am Ende wird er ein gutes Wort für dich beim Reichsführer einlegen, ohne dass du groß etwas hattest tun müssen. Also akzeptiere diesen jungen Schnösel mit seinem Juradiplom und fertig. Da gab es doch schon ganz andere Kanalarbeiter hier! Wie alt mag der sein? Zehn Jahre jünger als ich, fünfzehn? – Ein Jüngerer, ein Untergebener, der mit mehr Machtbefugnissen als man selbst ausgestattet ist, alter Pister, da musst du auf der Hut sein. Der ist nicht umsonst in dieser Stellung. Sei ihm Freund, und alles wird gut! Sei ihm Freund, und nimm ihn ernst, dachte Pister, ehe er fortfuhr: „Bauen Sie auf mich, Obersturmführer, Offenheit und Treue, das sind Prinzipien unserer Organisation, für die auch ich einstehe."

„Umso besser, dann ist das also geklärt?"

„Auf jeden Fall. Ich unterstütze Sie, Sie unterstützen mich", sagte Pister und wartete auf eine Bestätigung, die von Schmelz jedoch nicht kam. Nicht einmal ein Nicken, verdammter Bastard! Standartenführer Pister musste kurz die Augen schließen und sich zusammennehmen, um nicht doch noch loszubrüllen. Anscheinend wusste dieser Ermittlungsrichter ja gar nichts vom geheimen Ehrenkodex der

SS, du gibst mir und ich gebe dir. Dieses ungeschriebene Gesetz war es doch, was die ganze Organisation zusammenhielt, und dieser Schnösel da, dieser Trottel!

„Ich bin im Hotel ‚Elephant' in Weimar einquartiert", sagte Schmelz: „Also brauche ich einen Wagen, und als Fahrer nehme ich den Sturmmann da vorne, den Heinze."

„Den Heinze? Sind Sie sicher? Den plumpen Heinze? Der wurde schon seit Monaten nicht befördert!"

„Dann befördern Sie ihn. Bis morgen, zehn Uhr. – Morgen kommen auch noch zwei Mitarbeiter von mir an. Doktor Tarnat und Michael Liebig von der Kripo Berlin."

„Gut. Noch was?"

„Alles andere hat noch bis morgen Zeit. Morgen fange ich richtig an! Sie sollten sich aber überlegen, diesen Spruch hier aus dem Gitter entfernen zu lassen. Ich verstehe den Witz zwar nicht, vermute aber, er ist äußerst geschmacklos, oder?"

„Nicht so geschmacklos wie Koch selbst. Er soll immer gesagt haben, als er hier noch Lagerleiter war: ‚Jedem das Seine, und mir das meiste.' Das finde ich, mit Verlaub, geschmacklos."

Schmelz, der schon den Koffer gehoben und sich zum Gehen umgedreht hatte, fuhr herum und sah Pister fest in die Augen: „Wann hat dieser Koch das gesagt, wie oft und zu welchen Gelegenheiten? Sagen Sie schon, sagen Sie schon! Wann zum ersten Mal, Mann, antworten Sie! Wann zum ersten Mal?"

Zum Ende der Frage hin milderte er zwar den scharfen Ton, und schnell fügte er noch an, ihn interessiere eben alles und jeder, warum nicht dann auch dieser Koch, aber Schmelz war sich sicher, Pister habe Lunte gerochen. Wie er schon schaute! Schmelz nannte sich einen Narren. Jetzt konnte der sich seinen Reim machen! Wie der grinst, und wie befreit er wirkt, dachte Schmelz, als wolle er sagen, ach, aus dieser Richtung weht der Wind! Mann! So etwas Blödes wie dich, Schmelz, gibt es auch nur einmal auf der Welt! Scheiß Emotionen! Gefühle müssen vereitelt werden, halt dich gefälligst daran! Gefühle bringen nur alles durcheinander, halte sie raus, Mann, halte sie endlich raus!

„Keine Ahnung", sagte Pister endlich: „Das müsste ich nachprüfen lassen. Wenn es Ihnen so wichtig ist, Obersturmführer?"

„Das weiß man nie, was am Ende wichtig und was unwichtig ist, also prüfen Sie das! Lassen Sie es bis morgen früh, zehn Uhr, prüfen. Ich hoffe, Sie gegen zehn hier anzutreffen?"

„Aber immer!", sagte Pister und lachte heiser auf: „Das ist mein Wohnzimmer hier!"

Schmelz nickte, drehte sich um und ging zum Tor zurück, das ihm Sturmmann Heinze bereitwillig aufriss, wobei dieser aber vergaß, zu seinem Vorgesetzten zu schauen.

Pister wollte den Obersturmführer erst zurückpfeifen, schließlich habe er den höheren Dienstgrad und beende somit das Gespräch, wann er es für nötig halte, unterließ es dann aber doch, während Schmelz zuerst mit klopfendem Herzen zum Tor ging, sich dann aber schnell beruhigte, als er sich sicher war, der Standartenführer akzeptiere ihn als gleichwertig. Schmelz war klar, er hatte alles auf eine Karte gesetzt, es hätte auch gründlich schief gehen können, und atmete erst einmal tief durch, während er davonmarschierte.

Der Standartenführer hätte auch auf die Rangordnung bestehen können, doch der Test sei geglückt, die Fronten seien geklärt. Auch für Pister, meinte Schmelz. Er fragte sich zwar, als er das Tor des Schutzhaftlagers hinter sich ließ, ob er den Standartenführer zu fest angepackt habe, ob er zu heftig mit ihm umgesprungen sei, schließlich sei auch er auf diesen Pister angewiesen. Ohne Pisters Hilfe werde seine eigene Mission scheitern, darüber war Schmelz sich im Klaren, und jetzt erst merkte er, wie dünn das Seil gewesen war, auf dem er sich bewegt hatte.

Noch einmal atmete er tief durch und dachte: Ich darf die Schraube nicht überdrehen: ‚Nach fest kommt locker und nach locker kommt Anschiss!‘

V

Fünf vor halb zehn, das muss kurz vor halb gewesen sein, stand ich am nächsten Morgen im Lager, dachte der zweiundsiebzigjährige Schmelz. Während Bochum von der Luft aus bombardiert wurde, stand ich auf dem Appellplatz von Buchenwald und genoss den Anblick der geraden und geharkten Wege.

Zwischen den Wegen befanden sich Unmengen von Blumenbeeten. Ein einziges Blühen an diesem schönen Junimorgen. Die Sonne schien, ohne zu drücken oder zu stechen, und ein milder Wind wehte. Ich streckte mich, vermied es aber, die Arme zu heben, und labte mich an der Sauberkeit und Ordnung des Lagers. Die geraden Wege führten im Halbkreis zum Appellplatz, wobei der Platz selbst gerade erst geharkt worden war. Keine Spuren im Sand. Er lag ein wenig erhöht. Von ihm aus konnte man den Hang hinunter sehen, die Wege entlang. Links und rechts dieser Wege standen sich die Baracken mit den Eingängen gegenüber. Paarweise, gute fünf Kilometer weit. Wie viele Baracken, und an diesem Morgen nicht ein einziger Mensch! Alle waren zur Arbeit. In der Produktion der Gustloff Werke zwei oder der Deutschen Ausrüstungswerke oder im Steinbruch. Nicht einmal aus den Werkstätten, die sich direkt neben dem Platz befanden, drang ein Geräusch. Eigenartig. Oder waren da Geräusche gewesen, an die ich mich jetzt nur nicht mehr erinnere?

Arbeitsgeräusche, die ich gar nicht mehr gehört hatte, weil ich ja direkt aus dem bombardierten Berlin kam?

Jedenfalls, hinter den Baracken standen dicht nebeneinander im kräftigsten, glänzenden Grün die Buchen, und hinter den Bäumen erstreckte sich ein weites Tal mit Wäldern und abgemähten Feldern, und hinter dem Tal waren am Horizont Hügel und Bergketten zu sehen. Der Wind wehte warm und einige Schönwetterwolken durchzogen den blauen Himmel.

„Schöner Blick, was?", sagte Standartenführer Pister, woraufhin Schmelz zusammenzuckte und fragte, ob der Lagerchef sich immer so anschleiche, bevor dieser fortfuhr: „Was ist eigentlich so geheim an den Konzentrationslagern, dass niemand hinein darf?"

Pister zeigte mit weit ausholender Geste auf die Umgebung und sagte: „Nun schauen Sie sich doch nur diese Schönheit an! Lassen Sie sie wirken! Uferlose Natur, in die ordentlich und korrekt die Baracken gesetzt sind. Haben Sie bemerkt, dass sie alle frisch gestrichen sind? Riechen Sie mal! Naturlack. Den zu bekommen, das war eine Büroarbeit, das kann ich Ihnen sagen, nichts als Anträge, Anträge, Anträge, aber man hat ja schließlich so seine Kontakte, was Obersturmführer? So ganz allein steht man ja nun auch nicht da, was?"

„Antworten Sie mir!", sagte Schmelz, der jetzt erst bemerkte, dass sie das Tor im Rücken hatten, über dem sich eine Wachstation befand, in der Waffen SS konzentriert das Gelände des Lagers überwachte. Dass es sich dabei um einen abfallenden Hang handelt, dachte Schmelz, muss den Männern die Arbeit sehr erleichtern. Wie oft hatte er in den zwei Jahren an der Ostfront nicht selbst angestrengt gelauert! Um sein Leben gelauert.

„Schöner Blick, was?“, sagte Pister leise: „Da möchte man gar nicht wissen, was hinter den Bergen und Meeren ist, was?“

„Könnte schon sein, aber meine Fragen beantworten Sie jetzt besser. Hier und jetzt! Und nicht hinter den sieben Bergen bei den sieben Zwergen, Kamerad!“

„Und diese Ruhe hier oben! Kein Laut! Nur Vögel und Bäume, und ab und an brüllen die Bären da drüben, falls es ihnen mal wieder zu langweilig ist“, sagte Pister, der sich vorgenommen hatte, die Durchsetzungskraft des jungen Richters zu testen, um festzustellen, wie zuverlässig er sei. Pfister wollte ihn aus der Reserve locken und sehen, ob er sattelfest bliebe, wenn er unbeirrt weitermachte und fragte: „Das muss doch für Sie sehr ungewöhnlich sein, diese Ruhe hier? Sie kommen doch direkt aus Berlin, oder? Wie geht es denn da draußen so zu? Hier ist ja nur Einöde und Stille. Man bekommt gar nichts mit.“

„Ja, die Unruhe wächst. Die Fliegenden Festungen machen einen nervös. Man beginnt in Berlin schon, sich nach ihrem Rhythmus zu richten, aber das ist ja alles nur vorübergehend. Die letzten Tests der Wunderwaffe laufen ja schon. Also! Ich war jetzt geduldig genug! Raus mit der Sprache, was ist so geheim an den Konzentrationslagern? Antworten Sie! Meine Geduld ist begrenzt.“

Unwillkürlich drehte Pister den Kopf nach rechts und blickte zu einem mannshohen, schwarzen Bretterzaun, der von den Baracken der Deutschen Ausrüstungswerke nur halb verdeckt wurde und der Doktor Schmelz erst jetzt auffiel.

Pister bereute seine Reaktion sofort, aber Schmelz hatte

das flache Gebäude, das sich hinter dem Zaun befand, entdeckt. Erstaunt musterte er den kurzen, dicken Schornstein und zog die Stirnhaut in Falten. Was sollte das denn? Er sah Pister mit großen Augen an. Wieso qualmte der denn? Was ist hier los?

„Wieso qualmt denn der Schornstein?", fragte er: „Mitten im Juni? Bei dem Wetter? Nun los!"

„Und wissen Sie, wie viel Wild es hier gibt. Thüringen gilt ja mit Abstand als das ..."

„Was ist so geheim an Buchenwald? Was wird hier veranstaltet? Muss ich Sie erst in eines Ihrer eigenen Verhörzimmer schaffen lassen?"

„Was an den Lagern geheim ist, wollen Sie wissen? Sie wollen, dass ich es ausspreche?", fragte Pister und lachte, um Zeit zu gewinnen, ehe er sagte: „Es tut mir leid, ich muss leider an den Führerbefehl Nummer eins erinnern, der für alle gilt: ‚Jeden darf nur das interessieren, was ihn unmittelbar betrifft. Alles andere darf er nicht wissen.'"

„Ich kenne den Befehl, und ich habe Ihnen erklärt, mich interessiert alles und jeder. Mich betrifft alles! Muss ich Ihnen meinen Geleitschein vom Reichsführer SS noch einmal vor die Nase halten, oder was? Mann, was soll das Theater? – Ich lasse Ihre Mannschaft hier antreten und putze Sie vor allen runter! Das ist für mich ein Kinderspiel, kapiert, Mann? Kapiert? Antworten Sie, Kamerad!"

„Verstehen Sie doch, diese Lager betreffen nicht das deutsche Volk, und also auch nicht Sie! Hier ist nur der Abschaum, verstehen Sie jetzt endlich? Der Propagandaminister hat selbst ausgerufen, es gibt im Tausendjährigen Reich keine Verbrecher mehr. Das setzen wir hier um. Mehr nicht. Es gibt im Tausendjährigen Reich keine Verbrecher mehr, weil sie alle hier sind. Die sind alle in Lagern. Verstehen Sie doch! Und das dürfen wir dem deutschen Volk doch nicht zeigen, Obersturmführer, ich meine, dass es so viele sind. Oder sind Sie da anderer Meinung? Aber irgendwohin müssen sie ja. Wir können sie ja nicht einfach verbrennen, diese ganzen Mörder, Schwulen und Zigeuner! Oder doch?", fragte Pister und lachte gekünstelt auf.

Schmelz schüttelte den Kopf, kniff die Augen zusammen und stemmte die Fäuste in die Hüfte, ehe er leise sagte: „Ich rate Ihnen, sich auf meine Seite zu stellen, Standartenführer! Ich mache Ihnen das Angebot noch genau ein einziges Mal. Sie entscheiden, was Reichsführer SS von Ihnen zu halten haben wird. Zeigen Sie mir jetzt und hier, wo Sie stehen. Erklären Sie sich, warum qualmen die Schornsteine im Juni? Oder ich gehe, jetzt und hier, persönlich da rüber, reiß den schwarzen Zaun ein und schaue mir das Gemauschel dahinter selbst an. Wenn ich das aber tun muss, dann haben Sie Ihre Chance vertan, Standartenführer! Beförderung oder Ostfront, entscheiden Sie selbst, aber entscheiden Sie schnell! Sein oder Nichtsein, das ist jetzt tatsächlich die Frage für Sie, die Frage aller Fragen!"

„Die Frage aller Fragen, sehr witzig – Da kapitulieren die Afrikatruppen letzten Monat, und schon scheißt sich alle Welt in die Hosen! Alles nur wegen zwölf Divisionen! Ist doch auch nicht die Welt, oder? Zweihundertfünfzigtausend Soldaten, die in die Gefangenschaft gehen, mein Gott, alle Welt stellt sich an, als wäre das eine Katastrophe! Weicheier! Hat es eben nicht mit Tunis geklappt, haben wir eben Generaloberst von Arnim verloren in diesem Kessel! Und weiter? Nichts weiter, gar nichts! – Nächsten Monat sind wir dann schon wieder in Südafrika! Kommen wir eben über den Südpol, auch schon egal."

In diesem Moment wurde das Tor aufgerissen und eine lange Zweierreihe Insassen kam ins Lager. Die Männer wirkten erschöpft, und Schmelz fiel auf, dass niemand von ihnen es wagte, den Blick zu heben. Sie wurden von sechs Männern der Waffen SS bewacht und zu einem Schuppen gebracht, in den sie die Schaufeln und Spitzhacken legten.

„Die haben ja alle den gelben Stern an der Sträflingskleidung“, stellte Schmelz erstaunt fest: „Wie kommt das? Ich denke, es gibt hier nur Verbrecher? Welche Verbrechen haben sie also begangen? Konkret! Für welche Verbrechen sind sie von welchen Gerichten verurteilt worden? Konkret! Wie kommt es, dass es hier so viele Juden gibt?“

„Die meisten sind völlig unschuldig, Mann, kapieren Sie denn noch immer nicht“, platzte es aus Pister heraus. Fast hätte er losgebrüllt. Wieder bereute er seine Reaktion sofort und versuchte, sich zu retten. Bisher hatte er es noch niemals ausgesprochen. Noch nie hatte er sich eingestanden, was er hier betrieb. Und was man nicht ausspreche, meinte er, das gebe es auch nicht. Und nun? Dieser verdammte Ermittlungsrichter, wie dumm muss ein Mensch denn überhaupt sein, um auf einem Scheiterhaufen zu stehen und zu fragen, warum es denn so hell brenne? Pister lachte trocken auf und konnte sich nur schwer beruhigen.

Schmelz glaubte, der Standartenführer wäre ein Hysteriker, der sein Spiel mit ihm spiele, aber Doktor Kurt Schmelz hatte keine Lust, mit sich spielen zu lassen, und fragte nur noch schärfer nach, was Pister damit meine, die Insassen seien alle unschuldig.

„Unschuldig im Sinne des Strafrechts meine ich natürlich“, sagte Pister: „Sie stellen aber auch Fragen. Fragen, die man heute so gar nicht mehr stellen kann, Obersturmführer. – Wo waren Sie nur die ganze Zeit?“

„Ich habe hier meine Untersuchungen in alle Richtungen zu machen, und Sie haben mich zu unterstützen. Wenn sie also unschuldig sind, warum sind sie dann hier? Antworten Sie mir!“

„Es sind Juden!“

„Ja, das sehe ich auch.“

„Es sind Juden, verstehen Sie nicht, das ist ihre Schuld. Mehr kann ich nicht sagen, weil mich mehr nicht interessieren darf, laut Führerbefehl Nummer eins. Ich weiß nur, hier kommen laufend Juden an, aber nie kommt ein rechtskräftiges Urteil im Sinne des Strafrechts hier an. So, machen Sie sich selbst Ihren verdammten Reim darauf, Sie Nervensäge, Sie! – Ich verwalte das Lager nur, mehr mache ich nicht. Ich bin nur ein Beamter. Ich verwalte und halte mich streng an die Befehle, die ich direkt von Pohl, Glücks oder Kaltenbrunner erhalte.“

„Gut, ich verstehe“, sagte Schmelz, während Pister erleichtert aufatmete und sagte: „Na, endlich!“

„Ich verstehe und werde bei Himmler selbst nachfragen“, fügte Schmelz an, woraufhin Pister in schallendes Gelächter ausbrach. Ein derart schallendes, dass die Insassen, wie Schmelz bemerkte, erschrocken und ängstlich zu ihnen herübersahen.

„Hören Sie doch endlich auf zu lachen, Sie Hysteriker“, sagte Doktor Kurt Schmelz.

„Ach, Sie sind ja so jung und naiv! Bei Himmler selbst! Warum nicht beim Führer direkt? Der wird es Ihnen gern erklären!“

„Gute Idee!“, sagte Schmelz kalt und fügte ungerührt hinzu: „Qualm aus Schornstein, warum?“

„Also gut! – Sie wollen es hören? Bitte sehr! – Wir verbrennen die Kleidung der Häftlinge. Unsere Raumkapazität ist erschöpft.“

„Und was, wenn sie entlassen werden?“

„Sie werden nicht entlassen.“

„Sie werden nicht entlassen?“

„Nein.“

„Umgesiedelt dann eben. Was, wenn sie umgesiedelt werden?“

„Sie werden auch nicht umgesiedelt.“

„Nicht?“

„Nein.“

„Wo bleiben sie dann?“

„Sie verlassen dieses Lager nicht mehr.“

„Aber wöchentlich kommen neue. Wohin mit ihnen?“

„Das, lieber Obersturmführer, das ist die wahre Frage aller Fragen, ich gratuliere!“

„Ich verstehe also richtig? Hier kommen laufend im Sinne des Strafrechts Unschuldige an, die das Lager nicht mehr verlassen und deren Kleidung verbrannt wird, weil die Raumkapazität erschöpft ist? Ist das richtig so, habe ich es richtig verstanden?“

„Jawohl, das haben Sie“, sagte Pister leise: „Und bitte zwingen Sie mich nicht dazu, es auszusprechen. Ich werde es nicht aussprechen. Nie! Niemals!“

„Für mich lässt das nur einen Schluss zu: Sie sind ein Mörder! Ein Massenmörder!“, sagte Schmelz Pister mitten ins Gesicht, der erschrocken die Augen aufriss und erst ein paar Mal schlucken musste, ehe er mechanisch sagen konnte: „Der Führer befiehlt, und ich gehorche! Heißt die Ehre der SS nicht Treue?“

„Sie ermorden hier am helllichten Tag … Massen … von Menschen … Massen! Wie? – Wo bin ich hier gelandet? – Für so einen Scheiß sterben an der Front täglich Soldaten! Für so einen Dreck!“

„Willkommen, Ermittlungsrichter! Sie wühlen in der Scheiße, und wenn Sie glauben, Sie werden am Ende trotzdem noch nach Rosenwasser duften, dann sind Sie dümmer als Churchill, der uns den Krieg erklärt hat!“

„Wo steht mein Auto?“

„Vor dem Tor."
„Wo ist Heinze?"
„Sitzt drin."

VI

„Alles Mörder da", sagte Doktor Kurt Schmelz und warf sich zwei Stücke Zucker in seinen Kaffee. Mit energischer Geste rührte er um, viel länger als nötig, meinte Liebig, der zusammen mit Doktor Tarnat Schmelz gegenüber an einem der Tische im Essensaal des Hotels ‚Elephant' zu Weimar saß und verärgert auf die rotierende Hand des Vorgesetzten starrte.

Liebig hatte einen Migräneanfall, und das hohe, klappernde Geräusch tat sein übriges, ihn zu quälen. Liebig meinte, heute habe sich mal wieder alles gegen ihn verschworen. Er war vierundzwanzig Jahre alt und seit einem Jahr bei der Kripo Berlin, wo er zusammen mit dem siebenundfünfzigjährigen Tarnat eine der mobilen Eingreiftruppen bildete, die direkt dem Chef der Kriminalpolizei, Gruppenführer Arthur Nebe, unterstand.

Schließlich sagte Liebig doch: „Obersturmführer, gestatten Sie eine Bemerkung?"

„Sicher! – Alles Mörder da!"

„Der Zucker hat sich aufgelöst!"

Das helle Klappern hörte auf der Stelle auf, doch jetzt fühlte sich Liebig von Schmelz gemustert.

„Mir geht's gut, nur die lange Fahrt!", sagte er beschwichtigend: „Es geht mir wirklich gut."

„Ich hoffe es", sagte Schmelz: „Meine Leute müssen belastbar sein. Gerade die jungen! Ich erwarte viel von Ihnen, Liebig, mehr als Sie glauben!"

Liebig nickte und dachte, er werde schon zur Stelle sein, wenn es nötig sei, dann werde er schon da sein, keine Sorge!

„Keine Sorge, Obersturmführer!“, sagte er: „Sie meinen, da in Buchenwald sind also Mörder eingesperrt?“

„Nicht eingesperrt! Die Eingesperrten sind meist unschuldig. Zumindest im juristischen Sinne, soweit ich es überblicken konnte.“

„Wie meinen Sie das?“, schaltete sich nun auch Doktor Tarnat ins Gespräch ein: „Ich verstehe nicht recht.“

„Das habe ich erst auch nicht, Tarnat“, sagte Schmelz, nahm einen viel zu großen Schluck vom süßen Bohnenkaffee und verbrannte sich prompt die Zunge: „Da sind Sie nicht der einzige. Ich begreife es selbst immer noch nicht so ganz. Ich erinnere Sie an Ihre absolute Geheimhaltungspflicht! Noch vor einer Stunde stand ich genauso unschuldig wie Sie in diesem Lager, bis es mir wie Schuppen von den Augen fiel. Wie Schuppen!“

Unauffällig massierte sich Liebig mit den Fingerspitzen die rechte Stirnhälfte, vergaß die Bewegungen aber schnell, vergaß auch, seinen Mund zu schließen, und starrte seinen Vorgesetzten mit großen Augen an, während Schmelz sagte: „Die Gerüchte, die in der Bevölkerung kursieren, die sind alle wahr! Alles wahr! Im Bezug auf die Juden.“

„Möchten die Herren vielleicht noch einen Pudding zum Dessert? Oder einen kleinen Kognak nach dem Essen?“, fragte der Oberkellner, der sich derart geräuschlos an den Tisch begeben hatte, dass Schmelz hörbar zusammenzuckte, ehe er sagte: „Mensch! – Ja, drei Kognak! Und die Rechnung auf meine Zimmernummer!“

„Doppelte?“

„Ja, ja! – Weg jetzt, weg! – Also, meine Herren, halten Sie sich fest! Die Juden kommen alle in diese Konzentrationslager! Das ist äußerst geheim. Und dort werden sie nicht etwa zur Umsiedlung vorbereitet, sie werden, in diesen Lagern, vor unseren Nasen, sie werden alle, alle! umgebracht. Systematisch!"

„Systematisch?", fragte Tarnat, und Liebig fügte hinzu: „Alle?"

„Alle! Es ist wahr, was man sich erzählt."

„Wie denn?"

„Ich glaube, verbrannt. Verbrannt, meine Herren, verbrannt!"

„Massenmord!", stellte Tarnat mit sachlicher Stimme fest.

„Ja, Massenmord", sagte Schmelz: „Und nicht etwa an Schuldigen, nein, an völlig Unschuldigen, wenn wir mal die Rassengesetze beiseite lassen, die sowieso keine juristische Grundlage haben, aber das habe ich niemals zu Ihnen gesagt!"

„Sie meinten vorhin also", sagte Liebig, dem das alles ein wenig zu schnell ging: „Die Mörder, das ist das Wachpersonal, und die Inhaftierten, das sind die Unschuldigen?"

„Absolut, ich gratuliere", sagte Schmelz, dem gar nicht klar war, dass er damit die Worte von Pister wiederholt hatte.

„Dann müssen wir also gegen die ganze Wachmannschaft vorgehen? Paragraph zweihundertelf des Reichsstrafgesetzbuches. Vielleicht auch zweihundertsechsundzwanzig?", meinte Tarnat mehr zu sich selbst

„Vergessen Sie es, Untersturmführer, da kommen wir nicht ran!"

„Wieso?", fragte Liebig und unterbrach erneut die massierenden, kreisenden Bewegungen seiner Fingerspitzen.

„Weil selbst der Lagerleiter sich vor meinen Ohren auf die Befehle von Kaltenbrunner und Pohl berufen hat. Und die wird es auch tatsächlich geben. Und Kaltenbrunner und Pohl werden die Verantwortung einfach weiter nach oben schieben. Sie werden sich zweifelsohne auf Befehle von

Himmler und vom Führer selbst berufen! Verstehen Sie? Davon müssen wir ausgehen."

„Sie meinen, der Führer selbst …?", fragte Tarnat.

„Davon ist auszugehen!", sagte Schmelz: „So etwas läuft doch nicht ohne Befehl. Befohlener Massenmord, so nenne ich das. Befohlen von ganz oben. Und wir kommen nicht heran, nicht einmal mit juristischen Mitteln!"

„Ich verstehe immer weniger", gab Liebig zu: „Warum nicht einmal mit juristischen Mitteln?"

„Selbst, wenn wir den Verursacher anklagen, dann ist der Verursacher in diesem Falle der oberste Gerichtsherr. Verstehen Sie denn nicht? Wenn der Führer will, dann ändert oder ersetzt er jedes Gesetz, wie er es will und braucht."

„Auf den Führer!", brüllte ein Sturmbannführer an einem anderen Tisch und nahm Haltung an. Sofort folgten ihm die etwa dreihundert Männer, die sich noch im Saal befanden, und wie auf ein Kommando hin erklang es im Chor: „Auf den Führer!"

Die Getränke wurden runtergekippt, und auch die drei Sonderermittler setzten sich wieder, wobei Doktor Tarnat dem Oberkellner schnell ein Zeichen gab, noch drei doppelte Kognak zu bringen.

Der Saal des Hotels war mit langen Tischreihen gefüllt, an deren Enden sich weitere Tische befanden. Überall lagen weiße, gebügelte Tischtücher auf. Kristallgläser, Meißener Porzellan und Silberbesteck waren exakt ausgerichtet worden, wurden nun aber unauffällig von Kellnern abgeräumt, wobei es nicht wenige hohe SS Größen gab, die das ein oder andere Silber heimlich in die Aktentaschen fallen ließen. Tarnat sah es genau, und am liebsten hätte er über die Tische hinweg gebrüllt, dass dies Diebstahl sei, aber er war zusammen mit Liebig und Schmelz mit Abstand der rangniedrigste Offizier im Saal. Er sah nach oben und ergötzte sich lieber an den vielen strahlenden Kristallleuchtern, ehe er die alten Gemälde an den Wänden bestaunte, die alle breite Goldrahmen hatten.

„Nein, ist klar, den Führer kann man nicht anklagen, schon aus moralischen Gründen nicht“, sagte Liebig ein wenig abwesend: „Aber irgend etwas muss man doch tun.“

„Ja“, stimmte Schmelz zu und hob das Glas, kaum dass der Kellner es auf den Tisch gestellt hatte: „Meine Herren, auf eine gute Zusammenarbeit! Ich hoffe, ach was, es gibt nur rauf oder runter, und ich sage, runter mit dem Kognak, aber rauf mit uns! Zum Wohl!“

„Zum Wohl“, sagten Tarnat und Liebig. Sie standen auf und zu dritt durchwanderten sie die prunkvolle Eingangshalle des ‚Elephant‘, ehe sie die breiten Stufen des Hotelgebäudes heruntergingen und sich auf dem Marktplatz ein wenig die Beine nach dem schweren und guten Essen vertraten, wobei Schmelz Zigaretten ausgab, die ein Geschenk des alten Erbprinzen zu Waldeck Pymont waren.

„Zunächst“, sagte Schmelz, „werden wir uns an unseren Untersuchungsbefehl halten. Niemand im Lager kennt unseren wahren Grund, ich will ihn auch solange wie möglich geheim halten, damit niemand im Lager gegen uns agieren kann. Was keiner weiß, kann nicht verhindert werden. Daher ist Ihnen auch noch nicht der Inhalt unserer Mission erklärt worden. Ich will ihn Ihnen hiermit offenbaren. Zu niemandem ein Wort! Von unserer Aufgabe wissen bisher nur vier Männer: der Reichsführer SS, der Chef des Reichssicherheitshauptamtes, der Chef der Kripo und der Gerichtsherr des Wehrkreises neun.“

„Meine Fresse“, flüsterte Liebig: „Alles Gruppenführer und Obergruppenführer und natürlich nicht zu vergessen, der Reichsführer persönlich! Mein Fresse! Meine arme Fresse.“

„Sowie ich und nun auch Sie und Sie! – Seit längerem vermutet der Obergruppenführer Prinz zu Waldeck Pymont Unregelmäßigkeiten in seinem Wehrkreis. Hier, im Lager Buchenwald. Er will aber eine saubere SS in seinem Bezirk, daher sind ihm die Korruptionsvorwürfe gegen Karl Koch, den Erbauer und ersten Lagerleiter von Buchenwald, ein Dorn im Auge. Und da ich in gewissen Kreisen als unbestechlicher Korruptionsjäger bekannt bin, kam der Obergruppenführer auf mich, holte mich von der Ostfront und gab mir den Auftrag, Beweise gegen Koch zu finden. Unterschlagungen, egal was. Die Geheimhaltung war allerdings nötig, weil Koch der Freund von Obergruppenführer Pohl ist. Soweit klar?"

„Ja, wie Kloßbrühe! Und Pohl ist nichts weiter als der drittmächtigste Mann im Reich. Also befinden wir uns selbst lediglich in akuter Lebensgefahr", stellte Tarnat fest, während Liebigs Augen immer größer wurden. Seine Migräne war verschwunden.

„Sowieso", meinte Schmelz: „Wir haben aber Rückendeckung von Waldeck Pymont und von Kaltenbrunner, Chef des Reichssicherheitshauptamtes, Kameraden. – Man kann alles durchziehen, Kameraden, wenn die Deckung stimmt! Und wir sind bestens abgesichert."

„Warum denn von dem, was interessiert denn den Kaltenbrunner die Wirtschaftslage in den Lagern?", fragte Liebig.

„Kaltenbrunner interessiert ganz was anderes!", sagte Tarnat, der sofort begriffen hatte: „Kaltenbrunner ist eine der höchsten Nummern im Reich. Wenn Pohls Nummer weg ist, dann wird er dessen Nummer tragen, einfachste Mathematik! Wenn Pohls Freund Korruption nachgewiesen werden kann, dann wird das auf Pohl selbst zurückfallen. Und Korruption ist Sabotage gegen das Reich. Also Hochverrat. Und Hochverrat wird mit dem Tod bestraft. – Falls Koch

Dreck am Stecken hat, soll er dazu gebracht werden, gegen Pohl, der ihn wahrscheinlich deckt, auszusagen, und damit ist die rechte Hand von Himmler abgeschlagen und er muss mit der linken arbeiten. Mit Kaltenbrunner! Dieser Österreicher ist ein Fuchs, kein Wunder, dass dem die Sicherheit untersteht."

„Und diese Untersuchungen hat Himmler zugelassen und befördert sie auch noch?", fragte Liebig.

„Was bleibt ihm übrig? Der Erbprinz will eine saubere SS in seinen Reihen, und Kaltenbrunner will das, offiziell, natürlich auch. Und damit nehmen Sie Himmler nur beim Wort. Die haben den Reichsführer SS ganz schön an die Wand gedrängt", sagte Tarnat: „Letztlich gewinnt also nicht das Wirtschafts- und Verwaltungshauptamt, das Pohl untersteht, sondern das Reichssicherheitshauptamt, das Kaltenbrunner untersteht. Sicherheit schlägt Wirtschaft!"

„Meine Fresse", flüsterte Liebig: „Was geht da oben bloß ab? – Als nächstes drückt Kaltenbrunner dann Himmler selbst weg, oder was?"

„Spekulationen, meine Herren, aber im Grunde richtig erfasst!", sagte Schmelz, dem dieser Zusammenhang selbst noch nicht ganz klar gewesen war: „Außerdem hält der Erbprinz, der ja ein Duz-Freund von Himmler ist, Pohl für einen einfältigen Bauern, der ihm nicht das Wasser reichen kann. Leider ist auch Pohl einer der wenigen Duz-Freunde vom Reichsführer SS, und daher ist noch nicht abzusehen, wie Himmler reagieren wird. Falls der Reichsführer das alles überhaupt durchschaut."

„Und, wenn ich noch anfügen darf, Kaltenbrunner hat einen direkten Draht zum Führer. Die reden persönlich miteinander. Kaltenbrunner braucht Himmler gar nicht mehr", sagte Tarnat und überlegte einen Augenblick, ob Kaltenbrunner vielleicht der neue Anführer der Deutschen sei, falls dem alten etwas zustieße. Dann wäre schon wieder ein Österreicher ganz vorne! Tarnat atmete als gebürtiger Berliner hörbar aus.

„Ich kapiere“, sagte Liebig: „Alle gegen Pohl, aber keiner will’s gewesen sein. – Dann werden unsere Ermittlungen einen Scherbenhaufen hinterlassen.“

„So ungefähr. Das alles soll uns aber nicht kümmern! Wir haben Korruption auszurotten, egal, wo wir sie finden. Dafür haben wir die nötigen Freibriefe“, sagte Schmelz: „Und ich will, solange das möglich ist, dem Gesetz zu seinem Recht verhelfen. Wenn Koch unterschlagen hat, dann werden wir es beweisen, meine Herren, haben wir uns verstanden? Alles andere ist Politik, und Politik hat uns nicht zu kümmern! Wir sind Beamte.“

„Vollkommen verstanden“, sagte Tarnat: „Wo soll ich mein Testament deponieren?“

„Scherzkeks!“, sagte Liebig, doch lachen konnte er nicht.

Ehe Schmelz sich von seinen Untergebenen verabschiedete, um in seinem Zimmer noch einige Akten durchzugehen, sagte er ihnen, dass sie morgen, zehnter Juni dreiundvierzig, um Punkt acht Uhr mit der Arbeit beginnen werden. Treffpunkt Hotelrezeption.

Tarnat nickte, warf die Kippe auf das neuen Kopfsteinpflaster und trat sie aus, während Liebig versuchte, sein wie wild rasendes Herz zu beruhigen, dessen harter Rhythmus ihm in den Schläfen wieder die Migräne ins Bewusstsein hämmerte. Er müsse schnell in ein abgedunkeltes, stilles Zimmer, denn gleich, wusste er, werde die Krankheit sein Bewusstsein ganz beherrschen und ihn vorübergehend lahmlegen.

VII

„Na, Heinze, Sie strahlen ja so!“, begrüßte Schmelz am nächsten Morgen seinen Fahrer: „Ach, befördert?“

„Jawohl, Obersturmführer, zum Obersturmmann! Wegen Tapferkeit!“, sagte der junge Heinze und riss die rechte, hintere Tür des BMW auf. Er wartete, bis Kurt Schmelz eingestiegen war, ging um den Wagen herum und schloss die linke Tür, an der sich Tarnat vorbei auf den Sitz gezwängt hatte, während Liebig, der auf dem Beifahrersitz saß, die Wagentür selbst zuzog.

„Wegen Tapferkeit, Obersturmmann Heinze?“, fragte Schmelz amüsiert: „Welche Tapferkeit?“

„Ja, konnte vier Insassen auf der Flucht erschießen. War ihnen ganz allein hinterher!“, sagte der Junge, während das Lächeln auf Schmelz’ Gesicht versteinerte.

„Gratuliere!“, sagte der Obersturmführer leise und befahl, nach Buchenwald zu fahren: „Den Weg kennen Sie ja.“

Während der Fahrt überflogen die drei Männer noch einmal die wenigen Akten, die ihnen vorlagen. Sie waren Schmelz von Waldeck Pymont übergeben worden, doch mehr als Hinweise und Andeutungen seien im Grunde nicht drin, meinte Tarnat, der einen Seitenblick auf Schmelz warf. Der Obersturmführer sah aus dem Fenster, minutenlang, ohne zu blinzeln. Tarnat räusperte sich und tauschte die Akten mit Liebig aus, aber auch in diesen fand er nichts Handfestes gegen Karl Koch, den Erbauer des Konzentrationslagers Buchenwald, der jetzt gerade ein neues Lager irgendwo im Osten errichtete. Lublin, dachte Tarnat, nie gehört. Er schlug die schmalen Akten zu und ließ sie auf seinen Knien liegen.

„Ich sehe, dass ich nichts sehe“, sagte er und hörte lediglich den Fahrer auflachen.

Übermütig fuhr Heinze an diesem Morgen die Landstraße entlang, obwohl sie sehr kurvenreich war. Doch es war wenig Verkehr, und Heinze war sich sicher, dass diese Straße kein Angriffsziel für feindliche Tiefflieger sei. Er war nun schon zwei Jahre hier, hatte an dienstfreien Tagen oft unten im Dorf sein Bier getrunken, aber von niemandem hatte er je gehört, dass der Ettersberg von Fliegern heimgesucht worden sei. Unbekümmert reizte er die Geschwindigkeitsbegrenzung aus und musste den neuen BMW, den er gestern schon zur Probe gefahren hatte, hart abbremsen, um nicht den unscheinbaren Waldweg zu verfehlen, der von dieser Hauptstraße aus nach Buchenwald führte. Lediglich ein kleines Holzschild an einem dicken Baumstamm, auf das der Name geschrieben worden war, zeigte an, dass es hier nach Buchenwald abging. Wie oft hatte Heinze nicht schon gehört, dass neue Waffen SS schlichtweg daran vorbeigefahren war! Sie hätten eben mit dem Zug kommen sollen, lautete ein alter, schwarzer Witz der Wachmannschaft, über den Heinze immer wieder lachen konnte.

Er bog in den Weg ein und blieb lieber im zweiten Gang, um den Chef auf diesem Waldweg nicht zu sehr durchzurütteln. Er war ihm dankbar, und er brannte darauf, es dem Obersturmführer zu zeigen. Bis in den Tod, Heinze meinte, er werde Kurt Schmelz treu bis in den Tod sein. Wie der mit dem Standartenführer Pister umsprang, obwohl der doch höhergestellt war, nein, Schmelz war ein Mann nach Heinz' Geschmack. So erreiche man alles, einfach alles, glaubte der Junge, und eines war ihm auch schon klar geworden: Dem Obersturmführer durfte man nicht mit Schleimereien kommen, da wurde der fuchsteufelswild! Heinze grinste, sah kurz in den Rückspiegel, nein, die Herren wurden nicht hin und her geworfen. Sie saßen ruhig auf den weichen Polstern und hantierten mit Aktenpapier herum. Aktenpapier, na, Heinzes

Sache wäre das ja nicht. Er war glücklich, hier am Steuer sitzen zu können, und er hatte auch schon gehört, dass es ab und an sogar Fahrten nach Waldeck hinter Frankfurt und dass es sogar welche in die Reichshauptstadt geben werde. Da würde er ja die Karre gut ausfahren können, oh Mann, wie sehr er sich schon darauf freute! Raus hier, raus aus diesem ganzen Lageralltag! Rein in die Reichshauptstadt! Die ganzen Mädels, die es da gab, oh ja, er war auf dem Weg nach oben. Obersturmmann Heinze, dachte er, du wirst eine Freude für deinen alten Herren sein! Und deine alte Mutter, die wirst du vor Glück so richtig zum Heulen bringen. An Schmelz halten, immer nur an Schmelz halten!

Er gab wieder Gas, war der letzte Kilometer vor dem Haupttor doch wieder betoniert. Heinze kannte seine ehemaligen Kameraden, er wusste, sie würden das Tor schon aufreißen, wenn er mit fünfzig Kilometern die Stunde genau auf sie zufuhr. Er wollte ihnen einen ordentlichen Schrecken einjagen und erst auf den letzten Metern ein wenig abbremsen, aber nur aus Höflichkeit, denn sein Fehler würde es nicht sein, wenn das Tor nicht rechtzeitig offen stünde. Frech grinste der Junge, versteifte die Unterarme und hielt das Lenkrad sehr fest. Das Tor kam in Sicht, schon stürzten die Wachposten heraus, stülpten sich noch schnell die Mützen über, erkannten den nagelneuen Dienstwagen ihrer Einheit und rissen das Haupttor zu beiden Seiten auf. Doch als Heinze an ihnen vorbeifegte, zeigten sie ihm heimlich die Faust. Übermütig hupte der Obersturmmann und erhöhte das Tempo auf der Hauptstraße des Äußeren Lagers wieder, die bis zum Endbahnhof von Buchenwald reichte, von dem aus der so genannte Karachoweg zum Inneren Lager führte. Wer wohl auf diesen Namen gekommen war? Heinze überlegte ein wenig, bis er sicher war, es müsse einer der Häftlinge gewesen sein. Klar, die wurden doch immer von der

Wachmannschaft der Waffen SS mit Gewehren und ‚Karacho! Karacho!' – Schreien angetrieben, kaum dass sie die Waggons verlassen hatten. ‚Karacho, Karacho!' ahmte der Junge im Stillen nach: ‚Karacho, Karacho!'

„Noch nicht ins Schutzhaftlager", sagte Schmelz: „Zuerst zum Kommandanten, Heinze."

„Jawohl, Obersturmführer", sagte Heinze, bremste den Wagen hart auf dem Karachoweg ab und riss das Steuer nach rechts herum, wobei er erschrocken im Rückspiegel mit ansah, wie sein Chef gegen dessen Stellvertreter geworfen wurde. Aber dafür konnte er nichts, beim besten Willen, nein, da hätte der Chef vorher mal etwas sagen können! Heinze spürte, wie er rot wurde, aber nichts kam von seinen Vorgesetzten, kein Wort, nicht einmal ein unterdrückter Fluch. Er brachte den Wagen zum Halten, sprang raus, öffnete dem Untersturmführer im Vorbeirennen die Tür und riss Sekunden später die rechte hintere Wagentür auf, damit Obersturmführer Schmelz bequem aussteigen konnte.

Obersturmmann Heinze hob an der Tür den Arm hoch, woraufhin er von Schmelz hörte, einmal am Tag zu grüßen, das reiche.

„Ich stelle Ihnen nun den Kommandanten von Buchenwald vor, den jetzigen, Standartenführer Pister. Ich hoffe, er wird einen Rundgang mit uns machen können, damit wir zu dritt einen Überblick über das gesamte Lager erhalten", sagte Schmelz: „Aber seien Sie vorgewarnt, meine Herren, nichts für schwache Nerven, Liebig!"

Liebig nickte, sagte aber nichts. Er folgte Schmelz und Tarnat zur Kommandantur, während Heinze sich nicht sicher war, was er machen sollte. Zum Parkplatz? Warten? Zu viert würden sie nicht in den Wagen passen. Das war klar! Sollte er schon mal zum Schutzhaftlager fahren und dort am Tor warten? Kleinen Schnack mit den ehemaligen

Kameraden? Oh ja, darauf hätte er Lust! Ihnen den Wagen vorzuführen, das wäre doch eine Gaudi!

Obersturmmann Heinze grinste bei dieser Vorstellung, sah dann aber auf dem linken Kotflügel einen Fleck. Er polierte ihn mit dem Jackensaum der Uniform weg, wobei sein Gesicht höchste Konzentration ausdrückte. Schmelz, dachte er dabei, an Schmelz halten. Halt dich an Schmelz, und alles wird gut!

So oder ähnlich habe der junge Heinze damals bestimmt gedacht, meinte der alte Schmelz heute. Den hat doch nur das Auto interessiert, dachte er, der war mir ja wie ein Hund, zutraulich und bereit, jeden Befehl auszuführen. Dumm müsste man sein, dumm und glücklich. Das wahre Glück heißt Dummheit! Und selig, wer vergessen kann oder sich nicht zu erinnern braucht. Oh Mann, während in Königsberg Brigadeführer Professor Clauberg Himmler mitteilte, er habe eine nichtoperative Methode zur Sterilisation von Frauen entwickelt, ließen wir uns alles im Lager zeigen. Pister hatte seinen Widerstand völlig aufgegeben, er führte uns selbst überallhin. SS Kasernen, Bahnhof, Truppenkasernen, Truppengaragen, Gustloff Werke zwei, zentrale Bauleitung, Sonderlager Fichtenhain, sogar die Isolierbaracke für prominente Häftlinge. Den Steinbruch, einen Rundgang durch den Zoo der SS. Und dann das Innere Lager mit dem so genannten Kleinen Lager. Arrestzellenbau, Sonderlager für die Sowjets, Pferdestall, wo die Sowjets erschossen wurden, die Waffenmeisterei, den SS-Musikzug, aber nein, der war außerhalb des Inneren Lagers! Da war ja dieser Zaun! Im Schutzhaftlager waren die ganzen Blöcke mit den Häftlingen. Die Häftlingsbaracken, der Häftlingskrankenbau und die verdammte Fleckfieberversuchsstation. Das Hygieneinstitut der Waffen SS. Desinfektionsgebäude, Effektenkammer mit Kleider- und Gerätekammer. Deutsche Ausrüstungswerke. Und natürlich die uralte Goethe-Eiche. Goethe, der auf dem Ettersberg so viel Theater geschrieben hat! Und Schiller auch. Das schreckliche Ende von ‚Maria Stuart'! Am Ende dann das Krematorium mit den Arztzimmern dieses Verbrechers Doktor Hoven! Und ganz zum Schluss dann die SS Führersiedlung, und da zeigte dann Pister doch so ganz nebenbei auf eine ausladende Villa und sagte: ‚Die hat sich Koch bauen lassen. Seine Frau wohnt heute noch darin.' – Die habe sich Karl Koch bauen lassen, seine Frau Ilse wohne heute noch da. – Und ich spürte, wie meine Kehle augenblicklich ausdörrte und mir das Schlucken für ein paar Momente unmöglich wurde. Das war keine Villa! Das war ein Schloss! Ein Schloss, dass sich ein normaler Waffen SS Offizier hatte bauen lassen. Wovon? Ein Mann, der vor dem Krieg mit seiner Frau in Dresden Coupons gesammelt hatte, um mal ins Theater gehen zu können. Wovon? Ich weiß noch, dass ich meine Augen kurz schließen musste, weil ich so blödsinnig gestarrt hatte. Bestimmt noch dümmer als Heinze, wenn der mal wieder alles hatte richtig machen wollen, es tatsächlich aber nur versaute!

VIII

„Die hat sich Koch bauen lassen", sagte Pister: „Seine Frau, genannt die Rote Hexe von Buchenwald, die lebt heute noch drin. Nymphomanin! Wenn Sie mich fragen, nichts weiter als eine Hure, die Dame! – Ja, wenn Sie mich nun entschuldigen wollen? – Mein Gott, schon wieder drei Stunden weg! – Die Büroarbeit, Sie verstehen?"

„Aber sicher", sagte Schmelz mechanisch, der sich von der Villa Koch nur mühsam abwenden konnte, und mit heiserer

Stimme hinzufügte: „Wo wir gerade dabei sind, für uns müssen Sie auch irgendwo drei Büros freimachen, und wenn es Ihnen nichts ausmacht, würden wir gerne auch hier im Lager wohnen. Ist bei den Truppenkasernen noch was frei?"

„Sie wollen hier wohnen? Wenn ich wählen könnte zwischen dem Hotel ‚Elephant' und dem KL, also ich würde ..."

„Standartenführer, wir sind nicht zum Urlaub hier. Wir haben Ermittlungen anzustellen, aber das wissen Sie doch", sagte Schmelz, dem plötzlich die entsetzten und leidenden Gesichtsausdrücke seiner Kollegen auffiel. Hatte er ihnen zu viel zugemutet? Gleich das ganze Programm, hätte er sie lieber nach und nach an das ganze Lager heranführen lassen sollen? Aber wie hätte er das Ausmaß ahnen können? In der Versuchsstation gegen Fleckfieber verkrüppelte Insassen, denen der Mund zugebunden war, damit sie nicht schrien vor Schmerzen, weil ihnen buchstäblich schwarze, verfaulte Gliedmaßen vom Körper abfielen. Insassen, die absichtlich infiziert wurden, die unbeschreibliche Qualen erlitten und die nun nicht wieder geheilt werden konnten. Oder der Arrestbunker, wo sie einem Mann gerade die Fingernägel mit einer Zange herauszogen! Oder der Erschießungsort gleich hinter den Pferdeställen. Oder die Steinkarren und der Hängepfahl vor dem Krematorium, an dem so ein armer Teufel an den Zehen aufgehängt war. An den Zehen! Ein Zeh war herausgerissen, herausgerissen durch das eigene Körpergewicht. Tiere in Uniform! Und das Krematorium selbst! Die Leichenberge hinter dem schwarzen Zaun, weil man mit dem Verbrennen nicht nachkam. Schmelz fing einen Blick von Liebig auf, dessen Gesicht kalkweiß geworden war. Schmelz bemerkte das Zittern der Hände des Mannes, obwohl er sie tief in den Uniformtaschen vergraben hatte. Der klapperte doch nicht mit den Zähnen? Doch! Tatsächlich!

„Kommen Sie, Liebig“, sagte Schmelz, kaum dass Pister weg war: „Setzen Sie sich hier auf den Stein, kommen Sie, stützen Sie sich auf mich. Na, los! Geben Sie schon her den Arm.“

„Meine Fresse“, flüsterte Liebig immer wieder, während er von Tarnat und Schmelz zu einem Findling gebracht wurde, auf den sie ihn setzten: „Meine arme Fresse!“

„Haben wir alles gesehen?“, fragte Tarnat. Er zog an einer Zigarette und gab sie dann weiter. Es war die letzte, die sie im Augenblick hatten, obwohl jeder von ihnen vor drei Stunden noch eine volle Packung dabei gehabt hatte: „Ich meine, woher sollen Sie das wissen. Ich meine nur, ich war ja mit Arthur Nebe auf der Jagd nach Adolf Seefeld, dem zwölffachen Kindsmörder von Mecklenburg. Dreiunddreißig bis fünfunddreißig war das, Sie erinnern sich vielleicht? Der hat seine Opfer ja in Stücke zerfetzt und die Teile an Kirchentüren genagelt, während er als Hilfsarbeiter durch Brandenburg und Mecklenburg zog, aber das, das war ja gar nichts! Gar nichts im Gegensatz hierzu!“

Ihm kamen die hungernden Insassen ins Bewusstsein, die in den Blöcken lagen, weil sie zu schwach zum Arbeiten waren. Zum Arbeiten und zum Essenfassen! Insassen, die unter den Augen der anderen verhungerten. Und wie Pister das abgetan hatte! Am liebsten wäre Tarnat ihm an die Gurgel gegangen, aber wer war er denn! Doch kein Revoluzzer oder gar Kommunist! Er war nichts anderes als ein kleiner Beamter, der vorerst eben nicht begreifen konnte, dass das alles einen Sinn hatte und auf Geheiß des Führers geschah. Er wusste, Begreifen war auch nur eine Frage der Zeit. Und wer begreife, der könne das Begriffene dann auch abtun. Schmerzhaft sei nur der Prozess des Erkennens, der aber, wenigstens das sei sicher, begrenzt sei. Der überstanden werden könne. Er atmete tief durch. Nein, er wollte nur noch die paar Monate bis zur Pension herumbekommen, aber warum Nebe nun ausgerechnet ihn hierher geschickt hatte? Tarnat nahm die Zigarette, die er von Schmelz bekam, und rauchte sie bis zu den Fingern, ehe er die Kippe wegwarf.

„Sie entschuldigen mich kurz“, sagte er monoton, drehte sich um und lief ein paar Schritte ins Wäldchen, das die Führersiedlung vom Rest des Lagers abtrennte, ehe er aus voller Kehle schrie: „So eine gottverdammte Scheiße! Scheiße! Scheiße und nochmals Scheiße! Scheiße, Scheiße, Scheiße!“

Einige Minuten später kam er wieder und entschuldigte sich für seinen Ausfall.

„Das macht nichts. Lassen Sie es raus, das ist immer besser“, sagte Schmelz, der keinerlei Emotion spürte. Weder hatte sich während des gesamten Rundgangs sein Herzschlag beschleunigt, noch war ihm auch nur ein einziges Mal kalt oder heiß geworden. Nichts, er empfand kein Gefühl der Wut, der Trauer oder des Entsetzens. Für Obersturmführer Doktor Kurt Schmelz waren das alles Tatsachen, die nicht mehr zu ändern waren. Es waren nicht seine Tatsachen, und deshalb betrafen sie ihn auch nicht. Schmelz hatte vor, da ganz andere Tatsachen zu schaffen. Praktisch gesehen, fand er, sei ja das ganze Lager voller Straftaten, und es gebe bestimmt einige, die nicht befohlen wurden. Und um diese Straftaten wolle er sich kümmern. Diese Straftaten waren veränderbar. Schmelz verstand mit einem Mal, was sich ihm da für eine Chance bot, denn war es nicht so, dass eine Krähe der anderen glich? Er könnte in allen, allen!, Lagern Beweise suchen und finden. Dieser Koch könnte lediglich der Anfang sein, nichts weiter als der Anfang! Sein Name, der Name Kurt Schmelz, könnte, wenn Kaltenbrunner wirklich durchzog, was Tarnat vermutet hatte, eines Tages ganz oben stehen. Wenn er es schlau anstellte, dann könnte er Justizminister werden und Kaltenbrunner des Anführers Nachfolger. Und dann, dann würde doch noch eine objektive Rechtsprechung siegen, denn dafür stand er ja ein, unbestechlich und unparteiisch zu sein! Das Gesetz musste getrennt sein von der Politik, das musste einfach so sein. Das würde er Kaltenbrunner dann schon klar machen, denn niemals darf einer alles sein! Sonst kam es doch nur zu solchen Zuständen wie hier. Ein willkürliches Ermorden und Vergewaltigen, ein Bestehlen und Belügen, nein, immer schön ein Schritt nach dem anderen. Erst eins, dann zwei, dann drei, dann vier.

Kurt Schmelz stand auf, glättete die Uniform und sagte: „Meine Herren, es hilft ja nicht, hier in Scham und Schande zu versinken. Tun wir, was möglich ist. Tun wir, was unsere Pflicht ist. Suchen wir Beweise, und schaffen wir Tatsachen. Wer weiß, vielleicht können wir so den Insassen hier helfen. – Mein Gott, ich weiß doch auch nicht! – Wir müssen darüber hinwegsehen, verstehen Sie, hinwegsehen!"

„Sie haben es gut", sagte Liebig, immer noch auf dem Stein sitzend: „Sie waren an der Ostfront. Sie haben Leichen gesehen, Leichenberge gerochen, Sterbende angefasst. Sie haben schon alles hinter sich. Totschießen und so, aber ich, ich war völlig unvorbereitet! Völlig un …"

„Nein", unterbrach ihn Tarnat: „Sagen Sie jetzt nicht ‚unschuldig', nein, sagen Sie es nicht, Liebig."

Liebig sagte es nicht, Schmelz musterte ihn genau und es schien ihm, dem jungen Mann sei nun auch etwas eingefallen, womit er sich schuldig gemacht habe. Dieser erschrockene Blick! Dieses maskenhafte Gesicht! Dieses Anhalten des Atems, der professionelle Ermittler sah seinem Mitarbeiter an, dass auch er etwas zu verbergen hatte. Schmelz setzte nicht nach, er befand sich in keinem Verhörzimmer, er registrierte erfreut, dass Liebig aufstand und sich ebenfalls seine Uniform straff zog. Leichenblass sah er aus, aber er stand! Er stand wieder! Obersturmführer Doktor Kurt Schmelz war zufrieden.

Du warst damals zufrieden, dachte der Alte und sah sich unbeirrt weiter in den gespiegelten Blick, alles andere interessierte dich nicht. Du wolltest nur wissen, was du wissen wolltest. – Was das wohl gewesen sein mag? Hatte der Liebig in seiner Heimatstadt eine Judenfamilie verraten? Hatte er eine deutsche Familie verraten, die einen Juden versteckt hielt? Oder hatte er einfach nur kräftig beim Einsammeln der Juden geholfen und wurde ihm nun, beim Anblick des Lagers, klar, was er angerichtet hatte? Irgendwas war ihm da schlagartig eingefallen, und zwar so schlagartig, dass er wie ausgewechselt war. Wie ausgewechselt! Wer? Wer konnte sich denn damals als unschuldig bezeichnen? Unschuldig wovon? Mit gesundem Menschenverstand? Wir waren krank, kranke Tiere! Genauso krank wie die Neonazis heute! Kaputte, dumme, verblödete Existenzen, die nichts begreifen, rein gar nichts! Die in Lager gesteckt gehörten, in Konzentrationslager! Wie oft habe ich den Kahlköpfigen schon auf der Straße entgegen brüllen wollen: ‚Was wollt ihr sein? Gute Deutsche? Abschaum, ihr seid Abschaum! Ein Deutscher, der gut ist, der tötet keine Unschuldigen! Der respektiert das Leben aller! Respekt, Respekt vor dem Leben! Euer Hass betrifft euch, nur euch, er meint euch selbst. Euer Hass ist so lächerlich! Und ihr seid kaputt! Defekt!‘

Wer tötet, oder wer die Absicht hat zu töten, der gehört nicht ins Leben, dachte der zweiundsiebzigjährige Schmelz: Der muss eine Zielscheibe auf seiner Kleidung tragen.

Schmelz wankte ein wenig, musste sich am Spiegelrahmen festhalten, und nach langer Zeit bewegte er wieder einmal die Augenlider.

Über eine Stunde hatte er seinem Spiegelbild in die Augen

gestarrt. Über eine Stunde, und mit einem Male bemerkte er, wie ihm die Krampfadern zu schaffen machten. Wie sie in den Waden brannten und stachen und das Blut hinderten, zu den kalten Füßen zu gelangen.

IX

„Anna“, flüsterte der zweiundsiebzigjährige Schmelz im schummrigen Flur seiner Frankfurter Wohnung: „Anna!“

Die Beine schmerzten ihm nach dem langen Stehen so sehr, dass er sie nicht mehr bewegen konnte. Schon die kleinste Gewichtsverlagerung schien ihm die Adern in den Waden aufzureißen, aber er musste doch zum Stuhl gelangen! Er konnte doch nicht hier für alle Zeit vor dem eigenen Spiegelbild stehen bleiben, bis er umkippte und tot war! Erneut rief er nach seiner Frau, ehe ihm einfiel, dass sie ja fort war. Weg! Dass sie ihn ja verlassen hatte. Dass sie der Feigheit vor dem Freund unterlegen war. Kurt Schmelz hielt sich am dicken Rahmen des Spiegels fest und senkte den Blick. Es war das erste Mal, dass er den Blick vor einem anderen Blick senkte. Er konnte sich nicht erinnern, sich schon jemals so gedemütigt gefühlt zu haben, so auf eine Stimme hoffend, die ihm einen Weg weise.

Es kam natürlich keine Stimme aus dem Äther, das war ihm auch klar. Schließlich hatte er nicht für das Radio Gottes bezahlt. Nicht eine müde Mark hatte er gespendet. Er räusperte sich.

Im Spiegel konnte er den Stuhl sehen, den ersehnten, der schräg hinter ihm an der Wand stand. Auf den er sich in den letzten dreißig Jahren so oft gesetzt hatte, um sich die Schuhe zu binden, oder um sich die Stiefel abzustreifen, und nun? Nicht einmal zwei Meter, schätzte er, aber sobald er den Körper nur ein wenig verlagerte, brannte es ihm so sehr in den Beinen, dass er meinte, auf einem Scheiterhaufen zu stehen. Aber was für ein Scheiterhaufen sollte das denn sein?

Er war doch gleich nach dem Krieg entnazifiziert worden. Ein halbes Jahr in einem Internierungslager in Bayern, zusammen mit Nazigrößen, die zum Glück nicht wussten, wer er war und was er vorhatte. Die ihn dann aber während der Nürnberger Prozesse wiedererkannten, als er gegen fast jeden von ihnen aussagte. Haarklein hatte er den Alliierten die Struktur der SS erklärt, das System der Konzentrationslager, ja, er war es gewesen, der ihnen all die Namen der ehemaligen Lagerleiter genannt hatte, denn er hatte gegen jeden von ihnen Beweismaterial angehäuft. Und wäre ihm der Zusammenbruch nicht zuvorgekommen, noch im April fünfundvierzig hatte er beim Reichssicherheitshauptamt Anklage gegen den Obergruppenführer Pohl eingereicht! Er hatte eine lückenlose Beweiskette gegen den Chef des WVHA zusammen gehabt! Und nur zu dumm, dass er während seiner Flucht vor den Sowjets von Königsberg über Schlesien nach Böhmen geflohen war und all seine Koffer in Böhmen verloren hatte. Kurt Schmelz kniff die Augen zusammen und dachte: Also, auf was für einem Scheiterhaufen soll ich denn stehen, bitte schön? Auf was für einem?

Was konnte er denn dafür, dass seine Anklage noch Ende April fünfundvierzig wegen Überlastung der Gerichte abgewiesen worden war. Dass er nicht lachte! Wegen Überlastung! Wohl eher wegen Feigheit! Verdammt! Diese Schmerzen! Sollte er etwa so sterben? Vor dem Spiegel stehend, bis er in ihn hineinfiel? Kurt Schmelz presste die Hände vor Wut so fest um den Rahmen, dass die Knöchel weiß hervortraten. Unwürdig, dachte er, absolut unwürdig, wie ich hier stehen muss!

Er atmete tief durch, und rief, auch wenn ihm klar war,

dass es nichts half, er war ja nicht verkalkt oder so: „Anna! – Anna, verdammt noch mal, Anna, wo steckst du?“

Wohin konnte sie überhaupt sein? Kurt Schmelz überlegte, aber ihm fiel niemand ein, der sie aufgenommen haben könnte. Alle schon tot! Niemand mehr da. Mit einem Koffer! Mit einem Koffer hier heraus zu marschieren, geradeso, als verlasse sie noch einmal Oberschlesien! Wer hatte sie denn nach dem Krieg aufgenommen? Wer hatte ihr denn in den Wirren, als es soviel Hunger und Elend gab, ein ganzes Zimmer für sich allein gegeben? Brot und Suppe? Doch er, Kurt Schmelz, neu ernannter Notar und Rechtsanwalt in seiner Heimatstadt Frankfurt am Main. Und wer hatte ihr geholfen, den Bruder wiederzufinden, der auf einem anderen Treck gelandet war? Der Verlorene, der nur verloren geglaubt gewesen war? Na, er doch! Doch er, Kurt Schmelz! Sicherlich, aus Liebe hatte sie ihn nicht geheiratet, dazu war der Unterschied von achtzehn Jahren wohl dann doch zu groß, aber hielten nicht gerade diese Ehen ein Leben lang, die nicht auf dem Sandboden des Verliebtseins gegründet worden waren? Doch! Natürlich! Und nun? Nichts!

Man hätte reden sollen, aber das Reden beschwor doch all zu oft eine Konsequenz herauf, die dann nicht mehr zu ändern war. Der man sich dann auch stellen musste, wenn sie ausgesprochen worden war. Tatsachen, die nicht durch Handeln, sondern durch Reden geschaffen wurden, die blieben doch immer aalglatt. Schlüpfrig. Die wuchsen doch im tiefsten Schatten, bis sie alles Wasser aus dem Waldboden gesaugt hatten. Darauf verstand er sich eben nicht. Er, Kurt Schmelz, verstand sich aufs Handeln, und deswegen hatte er auch nach dem Krieg nicht viel als Rechtsanwalt zustande gebracht, aber dennoch! Dennoch, man hätte reden sollen, vielleicht wäre sie dann auch nur schon früher gegangen, na ja, auch keine so tolle Vorstellung! Letztlich bringt das Reden gar nichts und macht nur korrupt, dachte er, wer kommuniziert, der prostituiert.

Er räusperte sich.

Schmelz, der den Blick immer noch auf den Boden geheftet hielt, war dazu übergangen, mit kleinsten Bewegungen die Lage seines Körpers zu ändern. Er versuchte nicht mehr, die Füße abrupt vom Boden zu reißen, sondern nach und nach die Hacken zu heben, erst den einen, dann den anderen, dann erneut den anderen und wieder den einen, während er den Schlips aufzog und die oberen Hemdknöpfe öffnete.

Schließlich gelang es ihm doch, einen Fuß ganz zu heben, wenig später auch den anderen. Mit Schmerzen, die erträglicher wurden, die auszuhalten waren, ging er steifbeinig die wenigen Schritte rückwärts zum Stuhl, um sich erschöpft und mit rasendem Herzen auf ihn fallen zu lassen. Er hält, dachte Schmelz, er trägt mich! Gott sei Dank, ich sitze!

Für einen Moment schloss er die Augen, atmete durch und sah sich danach im Flur um, als habe er ihn noch niemals zuvor gesehen. Schmelz betrachtete die vier halbgeöffneten Zimmertüren, war das sein Gefängnis? Kam er hier nicht mehr heraus? Aus dem abgenutzten Flur der Wohnung, in der er mit Anna seit über dreißig Jahren wohnte? Dieser Flur, durch den er so oft gedankenlos geschritten war? Dieses Niemandsland zwischen Draußen und Drinnen, hielt dieses Grenzland ihn fest? Nicht einmal ein paar Münzen hatte er für den Fährmann des Todes dabei; nicht, dass er bis in alle Ewigkeit am Ufer des Jordans bleiben musste! Was reimte er sich da nur zusammen? Kurt Schmelz schüttelte den Kopf, zeigte seinem Spiegelbild einen Vogel und schüttelte noch einmal den Kopf, ehe er dachte: Liebe ist die zerstörerischste Macht im Leben, nicht Hass. Hass hält wenigstens im Leben, solange er nicht gestillt ist, aber wen interessiert das schon? Wird deswegen etwa weniger geliebt? Ich denke, nein! Mit der Liebe geht es in den Tod, niemals mit dem Hass. Liebe ist eine Sehnsucht nach dem Tod.

Er war zusammengesunken, Schultern und Kopf hingen herunter, eine Haltung, die ihn schmerzte, die sein Körper nicht gewohnt war, die sein Leib gar nicht kannte! Aber der Wille, die Brust herauszustrecken, gerade zu sitzen und das Knacken der Rückenwirbel zu spüren, der fehle ihm plötzlich, stellte er fest. Wo war er nur hingeraten? In den Spiegel gefallen? In die blauen Pupillen, die so offen gewesen waren, aus denen soviel herausgeschossen kam, dass doch eigentlich gar kein Platz fürs Hineinfallen gewesen war? Doktor Schmelz schüttelte den Kopf, mühsam, alles ging mühsam heute, so mühsam wie seit langem nicht. Als hätte er einen Schlaganfall erlitten, aber es war doch nichts! Das Herz arbeitete, ruhig, gewissenhaft und ohne Unterbrechungen, das Herz war in Ordnung, aber was war es dann? Der Atem ging ebenmäßig, sicher. Wenn er auf seinen Atem achtete, dann beschleunigte sich der Herzschlag zwar, aber das kannte er ja, das passierte ihm doch immer, wenn er seinem Atem lauschte. Das war nichts Ungewöhnliches.

Sein Blick fiel auf die vergilbten Blätter, die ihm Tarnat vor fast vierzig Jahren als Bericht aus Auschwitz geschickt hatte. Auschwitz, noch so eine Hölle! Oder das Lager Plaszow! Der dortige Kommandant, dieser Sadist, der die Häftlinge im Alter zwischen siebzehn und zwanzig Jahren nackt antreten ließ, um sich einen Jungen auszusuchen, den er dann vor den Augen aller erschoss. Mindestens einmal am Tag hetzte er seinen Hund Rolf auf einen Häftling, um den Menschen vom Tier zerfetzen zu lassen. Amon Leopold Göth, einziger Sohn eines Wiener Verlegers, dem ich im Herbst vierundvierzig den Prozess gemacht habe. Wegen Unterschlagung und Wehrkraftzersetzung, nicht aber wegen des dreizehnten Märzes dreiundvierzig! An diesem Tag leitete er die Zerstörung des Krakauer Ghettos, wobei viertausend Menschen umgebracht wurden. Viertausend an einem Tag! Unser Todesurteil konnte leider nicht mehr vollstreckt werden, der Zusammenbruch des Reiches kam uns fünfundvierzig dazwischen, aber die Nordamerikaner haben Göth ja den Polen übergeben, und die Polen hängten ihn unweit seines Lagers auf. Tja, aber schlage mal der Hydra einen Kopf ab, schon kannst du zusehen, wie zwei neue wachsen, dachte Schmelz.

Er sah plötzlich die Witwe Göth vor sich, die er in den späten siebziger Jahren besucht hatte. Sie war Sekretärin im Münchner Goethe Institut, und als er in ihre Wohnung kam, die auch schon bessere Zeiten gesehen hatte, und sie sich gesetzt hatten, da sagte sie doch über das Lager Plaszow: „Es war eine schöne Zeit. Wir waren gerne miteinander. Mein Göth war König, ich war Königin. Wer würde sich das nicht gefallen lassen?"

Schmelz räusperte sich, schreckte auf, als auf einmal Licht durch die matte Scheibe der Wohnungstür schimmerte. Schmelz horchte, und auf einmal hatte er doch den Willen, sich gerade hinzusetzen. Schweigend und mit durchgestreckter Brust wartete er auf die ersten Geräusche. Was sollte er Anna sagen? Am besten gar nichts! Am besten erst einmal hereinkommen lassen. Kurt Schmelz räusperte sich erneut, schloss die Knöpfe des Hemdes, was nicht so schnell ging wie er wollte, verdammt, wieder eine dieser Tätigkeiten, die er nach Annas Abwesenheit erst wieder erlernen müsste, und er zog auch den Schlips wieder zu, nicht so fest, dass er ihm den Hals quetschte, denn schlucken müsse er schon ganz schön, stellte er fest. Er drückte den Rücken gegen die hohe, mit Leder beschlagene Lehne des Stuhls, stellte die Beine ein wenig auseinander, füllte die Sitzfläche des alten

Stuhls aus und legte die Unterarme auf die mit weinrotem Samt bezogenen Armlehnen. Er sah zur Tür und wartete.

Die Blätter! Sollte er aufstehen und riskieren, dass sie ihn in gebückter Haltung vorfand? Nein! Doktor Kurt Schmelz blieb auf seinem Stuhl und lauschte. Da, die ersten hörbaren Schritte, erste Etage, das Ende der ersten Etage, jetzt war ihre Etage dran, die Etage Nummer zwei, die ersten Stufen, und immer weiter, ja! Komm schon! Komm, Anna, halt jetzt nicht an wie immer, dachte er, und lass doch meinetwegen den Koffer auf halber Treppe stehen! Ich hole ihn später, ich mache mich später auf! Lass uns erst einmal zusammen ein Glas Pfefferminztee trinken, Anna, na los, gib dir einen Ruck, was, Anna, wir haben doch schon ganz andere Sachen überstanden! Wir zwei! Einen schönen Pfefferminztee! Nicht den billigen! Wir gönnen uns heute mal den aus dem Feinkostladen, Anna, also, ich bin dafür! Du auch? Anna? Anna? He, Anna, was machst du? Hier ist die Nummer zwei, Anna. Hier sitze ich, ich sitze hier im Dunkeln und warte! Ich warte auf dich, dachte er.

Und halb hatte er sich schon aufgerichtet, als ihm klar wurde, dass es eine der Nachbarinnen war, die über ihm wohnten. Einen Moment verharrte er, mit dem Hosenboden in der Luft, schwer auf die Lehnen gestützt, als das Flurlicht mit einem Klacken ausging. Ein Geräusch, das er deutlich hörte. Mit einem Stöhnen ließ er sich fallen, die Hände untätig auf den Beinen lassend.

Kurt Schmelz starrte die Tür an, die geschlossen blieb, mit offenem Mund, aus dem Speichel floss, ein schmales Rinnsal, das er erst spät bemerkte. Er wischte sich mit dem Hemdsärmel die Lippen trocken, und immer noch war er fassungslos.

Was sollte er machen? Was war wichtig? Er überlegte, ohne die Tür aus den Augen zu lassen.

Für Anna war ja immer alles wichtig, und alles musste

sofort erledigt werden. Anna kannte kein Morgen und kein Gestern, sie war immer im Jetzt. Immer in einem durch und durch persönlichen Jetzt.

Jetzt dies, jetzt jenes, aber war das nicht viel zu anstrengend, so zu denken, so zu leben? Jetzt, was für eine lächerliche Zeiteinheit, jetzt! Kurt Schmelz prüfte die Alternativen. Er könnte, jetzt, in seine Kanzlei gehen, die im größten Zimmer der Wohnung untergebracht war. Aber dort lagen keine dringenden Fälle mehr. Dort lagen überhaupt keine Fälle mehr. Schon vor einem Jahr hatte er die Erbschaftssachen an eine größere Firma abgegeben, die Testamente, die bei ihm in einem Safe gelegen hatten, waren alle weitergeben worden. Und sowieso, das Kanzleischild, das unten an der Haustür gehangen hatte, das war ja auch schon abgenommen worden. Was also sollte er in der Kanzlei? All die Akten zum tausendsten Mal durchgehen, ob alles mit ihnen in Ordnung war? Aber es war alles mit ihnen in Ordnung! Nach seinem Tod würden sie der anderen Kanzlei übergeben werden, und nach siebzig Jahren konnten sie dann alle vernichtet werden. Da hatte er es wieder, Vernichtung, immer wieder Vernichtung und Tod, Vernichtung und sein Tod!

Ob das bei alten Leuten immer so war, dass alle Gedanken letztlich doch immer zum eigenen Tod führten? Hatte er nicht gelesen, bei einem jungen Schriftsteller, jeder Mensch habe sowieso nur einen Gedankenstrang, dessen Anfang er nicht kenne und dessen Ende der Tod sei, der eigene. Aus diesem Strang könne der Mensch sich jederzeit Sätze, Wörter und ganze Kapitel herausklauben, aber die Richtung seines Denkens könne der Mensch nicht bestimmen. Die Richtung seines Handelns werde von seinem Denken bestimmt, das er nicht kenne. Dies wiederum hatte Kurt Schmelz überhaupt nicht gefallen. Er war Pragmatiker! Er schaffte Tatsachen und bestimmte mit ihnen das Denken!

Ans Ende dieses interessanten Gedankens musste dieser junge Schriftsteller also noch einmal heran, da half gar nichts, das Ende konnte so nicht bleiben. Schließlich war Wahrheit, was sich auszahlte. So hatten es die Philosophen aus Amerika sehr treffend formuliert. Sehr treffend und sehr richtig!

Kurt Schmelz war nahe daran, dies zu notieren und es dem jungen Mann zukommen zu lassen, aber wie er die Jugend so kannte, wollte sie eh keine Ratschläge haben. Nun gut, er kannte sie nicht gut, schließlich hatte er nicht einmal eigene Kinder, auch hatte er keinerlei Verwandtschaft, aber was er so im Allgemeinen gehört hatte, das war doch, dass die Jugend die Ernsthaftigkeit verloren habe und wirklich glaube, wirklich und tatsächlich, die Welt befinde sich im Geldbeutel der Eltern. Kurt Schmelz sah sich im Spiegel grinsen und erschrak über diese Grimasse.

Also nicht ins Kanzleizimmer, der Anrufbeantworter war ja sowieso abgestellt. Ins Wohnzimmer? Aber was dort anstellen? Den Fernseher? In die Küche? Das schon eher! Sich schön an den Küchentisch setzen, aus dem Fenster sehen und das Radio dudeln lassen, nur nicht zu laut! Doch da lauerte auch nur sein Spiegelbild in den Scheiben! Nein, nein, da konnte er genauso gut hier sitzen bleiben und sich dem echten Spiegel stellen. Klare Konturen, keine Flecken auf dem Flurspiegel, keine Ablenkung. Nein, Kurt Schmelz war sich auf einmal sicher, er wolle keine Ablenkung. Nicht heute Abend, vielleicht sogar niemals mehr! Er hatte sich genug abgelenkt in seinem Leben. Mit der Arbeit, mit dem Gequassel Annas, mit den täglichen Unwichtigkeiten, die sie immer für so wichtig gehalten hatte. Nein, Ablenkung ist etwas gegen Langeweile, dachte er, aber ich habe heute Abend keine Langeweile. Nicht heute und auch nicht morgen. Ich bleibe einfach hier sitzen und schaue zu, was passiert.

Etwas passiere ja immer, meinte er. Sein Leben lang hatte

er dafür gesorgt, dass etwas passierte, aber nun wollte er es einmal damit versuchen, hier sitzenzubleiben und aufs Geschehen zu warten. Dieser Lärm!

Die Frau, die an seiner Wohnungstür vorbeigegangen war, lief ununterbrochen mit Stöckelschuhen über das Parkett ihrer Wohnung. Sie wohnte über Schmelz, doch noch nie war ihm aufgefallen, wie laut diese Geräusche durch die Decke kamen. Und allmählich ärgerte es ihn, es ärgerte ihn so sehr, dass er dieses kleckernde Klackern gar nicht mehr überhören konnte.

Es fehlte nicht viel, und Kurt Schmelz hätte sich erhoben, die nervtötende Nachbarin hätte ihn aus seinem Zustand geholt, gerettet hätte sie ihn vielleicht sogar, doch dann hörte es mit einem Male auf, und nun waren nur noch Fernsehgeräusche zu hören. Ein beständiges, sehr leises Rauschen, das der alte Mann gut überhören konnte. Er brauchte sich dafür noch nicht einmal anzustrengen, es gelang ihm jedenfalls leichter, als diese Essensgerüche aus der unteren Wohnung, die durch den Boden zu ihm hinauf drangen, zu ignorieren.

Es war ein altes Haus, ja sicher, aber ob man deswegen den Mietern die Zubereitung von Kartoffelsuppe verbieten konnte? Schmelz war sich nicht sicher, gab es da nicht ein Gerichtsurteil aus dem Jahre vierundsechzig? Nein, an was er dachte, das hatte mit Bürogebäuden zu tun, schade!

Die Stehlampe schräg hinter ihm warf nur ein schwaches Licht in den Flur.

Ein echtes Niemandsland hier, dachte er, vielleicht sind vierzig Watt doch zu geizig gedacht?

Er konnte ja von hieraus nicht einmal sein Spiegelbild betrachten! Aber war das nicht auch schon egal? Kannte er sich nicht zur Genüge?

Kannte er sich? Ein Mann, dachte er, der Zeit seines Lebens handelt und handelt, der hat doch eigentlich wenige Erkenntnisse über sich gewonnen. Er weiß zwar, wie das Ding hier funktioniert, aber er weiß nicht, wer da überhaupt funktioniert. Nein, das habe ich mal wissen müssen! Das habe ich nur vergessen. Ausgeschlossen, dass ich so dumm durchs Leben gerannt bin! Das ist nur verdrängt und wird wieder hervorgeholt, schließlich habe ich neunzehn vierunddreißig die beste juristische Staatsprüfung von ganz Deutschland hingelegt! Meine Dissertation ‚Kriegspropaganda und Kriegsverhütung' erschien sechsunddreißig im renommierten Universitätsverlag Noske zu Leipzig. Bei Noske! Als Band vier der Schriftenreihe ‚Wesen und Wirken der Publizistik'! Und ich, ich war der jüngste Richter an einem deutschen Gericht. Ich hatte mich vor Angeboten nicht retten können. Kiel, München, Köln, aber ich entschied mich für Stettin! Schlau wie ein Fuchs beim Entenklau habe ich gedacht, ich könne dort zwei Fliegen mit einer Klappe schlagen. Die Nähe zur Reichshauptstadt und das Seegericht in Stettin. Oh ja, wie gerne hätte ich mich aufs Internationales Wirtschafts- und Seerecht spezialisiert! Das wäre mein Fall gewesen. Die Stellung am Landgericht war ja nur als Anfang gedacht, wurde dann aber leider sehr schnell Schnee von gestern. Hat mir doch dieser Österreicher einen Strich durch die Rechnung gemacht mit seinem Großdeutschland. Vollidiot! – Tja, so fing das damals an, aber wie hört es auf?

Schmelz ließ den Blick in den Schoß fallen, auf die Hände, deren Haut völlig zerkratzt war. Vorsichtig strich er über die langen, schmalen Wunden. Sie waren noch immer frisch, stellte er fest. Erneut lockerte er die Krawatte und öffnete den Hemdkragen. Er ließ die Hände sinken, dann hob er sie wieder und strich sich vorsichtig übers Gesicht. Auch hier spürte er die Wunden. Auf der Stirn, auf den Wangen, auf Kinn und Nase, alles war mit Kratzwunden übersät. Er drückte die flachen Hände kurz übers Gesicht, als halte er ein nasses, kühles Tuch darüber, doch dann, zuerst presste er nur die Handballen gegen den Kopf, begann er wieder, sich das Gesicht aufzukratzen. Es tat ihm weh, er blieb mit den Nägel in den Furchen zwischen den Falten hängen, er riss an den Falten, er drückte die Nägel tief ins Fleisch, er holte Fetzen heraus und kratzte immer wieder kreuz und quer übers Gesicht und über die nackte Kopfhaut; was war nur los mit ihm? Was juckte ihn da nur so?

Er presste die Lippen aufeinander, kratzte sich mit aller Kraft die Haut an Nacken und Kehle auf, spürte Feuchtigkeit zwischen den Fingern, verrieb sie und drückte sich den Kehlkopf in den Hals, bis er husten und würgen musste.

Kurt Schmelz spürte, wie sich Blut auf der Nasenspitze sammelte, auf die Oberlippe rann, zur Kinnspitze lief und abtropfte. Kurt Schmelz hielt ganz still, die Hände flach auf den Schenkeln, leicht vornübergebeugt schielte er mit erhobenem Kopf auf den Boden, um das flüssige Rot zu betrachten.

Sein Blut, wie hatte er um dieses Blut gekämpft, wie viele Feinde hatte er an der Front getötet, wie viele Aktenordner hatte er zwischen sich und seinen Feinden innerhalb der SS geworfen, um sie nicht zu nahe an sich herankommen zu lassen, und nun? Nun vergeudete er es! Untätig saß Kurt Schmelz auf dem wackligen Stuhl im schummrigen Flur und sah die Lache Blut sich vergrößern.

Er sah still und starr dem Verlassen seines Blutes aus seinem Körper zu, doch obwohl ihm dieser Moment ewig schien, wusste er doch, dass es nie soviel Blut werden würde, um ihn ernsthaft in Gefahr zu bringen. Dafür waren die Wunden ja viel zu klein und zu oberflächlich. Hautwunden! Nichts weiter als Hautwunden! Da müsste er sich schon die ganze Haut vom Leibe reißen.

Kurt Schmelz lehnte sich zurück, legte ein Bein auf das

andere, rückte sich ein wenig zurecht, um besseres Licht zu haben, und begann sich, tief in sich selbst versunken, konzentriert und gewissenhaft die Hautfetzen unter den Fingernägeln hervorzuholen. Achtlos ließ er die winzigen Fetzen fallen.

VERHAFTET

I

Knapp drei Wochen nach dem Rundgang durch Buchenwald waren die Ermittler noch keinen Schritt weitergekommen. In den ersten Tagen hatten sie sich soviel wie möglich in den Kasernen aufgehalten, Akten durchforstet, die Pister ihnen gegeben hatte, Theorien aufgestellt und verworfen, Möglichkeiten geprüft, aber schließlich waren sie zu dem Ergebnis gekommen, einen Mann wie Koch könne man nicht mit alten Akten überführen, einen Mann wie Koch müsse man überraschen. So einen erwische man nur, wie man einen Panther erwische: einzig in dem Augenblick, in dem das Tier selbst seine Beute stelle.

Überraschung, Blitzkrieg, und das waren ja auch die Möglichkeiten, die Schmelz entgegenkamen. Funktionierte so nicht auch das ganze Reich? Tatsachen schaffen, einfach erst einmal Tatsachen schaffen, das andere ergab sich dann schon? Schmelz war sich sicher.

Zuerst waren sie nur zu dritt durch das Lager gegangen, hatten die Szenen aus den Augenwinkeln betrachtet, hier und da einen unteren Dienstgrad angeschnauzt, er solle nicht so fest zuschlagen, er solle es nicht übertreiben, ein toter Arbeiter sei ein schlechter Arbeiter; aber was brachte das schon!

Schließlich hatten sie auch das eingestellt und sich einfach mit der Realität abgefunden. Sie hatten sich daran gewöhnt, dass neben ihnen gefoltert, ermordet und misshandelt wurde. Und sie seien nicht einmal mehr sonderlich verwundert darüber, stellte Schmelz fest, wie schnell sie sich an alles gewöhnt haben. Die drei Sonderermittler konzentrierten sich auf ihre Arbeit, erzielten aber keinerlei Ergebnisse.

Schmelz hatte dem jungen Liebig erklärt, wie er an der Ostfront zu töten gelernt hatte. Man dürfe sich den Feind nicht als Menschen vorstellen, hatte er gesagt: Liebig, stellen Sie sich den Feind als Zielscheibe vor, als laufende Zielscheibe, dann geht's fast wie von selbst. Ins Schwarze treffen, einfach nur immer schön ins Schwarze treffen.

Liebig hatte genickt und es versucht. Er versuchte es noch immer. Zielscheiben, überall nur Zielscheiben. Ein Lager voller Zielscheiben.

Sie gingen innerhalb des Häftlingslagers zur Gärtnerei, und auf dem Weg dorthin schaffte Liebig es immer öfter, nicht die vor Hunger wankenden Menschen mit den leeren Blicken zu sehen, sondern einfach nur aufgenähte Sterne.

Große, gelbe Sterne auf der Häftlingskleidung. Einen Stern und eine Nummer. Einen Stern in Brusthöhe, eine Häftlingsnummer daneben. Nummerierte Sterne, aber es gab auch andersfarbige Dreiecke und vereinzelt sogar rosa Riegel.

Doch unerwartet blieb er dann doch stehen, er konnte gar nicht anders. Seine Begleiter bemerkten erst nach einigen Schritten, dass er stehen geblieben war, und sahen sich erstaunt um. Wie festgewurzelt stehe Liebig da, stellte Schmelz fest, und starre zu einem der Fenstergitter der Baracke drei.

Der Insasse mit der Nummer sechstausendvierundneunzig war von einem Hauptsturmführer aus der Arbeitskolonne geholt worden. Während die Kolonne zum Tor marschierte, wurde der Insasse von einem anderen ans Gitter gebunden.

Zuerst wollte Schmelz seinen jungen Mitarbeiter unwirsch wegziehen, doch dann ging er unmittelbar und ohne zu überlegen auf den Mann in Waffen SS Uniform zu und fragte: „Name? Dienstgrad!“

Der Hauptsturmführer nannte seinen Dienstgrad und fügte hinzu, sein Name sei Hans Schmidt.

„Hauptsturmführer Schmidt, was geht hier vor?"

„Befehl vom Chef der politischen Abteilung, Obersturmführer. Der Mann soll für ein Geständnis vorbereitet werden."

„Für ein Geständnis?"

„Ich meinte, Verhör. Für ein Verhör vorbereitet werden."

„Und wer ist das?", fragte Schmelz und deutete auf den anderen Häftling, der den Insassen mit der Nummer sechstausendvierundneunzig ans Fenstergitter band und ihm die Jacke nach oben zog, so der Rücken nackt zu sehen war.

„Das ist unser Insasse Wunderlich. Guter Mann. Abkommandiert, mir zur Hand zu gehen, Obersturmführer Schmelz."

„Was wird dem anderen vorgeworfen?"

„Wem?"

„Fragen Sie nicht so blöd! Der Sechstausendvierundneunzig natürlich, wem denn sonst!"

„Da müssen Sie sich an den Adjutanten des Kommandanten wenden. Da bin ich völlig überfragt. Ich soll ihn nur irgendwo vorbereiten, damit das Verhör nicht so lange dauert."

„Aber wer ist der Mann?", allmählich wurde es Schmelz zu bunt. Dass sich immer alle auf andere beriefen! Und immer auf höhergestellte! Das wirkte ja beinahe wirklich wie eine Sekte! Keiner konnte etwas dafür, aber alle vollzogen es. Am liebsten hätte Schmelz losgebrüllt, aber dann wäre er ja auch nur einer von denen, deren Schlamperei er beweisen wollte. Beweisen musste!

„Wer also?", wiederholte er, während das Gesicht seines Gegenübers noch immer Ratlosigkeit zeigte.

„Ich glaube, irgend so ein französischer Diplomat. Der ist

schon ewig hier. Ein stiller Mann, aber wir glauben, er weiß etwas", sagte Schmidt: „Und das wollen wir wissen."

„Was?", fragte Schmelz und bereute diese Frage sofort.

Als habe Schmelz einen Witz gemacht, einen sehr guten Witz, lachte der Hauptsturmführer und schlug sich übertrieben oft auf die Schenkel, ehe er sagte: „Wenn wir das nur wüssten, Obersturmführer, wenn wir das nur wüssten! Vielleicht weiß er auch gar nichts mehr, aber ein Versuch ist es doch wert, oder? – Stellen Sie sich vor, wir schicken ihn durch den Schornstein und er wusste noch etwas! – Nein, nein, wir arbeiten gründlich!"

„Und was ist das, was Sie da in der Hand halten?", fragte Schmelz, um das Thema zu ändern.

„Das ist ein Ochsenziemer, Obersturmführer. Den hat mir Arrestbunkeraufseher Sommer zur Verfügung gestellt. Damit brauche ich nur sechs, sieben ordentlich platzierte Schläge, und dann ist der Mann reif. Kann so Kräfte sparen."

„Wie heißt der Mann?"

„Sommer, Hauptscharführer Sommer."

„Ein einfacher Hauptscharführer leitet den Arrestbunker?"

„Ja, weil er schon so lange hier ist. Hat direkt mit Koch angefangen, hier alles aufzubauen. Er ist nicht ganz helle in der Birne, aber äußerst effektiv! Der bekommt jedes Geständnis. Von Hause aus Sadist, muss es auch geben, Obersturmführer, muss es alles doch geben hier. – Doch allmählich reicht mir Ihre Fragerei, vergessen Sie nicht, dass ich einen höheren Dienstgrad habe."

„Und vergessen Sie nicht meine Kompetenzen! – Tarnat, notieren Sie den Namen", sagte Schmelz, woraufhin Tarnat erwiderte, er sei schon gemerkt.

Schmelz fuhr herum, Wut in den Augen, und brüllte jähzornig los, Tarnat solle den Namen aufschreiben und ihn sich nicht merken. Verstört entglitten dem Untersturmführer die Gesichtszüge für einen Moment, ehe er sich sammeln konnte und den Namen des Hauptscharführers übertrieben deutlich auf die Rückseite einer Kneipenrechnung schrieb, die er glücklicherweise in den Taschen der Uniform fand.

„Haben Sie kein vernünftiges Papier, Tarnat, worauf Sie das schreiben können?“, fauchte Schmelz.

Verstohlen reichte Liebig seinem Kollegen ein weißes Blatt, das einmal gefaltet war, und vermied es, Schmelz oder Tarnat anzusehen. Warum war er nicht einfach weitergegangen? Liebig fühlte sich unwohl und nahm sich fest vor, nicht noch einmal bei einer solchen Szene stehenzubleiben. Er musste hart werden, hart wie Kruppstahl! Daran musste er einfach noch arbeiten.

„Obersturmführer“, sagte Schmidt unbeeindruckt: „Ich werde jetzt meine Pflicht erledigen müssen. Bitte treten Sie zur Seite, das wird kein schöner Anblick!“

Schmidt schickte den Insassen Wunderlich weg, der mit gesenktem Blick loslief, eine Schaufel aufnahm, die er vorher abgelegt hatte, und zum Tor kam, um zurück zur Arbeitskolonne zu kommen.

Schmidt holte aus, der Ziemer klatschte mit solch einer Wucht auf den Rücken, dass sich sofort Blutrinnsale bildeten. Der Häftling zuckte heftig zusammen, schwieg aber. Noch einmal holte Schmidt aus, schlug zu, und noch einmal holte er aus und schlug zu, der französische Diplomat aber ließ keinen Laut hören, obwohl die Haut schon in Fetzen herunterhing und Blut über die gestreifte Hose floss.

„Verdammt!“, sagte Schmidt. Ihm war der Schweiß ausgebrochen, und es war ihm peinlich, mit der Vorführung keine Erfolge erzielen zu können. Dabei wollte er es diesem Schnösel von Ermittlungsrichter doch zeigen. Der sollte doch einmal sehen, wie gut hier gearbeitet wurde. Wie gründlich.

Der sollte doch seinen Namen in guter Erinnerung behalten. Wer weiß schon, warum der den Namen von Sommer notiert haben wollte, dachte der Hauptsturmführer: Vielleicht wird Sommer alt? Oder was ist es?

Erneut holte Hans Schmidt aus, der Ochsenziemer landete auf dem schutzlosen Fleisch, und plötzlich lag ein herzzerreißender Schrei in der Luft, wie Liebig fand, und ehe er es sich versah, sprang er auf Schmidt zu, der gerade wieder ausholte, und hielt dessen erhobenen Arm fest. Er starrte dem Mann, unfähig, etwas zu sagen, hasserfüllt in die Augen.

„Was soll das?“, fragte Schmidt und befreite sich vom Griff Liebigs, während der französische Diplomat bewusstlos zusammensackte: „Sind Sie verrückt geworden?“

„Nein!“, presste Liebig hervor und ließ sich nur widerstrebend den Griff um den Unterarm des Hauptsturmführers lockern.

„Ich werde Sie melden, Mann!“, schrie Schmidt, außer sich: „Ich werde Sie melden! Angriff auf einen Offizier! Tätlicher Angriff! Sie sind eine Schande, Mann!“

„Das werden Sie nicht tun!“, sagte Schmelz.

„Und warum nicht?“

„Weil es mein Mann ist. Und weil Sie wissen, wer ich bin!“, sagte Schmelz ruhig und mit fester Stimme: „Oder wissen Sie es etwa nicht? Dann sage ich es Ihnen gerne noch einmal.“

„Doch, ich weiß es!“, fügte sich Hauptsturmführer Schmidt, während seine Augen weiterhin funkelten.

„Und weil Sie es wissen, werden Sie diesen Vorfall vergessen!“, setzte Schmelz nach und gab seinen Männern ein Zeichen, ihm zu folgen.

„Was Liebig Ihnen bedeutet wollte“, sagte Tarnat, ehe er zu seinem Vorgesetzten aufschloss: „Das war lediglich, dass Sie Ihre Kräfte schonen sollen. Mehr wollte er mit dieser Aktion gar nicht zum Ausdruck bringen. So müssen Sie die Sache sehen, Hauptsturmführer."

Arschlöcher, dachte Schmidt und prügelte auf den besinnungslosen Diplomaten ein, bis er merkte, dass der Mann gestorben war. Auch das noch, dachte er: Diese Arschlöcher! Erschossen gehören die, erschossen! Allesamt! Allesamt!

Er ließ den Toten am Fenstergitter hängen, ging schnurstracks zum Krankenbau, trat ins Sprechzimmer des Lagerarztes Doktor Hoven und sagte: „Nummer sechstausendvierundneunzig, Herzversagen."

Hoven hob nicht einmal den Kopf, zog einen leeren Totenschein aus der oberen Schreibtischschublade hervor und fragte: „Wo?"

„Baracke drei."

„Wann?"

„Vor fünf Minuten."

Weder fragte Hoven, wie dies geschehen sei, noch wollte er wissen, ob es Zeugen gegeben habe. Er nickte lediglich, als Schmidt ihn fragte, ob er sich einen Schnaps aus der Vitrine genehmigen dürfe.

Hoven unterschrieb den Totenschein, ließ Schmidt gegenzeichnen und befahl telefonisch die Verlagerung der Leiche Nummer sechstausendvierundneunzig von der Baracke drei ins Krematorium.

II

Wenig später saß Schmelz an diesem fünften Juli dreiundvierzig allein in seinem Arbeitszimmer und ärgerte sich, dass auch die Inspektion der Gärtnerei nichts gebracht hatte. Sicherlich, von den Früchten, die dort produziert wurden, kam nichts bei den Insassen an, für die sie doch eigentlich bestimmt waren. Vor seinen Augen waren sie abtransportiert worden, aber niemand hatte ihm einen Lieferschein oder wenigstens einen Transportschein für diese Fahrten vorweisen können. Der Verantwortliche der Gärtnerei berief sich einfach auf einen Befehl von Pister und dieser berief sich, wie nicht anders zu erwarten, auf Pohl. Er konnte sogar einen schriftlichen Befehl von Pohl vorlegen, aber der war so allgemein gehalten, dass er als Beweis nicht in Frage kam. Es war zum Verrücktwerden! Da wurde vor seinen Augen unterschlagen, aber Schmelz konnte nicht beweisen, dass zum einen der Mann von der Gärtnerei und der Lagerleiter ihren Teil am Verkauf abbekamen, und zum anderen, dass ein Drittel, wie bei allen Geschäften dieser Art, wie Schmelz erfahren hatte, direkt an den Chef des Wirtschafts- und Verwaltungshauptamtes ging; an Obergruppenführer Oswald Pohl persönlich. Pohl schützte diese Männer und ließ sich diesen Schutz bezahlen.

Pohl, Pohl, immer wieder Pohl.

Wie konnte Schmelz nur diesen Kreis durchbrechen? Er zermarterte sich das Hirn, aber er kam auf keine Lösung. Die Ware wurde auf dem Marktplatz von Weimar verkauft. Einige Weimarer lebten ganz gut vom Verkauf des Gemüses und Fleisches, das im Lager erwirtschaftet wurde. Von denen würde doch niemand gegen das Lager aussagen! Niemand sägte doch den Ast ab, auf dem er saß! Schon gar nicht in diesen Zeiten, wo alles knapper wurde. Und schon gar nicht, wenn die Unterschlagungen von der SS selbst gedeckt wurden. Nein, Schmelz musste einen Spitzel auf dem Marktplatz von Weimar platzieren, der die Beweise sammeln musste. Einen zuverlässigen Mann musste er organisieren, von dem niemand hier im Lager etwas wissen durfte. Dieser Mann musste Beweise finden und später auch eidesstattlich aussagen. Die Ware, die Buchenwald verließ, musste heimlich gekennzeichnet werden und in Weimar wiedergefunden werden. Dann mussten die Vertreiber unter Druck gesetzt werden, bis sie aussagten, woher sie die Waren hatten. Dann erst hätte Schmelz endlich etwas gegen Pister in der Hand. Aber leider kam es nicht auf Pister an! Pister war Pohl so egal wie irgendwer. Was gehen ihn Tausende Menschen an, wenn er Millionen machen könne, das war der legendäre Satz, den Pohl im Vertrauen immer wieder gesagt hatte, wie Schmelz erfahren hatte. Pister war für ihn auch nur einer von vielen, aber Koch, Koch war Pohls Freund! Nur Kochs Überführung konnte Pohl zum Wanken bringen.

Das Ziel bleibt Koch, Schmelz, verrenne dich bloß nicht, dachte er, während er vom Schreibtisch aufstand und ans Fenster trat.

Obersturmführer Schmelz hatte nicht gefragt, wem die Dienstwohnung vorher gehört hatte, die ihm in einer der Truppenkasernen zugewiesen worden war. Es war die Kaserne, in der ausschließlich obere Dienstgrade wohnten. Sie war dreistöckig und hatte zwei Haupteingänge. Schmelz wohnte im Aufgang B, mittlere Etage, rechte Wohnung. Das Schlafzimmer hatte einen Balkon, auf dem er aber noch nie gewesen war. Er hatte nur kurz festgestellt, dass man von ihm aus auf den Innenhof sehen konnte. Das Schlafzimmer war gute dreißig Quadratmeter groß, hatte ein Doppelbett und sogar eine Ankleide für die Dame des Hauses. Schminkspiegel, Kommode; alles war weiß gestrichen, sah filigran aus und hatte mit Gold bemalte Verzierungen, wie Schmelz flüchtig festgestellt hatte, ehe er sich gefragt hatte, aus welchem Jahrhundert dieses Mobiliar wohl stamme und aus welcher Region es sei. Frankreich?

Das Arbeitszimmer hatte einen großen Wintergarten mit Blick auf den nahen Buchenwald, der vor fettem Grün nur so strotzte, wie Schmelz meinte. Linker Hand sah er den Abstieg in den Steinbruch, wohin einige Hunderte von Häftlingen jeden Morgen vor Tagesanbruch hingeführt und wovon sie weit nach Einbruch der Dunkelheit wieder weggeführt wurden. Sobald Schmelz eines der Fenster des Wintergartens zur Seite hin öffnete, hörte er die Schreie der Wachmannschaft und manchmal auch die der Häftlinge.

Eine Fehlplanung sei das, hatte Pister ihm mit Bedauern gesagt, man habe unterschätzt wie stark das Echo sei, das aus dem Steinbruch nach oben dringe. Nun sei es nicht mehr zu ändern, auch könne die Arbeit im Bruch nicht eingestellt werden, weil das Lager in nächster Zeit vergrößert werden müsse. Auch werde Einiges an Stein woandershin geliefert. Daher habe man die Dienstwohnungen mit Wintergärten nachgerüstet und die Hauptbalkone abgerissen.

Hauptsache, er könne arbeiten, hatte Schmelz erwidert, und er habe Platz für seine Akten.

Und ja, den hatte er. Schmelz nickte leicht vor sich hin. Den hatte er! Das Arbeitszimmer war vierzig Quadratmeter groß. Die Tür war in ein Bücherregal eingebaut worden, das sich über die ganze Wand erstreckte, und auch die Wand rechts von ihr war mit solch einem Regal verkleidet worden. Eichenholz. Die senkrechten Streben waren mit Schnitzereien verziert, Ornamente aus der antiken Mythologie, hatte Schmelz schnell erkannt und sich gefragt, wo diese Regale einmal gestanden haben mochten. Er fand einige Abenteuer des Herakles, auch die Fahrten des Odysseus entdeckte er, Argonauten und Sparta, alles war da. Schmelz hatte sogar die drei großen Kriege von Karthago als Relief ganz oben rechts, links und in der Mitte erkannt, und das hatte ihn dann doch überrascht. Schließlich war ja Karthago untergegangen, von Rom besiegt, in Kriegen, die zusammengenommen fast ein Jahrhundert gedauert hatten, und nun befanden sich diese Darstellungen in diesem Arbeitszimmer genau gegenüber des Porträts des Anführers der Deutschen, der sich die Schnitzereien nun in aller Ruhe betrachten könne. Schmelz hatte gegrinst, als er dieses Verhältnis bemerkte, und sich damals zum ersten Mal gefragt, wem die Wohnung wohl zuvor gehört habe.

Der Schreibtisch befand sich links von der Tür und rechts vom Wintergarten. Seine Fläche war drei Meter lang und anderthalb Meter breit. Er verfügte über Unmengen von Fächern und stand auf runden Füßen, die mit brüllenden Löwen verziert waren. Von vorne zeigte der Tisch eine später angebrachte Tafel, auf der sich ein Hakenkreuz vor wehenden Fahnen befand, die von einem Rudel Wölfe umrahmt wurden. Auch hier fehlte das Porträt des Anführers nicht. Schmelz fand es sogar gleich zweimal in die Tafel geschnitzt, und zu gerne hätte er gewusst, was sich hinter ihr verbarg.

Woher dieser Schreibtisch wohl nun wieder stammte? Schmelz hatte keine Ahnung. Von wem der wohl hergeschafft worden war? Ob die ganze Einrichtung auf Kochs Aktivitäten zurückgeführt werden konnte? Dann war er umgeben von der Unterschlagung, die er beweisen sollte! Denn diese Sachen waren so edel, die kamen doch garantiert aus einem Museum. Die gehörten dem Reich und nicht einem der Offiziere hier. Auch hier hätte er anfangen können, hatte er sich überlegt, in diesem Zimmer, hatte es dann aber doch sein lassen, weil er gemeint hatte, dieser Anfang sei zu klein gedacht. Er müsse etwas Großes gegen Koch in die Hand bekommen. Es müsse groß sein, sonst werde es nicht reichen.

Die ganze Wohnung war mit dicken und bunten Orientteppichen ausgestattet, und auch das Mobiliar, das sich im Wohnzimmer befand, war gediegen und kostbar. Schmelz hielt sich nicht gern in diesem Zimmer auf, das sich zwischen Arbeits- und Schlafzimmer befand, und so war auch nicht eine der Karaffen oder Kristallgläser verrückt, die sich hinter dem Glas der alten Schränke befanden. Er hatte noch nicht einmal die Schubladen aufgezogen oder die Tischdecken verrückt. Kaum, dass er einmal auf dem mit Samt bezogenen Polster der Sofas und Sessel oder auf dem der Chaiselongue gesessen hatte.

Lediglich die Goebbelsschnauze hatte er hin und wieder angeschaltet, um Musik und die Nachrichten ins Arbeitszimmer schallen zu lassen. Die Gemälde, Ölbilder und Radierungen, die den restlichen Platz an den Wänden einnahmen, hatte er genauer betrachtet. Einige kamen ihm impressionistisch vor und also entartet. Und Klinger, sei das nicht ein Jude, hatte er sich gefragt.

Angeschaut, jedoch hatte er nichts verändert und sich gesagt, er sei ja nur Gast hier. Lediglich ein Gast im Lager Buchenwald, ein ermittelnder Gast. Ein Spion also, und er hatte es auch für möglich gehalten, dass die Gestapo ihm diese Werke absichtlich ins Zimmer gehängt hatte, damit sie gegen ihn etwas in der Hand hätte, falls sie es bräuchte. Also, hatte er entschieden, belasse er einfach alles so, denn würde er es wegschaffen lassen, dann wäre er schon verdächtig, verdächtig und erpressbar. Nein, er wisse nur wirklich, wie die Bombe ticke, hatte er sich selbst versichert.

Jetzt stand er am Wintergarten, sah hinaus, über die Wipfel der Buchen, und fragte sich, ob er Liebig zu hart angepackt habe, als er ihn vor wenigen Minuten angebrüllt habe, er solle sich niemals, nie wieder, in das Alltagsleben des Lagers mischen. Sie hätten ihre Arbeit hier unabhängig von den Bedingungen durchzuführen, aber ging das?

Er hatte ihm sogar gedroht, Meldung zu machen, wenn er sich nicht endlich zusammenreiße und seine Aufgabe erledige.

Mürrisch löste Schmelz die gelben Kordeln und zog die

weinroten Samtvorhänge zu, weil plötzlich die Sonne von Süden her ins Zimmer drang. Er ging zum Beistelltisch, goss sich ein Glas Wasser aus der Karaffe ein, die dort auf einem silbernen Tablett stand, und trank es in einem Zug aus.

Er durfte sich nicht ablenken lassen, um Gotteswillen, er durfte sich nicht ablenken lassen! Das war alles nicht zu ändern, was da draußen vor sich ging, und daher betraf es ihn nicht. Schmelz musste sich auf seine Sache konzentrieren, und nur das war für ihn wichtig. Ganz alleine das! Er musste diese zweite Chance, die ihm das Schicksal gegeben hatte, nutzen, und genau das musste auch Liebig endlich verstehen! Entweder er verstehe es, oder er werde abberufen, Schmelz war sich da sicher. Er konnte sich keine weiteren Gefühlsausbrüche mehr leisten. Er musste handeln und durfte nicht zweifeln, denn war es etwa nicht so, dass der Zweifelnde nur selten handelte? Doch, war so! Entschlossen goss der Obersturmführer sich noch ein Glas ein, trank es im verdunkelten Zimmer aus und ging zum Telefon, während Lagerkommandant Pister zur gleichen Zeit das Wachpostenzimmer betrat.

III

Das Wachpostenzimmer befand sich über dem Tor zum Inneren Lager. Von ihm aus konnte die Waffen SS durch Fensterscheiben, die die gesamte Front einnahmen, über den Appellplatz und über die vielen, langen Reihen der Baracken hinweg bis zum gegenüberliegenden Zaun sehen, wo sich ebenfalls Wachtürme befanden, in denen Männer der Waffen SS saßen und Wache hielten. Zwischen den Türmen standen alle zwölf Meter hinter dem Zaun weitere Bewacher mit entsichertem und schussbereitem Gewehr. Sie hatten Befehl, sofort zu schießen, wenn ein Häftling ins drei Meter breite Sperrgebiet vor dem Zaun eindrang. Große Schilder warnten in sieben Sprachen, es werde sofort geschossen, falls jemand sich dem Zaun zu dicht nähere. Somit war dies die letzte Möglichkeit, dem Grauen zu entfliehen. Man wählte den Freitod. Doch wurden auch viele unliebsame Insassen ins Sperrgebiet gestoßen, woraufhin die Wachen sofort mit kurzen Feuerstößen Gebrauch von der Waffe machten. Diese Praxis werde ‚auf der Flucht erschossen' genannt. Doktor Kurt Schmelz hatte dies nicht etwa von einem Mann der Waffen SS erfahren, er hatte es von einem Häftling gesagt bekommen, den er unter vier Augen befragt hatte. Leider wollte dieser Insasse seine Aussage nicht schriftlich machen, er wollte noch nicht einmal ein Befragungsprotokoll unterschreiben. Wieder kannte Schmelz ein wichtiges Detail mehr, konnte es aber nicht beweiskräftig verwenden. Es war doch zum aus der Haut fahren! Schmelz wusste jetzt zwar, was mit den Insassen geschah, die von der Korruption zu viel wussten oder zu viel von ihr profitiert hatten, aber was nutzte ihm dieses Wissen schon? Er zermarterte sich auch an diesem Mittag in seinem Arbeitszimmer, weit entfernt vom Inneren Lager, das Hirn, bevor er eine Telefonnummer wählte, während Lagerkommandant Pister mit seinem Adjutanten, Standartenführer Günter Tamaschke, ins Wachpostenzimmer kam und die Meldung des Diensthabenden entgegennahm.

„So, so, keine besonderen Vorkommnisse also", sagte er: „Wie ist die Tagesstatistik?"

„Sieben auf der Flucht erschossen, Standartenführer, zwei Freiwillige, fünf auf Befehl vom Aufseher des Arrestbunkers. Zwölf Herzversagen meldet die Krankenabteilung. Und das Krematorium bittet um vier Stunden Aufschub", erstattete der diensthabende Offizier Bericht.

„Abgelehnt! In sechs Stunden kommt der nächste Transport, was glauben die denn? – Bringen Sie mir und Tamaschke lieber eine schöne Tasse Pfefferminztee!"

Pister trat mit seinem Stellvertreter ans Panoramafenster und blickte über das menschenleere Lager. Es war fünfzehn Minuten vor zwölf an diesem regnerischen Tag Anfang Juli. Gerade war ein Schauer übers Lager hinweggefegt, im Sand glänzten noch viele Pfützen, und all die kleinen Blumen, die in Beeten den Appellplatz säumten, ließen die Köpfe hängen. Pister sah zum Himmel, der schon wieder von Osten her ganz schwarz wurde. In der Ferne zuckten Blitze, doch ein Donnern hörte er nicht. Die Wipfel der Bäume, die sich hinter dem Lager befanden, wurden von einem starken Ostwind niedergedrückt. Nichts konnte Pister heute von den Bergen erkennen, die hinter dem Buchenwald und dem Tal lagen, nichts von den Bergketten am Horizont, die er so liebte. Seit Tagen ging das nun schon so! Kommandant Pister war es, als habe der Wetterumschwung mit dem Erscheinen Schmelz' zu tun.

Er war kein abergläubiger Mensch, aber erstaunt war er schon manchmal über die Gleichzeitigkeit verschiedener Dinge. Dabei war er doch von Hause aus Physiker! Pister musste über sich selbst grinsen, als die ersten Tropfen gegen das Fenster schlugen.

„Dieser Schmelz, der macht mich noch ganz verrückt", sagte Pister, ohne Tamaschke anzusehen, ehe er befahl: „Scheinwerfer an!"

Sekunden später flutete grelles Licht über den Platz, das aus sechs verschiedenen Quellen kam.

„Hoffentlich bleibt er nicht mehr lange", sagte Tamaschke, nahm die beiden Tassen Tee in Empfang, die ihm der Diensthabende hinhielt, und gab diesem zu verstehen, er brauche Zucker, Zucker und Milch.

„Der geht erst, wenn er hat, was er will“, sagte Pister: „Die Ehrlichen sind die Gefährlichen, denken Sie an meine Worte, Tamaschke. Wenn ich daran denke, wie der hier rein marschiert ist! Kein Blatt vor dem Mund. Hier bin ich, und ich bin der Größte, Arschloch! – Wenn man nur wüsste, was der hier will.“

Tamaschke nahm einen Schluck vom heißen Pfefferminztee und sagte: „Dann könnte man reagieren, aber so! Ohne Aktion keine Reaktion, wie wir beim Studium gelernt haben.“

„Genau, Tamaschke, zum Glück gibt es die Physik!“, sagte Standartenführer Pister, sah auf die Uhr, hob die linke Hand und drehte mit dem Zeigefinger ein paar Mal in der Luft.

Sofort griff der diensthabende Offizier nach dem Mikrofon, schaltete es ein und brüllte: „Antreten zum Mittagsappell!“

Wie ein Rudel verwilderter Hunde stürmte die gesamte Wachmannschaft über den Appellplatz, um mit Knüppeln gegen die Wände der vielen Holzbaracken zu schlagen. Sofort wurden die Türen von den Barackenältesten aufgestoßen. Sie rannten zum Platz, hinter ihnen die gesamte Barackenbelegschaft, während der diensthabende Offizier durch die Lautsprecher die verbleibenden vier Minuten herunter zählte. Er mochte diese kurze Spanne vor zwölf Uhr, zählte ein wenig schneller und erfreute sich am Rudel, das das Wild einmal mehr gestellt habe, wie er meinte. Es schien ihm, als hörten all die Männer der Waffen SS nur auf sein Kommando, und in Gedanken gab er ihnen Hundenamen und teilte sie in verschiedene Rassen ein.

„Und zwölf Uhr – Punkt!“, schrie er mit sich überschlagender Stimme, während ihm der Schwanz steif wurde.

Die Männer drängten jene Häftlinge vom Appellplatz in eine Ecke, die es nicht geschafft hatten, bis zwölf Uhr in

Reih und Glied zu stehen, und erschossen sie mit ihren Pistolen. Die Belegschaft des Krematoriums stand schon bereit, um die Leichen wegzukarren, während der diensthabende Offizier hinter dem Lagerleiter und seinem Stellvertreter mit verklärtem Blick dastand und das Herausspritzen des Samens genoss.

„Untersturmführer Dörr, machen Sie schon!", sagte Kommandant Pister, ohne sich umzudrehen.

Mathias Dörr, zweiundzwanzig Jahre und Bäckergeselle aus Hohenzelle bei München, räusperte sich und befahl den Insassen, stillzustehen. Unterwürfig goss er seinen Vorgesetzten Tee nach und überreichte dem Lagerleiter das Mikrofon.

Wie jeden Mittag hielt Pister seine Ansprache, in der er zuerst die Zigeuner beschimpfte, dann die Juden, die Homosexuellen, die Kommunisten, die Sozialdemokraten und zuletzt die Gefangenen aus anderen Völkern. Er öffnete eines der Fenster, fuhr mit ausgestrecktem Arm über die Köpfe der siebenundneunzigtausend Häftlinge langsam hinweg und zeigte schließlich auf einen jungen Juden.

Pister schloss das Fenster schnell wieder, schüttelte sich und bat seinen Stellvertreter, ihn weiter mit Tee zu versorgen. Heißen Tee und ein wenig Gebäck. Die Regentropfen knallten plötzlich gegen die Scheiben, und Pister wich erschrocken einen halben Schritt zurück.

Tamaschke winkte Dörr, der sofort mit einem Teekessel heißen Wassers kam und den dritten Aufguss machte.

„Wie stinken Sie denn, Mann!", sagte Tamaschke und starrte Dörr in die braunen Augen: „Wie ein abgewichster Fischerstiefel! Mann, gehen Sie baden, verstanden?"

„Verstanden", sagte Dörr und senkte den Blick. Ihm stieg die Scham rot ins Gesicht.

„Mann, Dörr! Nehmen Sie sich endlich eine Freundin, oder sind Sie auch so ein scheiß Perverser wie unser Sommer?“, hakte Tamaschke nach. Er grinste, bis er begriff, dass er ins Schwarze getroffen hatte: „Sie, Sau, Sie! Drecksau!“

„Sau kommt von sauber“, sagte Pister ein wenig abwesend und fuhr fort: „Wenn ich nur wüsste, was Schmelz will! Was Kaltenbrunner will! Was dieser senile Erbprinz mit seinen knapp fünfzig Jahren noch will! Der soll uns in Ruhe lassen und nicht so tun, als wäre er die Unschuld vom Lande, was Tamaschke?“

„Genau richtig, Standartenführer! Kennen Sie eigentlich die Geschichte mit der Kriegsverletzung des Waldeck Pymont? Ich meine, die wahre Geschichte?“

„Nein, die wahre wohl nicht? Ich kenne nur die offizielle. Im ersten Krieg hat er einem seiner Untergebenen die eigene Gasmaske gegeben und deshalb hat er das Eiserne Kreuz erster Klasse und die Lungenverletzung erhalten“, sagte Pister.

„Von wegen! Es ist durchgesickert, dass er besoffen war, als die Franzosen angegriffen haben. Die sprühen also Giftgas, der Wind kommt auch noch günstig, alle Soldaten der Einheit haben schon die Masken auf, nur der Kommandant, besoffen wie unser Erbprinz nun mal ist, findet seine eigene Maske nicht. Guter Rat teuer? Von wegen! Billig wie Kuhscheiße! Er reißt einfach einem seiner eigenen Soldaten die Gasmaske vom Kopf und zieht sie sich über. Dessen Lunge natürlich sofort verätzt, und die von Waldeck Pymont lediglich angeschlagen. Die Hälfte eines Lungenflügels weg, damit lässt sich leben! – Ja, Standartenführer, so dreht man am Rad der Geschichte, was? – Stellt sich heute als tapferer Kriegsveteran dar, der Alte! Und in Wirklichkeit sowas!“, sagte der Stellvertreter und nahm einen winzigen Schluck vom Tee. Heiß war ihm, er schwitzte in der Uniform, obwohl der Ostwind das Wachzimmer doch auskühlte.

Die perfekte Mischung, dachte er, sich eine Sommergrippe

einzufangen. Nachher sofort schön einen Grog und erst einmal ab in die Sauna.

„Und woher haben Sie dieses kostbare Wissen, mein lieber Tamaschke? Sie überraschen mich ja immer wieder aufs Neue!“, sagte Standartenführer Pister und rümpfte die Nase über den vielen Regen. Wie aus Eimern prassele er auf die Häftlinge herunter, meinte er und sah zufrieden auf sie herunter. Nicht einer, der sich rührte, nicht einer!

„Na, von einem seiner Soldaten hab ich's. Der war damals Gefreiter unter ihm, und später wurde er mein alter Herr. – Dörr, Sie sollen verschwinden! Und die Stelle hier oben sind Sie erst einmal los! Sie werden degradiert. Sie sind bei Sommer besser aufgehoben, unten im Arrestbunker; ab!“

Der Teekessel fiel polternd zu Boden, ehe Dörr verstört eine Entschuldigung murmelte und aus dem Wachzimmer verschwand.

IV

Die Insassen stehen der Größe nach geordnet in fünf Reihen zu je zwanzig Mann immer noch auf dem Appellplatz und halten weiter den Blick gesenkt. Der dünne Stoff der Häftlingskleidung klebt ihnen an den vom Hunger ausgezehrten Leibern, und noch immer regnet es in Strömen. Die Knochen der Oberschenkel werden sichtbar, die Rippen und die Schulterblätter. Krampfhaft unterdrücken die Männer das Niesen und Husten. Nur jetzt nicht nach oben sehen, das ist das einzige, was ihnen durch den Kopf geht, nur ja jetzt nicht auffallen. Nur ja jetzt überleben.

Paul Preller, der junge Jude, auf den Pister vom Fenster aus gezeigt hat, steht in der zweiten Reihe, vierter von links. Vor ihm hat sein Schulfreund Stellung bezogen, den er während des Studiums aus den Augen verloren und erst im Lager wiedergetroffen hat. Paul verließ nach der Schule die schlesische Kleinstadt, um in Breslau Kunst zu studieren. Genau wie sein Schulfreund stammt er aus armen Verhältnissen, was ihn davor bewahrte, eine allzu romantische Vorstellung vom Künstlerleben zu entfalten. Paul Preller wollte Geld verdienen mit der Kunst, seine Bilder in schlesischen Galerien unterbringen und seinen Eltern jeden fünften Teil eines Verkaufs schicken.

Die halbe Kleinstadt hatte ihm Glück gewünscht, als er auszog, Glück fürs Studieren, doch sein Schulfreund hatte all das überhaupt erst möglich gemacht. Paul Preller fiel das so plötzlich beim Auskleiden in der Desinfektionskammer wieder ein, dass ihm eine Gänsehaut über den Rücken lief, und während er die Kleidung sorgsam zusammenlegte, in der Reihe stand und nackt darauf wartete, mit einem Strahl kalten Wassers abgespritzt zu werden, erinnerte Paul Preller sich, wie er als Zehnjähriger ins Eis des Stadtsees einbrach, wild mit den Armen ruderte, versuchte, sich am Eis festzuhalten, das aber immer weiter abbröckelte. Wie die Winterkleidung immer schwerer wurde und ihn schließlich ganz nach unten zog. In diesem Augenblick, den Kopf schon unter Wasser, spürte er plötzlich zwei Hände, die an seinen langen Haaren zerrten. Instinktiv klammerte er sich mit beiden Händen fest an diese Handgelenke und hätte sie niemals wieder losgelassen. Mit letzter Kraft stieß er sich noch einmal nach oben, kam mit dem Kopf über die Wasseroberfläche und hörte seinen Schulfreund schreien, wild und kämpferisch schreien, bis dieser Junge, an dessen Handgelenke Paul Preller sich klammerte, jäh ein paar Meter weit nach hinten gerissen wurde und ihn so halb aufs Eis zog. Das Eis aber brach immer weiter vor seiner Brust und seinem Bauch ab, doch schließlich waren die Menschen, die mit Seilen an den

Beinen des Schulfreundes zogen, schneller als das brechende Eis. Ein katholischer und ein jüdischer Deutscher rannten mit ihm auf den Schultern in die nächst beste Ausflugsgaststätte, wo sofort Tische freigeräumt und zusammengestellt wurden und wo Paul Preller von der nassen Kleidung befreit wurde. Der Katholik schlug ein Kreuz, der Jude begann zu beten und der Wirt rieb Pauls Brust mit einer brennenden Flüssigkeit ein.

Doch so gern Paul Preller sich auch erinnern wollte und so sehr er sich auch in der Kammer des Lagers konzentrierte, er kam nicht mehr auf den Namen seines Retters, und das peinigte ihn mehr als der eiskalte Wasserstrahl und das hämische Lachen der SS Männer.

Sie wurden nach der Rettungstat sogar Blutsbrüder, sie trafen sich danach doch sooft und erzählten sich alles, was sie loswerden wollten und mussten, und als er die Stadt verließ, da schrieben sie sich doch regelmäßig und häufig, bis dann für ihn der neue Lebensabschnitt begann und das Vergangene schließlich keinen Platz mehr in seinem Leben hatte. Wie sehr er das jetzt bereute! Wie dumm er doch gewesen war! Wie hatte er nur das Wesentliche so vernachlässigen können? Sich nicht an den Namen erinnern zu können, war für Paul Preller um so beschämender, als sein Schulfreund ihn sofort erkannt und mit ‚Paulchen van Gogh' begrüßt hatte, mit einem Spitznamen also, den er auch vergessen hatte. Sie waren sich in die Arme gefallen, nackt wie sie waren, bis die SS Aufseher sie mit Knüppelschlägen auseinandergetrieben hatten. Schläge, die noch zwei Wochen später schmerzten.

Sein Schulfreund hatte später eine Ausbildung zum Buchhändler gemacht. Er war in der Kleinstadt geblieben und bis zum Abtransport des jüdischen Teils der Bevölkerung Mitarbeiter der städtischen Bibliothek gewesen, während Paul Preller in Breslau das Studium der Kunst schon im zweiten

Semester abgebrochen hatte. Er war nicht zum Künstler geboren, Paul Preller hatte schnell erkannt, dass nicht aus jedem Wollen auch ein Können werde.

Er wurde Kaufmann, ein junger Kaufmann mit einer großen Geschäftsidee. Schon während des Studiums war ihm klargeworden, dass sich für Kunst einerseits die wenigen Talentierten interessierten, doch den weitaus größeren Teil machten jene Sprösslinge aus gutem Hause aus, die nicht recht wussten, was sie im Leben anfangen sollten und sich daher dachten, Kunst sei ein nicht allzu schwieriges Betätigungsfeld, denn komme es am Ende nicht immer nur darauf an, den Leuten klarzumachen, was gute Kunst sei und was nicht? Bestand das wahre Talent aller erfolgreichen Künstler nicht eher aus dem Palavern über Kunst, denn im Verfertigen einer solchen? Paul Preller bestätigte den Sprösslingen beflissen ihre Ansichten, borgte sich von einigen von ihnen kleinere Summen und eröffnete mitten in Breslau sein erstes Geschäft: ‚Die Zukunft – Galerie für Erstlingswerke.‘

Zwar brachten ihm die untalentierten Kunststudenten mit ihren diffusen Lebensvorstellungen treu ihre Werke, ohne auf ein Honorar zu hoffen, jedoch ließ sich die Käuferschicht nur schwer davon überzeugen, dass dies gewinnträchtige Kunst war. Paul Preller musste schließlich auf Wochenmärkte ausweichen, die immer öfter sogar vor den Toren Breslaus lagen, bis er eines Tages an der Tür seines Geschäfts in der Altstadt ein Kärtchen fand, auf dem eine Bitte um Rückruf notiert war. Er rief diese Tochter eines dänischen Reeders nicht sofort an, Paul Preller behielt die Nerven. Er trommelte seine letzten Bekannten zusammen und ließ sie geschäftige Hintergrundgeräusche machen. In der Hoffnung, die Mietschulden der letzten Monate doch noch zu bekommen, beteiligte sich sogar der Vermieter mit zwei Angestellten, während Paul Preller die Dame aus Dänemark anrief.

Am nächsten Tag verkaufte er neunundzwanzig Bilder und vierzehn Kompositionen. Als Dank legte er noch zwei Lyrikbände obenauf und brachte die Frau um die Ende Dreißig, die selbst keine Kinder hatte und sich ein Sommerhaus neu und frisch einrichten wollte, persönlich zum Bahnsteig, von dem aus der Städteexpress nach Norden fuhr, weit in den hohen Norden.

Doch leider blieb dies das einzige Geschäft des Achtundzwanzigjährigen, wurde er doch nur eine Woche später mitten in der Nacht aus dem Bett gezerrt, auf die Ladefläche eines Lkw geworfen und einfach so aus der Stadt transportiert. Dabei hätte er gerne wenigstens der Mutter noch einen kurzen Brief geschrieben! Ob sie weiterhin glaube, er wäre über beide Ohren verschuldet? Vielleicht glaube sie, er hätte sich deswegen das Leben genommen? Seine alte, ängstliche Mutter, wie sehr er sie doch liebt; Paul Preller zittert, wie die anderen Insassen auch, vor Kälte und Nässe. Die Zähne schlagen ihm aufeinander, bis er begreift, dass er, er selbst, dass Paul Preller von dem SS Aufseher Möckel angeschrien wird. Er hebt den Blick, sehr langsam, aber schließlich muss er diesem verhassten Menschen doch ins Gesicht sehen, und ja, tatsächlich; aus! Alles aus! Möckel sieht ihn an! Möckel kommt auf ihn zu! Möckel schlägt ihm mit dem Knüppel die Mütze vom Kopf! Ihm! Aus! Alles aus.

Möckel nimmt mit dem Stockende die Mütze auf, geht zum Sperrgebiet und wirft sie hinein, bevor er schreit: „Los, Nummer fünftausendsechshundertachtundsiebzig, hol dir deine Mütze wieder!“

Paul Preller schüttelt stumm den Kopf, und sofort ist Möckel bei ihm, versetzt ihm einen Knüppelschlag gegen die Brust, während Lagerkommandant Pister sich im Wachzimmer interessiert ein wenig nach vorne neigt und die Augenbrauen noch oben zieht. Er mag keine Verzögerungen, und das weiß auch Möckel, der mit einer Serie von Knüppelschlägen auf Paul Preller einprügelt, der sich sofort fallen lässt, sich zusammenrollt und das Gesicht schützt.

Als er durch die Finger späht, weil das Schlagen aufgehört hat, schreit er entsetzt: „Nein! Nicht!“

Sein Schulfreund ist aus der ersten Reihe getreten und zum Rand des Sperrgebiets vor dem Stacheldrahtzaun gegangen. Direkt neben ihm prangt auf einem Schild: ‚Achtung Lebensgefahr! Bei Betreten der Sperrzone wird von der Schusswaffe Gebrauch gemacht! Achtung Lebensgefahr!‘

Paul Prellers Schulfreund dreht sich um und lächelt. Er schaut übers Lager und richtet den Blick zum Himmel. Der Regen klatscht ihm aufs Gesicht, der Scharführer ist neben ihm und versetzt ihm Schläge in die Kniekehlen. Der Mann fällt auf die Knie, während er laut betet, und zeigt lachend zum Himmel. Paul Preller sieht sich um, alle Häftlinge drehen sich um, und jeder sieht den hellen Schimmer am Horizont. Ein erster Sonnenstrahl, der sich schnell verbreitert und das Schwarz des Gewitters vertreibt. Leuchtend blau wird es werden! Schon bald werde alles leuchtend blau für ihn sein! Paul Preller ist sich sicher, dass diese Gewissheit das Lachen seines Schulfreundes ausdrücken soll. Noch einmal schreit er, der Freund solle es nicht tun, doch dann verstummt er, steht auf, stellt sich wieder in die Reihe und betet für seinen Retter.

Paul Prellers Lebensretter kriecht auf den Knien in die Sperrzone, die Wache schreit vorschriftsmäßig, er solle anhalten, zweimal schreit sie, während Scharführer Möckel ihn antreibt, er solle schneller machen. Dem Mann gelingt es, bis zur Mütze zu kommen, er kann sie sogar noch zur Mitte des Appellplatzes werfen, ehe ihm Gewehrkugeln den rasierten Schädel zerfetzen und er auf den Rücken fällt.

Zwei Mann der Totenkopfstandarte, aus der die Postenkette gebildet ist, gehen zum Leichnam, fassen ihn an den

Handgelenken und schleifen ihn über den Platz, schleifen ihn durch den Schlamm zum Krematorium.

An den Handgelenken, denkt Paul Preller wie von Sinnen, die mir das Leben gerettet haben! An den Handgelenken.

Die winzige Pause hat er genutzt, um zu seiner Mütze zu hetzen und sich sofort wieder in die zweite Reihe zu stellen. Mit der Insassennummer fünftausendsechshundertachtundsiebzig auf der Brust. Doch nun steht niemand mehr vor ihm: ‚Erste Reihe – Todesweihe!‘

Und ausgestanden ist nichts. Erschrocken sieht Paul Preller, wie Scharführer Möckel auf ihn zukommt. Gerade wird er von ihm angebrüllt, er glaube wohl, davongekommen zu sein, als es dem Lagerkommandanten Pister doch ein wenig zu kalt wird und er, obwohl ein Aufklaren des Himmels zu beobachten ist, den Appell beendet und die Männer wegtreten lässt.

Und während ich monatelang mit der Spitzhacke den Boden dort aufriss, die Wachen schreien hörte und mir die Totengrimasse meines Retters trotz aller Erschöpfung nicht aus dem Kopf ging, schwor ich mir, den Namen meines Schulfreundes zu pflegen und zu hüten. Seit jenem Tag spreche ich ihn jede Nacht vor dem Einschlafen aus, leise, damit er von niemandem gestohlen werden kann, und so hat dieser Heilige mir noch lange nach seinem Tod das Leben gerettet, weil ich ja überleben musste, um seinen Namen zu pflegen und zu ehren, hatte Paul Preller zu Kurt Schmelz gesagt, als sie während eines Prozesses als Zeugen in einem Nebenraum saßen und auf ihren Aufruf warteten.

„Und mir wollen Sie den Namen auch nicht sagen?“, hatte Schmelz gefragt: „Nicht einmal die Lagernummer?“

Als wäre es gestern gewesen! Der zweiundsiebzigjährige Schmelz hatte das Gesicht Prellers plötzlich vor Augen, während er immer noch auf dem Stuhl im Flur saß und den Boden des Niemandslandes seiner Wohnung anstarrte. Ein geschundenes Gesicht, in dem plötzlich die Augen aufleuchteten und der Blick zum Himmel fand, obwohl dort nur die feuchte und graue Deckenwand war, von der der Putz abfiel.

Der alte Schmelz fuhr sich kräftig mit den Fingernägeln über den nackten Arm und schaute teilnahmslos dem Bluten zu.

V

In der Nacht des fünften Juli dreiundvierzig begann bei Kursk die letzte deutsche Großoffensive an der Ostfront, dachte der zweiundsiebzigjährige Schmelz auf dem Flur seiner Frankfurter Wohnung: Mit dreitausend Panzern und Sturmgeschützen versuchten die Heeresgruppen Mitte und Süd, unterstützt von der Luftwaffe, den bogenförmigen Frontverlauf um dreihundertdreißig Kilometer abzukürzen und zu begradigen, während ich mit Tarnat und Liebig die Verhaftung Karl Kochs vorbereitete, den skrupellosen und gefährlichen Standartenführer Karl Koch, der dank seiner Beziehungen zu einem der mächtigsten Männer in der SS geworden war.

Gegen Mittag, im Lager wurde gerade Paul Prellers Schulfreund ermordet, hatte sich Kurt Schmelz entschlossen, den Angriff zu wagen. Er hatte weder seine Vorgesetzten informiert, noch hatte er besondere Vorkehrungen getroffen. Mit einem kurzen Anruf hatte er lediglich seine Kollegen zu sich bestellt, um durch das Schaffen von Tatsachen den Lauf der Dinge zu beschleunigen und nach Tagen des Stillstands endlich Ergebnisse zu erzielen. Er stand wenig später in der Poststation des Lagers, als ihm der Angriffsplan noch einmal durch den Kopf ging und er die Risiken einzuschätzen versuchte.

Er fragte sich, ob er das Lager gründlich genug inspiziert habe, ob er auch keinen Winkel ausgelassen habe, ob er die Bücher gründlich genug geprüft habe und ob er die Männer der SS Wachmannschaft eingehend genug befragt habe. Hatte er alles gründlich genug gemacht? Ja, darauf konnte er eindeutig mit einem Ja antworten, nur gefunden hatte er noch nichts. Vorerst noch nichts. Auf Indizien war er gestoßen, immer wieder nur auf Indizien, nie aber auf einen konkreten Hinweis, der den Anfangsverdacht gegen Karl Koch untermauern konnte.

Doch was hatte er während des Studiums gelernt? Keinen Hinweis oder Beweis zu haben, heiße noch lange nicht, dass nicht doch eine versteckte Schuld vorliegen könne. Eine Schuld, die dann meist nur mit Hilfe einer Zeugenaussage durch ein Geständnis bewiesen werden könne. Und Kurt Schmelz war sich sicher gewesen, und er war sich noch immer sicher, Koch könne nicht unschuldig sein, nicht bei diesen Indizien!

Er stand in der Poststation und las die geöffneten Briefe, die Ilse Koch ihrem Mann schickte und die sie von ihm bekam. Ein Lächeln umspielte seine Lippen. Ausführlich beschrieb Ilse Koch darin, wie viel Geld sie beiseite geschafft habe und was sie davon gekauft habe, während Karl Koch, der in Lublin ein neues Lager baute, stolz berichtete, er habe dort schon Unmengen von Wertsachen zurückgehalten, um sie alsbald in die Deutschschweiz zu schaffen.

Oft endeten die Briefe Karl Kochs mit einem Dank an den Anführer, dessen beste Idee es gewesen wäre, die Juden einzusperren, all diese reichen und verwöhnten Juden, würde dies doch einen unvorstellbar großen Reichtum mit sich bringen, den niemand ordnen könne und wolle.

Als Beweis könne Schmelz diese Briefe wegen des Briefgeheimnisses nicht verwenden, und so könne er die Herkunft der Information zwar nicht erklären, doch aber als begründeten Anfangsverdacht durchaus benutzen. Sie seien ein Hinweis, immerhin ein handfester Hinweis, meinte er, als Tarnat in die Poststation kam und ihm flüsternd mitteilte, dass er recht gehabt habe.

„Zeigen Sie her!“, befahl Schmelz, wobei er vergeblich versuchte, die Stimme ruhig klingen zu lassen. Es war gegen siebzehn Uhr und die Postbeamten warteten nur noch auf sein Zeichen, die ausgehende Post wegschicken zu dürfen. Schnellen Schrittes war er in die Station gekommen und hatte mit klaren Worten befohlen, die Briefe der Kochs auszusortieren. Die Postbeamte hatte gehorcht, nicht einer, der einen schriftlichen Befehl verlangt hatte.

Tarnat gab ihm die telegrafierten Kopien der Koch'schen Konten, und leise pfiff er kurz darauf durch die Zähne. Es waren Millionenbeträge, die da gesammelt worden waren und dann in großen Summen abgingen. Noch immer befanden sich zehn Millionen Reichsmark auf den vier Konten, und das war weit mehr, als ihre Gehälter es zuließen! Erneut umspielte Kurt Schmelz' Lippen ein schmales Lächeln. Bedachte man dazu noch, dass das Ehepaar Koch aus armen Verhältnissen stammte und sich vor dem Krieg gebrauchte Möbel gekauft und nur Theaterfreikarten genutzt hatte, dann war ihr rasanter Aufstieg in die Kreise der Neureichen mehr als erklärungsbedürftig. Schließlich hatten sie in ihrer Heimatstadt Dresden die Victoria-Fabrik gekauft, in der Armeestiefel hergestellt wurden. Kurt Schmelz spürte, wie augenblicklich sein Blutdruck stieg, wie er feuchte Hände bekam und wie linksseitig Kopfschmerzen einsetzten, ehe sich der schnellere und stärkere Herzrhythmus einstellte. Er schloss die Lider, doch als er die Augen wieder öffnete, standen hinter einem Flimmern, das nur langsam abklang, noch immer die Ziffern der Zahlungen: schwarz auf weiß! Wie sollte Koch die erklären? Wie sollte überhaupt jemand solche gewaltigen Zahlungen erklären?

„Also gut“, sagte er leise zu Tarnat: „Damit ist die Sache entschieden. Richtig?“

„Richtig, Obersturmführer!“

„Es bleibt keine Zeit mehr, Kassel und Berlin zu informieren, aber wir haben ja sowieso grünes Licht“, sagte Schmelz.

„Sowieso“, fügte Tarnat hinzu.

„Dann machen Sie den Brief fertig, Tarnat, ihr Talent ist nun gefragt“, sagte er und wandte sich den Männern der Poststube zu: „Meine Herren, noch fünf Minuten, dann kann die Post weg und Sie haben Feierabend!“

Tarnat setzte sich in eine Ecke und legte neben ein weißes Blatt Papier einen der Briefe von Ilse Koch. Gekonnt imitierte er ihre Schrift, während er den Text abschrieb, den er sich zusammen mit Doktor Schmelz ausgedacht hatte: ‚Lieber Kurti! Ich habe nur wenig Zeit! Die Post geht gleich ab! Du mußt unverzueglich nach Buchenwald kommen! Brich noch jetzt, in dieser Sekunde, auf! Wir duerfen nicht telefonieren! Furchtbares ist hier im Gange, das unser beider Leben betrifft. Kurti, unser beider Leben steht auf dem Spiele! Setz Dich ins Auto und komme sofort, Kurti, hoerst Du, sofort! Deine weiße Taube Ilse.‘

Letzteres war um so wichtiger, wie er und Schmelz herausgefunden hatten, weil dies ein Code war, von dem die beiden Briefeschreiber glaubten, er wäre nur ihnen bekannt. Ach, wie primitiv sie doch waren! Tarnat grinste und reichte das Papier mit der getrockneten Tinte Kurt Schmelz.

Schmelz nickte, faltete das Schreiben und steckte es ins vorbereitete Kuvert. Er stempelte den Umschlag persönlich ab, ließ ihn in den offenen Postsack fallen und durchmischte die Briefe darin zur Sicherheit noch einmal. Kurt Schmelz sah zu, wie der Sack verschlossen und verplombt wurde. Er nickte dem Mann zu, der den Sack zum bereitstehenden Fahrer brachte, der kurz darauf aus dem Lager fuhr. Es war Obersturmmann Heinze, der den Wagen fuhr, und Schmelz war sich sicher, dass der Junge sich von niemandem aufhalten lasse, von niemandem und von nichts. So hatte er es ihm eingeschärft, und Heinze hatte schnell verstanden, ohne, wie sonst immer, zu grinsen.

„Damit ist die Sache entschieden", sagte Schmelz zu Tarnat: „Es gibt kein Zurück mehr."

„So ist das eben mit Blitzkriegen", antwortete Tarnat und beide mussten lachen.

Sie mussten den Standartenführer Karl Koch in den Wehrkreis neun locken, denn nur hier war der Erbprinz zu Waldeck Pymont als oberster Gerichtsherr zuständig und konnte ihnen Rückendeckung geben. Sie mussten Koch nach Thüringen, Hessen oder Württemberg bekommen, denn auf den Chef des Reichssicherheitshauptamtes, Obergruppenführer Kaltenbrunner, wollten sie sich nicht verlassen. Ihn und den Prinzen wollte Schmelz informieren, wenn die Verhaftung vollzogen war. Auf diese Weise wollte er sie zwingen, auf seiner Seite zu bleiben, denn nur so konnte Schmelz sich sicher sein, dass sie, mitgefangen, dabeibleiben würden, keine Rückzieher machen und ihn nicht im Regen stehen lassen würden. Doch dazu musste erst einmal die Verhaftung gelingen.

Schlug sie fehl, könnte Karl Koch auch nur einen Anruf machen, oder könnte der Standartenführer auch nur einem Menschen zurufen, er solle Obergruppenführer Pohl informieren, was hier vorgehe, ja, dann wäre es aus mit ihnen! Schmelz bekam einen trocknen Mund. Dann hätte es sie alle ihren Kopf gekostet!

Hätte er Koch hingegen erst einmal in Einzelhaft, dann

würde er ihn schon zu einem Geständnis bringen, glaubte Schmelz, aber dazu müsse er ihn erst einmal haben! Und ein Geständnis wäre dann nicht zu widerrufen. Ein Geständnis sei ein Geständnis sei ein Geständnis; immer wieder wiederholte er dieses Mantra, während er mit Tarnat und Liebig von der Poststation aus in seine Dienstwohnung ging.

„Meine Herren“, sagte er dort im Wohnzimmer: „Ich lade Sie auf einen Schnaps ein, der hier überall in den Vitrinen steht. Vielleicht ist es unser letzter! – Suchen Sie sich selbst heraus, was Sie mögen! Ich kenne mich da nicht so aus.“

Tarnat fand eine Karaffe mit schottischem Whisky, während Liebig sich mit zitternden Händen ein Wasserglas mit Wodka füllte und es, ohne zu warten, zur Hälfte austrank. Doktor Kurt Schmelz goss sich einen Kognak ein und hob den Schwenker hoch.

„Wenn Sie gestatten“, sagte Tarnat: „Dann bringe ich einen Toast aus?“

„Aber gerne!“, sagte Schmelz und sah Liebig an, der ihm blass vorkam. Schon wieder! Was war nur mit dem Mann los? Aus was für einer heilen Welt war der nur gefallen? Schmelz schlug Liebig auf die Schulter und sagte: „Kopf hoch! Kopf hoch oder Kopf runter, dazwischen machen wir es gar nicht mehr, was, Liebig?“

„Nein, Obersturmführer, machen wir nicht“, flüsterte Liebig und sah hilfesuchend zu Tarnat, der sich räusperte und mit feierlicher Stimme sagte: „Was keiner weiß, kann nicht verboten sein! Horch, horch!“

„Horch, horch!“, fielen die anderen beiden Männer ein, ehe sie alle drei die Schnäpse auf Ex hinunterkippten, hatten sie ihr Leben doch nun auf eine einzige Karte gesetzt. Karl Koch musste nach der Lektüre des Briefes, den sie gefälscht hatten, heimlich nach Buchenwald kommen. Dieses Ass musste stechen, wenn es auch keine Trumpfkarte war.

Er durfte den Braten nicht riechen, er musste glauben, seine Frau verfalle sofort in Panik, würde er die Abreise auch nur eine Minute verzögern. Mehr noch, ging es Liebig durch den Kopf, Karl Koch durfte niemandem das wahre Ziel seiner Reise sagen. Er musste diesbezüglich alle anlügen, sonst würden in seiner Abwesenheit Nachforschungen über seinen Verbleib angestellt werden. Die Erkenntnis, niemand dürfe solange wissen, wo er sich aufhalte, solange er nicht wisse, was ihn bedrohe, musste er ausspielen. Doch warf er diese Karte wirklich? Oder nahm er doch lieber einen Trumpf und sicherte sich bei seinen Vorgesetzten ab? Liebig verstand nicht viel vom Skat, aber dass ein gutes Reizen der halbe Sieg war, das wusste er schon.

Sie hockten nun schon die fünfte Nacht im Gebüsch vor der Villa der Kochs, während an diesem zehnten Juli dreiundvierzig alliierte Truppen auf Sizilien landeten und Mussolini bald darauf entmachtet war. Heinze hatte indes die Post ordnungsgemäß in Leipzig abgeliefert und war sofort zurückgekommen. Zu viert bewachten sie nachts den Eingang zur Villa, jede Minute darauf gefasst, ein Auto zu hören.

Wenn Karl Koch kommt, hatte Schmelz seinen Leuten gesagt, dann nachts. Er wird es bei dem Inhalt dieses Briefes nicht riskieren, hier tagsüber mit wehenden Fahnen einzumarschieren, weil er nicht weiß, was ihn erwartet. Er wird sich erst mit seiner Frau kurzschließen wollen!

Während sie warteten und die Nächte durchmachten, hatten sie Ilse Koch besser kennen gelernt, und schließlich brachte der junge Heinze mit angewidertem Gesicht hervor: „Eine Schlampe hoch drei! Die treibt es ja mit jedem hier!"

Mit jedem, dachte Tarnat, nur nicht mit dir, du armer Teufel! Bist wohl von uns zu früh aus der Totenkopfstandarte abberufen worden? Der alte Tarnat grinste in die Dunkelheit hinein, während Liebig flüsterte: „Ihr Spitzname trifft voll und ganz zu. In den Verhören, die ich bei den Insassen gemacht habe, kam das Gespräch immer wieder auf die ‚rote Hexe von Buchenwald'. Es gibt einige Aussagen, in denen es darum geht, dass sie die Insassen mit ihren sexuellen Reizen konfrontiert, und wenn diese sich ihr dann nähern, werden sie erst von ihr mit der Reitpeitsche geschlagen und dann befielt sie dem Sommer, der ihr hörig sein muss, die betreffenden Insassen ‚auf der Flucht zu erschießen'. Sie gibt ihm telefonisch einfach die Insassennummern durch. Eigentlich hat sie hier gar nichts mehr zu sagen, aber sie stolziert hier herum, als gehöre ihr alles, und der Pister, dieser Feigling, der sich nicht mir ihrem Mann anlegen will, der lässt sie machen, was immer sie will!"

„Der Sommer und die Koch: Der Sadist und die Nymphomanin!", stellte Tarnat fest.

„Da, schon wieder einer! Wer ist das?", fragte Liebig, und Heinze sagte empört: „Das ist Torschek, ein einfacher Sturmmann aus dem Musikzug. Mehr nicht!"

„Na, der weiß es wenigstens zu schätzen, wenn sie ihm was bläst", sagte Tarnat, und alle vier Männer lachten unterdrückt auf.

„Jedenfalls verstehe ich, warum der Koch seine liebe Gattin zu Hause gelassen hat", mischte sich Schmelz leise ins Gespräch ein: „Ein Frau, die es mit allen treibt, die ihm unterstellt sind, also, was Schlimmeres gibt es doch wohl nicht, oder?"

„Nein", antwortete Heinze sofort: „Wenn ich mir das vorstelle! Am Tage stehe ich vor dem Lagerleiter stramm und will alles nur richtig machen, und in der Nacht stopfe ich seiner Frau die Löcher. Oh Mann! Das Gerücht ging ja um, man kann einfach so bei der Koch klingeln und bekommt dann ein gutes Glas Champagner, aber hätte ich nur gewusst, was in diesem Glas ist, oh Mann, ich wäre doch schon längst einmal hier gewesen! Die braucht es ja wie eine ganze Kompanie von Huren."

„Da kommt der Nächste! Mann, der muss sogar warten! Ich fasse es nicht", sagte Liebig und fragte Heinze, ob er eine Freundin habe.

„Freundin? Nein! Ich bin verheiratet!"

„Mit Anfang zwanzig?"

„Ja, und?"

„Nichts und", sagte Liebig: „Respekt! Schon Kinder?"

„Klar, drei Stück, du nicht?", fragte Heinze zurück, woraufhin Liebig mit dem Kopf schüttelte.

„Aber eine Freundin?"

„Ja, eine Freundin, die gibt es schon. – Drei Kinder, da hast du ja früh angefangen!"

„Fürs Vaterland! An allen Fronten", sagte Heinze ernst, woraufhin Tarnat lachen musste.

„Die Kleinen leben aber bei ihren Eltern", sagte Heinze mit leiser Stimme: „Sie ist Krankenschwester beim Wüstenfuchs."

Schmelz, der den plötzlichen Ernst in der Stimme des Jungen gehört hatte, meinte, da habe sie ja eine ruhige und ungefährliche Stellung gefunden, wenn sie im Afrikakorps Krankenschwester sei. Da habe sie ja nichts auszustehen.

„Warum?", fragte Heinze mit großen, klaren Augen, deren Weiß in der Nacht schimmerte.

„Weil das Afrikakorps doch im Mai kapituliert hat. Gefährlich ist es da unten also bestimmt nicht mehr."

„Stimmt! So habe ich es noch gar nicht gesehen. Aber verdammt heiß ist es dort trotzdem! Wenn ich mir vorstelle, die ganzen Wichser starren ihr dauernd auf die durchgeschwitzte Uniform, dann könnte ich die Raserei kriegen, kein Witz!"

Darauf wusste niemand von ihnen eine Antwort, und

schweigend sahen die vier Männer erneut zur Villa, in der erst das Flurlicht anging und dann die Außenbeleuchtung. Die Männer gaben sich dort wirklich die Klinke in die Hand! Schmelz schüttelte den Kopf. Er fand die Koch nur mäßig attraktiv, aber ihm war auch klar, dass die Männer, die zu ihr kamen, ihr kaum ins Gesicht sehen würden.

Ilse Koch trug einen durchsichtigen Morgenmantel aus Seide und hatte die roten Haare hochgesteckt. Sie stand vor der Eingangstür wie auf einem Podest. Von hinten wurde ihre Figur beleuchtet, und die vier Männer konnten das schwarze Dreieck ihrer Scham sehen, von dem sie die Blicke nicht abwandten. Sie warteten auf einen jener Augenblicke, die ihnen die Wartezeit verkürzten.

Der Musiker war noch gar nicht ganz aus dem Lichtkreis verschwunden, der Neuankömmling hatte noch gar nicht alle sieben Stufen erklommen, als Ilse Koch den Gürtel des Umhanges öffnete, von hinten an der Seide zog und sich mit einem Mal nackt vor der Tür zu ihrer Villa präsentierte. Sie stellte ein Bein ein wenig zur Seite und lächelte den Mann an, der zu ihr hochkam. Er ergriff sofort die großen und festen Brüste, knetete sie und liebkoste die Brustwarzen mit den Lippen, während er sie an der Taille festhielt, ihr über die Backen streichelte und ihren Unterleib fest an seinen drückte. Er griff in die roten Haare, zog ihr den Kopf nach hinten, dass ihr der Mund offenstand, und mit der anderen Hand musste er sich an ihrer Scham zu schaffen machen, aber genau sehen konnten das die vier Männer im Gebüsch nicht. Sie schluckten.

„Jemand eine Zigarette?“, fragte Tarnat leise und ließ die Schachtel herumgehen.

„Der wartet nicht!“, mutmaßte Liebig.

„Doch“, sagte Heinze: „Der stellt erst drinnen mit ihr richtig was an! Kannste wissen.“

„Ich halte gegen. Zehn Mark", sagte Liebig.

„Abgemacht", schlug Heinze sofort ein, musste aber mit ansehen, wie der Kerl die Koch auf der Veranda umdrehte, sie zum Geländer schob, an dem sie sich hielt, während er sie hart und brutal nahm. Sie schrie laut und flehte ihn an, es ihr heftiger zu besorgen, heftiger und noch härter, während ihre Brüste immer wieder gegen den Handlauf des Geländers schlugen.

„Verdammt", sagte Heinze: „Schon wieder verloren!"

Schweigend inhalierten die Vier unter vorgehaltener Hand, ehe Tarnat sagte, langer halte er diese Anblicke nicht mehr aus. Er sei ja auch nur ein Mann.

Heinze und Liebig stimmten ihm sofort zu, während der Kerl auf der Veranda einen tierischen Laut hören ließ, Sekunden später die Uniformhose schloss, der Koch auf den Hintern klatschte und sie mit gespreizten Beinen, glänzender Scham und mit über dem Geländer hängenden Oberkörper zurückließ. Sie bettelte, er möge ihr wenigstens noch die Faust hineinstecken, aber lachend und vergnügt verschwand der Mann in der Dunkelheit.

„Es gibt Frauen, die wirklich nur für die Hurerei gemacht wurden", sagte Tarnat: „Das hätte ich nie geglaubt, würde ich es nicht mit eigenen Augen sehen."

„Hoffen wir, dass es die letzte Nacht ist, die wir uns um die Ohren schlagen müssen. Ich mag mir gar nicht vorstellen, was los ist, wenn wir die Koch verhaften und in Einzelhaft sperren", sagte Schmelz und grinste zu den Sternen hinauf.

„Schreien wird die, kratzen und beißen, wenn sie merkt, was Sache ist", sagte Liebig: „Die ist bei der Verhaftung garantiert wilder als ihr Mann, wilder und gefährlicher. – Und in der Zelle wird sie dann verrückt werden vor unbefriedigter Geilheit. – Aber vielleicht kann ich sie ja dann mal besuchen in ihrer Zelle, Obersturmführer Schmelz?", fragte Liebig leise, ohne jedoch eine Antwort zu bekommen.

Sie sahen, wie Ilse Koch sich schließlich aufrichtete, den Umhang aufhob, das Außenlicht löschte, noch einen suchenden Blick in die Runde warf und dann die Tür schloss, zögernd, wie es Schmelz schien. Sekunden später wurde auch das Flurlicht ausgeschaltet, ehe die Lampen im Badezimmer angingen.

„Was ist eigentlich mit Ihnen, Tarnat?", fragte Schmelz: „Sind Sie verheiratet? Haben Sie Kinder? Vielleicht sogar schon Enkel?"

„Enkel noch nicht", sagte Tarnat auflachend: „Kinder ja. Zwei erwachsene Söhne. Verwitwet."

„Oh, das tut mir leid!", sagte Schmelz: „Und die Söhne?"

„Für Volk und Vaterland in Belgien. Oder Norwegen? Oder Finnland? – Keine Ahnung", sagte Tarnat leise, woraufhin niemand mehr etwas zu sagen wusste.

Ihnen ging allen dasselbe durch den Kopf, aber es auszusprechen wagte keiner von ihnen. Schließlich durchbrach Tarnat selbst das Schweigen und fragte Schmelz, ob er Familie habe.

„Noch nicht", sagte Schmelz: „Als ich jung war, wollte ich so schnell wie möglich Karriere machen. Dann hätte ich Frau und Kindern schön was bieten können. – Ich stamme ja aus einem armen Haus."

„Als ich jung war", spottete Tarnat und sagte dann: „Sie mit ihren dreiunddreißig Jahren!"

„Vierunddreißig, wenn's recht ist", hielt Doktor Kurt Schmelz lächelnd dagegen.

„Dann eben vierunddreißig", sagte Tarnat und gab eine Literflasche mit kaltem Kaffee herum.

„Der routinierte Observierer!", sagte Liebig anerkennend und nahm die Flasche, trank einen Schluck und reichte sie an Heinze weiter, der aber ablehnte und sagte: „Noch einen Schluck Kaffee und ich drehe durch! Firma dankt. Bloß keinen Kaffee mehr."

Er hielt die Flasche Schmelz hin, der eigentlich auch nicht trinken wollte, es sich jedoch anders überlegte.

„Meine Herren, jetzt wird es spannend!", sagte er: „Ich bin davon überzeugt, dass es in dieser Nacht losgeht. Fünf Tage ist genau die Zeitspanne, die der Brief hin und Koch zurück braucht, denke ich. Überprüfen Sie noch einmal die Pistolen und halten Sie sich bereit. Wir wechseln uns alle halbe Stunde mit der Beobachtung ab. Ich fange an, ruhen Sie sich kurz aus, vermeiden Sie es aber, Geräusche zu machen. – Ab jetzt herrscht Rauchverbot."

VI

Die Wolkendecke riss auf und schnell wurde die Nacht sternenklar, in der ein Halbmond kräftig schimmerte. Schmelz sah zu seinen Männern, die mit geschlossenen Augen, versteckt im Unterholz, an Baumstämmen gelehnt saßen. Sie waren sofort eingeschlafen, und Tarnat ließ ein leichtes Schnarchen hören. Schmelz ging vom Kiesweg zurück ins Versteck und sah auf einmal ein Erlebnis von der Ostfront vor sich. Sie hatten sich einen zweitägigen Kampf mit einer sowjetischen Einheit geliefert, beide Seiten waren erschöpft, versorgten die Verwundeten, und sein Kamerad Müller aus Heiligenhafen, irrsinnig vor Angst und Sucht, steckte sich plötzlich neben Schmelz eine Zigarette an, inhalierte tief, ohne die Glut mit den Händen abzuschirmen, bevor er jäh in sich zusammensackte. Ohne ein Wort, kein Schrei und kein instinktartiges Werfen der Arme. Das dampfende Blut, das der Leiche aus dem Kopf auf die Uniform von Schmelz tropfte, der Minuten lang regungslos hockenblieb. Die Leiche an sich gelehnt und zusehend, wie ihm das Blut aus dieser unscheinbaren Wunde auf seiner Uniform festfror. Dieses gefrorene Blut, das Schmelz später von seiner Uniform abkratzen musste, es gebe so Dinge, es gebe so Sachen, meinte Doktor Kurt Schmelz, die solle man nur mit ganzer Konzentration machen. Eine davon sei, die Umgebung im Auge zu behalten.

Er hielt die Luft an und lauschte, nichts als das leise Schnarchen, ein Kleintier im Gebüsch, in der Ferne brüllte einer der Braunbären auf, und über allem rauschten die Buchen. Schmelz atmete durch den Mund aus, weil er nur so geräuschlos Luft ausstoßen und einholen konnte, ehe er über sich selbst grinsen musste. Damals war er doch tatsächlich zum Kompaniechef gekrochen und hatte ihm vorgeschlagen, die Luftwaffe solle eine Million Zigaretten über die Rote Armee abwerfen, Scharfschützen hätten die Deutschen doch genug. Wie verrückt musste er damals nur gewesen sein. Und wie verrückt war es, jetzt hier zu lauern? Auf eigene Faust.

Kurt Schmelz streckte sich im Sitzen und ließ seine Kameraden weiterhin schlafen, obwohl er schon viereinhalb Stunden Wache hielt. Er prüfte zum zwölften Mal seine Dienstwaffe, kratzte zum siebten Mal den Schmutz aus dem Stiefelprofil und las zum tausendsten Mal den Haftbefehl gegen Karl und Ilse Koch, den er selbst aufgesetzt hatte und den er nach erfolgreicher Beendigung der Aktion vom obersten Gerichtsherren des Wehrkreises neun, Obergruppenführer Waldeck Pymont, unterschreiben lassen wollte. Ob der ihn im Stich ließ? Doch warum? Wenn Schmelz ihm telefonisch erklärte, ein sofortiger Zugriff wäre wegen Fluchtgefahr unerlässlich, dann würde der Erbprinz ihn schon nicht im Stich lassen. Er durfte nur nicht sagen, dass er diese Fluchtgefahr selbst und mit illegalen Mitteln herbeigeführt hatte. Vier Stunden benötigte Heinze von Weimar bis in die Nähe von Kassel und vier Stunden wieder zurück, und so könnte heute Abend also alles seinen rechten Weg gegangen sein, seinen rechten und vorschriftsmäßigen! Doktor Kurt Schmelz hatte in diesen Tagen eine wichtige Lektion gelernt: Der richtige Zeitpunkt ist immer eine Variable.

Er steckte den Haftbefehl in die Innentasche, als sein Gesicht sich zu versteinern schien. Schnell schloss er die Uniform, weckte die Untergebenen und bedeutete ihnen sofort mit dem Zeigefinger auf den Lippen, sie mögen still sein, absolut still!

Tatsächlich, das Geräusch kam näher, wenn auch langsamer, als er geglaubt hatte, das Geräusch von Reifen, die auf Kies rollten. Karl Koch, der alte Fuchs, kam ja geradezu angeschlichen! Schmelz zog langsam die Pistole aus dem Halfter.

„Wir haben ihn tatsächlich angelockt!“, flüsterte Liebig in dieser Nacht zum elften Juli, während im Raum Kursk die sowjetische Offensive begann, die die Operation Zitadelle beendete, was zugleich das Ende aller deutschen Initiativen im Krieg gegen die Sowjetunion war und die endgültige Kriegswende markierte.

Die Männer waren zum Sprung bereit, doch noch hielt Schmerz sie zurück. Keine zwei Meter neben ihm rollten zwei weiße Autoreifen mit vergoldeten Radkappen über den Weg. Es war ein weißer BMW. Eine Sonderanfertigung, es war genau das Auto, auf das Schmelz gewartet hatte. Er war sich sicher.

Während es auf den Vorplatz zurollte, instruierte Schmelz seine Männer ein letztes Mal. Nichts dürfe schief gehen, keiner dürfe entkommen, falls Unbeteiligte auftauchten, würden auch diese festgenommen werden. Liebig und Tarnat auf Ilse Koch, Heinze und er selbst auf Karl Koch. Eine saubere, schnelle und stille Verhaftung! Noch Fragen? Nein? Also dann, auf sein Zeichen.

Die Männer nickten, durch langsames und betontes Atmen versuchte Liebig seinen Puls unter Kontrolle zu bekommen, aber die tausend Schreckensszenerien, die ihm durch den Kopf schossen, arbeiteten gegen ihn. Er hätte am liebsten geflucht, stattdessen schickte er ein Stoßgebet gen Himmel.

Der BMW Typ dreihundertachtundzwanzig fuhr langsam auf den Vorplatz, auf dem der Weg endete, drehte eine halbe Runde und kam vor der breiten Eingangstreppe zum Halten. Er stand mit der Front in Fahrtrichtung, der Motor lief noch immer, und plötzlich strahlten die Scheinwerfer auf. Schmelz und seine Männer bückten sich instinktiv tiefer ins Unterholz, einer der Lichtkegel verfehlte sie nur knapp.

Das Licht erlosch wieder, Karl Koch jedoch stieg nicht aus. Er ließ den Motor weiterlaufen, und ein winziger, rötlicher, jäh aufblitzender Punkt verriet Schmelz, dass Koch im Wagen rauchte. Verdammt! Wenn der noch länger wartete, dann würde Ilse Koch früher oder später aus der Villa kommen, und alles würde auffliegen. Die Aktion musste doch unbedingt innerhalb der Villa stattfinden! Schmelz biss sich auf die Unterlippe, nagte an ihr, versuchte sich zu beruhigen, denn noch war nur das Licht im Badezimmer an. Alle übrigen Räume lagen im Dunkeln. Noch! Doktor Kurt Schmelz hatte plötzlich eine andere Kriegsszene vor sich. Sein Vorgesetzter warf eine Handgranate in eine riesige Scheune, irgendwo in der Ukraine, und seelenruhig warteten sie ab, warteten auf diejenigen, die hustend herauskrochen, bevor sie das Feuer eröffneten.

„Jetzt?“, flüsterte Heinze aufgeregt. Seine Augen waren riesengroß und leuchteten. Er konnte es kaum erwarten, loszustürzen und Koch auf den Boden zu werfen. Wie gerne hätte er die Koch verhaftet, am besten direkt in der Badewanne! Wäre das nicht eine Gaudi? Breit grinste Obersturmmann Heinze.

„Nein, warten!“, befahl Schmelz, als die Fahrertür des schneeweißen BMW einen Spaltbreit geöffnet wurde. Die Zigarettenkippe wurde auf eine der Steinstufen geworfen, einen Moment lang blieb die Tür wo sie war, doch dann wurde sie ganz aufgestoßen. Endlich! Schmelz, der die ganze Zeit den Atem angehalten hatte, ließ die Luft heraus, als er den Mann aussteigen sah. Er sah ihn sich strecken, und ja, tatsächlich, er war es! Standartenführer Karl Koch, einer der mächtigsten Männer des Reichs, stand vor ihnen. Doch noch immer lief der Motor! Schmelz wurde bald wahnsinnig. Was war das für ein ausgebuffter Fuchs. Koch ahne, dass hier etwas faul sei, glaubte Schmelz, aber er wisse nicht, was. Und dieses Unwissen mache ihn so gefährlich. Wenn der nur einem Soldaten etwas zurufen könnte, dann würde die ganze Sache auffliegen, nur ein Schrei in der Stille und die Offiziere, die in den anderen Villen wohnten, würden die Hunde loslassen. Nur ein Laut!

Doch Schmelz schob alle Bedenken weg und erinnerte seine Leute daran, erst loszuschlagen, wenn Koch drinnen war. Keinen Laut vorher! Keinen einzigen.

Tarnat hielt das Schweigen nicht mehr aus und sagte leise: „Ein wahrer Traum!“

Die ganze Zeit hatte er bewundernd den Wagen gemustert und sich kaum um den Fahrer gekümmert. Er wusste, dass dieser BMW das neueste Modell war und dass dieses Auto eine Sonderanfertigung speziell für Koch war. Die Lüftungsschlitze des Motorraumes waren vorn mit Silberstangen verkleidet. Das Armaturenbrett war aus Mahagoni. Das Lenkrad war mit Krokodilleder bezogen und in der Mitte prangte ein Smaragd in der Größe eines Hühnereies. Diamanten funkelten auf dem Knauf des Schaltknüppels. Dieses

Modell, das offiziell noch gar nicht im Handel war und mit all diesen dekadenten Extras ausgestattet war, dieses Auto war ein Geschenk des Obergruppenführers Pohl an seinen alten Freund Karl Koch, mit dem er und Himmler schon in der Systemzeit zusammen gekämpft hatten. Tarnat wusste auch, dass diese alten Kämpfer einen ganz eingeschworenen Verein bildeten. Eine Verschwörung, die sie nun auseinanderzunehmen gedachten! Tarnat grinste und musterte nun auch Koch, der langsam und sich ständig unerwartet umsehend die Treppe nach oben stieg. Für einen Moment verschwand er hinter einer der Marmorsäulen, aber dann war er endlich an der Tür und steckte den Schlüssel ins Schloss. Er trat ein und saß in der Falle.

„Vorsicht ist gut für den Rückzug, aber schlecht für den Angriff", sagte Obersturmführer Doktor Kurt Schmelz daraufhin so laut, dass seine Leute zusammenzuckten. Er schrie: „Männer – los!"

Als erster sprang Obersturmmann Heinze auf, dicht gefolgt von Liebig. Ihre Gedanken müssten noch im Gebüsch sein, während ihre Körper schon über den Weg sprinteten, meinte Schmelz, der ihnen dicht auf den Fersen war. Tarnat war zurückgeblieben, aber davon war auszugehen gewesen! Schmelz brüllte wieder: „Los! Los!"

Die beiden Jungen erhöhten sofort den Sprint noch einmal. Schmelz sah die Waffen in ihren Händen in der Dunkelheit schimmern. Kurz vor der Villa trennten sie sich, und während Heinze zum Hintereingang lief, um ihn abzusichern, sprang Liebig geduckt die Stufen hoch. Hinter den Säulen Deckung suchend; ganz so, wie er es in der Waffen SS gelernt hatte. Schmelz war bei ihm. Sie standen links und rechts des Haupteingangs. Sie sahen, wie Tarnat zum hinteren Ausgang verschwand. Und leise zählte Kurt Schmelz bis zehn. Er klingelte.

Es geschah nichts, er klingelte noch einmal, klopfte, doch nichts geschah. Liebig hämmerte mit dem Knauf der Pistole gegen die Holztür. Die Aktion geriet ins Stocken, Schmelz wurde panisch. Er sah schon, wie Koch telefonierte, und gerade wollte er den Befehl zum Aufbrechen geben, als die Tür nach innen hin aufflog.

„Schmelz, Sie Drecksau!", schrie Ilse Koch: „Das kostet Sie Ihren Kopf! Brieffälschung! Das war's! Mein Mann telefoniert schon mit Heinrich Himmler, und du …"

Schmelz warf sie zur Seite, Liebig fiel über sie her und hielt sie fest, während Schmelz von Sinnen vor Angst durch die Eingangshalle lief, wo ihm Heinze und Tarnat entgegenkamen.

„Oben!", brüllte er Heinze zu.

Er war noch in der Mitte der Halle, doch Obersturmmann Heinze befand sich schon auf der Treppe, war in der ersten Etage, sah sofort den matten Lichtschein, der an der halbgeöffnete Tür vorbeidrang, und hatte sie schon ganz aufgestoßen. Er sah den kahlköpfigen Mann am Schreibtisch stehen und den Telefonhörer in der Hand halten.

„Weck ihn! Sofort!", schrie Koch ins Telefon und fingerte am Halfter seiner Uniform, doch Heinze war schon bei ihm, schlug ihm kurzerhand die Faust gegen das Kinn. Der Telefonhörer fiel auf den Schreibtisch, eine rufende Kinderstimme war aus ihm zu hören, doch Karl Koch hatte schon fast die Dienstwaffe aus der Gürteltasche, ehe Heinze ihn mit der Schulter rammen und gegen ein Bücherbord schleudern konnte. Mit Gold verzierte Schwarten purzelten auf den Standartenführer, der sich mit beiden Händen schützen musste. Das zwei Meter hohe Bord wankte immer mehr und brach schließlich über Karl Koch zusammen. Wie irrsinnig warf Heinze die Bücher hinter sich, schleuderte die Bretter weg und trat mit dem Haken des Stiefels kräftig auf den Unterarm Kochs, der die Dienstwaffe schon frei in der Hand hatte.

„Ahhh!", schrie Karl Koch auf und ließ die Waffe los. Zur Sicherheit, nur zur Sicherheit, versetzte ihm Heinze noch einen rechten Schwinger. Koch sackte zusammen.

Schwer atmend erhob sich der Junge und sah Schmelz an, der alles von der Tür aus verfolgt hatte und nun zusah, wie der Irrsinn, von dem er einen Moment lang geglaubt hatte, er hätte Heinze übermannt, dem Jungen wieder aus den Augen wich. Heinze, das Tier! Schmelz überkam ein Schauer.

„Entwaffnen! Gut gemacht, Heinze!", sagte Schmelz und dachte: Wie ein bissiger Hund!

„Melde, Verdächtiger nach kurzem Tumult festgesetzt!" Heinze musste diese Meldung einfach machen, sie war ihm so sehr eingeübt worden, dass er erst nach ihrem Aussprechen verstand, was Schmelz gesagt hatte, und hinzufügte: „Verstanden, entwaffnen!"

„Wer ist denn da?", drang die Kinderstimme noch immer aus dem Telefonhörer.

Kurt Schmelz atmete durch, nahm den Hörer ab und sagte mit ruhiger Stimme: „Hier spricht – der Weihnachtsmann."

Er legte auf.

Sie brachten den besinnungslosen Koch hinunter in die Eingangshalle, wo seine Frau keifte und schrie.

Sie war gefesselt, wurde von Liebig und Tarnat an den Armen gehalten, und als sie Schmelz erblickte, war sie nicht mehr zu halten. Sie trat den Männern gegen die Schienbeine, schaffte es, sich aus ihren Griffen zu befreien, und rannte auf Schmelz zu, um ihn hasserfüllt und mit weit aufgerissenen Augen anzuspucken. Erschrocken wich Schmelz einen Schritt zurück und dachte: Wahnsinn, die Frau ist ja wahnsinnig! Aus der bekomme ich nie im Leben ein Geständnis heraus!

Karl Koch war zur Besinnung gekommen, er schüttelte sich und registrierte langsam die Umgebung. Es dauerte einen Moment, bis er merkte, dass er an den Händen gefesselt war und dass seine Frau vor ihm stand, ebenfalls gefesselt. Erstaunt sah er die Männer an.

„Ilse und Karl Koch", sagte Doktor Schmelz: „Ich nehme Sie hiermit fest. Es besteht dringender Tatverdacht wegen Unterschlagung. Außerdem besteht Fluchtgefahr."

Seine Stimme hallte wider in ihm, sachlich und ruhig, und so sehr er auch in sich horchte, er spürte keinerlei Gefühle aufkommen. Nichts war da, das ihm an diesem großen Tag den Herzschlag beschleunigte. Wieder kam er sich wie blockiert vor.

Ilse Koch war rot im Gesicht und schrie ununterbrochen zusammenhanglose Sätze, während Karl Koch schwieg und Schmelz anstarrte.

„Dafür werden Sie hängen, du verdammtes Mistvieh!", kreischte Ilse Koch: „Verdammtes, dummes Mistvieh!"

„Ilse und Karl Koch", fuhr Schmelz ruhig fort: „Da bei Ihnen beiden Fluchtgefahr besteht, werde ich Sie gleich hier in Buchenwald in Einzelhaft einbunkern lassen. Sie werden in den nächsten Tagen verhört werden, wobei Sie dann Gelegenheit haben werden, zu allen Vorwürfen Stellung zu nehmen. Bis dahin werden Sie mit niemandem Kontakt haben. Ich bin SS Obersturmführer Doktor Kurt Schmelz, Beamter der Kriminalpolizei im Hauptamt und SS Richter im Oberabschnitt neun. Zuständig für alle Verbrechen innerhalb der SS und außerhalb der SS. Ich handele im ausführlichen Auftrag des Reichsführer SS, ihres geschätzten Freundes Heinrich Himmler."

Karl Koch schwieg weiterhin, nur grinste er jetzt höhnisch. Allein für dieses Grinsen hätte Heinze dem Mann noch gerne eine verpasst. Für ihn war dieser Karl Koch jetzt nur noch einer der vielen, die in Buchenwald eingesperrt waren. Ein Politischer. Rotes Dreieck.

„Ich rate Ihnen, die Sache ernst zu nehmen“, fügte Schmelz an: „Unterschlagung ist kein Kavaliersdelikt mehr und wird in Kriegszeiten mit Hochverrat gleichgesetzt. Überführte Korrupte werden mit dem Tod durch Erhängen bestraft, und genau das, liebes Ehepaar Koch, ist mein Ziel!“

Hatte er damit zu viel gesagt? Augenblicklich bereute Schmelz, die Deckung fallengelassen zu haben. Um zu gewinnen, war doch eine der eisernen Grundregeln jedes Krieges, müsse man den Feind im Ungewissen lassen. Was für ein Trottel war er nur wieder! Jetzt wusste Koch, wie er seine Verteidigung aufbauen musste, verdammt! Schmelz hatte Mühe, sich zu beherrschen, und schloss für einen Moment die Augen, ehe er zur Decke sah und befahl, die Verdächtigen seien zu knebeln und wegzuschaffen.

„Obersturmführer!“, brüllte Tarnat auf einmal los.

„Untersturmführer?“, brüllte Schmelz zurück.

„Gestatten eine Bemerkung, Obersturmführer?“, brüllte Tarnat, und Schmelz brüllte zurück: „Machen Sie Ihre Bemerkung, Untersturmführer!“

Man hätte meine können, fand Liebig, dies wäre einstudiert worden. War er beim ersten Brüllen noch zusammengezuckt, amüsierte es ihn jetzt fast, da er bemerkte, wie die Kochs bei diesem Gebrüll nervös wurden. Es übertönte das Kreischen der hysterischen Koch, die ein paar Atemzüge innehielt und zuhörte.

„Obersturmführer! Wir haben im Jägerhof am Alex immer eine gute Masche für solcherlei Fälle“, brüllte Tarnat: „Den Verdächtigen einen Sack über den Kopf ziehen, dann können sie während des Transportes von niemandem identifiziert werden. Nur für den Fall der Fälle!“

„Ausgezeichnet!“, brüllte Schmelz mit der ganzen Luft zurück, die er in der Lunge gesammelt hatte, woraufhin Ilse Koch wieder zu kreischen begann, ehe sie kurz darauf von Liebig unterbrochen wurde, der ihr ein Putztuch in den Mund stopfte. Hörbar atmete er auf und sah zu Schmelz.

„Tarnat“, sagte Schmelz nun mit normaler Stimme: „Sie selbst bringen die beiden in die vorbereiteten Zellen und postieren sich vor den Zellentüren, bis sie von Heinze abgelöst werden. Sie sind persönlich verantwortlich, Untersturmführer Tarnat!“

Tarnat nickte und brachte die Verhafteten hinaus.

„Der ehemalige Kommandant des KL Buchenwald sitzt nun in seinem eigenen Arrestbunker fest. Den er selbst gebaut hat!“, sagte Liebig.

„Ja, so kann's gehen“, sagte Kurt Schmelz: „mit dem Gesetz ist nicht zu spaßen.“

„Wir bräuchten die beiden nur in einen der Blöcke zu bringen und mit den Häftlingen dort alleine zu lassen“, sagte Heinze: „Dann könnten wir uns die ganze Beweisführung sparen.“

„Heinze!“, sagte Kurt Schmelz: „Ich habe mehr Ehre von Ihnen erwartet. Sie müssen noch Einiges lernen. Es kommt auf die beiden gar nicht an! Es kommt auf viel mehr an. Die wahre Bibel ist das Gesetzbuch. Und nur Weise dürfen daran mitschreiben.“

„Obersturmführer, von Ihnen will ich alles gerne lernen“, sagte der junge Obersturmmann, und Kurt Schmelz überfiel eine Gänsehaut. Er fühlte etwas! Was fühlte er? Etwas, das aus tiefstem Inneren kam! Schmelz überlegte lange, bis ihm klar wurde, dies war ein Gefühl, dies war ein wahres und unverbrauchtes Gefühl, dies war ein Vatergefühl.

Er sah Heinze mit hochgezogenen Brauen an und brachte lediglich ein mechanisches Nicken zustande.

Er räusperte sich und sagte: „Machen wir uns jetzt an die wahre Arbeit, meine Herren. Es ist für den Prozess äußerst wichtig, dass wir alles auf eine Liste setzen, was wir hier finden. Wir müssen genauestens protokollieren. Was genau habe ich vor mir, wie viel Stück davon, ist es mit Stempeln oder Ähnlichem gekennzeichnet. Meine Herren, die Inventur muss lückenlos sein, sonst taugt sie gar nichts. Alles aufnehmen. Teppiche, Geschirr, und überall nachsehen, Dach, Keller, einfach überall! – Heinze, Sie nehmen den Keller und die Eingangshalle. Ich nehme die erste und zweite Etage. Liebig nimmt das Dach und die Nebengebäude. Ab!"

Und während sie suchten und protokollierten, wurde Kurt Schmelz immer entspannter und zufriedener. Sie fanden zu Barren geschmolzenes Gold, Gemälde und andere Kunstgegenstände, übermäßig viele kostbare Pelze und zweihundertfünfzigtausend Reichsmark in bar. Die Inneneinrichtung des Hauses bestand aus kostbaren Möbeln, Schmelz hatte so etwas noch nie gesehen. Das Bad war mit Marmor verkleidet, die Armaturen waren vergoldet, und in der ersten Etage gab es eine riesige Sauna.

Die Unterschlagung ist offensichtlich, dachte er, die Indizien haben zu handfesten Beweisen geführt. Ein Glück, dass noch nichts abtransportiert worden ist. Jetzt können wir sie in den Verhören mit den Reichtümern konfrontieren, und sie werden es nicht erklären können. Alles Reichseigentum, was hier steht! – Nur schade, dass wir den Wagen nicht mit aufnehmen können, der ja ein Geschenk von Obergruppenführer Pohl ist. Und gegen Geschenke hat man ja leider als Jurist keine Handhabe, es sei denn, der Schenkende verfängt sich im Netz! Warten Sie, Herr Obergruppenführer Pohl, warten Sie nur ab und fühlen Sie sich sicher. Über diesen BMW werden Sie noch stolpern!

Sie brauchten bis zum späten Vormittag, um alles aufzunehmen, durchsuchten zur Sicherheit die ganze Villa noch einmal, wobei Heinze sich die Bereiche vornahm, die Liebig abgearbeitet hatte, Schmelz die von Heinze und Liebig die von Schmelz. Auf diese Art könne ihnen vor Gericht keine Irrtümer unterstellt werden, hatte Schmelz erklärt, diese Gegenprüfung müsse sein, auch wenn sie nichts mehr fänden. Und tatsächlich, Schmelz lächelte zufrieden, sie hatten nichts weiter gefunden. Seine Leute waren zuverlässig, zuverlässig und ergeben; treu aus Dankbarkeit.

Er tastete Heinze und Liebig ab, nur um die ganze Sache völlig abzuschließen, auch wenn er sich sicher war, nichts zu finden. Und so war es ja auch! Schmelz steckte die Listen zufrieden in seine alte, lederne Aktentasche, ließ die anderen unterschreiben und befahl ihnen, alles in Kisten verpacken und in den Schuppen bringen zu lassen, der eigens dafür freigeräumt worden war. Es war einer jener unauffälligen Schuppen aus Holz und ohne Fenster, die sich in der Nähe der zentralen Bauleitung der SS befanden.

Schmelz war nicht auf Idee gekommen, vor den Fenstern noch einmal nachzusehen. Nachdem er weggegangen war, meldete sich Obersturmmann Heinze bei Liebig kurz ab, um in den Büschen pinkeln zu gehen. Er pinkelte ja auch! Er pinkelte dicht neben der Perlenkette, die unter dem Badezimmerfenster im Gras schimmerte und deren Rubin so auffällig leuchtete. Heinze sah das strahlende Gesicht seiner Frau schon vor sich, während er sich die Kette ums Geschlecht band und seelenruhig die Hose schloss. Was kostet die Welt, dachte er.

VII

Er wäre am liebsten gerannt, aber Kurt Schmelz zwang sich, den Weg von der Koch'schen Villa zu seiner Dienstwohnung gemessenen Schrittes zurückzulegen. Er verschloss die Tür sorgsam und ging direkt zum Telefon. Vorsichtig nahm er den Hörer ab, lauschte, bis er sich sicher war, nicht abgehört zu werden. SS Ermittlungsrichter Doktor Kurt Schmelz wählte die Privatnummer des Obergruppenführers Erbprinz zu Waldeck Pymont. Doch vergeblich.

Schmelz wartete am nächsten Morgen hingegen nur kurz, und als er das typische, mürrisch klingende Ja hörte, gab er sich sogleich mit einer zünftigen Meldung zu erkennen, während die Rote Armee an diesem zwölften Juli innerhalb von zwei Stunden die deutsche Linie durchbrach. Und während die Wehrmacht im Osten nur noch hinhaltenden Widerstand aufbringen konnte, vermittelte Schmelz beim Sprechen Dynamik.

Sofort wurde die Stimme des Erbprinzen freundlicher: „Ach, mein Spezi! Sie sind's, Kurt! Sehr gut! Wie geht's? Wie sieht es aus in Weimar und Umgebung?"

„Durchbruch, Obergruppenführer, wir haben einen Durchbruch errungen", sagte Schmelz ruhig, obwohl er es gerne herausgebrüllt hätte. Er räusperte sich und sammelte sich kurz, während der Gerichtsherr neugierig und ungeduldig nachfragte. Im Geiste sah der Erbprinz seinen Schützling vor sich, wie er ernst aber mit funkelnden Augen dastand, um seinen Mentor nicht zu enttäuschen.

„Wir haben umfangreiches Beweismaterial gefunden. Der Verdacht der Unterschlagung hat sich damit voll und ganz bestätigt. Ich kann jetzt schon sagen, der Tatbestand der Korruption liegt vor! Eindeutig! Es war allerdings sofortiger

Zugriff nötig, weil Standartenführer Karl Koch ganz plötzlich und völlig unerwartet hier in Buchenwald erschien. Wir haben ihn in einer Nacht- und Nebelaktion festgesetzt, von der Stelle weg, und erst einmal in Einzelhaft gesperrt. Ein Haftbefehl, den Sie bitte noch unterschreiben, ist bereits auf dem Weg zu Ihnen, Obergruppenführer. Dieser Zugriff war nötig, weil der Verdächtige sonst das Beweismaterial beiseite geschafft hätte und eventuell sogar verschwunden wäre. Hier war der Teufel los, es ging heiß her! Er hat …"

„Moment, Moment mal, mein lieber Kurt, habe ich das richtig verstanden? Sie haben Koch festgenommen und eingesperrt?"

„Ja, es musste sein."

„Ohne einen schriftlichen Befehl von mir oder Kaltenbrunner?"

„Ja, es musste sein."

„Warum?"

„Weil keine Zeit mehr war. Ich habe Ihr Einverständnis vorausgesetzt, ganz so, wie es in dem Geleitbefehl vom Reichsführer SS steht, den Sie mir ja selbst besorgt haben. Ich sei bei allen vermuteten Unregelmäßigkeiten zu unterstützen, Obergruppenführer!"

„Ja, aber! Sie hätten doch trotz aller Zeitknappheit mit mir reden müssen! Mann, Kurt, was glauben Sie, was wir im ersten Krieg hatten? Etwa Zeit? Als uns die Franzosen jagten, meinen Sie, wir hätten da noch groß Zeit gehabt? Und trotzdem haben wir immer alles abgestimmt. Kurt Schmelz, so geht das nicht! Das geht so nicht!"

„Ich musste Tatsachen schaffen, Obergruppenführer, bitte verstehen Sie, ich war gezwungen, es jetzt und hier zu entscheiden. Ohne diese Tatsache, dass Koch verhaftet und weggesperrt ist, wäre er uns durch die Lappen gegangen. Mir und Ihnen! Ich dachte, Sie vertrauen mir?", spielte Schmelz, der jetzt richtig in Fahrt gekommen war, sein Blatt aus: „Sie können sich auf mich verlassen. Sie sind ein Vorbild für mich, das wissen Sie! Ihr Schutz ist mir wichtiger als alles andere! Niemals würde ich leichtfertig vorgehen, niemals! Ich will genau das, was auch Sie wollen: Unsere Organisation säubern, mit eisernem Besen auskehren, das sind doch Ihre Worte, eine reine und ordentliche Schutzstaffel."

„Na, meinetwegen, ich unterschreibe den Wisch, aber noch einmal passiert mir so etwas nicht, kapiert, Obersturmführer? Noch einmal lasse ich mich nicht so über den Tisch ziehen. – Mann, Sie haben ja Nerven! Sie sind ja eiskalt! – Aber ich baue auf Sie, und Sie wissen, Kurt, ich war es, der Ihnen diese zweite Chance besorgt hat, ohne mich würden Sie jetzt an der Ostfront draufgehen!"

„Ich habe nur im Interesse unserer –."

„Ja, ja! – Also weiter! Berichten Sie! Ich habe nicht den ganzen Tag Zeit! Hier stapelt sich der ganze Papiermist, ich hoffe, das hat alles bald ein Ende!"

Doktor Kurt Schmelz fiel ein Stein vom Herzen. Erleichtert atmete er unterdrückt auf und legte sein Blatt auf den Tisch: „Die Villa der Kochs ist also voller Reichtümer. Nichts, was es dort nicht gäbe. Sie werden bald ein Geständnis ablegen. Sie hatten keinerlei Chance, irgendwas verschwinden zu lassen. Sie sitzen in der Falle, die Beweise sind erschlagend. Nach meiner Recherche muss es damals so abgelaufen sein, dass Koch auf drei Wegen unter der Hand verdient hat.

Zum ersten hat er das Eigentum der jüdischen Häftlinge von den Kapos sammeln und in einer privaten Sammelstelle erfassen lassen. Über diese Sammelstelle gibt es keinerlei Akten, es gibt auch keine Listen, als hätten die Juden gar nichts hierhergebracht, und jeder Mitwisser profitierte von Koch, allerdings tauschte Koch die Kapos und Mitwisser jeden Monat aus, sodass sich bald kein Häftling mehr fand, ihm zu helfen. In so einem Monat wurden diese Häftlinge zwar reich, aber nach ihrem Tod wurde ihnen alles wieder abgenommen. Sie konnten es ja nicht aus dem Lager bringen. Dies also erfüllt den Tatbestand der arglistigen Täuschung. Das Töten dieser Mitwisser geschah nicht auf einen Befehl hin, nein, dieses Töten inmitten des befohlenen Massensterbens war persönlich motiviert und damit Mord. Obergruppenführer, es war eindeutig Mord!

Zum zweiten hat Koch die Goldzähne der toten Häftlinge in eigens dafür eingerichteten Goldschmieden, die es offiziell gar nicht gab, zu Barren einschmelzen lassen und auf eigene Rechnung in die Schweiz gebracht. Auch diese Helfer und Helfershelfer wurden später ‚auf der Flucht erschossen' oder starben an ‚Herzversagen', wie es in den Akten steht. Edelsteine, Perlen etc. hat er aus den Gold- und Silberketten herausbrechen und ebenfalls beiseite schaffen lassen.

Zum dritten hat er den Häftlingen Essen vorenthalten und dieses auf den Wochenmärkten der näheren Umgebung verkaufen lassen. Während die Häftlinge gar nichts mehr an den Knochen haben, wurde Fleisch, Wurst etc. an die zivile Bevölkerung verkauft. Hier findet sich nicht einer, der das offiziell bestätigen will, ganz Weimar hält zusammen, schweigt und kauft, aber wir werden Zeugen auftreiben, keine Sorge, Obergruppenführer, das werden wir.

Zum vierten, entschuldigen Sie, Obergruppenführer Waldeck Pymont, es sind vier Wege, nicht drei, zum vierten hat er die Häftlinge, die nicht in der Kriegsproduktion waren, zu Arbeiten aller Art gezwungen und die Produkte und Erträge daraus in Eigenregie verkauft. Beispielsweise sei hier nur die Gärtnerei genannt, ein riesiges Areal mit Dutzenden von Gewächshäusern, in denen alle Arten von Obst und Gemüse angebaut wurden, bevor das dann alles draußen verkauft wurde, ohne dass die Insassen etwas bekamen. Alles! Die Häftlinge mussten das auch ernten, ohne etwas davon zu sich nehmen zu dürfen. Damals wie heute. Sie haben einen riesigen Hunger, doch wenn sie sich auch nur eine einzige Zwiebel nehmen, werden sie sofort zum Hängepfahl gebracht."

„Hängepfahl?"

„Eine Art Galgen, der mitten im Häftlingslager steht. An ihm werden Leute an Zehen oder Fingern aufgehängt, bis ihnen diese Körperteile durchs eigene Körpergewicht herausgerissen werden. Eine Art Bestrafung ..."

„Von der ich nichts wissen will! Geht mich nichts an! – Weiter mit Ihrem Bericht."

„Ich habe das System der Unterschlagung eindeutig nachvollziehen können. Es ist im Lager flächendeckend, und wer weiß, vielleicht betrifft es das ganze System der Konzentrationslager, denn warum soll es woanders anders sein?"

„Sie glauben nicht, dass Koch ein Einzelfall ist?"

„Nein, Obergruppenführer. Eindeutig nein."

„Mist, davon bin ich bisher ausgegangen. Das verkompliziert die Sache natürlich."

„Auch Glücks als Inspekteur der KL muss davon gewusst haben. Vielleicht sogar Obergruppenführer Pohl persönlich!"

„Na, na, wir wollen mal nicht gleich übertreiben. Haben Sie Zeugen? Sagen Sie schon, Kurt."

„Noch nicht, die wurden ja bisher alle ermordet! Aber ich bin sicher, ich finde welche. Alle kann er nicht getötet haben, alle bestimmt nicht. Dessen bin ich sicher. – Und irgendwer von der Wachmannschaft, der damals schon hier gewesen war, wird aussagen. Ich bin mir dessen sicher! Absolut sicher! Darauf gebe ich Ihnen mein Ehrenwort. Sie wissen, ich werde Sie nicht enttäuschen! Sie haben einfach zu viel für mich getan, und ich bewundere Sie, Erbprinz! Ich bin stolz und dankbar, dass Sie mein Mentor sind, dass Sie der Vater für mich sind, den ich nie hatte. Ich enttäusche Sie nicht!“

„Das will ich Ihnen auch raten, Kurt! Sie müssen unbedingt Zeugen finden, damit Sie Koch auch die Morde nachweisen können! Die Unterschlagungen waren also nur der Anfang. Diese Unterschlagungen, gegen so einen Vorwurf kann Koch sich mit irgendwelchen Tricks herauswinden. Vor allem aber mit Pohl hinter sich kann er so etwas noch abwehren, da gibt's immer Schlupfwinkel, aber Mord! Mord ist Mord! – Schmelz, konzentrieren Sie sich also ab jetzt aufs Aufspüren von Mordbeweisen. – Gute Arbeit, aber nun geht's erst los! Sie müssen unbedingt auch Mordbeweise finden, verstanden? Unbedingt!“

„Verstanden, Obergruppenführer!“

„Also gut, die Sache läuft und ist nun nicht mehr zu stoppen. Ich informiere jetzt Kaltenbrunner als Chef des Reichssicherheitshauptamtes, und Sie werden dann morgen bestimmt persönlich nach Berlin kommen und Bericht erstatten müssen. Das ist ein Skandal erster Güte! Und das in meinem Oberabschnitt! In meinem! Ich wusste, dass diese Lager nur Ärger machen werden, ich wusste das! – Zum Glück habe ich Sie von der Ostfront zurückgeholt. Sie sind ein aufrechter Kämpfer für die Reinheit in meinem Wehrkreis, Obersturmführer!“

„Ich helfe nur dem Gesetz zu seinem Recht, Obergruppenführer“, sagte Kurt Schmelz.

„Ja, ja! Sicher! Tun wir doch alle! – Die werden in Berlin zwar alle toben, aber nun sind die Tatsachen eben da, was Schmidt?“

„Schmelz, Herr Obergruppenführer.“

„Ja, richtig, Schmelz. Kurt Schmelz. – Nun kann nichts mehr unter den Teppich gekehrt werden. Der Teppich ist raus geschafft und weggebracht worden, zwar schade um ihn, aber es muss eben sein, mein lieber Schmelz. Sie brauchen morgen gute Nerven! Ich kann Ihnen im Jägerhof zwar nicht beistehen, aber ich drücke Ihnen trotzdem alle Daumen. Sie machen das schon, Obersturmführer, Sie machen das schon! Sie sind jung und sie waren schon in der Russlandhölle, mehr muss man gar nicht wissen. Ich baue auf Sie!"

„Wenn Sie gestatten, mit kleinen und präzisen Sprüngen überwindet der Steinbock jeden noch so steilen Gebirgshang", sagte Kurt Schmelz erleichtert, ehe er den Erbprinzen heiser auflachen hörte. Sein Blatt hatte gestochen! Er blieb in der Runde und hatte seine Position verbessert! Schmelz grinste über beide Wangen.

Sie verabschiedeten sich, legten auf, und Schmelz ließ sich auf eines der Sofas im Wohnzimmer fallen. Gleichzeitig war er aufgekratzt und sehr erschöpft.

Erfolg, ging es ihm durch den Kopf, einzig Erfolg sei die Bestätigung seiner Existenz. So lange auch nur ein Erfolg nach zwanzig Misserfolgen komme, seien diese Misserfolge nicht der Rede wert. Denn was sehe man denn von einem Riesengebirge? Die Täler etwa? Nein, man sehe die Gipfel, immer nur die kalten aber schönen Gipfel.

So oder ähnlich dachte ich damals auf diesem roten Plüschsofa, erinnerte sich der zweiundsiebzigjährige Schmelz in seiner Wohnung in Frankfurt, so dachte ich damals wohl inmitten des Reichtums, von dem ich nie ganz herausgefunden habe, wer genau ihn angesammelt hat. – Glücklich, überglücklich, saß ich da, während zur gleichen Zeit die Rote Armee diese letzte deutsche Großoffensive bei Kursk nicht nur stoppte, sondern die deutsche Linie durchbrach und somit die Kriegswende einläutete. Operation Zitadelle war innerhalb von zwei Stunden beendet und in Italien nahmen die Alliierten Truppen unaufhörlich Land, aber ich hatte nun den Erbprinzen fest an meiner Seite. Mir war nicht nur Koch ins Netz gegangen, auch der Erbprinz und sogar Kaltenbrunner sollten folgen. Es gibt keinen Gedanken, den man zu groß ansetzen kann. Ich genehmigte mir am Abend einen Kognak, doch keine zehn Minuten später hämmerte es an diesem ereignisreichen zwölften Juli dreiundvierzig wie wild gegen meine Wohnungstür. Wie wild!

VIII

„Herein!", rief Kurt Schmelz, wobei er sich zusammenreißen musste, um es nicht zu flüstern, mit sich und der Welt völlig zufrieden. Noch einmal, diesmal lauter, rief er: „Herein, wenn es kein Schneider ist!"

„Obersturmführer, die Baracke brennt!", sagte Tarnat, kaum dass er im Zimmer war: „Die Baracke brennt!"

„Welche Baracke?", Schmelz sah ihn mit großen Augen an. Er verstand überhaupt nichts. Was kam der Trottel ihm denn jetzt mit Baracken! Barackenbrände, sollten doch die Baracken brennen, was ging das denn ihn an? „Was?", schrie er plötzlich auf: „Die Baracke brennt?"

„Ja!", schrie Liebig zurück, Panik in den Augen, der ebenfalls in die Wohnung gekommen war.

Schmelz sprang auf, drängte die beiden zur Seite und schrie sie an, ihm zu folgen.

„Wer war das?", keuchte er auf dem Weg: „Das gibt's doch gar nicht! Wer war das?"

Unvermittelt blieb er stehen, Liebig rammte ihn, und Tarnat konnte nur knapp ausweichen. Sie sahen quer übers Lager Fichtenhain hinweg zur Zentralbauleitung, wo Flammen hochschlugen und ein Feuerschein meilenweit zu sehen sein müsse, wie Schmelz meinte, der jetzt erst bemerkte, dass es schon Nacht geworden war. Wie lange hatte er nur auf dem Sofa gesessen und geträumt? Er blickte seine Untergebenen ratlos an.

„Wollen wir nicht hin, Obersturmführer?“, fragte Liebig aufgeregt.

„Ja, sicher“, sagte Schmelz und setzte sich in Bewegung, erst langsam, doch dann, begreifend und wütend, rannte er am Lager Fichtenhain entlang, lief hinter die steinerne Baracke, in der die politische Abteilung untergebracht war, um vor der hölzernen stehenzubleiben, von der schon jedes Brett und jede Bohle Feuer gefangen hatte.

„Die Beweise“, flüsterte Schmelz und dachte an all die Reichtümer aus der Koch'schen Villa, die erst vor ein paar Stunden sichergestellt worden waren und nun ein Raub der Flammen wurden: „Die Beweise!“

Männer der Wachbrigade versuchten, mit Eimern zu löschen, aber Schmelz begriff, diese Schlacht war aussichtslos und verloren. Trotzdem stellte er sich in die Reihe und gab Eimer weiter. Tarnat und Liebig stellten sich ihm an die Seite und reichten ebenfalls Eimer um Eimer weiter. Doch was half das schon? Schmelz starrte ins Feuer, während er mechanisch arbeitete. Was half das schon? Kochs Helfershelfer hatten nicht lange gezögert! Sie hatten gehandelt, sie hatten eine Tatsache geschaffen, eine Tatsache, die mächtiger und größer als seine eigene war. Schmelz bekam plötzlich eine Ahnung, eine klare Vorstellung von dem Mann, den er sich nun zum Feind gemacht hatte. Er ließ einen der Eimer fallen und schrie die Leute der Waffen SS an, sie mögen Gegenstände aus dem Feuer retten, alles, was zu retten sei, raus damit! Die Baracke sei egal, völlig egal!

Die Flammen umkränzten in mehreren Reihen das Gebäude. Es war ein einziger, großer Brandherd. Selbst die umliegende Rasenfläche war versenkt. Die Täter hatten sich nicht die Mühe gemacht, die leeren Benzinkanister zu verstecken. Sie lagen neben der Barackentür, mitten im Feuer, stellte Tarnat nüchtern fest, als habe er ein Tatortprotokoll zu schreiben.

Flammen, die aus den Fenstern stachen, schlugen über dem Dach zusammen, Flämmchen schlängelten sich an den Brettern entlang, die Tür fiel in sich zusammen, schwarzer Qualm ballte sich über dem Licht und verlor sich in der sternklaren Nacht. Plötzlich wirbelten Papierfetzen schwarzgrau durch die Luft, stiegen in die Höhe, schwebten auf den angesengten Boden. Ganze Blätter segelten aus der Baracke, brannten noch in der Luft zusammen und fielen als Staub auf das schwarze Gras. Immer lauter brannte es, immer mehr schwoll das Geräusch an; ein nahes Inferno verkündend, dachte Liebig. Hitze breite sich aus, die auf den Gesichtern brenne, sie rot glühen und glänzen ließe. Hier sei die Nacht hell, dieser Brand sei nicht mehr zu löschen. Noch so ein Sieg, und wir sind verloren, dachte er.

Ihm kam Rauch in die Augen, er hustete und dachte: Sie verbrennen es einfach! Sie verbrennen einfach alles! Alles wird einfach verbrannt! Einfach alles! Verbrannt!

Andere Soldaten kamen mit Schläuchen, pumpten und spritzten Wasser, aber wie Zunder brannten das Holz und die Papierstapel nieder; Schmelz winkte ab, schrie noch einmal, die Gegenstände sollen herausgeholt werden, sofort! All die Kostbarkeiten! Die Beweise!

Doch keiner der Soldaten hörte auf ihn. Alle beschäftigten sich mit den Löschgeräten, hantierten scheinbar geschäftig mit ihnen herum, warteten, warteten ab, um sich nicht noch die Hände zu verbrennen. Oder den Kopf, durchfuhr es Tarnat, dem klar wurde, als er die Männer so scheinbar hart und vertieft arbeiten sah, dass sie alle Kochs verlängerter Arm waren, dass sie alle von ihm profitiert hatten, dass keiner von ihnen gegen Koch aussagen würde. Sie waren Koch ergeben! Alle! Und nicht Schmelz! Überhaupt nicht! Nicht einer. Tarnat erkannte die wahre und erschreckende Größe des Mannes, mit dem sie sich angelegt hatten.

„Was ist hier los?“, schrie Lagerkommandant Pister.

„Warum kommen Sie jetzt erst, Sie Feigling!“, schrie Schmelz zurück. Er sah Pister hasserfüllt an, so voll von plötzlichem Hass, dass der Kommandant einen Schritt zurückwich.

„Was ist hier los?“, wiederholte Pister, doch er sah es ja selbst. Schmelz’ Baracke brannte mit allem, was darin war!

„Was verbrennt denn da?“, fragte er, und Schmelz antwortete, sich nur mühsam beherrschend, denn noch musste er ja alles geheim halten, denn noch war ja dieser verdammte Haftbefehl nicht unterschrieben: „Nichts, nichts Wichtiges. – Sie werden mir eine neue Baracke zur Verfügung stellen müssen, eine steinerne.“

Pister nickte, unterdrückte jegliche Mimik, wusste er doch, die Nacht hat tausend Augen und tausend Ohren hat der Tag. Schmelz wolle also etwas verheimlichen, aber was immer es auch sei, es sei nicht zu verheimlichen. Irgendwer habe irgendwas entdeckt, und Pister war sich sicher, auch er werde es bald wissen. Ein Brand war ein Brand. Es sei immerhin ein Brand, meinte Pister und verfolgte Schmelz mit den Augen, der sich abgewand hatte und davonschlich.

Langsam ging Schmelz zurück in seine Wohnung, und nur allmählich kam wieder Farbe in sein Gesicht. Er trug den Blick, er trug ihn trotz allem, er trug ihn und ließ ihn nicht fallen. Ertragend! Damals ertrug ich den Blick auf die Tatsachen, dachte der zweiundsiebzigjährige Schmelz, ich ertrug ihn, während Hitler zur gleichen Zeit die deutschen Offensivpläne im Osten einstellte und die Truppen nach Italien verlagerte, um dieses Land zurückzuerobern, das sich den Alliierten ergeben hatte, die auf Sizilien gelandet waren und Rom bombardierten. Ich ließ ihn nicht fallen, den Blick, ich verengte ihn lediglich, meinen Blick.

Und wie ein Wahnsinniger kratzte sich der alte Schmelz die Haut auf. An den Armen, an Brust und Bauch, er schälte sie sich geradezu vom Rücken, verrenkte sich und versuchte mit zusammengebissenen Zähnen an jede Stelle des Oberkörpers zu kommen.

Wut, eine solche Wut presste ihm die Lippen aufeinander, dass er glaubte, auseinandergerissen zu werden, sobald er den Mund öffnen würde. Eine Detonation, die alles in Stücke reissen würde. Er kratzte sich stumm und zerfetzte sich wild die eigene Haut, doch war sie noch seine? War das denn noch seine Haut, die er da trug? Oder zu was hatte er sich gemacht, als er am Tag nach dem Barackenbrand vor Kaltenbrunner, Pohl und Himmler stand, um ihnen Bericht zu erstatten? War er da noch der große, der edle, der unbestechliche Richter, der für seine Überzeugungen einst eingestanden war, der sich hatte degradieren und an die Ostfront versetzen lassen, um auf das Recht des Gesetzes zu pochen? War er noch unbestechlich, als er stolz und kühl den mächtigsten Männern des damaligen Reiches gegenüberstand und sich ihnen ebenbürtig fühlte? Nein! Ein Nein, das war die Wahrheit.

Er fühlte sich mit den größten Verbrechern ebenbürtig, und er war stolz, mit ihnen in einem Raum zu stehen, oh, wie ihm die Haut bei diesem Gedanken juckte, wie sie ihn wahnsinnig machte! Wie ihn die Haut verrückt machte, die ihm mit dem Denken verbunden schien, die ihn mit dem quälte, was er dachte und was er erinnerte. Wie sehr er sie sich abreißen wollte, wie gern er sich ihrer ganz entledigt hätte! Der alte Kurt Schmelz riss sich immer größere Fetzen Haut vom Leib. Er ekelte sich, er ekelte sich vor seiner eigenen Erinnerung.

Er hatte Kaltenbrunner dazu gebracht, ihn zu loben! Und auch wenn er später in den Nürnberger Prozessen ausgesagt hatte, auch wenn er dort dessen stumpfen Blick gesehen hatte, nein, das war keine Wiedergutmachung! Kurt Schmelz, es gab Dinge, die waren nicht wiedergutzumachen, schon gar nicht mit Worten! Es gab Taten, die unverzeihlich waren. Ein Lob von Ernst Kaltenbrunner, dem obersten Schlächter, das war schlimmer als das Schlimmste, Schmelz, wie hast du das nur verdrängen können, dachte er, reiß dir, verdammt noch mal, die Haut vom Körper und nagele sie ans Fensterkreuz, damit die Krähen sie zerfetzen können wie die Adler die Leber des Prometheus. Denn Sühne besteht nicht aus Worten! Sühne besteht aus Taten! Aus Taten!

Vom klapprigen Stuhl aufgestanden war der alte Schmelz und mit zerbissenen Lippen wankte er durch den Flur, deutlich erinnerte er sich, wie er Himmler persönlich die Liste mit den bei Koch gesicherten Gegenständen überreicht hatte, stolz. Stolz und erhaben hatte er sich gefühlt, Schmelz sah es vor sich, und er drehte sich um sich selbst, verbog sich den Körper und wühlte überall dort mit den Fingerspitzen im Fleisch herum, wo keine Haut mehr war.

Kräftig riss er am Fleisch, das zwischen den Rippen war, kratzte an den Knochen, dass es ihm im Hirn widerhallte. Er war von Sinnen, und er besann sich.

Das war sein eigener Stolz gewesen, als er den Reichsführer der SS Heinrich Himmler zum Erstaunen gebracht hatte, sein eigenes Gefühl war das gewesen! Himmler hatte bei seinem Bericht den Atem angehalten, hatte vergessen, den Mund zu schließen, und hatte geglotzt, geglotzt wie ein dummer, verängstigter Schuljunge, der hoffte, der große Schulmeister würde endlich mit der Predigt aufhören. Aber damals hörte er nicht auf. Er bestand aus all den großen Gefühlen, und er fühlte sich unbesiegbar, da er die Angst sah.

Diese Angst hinter den dicken Brillengläsern! Und er hatte sogar Mitleid mit Heinrich Himmler empfunden, Mitleid! Mitleid und Stolz, das war doch unfassbar! So edel hatte er sich gefühlt! Das waren echte und wahre Gefühle gewesen! Er hatte sie damals zugelassen! Und heute? Jetzt kamen sie hervor und juckten unter der Haut.

Nur Oswald Pohl hatte seinen Gefühlen damals ebenfalls freien Lauf gelassen. Er hatte weder auf Himmler noch auf Kaltenbrunner Rücksicht genommen. Pohl hatte ihn niederbrüllen wollen, aber er war nicht einen Schritt gewichen. Oh ja, er war an diesem Tage ebenbürtig gewesen, er hatte die Drohungen Pohls, er würde ihn selbst ins KZ stecken, er würde ihn persönlich zur Gestapo schleifen, er würde ihn an der Ostfront versauern lassen, er würde ihn des Verrats, des Verrats an der Organisation, bezichtigen und zum Tode verurteilen lassen, abprallen lassen, einfach abprallen lassen.

Pohl würde dafür sorgen, dass er die SS nicht weiter gefährde, das alles ließ er abprallen von sich, bis Pohl sich, weiß vor Zorn, verriet und schrie: ‚Was kümmern mich die Menschen, wenn ich Millionen machen kann!'

‚Dich?' hatte der lauernde Kaltenbrunner sofort gefragt: ‚Dich?'

Und Himmler hatte seinen alten Kumpanen, dessen organisatorische Fähigkeiten er so schätzte, böse angefunkelt.

‚Ja, ich. Ich! Wer denn sonst? Wer hält hier denn alles am Laufen? Du etwa, du Schnösel. Wirtschaft geht vor Sicherheit, das kannst du dir ruhig mal merken', hatte Pohl Kaltenbrunner fertig zu machen versucht, aber dieser war darauf nicht eingegangen und hatte lediglich gesagt: ‚Obersturmführer Schmelz hat ausschließlich auf meinen Befehl hin gehandelt. Er hat diese unverfrorene Schweinerei aufgedeckt, und wenn sich das alles bestätigen und bei einem Geheimprozess beweisen lässt, dass dein Freund, Pohl, dein Freund

Koch ein dreckiger Verräter an unserer Sache ist, dann ist Schluss mit lustig! – Ich schlage Schmelz für eine Beförderung vor, Reichsführer!‘

Oh nein, dachte der alte Doktor Schmelz. Er stolperte im Flur und stürzte auf den staubigen, verschmutzten und abgetretenen Teppich. Er wälzte die offenen Wunden im Dreck und schrie, voll von bösen Vorahnungen. Mit den Augen schrie er aus Leibeskräften, es komme noch härter. Es kommen härtere Stunden.

BERUFEN

Von Männern lernt man, Vertrauen zu haben, von Frauen hingegen, wie man es bricht. Aufgewachsen ist mein Großvater Kurt Schmelz als Einzelkind, jedoch in unmittelbarer Nähe dreier Tanten, die zusammen zwar sieben Töchter aber keine Ehe mehr hatten. Der Krieg, wie es immer so schön heißt, habe sie ihnen genommen. Diesmal war es der Krieg von neunzehnhundertvier, die Schlacht am Warterberg in Deutsch-Südwestafrika, derselbe Krieg, der den Vater meines Großvaters nur deshalb verschont hatte, weil er sich bei der Musterung stumm gestellt hatte. Stumm und taub. Noch Jahre später sprach er nur hinter verschlossenen Türen und zugezogenen Gardinen.

Mein Großvater wurde im Juni des Jahres neunzehnhundertneun im hessischen Frankfurt geboren, an einem Tag, an dem es eines der stürmischsten Sommergewitter gegeben haben soll, die Hessen je erlebt hatte.

Es regnete an diesem Tag aus Eimern, nur dass die Eimer groß wie Fässer waren. Alle elf Frauen, die ganze weibliche Verwandtschaft, brachten das Neugeborene unter Planen, die sie straff hielten, durch die Straßen Frankfurts, bugsierten alles durch die enge Hofeinfahrt, um über den Hof ins Haus zu kommen, wo der Vater meines Großvaters im vierten Stock am Küchentisch saß und darauf wartete, dass sich die Wohnungstür öffnete.

Der Schnaps stand auf dem Tisch, die Gläser auch, alle seine Freunde waren im Streik geblieben, doch er vertraute einfach darauf, dass wenigstens einer der Kollegen kommen werde und mit ihm anstoße. Mindestens einer oder sogar alle zusammen, denn unter Männern sei es ja üblich, dass man sich auch ohne große Worte verstehe und einander vertraue.

„Ein Junge! Ein Kurti!“, rief ihm eine der Tanten schon vom Flur aus entgegen, so der Vater nickte und alle acht Gläser mit Doppelkorn füllte. Er stand auf, ging ins Schlafzimmer, sah seiner Frau kurz ins erschöpfte Gesicht und nickte ihr anerkennend zu, bevor er an die Wiege trat, die er aus den Brettern von Obstkisten gezimmert hatte, die eigentlich fürs Anheizen der Öfen gedacht waren, mit denen das Gebäude der Preußischen Staatsbahn gewärmt wurde, in der er als Heizer im Rang eines Oberassistenten arbeitete, während die Frau als Aushilfe in einer Buchhandlung dazuverdiente. Sie kamen über die Runden, wie es immer so schön heißt.

„Ein Junge also!“, sagte der Vater und sah in die Wiege: „Ein Kurt also! – Kein Kurti!“

Und so ein zerknautschtes Gesicht, dachte er, so viele Falten! Soviel unnütze Haut! Als gäbe es eine zweite.

Dies aber sagte er nicht laut. Die Möglichkeit einer zweiten Haut, der Vater hielt sie dem Sohn offen, solange er konnte. Er vermittelte ihm diesen Gedanken ohne große Worte. Unter Männern sei es üblich, mit Taten zu sprechen. Er sagte an diesem Tag überhaupt gar nichts mehr, ging wieder in die Küche und wartete auf seine Kollegen, die ja auch seine Freunde waren. Oder sollte er ebenfalls zum Streik gehen und dort seinen Mann stehen? War das wichtiger? Der Zwerg dort, der lief ihm ja nicht weg. Immerhin könnte er den Schnaps mitnehmen, und überhaupt, war es jetzt nicht viel zu eng in dieser Wohnung? All diese Frauen und Mädchen. Er glaubte, diese Gemeinschaft schiebe ihn geradezu raus. Wie hieß es doch so schön in dieser Oper? ‚Der

Mohr hat seine Schuldigkeit getan, der Mohr kann gehen.‘ Und so ging er eben. Reisende solle man nicht aufhalten.

Zwar fragte er sich noch einmal direkt, was wohl wichtiger sei, er ging zwar gedanklich noch einmal zurück zur Entscheidung, doch sei diese ja schon in dem Augenblick gefallen, in dem er in die Küche gesehen und den leeren Tisch mit den vollen Gläsern gemustert habe. Und noch ehe er sich recht versah, waren die acht Gläser leer und die Erkenntnis in ihm gereift, dass ab jetzt gar kein Platz mehr für ihn in dieser Wohnung sei. Die Bettstelle im Schlafzimmer habe er ja schon für den Sohn räumen müssen. Und nun also auch den Küchentisch.

Dem Sohn müsse geopfert werden, meinte der Vater, wie Männer immer denken, wenn sie zu Tätern werden. Er meinte, er müsse opfern. Der Sohn habe ihn verdrängt. Kurt sei der Mittelpunkt, der Mond aber sei in der Hauptsache kalt.

„Verwöhnt mir den Jungen nicht!“, sagte er also auf dem Flur: „Ich vertraue ihn euch an. Verheizt ihn mir nicht.“

Mehr soll er damals nicht gesagt haben, als er ging und nicht mehr zurückkam: Verheizt ihn mir nicht.

Könnte so nicht der Schulaufsatz meines Enkels über mich beginnen, dachte der zweiundsiebzigjährige Schmelz in seiner dunklen Wohnung, sofern ich einen Enkel hätte.

Er lag mit geschlossenen Augen auf dem Flurläufer, vermied jegliche Bewegung, während er in seiner Vergangenheit herumwühlte. Herumwühlte, um aber was zu finden? Was? Kurt Schmelz atmete aus. Nein, es ging ja gar nicht ums Was, es ging ja immer nur ums Wie.

Mein Großvater Kurt Schmelz wuchs also ohne Vater und unter elf Frauen und Mädchen auf, und so konnte er es gar nicht erwarten, als er nach dem halbjährigen Volontariat im

Bankhaus Goldschmid zu Frankfurt am Main endlich in die Welt hinausziehen konnte, um zu studieren.

In der Zeit der großen Massenarbeitslosigkeit zwischen den Weltkriegen studierte er eisern das Fach Weltwirtschaftsrecht; in Berlin, kurz in Frankfurt, in Rom, in Den Haag und in Kiel.

Monatlich musste er mit hundertfünfzig Mark auskommen, was natürlich nicht ging, weshalb er nebenher noch arbeitete, während seine Kommilitonen sich in Verbindungen herumschlugen. Und während sie Seilschaften bildeten, wurde er zum großen Einzelgänger und zum besten Studenten Deutschlands.

Wie sein Vater, der ihm unbekannt blieb, war er schweigsam, sehr schweigsam, aber das Schweigen hatte immerhin den Vorteil, alles sagen zu können.

Seine Umgebung bekam immer mehr Angst vor seinem Blick, eine große Unerträglichkeit legte sich um ihn und breitete sich aus, denn sobald man ihm in die Augen sah, wurde man von tausenden Wörtern niedergerannt. Eine Aura schützte ihn vor Angriffen. Mein Großvater hatte sie einmal seine zweite Haut genannt.

Ein anderes Mal meinte er, er habe während des Studiums weltumfassend zu denken gelernt, während sein Land in der Weltwirtschaftskrise versunken sei. Sein Leben sei immer gegensätzlich des öffentlichen Lebens verlaufen, und so etwas könne man sich nicht aussuchen, so etwas sei Schicksal, denn Schicksal sei das Gegenteil von Zufall.

Wie jeder Muttersohn war auch er umtriebig, ein Getriebener, ein unverwüstlich Reisender. Mein Großvater konnte von heute auf morgen Verbindungen abbrechen und neue aufbauen, um sie dann wieder nur zu beenden. Beziehungen fanden bei ihm nur als Nichtbeziehungen, als Unbeziehungen, als Sehnsüchte statt.

Er meinte zwar immer, er habe nie Gefühle investiert, weil er nicht wisse, dass es Gefühle gebe, aber wenn er dies sagte, dann grinste er auch immer, so dass man nie wusste, was man davon halten sollte. Ihm zu vertrauen war also schwer. Er schützte sich davor, Beziehungen eingehen zu müssen. Er ließ sich nie in die Karten blicken, doch manchmal kam es einem auch so vor, als habe er gar kein Blatt zum Ausspielen. Wie lange kann ein Mann einen Bluff durchhalten, wenn sich der Einsatz Runde um Runde erhöht? Wann verliert er die letzte Haut und wann das ganze Gesicht?

Die Mundwinkel des alten Schmelz' verzogen sich nach oben, während der Rest seines Gesichts starr blieb. Die Wangen schmerzten, er ließ die Winkel wieder fallen.

Gefühle, die er hegte, wurden ihm von den Frauen, unter denen er aufwuchs, verboten. Sie bekämpften seine Gefühlswelt, ohne zu wissen, dass sie es taten. Sie wollten ihn einfach nach ihrem Vorbild erziehen und übersahen beflissen, dass er kein Mädchen war. Während er unter ihren unbewussten Handlungen also litt, reifte sich in ihm die Gewissheit aus, dass nur bewusstes Handeln eine männliche Tat sei. Und wie gern wollte er doch ein Mann sein, der Tatsachen schafft, der immer wieder Tatsachen schafft, von denen man in Kneipen redet, in Kneipen und auf Familienfesten.

Hätte es einen Vater gegeben, an den sich der Sohn hätte anlehnen können, hätte es einen Vater gegeben, der die Frauen in ihrer unmenschlichen Fürsorge in die Schranken verwies, dann wäre aus meinem Großvater bestimmt ein vollkommener Mensch geworden. So aber fühlte er sich immer nur als halber Mensch, der sich vor dem freiwilligen Betreten der weiblichen Welt lange hütete.

Es war also kein Zufall, dass er zum besten Studenten

seines Jahrganges in ganz Deutschland wurde, es war also Schicksal. Es war das Schicksal, das der Vater durch sein Nichthandeln dem Sohn hinterließ, indem er ihn schnöde und feige mitten in der Allmacht der weiblichen Welt allein ließ, aus welcher der Sohn aber floh, sobald er konnte. Fliehende sind eben schwer aufzuhalten, manchmal erst mit dem Tod.

Als er mit zweiundvierzig Jahren dann doch noch heiratete, war er müde geworden vom Leben. Er nahm ein Mädchen zur Frau, das gerade erst zweiundzwanzig Jahre geworden war. Von ihr hatte er nichts zu befürchten, erst später, als ihr aufging, sie werde niemals zur Mutter gemacht werden, keimte in ihr ein Hass, der riesige Schatten warf. Doch mit Hass konnte mein Großvater viel besser leben als mit Liebe.

Am schlimmsten muss für sie gewesen sein, dass mein Großvater einer Scheidung nie zustimmte, am schlimmsten und unverständlichsten, denn war es meinem Großvater doch bisher stets ein Leichtes gewesen, Beziehungen zu kappen, noch ehe sie zu solchen geworden waren. Doch konnte man dieses Zusammensein überhaupt eine Beziehung nennen?

Vielleicht war es doch Ausdruck seiner Liebe, aber ganz sicher war es Vertrauen. Mein Großvater, der unter den ständigen Lügen und Widerlügen aufwuchs, aus denen das Weibliche besteht, der keinen Satz so nehmen konnte, wie er ausgesprochen worden war, der in der weiblichen Welt des Elternhauses die Position des Deppen inne hatte, beschloss also in der Hochzeitsnacht, meiner Großmutter all das Vertrauen aufzubürden, das sich in ihm angesammelt hatte. Sicherlich, irgendwie konnte man das Liebe nennen, war sie doch fortan die einzige Frau, mit der er sich abgab, während er sich bemühte, es in seiner Arbeitswelt und in seiner Freizeit nur noch mit Männern zu tun zu haben.

Er hatte ihr zum dreißigsten Hochzeitstag einen breiten Bilderrahmen geschenkt, der einzig einen Vers von Goethe umfasste: „Will die Kraft dir schier versagen / Vorwärts! ist das rechte Wort.“

Das war ein paar Wochen vor seinem Tod gewesen, doch ich greife vorweg und das will ich nicht, weil ich den Weg zum sicheren Ende nicht kenne.

Während er also in seiner Frankfurter Wohnung dahinsiechte und qualvoll starb, alleingelassen, erkannte seine Frau in einem billigen Hotel am Frankfurter Bahnhof in diesem Spruch, den er ihr geschenkt hatte und vor dem sie geflohen war, die ganze Brutalität und Feigheit ihres Ehemannes. ‚Will die Kraft dir schier versagen, Vorwärts! ist das rechte Wort.‘

Mein Großvater Kurt Schmelz, Jahrgangsbester und einer der Jüngsten, promovierte an der Universität Frankfurt am Main. Zeitgleich erschien die Veröffentlichung seiner Dissertation ‚Kriegspropaganda und Kriegsverhütung‘ als Band vier der wegweisenden Schriftenreihe ‚Wesen und Wirkungen in der Publizistik‘, in der er vehement für die Trennung von politischer Führung und Justiz eintrat. Er deckte am Beispiel des Spanisch-Amerikanischen Kriegs von achtzehnachtundneunzig auf, wie eine Propaganda einen ganzen Krieg entfesseln konnte: „In den Vereinigten Staaten von Nordamerika hatte das Zeitungskapital schon bald die Entdeckung gemacht, daß nichts den Zeitungsabsatz mehr hebt, als sensationelle Nachrichten. Der größte Lieferant an Sensationen ist aber der Krieg. Der Krieg ist für die Zeitungen das große Geschäft, weil er die Sensation laufend liefert, und die Nachrichten, gleichgültig ob sie günstig oder ungünstig sind, stets gleich begierige Leser finden. Sind keine sensationellen Ereignisse da, so müssen sie eben gemacht werden! Die Nutzanwendung aus diesen Erkenntnissen haben – in wahrhaft ‚amerikanischem' Maßstab – zuerst die Hearst und die Pulitzer Blätter gezogen. Sie begannen ihren Feldzug mit der Verpflichtung der besten Federn und Zeichner Amerikas. Diese wurden nach Cuba entsandt, wo wieder einer der, in der Geschichte des Landes unzähligen, Aufstände begonnen hatte, um in Wort und Bild über die Lage Bericht zu erstatten. Auf Genauigkeit kam es hierbei natürlich nicht an. Sensationell mußten die Berichte sein! Die beiden Unternehmen standen in einem furchtbaren Konkurrenzkampf. Jedes suchte dem anderen den Rang abzulaufen. Die Berichterstattung konnte deshalb gar nicht nervenaufpeitschend genug sein! So strömten denn die ungeheuerlichen Gräuelnachrichten und Gräuelzeichnungen von den angeblichen Leiden des ‚armen, kleinen' Cubas in das amerikanische Publikum. Ganzseitige Überschriften (!) und Bilder in Vierfarbdruck schrien angebliche Brutalität und Barbarei der Spanier ins Volk. Methoden der Meinungsbeeinflussung wurden angewandt, wie sie selbst der Weltkrieg nicht überboten hat. Die spanische Regierung traf ihre Gegenmaßnahmen, die zunächst in einer scharfen Handhabung der Zensur bestanden. Neues Agitationsmittel! ‚Spanien will die Verbreitung der Wahrheit hindern!' ‚Nun erst recht!' Man schmuggelte Nachrichten durch die Sperre. Wo dies nicht ging, erfand man sie. Was nun geschah, mußte kommen. Spanien schritt zur Verhaftung von Berichterstattern. Neuer Sturm in der Öffentlichkeit. Amerikanische Bürger rechtlos, der spanischen Willkürjustiz ausgeliefert, die Regierung muß intervenieren! Erschütternde Berichte über das furchtbare Los der gefangenen Journalisten gingen hinaus in die Welt. Geld wurde für sie gesammelt. Befreiungskomitees wurden gegründet, sensationelle Fluchtversuche organisiert. Unterdessen ging die Werbung um Sympathie für die Aufständischen weiter. Ihre Taten wurden glorifiziert. Ihr Kampf galt der Sache der Freiheit und der Demokratie. Erinnerungen an den eigenen Freiheitskampf wurden wieder lebendig gemacht. Aufrufe erschienen für die Aufstellung und Ausrüstung von Hilfsexpeditionen. Sie hatten Erfolg. In den Vereinigten Staaten lebende Cubaner, amerikanische Abenteurer und Fanatisierte versuchten auf Cuba zu landen. Vielen gelang es. Viele fielen in die Hände der spanischen Behörden. Kerkerstrafen und Todesurteile waren die Sühne. Das erste Blut war nun geflossen. Die Öffentlichkeit wurde mobil gemacht, Parlament und Senat bestürmt. Die Regierung mußte Vorstellungen erheben. Spanien erwiderte mit Vorwürfen hinsichtlich der amerikanischen Untätigkeit gegenüber den Versuchen der Freischärler. So kam der Notenkrieg zwischen den beiden Regierungen in Gang. Zur besseren Überwachung der Küsten seiner cubanischen Besitzungen sieht sich nun Spanien genötigt, Kreuzer in die dortigen Gewässer zu entsenden. Neue Alarmstufe! ‚Spanien rüstet zum Kriege!' ‚Wenn wir nicht sofort zuschlagen, dann …' ‚Der Krieg steht unmittelbar bevor!' Unbeabsichtigte Verletzungen der amerikanischen Hoheitsgewässer ereignen sich. Proteste und Gegenproteste hageln. In diese Situation platzt die nie aufgeklärte Explosion der ‚Maine', und der Krieg ist da. Dieser Krieg, der gegen den Willen der Regierungen, ohne daß irgendwie lebenswichtige Interessen Amerikas auf dem Spiel gestanden hätten, von der Propaganda erzwungen worden ist, hat die Hoffnung der beiden ihn betreibenden Zeitungsunternehmen voll erfüllt. Schon während des Schürens des Konflikts hat Pulitzers' ‚World' ihren Absatz von 15 000 auf über 820 000 steigern können, während das ‚Journal' Hearsts eine Zunahme bis zu 2,5 Millionen buchte …“, schrieb mein Großvater sechsunddreißig und deckte so auf, dass die Propaganda die Wurzel und der Krieg selbst der Stamm sei.

Mein Großvater, Kurt Schmelz, definierte warnend den Begriff der Kriegspropaganda: „Für die Kriegspropaganda ist es nicht wesentlich, daß sie sich als solche bezeichnet. Zu Beginn ihres Wirkens wird sie im Gegenteil Sinn und Zweck des Propagandainhalts verschleiern. In einem bestimmten Abschnitt ihres Ablaufes kann sie sogar die Sachlage scheinbar in ihr Gegenteil verkehren, indem sie sich als Propaganda für einen wirklichen, dauerhaften, endgültigen Frieden ausgibt. (Der allerdings nur über den Umweg des Krieges erreicht werden kann.)

Erst bei den Endstufen ihrer Tätigkeit appelliert sie an die Gewalt der Waffen und wird dann zur eigentlichen Kriegshetze.

Die Propaganda braucht auf ihr Ziel, den Krieg, nicht unmittelbar zuzusteuern. Sie kann ihn auch auf Umwegen erzwingen. Es genügt die Schaffung einer derartigen psychologischen und politischen Situation, daß der Krieg unvermeidbar wird.

Die Kriegspropaganda bedient sich einer Unzahl von Methoden, die, so uneinheitlich, widerspruchsvoll und variabel sie auch scheinen, folgendes gemeinsam haben: Sie richten sich gegen einen bestimmten Gegner, sind geeignet, den Kriegserfolg in einer absehbaren Zeit herbeizuführen, und hierfür gewollt. (Begriff der Kriegspropaganda.) Diese Methoden bestehen stets in der Erregung vitaler Leidenschaften, elementarer Triebe und Instinkte, die schließlich das gesamte Denken, Fühlen und Wollen beherrschen und so automatisch zu einem zerstörenden Handeln drängen."

Am vierten Februar sechsunddreißig wurde der Leiter der NSDAP Landesgruppe Schweiz von D. Frankfurter erschossen, am sechsten eröffnete der Anführer der Deutschen die Olympischen Winterspiele in Garmisch Patenkirchen und am fünfzehnten die Zehnte Internationale Automobilausstellung in Berlin, wobei er den Bau des Volkswagens ankündigte, und am zwanzigsten Februar sechsunddreißig verbot die Schweiz die Landes- und Kreisleitungen der NSDAP, während Kurt Schmelz an diesem Tage das Rigorosum absolvierte. Es war das Jahr, in dem das Rheinland von der Wehrmacht besetzt und der Reichstag aufgelöst wurde.

Bei den Neuwahlen wurde der alte Anführer der Deutschen auch wieder der neue, wurde er doch von neunundneunzig Prozent der Deutschen gewählt. Es erging am neunundzwanzigsten März ein Erlass, schulische Förderungen, Stipendien und Auszeichnungen seien den Angehörigen der Hitlerjugend vorbehalten, doch Kurt Schmelz betraf dies nicht mehr. Er meisterte sein Diplom mit Bravour, und nur zwei Jahre später machte er das große juristische Staatsexamen, und zwar so erfolgreich, dass mein Großvater sich das Gericht aussuchen konnte, an dem er arbeiten wollte. Angebote kamen von überall aus dem damaligen Reich, er entschied sich aber für die Hauptstadt der preußischen Provinz Pommern. Dort arbeitete er am Landgericht als Richter. Ein halbes Jahr lang. Am ersten April neununddreißig wurde er mit einem Disziplinarentscheid des Reichsjustizministeriums mit sofortiger Wirkung aus dem Justizdienst entlassen, während der Anführer der Deutschen an diesem Tag den britisch-deutschen Flottenvertrag und den deutsch-polnischen Freundschaftsvertrag in einer Reichstagsrede aufkündigte.

Wie könnte so ein Schulaufsatz meines Enkels überschrieben sein, fragte sich der zweiundsiebzigjährige Schmelz auf dem Fußboden des Flurs seiner Wohnung, zu was führe so ein Aufsatz und was gehe als Erzählenswertes über das Erlebte hinaus?

Er hatte sich auf die Seite gewälzt, langsam und vorsichtig, weil nur an der rechten Schulter die Haut noch unverletzt war. Er spürte, wie die Wunden vom Dreck infiziert wurden, Doktor Kurt Schmelz sah es geradezu vor sich, wie sich der Wundbrand nach und nach über seinen Körper ausbreitete, doch noch immer machte er keinerlei Anstalten, aufzustehen. Er ließ die Augen geschlossen und malte sich weiter einen Enkel aus, einen an einem Schreibtisch einen Aufsatz schreibenden Enkel.

Den Aufsatz eines Enkels über dessen Großvater malte er sich aus, und selbstredend sei es ein männlicher Enkel. Und selbstredend sei er introvertiert, gestand Kurt Schmelz sich ein.

In der Mittagszeit jenes ersten Aprils neununddreißig, der national-spanische Heeresbericht gab offiziell das Ende des spanischen Bürgerkrieges bekannt, die Mitgliedschaft in der Hitlerjugend wurde per Führererlass zum Ehrendienst am deutschen Volk erklärt und somit Pflicht für alle Jungen zwischen zehn und achtzehn Jahren, leuchtete der Himmel nach Monaten zum ersten Mal wieder blau. Und die Sonne, im Zenit stehend, stach den Pommern in den Augen, sobald sie ins Freie traten. Ein milder Westwind strich über die Odermündung, über die flache und weite Landschaft und über die preußische Provinzhauptstadt, aus deren Altstadtsilhouette sich das Schloss des schon seit Jahrhunderten ausgestorbenen Herzogsgeschlechts der Greifen majestätisch abhob.

Auf den Karten aus jener Zeit, in der die Landesfürsten hier noch regierten, sah das Herzogtum Pommern wie ein Schmetterling aus: Die breite Oder als kräftiger Leib, die Hauptstadt Stettin als verwegenes Haupt und Hinter- sowie Vorpommern als mächtige Flügel.

Sein Leben lang war dieser nun verstorbene Schmetterling

namens Pommern getorkelt. Stets war er im Kreis geflogen, bis ihm dann im Dreißigjährigen Krieg die Flügel versengt und verbrannt wurden. Nie war er von der Stelle gekommen, denn sein rechter Flügel war fast dreimal so groß wie der linke. Sein Leben lang hatte er gekämpft, einmal war er sogar Mittelpunkt des Nordreiches gewesen, als die Dänenkönigin mit dem Pommernherzog einen ihrer Neffen zum Nachfolger bestimmte. Einige Jahre lang regierte der Pommer über ganz Skandinavien, und das war zu jener Zeit, als die Ostsee Mittelpunkt Europas und Europa das Zentrum der Welt war. Nur, reden wir nicht lange darüber, dieser Mann war damals noch keine achtzehn Jahre alt. Er war ein Trottel, der das Abenteuer liebte. Er ließ die Schiffe der Hanse ausrauben, ließ sich auf Gotland eine Burg erbauen, in der er Seeräubern Unterschlupf gewährte, wenn sie ihm einen Anteil abgaben, und schließlich wurde er vom Thron verjagt, dann auch aus Visby auf Gotland, und fortan lebte er bescheiden in seinem Herrenhaus in Rügenwalde, der Mann, der fast zehn Jahre lang der mächtigste des Ostseeraums gewesen war und der vom Regieren so gar keine Ahnung gehabt hatte.

Sein letzter Erbe war Bogislaw der Vierzehnte, der selbst keine Nachkommen hatte. Auch seine elf Geschwister hatten keine Nachkommen, so dass das Herzogsgeschlecht mit ihm im Jahre fünfzehnhundertsechsunddreißig ausstarb.

Sidonia von Borcke wurde als Hexe verbrannt, und auf dem Scheiterhaufen verfluchte sie das Greifengeschlecht. Es solle zu Grunde gehen und ohne Erben bleiben. Und so kam es auch, und so bewahrheitete es sich, dass sie eine Hexe war, die zaubern und verfluchen konnte.

Die Flammen schlugen über ihrem Kopf zusammen, als sie den Fluch herausschrie, und alle, die anwesend waren, hielten sich verschreckt die Hände vor die Münder, denn dieser Fluch zeigte doch, dass sie eine Hexe war, die über verbotenen Zauber Bescheid wusste. Man bekreuzigte sich im ganzen Pommernland zwar, doch als die Prophezeiung der Hexe von Borcke dann wirklich eintraf, da war das Ende nahe, denn dem Pommernland wurde das Greifengeschlecht abgeschlagen, obwohl es zwölf Köpfe hatte! Das Pommernland war ohne Haupt.

Mitten im Dreißigjährigen Krieg wurde Pommern herrenlos, und da half es auch nichts, dass die minderjährige Tochter des Bürgermeisters von Greifswald wie ein Engel ins von der Pest verseuchte und vom Krieg verwahrloste Land kam, um in so schönen Versen zu singen, dass man sie als eine der ersten drei deutschen Poetinnen ausrief. Schon mit sechzehn Jahren verstarb Sibylla Schwarz an der Pest, aber ihr Trauergesang auf den Tod des pommerschen Herzogs und ihr zum Einschlaflied gewordenes Gedicht bleiben unvergessen: ‚Flieg, Maikäfer, flieg. Pommernland ist abgebrannt, flieg Maikäfer, flieg …‘

Der Engel kam zu spät, und alles nur, weil Sidonia von Borcke die Tochter des drittreichsten Mannes des Landes war. Sie trug unterm Herzen ein Kind des Bruders des Herzogs, doch eine Heirat wäre trotz ihres immensen Reichtums nicht standesgemäß gewesen. Sie aber erpresste das Herzogshaus trotzdem, so dass den Herrschenden nichts anderes übrig blieb, als die alte Frau, die nun eine junge Mutter war, als Hexe verbrennen zu lassen, während ihr Vater aus dem Land vertrieben wurde, was der Kasse des Herzogs und der Kasse des Bischofs von Cammin sehr gelegen kam, denn der Reichtum des edlen Mannes fiel damit ganz legal in ihre Hände. Und das wiederum freute die Stettiner, die jetzt wieder Aufträge erhielten, Straßen auszubessern, Gebrauchsgegenstände herzustellen, Kunststücke zu produzieren, Waffen zu fertigen, und so sah man großzügig über diesen eigenartigen Widerspruch hinwegsah: Der Bruder des Herzogs war jung und sehr schön. Sidonia von Borcke war schon alt und sehr hässlich. Sie war doppelt so alt wie er, sie hatte eine lange aber auch klobige Nase und wohnte in einem Kloster. Warum der Junge sich in solch eine Frau verlieben und sie sogar schwängern sollte, blieb solange ungeklärt, bis die Hexe ihren schrecklichen Fluch aussprach, der ja dann auch wahr wurde. Und so kam es, dass sich alles fügte, schrecklicher als je geplant, und sich niemand eingestand, dass der Reichtum derer von Borcke das Pommernland vor dem Bankrott rettete.

Beim Tode des letzten Herzogs von Pommern stand der Schwede schon im Land. Er versorgte sich in Pommern mit Lebensmitteln, er vergewaltigte die Hälfte der weiblichen Bevölkerung, er rekrutierte zwei Drittel der Männer zum Kriegsdienst gegen die Kaiserlichen, er plünderte das Land und das Land machte ihn immer wieder stark. Es waren also die Pommern, die diesen Krieg zu einem so langen gemacht hatten, und es waren auch Pommern gewesen, die ihn in Gestalt der stolzen Stralsunder heraufbeschworen hatten. Schuld lag seit jenen Tagen über dem Land. Sühne knebelte es seither, denn nach dem Krieg wurden dem Schmetterling die Flügel herausgerissen. Der kleinere Flügel ging samt Stralsund und Greifswald und Rügen und Usedom an Schweden, der größere Flügel wurde samt Stettin und Rügenwalde und Cammin Brandenburg zugesprochen. Die Bayern, die auch ein Erbrecht geltend machten, gingen hingegen leer aus.

Doch so blieb es nicht. Dieses einstige Pommern verirrte sich in einer Odyssee, ohne sich je bewegt zu haben. Es hatte mit dem Tod des Herzogs aufgehört zu existieren und wurde in der Folge mal schwedisch und brandenburgisch, mal polnisch, preußisch, dänisch, dann wieder russisch, französisch, und ein Teil war sogar einmal mecklenburgisch. Nur bayerisch wurde es nie, am Ende aber waren die Einwohner so verwirrt, von all den anderen Sprachen und Dialekten durcheinandergebracht, dass sie nur noch mit den Schultern zuckten, wenn ein Fremder sie etwas fragte.

Es waren also die Pommern, die als erste und viel früher als alle anderen europäisch zu denken lernten. Hier, an der Odermündung, entstand im Verlauf der Jahrhunderte die Idee von einer europäischen Union. In Greifswald hatte Otto von Bismarck einen Teil seiner Dienstzeit im Pommerschen Jägerbataillon verbracht. Hier hatte er gelernt, nach außen hin ruhig zu bleiben, den Fremdling abzulenken, und mit wenigen Gesten dafür zu sorgen, dass das Vieh in Sicherheit gebracht wurde. Und eines Tages wird das Orakel wahr werden, das da sagt, dass es Pommern sein werden, das eine Frau zum mächtigsten Manne des Landes machen werden. Zum mächtigsten Manne ganz Europas und ohne den Gebrauch auch nur einer einzigen Waffe. Denn die Erfahrung der Pommern, Europäer zu sein, werde einer kinderlosen Frau den Weg ebnen. So steht das Orakel von alters her, geschrieben an die Wände der Ruine von Eldena, die der Maler mit den drei Königsnamen auf einem Bild ins Riesengebirge versetzt hatte: Caspar David Friedrich, Erfinder der Romantik.

Die Hüter des Orakels von Eldena waren also beim Einzug des Nationalsozialismus euphorisch gewesen. Das anerzogene Misstrauen Fremden gegenüber vergessend und felsenfest glaubend, die Zeit der Sühne wäre endlich vorbei, eine neue Heimat wäre gefunden, jubelten sie dem Anführer der NSDAP immer wieder zu. Und dieser Mann, er kam so gerne nach Pommern. Hier schrie er so gerne nach Böhmen, nach Danzig, nach Österreich. Hier fühlte er sich, nach der ganzen Welt schreiend, so gut verstanden.

Die als missmutig bekannten Einwohner Stettins ließen an diesem ersten April neununddreißig die Mäntel sogar offen, ließen sie hinter sich her wehen, und es gab nicht wenige, die an Kreuzungen oder auf Plätzen tief durchatmeten und unwillkürlich mitten hinein in die Sonne lächelten. Ins strahlende Blau.

Vor einem halben Monat war Prag besetzt worden, ganz Böhmen und Mähren gehörte fortan zu Deutschland, und erst vor einigen Tagen war Memel dem Reich angegliedert worden, und all das ohne einen einzigen Tropfen Blut; die Einwohner Stettins gingen an diesem ersten April neununddreißig freudestrahlend durch den sonnigen Tag.

Spontan wurden Umwege in Kauf genommen, und ein Mann Ende zwanzig öffnete mitten auf dem Hauptplatz seine Uniform der SS, breitete die Arme aus, streckte Minuten lang das Gesicht ins wärmende Licht und sang das Lied: ‚Das schöne Leben / ich schenk' es dir'.

Er sang solange aus voller Brust, bis ihm die verwunderten Blicke der anderen auffielen und ihm klar wurde, dass der Komponist des Liedes ein Jude gewesen war.

Hastig schloss er die Uniformjacke, nahm mitten auf dem Platz Haltung an und zeigte für alle sichtbar den Hitlergruß. Applaus von den Pommern, während der neunundzwanzigjährige Kurt Schmelz im feuchten Schatten eines fünfstöckigen Hauses hockte und spürte, wie die Kälte der Wand ihm am Rücken entlang zum Nacken kroch.

Zusammengekauert saß der Mann, der sechs Monate lang der jüngste Richter in Deutschland gewesen war, in einer Nische zwischen Kellerloch und Eingangstreppe, die höhnischen Worte des Landgerichtspräsidenten Schmeißers noch immer im Ohr: „Schmelz, Sie sind ein Narr, zwar ein junger Narr, aber ein Narr. Und ein Narr bleibt immer ein Narr. Mit fast dreißig habe ich schon eine ganze Menge mehr vom Leben verstanden als Sie heute! Aber so ist das mit den Überfliegern eben. Im Fachlichen ein Genie, im Gesellschaftlichen ein Trottel. Fachidiot! – Betrachten Sie sich, Doktor Schmelz als vom Richteramt enthoben; ‚Jedem das Seine'!"

Mit der Restwürde hatte Schmelz es noch aus dem Gerichtsgebäude geschafft, leicht wankend war er um die erstbeste Hausecke gegangen, doch dort war er dann zusammengebrochen, an der Hauswand hocken geblieben, das Gesicht in den Händen versteckend; Dreck, überall war der neue und teure Maßanzug mit Dreck beschmiert.

Dort drüben schlenderten sie in der Sonne, dort, auf der anderen Straßenseite, er aber hockte hier und wischte sich langsam übers Gesicht. Was für ein Narr war er nur? Er begriff es noch immer nicht. Oder war es richtig gewesen? Warum war da kein Vater gewesen, der ihm einen Rat gegeben hätte? Er hatte allein entscheiden müssen, wie immer, aber hätte er es diesmal anders machen sollen? Dort drüben blieben sie vor Schaufenstern stehen, und hier saß er, entlassen wegen politischer Unzuverlässigkeit. Seit wann gab es so etwas überhaupt, verdammter Dreck! Ein Richter war doch souverän, er konnte doch gar nicht politisch verlässlich oder unverlässlich sein, er war doch nur dem Gesetz verpflichtet! Alleine dem Gesetz! Diese verdammten Nazis, diese braunen Schweine, pissten ihm an den Karren, ihm! Unrecht, das war zum Himmel schreiendes Unrecht, und der Schmeißer, diese Sau, verhöhnte ihn auch noch. ‚Jedem das Seine', so ein Arsch, ganz richtig, der bekam noch das Seine, aber ganz gewiss! Kurt Schmelz grinste mit heruntergezogenen Mundwinkeln und stocherte weiterhin in den Ritzen zwischen den Katzenköpfen herum. Die Zähne aufeinanderbeißend, Augen und Hand geschlossen, drückte er die Kippe auf dem Handgelenk aus, ließ sie fallen, und sah sich die kreisrunde Wunde an, die ganz gelb vor Eiter wurde, musterte sie, als befände sie sich auf fremder Haut.

Er leckte die hängengebliebene Asche ab und reimte: ‚Vom Schiff geschubst, in die See gestürzt / Rettung adé, Ersaufen tut weh.'

„Daher", schrie er laut und nüchtern auf: „Braucht es ein Deutsches Ministerium für internationale Zusammenarbeit und Weltwirtschaftsrecht, weil es nur damit eine dauerhafte Friedenssicherung geben kann, und ich, ich!, ich wollte dieses Ministerium gründen! Ich!"

Hitler, du Schwuchtel, dachte Schmelz und flüsterte: „Und diesem neuen Ministerium vorzustehen, erkläre ich mich bereit. Meine langjährigen Erfahrungen am Landgericht in Stettin, wo ich auch das internationale See- und Zollrecht ausführlich studiert habe, sollten Voraussetzung genug sein, mich auf diesen Posten zum Wohle der Friedenssicherung und wider der Kriegspropaganda wirken zu lassen. Ich danke für das in mich gesetzte Vertrauen und bin nun zur Vereidigung bereit. – Ich schwöre, ich schwöre! Ha, ha, ich schwöre! Nichts schwöre ich und niemals! – Wie konnte ich mich nur gegen sie stellen? Wie? Kann man in diesen Tagen überhaupt noch unpolitisch sein? Man muss! Ein Mann muss es, wenn er Richter ist."

Kurt Schmelz lehnte sich zurück, spürte die feuchte Kälte der Hauswand sofort wieder, drückte vier Fingernägel in die Kopfhaut, wobei eine neue Zigarette einige der blonden Haare verbrannte, drückte sich seitlich gegen die Treppenmauer, sah auf die langen und schmalen Finger der anderen Hand, die auf dem Schenkel lagen, und fragte sich, was er mit ihnen anfangen solle. Mit all den Händen, den Armen, den Schultern und Beinen, nichts, gar nichts fiel ihm ein, als drei Kinder um die Ecke gerannt kamen und über seine langen Beine stolperten. Sie waren schon außer Reichweite, als eines von ihnen stehen blieb, sich umdrehte und Schmelz zurief, einer seiner Schnürsenkel wäre offen. Er nickte, bedankte sich, prüfte die Schuhe, als ein anderes Kind lachend rief: „April, April! – Der macht, was er will."

Kichernd rannten die Kinder weiter, und der Anführer der Deutschen weihte achtzehn Tage später im Rahmen eines Festaktes anderswo den ersten Teil der Ost-West-Autobahn ein.

Am Abend zuvor war gegen den Rektor eines städtischen Gymnasiums ein Prozess geführt worden, dem der Vizepräsident des Amtsgerichts Stettin vorsaß. Beisitzender Richter war Doktor Kurt Schmelz, dem mehr und mehr klar wurde, dass es sich hier um eine politische Sache handele. Schmelz war jung, und dies war sein erster Beisitz als mitverantwortlicher Richter.

Dem Rektor wurde vorgeworfen, das Züchtigungsrecht missbraucht zu haben. Er war der schweren Körperverletzung an Kindern angeklagt, doch Schmelz wurde misstrauisch, als er bemerkte, dass sich nur Mitglieder der Hitlerjugend als Zeugen fanden. Kein anderer Schüler bestätigte diese Angaben. Schmelz erkannte, der Rektor solle ins Gefängnis gebracht werden, um seinen Posten mit einem Parteimitglied besetzen zu können. Erst wollte Schmelz nicht wahrhaben, dass hier die Politik befahl und das Gesetz kuschte, doch als sich einige Zeugen der Anklage in absurde Widersprüche verhedderten, stellte er fest, öffentlich und protokolliert, dass hier seiner Ansicht nach das Recht gebeugt werden solle, dass es zu Ungunsten des Angeklagten gebeugt werden solle und dass er die Mitwirkung an dieser Urteilsfindung daher konsequent ablehne. Er konfrontierte den vorsitzenden Richter und auch alle anderen im Saal mit der politischen Motivation des Prozesses. Er verwies darauf, dass eine Verurteilung wegen wiederholter Körperverletzung und Misshandlung bei Schutzbefohlenen nach dem Paragraphen zweihundertsechsundzwanzig des Reichsgesetzbuches dreißig Jahre Zuchthaus bedeute, und meinte, dies könne unmöglich im Sinne des Herrn Vizegerichtspräsidenten sein. Es folgte ein öffentlich ausgetragener Streit zwischen Schmelz und dem vorsitzenden Richter. Beide wurden sehr laut, die Hitlerjugend johlte und stampfte mit den Füßen. Der Prozess drohte zu eskalieren. Schmelz wurde von den Jungen, die auch nicht vom Hauptrichter zu beruhigen waren, bedroht und beschimpft. Erst der schneidende Befehl des HJ Führers ließ die Kinder und Jugendlichen jäh verstummen. Nach einer Grundsatzrede über die Herrschaft des Rechts auch über der Politik, eine Herrschaft, die niemals gebrochen werden dürfe, und einem Eklat im Gerichtssaal verließ der aufstrebende und jäh gefallene neunundzwanzigjährige Richter Doktor Kurt Schmelz den Saal, um Schutz in seiner eben erst eingerichteten Wohnung zu suchen, die sich direkt am Boulevard befand.

Er ging sogleich an die Fensterfront des Salons der großen Wohnung, die er wegen des Blicks auf die sonntags über den Boulevard flanierenden Menschen mochte, öffnete die Balkontür und sah die jetzt leere Elisabethstraße hinunter und gleich darauf die ebenfalls verlassene Albrechtstraße herauf. Jäh drang der Schein der Gaslaternen durch die Finsternis und erhellte die Straßen. Schmelz bemerkte ein Ehepaar, das zu ihm hochsah. Von Hass erfüllt starrte er es an, bis die beiden weitergingen. Er umfasste die Brüstung des Eckbalkons mit beiden Händen und schrie über die Dächer Stettins ein langgezogenes: „Verdammt noch mal!“

Es klopfte, die Haushälterin kam zum Balkon und fragte, ob sie Tee servieren dürfe.

„Nein, Schnaps! Bringen Sie von diesem Kartoffelschnaps,

den Ihr Mann angesetzt hat", antwortete Schmelz, ohne sich umzudrehen.

Er kam in die Wohnung zurück, setzte sich in einen riesigen und neuen Ohrensessel und sah der Haushälterin apathisch zu, die still eine Flasche Schnaps auf den Esstisch stellte, zwei Gläser, eine Karaffe mit Wasser und eine Schale mit geschälten Zwiebeln.

Schmelz goss sich ein Wasserglas mit Schnaps ein, nachdem die alte Frau schweigend gegangen war, ging zur offenen Flügeltür und prostete seiner Bibliothek mit den juristischen Fachbüchern zu, was einer Grabrede gleichkomme, wie er kurz darauf erkannte.

Kurt Schmelz trank das Glas in einem Zug leer, wankte ein wenig, nahm die Utensilien fürs Trinken mit zum Sessel und ließ sich fallen. Immer noch unter Schock stehend, biss er in eine Zwiebel, füllte das Glas wieder mit Schnaps und trank es aus. Vergessen! Nichts als vergessen!

Nachdem er die Flasche Kartoffelschnaps ausgetrunken hatte, schlenderte er durchs nächtliche Stettin, urinierte auf dem Hitlerplatz in einen Springbrunnen, worauf er sich eine Schlägerei mit zwei SS Männern lieferte, torkelte am Rathaus vorbei und kam zur Grünen Schanze, ehe er sich am Bollwerk auf eine Bank fallenließ, die am Ufer der Oder stand.

„Na, Chef, ‚Wasser gucken', wie das Nachdenken bei uns heißt?", fragte ihn ein Fischer, der sich mit einigem Gestöhne neben ihn auf die Bank setzte und über Schmelz' aufgerissene Augen laut loslachte: „Brauchst nichts mehr, was, Junge? Hast schon entschieden, was? Und nun? Wird die Entscheidung bereut oder gefeiert?"

„Bereut."

„Bereut also! – Guten Schnaps hast du da ja! Sieht gut aus. – Woher denn überhaupt?"

„Keine Ahnung. – Irgendwoher. – Irgendwo dahinten. – Hinter mir, liegt alles hinter mir."

„Der muss jetzt gut durchwärmen, meine ich", sagte der alte Fischer und gab sein schönstes Lächeln: „Bei dieser Nachtfäulnis."

Schmelz nahm noch einen Schluck und gab die Flasche Richtenberger Doppelkorn weiter. Sofort griff der alte Mann zu, der so viele Falten im Gesicht wie weiße Haare im Bart hatte, und trank ordentlich einen Schluck weg. Andere Fischer hatten sich um die Bank geschart, und der alte Mann verkündete: „Mein junger Freund hier hat etwas zu bereuen, also helft ihm bereuen und steht ihm bei!"

Die Männer nickten, schuldbewusst und mit ernsten Blicken, schlugen Schmelz linkisch auf die Schulter und tranken die Flasche tiefsinnig und stumm aus, während ihm Tränen in die Augen stiegen.

„Ihr seid Freunde", lallte er immer wieder: „Wahre Freunde! Männer sind Freunde."

Es dämmerte schon, als er einigen der Fischer seine Geldbörse feierlich übergab und sie losschickte, neuen Schnaps zu besorgen, doch als sie zurückkamen, schnarchte er an der Schulter des alten Mannes mit dem weißen Bart, der leise murmelte: „Es gibt Fehler, und es gibt richtige Fehler. Es gibt Fehler, und es gibt richtige Fehler. Aber! Falsche Fehler gibt es nicht!"

Die Pommern wussten nun nicht, was zu machen sei. Sie beratschlagten zwar, ob sie die Flaschen Schnaps dem Herren im feinen Zwirn an die Seite legen oder sie austrinken und verschwinden lassen sollten, aber am Ende war das Ergebnis doch einstimmig und ohne Enthaltungen.

Schmelz schnarchte, während die Fischer leise und rücksichtsvoll seinen Schnaps austranken und auf sein, ausschließlich auf sein Wohl anstießen. Sie zögerten Minute um Minute hinaus, in der sie die Kähne fangklar machen und aufs Meer fahren mussten. Eigentlich hatten sie doch schon einen Fisch am Haken, oder? Einen, der lauter gläserne Kinder bekam. Sie lachten unterdrückt auf, und jeder von ihnen beschloss insgeheim, sich diesen Witz zu merken.

Schmelz wachte auf, als der Mann, neben dem er geschnarcht hatte, ihn wegdrückte und aufstand. Verkatert verabschiedete er sich, man wünschte ihm wahrlich alles Glück dieser Welt, und während er dem Auslaufen der kleinen, wackligen Fischerboote zusah, jeden Handgriff der einfachen Männer bei ihrer ehrlichen Arbeit verfolgte, brach nach und nach die Erkenntnis über ihn zusammen: Er sollte sich erschießen gehen, sofort! Ertrinken ginge zur Not auch.

Schon stand er, schon ging er, wenn auch wankend, und irgendetwas trieb ihn zum Gerichtsgebäude, zog ihn zum Büro des Gerichtspräsidenten Schmeißer. War es Hoffnung? Könnte er eine Entschuldigung vorbringen und um seinen Verbleib am Gericht betteln? Er klopfte, und als er eintrat und die Tür schloss, sah er schon am versteinerten Gesicht des grauhaarigen Mannes, dass es für ihn hier keine Hoffnung mehr gab. Er nahm das vorläufige Entlassungsschreiben zur Kenntnis, hörte, dass der Disziplinarentscheid folgen werde, Schmeißer habe schon telefoniert, und er brach fast zusammen, als der Präsident ihm sagte, ‚Jedem das Seine!'

Wohin?

Er saß auf dem Rinnstein, im kalten Schatten des hohen Mietshauses, und fragte sich, was tun an diesem ersten Tag des Monats April, in dem der Anführer der Deutschen den Flottenvertrag mit den Briten und den Freundschaftsvertrag mit den Polen kündigte? Was tun in diesem Monat, in dem das erste Teilstück der Ost-West-Autobahn feierlich übergeben und der fünfzigste Geburtstag des Anführers der Deutschen als nationaler Feiertag begangen wurde?

Wäre das nicht ein Thema für einen Schulaufsatz? Rührselig und als Zugabe einen Abriss über die Vergangenheit Pommerns? Denn wer wusste schon groß etwas über die Pommern? Mal ausgemalt, mal gerafft, doch immer das Ziel in den Augen behaltend? Die Frage sei nur, was für ein Ziel das sei, fragte der alte Schmelz sich unter Schmerzen auf dem Boden des Niemandslandes in seiner Wohnung. Für seine Überzeugung eingetreten zu sein, ach, rührselig, das war doch alles nur noch rührselig! Wie sollte ein Enkel stolz auf eine solche Tat seines Großvaters sein? Hatte er etwa das Leben des Rektors gerettet? Nein! Na also! Aus Eigennutz, er hatte im Grunde nur aus Eigennutz gehandelt, um sich selbst nicht in moralische Konflikte zu bringen. Er war doch nur den kurzen Weg gegangen, den geraden, was für eine Leistung war das denn schon? Der alte Kurt Schmelz drehte sich auf den Rücken, tastete in der Dunkelheit nach dem Stück Haut an der rechten Schulter, das noch unversehrt geblieben war, und riss daran.

Er schrie laut auf, hielt sich den Hautlappen vor die Augen und plötzlich blitzte die Erinnerung an ein Gespräch mit Pister in dessen Buchenwalder Arbeitszimmer auf. Nicht das Gespräch war es, es war dieser Schirm der Stehlampe, die in der Ecke stand, an den er sich erinnerte. Wie das Licht matt durch ihn gedrungen war und er aus der Ferne wie tätowiert gewirkt hatte. Ein Lampenschirm aus Haut? Die Tätowierung eines Segelschiffs, das von einer Seeschlange umkreist wurde? Er trat dichter an die Lampe heran, während Pister weiter redete, fuhr mit dem Finger über den Schirm, nein, es war kein Dreck! Kein Staub. Es war tatsächlich eine Tätowierung. ‚Schönes Stück', hörte er dann plötzlich Pister sagen: ‚Finden Sie nicht auch? Die stellen sie in der Gerberei her. Wir exportieren sie dann in neutrale Staaten und verdienen so noch etwas fürs Reich dazu. In afrikanischen Staaten werden sie besonders geschätzt, aber nur tätowierte, gut tätowierte und weiße. Na ja, schwarze Haut wäre ja für einen Lampenschirm auch bisschen blöde, was? – Die Idee ist von einem meiner Männer, und sie wird jetzt auch in allen anderen Lagern umgesetzt. Ich finde sie hübsch. Wirklich hübsch! Sie nicht?'

Mein Großvater war geknickt, als er entlassen worden war, wer wäre das nicht! Ganz klar.

Niemand weiß mehr zu sagen, wie lange er da in der Gosse von Stettin hockte, ob es Stunden waren oder Tage, aber schließlich stand er doch auf, schleppte sich in seine Wohnung und verließ sie eine ganze Woche lang nicht. Niemand weiß zu sagen, was er während dieser Zeit tat. Es wurde in unserer Familie immer wieder spekuliert, ob er sich die Haare gerauft habe, dass er vielleicht sein kurzes Leben Revue passieren habe lassen und mit dem Gedanken gespielt habe, vom Balkon zu springen, vom Eckbalkon auf den Boulevard! Mitten an einem Sonntag! Das wurde oft gemutmaßt, aber was er wirklich tat, weiß niemand zu sagen. Meine Vermutung ist, dass er bis zur totalen Erschöpfung Klavier gespielt hat. Rachmaninoff. Chopin. Auf keinen Fall Mozart.

Die Haushälterin stellte ihm das Essen vor die Wohnungstür, und am Ende der Woche kam sogar die Vermieterin, klopfte aber vergebens. Hingegen nicht vergeblich war der Besuch der Gestapo. Sie hielten sich nicht lange mit den Türen auf. Vier, fünf Handgriffe und sie waren offen. Sie überreichten meinem Großvater zwei Schreiben. Das eine war der Disziplinarentscheid aus dem Ministerium für Justiz, das andere war eine Aufforderung, für die Deutsche Arbeitsfront tätig zu werden. Die Anstellung begann mit sofortiger Wirkung und beinhaltete die Tätigkeit eines Rechtsberaters für die Belegschaft einer Werft. Mein Großvater musste noch am selben Tag anfangen, und ihm war sofort klar, dass dies nur ein Vorwand sei, damit er bald darauf im Sinne der politischen Überzeugung strafbar werde und weiter diszipliniert werden könne, denn die Deutsche Arbeitsfront war ja die Gewerkschaft, in der noch immer viele ehemalige Kommunisten organisiert waren.

Früher oder später würde einer der Fälle, die er dort bearbeiten müsste, ausreichen, um ihn einzusperren oder einzuziehen, glaubte er, denn die Kommunisten waren ja die Todfeinde der Nazis. Trotzdem aber stand er auf, zog sich an, rasierte sich und fuhr mit dem Fahrrad den weiten Weg in einen der Vororte Stettins, in dem sich die kleine Werft befand, während die britische Regierung am Monatsende die allgemeine Wehrpflicht wieder einführte.

Schon bald standen die Arbeiter Schlange vor seinem Büro. Sein Schicksal hatte sich herumgesprochen. Die Fischer, mit denen er getrunken hatte, erkannten ihn wieder, und deshalb vertrauten ihm die Werftarbeiter, die ihm ihre Anliegen vortrugen. Es waren so viele, dass er versuchte, sie zu bündeln und zu Sammelklagen zusammenzufassen, um mit so einer Mehrheit besseres Gehör bei den Gerichten zu finden, aber er hatte noch nicht eine einzige solcher Klagen verfasst, als er ein halbes Jahr später in die Waffen SS eingezogen wurde und auf dem Dänholm bei Stralsund eine Grundausbildung für den Krieg absolvierte. Es war der August neunzehnhundertneununddreißig, und schon einen Monat später – die Wehrmacht war in Polen einmarschiert, genauso wie die Rote Armee, Großbritannien und Frankreich hatten Deutschland daraufhin den Krieg erklärt – wurde Doktor Kurt Schmelz nach Posen versetzt, wo er Personalchef des Zweiten SS Regiments wurde, während die letzten polnischen Truppen am sechsten Oktober kapitulierten und der Anführer der Deutschen einen Erlass unterschrieb, der die Gewährung des Gnadentodes bei unheilbar Kranken ermöglichte: „Reichsleiter Bouhler und Dr. med. Brandt sind unter Verantwortung beauftragt, die Befugnisse namentlich zu bestimmender Aerzte so zu erweitern, dass nach menschlichem Ermessen unheilbar Kranke bei kritischster Beurteilung ihres Krankheitszustands der Gnadentod gewaehrt werden kann." Somit waren zum einen die Voraussetzungen für den größten Massenmord der Geschichte abgeschlossen, denn niemand war jetzt mehr vor diesen Ärzten sicher, und zum anderen hatte mit der Eroberung Polens der Zweite Weltkrieg begonnen, während Doktor Kurt Schmelz auf Dienstreise Richtung Osten war.

Am sechsten Oktober neununddreißig, Polen war zwischen der Sowjetunion und Deutschland kurzerhand aufgeteilt worden, trat Kurt Schmelz seinen Dienst an. Zwei Tage später entstanden die neuen Reichsgaue Danzig-Westpreußen und Posen auf dem ehemals polnischen Gebiet, und für meinen Großvater bedeutete dies, viel Arbeit in Posen zu haben, musste dort doch die ganze SS aufgebaut werden. Und er war ja einer der Personalchefs vom Reichsgau Posen!

Die Stadt selbst, die an der Warthe lag, kam ihm wie ein Kuhfladen vor, der mitten auf einer bunten Wiese vor sich hin trocknete. Er fühlte sich viel zu weit weg von der Reichshauptstadt, in die er doch seiner Meinung nach gehörte! Dort waren doch jetzt alle großen Männer! Gründlich und wortkarg studierte er die Akten der Soldaten, Unteroffiziere und besonders die der Offiziere selbst. Ständig war er auf der Suche nach dem einen Fall, mit dem er Aufmerksamkeit erringen konnte, der ihn nach Berlin bringen konnte, mit dem er Wiedergutmachung erlangen konnte, denn noch hatte mein Großvater seine Karriere nicht aufgegeben. Er war gerade dreißig Jahre alt geworden, und ein Rückschritt, empfand er, sei noch lange kein Rückschlag! Schließlich hatte er nicht so lange studiert und den Buckel beim Arbeiten krumm gemacht, um jetzt klein beizugeben. Gut, er hatte sich dumm angestellt, er hätte die Kritik nie öffentlich und im Gerichtssaal äußern dürfen, gut, das war eine Erfahrung, aber das nächste Mal würde er dann eben ganz anders vorgehen. Subtiler. So hatte der vorsitzende Richter ja keine Wahl gehabt und hatte ihn des Saals verweisen müssen. Kritik, schärfte er sich ein, sollte niemals öffentlich gemacht werden, denn dann fiele sie immer auf den Kritiker selbst zurück. Der Kritisierte dagegen hätte dann gut lachen, und die Sache selbst fiele gar nicht mehr ins Gewicht.

Die Strafakten, die er durchforstete, behandelten aber leider nur kleinere Diebstähle der SS Leute, sowie Beleidigung, Unpünktlichkeit oder Vorteilsnahme, nichts aber, was mein Großvater nutzen konnte. Sein Aufgabengebiet waren Beförderungen, Belobigungen und Disziplinarmaßnahmen innerhalb des Regiments. Wie sollte er da an die großen Fälle herankommen? Die es auch hier geben musste, die es ja überall gab, die es ja immer gab und gegeben hatte. Seine Arbeit kam ihm unfruchtbar und eintönig vor. Er wurde immer verschlossener, kam nicht mehr aus seinem Kabuff heraus, das sich im Keller des Gebäudes befand, und grübelte, grübelte und grübelte, wie er aus dieser Dunkelheit wieder ins Licht steigen könne. Er wollte! Er musste! Der Ehrgeiz nagte an ihm.

Immer wieder hatte mein Großvater erzählt, wie ihn dann plötzlich die Erleuchtung heimgesucht habe. Es war kurz vor Feierabend, er hatte schon eine unangezündete Zigarette zwischen den Lippen, als er die Akten, die er durchgesehen hatte, auf verschiedene Stapel legte. Plötzlich hielt er inne, starrte auf den Schreibtisch, sah hoch zum Kellerfenster, blickte wieder auf den Tisch und grinste breit übers ganze Gesicht. Erst langsam, dann immer hektischer sortierte er die Akten neu. Am Ende lagen links drei kleine Haufen, in denen es um Unpünktlichkeit, Diebstahl und Beleidigung ging, auf der anderen Seite aber lag ein Berg von Akten, der ungefähr einen halben Meter hoch war: Vorteilsnahme! Vorteilsnahme oder mit anderem Wort: Unterschlagung. Unterschlagung oder mit einem noch anderen Wort: Korruption! Also: Wehrkraftzersetzung! Also: Hochverrat!

Er stürmte in die Toilette, ließ sich eiskaltes Wasser über die Handgelenke laufen, blickte in den Spiegel, sah einen hämisch grinsenden Typ, dem er Wasser ins Gesicht warf. Und dieser Typ erkannte blitzschnell, Unterschlagung könne niemals politisch motiviert oder gar befohlen sein. Korruption sei sowohl juristisch als auch politisch verwerflich und werde von jedem Staat hart bestraft. Monarchie, Demokratie, Diktatur, Stadtstaat, Korruption sei der Weg, auf dem auch ein Doktor Kurt Schmelz aus seiner Misere herauskam! Ganz klar. Vorteilnahme Anderer war die Nische, in der er überleben konnte! Ganz klar! Er hatte seinen Weg gefunden.

Doktor Kurt Schmelz spezialisierte sich also und wurde einer der wenigen Korruptionsjäger im Dritten Reich. Wenn sie ihn als Feind wollten, bitte schön! Dann ermittelte er aber auch nicht nur gegen einige von ihnen! Dann wollte er die ganze SS einer Prüfung unterziehen. Nutze die Schwächen der Anderen, dachte er freudestrahlend, und du wirst unbesiegbar sein wie ein Samurai, der in der Finsternis kämpft.

Sofort begann er, die aussortierten Unterlagen konsequent nach den Paragraphen zweihundertsechsundvierzig bis zweihundertsechsundsechzig zur Verhütung von Unterschlagungen zu bearbeiten. Jeden Verstoß nahm er auf, arbeitete Statistiken aus, absolvierte Unmengen von Überstunden, war für niemanden zu sprechen, verfolgte jeden noch so kleinen Korruptionsverdacht, archivierte ihn auch dann, wenn er sich als unbegründet herausstellte, denn der werfe bekanntlich den ersten Stein, der noch niemals etwas unterschlagen habe, sagte er sich, treu einer der Bibelgeschichten.

Jede verschwundene Tasse suchte er und freute sich, wenn er sie in einem der Spinde der SS Leute fand. Jedes entwendete Messer spürte er auf. Er prüfte die Ausgabelisten der Munition und verglich sie mit der Anzahl der Hülsen auf den Schießständen. Kurt Schmelz überprüfte die Kriegsbeute mit den Protokollen über sie und erkannte Ungeheuerliches. Nicht einer der SS Männer, der nichts genommen hatte! Sie waren alle schuldig im Sinne der Paragraphen des Reichsstrafgesetzbuches, aber nicht nur in deren Sinne, sondern auch dem Treuebündnis der SS handelten sie zuwider. So gut wie jeder SS Mann war unehrenhaft und ein schnöder Dieb. Er habe sie alle, wie er später sagte, am Arsch gehabt. Das ganze Zweite SS Regiment.

Jede Unterschlagung meldete er gewissenhaft ins Reichssicherheitshauptamt nach Berlin. In der Prinz Albrecht Straße werde seine Arbeit und vor allem sein Name schon irgendwann auffallen, meinte er, wenn er sie mit Hinweisen bombardiere. Er war jung, und der Ehrgeiz machte ihn blind für die Gefahr.

Kurt Schmelz verfolgte sein Ziel, doch weit kam er nicht. Nur drei Wochen später wurde er zum Regimentschef zitiert, der ihm erklärte, er habe keine Verwendung für ‚Kameradenschweine' wie ihn, die sich auf Kosten Anderer profilieren wollen.

Ich gehe doch nur den Unterschlagungshinweisen nach.

Nein, Sie sind selbst korrupt! Sie wollen Ihren Reibach mit dem Leben von Kameraden machen.

Ich spüre nur Korruption auf, damit unser Reich an diesem gefräßigen Tier nicht zugrunde geht.

Sie sind ein Spinner, Doktor Schmelz. Ich will Sie hier nicht haben. Sie werden mit sofortiger Wirkung ins besetzte Krakau versetzt. Dort sind Sie als SS Richter tätig. Auf Wunsch des Chefrichters. Wie es scheint, haben Sie in Berlin schon Wirkung erreicht. Also, nur weg aus meinem Bereich, ich kann hier keine Unruhe gebrauchen. Viel Glück, weg, weg, weg, Abmarsch!

Und als mein Großvater am fünfundzwanzigsten Oktober aufbrach, um sich im an diesem Tage erst geschaffenen Gau Warthe, das die Gebiete um Warschau, Krakau, Radom und Lublin umfasste, zum Dienst zu melden, hatte er erreicht, was er wollte. Er hatte den Kontakt zum Chefrichter hergestellt, und er war nicht länger einer von vielen. Er stach heraus, er galt als Korruptionsjäger und war zum Ermittlungsrichter ohne besonderen Aufgabenbereich ernannt worden. Die gesamte SS war für ihn nun einsehbar, und er selbst war nur sich gegenüber verantwortlich.

Dennoch, er brauchte den einen großen Fall! Die Politik der kleinen Nadelstiche war fürs erste erfolgreich gewesen, aber um wirklich Eindruck zu schinden, musste Kurt Schmelz einen Treffer landen! Einen Torpedotreffer! Mit dieser Hoffnung nahm er Besitz von einem großen und hellen Arbeitszimmer, das sich direkt am Dom befand. Er stand am Fenster und blickte zur Kathedrale hinüber.

Sein Büro befand sich in der ehemaligen Stadtkämmerei am Domplatz, der wie die gesamte Stadt nicht zerstört worden war, hatten die Einwohner doch aus Mangel an Zeit keinerlei Verteidigungsmaßnahmen mehr tätigen können und die Stadt Krakau kampflos übergeben.

Es waren damals etwa zehn Millionen Juden und Polen, die im Gau Warthe zusammengetrieben worden waren, das nur achtundneunzigtausend Quadratkilometer klein war. Was wurde aus dem Besitztum dieser vielen Menschen? Mein Großvater hatte alle Hände voll zu tun, dies herauszufinden.

Er musste niemandem in Krakau Rechenschaft ablegen und ermittelte in alle Richtungen, doch war er nach seinem Erlebnis in Posen vorsichtiger geworden.

Dort hatte er sich zwar als Mitglied der Waffen SS und als ermittelnder Beamter sicher gefühlt, jedoch war er von Spionen der Gestapo überwacht worden. Sie öffneten seine Briefe, werteten sein Handeln sorgsam aus, gaben ihm schließlich ein Schimpfwort als Spitznamen und meldeten ihn dem Regimentschef, der unverzüglich dafür sorgte, dass Kurt Schmelz versetzt wurde.

Der Chef konnte schlecht sagen, ich habe hier einen Mann, der bei uns für Unruhe sorgt. Nein, so konnte der Regimentschef es nicht darstellen, also lobte er meinen Großvater über den grünen Klee, und prompt wurde er befördert und an eine kriegswichtigere Stelle versetzt. Kurt Schmelz galt ab sofort als politisch unzuverlässig aber als unbestechlich und vertrauenswürdig im Bezug auf das Gesetzbuch. Er wurde der erste offizielle Korruptionsjäger in der SS.

Er blieb ein echter Ermittlungsrichter, der auch in Krakau an seinem Plan festhielt und zunächst alle Strafakten nach Unterschlagungsdelikten durchsuchte, so er auch beinahe sofort auf eine Feldpostnummer stieß, über deren Einheit sich laufend beschwert wurde, während die SS an diesem Tage verfügte, ab sofort sollen die Juden in allen eroberten Gebieten gut sichtbar einen gelben Stern tragen.

Am dreißigsten Oktober neununddreißig gab SS Richter Doktor Kurt Schmelz den folgenreichen Befehl, alle Akten, in denen diese Feldpostnummer auftauchte, zusammenzutragen, egal ob sie bereits bearbeitet worden waren oder nicht. Mit einem Kribbeln in der Magengegend schrieb er auf ein Blatt weißes Papier den Namen dieser Einheit: ‚Brigade Dirlewanger‘.

Mein Großvater brauchte einen großen Fall und er würde

ihn auch bekommen, war er sich sicher, während zur gleichen Zeit in den USA der Schriftsteller Raymond Chandler mit ‚Der große Schlaf' den Kriminalroman revolutionierte.

Schon am nächsten Tag lag der Stapel vor ihm. Er war fünfzig Zentimeter hoch und beinhaltete hauptsächlich Beschwerden. Beschwerden über Misshandlung, Raub, Diebstahl, Erpressung, Vergewaltigung, Rassenschande. Beschwerden, die aus der polnischen Bevölkerung kamen, aus der deutschen und sogar von Mitgliedern der Waffen SS und der Allgemeinen SS. Selbst Wehrmachtsangehörige hatten sich beschwert. Kurt Schmelz runzelte die Stirn. So viele unterschiedliche Leute? Die konnten ja nicht alle lügen! So viele verschiedene Delikte? Die konnten ja alle gar nicht ausgedacht sein!

Er sah von den Akten auf und fragte seinen Sekretär: „Also, was haben Sie erfahren? Was treibt diese Brigade Dirlewanger so?"

„Straßenbau in den neuen Gebieten."

„Straßen? – Sie wollen mich verarschen!"

„Nein, Obersturmführer, gewiss nicht. Diese Brigade scheint nicht zur Wehrmacht zu gehören. Sie ist auch keine SS Einheit. Dennoch ist sie direkt Obergruppenführer Berger in Berlin unterstellt."

„Geben Sie her!", sagte Schmelz und überflog die spärlichen Notizen: „Das gibt's doch gar nicht. Zu was gehört der Haufen denn dann, wenn er weder zur Wehrmacht noch zur SS gehört?"

„Es hat den Anschein, es handele sich da um eine Art Privatarmee von Obergruppenführer Berger, so verrückt das auch klingen mag, Obersturmführer."

„Privatarmee? Mit was für einem Auftrag? Wofür ist Berger zuständig? Überprüfen Sie das", sagte Schmelz: „Wegtreten – und danke für die fixe Lieferung!"

Verdutzt sah sich der Sekretär um, galt es doch als verpönt, zu Untergebenen nett zu sein. Noch nie hatte ein Offizier sich bei ihm bedankt! Was war dieser Schmelz denn für ein Vogel? Er nickte mechanisch und verließ das Arbeitszimmer.

Schmelz jedoch hatte sein Ziel erreicht. Treue entstehe aus Dankbarkeit, hatte er während seiner Arbeit für die Stettiner Werft gelernt, und Freundlichkeit mache dankbar und koste nichts. Er wollte sich seine Männer selbst erziehen, bis sie ihm treu ergeben waren, und glaubte, den richtigen Weg gefunden zu haben. Angst blockiere das Denken von Untergebenen, Dankbarkeit setze es frei, und freies Denken sei nützlicher als blockiertes, meinte er und widmete sich erneut den Akten.

Straßenarbeiter, die räuberisch durch Städte ziehen und sich in Wäldern verstecken, dachte er, das klingt nach einem sehr schlechten Scherz. Und weder die SS noch die Wehrmacht sind zuständig? Standort Lublin, wo liegt denn dieses Lublin? Ach da! Zum Glück, dort bin ich ja noch zuständig.

Er ließ sich mit dem Lubliner Leiter der Gestapostelle verbinden und wartete.

„Hauptsturmführer Müller!", hörte er plötzlich und kam kaum noch zu Wort, nachdem er den Namen Dirlewanger ausgesprochen hatte: „Eine echte Landplage ist das! Das ist eine Landplage, wie sie im Buche steht. Die mit den Heuschrecken, die meine ich, Obersturmführer. Dieser Dirlewanger benimmt sich hier wie die Axt im Walde! Schlimmer! Viel schlimmer! Wie die Axt im Walde in der Hand eines Irren! Eines Irren! Ich kann Ihnen Sachen erzählen, die werden Sie nicht glauben. Schlimme Sachen, ganz und gar schlimme Sachen, aber wir kommen nicht ran an ihn. Wir haben keinerlei Handhabe gegen Dirlewanger und seine Brigade, gar keine."

„Sollten Sie mir erzählen, Hauptsturmführer, ich bin die Tage sowieso in der Gegend", log Schmelz: „Zum Beispiel morgen früh? Acht Uhr? In Ihrem Büro?"

„Einverstanden, einverstanden! Ich wollte selbst schon was unternehmen, habe aber sofort aus Berlin was auf die Finger gekriegt. Der Dirlewanger muss dort mächtige Freunde haben, sehr mächtige, aber Sie haben ja als Richter da ganz andere Möglichkeiten, ganz andere! Bessere, viel bessere! Kommen Sie nur her."

Gerührt legte Schmelz auf, nachdem sie sich verabschiedet hatten, und sah auf das weiße Blatt, auf dem sich nun unter, neben und über der Notiz ‚Brigade Dirlewanger' Ausrufezeichen aller Art befanden. Große, lange, fette, schmale; übersät mit diesen Zeichen sehe das Blatt aus wie der Gewinnschein einer Pferdewette, meinte er.

Er rief den Sekretär und teilte ihm mit, ab sofort sollen alle Briefe, Pakete und Päckchen mit der Feldpostnummer der Dirlewangerbrigade zurückgehalten werden. Nichts solle mehr in die Heimat gelangen, alles solle hier gelagert werden, er wolle es sich selbst ansehen.

Ob er dazu legitimiert sei, fragte der Sekretär, woraufhin Schmelz erklärte, er sei SS Ermittlungsrichter, der in alle Richtungen vorstoße, und somit sei er zuständig für alles und für jeden innerhalb der SS. „Noch Fragen?", beendete er seinen Vortrag.

Der Sekretär schüttelte den Kopf, bereute, sich eingemischt zu haben, und setzte Schmelz davon in Kenntnis, dass in wenigen Minuten der Prozess gegen SS Untersturmführer Mittenmang zur Verhandlung anstehe. „Ich habe die Akten bereits zusammengetragen", bemühte der Sekretär sich, verlorenes Terrain wieder zurückzugewinnen: „Sie liegen dort auf dem Beistelltisch."

Und wieder erhielt er einen Dank ausgesprochen, ein

Glück! Was kümmerten ihn denn da noch schriftliche Befehle! Wenn der Richter meinte, er sei befugt, dann war er es eben auch! Was soll's, soll er sich doch ruhig einmal diese Brigade genauer ansehen. Der Sekretär nickte und verschwand wortlos aus dem Zimmer, während Schmelz aufstand, sich streckte und einige Minuten aus dem Fenster sah. Ein geschäftiges Treiben da unten auf dem Domplatz. Wie schnell hier doch alles deutsch geworden war. Kaum noch Einheimische. Und was sich wohl in all den Lastwagen befand, die dauernd abfuhren? Tausend Arme müsste man haben, um all den Korruptionsverdächtigungen nachzugehen. Tausend Arme? Selbst mit tausend Armen war eine solche Untersuchung nicht zu bewältigen! Schmelz schüttelte den Kopf. Zu schaffen war das ja alles doch nicht. Zehntausende von Lastwagen, die allein aus Krakau täglich abfuhren, und wie viele Lieferscheine gab es dagegen? Gerade einmal viertausend! Viertausend. Schmelz strich sich mit beiden Händen übers Gesicht, seufzte auf und beschloss, nachher in den Dom zu gehen und sich für die glückliche Fügung zu bedanken, die ihn hierher gebracht hatte.

Warum kamen die meisten Gläubigen auch immer erst in die Kirche, wenn sie sich etwas erbetteln wollten? Nein, Schmelz war sich da sicher, man solle ins Gotteshaus gehen, wenn es einem gut gehe. Dann bekomme der liebe Herrgott einen gutgelaunten Schmelz zu Besuch, der sich ihm dann auch viel besser einpräge als all die leidenden, ängstlichen, flehenden, betenden Verzweifelten. Sich einfach mal bei ihm zu bedanken, das sei ganz sicher eine gute Investition in die Zukunft, meinte Doktor Kurt Schmelz, riss sich vom Anblick des Doms los und ging mit den Akten unterm Arm in die ehemalige Kantine der Stadtkämmerei, die zum Gerichtssaal umfunktioniert worden war.

An der Stirnseite des Saals standen drei lange Tische nebeneinander, an deren Mitte Schmelz als verhandelnder Richter Platz nahm. Hinter ihm befand sich die nun leere und nur notdürftig verhängte Essensausgabe, und über ihr hing ein Porträt des Anführers der Deutschen. Schmelz war in gehobener Stimmung. Freundlich warf er den Anwesenden Blicke zu.

Vor der Tischreihe standen vier Stuhlreihen, die zur Hälfte gefüllt waren. Fast alle Beobachter waren junge Offiziere, und Schmelz mutmaßte, es seien Freunde des Angeklagten.

Die Fensterfront war mit schwarzem Tuch verhüllt und an der gegenüberliegenden Seite hing die nationalsozialistische Flagge.

„Meine Herren", fragte Schmelz: „Sind wir soweit?"

Bis auf die Beobachter nickten alle Anwesenden, und Schmelz fragte den Schreiber, wo denn die Verteidigung sei. Bisher hatte er den Blick auf den Angeklagten vermieden, doch nun musterte er ihn genau.

Und während der Schreiber erklärte, der Angeklagte wolle sich selbst verteidigen, hielt dieser Schmelz' durchdringendem Blick stand. Doktor Schmelz blickte tief in die grünen Augen des Vierundzwanzigjährigen, aber dieser wich dem Blick nicht aus. Er hatte nichts zu verbergen! Schmelz war sich schon jetzt sicher, alle Möglichkeiten zur Milde ausreizen zu wollen, sofern sich keine neuen Verdachtsmomente ergaben.

Er hatte auch davon gehört, dass schöne Menschen leichter durchs Leben kamen. Ihnen wurde mehr Gehalt bezahlt, es taten sich ihnen mehr Möglichkeiten auf, es wurde mehr Rücksicht auf sie genommen, es wurde ganz einfach mehr für sie getan. Schöne Menschen verkörperten die Zukunft. Sie wurden öfter positiv überrascht, und es war ihnen ein Leichtes, optimistisch zu sein, aber Schmelz wollte nicht recht glauben, dass dies alles wirklich zutraf. Die Natur des Menschen konnte doch nicht so auftrumpfen! Die ganze Zivilisation hätte ja dann gar nichts gebracht, wenn die Menschen noch immer so entschieden, wie es der natürliche Trieb für richtig hielt: Schöne Menschen mussten bevorzugt werden, weil sie den Erhalt der Rasse sicherten, denn Schönheit signalisierte Gesundheit und Gesundheit deutete auf Stärke. Und die Starken bekamen in allen Tiergruppen zuerst zu fressen. Wenn die Menschengruppen also ihren Schönlingen noch immer hörig seien, meinte Schmelz, dann habe es so gut wie keine Entwicklung des Bewusstseins gegeben.

Vielleicht, dachte er, ist es von der Natur gar nicht vorgesehen, dass alle Menschen Nachkommen haben. Vielleicht ist Nachkommenschaft eine Auszeichnung der Natur, die einfach nicht jedem zusteht? Vielleicht steht sie mir gar nicht zu? – Aber da wären wir ja schon wieder bei der leidlichen Rassenfrage, die so schwachsinnig ist, dass nur die Dümmsten der Dummen ihr etwas abgewinnen können. Kein Tier der Welt tötet ein anderes nur des Aussehens wegen, aber wir Menschen erfinden uns frei und fröhlich ganze Religionen, nur um das Töten zu rechtfertigen. Religion aber ist keine Rechtfertigung, Religion ist nur eine Möglichkeit, und zwar eine ziemlich beschränkte. Eine erpresste. – Und Mittenmang, du Narr, du hast nun also mit einer Polin geschlafen, als hättest du vom Gesetz der Rassenschande noch nie etwas gehört! – Ach, diese Jugend, dachte Schmelz, der gerade einmal sechs Jahre älter als der Angeklagte war und sich ein Grinsen mühsam verkneifen musste.

Der Untersturmführer war groß und kräftig, die Uniform saß ihm tadellos. Er trug das blonde Haar akkurat gescheitelt, die grünen Augen sahen Schmelz noch immer offen und weich an. Die Mütze trug er vorschriftsmäßig unterm linken Arm, und nichts deutete darauf hin, dass er Angst hatte. Schmelz sah einen Kämpfer vor sich. Was war eigentlich mit den Schönlingen, die noch gar nicht mitbekommen hatten, dass sie schön waren? Die Reinen, die Unschuldigen, die Verkörperungen der vielen Sehnsüchte? Sie waren die Mitte, die heilige Mitte, die niemals geopfert werden durfte. Doktor Kurt Schmelz räusperte sich und vergewisserte sich innerlich noch einmal, strikt nach den Paragraphen Recht zu sprechen, unabhängig von Stand und Ansehen der Person. – Doch genau da hatte er die Problematik mit der Schönheit schon wieder, pragmatisch gesehen, ganz offen in einer ewig gültigen Floskel, Ansehen, das Ansehen! Schmelz glaubte, das Thema für eine Abhandlung gefunden zu haben, die ihm weltweit in Juristenkreisen Achtung verschaffen werde. Über dieses Thema wolle er forschen, in Friedenszeiten. Schnell notierte er sich als Stichwort ‚Ansehen unabhängig von der Person' und blickte auf.

Immer noch stand Offizier Mittenmang ruhig, ernst und schön da. Aber war er eine heilige Mitte, in der das kostbare Gut einer Gemeinschaft versenkt war? Einer Familie? Einer Sippe? SS Richter Schmelz räusperte sich erneut.

„Sie brauchen also keinen Verteidiger?", fragte er nach, riss sich vom Blick des Jünglings los und taxierte kurz die beiden beisitzenden Richter, die doppelt so alt waren wie er selbst und im Hauptberuf als Bibliothekare arbeiteten. Sie zuckten skeptisch mit den Schultern, und Schmelz fragte sich, was aus ihm wohl würde, wenn es genug junge Richter gäbe, denn noch seien die meisten, die im Reich eingesetzt werden sollen, in der Ausbildung. Was werde wohl aus ihm, wenn man erst einmal genügend politisch zuverlässige Richter habe? Dann müsse er seinen Platz schon gesichert haben, vermint und gut bewacht. Noch sei das Reich auf jeden Richter angewiesen, der vorhanden sei, aber wie lange noch? Er habe keine Zeit zu verlieren.

Korruption bleibt in allen Staaten strafbar, da mach dir

mal keine Sorgen, dachte er und schrak zusammen, als der Untersturmführer Mittenmang mit fester Stimme, die sich Schmelz angenehm ins Ohr legte, verkündete: „Ich brauche keinen Verteidiger, und es bedarf keines Anklägers, Herr Richter. Ich will aussagen, nichts als die Wahrheit, und ich will Ihnen alles beichten und mich ganz und gar in Ihre Gnade geben, Herr Richter, denn ich bin gewiss, Sie werden verstehen und das Richtige tun. Ich lege mich in ihre schützenden Hände, wie ein scheues Reh sich dem Unterholz anvertraut. Herr Richter, ich habe die Ehre beschmutzt."

Donnerwetter, dachte Schmelz immer besser gelaunt, der hat es aber drauf. Punkt für dich, Mittenmang, Punkt für dich.

„Also gut", sagte er: „Mir soll es recht sein, wenn wir diese Sache abkürzen können. Erklären Sie sich also."

„Am dreiundzwanzigsten Mai wurde ich schwer verwundet von der Front ins Spital geschafft. Später erfuhr ich, dass die Ärzte siebzehn Tage lang hart und aufopferungsvoll um mein Leben gekämpft haben, und als ich endlich die Augen öffnete, sah ich zuerst ins Gesicht einer jungen Krankenschwester, die mich anlächelte. Ich konnte nicht wissen, dass sie eine Polin war. Ich hielt sie für meine Lebensretterin und verliebte mich auf der Stelle in sie.

Partisanen haben mir sieben Splitter entlang der Wirbelsäule gesetzt, dass ich nicht querschnittsgelähmt bin, ist ein Wunder. Drei steckten in der Wirbelsäule, vier hatten sie angekratzt, Herr Richter, ich muss wohl noch etwas zu erledigen haben in diesem Leben.

Eine andere Schwester sagte mir, die Ärzte hatten am Ende keine große Hoffnung mehr in mich gesetzt, und dass ich heute hier vor Ihnen stehen kann, tief bereuend und wieder völlig hergerichtet, das muss ja dann wohl auch ein Wunder sein. Dank unserem Herren, Jesus Christus!"

„Keine Glaubensbekenntnisse im Gerichtssaal! Das ist verboten! Eigentlich müsste ich Sie hart dafür bestrafen, aber da Sie sich selbst verteidigen, verwarne ich Sie hiermit scharf", sagte Schmelz, der bemerkt hatte, dass der Untersturmführer jedes Wort sorgsam setzte und die Wirkung der auswendig gelernten Rede an anderer Stelle getestet haben musste. Die Beobachter nickten hier und da bekräftigend und ernst, und Schmelz überkam eine Rührung, als er feststellte, wie hier eine ganze Truppe um einen von ihnen kämpfte. Um ihre heilige Mitte, oder war es lediglich echte Freundschaft? Schmelz fiel es schwer, sich zu konzentrieren, viel lieber hätte er dieses Thema verfolgt, aber er durfte hier nicht versagen! Er musste hart und gerecht bleiben.

Er räusperte sich und sagte: „Also, weiter, Untersturmführer Mittenmang, weiter im Text."

Ob auch diese Unterbrechung eingeplant gewesen war? Sicher, sicherlich hatten sie zusammen nächtelang ausgetüftelt, wie der Richter auf ihre Seite gezogen werden könne. Ein gezielter Ausbruch ins Religiöse könne da als Appell bestimmt nicht schaden. So hatten sie bestimmt gedacht, na ja, und es war ja auch aufgegangen. Schmelz nagte leicht an der Unterlippe, um nicht lächeln zu müssen, während der Angeklagte fortfuhr: „Ja, entschuldigen Sie bitte, Herr Richter, ich bin Katholik, und es liegt mir einfach im Blut. Bitte bedenken Sie, vor ein paar Monaten noch war ich ein toter Mann!"

„Ja, ja", sagte Schmelz: „Sagen Sie, gibt es unter Ihren Freunden Jurastudenten?"

Sofort senkte sich ein halbes Dutzend Augenpaare, während der Angeklagte überrascht und wie ertappt reagierte: „Wieso?"

Seine Stimme war hochgefahren, als hätte sie sich auf eine heiße Herdplatte gesetzt, und Schmelz fühlte sich bestätigt, ehe er milder als gewollt sagte: „Ich stelle hier die Fragen. Beenden Sie Ihren Vortrag also."

Vorsichtig hoben sich die Augenpaare wieder. Untersturmführer Mittenmang fuhr fort: „Ja, das kam dann so, ich war, also, war wieder so völlig hergestellt und potent wie noch nie im Leben, und ich gehe hier in Krakau im Park spazieren, um vollendend einsatzfähig zu werden und um mich erneut der deutschen Sache verpflichten zu können, als ich am Parktor ankomme und mich dort auf eine der Bänke setze, um noch einmal durch zu schnaufen. Und wie ich so hochsehe, da steht sie neben mir, die Krankenschwester, von der ich noch immer nicht wusste, dass sie Polin war. Sie lächelte zurück und setzte sich neben mich, und, ja, also, Herr Richter, da war es um mich geschehen. Ich war verrückt geworden, und diese Verrücktheit nenne ich Liebe! Verstehen Sie mich? Sie verstehen mich! Sie sehen aus wie ein Mann, der die Tücken der Liebe noch viel besser kennt als ich! Sie sind ein erfahrener Mann! – Das Mädchen lächelte schüchtern, wollte schon aufstehen, um weiterzugehen, doch ich hielt sie zurück, und das war meine Schuld! Nicht ihre! Ich legte meine Pranke auf ihre kleine und zarte Hand, die wie ein Schmetterling war, der sofort in meiner Hand Geborgenheit suchte und fand! Diese männliche Regung hatte ich vorher noch nie gespürt, glauben Sie mir! – Wir umarmten uns, und wir hatten noch nicht ein Wort gesprochen, als wir uns sanft auf die Lippen küssten, so sanft! Wir küssten uns heftiger, inniger, ja, Herr Richter, ich bin ein junger Mann, und ja, Herr Richter, sie ist eine junge Frau, und ja, Herr Richter, es war Mai, Frühling, und ich war vom Sterben erlöst worden! Mir war es bestimmt zu leben! Ich sollte leben! Leben, Herr Richter, leben! Ich soll leben! – Und ja, wir verbrachten eine Nacht zusammen, eine einzige und ganze Nacht! Und in dieser Nacht, Herr Richter, das müssen

Sie mir glauben, kam es nicht zum Geschlechtsverkehr, wir waren nur romantisch! Sie ist streng katholisch, und ich bin es auch, und außerdem bin ich ein Offizier der Waffen SS, und außerdem, Herr Richter, habe ich einige Auszeichnungen vorzuweisen, aber was soll man da machen, Herr Richter, das frage ich Sie! Was soll man da machen? Es war eine Verknüpfung von schicksalhaften Dingen! Und ist die kurzzeitige Verliebtheit nicht stärker als der tapferste Recke? Ich bereue, dem Schicksal unterlegen gewesen zu sein."

„Sie wissen schon, dass Rassenschande mit dem Tod bestraft wird?", fragte Kurt Schmelz: „Sie ist gleichzusetzen mit dem Hochverrat an unserem Volk."

„Ja, Herr Richter."

„Sie bereuen?"

„Ja, ich bereue aus tiefstem Herzen, meinem Heimatland Schande zugefügt zu haben, und möchte hiermit versprechen, es wiedergutzumachen, das schwöre ich."

„Und wie?"

„Ich werde an vorderster Front kämpfen. Ich werde mich tapfer dem Feind entgegenstellen, und ich werde nicht weichen, ehe unsere Sache gewonnen ist, das schwöre ich."

„Und Sie waren ja geständig", sagte Schmelz und sah jäh Hoffnung in den Augen des Jünglings aufblitzen: „Sie haben hier doch voll und ganz ein Geständnis abgelegt? Oder gibt es noch mehr zu gestehen, dann tun Sie es jetzt, Untersturmführer, sonst ist es zu spät für Sie."

„Nein, es gibt nichts weiter zu gestehen. Ich vertraue mich Ihrer Gnade an, Obersturmführer Doktor Kurt Schmelz", sagte Mittenmang, wobei er nicht vergaß, flehentlich zu ihm aufzublicken, und Schmelz konnte sich schon gut vorstellen, dass dieser dort gar keine großen Worte brauchte, um Mädchen zu verwirren und Frauen zu verführen.

„Also gut", sagte Schmelz: „Vor nicht all zu langer Zeit

schenkte auch mir das Schicksal eine neue Chance, und vielleicht ist das heute Ihre Möglichkeit, sich zu bewähren."

Leises Gemurmel im Saal, das Schmelz sofort unterband. Er vermied es, die Beisitzer anzusehen, und erklärte: „Ich spreche hiermit den Untersturmführer Mittenmang vom Vorwurf der Rassenschande und des Hochverrats frei. – Ruhe im Saal! – Er konnte glaubhaft versichern, aus tiefstem Herzen zu bereuen. Außerdem konnte er glaubhaft versichern, dass es zu keiner geschlechtlichen Vereinigung gekommen ist. Sein bisheriges Benehmen war tadellos, er ist Träger mehrerer Auszeichnungen. Mir liegen wohlwollende Beurteilungen seiner Ausbilder vor. Untersturmführer Mittenmang befand sich zum Zeitpunkt seiner Verfehlung in einem jener seltenen Zustände, vom Tod zurück ins Leben geholt zu sein, die auch den charakterfestesten Menschen zeitweise schwächen können. Untersturmführer Mittenmang war geständig und bereut ehrlich. Er erhält eine Verwarnung und eine Bewährungsstrafe von zwei Jahren. Sollten Sie sich in dieser Zeit irgendetwas zuschulden kommen lassen, so werden Sie mit dem Tode bestraft. – Augen weg vom Feind, so schön er auch ist, kapiert?"

„Kapiert!", schrie der faktisch Freigesprochene los. Tränen schossen ihm aus den Augen, und es fehlte nicht viel, und der Mann wäre dankbar zum Richtertisch gestürmt, um dem Obersturmführer die Füße zu küssen. Schmelz, der diese Regung bemerkte, brachte Mittenmang mit einem steinharten Blick sofort zur Besinnung.

Mittenmang verharrte mitten in der Bewegung. Er konnte es noch gar nicht fassen. Zum zweiten Mal war er dem sicheren Tod von der Schippe gesprungen. Nicht verurteilt wegen Rassenschande, nicht verurteilt wegen Hochverrats! Das Schicksal musste es gut mit ihm meinen! Sollte er für größere Aufgaben auserwählt sein? Er wandte sich seinen

Kameraden zu, die alle aufgestanden waren und applaudierten.

Sie grinsen, dachte Schmelz, als hätten sie Russland schon erobert. Er bereute die Entscheidung nicht, denn er war sich sicher, diese Männer da werden beim nächsten Angriff nur noch dankbarer für ihr Vaterland losstürmen. Schmelz glaubte an sie, so wie er auch wieder an sich selbst glaubte.

Gott wird es dir danken, wollte Mittenmang dem Richter zurufen, besann sich dann aber und sagte: „Der Führer wird es Ihnen danken!"

Schmelz nickte, er hatte genau verstanden, was der Mann hatte sagen wollen, und erwiderte in Gedanken, der Herr sei gelobt, in Ewigkeit, Amen.

Er packte die Akten zusammen, stand auf und sagte: „Ich erkläre die Sitzung hiermit für beendet. Der nächste Fall in zwanzig Minuten. Strafsache Kindsmord."

Gerade wollte er gehen, als der Ankläger auf ihn zukam und ihn zurückhielt: „Auf ein Wort! Sie haben mich ja gar nicht zu Wort kommen lassen! Hätte ich nicht wenigstens meine Anklage vorbringen müssen und hätte mir nicht ein Verhör zugestanden?"

„Das liegt ganz im Ermessen des Gerichts. Die Anklageschrift kannte ich bereits, sie lag mir ja vor. Und zum Verhör konnte es nicht kommen, weil der Angeklagte faktisch freigesprochen wurde. Die Anklagepunkte waren sowieso an den Haaren herbeigezogen. Nicht ein einziger Beweis, das wissen Sie doch besser als ich! – Die Polin ist noch immer Jungfrau, also was? Gibt es nichts Wichtigeres?"

„Ja, das weiß ich auch, und ich halte das Urteil ja auch nicht für überzogen, aber Sie hätten mich doch wenigstens in den Prozess mit einbeziehen müssen, junger Mann. So sehe ich nun keine andere Möglichkeit, Berlin davon in Kenntnis zu setzen. Es tut mir leid!"

„Tun Sie, was Sie nicht lassen können", sagte Doktor Schmelz leichthin und verließ den Saal, während sich die beiden Beisitzer bei Staatsanwalt Euphe versicherten, richtig gehandelt zu haben. Sie hätten gegen die Bewährung nichts unternehmen können, und sie wären auch nicht in der Lage gewesen, im Sinne der Staatsanwaltschaft zu handeln. Sie wären ja nur stumme Beobachter, und ohne eine Frage des vorsitzenden Richters an sie in den Prozess einzugreifen, das wäre doch ein Verfahrensfehler gewesen? Oder nicht? Sie sahen ihn unterwürfig an, und diese Blicke waren schon eher nach seinem Geschmack.

Staatsanwalt Euphe sagte: „Keine Sorge, meine Herren, keine Sorge! Ich halte Sie aus dem Bericht heraus, aber wenn sich herumspricht, dass ein deutscher Offizier einfach so eine Polin flachlegen konnte, ohne dafür bestraft zu werden, dann zieht das doch Kreise bei den jungen Offizieren an der Front. Und erst bei den Soldaten! Dann tötet da doch keiner mehr die Männer, wenn er die Frauen vergewaltigen darf! Darum geht's doch wohl, oder?"

Staatsanwalt Euphe ging sofort in sein Arbeitszimmer, verfertigte einen ausführlichen Bericht, adressierte ihn ans Justizministerium und gab ihn in die Abendpost. Sechs Tage später wurde in Deutschland die allgemeine Haftpflichtversicherung für Autofahrer und Jäger eingeführt, und am Tag darauf kam es in München am achten November neununddreißig zu einem Attentat auf den Anführer der Deutschen, der aber nicht getötet wurde.

Doktor Kurt Schmelz, mein Großvater also, war am nächsten Morgen auf dem Weg nach Lublin. Die Strecke Krakau – Lublin war überfüllt mit Menschen. Überall saßen sie an der Straße, in größeren und kleineren Gruppen. Viele von ihnen hatten Lagerfeuer gemacht. Auf leeren Feldern, auf

Wiesen, in Senken und auf Hügeln, bis zum Horizont erstreckte sich der Feuerteppich. Wie viele Menschen, dachte Schmelz im Auto sitzend, und trotzdem eine solche Stille. Eine so unheimliche Stille.

Er sah den Sternen zu, wie deren Schein immer schwächer wurde, bis schließlich ein bläulicher, grünlicher Schimmer am Horizont auftauchte, der rot wurde und dann gelb und blau. Das Licht der Lagerfeuer war verschwunden, stattdessen sah Schmelz das Grau, das gar keine Farbe sei, wie er meinte. Es war ein Grau in den Gesichtern, auf der Kleidung, es legte sich über die Gegenstände, und selbst auf dem Grün der Wiesen fand Schmelz diese dünne Schicht Grau, die er erst für Staub hielt. Aber es sei kein Staub, es sei eine riesige Hoffnungslosigkeit, die sich da ausbreitete und alles niederzudrücken schien, meinte er.

Kurt Schmelz heftete den Blick wieder auf den Nacken seines Fahrers und erneut stellte er fest, dass er nichts fühlte; rein gar nichts. Er sah zwar das Elend da draußen, aber es drang nicht zu ihm durch. Er sei eben der Sohn eines Mannes, der nicht existiere und doch anwesend sei, meinte er, der Sohn eines Geistes also.

Ihm ging der ‚Fall Dirlewanger' nicht aus dem Kopf. Jetzt hatte er ihn schon in einen Fall verwandelt, dabei war doch noch gar nichts sicher! Reines Wunschdenken. Halte dich lieber an die Fakten, alter Fuchs, halte dich an die Fakten, dachte Kurt Schmelz, ehe er ein wenig nach vorne gedrückt wurde, als der Chauffeur sanft bremste, einen Halbkreis fuhr und vor dem ehemaligen Rathaus der Stadt Lublin zum Stehen kam. Der Fahrer sprang heraus, öffnete ihm die Tür und grüßte, während Schmelz einen halben Gruß erwiderte, die Stufen hochstieg, seinen Ausweis zeigte und durch die gewaltige Flügeltür schritt, die von zwei jungen Gestapomännern aufgerissen wurde.

Beim Empfang erkundigte er sich nach dem Zimmer des Chefs, erfuhr, dass er schon erwartet werde, nickte und schritt kurz darauf grüßend auf den Chef der Lubliner Gestapo zu.

„Sie haben doch sicherlich noch nicht gefrühstückt?", fragte Hauptsturmführer Johannes Müller: „Da dachte ich mir, wir können diese leidliche Sache auch genauso gut bei einem ordentlichen Frühstück besprechen. – Siebert, keine Störungen jetzt und schließen Sie die Tür von außen! Abflug!"

„Danke", sagte Schmelz und fügte hinzu, er habe tatsächlich noch keine Zeit gehabt, einen Bissen zu sich zu nehmen.

„Einen Bissen?", fragte Müller erstaunt: „Hier werden keine Bissen verteilt! Hier werden nur die edlen Sachen aufgetischt, schließlich haben wir lange darauf verzichten müssen, was, Schmelz! Wenn ich nur an die Inflation denke, was wir – mögen Sie Kaviar? Es ist zwar nicht der russische, noch nicht, aber was nicht ist, hat ja nur den Nachteil, dass es erst noch kommt, oder was meinen Sie? Die Sowjets nehmen wir uns doch auch noch zur Brust! Die putzen wir so etwas von weg, meinen Sie nicht? – Hier, nehmen Sie Kaffee. Aus Italien! Das können die Brüder da unten, was? Das können die ja. – Wenn ich da an unseren schnöden Gerstenkaffee von damals – wir Deutschen müssen uns erst wieder an die Lebensqualität gewöhnen, meinen Sie nicht, Schmelz? Schluss mit dem Verzicht."

Einen Moment aßen die beiden Männer schweigend. Die Toasts knackten. Französischer Käse lag neben aufgeschnittener ungarischer Salami. Konfitüre aus Spanien, und in einer großen Silberschüssel mitten auf dem Tisch lagen Bananen, Feigen, Apfelsinen und Stücke einer Honigmelone. Der Kaffee dampfte aus einer edlen Porzellankanne, und Schmelz nahm sich gerne noch eine weitere Tasse. Er deutete mit der Kanne auf die Tasse seines Gastgebers, der beiläufig nickte, während er mit feuchten Lippen herzhaft in einen Buttertoast biss, wobei ihm ein Klecks der Sauerkirschkonfitüre auf den Teller fiel, den er sorgsam mit dem Finger aufnahm und ableckte.

„Hiergeblieben“, nuschelte er und nahm einen weiteren Klecks mit einem der Silberlöffel auf. Schmelz vermied es, in den offenen Mund zu blicken, der ihm so schamlos hingehalten wurde. In einem fetten Gesicht ein zufrieden grinsender Mund, in dem zerkautes Essen liegt, das ist widerlich, dachte er.

„Noch etwas Leckeres? Melone? Alles da! Zu leben haben diese Juden schon verstanden, das muss man ihnen lassen! Alles da! Ein Stück Schweizer Schokolade? Nein? Na, ich nehme noch eins zum Kaffee, ich mag es einfach, ein Essen mit einem Mokka und einem Stück Schweizer Schokolade abzuschließen, daran habe ich mich schnell gewöhnt, sehr schnell!“, sagte Müller und erhob sich: „Nur schade, dass mein alter Herr immer noch in dem Dreck malocht. Ruhrpott! Der hat noch nie etwas von einer Honigmelone gehört! Na ja, egal!“

Er streckte sich, was Schmelz ihm nachmachte, ehe sie mit den Tassen und der kleinen Schale, in der sich Schokolade und Konfekt befand, zur Sitzecke des riesigen Zimmers gingen, die in einer Veranda untergebracht worden war. In der Mitte stand ein kleiner, runder Tisch auf graziös geschwungenen Beinen, links und rechts befanden sich klobige Ledersessel, von denen aus sie einen schönen Blick durch die niedrigen Fenster über einen Stadtpark hatten, in dessen See Schwäne schwammen. Schmelz konnte sich erst nicht losreißen von diesem Anblick. Genau wie Müller ließ er die Szenerie auf sich wirken, sammelte sich jedoch und stellte die Tasse schließlich auf die Untertasse.

„Gestatten Sie, wenn ich mir Notizen machen?“, fragte Schmelz.

„Bitte, bitte, aber es ist nicht nötig! – Ich hab vor, Ihnen all meine Akten mitzugeben, falls Sie wollen. Sie werden damit mehr anfangen können als ich“, sagte Müller.

„Doppelt hält besser.“

„Auch wieder wahr.“

Müller stellte ebenfalls die Tasse beiseite, lehnte sich zurück, faltete die Hände, legte sie sich auf den dicken Bauch und ließ den Kopf auf die Lehne fallen.

Er sah zur Decke, während er sagte: „Also, wo fange ich nur an?“

„Am besten mit dem Anfang.“

„Ja, sicher, danke, danke!“

Während Schmelz einen Stift bereithielt und Papier auf einer Unterlage glattgestrichen hatte, die auf seinen Schenkeln lag, legte Hauptsturmführer Müller ein Bein über das andere und seufzte.

„Also“, sagte er: „Diese Straßenbaubrigade, die dieser Dirlewanger da anführt, ist weder eine militärische Einheit noch eine der SS, wie ich ja schon am Telefon sagte. Sie tragen zwar Uniform, aber eine Fantasieuniform, an deren Schulterstücke Abzeichen in Form von Handgranaten geheftet sind! Was für eine Idiotie, Handgranaten! Soll nur Angst machen.

Die ganze Brigade setzt sich aus verurteilten Vergewaltigern und Wilddieben zusammen, die aus den Gefängnissen geholt werden. Es sind etwa tausend Mann, oder ein paar mehr. Jedenfalls konnten sie wählen, ob sie ihre Strafe in den Zuchthäusern ganz absitzen oder unter Dirlewangers Befehl gestellt werden wollten.

Dirlewanger, der Chef der Brigade, war selbst wegen Kindesmissbrauch vier Jahre lang im Arbeitslager. Er ist der schlimmste von allen, er hat fünfjährige Mädchen, das kann man sich gar nicht vorstellen, fünfjährige Mädchen; Drecksack!

Eine seiner Einnahmequellen ist das Aufspüren von Juden, die geschächtet haben, was nach deutschem Tierrecht verboten ist. Irgendwo im Wald bei Lublin hat er sich ein Privatgefängnis gebaut, in das er diese Juden einsperrt.

Er lässt sie erst frei, wenn sie ein Kopfgeld zwischen drei bis siebzehntausend Złoty gezahlt haben. Wen seine Familie nicht freikauft, der wird sofort umgelegt.

Dirlewanger selbst läuft fast nur betrunken herum. All seine Leute haben eine Heidenangst vor ihm, weil sie doch aus den Gefängnissen und Lagern geholt worden sind, in die sie nicht mehr zurück wollen. Wer nicht spurt, den schickt Dirlewanger zurück, um in den Zuchthäusern die Reststrafe abzusitzen.

Überall in den Dörfern und Städten fängt er auf offener Straße jüdische und polnische Mädchen ein, vergewaltigt sie und erschießt sie, damit sie nicht aussagen können. Das verlangt er auch von all seinen Männern. Rassenschande wie im alten Rom, ganz offen betreibt der hier Rassenschande, dieses Dreckschwein! – Und wir? – Wir haben Schweizer Schokolade!

Und nun kommt der Hammer! Darum ist er mir so ein Dorn im Auge, diese Sau, die!

Selbst deutsche Spitzel, die sich in die Ghettos geschlichen haben, um Erkundigungen einzuholen, selbst Männer meiner guten Gestapo, die Sau, die, lässt er töten, auch wenn sie sich bei ihm, falls er sie weggefangen hat, als Männer der Gestapo zu erkennen geben. Der lässt Geheimpolizisten ermorden, damit sie nicht aussagen können, wo soll das denn hinführen, frage ich, wo soll das denn enden?

Dirlewanger erschießt aus Angst, aufzufliegen, aber er ist schon längst aufgeflogen, jetzt, wo Sie ja hier sind, Obersturmführer Schmidt!“

„Schmelz.“

„Wie?“

„Obersturmführer Schmelz.“

„Ach so, na klar! – Der bricht in Ghettos ein, vergewaltigt, plündert, mordet, erpresst, nur eines tut er nicht, Straßen bauen! – Sie müssen diese Drecksau aufspießen, wenn ich Ihnen einen Rat geben darf. – Meine Männer! – Und ich kann nichts tun. – Sobald ich in dieser Sache aktiv werde, kommt so ein Anruf aus dem Reichssicherheitshauptamt. Oder von Obergruppenführer Berger persönlich, na, den Kerl habe ich ja sowieso gefressen! Und einmal war sogar Pohl dran! Oswald Pohl, hier, an diesem Apparat“, sagte Müller und deutete mit dem Daumen hinter sich zum Schreibtisch, der mächtig und erhaben aussah, wie Schmelz meinte, und überhaupt nicht zu diesem Kleingeist passe. Er räusperte sich und fragte, warum Müller nichts unternehmen könne.

„Wird mir einfach verboten. Das überschreitet meine Kompetenzen, denn schließlich wäre ich nur für die Geheimpolizei zuständig, in der Stadt Lublin! Also für politische Sachen. Und politisch ist der Sau ja nichts vorzuwerfen. Na ja, stimmt ja auch, aber trotzdem! Der Kerl ändert dauernd seinen Aktionsbereich. Er läuft zwischen den Verwaltungseinheiten herum, sodass niemand zuständig für ihn ist. Das ist ein Fuchs, diesbezüglich hat er eine gute Taktik gewählt!“

„Wie meinen Sie das, Hauptsturmführer?“

„Na ja, ist doch klar. So kann ihn niemand erwischen. Ermittelt in dem einen Gau einer gegen ihn, dann siedelt er in den nächsten über. Wird man da auf ihn aufmerksam, nimmt er sich ein anderes Versteck. Der kennt sich gut aus auf unseren neuen Karten, das wird ihm bestimmt alles aus Berlin gesteckt. Na, ich habe mir ja schon die Finger dabei verbrannt, aber nun sind Sie ja da! Ihnen kann er nicht entgehen, Sie können doch überall ermitteln, oder? Sie können sich einfach auch versetzen lassen, wenn er abhaut. Sie sind doch nicht gebunden an bestimmte Aufgaben, oder?"

„Nein", sagte Schmelz nachdenklich: „Das nicht, das ist eine gute Idee. Ich könnte mich an seiner Wade festbeißen und dranbleiben, bis er stolpert und hinschlägt."

Müller sprang auf und schlug Schmelz begeistert auf die Schulter: „Ja, Sie sind ein Kerl nach meinem Geschmack. Schaffen Sie mir diese Plage vom Hals! Tun Sie uns allen einen Gefallen. Ich meine, die toten Juden und Polen sind mir ja so was von egal, aber der hat zwei meiner besten Spione getötet, zwei meiner treuesten Kameraden, Drecksack, ich sage es deutlich: Ein Drecksack ist er, wie er in der Bibel steht. Alle Plagen in einer ist er! – Falls ich Ihnen mit meinem kleinen Apparat irgendwie helfen kann, dann rufen Sie einfach an. In der Geheimpolizei bin ich kein Unbekannter, ich habe auch einige gute Kontakte."

„Ein Problem aber bleibt, Hauptsturmführer Müller", sagte Doktor Kurt Schmelz.

„Welches?"

„In den Unterlagen stand, er wäre kein Mitglied der SS?"

„Das stimmt, das ist ja das Unfassbare. Trotzdem kann er walten und schalten wie er will."

„Und ich bin nur SS Ermittlungsrichter, also für Verbrechen innerhalb der SS zuständig."

„Ja, das ist ein Problem, verdammt, wie drehen wir das? Wie drehen wir das nur? Ich lass uns noch eine Kanne Kaffee bringen, Moment!"

Müller überlegte, während er stand, ob er anrufen oder gleich zur Tür gehen solle, entschied sich dann aber für den direkten Weg. Er rief seinem Sekretär von der geöffneten Tür aus zu, er brauche noch Kaffee, ehe er sie wieder schloss und plötzlich durchs riesige Zimmer auf Kurt Schmelz zustürmte.

„Ich habe eine Idee", sagte er und grinste Schmelz an: „Dirlewanger ist also ein normaler Verbrecher, nichts weiter als ein normaler. Wäre er ein politischer Verbrecher, wäre ich als Gestapo dafür zuständig, aber die normalen, die werden ganz normal von der Kriminalpolizei abgearbeitet. Sie müssen ein Beamter der Kripo sein, dann können Sie innerhalb und außerhalb der SS Hebel in Bewegung setzen wie Sie wollen!"

„Aber wie soll ich das anstellen, die werden mich da nicht einfach so nehmen", sagte Schmelz und sah Müller ernst an, der immer noch grinste und jetzt sogar den Finger hob: „Lassen Sie mich machen! Denn wie es der Zufall will, sind Sie bei mir ganz genau richtig. Gruppenführer Nebe, Chef der Kripo, der hat eine Leiche im Keller und nur ich weiß davon! Den Trumpf spiele ich aus."

„Das ist Ihnen die Sache wert?"

„Auf jeden Fall! Sagen Sie noch nichts zu niemandem, lassen Sie mich erst einmal machen, gut?"

„Gut!", sagte Schmelz: „Meinem Vorgesetzten werde ich Bericht erstatten müssen, aber von Arthur Nebe erwähne ich erst einmal noch nichts, richtig?"

„So machen wir es!"

Kurt Schmelz verzichtete dann doch auf den frischen Kaffee, erhob sich und quittierte den Empfang der Akten, die Müller über Dirlewanger zusammengetragen hatte. Obwohl er sich ausreichend Notizen gemacht hatte, las er die Unterlagen auf dem Rückweg nach Krakau und kam zu dem Schluss, dass alles stimmen musste, was Müller erzählt hatte. Alles war aber und abermals protokolliert, bewiesen und ordnungsgemäß abgeheftet worden. Kurt Schmelz strahlte auf der Autorückbank übers ganze Gesicht. Er hatte seinen großen Fall! Wenn er diese Brigade vor Gericht bringen könnte, dann wäre er nicht nur der erste sondern auch der für alle Zeit beste Korruptionsjäger! Euphorisch verstaute er die Akten in seiner alten Ledertasche und bekam von den vor Hunger und Elend stumpfen Blicken nichts mit, die die Straße säumten wie im alten Rom die Gekreuzigten.

„Was?", schrie Obergruppenführer Krüger wütend los, nachdem ihm Obersturmführer Doktor Kurt Schmelz ausführlich berichtet hatte: „Was geht in meinem Bezirk vor?"

„Es ist alles belegt. Dieser Dirlewanger ist eine Seuche. Organisiertes Verbrechen. Vergewaltiger werden zusammengetrieben und übers Land geschickt, um Geld und Kostbarkeiten zu erpressen. Es sind verurteilte Verbrecher."

„Und Obergruppenführer Berger ist der verantwortliche Offizier für diese Sauerei?"

„Ja, allem Anschein nach ja. – Als SS Richter kann ich zwar nicht gegen Dirlewanger vorgehen, der ja nicht in der SS ist, aber ich habe mir einen Weg überlegt: Der Auftraggeber von Dirlewanger ist in der SS. Mit Ihrer Erlaubnis kann ich Obergruppenführer Berger direkt anklagen und der Beihilfe bezichtigen. So kommen wir dann auch an diese Brigade heran. Berger hat sich strafbar gemacht!", sagte Schmelz.

„Nein, nein, vielleicht hat er das, aber er ist immer noch ein Freund von Pohl, und auch Dirlewanger ist ein Freund von Pohl! Das werden wir nicht offiziell machen, das machen wir anders. Ich verbrenne mir da nicht die Finger, damit Sie sich profilieren können. Ich verstehe Sie, Sie sind jung und wollen Aufmerksamkeit, aber nicht in meinem Bezirk! Ermitteln Sie kleinere Fälle. Sie können doch nicht wirklich glauben, dass ich Ermittlungen gegen einen Mann in meiner Position zulasse? Das machen wir anders! Sie haben gute Arbeit geleistet, aber Tatsache ist, dass Pohl, Berger und Dirlewanger sich noch aus der Kampfzeit kennen, da hat man gleich alle alten Hasen an der Backe, wenn man einen abschießt! Und Berger kennt den Reichsführer SS noch sehr gut aus der Systemzeit. Begreifen Sie, auch wenn Korruption offensichtlich ist, kann sie doch unsichtbar sein, so läuft das eben ab."

„Aber was Recht ist, muss Recht bleiben!", warf Schmelz mit fester Stimme ein. Er sah schon all seine Karriereträume platzen. Sollte man denn diese Unterschlagung niemals beweisen können, weil sie so sehr abgedeckt wurde von politisch Mächtigen? Schmelz wollte sich damit nicht zufrieden geben und hoffte insgeheim auf Hauptsturmführer Müller und dessen Beziehungen zum Chef der Kripo.

Na gut, er hatte es sich zu schön ausgemalt. Gleich den Berger zu verhaften, gleich die ganze Wurzel mit dem Baum herauszuziehen, aber wenn das nicht ging, dann wollte er eben den mühsameren Weg gehen und Beamter der Kripo werden, sofern es Müller hinbekam. Schmelz schwieg und sah dem kurz nickenden Krüger zu, der sich mit dem Hauptamt in Berlin verbinden ließ: „Obergruppenführer Berger, sofort!"

Während er wartete, sagte er zu Schmelz: „Wir können da wenig machen. Diese ominöse Einheit untersteht also direkt Berger und nur Berger. Ich weiß, Berger erhält als Gegenleistung immense Geschenke von Dirlewanger, und unter uns, sogar Pohl bekommt sein Zehntel davon ab. Der bekommt von allem, was im Reich vorgeht, seinen Obolus ab. Wer Geschäfte ohne ihn macht, den schwärzt er beim Reichsführer SS an. Egal, wer es ist. Eigentlich ist Pohl Ihr Mann! Der ist der erste Verbrecher im Reich, mal unter uns. Der ist schwärzer als Schwarzbier aus Böhmen. – Die drei, Berger, Dirlewanger und Pohl, kennen sich also schon aus der Kampfzeit, und Dirlewanger schafft Millionen beiseite, die er sich dann mit Berger teilt, der ihn dafür deckt. Sie werden unter Dirlewangers Männern keine Zeugen finden, die aussagen werden, weil das alles Abschaum ist, der nur Angst vor dem KZ hat. Dirlewanger ist zudem nicht greifbar, weil er die scheiß Partisanentechnik anwendet und laufend den Standort wechselt. – Das nenne ich ein perfektes Verbrechen, Obersturmführer, so etwas ist das wahre perfekte Verbrechen."

„Aber irgendwas tun, das muss man doch. Ich bin Richter! Was Recht ist, muss Recht bleiben", versuchte es Schmelz noch einmal.

„Ja, sicher, sicher! – Immer bis zu einem gewissen Dienstgrad, äh, Grad, meine ich, Grad!", sagte Krüger und lauschte plötzlich am Telefonhörer, ehe er sagte: „Obergruppenführer Berger, was sind mir da für schlimme Sachen zu Ohren gekommen? – Wie geht's der Familie? – Die Kinder? – Schön, sehr schön! – Berger, sagen Sie, das mit Ihrer Brigade, das geht ja gar nicht! Nicht in meinem Bezirk, verstehen Sie das? – Was ich meine? – Mir liegen Akten vor, die so Einiges beweisen! Und vor mir sitzt ein junger Richter, der so wild darauf ist, sich Sporen zu verdienen. – Genau, dieser Schmelz, genau der! – Ja, ja, ich kann Ihnen aber trotzdem nur in aller Deutlichkeit raten, die Brigade Dirlewanger aus meinem Bezirk herauszuholen. Ich will den hier nicht! – Innerhalb von sieben Tagen, sonst lasse ich den Richter von der Leine! – Ja, keine Ursache! – Klar, vielleicht sehen wir uns mal wieder beim Skat. – Ja, ja, wie in alten Zeiten. – Sicher, sicher!"

Kurt Schmelz wurde plötzlich alles klar. Krüger war auch einer von denen! Wie hatte er nur so naiv sein können? Er biss sich leicht auf die Unterlippe, während Krüger den Hörer auflegte und zufrieden grinsend sagte: „So, wieder was erledigt! Zeit fürs Mittagessen! Begleiten Sie mich, Schmelz. Sie sind ein treuer Mann!"

„Das war alles?“, fragte Schmelz mit einer Niedergeschlagenheit, über die Krüger lachen musste, ehe er sagte: „Immerhin sind wir den erst mal los, oder nicht? So stärkt man seine Position und verliert trotzdem nicht den Kopf, merken Sie sich das, junger Mann! Sie haben Ambitionen, aber noch fehlt Ihnen das politische Geschick. Menschen sind immer nur zu Kompromissen bereit, wenn man ihnen gestattet, das Gesicht zu wahren. Mehr wollen sie gar nicht.“

Schmelz behielt für sich, dass er so ein Geschick niemals haben werde, weil es gegen seine tiefste Überzeugung verstoße. Wer politisch geschickt hantiere, meinte er, der könne nicht juristisch einwandfrei bleiben. Und er wollte Letzteres, war dies doch nichts weniger als die Essenz seines Lebens. Er war berufen für das Richteramt, er übte nicht einfach nur den Beruf eines Richters aus! Schmelz stand auf und entschuldigte sich, er habe zu tun und könne mit dem Obergruppenführer leider nicht speisen.

„Sie geben mir eine Abfuhr?“, fragte Krüger lachend, doch als er Schmelz gehen sah, verengten sich seine Pupillen.

Mein Großvater aber konnte es nicht lassen, er konnte einfach nicht auf das hören, was Krüger ihm geraten hatte. Er konnte es nicht, auch wenn er die Konsequenzen bedachte, die eintreten könnten. In den folgenden sieben Tagen recherchierte er den genauen Vertriebsweg von Dirlewanger zu Berger. Er öffnete all die Pakete, die von der Brigade in die Heimat geschickt wurden, und fand Unmengen von Perlenketten, Zahngold und Bargeld in fast allen Währungen. Viele Pakete trugen in der immer gleichen Handschrift Bergers Privatadresse, auch wenn sie an dessen Hausmädchen gerichtet waren.

Damit hatte er einen Beweis. Obergruppenführer Berger bereicherte sich. Er war korrupt, und Kurt Schmelz wollte ihn hinter Gitter bringen. Er wollte den hohen SS Offizier stürzen, ohne sich genügend Rückendeckung besorgt zu haben.

Am vierundzwanzigsten November legte er dem obersten Gerichtsherren des Oberabschnittes Warthe einen Haftbefehl vor, auf dem der Name ‚Berger' und der Dienstgrad ‚Obergruppenführer' stand, desweiteren einen für Dirlewanger, während die Garmisch-Patenkirchen den IOC Auftrag für die ‚Olympischen Winterspiele 1940' zurückgab. Zwei Tage später kam es an der karelischen Landenge zu einem Grenzzwischenfall zwischen der Sowjetunion und Finnland.

Mein Großvater war dreißig Jahre alt und stand vor dem Obergruppenführer Krüger stramm, der einen Tobsuchtsanfall bekam.

Als Krüger sich beruhigt hatte, schüttelte er den Kopf und sagte zu Schmelz: „Ich dachte, ich hätte mich verständlich ausgedrückt, Sie Narr! Diesen Wisch unterschreibe ich nicht, natürlich nicht! Sie Narr!"

Er zerriss die Haftbefehle und warf sie in den Rundordner, wie er den Papierkorb gerne nannte.

Schmelz wollte etwas erwidern, doch Krüger brüllte: „Ruhe! Ich habe Sie holen lassen, damit Sie etwas gegen den Diebstahl hier unternehmen, im Kleinen, im Kleinen, Obersturmführer. Damit das nicht ausufert, und was tun Sie? Sie jagen Obergruppenführer! Ein ausgefallenes Hobby, muss ich schon sagen, Sie Narr! ‚Jedem das Seine', wissen Sie das? Kennen Sie dieses wahre Wort unseres größten Dichters?"

„Es wurde mir schon einmal zum Verhängnis", sagte Schmelz kühl und machte keine Anstalten, sich zu erklären.

„Wie dem auch sei, ich verbiete Ihnen hiermit die Fortsetzung der Aktivitäten! Tun Sie es trotzdem, kann ich Ihnen versichern, dass Sie an die Ostfront kommen, Sie Narr! Sind Sie verrückt? Sind Sie ernsthaft verrückt? Krank? Gehören Sie in die Psychiatrie? – Das ist nun auch gar nicht mehr mein Zuständigkeitsbereich. Dieser Dirlewanger ist schon ganz weit weg. Ermitteln Sie seinen Standort und schicken Sie dem dortigen Gerichtsherren Ihr Material, kapiert? Das ist ein Befehl! Sollen die sich damit auseinandersetzen!"

„Ich ersuche um Versetzung, Obergruppenführer, zu dem Oberabschnitt, in dem sich Dirlewanger befindet", sagte Schmelz, und einen Moment lang war Krüger sprachlos. Er starrte Schmelz ausdruckslos und mit großen Augen an, ehe er schrie: „Wegtreten!"

„Aber wir können so etwas nicht zulassen, ich bin Richter", sagte Kurt Schmelz.

„Wegtreten!", schrie Krüger.

„Was Recht ist, muss Recht bleiben."

„Raus hier!", schrie Krüger und bekam erneut einen Anfall. Immer wieder schrie er, Schmelz solle verschwinden, abhauen, wegtreten, den Zigeuner machen: „Raus hier!"

Schmelz nahm Haltung an, knallte die Hacken zusammen, vollführte eine Kehrtwendung und verließ das Arbeitszimmer seines brüllenden Vorgesetzten. Sechs Tage später marschierte die Rote Armee ohne Kriegserklärung in Finnland ein, wo sie auf erbitterten Widerstand traf. Daraufhin beschlossen Großbritannien und Frankreich, den Finnen auf dem Weg über Norwegen und Schweden zu Hilfe zu kommen, doch am gleichen Tag gab sich Finnland der Roten Armee geschlagen, um nicht zum Austragungsort des Konflikts zwischen der Sowjetunion und den Westmächten zu werden. Daher kämpften die Finnen auf der Seite der Deutschen, als die Wehrmacht in die Sowjetunion einfiel.

Nach außen hin fügte sich mein Großvater, insgeheim aber ermittelte er weiter, wobei der Versuch von Hauptsturmführer Müller, ihn als Beamten der Kripo zu positionieren, erfolglos blieb. Müller hatte am Telefon zerknirscht zugeben müssen, dass er seine Beziehungen überschätzt habe. Arthur Nebe sei alles andere als berechenbar.

Kurt Schmelz ermittelte daher auf eigene Faust weiter, während die Brigade Dirlewanger ins besetzte Gebiet um Riga einmarschierte und dort in altbekannter Weise fortfuhr. Schmelz sammelte in den nächsten achtzehn Monaten weitere Beweise gegen Dirlewanger, Palästina wurde dreigeteilt, Dänemark und Norwegen wurden von deutschen Truppen besetzt, die ersten Ghettos entstanden in Polen, Churchill wurde zum Premierminister ernannt, die Westoffensive der Wehrmacht begann, Frankreich kapitulierte, die Briten zerstörten in einer algerischen Hafenstadt die französische Flotte, die deutsche Luftwaffe bombardierte England, die Royal Air Force bombardierte Berlin und München, in Berlin unterzeichneten Japan, Italien und Deutschland ein Bündnis, Italien überfiel Griechenland, Griechenland trieb Italien zurück, und Deutschland begann den Balkanfeldzug, während Kurt Schmelz unermüdlich Fakten gegen die Brigade Dirlewanger sammelte und im Mai einundvierzig aufbrach, um dem Gerichtsherren über Ostpreußen seine Beweise persönlich zu bringen. Schon lange traute er den offiziellen Kanälen nicht mehr, und als sich eine Dienstreise nach Ostpreußen wegen einer anderen Sache ergab, glaubte er, die Gelegenheit beim Schopfe packen zu müssen.

Während Hitlers Stellvertreter Heß an diesem zehnten Mai einundvierzig über Schottland flog, notlanden musste und gefangen genommen wurde, bevor er seinen Plan in die Tat umsetzen konnte, mit dem Herzog von Hamilton zu reden, um mit Großbritannien übereinzukommen, die Welt in eine britische und eine deutsche Interessenzone aufzuteilen, kam Obersturmführer Doktor Kurt Schmelz nach Krakau zurück. Sofort ließ ihn Obergruppenführer Krüger zu sich kommen.

„Das reicht jetzt, Schmelz!“, brüllte Krüger, kaum dass die Tür geschlossen war: „Glauben Sie, ich bin so ein Trottel, dass ich einmal gegebene Befehle vergesse, auch wenn sie anderthalb Jahre zurückliegen? – Und was machen Sie? Sie hintergehen mich! Hinter meinem Rücken waren Sie weiter anderthalb Jahre lang an der Dirlewangersache dran, und jeden verdammten Tag wagen Sie es, mir ins Gesicht zu grüßen, Sie Arsch! Sie Drecksack! – Jawohl, das war eine Beleidigung, die Sie sich gerne notieren können. Schreiben Sie nur, schreiben Sie nur, keine Bescheidenheit! Jedenfalls keine falsche! – Und wissen Sie, was Sie sich noch notieren können? So geht es nicht weiter! Sie sind ein junger Mensch! Nächsten Monat werden Sie zweiunddreißig! Zweiunddreißig! Und Ihre ständigen Berichte ins Hauptamt, dachten Sie, das geht alles an mir vorbei! Und jetzt noch die Ostpreußensache! Von da bin ich direkt angerufen worden, bin gefragt worden, was für einen Idioten ich denn da am Hals habe. Jawohl, am Hals! Ich habe erwidert, am Hals trifft es ganz gut! Mann, Himmler ist schon auf Sie aufmerksam geworden! Der Reichsführer! Er ruft mich Ihretwegen an, verdammt, als hätte ich nicht schon genug Scheiße am Hacken! Und nun das noch! Ich werde meinen Kopf nicht länger für Sie hinhalten. Sie haben mich hintergangen, obwohl ich zu Ihnen gestanden habe und Sie nicht gemeldet habe. Sie haben mich hintergangen! Ihre ständigen Berichte über angebliche Unterschlagungen in den Reihen der SS, alles nicht haltbar, nichts, was Sie beweisen konnten. Alles an den Haaren herbeigezogen! Wissen Sie, was Himmler zu mir am Telefon sagte? Er fragte mich, ob es besser sei, wenn der Schmelz, das sind Sie, mal für ein oder zwei Jahre in einem KZ verschwände, damit er Gelegenheit habe, sich zu bessern. Das hat er mich gefragt, und ich gutmütiger Trottel sage noch, nein, ich glaube, das wäre nicht besser. Warum mache ich es mir mit Ihnen so schwer? Können Sie nicht einfach wie alle im Strom schwimmen? Müssen Sie dauernd trampeln und stoßen und alles kaputt machen?"

„Was Recht ist, muss Recht bleiben!"

„Ach, halten Sie die Schnauze. Ich hab genug von Ihnen! Mensch, noch nicht begriffen: Gesetze ändern sich! Und Sie hängen den alten Gesetzen nach! Bilden Sie sich weiter, nehmen Sie sich die neuen Gesetzestexte vor. Sie können nur froh sein, dass der Führer noch nicht genug Richter hat und auf solche wie Sie angewiesen ist, aber lange wird das auch nicht mehr gehen. Ändern Sie sich, verdammt, oder Sie werden geändert, kapiert?"

„Kapiert."

„Mann, wir bilden unsere eigene Elite aus. Noch ein, zwei Jahre und dann wird vom alten Deutschland nichts mehr übrig sein, gar nichts! Schmelz, Sie waren so dicht davor, weggesperrt zu werden, das glauben Sie gar nicht, so dicht! Und jeder andere hätte gesagt, ja, Reichsführer, ganz recht, Reichsführer, aber ich Vollidiot, wegen Ihnen habe ich dem Reichsführer widersprochen! Widersprochen! – Das ist vielleicht eine Scheiße, kann ich Ihnen sagen, das ist vielleicht ein Mist! – Ich widerspreche Himmler! Wegen einem Nichtsnutz wie Ihnen!"

„Obergruppenführer, es läuft aber alles aus dem Ruder! Was soll man denn da Ihrer Meinung nach machen?"

„Na, die Schnauze halten, nicht auffallen, marschieren, immer weiter marschieren, schön in Reih und Glied bleiben, marschieren, denn nur wer zurückfällt, der fällt auf, aber das haben Sie ja nie gelernt! Aber wissen Sie was, das werden Sie jetzt lernen!"

Er warf Schmelz einen verschlossenen Umschlag hin, den dieser erst ignorierte. Ungeduldig winkte Krüger mit der Hand, Schmelz solle ihn aufheben und lesen.

Zögernd bückte sich Schmelz und nahm den dicken Brief. Die Adresse war mit Maschine geschrieben. Der Absender war das Hauptamt in Berlin.

„Sonderappell", sagte Krüger: „Los, kommen Sie, Sie sind die Hauptperson! Abmarsch! – Lesen Sie unterwegs, Obersturmführer! – Sie dürfen auf keinen Fall fehlen."

Als Krüger den Dienstgrad nannte, machte Kurt Schmelz etwas in Krügers Stimme so hellhörig, dass er das Kuvert mit klopfendem Herzen öffnete.

Die ganze Ansprache, das war doch kein normaler Anschiss gewesen! Er hatte schon so viele Anschisse Krügers über sich ergehen lassen, aber dieser war anders gewesen, völlig anders. Am Ende fehle die Gutmütigkeit, das Onkelhafte, meinte Schmelz, der den Brief langsam las und schnell zu atmen vergaß.

Er war degradiert.

Zum einfachen Sturmmann.

Und er war versetzt.

Versetzt an die Ostfront.

Er holte tief Luft und spürte, wie ihm das Herz bis in die Schläfen dröhnte.

Aus.

Alles aus.

Er sollte verheizt werden.

Nur gut, dass er keinen Vater hatte, dem er Rechenschaft schuldig war.

Nur gut, dass er eine Mutter hatte, die keinen Pfifferling auf ihn setzte.

Nur gut, dass er keine Freunde und keine Frau und keine Kinder hatte.

Nur gut, dass es ihn als Menschen gar nicht gab. Nur gut, dass er nur ein Richter von vielen war und überhaupt nichts Einzigartiges vorzuweisen hatte.

Degradiert.

„Es tut mir leid", sagte Krüger, als sie auf dem Innenhof ankamen, wo schon die ganze Mannschaft versammelt war und stillstand: „Sie leisten hier noch bis Mitte August Dienst, haben dann zwei Wochen Urlaub, um sich dann ausgeruht am ersten September einundvierzig bei der Division Wiking zu melden, die an der Ostfront stationiert ist. Mehr konnte ich nicht für Sie tun! Immerhin besser als Konzentrationslager, oder? Ich denke, Sie werden schön den Russlandfeldzug mitmachen, ich habe läuten hören, dass er bald losgeht, damit die Männer Weihnachten wieder zu Hause sein können, Schmelz!"

„Welches Weihnachten", entfuhr es Schmelz, der nicht genau zugehört hatte.

„Welches Weihnachten? Sie Scherzbold! Immer für einen Witz gut, unser neuer Sturmmann!"

Als Grund für diese Maßnahme wurde die Verhandlung gegen den Untersturmführer Mittenmang angegeben, der vom Vorwurf der Rassenschande und des Hochverrats trotz eindeutiger Beweise, wie die Beisitzer und der Staatsanwalt eidesstattlich erklärt hatten, freigesprochen worden war, was Kurt Schmelz wiederum als Sabotage eines Reichsführerbefehls ausgelegt wurde, doch Doktor Kurt Schmelz wusste, dass Obergruppenführer Berger das alles eingefädelt hatte, um ihn loszuwerden. Seine Ermittlungen im Fall ‚Dirlewanger' seien schuld, er habe sich damit mächtige Feinde geschaffen, glaubte er, so mächtige, dass selbst das Gesetz nicht gegen sie ankomme. Ihm war, als wache er auf.

Und schlagartig wurde ihm klar, was er falsch gemacht hatte: Er hatte es versäumt, sich mit mächtigen Fürsprechern zu versorgen. Zuerst hätte er diese finden müssen, sie waren der Schlüssel zum Erfolg. Der Erfolg selbst war dann nur noch eine Variable.

Der Mann, der ohne Vater aufgewachsen war und somit nichts von väterlichem Schutz und Sohnespflicht wusste, musste sich eingestehen, dass seine Erziehung durch Frauen gründlich fehlgeschlagen war. Es gab Regeln unter Männern, und diese Regeln kannte er nicht. In erster Linie bedeutete Karriere zu machen und Beziehungen zu knüpfen, sich ins Geflecht zu binden, doch er, Trottel, der er war, hatte von Beziehungen nun überhaupt keine Ahnung. Das Fachliche war lediglich eine Voraussetzung, aber es war keine Notwendigkeit. Regeln, unter Männern gab es also Regeln. Regeln, die er aus Dummheit missachtet hatte, aber Dummheit war keine Entschuldigung. Schmelz schaffte es nicht, den Blick zu heben. Er fühlte sich alt.

Nun sollte er also erst einmal das Marschieren lernen. Die erste Regel wahrscheinlich, die erste und wichtigste unter Männern. Kurt Schmelz holte tief Luft und stieß sie hörbar aus, während zur selben Zeit der Hitlerstellvertreter Heß in England abstürzte.

Kurt Schmelz wurden vor versammelter Mannschaft die Schulterklappen abgerissen, Krüger las den Versetzungsbescheid und die Gründe für die Degradierung vor, doch nach dem Befehl, wegzutreten, blieb Kurt Schmelz als einziger auf seinem Platz und brüllte rechthaberisch wie ein Muttersöhnchen: „Was Recht ist, muss aber Recht bleiben!"

„Das Leben ist kein Gesetzestext", kam es von irgendwoher zurück.

In einer selten gewordenen Sitzung des Reichstages berichtete der Anführer der Deutschen in diesem Mäi einundvierzig über den Sieg auf dem Balkan. Er nannte Churchill einen Säufer und Kriegshetzer, und Heß nannte er geistig verwirrt. Er beschrieb die Deutschen als allen anderen Mächten militärisch, wirtschaftlich und moralisch überlegen, während im ganzen Reich schon wieder die Fleischrationen gesenkt wurden und britische Luft- und Flotteneinheiten die ‚Bismarck' versenkten.

Auftauchend, als der zweiundsiebzigjährige Schmelz wieder auftauchte aus der Erinnerung, aus der Sehnsucht, ein Enkel könne eine Biografie verfassen, die ihn zum Thema habe, lag er noch immer auf dem Boden des Niemandslands seiner Wohnung. Fetzen abgerissener Haut in den Händen und von Blut umgeben, in dem er sich wälzte, und jetzt erst bemerkte er, wieder zu Sinnen gekommen, wie sehr er die ganze Zeit in Bewegungen gewesen war. Er sah Blut an der gegenüberliegenden Wand, er sah einen Handabdruck aus Blut auf der unteren Hälfte des Spiegels, der nach unten hin ein wenig verwischt war; als habe er sich festklammern, als habe er sich halten wollen, ging es Schmelz durch den Kopf, sich halten wollen an diesem aalglatten Baustoff.

Blutverschmierte Abdrücke fand er im Umkreis von einigen Metern, konnte das denn der Schmerz allein mit ihm angestellt haben? Dieser unerträgliche Schmerz, der nun sein Bewusstsein durchflutete, der ihn bei jeder Berührung mit der Umwelt aufzufressen, zu kauen und wieder auszuspucken schien? Er musste es schaffen, er musste sich vom schmutzigen Boden dieses Flurs erheben, er musste es irgendwie schaffen, aufs kühle, saubere Laken zu kommen, ins Schlafzimmer, er konnte hier nicht liegen bleiben, Schmelz wusste schließlich nicht, was ihn in dieser Nacht, die nun hereingebrochen war, noch alles erwartete.

Und obwohl er es nur ahnte, wollte er doch aufs Schlimmste vorbereitet sein. Als Mann des Pragmatismus war ihm die Vorbereitung auf alle Möglichkeiten ein ernstes Bedürfnis. Sicherte denn nicht allein sie das Überleben?

Doktor Kurt Schmelz stützte sich auf eine Hand, keuchte und genoss diesen Moment, da sich nichts an seinem hautlosen Oberkörper rieb. Er sah in den Spiegel, sah durch das verwischte Blut, sah einen von Muskeln, Sehnen und Knochen ausgefüllten Kopf, dem das Gesicht fehlte. Doch grotesk, meinte er, wie die Augenlider da herausstechen. Er nahm eines von ihnen zwischen die Finger und zerrte verbissen an diesem Lid, bis es riss.

Doktor Kurt Schmelz betrachtete es, wunderte sich, wie lang die Wimpern waren, ehe er das Stück Fleisch gegen den Spiegel warf, der aber nicht zerbrach, von dem es lediglich abprallte und im Staub liegen blieb. Wieso hatte auch Anna nie unterm Spiegel so richtig sauber gemacht? All der Dreck. Jetzt war da alles voller Staub! Eine dicke Schicht! Alles, jetzt wurde alles zu Staub. Doktor Kurt Schmelz malte darin herum, bis ihm die Gegenwart erneut verschwamm.

Muttersohn, mein Großvater, Sturmmann Kurt Schmelz, begriff, er war ein Muttersohn und kein Mann unter Männern, weil er nicht aufgewachsen war unter Männern. Die Familie bestand aus Frauen, den Rest der Zeit verbrachte er mit Gleichaltrigen, die selbst vollauf damit beschäftigt waren, ihre eigene Männlichkeit zu finden und zu formen, jawohl, das war seine Kindheit und Jugend gewesen; ein ewiges Irren und Verirren.

So hatte er sich auch nie darum gekümmert, er hatte noch nicht einmal die Rolle des Mannes für sich definiert, und nun sollte er tun, was Männer tun. Er sollte in den Krieg ziehen. Er sollte töten.

Der zweiunddreißigjährige Kurt Schmelz reiste am ersten September einundvierzig Richtung Osten, um mit Männern zu marschieren, um mit ihnen zu kämpfen und um zu überleben.

Das Sterben sei nur erträglich, meinte er, wenn der Tod

einen Sinn habe, einen echten und persönlichen, doch dieser Russlandfeldzug, der am zweiundzwanzigsten Juni einundvierzig begonnen habe, wie persönlich könne der schon sein. Sicher, es ging gut voran, das war ja die Hauptsache bei so einem Krieg. Der Anführer plante schon die Teilung der Sowjetunion, und Verbündete gab es auch genug. Da waren die Rumänen, die Ungarn, die Slowaken, die Italiener und die Finnen. Sogar Japaner vom anderen Ende dieser Welt. Die Spanier schickten die Blaue Division. Noch stand die Stalin Linie, die Heeresgruppen Nord und Süd kamen zwar nicht mehr ganz so gut voran, aber die Heeresgruppe Mitte war doch schon so gut wie durch. Was sollte passieren, es blieb doch alles in allem ein schneller Vormarsch in Russland.

Bald werde Leningrad dem Erdboden gleich gemacht sein und den Finnen übergeben, und Moskau sei auch schon so gut wie eingenommen, meinte auch Sturmmann Schmelz, dem an diesem ersten September einundvierzig kaum Zeit blieb, sich die Stiefel noch einmal nachzubinden, wie es immer so schön hieß, schickte ihn doch ein Hauptsturmführer entlang der Front zu einem Standartenoberjunker, dieser zu einem Oberscharführer und jener zu einem Rottenführer, der ihn anwies, zu einem Trupp Sturmmänner zu robben, den Kopf ja unten zu behalten und links der Brücke die Stellung auf jeden Fall zu halten. Der Brückenkopf von Dnjepropetrowsk sei kriegsentscheidend, der Russe versuche schon seit Tagen, hier über den Dnjepr zu kommen, aber das werde ihm nicht gelingen. „Und warum nicht?“, fügte der Rottenführer hinzu: „Weil wir übersetzen werden, sobald der da drüben Schwäche zeigt. Wir lassen ihn anrennen, bis wir dann losrennen werden! Kapiert?“

Schmelz zog die Augenbrauen nach oben, wobei ihm der Stahlhelm nach vorne rutschte und er einen Moment lang nichts sehen konnte.

„Mann“, schrie der Rottenführer ihn an: „Weil wir hier sind! Die Division Wiking! Ist doch klar! – Los jetzt, ab zu deinen Kameraden, die brauchen dich! Und du hältst die Stellung, kapiert! Auch wenn du als einziger übrigbleibst, dann klemmst du dich hinter das Maschinengewehr und rasierst das gegenüberliegende Ufer sauber ab, sobald du einen Iwan siehst, kapiert! Kapiert?“

„Kapiert!“

„Zu Befehl heißt das, kapiert!“

„Kapiert! Zu Befehl heißt das! – Eine Frage noch, wo lasse ich mein Zeug, Rucksack und so?“

„Mann, von wo kommst du denn? – Das nimmst du alles mit, was sonst! Wer weiß, wie lange wir brauchen, um den Russen vom Dnjepr zu verjagen. Vielleicht zwei Tage, vielleicht auch eine ganze Woche.“

Kurt Schmelz nickte, drehte sich um, lief ein paar Meter, duckte sich, als eine Granate pfeifend über ihn hinweg flog, und ließ sich auf die Knie fallen, um die letzten Meter zur Front kriechend zurückzulegen.

Als er sich kurz hinter einem Busch umdrehte und verschnaufte, sah er, dass die Granate den notdürftigen Gefechtsstand zerfetzt hatte, hinter dem sich der Rottenführer mit einem Schützen und dem Funker verbunkert hatte. Sturmmann Schmelz ließ sein Gepäck liegen, robbte noch einmal zurück, suchte und fand die drei Marken der Toten. Dem Rottenführer hatte es Kopf und Arme abgerissen, und Sturmmann Schmelz war nun der Einzige, der die letzten Worte dieses Mannes kannte, von dem er noch nicht einmal den Namen wusste. Er stopfte sich die Erkennungsmarken in eine der Uniformtaschen und robbte zur Front, die zum Stillstand gekommen war.

Später würde ihm Paul Preller im Gerichtsgebäude erklären, dass man den Toten zurücklasse, wenn man seinen Namen ausspreche, und also solle man den Namen des Toten niemals aussprechen. Man solle den Namen im Gedächtnis bewahren und ihn still für sich pflegen, um ihn nicht zu vergessen, denn alles Aussprechen und Aufschreiben diene lediglich dazu, zu vergessen, abzuhaken, zu beenden; wie gut also, dass er die Namen gar nicht erst gekannt habe und sie auch nicht auf den Erkennungsmarken gesucht habe, ging es meinem Großvater später oft durch den Kopf, gesucht auf diesen Erkennungsmarken, die er dem Befehlshaber der Truppe übergeben habe, zu der er abkommandiert worden sei; abkommandiert von einem Toten. Sturmmann Schmelz kroch zum Platz, der ihm zugewiesen worden war, und schnallte den Rucksack ab.

Die Einheit bestand aus zwanzig Mann und drei Maschinengewehren. Jeweils ein Sturmmann saß hinter einem dieser Gewehre, ein Schütze hockte links neben ihm und sorgte dafür, dass die Patronengurte nicht hakten, wenn geschossen wurde, und dass immer genügend Nachschub bereitstand, und ein weiterer Schütze sorgte für die Befehlsübermittlung, fürs Korrigieren der Zielkoordinaten und fürs Bereithalten angezündeter Zigaretten. Sturmmann Schmelz nahm hinter diesen Männern Stellung und wartete mit den anderen Ersatzleuten darauf, die erste Reihe abzulösen oder sie zu ersetzen.

Er wartete, um in eines dieser MG Nester zu springen, die sich entlang der Front befanden und beim Feind so gefürchtet waren.

Die gesamte Division Wiking, die knapp zwanzigtausend Mann stark war, bestand hauptsächlich aus Ausländern, die sich freiwillig gemeldet hatten, um für die deutsche Sache zu kämpfen. Finnen, Schweden, Norweger, Holländer, Franzosen, Italiener, Griechen, Slowaken, Tschechen, Polen, hier waren Männer aus allen Teilen Europas versammelt, und auch Türken, Asiaten und sogar Russen fanden sich, die noch eine Rechnung mit Stalin und seinen Kommunisten offen hatten.

Nur ein Zehntel bestand aus deutschen Männern, die auch nicht alle zu den Unteroffizieren und Offizieren gehörten. Auch auf der Befehlsebene der Division befanden sich Ausländer aller Nationen. Sie alle hatten einen Schwur auf den Führer abgelegt, und Sturmmann Schmelz kam sich in den ersten Tagen vor, als wäre er wieder in Pommern, in jener Region, die von so vielen verschiedenen Nationen regiert worden sei und in der der europäische Gedanke entwickelt worden sei, wie er noch immer meinte. Sturmmann Schmelz fand sich in einem Schmelztiegel der Nationen wieder. War er zuerst noch darüber verblüfft, erkannte er doch wenig später schon die Chance, die sich ihm bot, Kontakte zu knüpfen und für die Zeit nach dem Krieg vorzusorgen, um ein Netz zu schaffen, das die Völker verbinden solle, um so auf friedlichen Wegen für eine Vereinheitlichung zu sorgen. Denn nur wo Einheit sei, meinte Sturmmann Schmelz, sei auch Friede und Wohlstand möglich.

Sturmmann Schmelz hatte kein soziales Bedürfnis, wenn er hoffte, keiner seiner Kameraden werde erschossen, er hatte ein gesellschaftliches. Mitleid war Muttersöhnen ja unbekannt, er wusste es, und was war Politik also anderes als Egoismus unter dem Deckmantel des Gemeinwohls. Ja, sicher, er verabscheute die Politik. Sie hatte ihn nicht als Richter arbeiten lassen, und wegen ihrer egoistischen Ziele war er hier gelandet. Wegen ihr befand er sich hier. Egal, meinte er, die Politik ändere sich täglich, die Justiz aber nicht. Niemals! Die Gewaltentrennung müsse wieder durchgesetzt werden. Was Recht sei, müsse Recht bleiben, unabhängig vom Ansehen der Person, meinte er, doch vorerst wollte er sich nicht darum kümmern, vorerst wollte er sich nur darum scheren, am Leben zu bleiben und nicht allzu viel auf Parolen zu geben.

Seine Zeit als Austauschschüler in Frankreich vor der Machtergreifung der Nazis, seine Studienaufenthalte in Rom und Den Haag und sein Englisch kamen ihm jetzt sehr zugute. Er wurde schnell zu einem der Mittelpunkte, über die hinweg sich die Kameraden verständigten. Sturmmann Schmelz wurde in dieser Einheit der Division Wiking unentbehrlich.

In den ersten Tagen nach seiner Ankunft, in denen gerade keine Kriegshandlungen stattfanden, freundete er sich mit den Männern seiner Einheit an, denn das taten doch Menschen, wenn sie Männer waren: Sie schlossen Freundschaften und nahmen Geschäftsbeziehungen auf, sobald sie sich sicher waren, sich vertrauen zu können.

„Weißt du, was die häufigste Todesursache unter Bibern ist?", fragte ihn am zweiten Tag ein Mexikaner in gebrochenem Englisch. Es war kurz vor dem Morgengrauen, sie hielten Tassen mit heißem Tee in den Händen und verbrannten sich die Finger.

„Nein", sagte Sturmmann Schmelz: „Keine Ahnung."

„Umstürzende Baumstämme! – Kein Witz!"

Die Männer lachten auf eine abfällige, kriegerische Art, und niemand von ihnen bezweifelte, dass es wahr war, was der Mexikaner gerade gesagt hatte. Sturmmann Schmelz musste es ins Französische übersetzen, woraufhin ein junger Mann aus der Nähe von Bordeaux unbedingt einen Witz loswerden wollte: „Ich glaube, meine Frau ist tot! – Wieso glaubst du das, wie kommst du darauf, entweder, du weißt es oder du weißt es nicht, entweder, sie ist tot oder sie ist nicht tot! – Na ja, der Sex ist wie immer, aber das Geschirr stapelt sich!"

Der schweigsame Finne, der sich das Gesicht hatte zuwachsen lassen, sammelte die Metallbecher ein und spülte sie in dem kleinen Erdloch aus, das sie ausgehoben und mit Tannenzweigen ausgelegt hatten, um darin Regenwasser aufzufangen. Es galt ihnen als Abwaschbecken und war weit genug vom Latrinenloch entfernt, um sich nicht mit ihm durchs Grundwasser vermischen zu können.

Der schweigsame Finne meinte, heute werde der Russe angreifen, er habe es im Urin, heute werde es Russenragout geben.

„Sag nicht immer Russe! Ich bin selbst ein Russe! Sag Sowjets! Das da drüben sind keine Russen, das sind nur verdammte Schmarotzer, die sich den Reichtum der Adligen aufteilen! Unseren Reichtum, den Reichtum, der uns vererbt worden ist", sagte Dimitri Schladowski, Enkel eines kaukasischen Großgrundbesitzers, der von der Oktoberrevolution ins Exil gespült worden war.

„Wie weit ist es überhaupt noch bis zu deiner Heimat?", fragte der Finne, woraufhin Schladowski schätzte, siebzig Kilometer, vielleicht auch hundertzehn.

„Und du gibst uns dann allen ein gutes Stück Land ab, mit dem wir unsere Familien gestopft bekommen?"

„Natürlich, Finne, ein Russe tut, was er gesagt hat, und ein Russe sagt nur, was er auch tun wird. Darum redet er nicht soviel."

„Dann ist ja gut! Nicht, dass wir dich hier laufend beschützen und am Ende ist alles für die Katz!"

„Moment, Leute, ich brauche eine Pinkelpause", sagte Sturmmann Schmelz, der die ganze Zeit übersetzt hatte: „Bin gleich wieder da."

Der Sowjetrusse kam tatsächlich, um mit einer geballten Offensive an dieser flachen Stelle des Dnepr überzusetzen, an der früher die einzige Brücke im Umkreis von vierhundert

Kilometern gestanden hatte. Sturmmann Schmelz musste das Pinkeln unterbrechen, sich im Laufen die Hose schließen, sich im Rennen den Gurt des Stahlhelms strammziehen und sich vom Finnen das Sturmgewehr zuwerfen lassen, während sie alle zur Gefechtsstation rannten, um den Feind aus dem Wasser zu jagen, aus dem Wasser und zurück ans andere Ufer, ans andere Ufer und gleich weiter bis zum nächsten Fluss: Bis zum Don! Bis zu Väterchen Don!

Es war ein verregneter Morgen, das Wasser des Flusses spiegelte genauso wie die nassen Helme der Feinde. Sturmmann Schmelz hockte hinter den Maschinengewehrnestern, bereit, auf einen der Böcke zu springen, sobald jemand vor ihm ersetzt werden musste. Die Geschosse der verhassten Stalinorgeln fegten über sie hinweg, ließen ihr hohes Pfeifen und Jaulen auf sie niederprasseln, das in der Lage sei, einem das Blut in den Adern gefrieren zu lassen, wie es sich Sturmmann Schmelz schnell eingestand.

Immer wieder duckte er sich instinktiv, obwohl die Granaten fast zehntausend Meter hinter ihnen einschlugen. Sturmmann Schmelz war weiß im Gesicht, seine Hände zitterten, und das Einzige, was er denken konnte, war, was für ein scheiß Krieg dies doch sei. Wie hatte es ihn nur hierhin verschlagen können? Unter den Oberbefehl von Obergruppenführer Steiner? Sturmmann Schmelz steckte die Hände in die Taschen, auch um sie zu wärmen, während der drückende Nieselregen ihn immer weiter durchnässte.

Gegnerische Scharfschützen nahmen die Stellung ins Visier, aber noch hatten sie sich nicht eingeschossen. Plötzlich erschien ein drei Mann starker Trupp eigener Scharfschützen. Die Männer sprangen in die vorbereiteten Löcher an der Uferböschung, tarnten sich im kalten und feuchten Sand, bis nur noch die Augen und die Mündungen der Gewehre zwischen dem Gestrüpp zu sehen waren, und nahmen ihrerseits die russischen Eulen aufs Korn, wie die Scharfschützen genannt wurden.

„Schmelz, Munition fassen, los, los!“, brüllte Rottenführer Grass plötzlich, und sofort sprang der Sturmmann mit den anderen Männern nach hinten, robbte zum provisorischen Bunker und schleifte Munitionskisten zu den MGs, die sofort aufgerissen und entleert wurden.

Die Russen schienen heute nicht aufzuhalten zu sein, meinte Schladowski ein wenig stolz zu sich selbst, während er auf sie feuerte. Er, der Finne und der junge Franzose ballerten ununterbrochen, um die Linie auf der Flussmitte zu halten, die der Feind nicht durchbrechen durfte. Fontänen spritzten zu Tausenden im Sekundentakt auf, auch die anderen Stellungen links und rechts neben ihnen hielten die Linie, diese verdammte Linie, aber immer schwieriger falle es ihnen an einigen Stellen, den Feind aufzuhalten, stellte Sturmmann Schmelz fest, und er sah die Unmengen von Leichen, die vom Fluss fortgespült wurden. Wie viel neues Menschenmaterial da doch immer wieder ins Wasser gejagt wurde! Sturmmann Schmelz staunte. Er bekam eine Ahnung von der ungeheuren Größe dieses russischen Bären, dessen Fell sie schon aufteilten, ehe sie ihn überhaupt erlegt hatten.

Sturmmann Schmelz ließ sich ein Fernglas reichen und starrte in die verbissenen, von Hass erfüllten Gesichter der Sowjets. Alte, Junge, Gepflegte, Verwahrloste, Schmelz schien es, als müsse der Rest der Sowjetunion menschenleer sein. Wie sie rannten und schossen, stürmten und starben, aber noch hielt die unsichtbare, mit sauberen Gewehrsalven gezogene Linie auf dem Wasser des Dnepr.

Doch plötzlich wühlten Granaten das westliche Ufer auf, an dem sich die Wikinger verschanzt hatten. Dutzende Maschinengewehrnester wurden in die Luft gewirbelt, während Rottenführer Grass ununterbrochen schrie, die Stellung sei zu halten, die Flieger kämen gleich, die Stellung sei zu halten, Nachschub wäre so gut wie da.

Die Scharfschützen hatten nun keine Gelegenheit mehr, die russischen Eulen abzuschießen, auch sie mussten auf die immer näher Rückenden zielen, und alles in allem sehe es heute gar nicht so gut aus, schrie der Mexikaner dem Sturmmann Schmelz zu, der ernst nickte, als habe er schon Dutzende von Schlachten überlebt.

„Heute setzen die nicht über, Männer!“, schrie Rottenführer Grass, der zum großen Moralisten avancierte: „Heute Abend wird ganz Russland seine Toten bejammern!“

„Sowjetunion!“, schrie Schladowski wütend zurück, und gerade wollte er die Filterlose ausspucken, als ihn die Kugel einer Eule vom Bock fegte.

Schmelz sah noch das kleine, rote Loch mitten auf der Stirn, knapp unterm Rand des Stahlhelms, ehe er einen harten Schlag zwischen den Schulterblättern spürte und Rottenführer Grass’ Stimme hörte, jetzt sei er an der Reihe, sich zu beweisen: „Ran an den Speck, du Sau!“

„Scheiße! Unser neues Land!“, schrie der Finne, der links von Schmelz hinter einem MG saß und ununterbrochen feuerte: „Unser schönes, neues Land! Diese Drecksäcke!“

„Los, los!“, schrie Schütze Walser, der links unten hockte, und die Patronenbänder locker hielt, damit sie beim Einziehen ins Gewehr nicht kanteten und so für Ladehemmungen sorgen konnten: „Mach schon, Richter! Gib’s ihnen!“

Die ersten Salven setzte Sturmmann Schmelz in den Himmel, und obwohl er die Abschussvorrichtung an beiden Griffen festhielt und sich mit den Knien gegen die Verschanzung drückte, fand er die Linie nicht. Er versuchte sich an die Ausbildung auf dem Dänholm zu erinnern, doch einige Minuten lang mussten der Finne und der Franzose seinen Abschnitt mit übernehmen, während er Worte in die Luft ballerte, die niemand las, doch dann hatte er das MG im Griff. Er verstand, es verziehe ein wenig nach oben, und während er durch den Sehschlitz schielte und grob auf die reflektierenden Helme zielte, um mit kurzen Feuerstößen zu arbeiten, fand er nach und nach seinen Rhythmus. Drei, vier kurze Stöße, dann einen langen, den er über den ganzen Abschnitt legte, und auf dem Rückweg wieder nur kurze Feuerstöße, dann erneut den kompletten Takt die Linie in anderer Richtung entlang; immer hin und her und immer auf der Linie bleiben, redete er sich ein, als habe er eine Schere in der Hand, und dachte: Der Rhythmus, wo ich mit muss!

„Gut so!", schrie Rottenführer Grass, und Schütze Walser steckte ihm eine Angezündete zwischen die Lippen.

Noch immer sandten die Granatwerfer ihre Fracht über den Fluss, doch es waren nur vier oder fünf, die alsbald auch von Tieffliegern gestellt wurden, die sich den Werfern im Schlangenverlauf und im Kreuzverhör näherten, wie die Manöver der sich überschneidenden Flugbahnen genannt wurden. Weiterhin jaulten die Stalinorgeln, doch Sturmmann Schmelz hörte sie kaum noch, übertönte das Rattern seines Maschinengewehrs doch alles andere. Langsam fand er Gefallen am Schießen, und schnell wurde er locker in seinem Rhythmus. Dieser so wichtige Rhythmus, die nassen Russen hatten bei ihm keinen Erfolg, Sturmmann Schmelz war sich sicher, nicht einer von ihnen werde das Ufer lebend erreichen. Verdammt, er war nicht diese Aber und Abertausenden von Kilometern gefahren, nur um hier zu krepieren. Sturmmann Schmelz spuckte die Kippe aus, biss sich auf die Unterlippe und setzte sich ein wenig aufrechter hin, während er ununterbrochen schoss.

Schon bald verfiel er darauf, das MG noch ein wenig tiefer anzusetzen, und nun war sein Abschnitt wahrlich einer der tödlichsten. Sturmmann Schmelz hatte gemerkt, dass einige der Sowjets zu tauchen begannen, sobald sie sich der gefährlichen Zone genähert hatten, und einigen gelang es tatsächlich, durchzubrechen, die dann von den Scharfschützen abgewehrt werden mussten. Doch sobald Sturmmann Schmelz nun ins Wasser der gedachten Linie schoss, und nicht über sie hinaus, konnten sich die deutschen Eulen getrost anderen Abschnitten zuwenden. Sturmmann Schmelz traf all die Sowjets; jene, die tauchten, jene, die schwammen, jene, die hechteten, und jene, die schießend stürmten. Er schrie, brüllte seinen ganzen Hass auf die Obergruppenführer Berger und Krüger, auf Dirlewanger und auf Richter Schmeißer heraus, der ihn verhöhnt hatte. Abfeuernd brüllte er ununterbrochen, und er feuerte auch dann noch, als Rottenführer Grass ihn vom Bock zog, weil der Feind seine Handlungen eingestellt hatte, und schrie: „Genug, Schmelz, genug ist genug! – Der Russe hat genug für heute!“

Sturmmann Schmelz starrte ihn mit aufgerissenen Augen an. Er begriff nicht und schrie: „Was?“

„Feuer einstellen! Gewehr reinigen! Vollzug melden!“

„Zu Befehl!“, schrie Sturmmann Schmelz, und vielleicht halfen ihm diese kurzen Hauptsätze wirklich, wieder in die Gegenwart zurückzukehren. Er sollte einfache Handlungen ausführen, kein Problem, das war doch machbar! Erst einmal sollte er das Feuer einstellen, ha, ha, witzig, das war ja schon eingestellt, also weiter, Gewehr reinigen und Vollzug melden, kein Thema, das war auch nicht schwer, das waren ja alles einfache und ehrliche Arbeiten, welche die Gedanken fernhielten, diese Gedanken und Gefühle, die nur so, die nur handelnd unterdrückt werden konnten. Was für eine Chance sich ihm hier bot! Nur an der Front, glaubte er, könne er lernen, erfolgreich zu verdrängen. Nur hier könne er die Mechanismen trainieren. Und verdrängen zu können, meinte er, sei neben der Fähigkeit, Vertrauen aufbauen zu können, eine weitere wichtige Eigenschaft eines Mannes.

Sturmmann Schmelz sang beim Reinigen, ihm war, als wäre eine riesige Last von ihm abgefallen. Nichts, von heute an hatte er nichts mehr zu verantworten! Was für eine Leichtigkeit! Er hatte einfach nur Befehle auszuführen. Was für ein Urlaub vom Leben! Aus Leibeskräften sang er, und Schütze Walser sowie Oberschütze Kempowski, der ihn mit den Zieldaten versorgt hatte, halfen ihm beim Reinigen. Sie lobten ihn, meinten, noch nie habe jemand so gut geschossen, der noch nie auf dem Bock gesessen habe. Er sei ein Talent! Er sei ein Wahnsinniger! Ihm könne man trauen, durch und durch.

Sturmmann Schmelz winkte stumm ab, konzentrierte sich ganz auf das Auseinandernehmen des Kolbens, auf das Einfetten der Einzelteile und auf das Durchstoßen des heißen Laufs mittels der rundförmigen Drahtbürste Marke Elster. Er pustete, wo sich Grate festgesetzt hatten, während der Regen sich nun in einen Sturzbach zu verwandeln schien. Die Finger wurden schnell rot und steif, er konnte den Drahtgriff der Bürste nur mit den Handballen beider Hände halten, indem er sie aneinander presste, doch was kümmerte ihn das alles, solange er die Lippen pfeifend bewegen konnte! „Lili Marleen", waren das die Takte von „Lili Marleen"? Woher sollte er dieses Lied kennen? Sturmmann Schmelz winkte ab, pfiff nur noch lauter das Lied von der Laterne und fühlte sich wie befreit.

Die ganze Zeit arbeitete er mit dem Rücken zum Wasser, während der Dnepr Tausende von Leichen ins Schwarze Meer transportierte. Immer wieder verdickte sich der Strom der Toten, wenn er sich gerade verdünnt hatte und es schien, als versiege er. Rottenführer Grass stand fasziniert auf einer kleinen Anhöhe und nahm rauchend die Parade der Toten ab. Sie stapelten sich, wenn einer von ihnen sich in einem hängenden Ast verfangen hatte oder zwischen zwei Steinbrocken hängengeblieben war, doch irgendwann spülte der starke Dnepr auch die verkeilteste Leiche fort. Rottenführer Grass fragte sich stumm, warum die Sowjets nicht noch eine Welle schickten. Jetzt könnten sie auf ihren Toten übersetzen und hätte vermutlich sogar Erfolg damit. Hatten diese Untermenschen da drüben etwa soviel Moral? Soviel Anstand? Soviel Erziehung? Das konnte er sich beim besten Willen nicht vorstellen. Er drückte die Kippe an der Seite der Stiefelsohle aus und nickte, als der Mexikaner, der zu ihm gekommen war, in Brockendeutsch meinte, für heute sei es überstanden.

„Für heute ja, aber ab morgen kommen sie bestimmt mit Panzern, mit ihren bestialischen T vierunddreißig! Und wenn unsere P vier dann nicht hier sind, dann zerfleischt uns der russische Bär zum Frühstück. Wir sind die Wölfe, und der Wolf ist das einzige Tier, das einen Bären niedermachen kann, aber nur im Rudel! Nur im Rudel! Merk dir das, du Chilifresser", sagte Rottenführer Grass gutgelaunt: „Nur im verdammten Rudel."

„Rudel, was ist das, Rudel?", fragte der Mexikaner, und Rottenführer Grass musste sich sehr zusammennehmen, um nicht loszubrüllen. Gott, wie er es hasste, wenn dieses ganze Gesocks die einfachsten Wörter nicht verstand! Wann kam er endlich raus aus diesem Söldnerhaufen! Das war doch nichts! Wie sollte denn einer wie er, der die deutsche Sprache so liebte, da ruhig bleiben? Rottenführer Grass atmete erst einmal durch.

„Rudel", sagte er, packte den Mexikaner am Nacken, riss dessen Schädel dicht zum eigenen Kopf und flüsterte mit mühsam beherrschter Stimme: „Rudel! Ru! Del! Rudel!"

Der Mexikaner, gefangen im eisernen Griff seines Vorgesetzten, nickte so gut er konnte und wiederholte, ohne die Bedeutung des Wortes zu kennen: „Rudel."

„Genau, du Arsch, Rudel!", sagte Rottenführer Grass und ließ von seinem Untergebenen ab. Er stieß ihn den Abhang hinunter und steckte sich noch eine der billigen Zigaretten an, die eigentlich, wenn er es genau nahm, die Bezeichnung Zigaretten gar nicht verdienten. Pfeife, sollte er jemals aus diesem Krieg zurückkommen, er würde das Pfeifenrauchen anfangen und stets nur den besten Tabak verwenden. Soviel war sicher!

Drei Wochen kämpfte Rottenführer Grass mit seiner Einheit noch am Brückenkopf Dnjepropetrowsk, bevor sie endlich von Panzern abgelöst wurden. Und britische Luftangriffe auf Berlin, erste Massenvergasungen in Auschwitz, Geiselerschießungen in Paris, die Japaner mussten an die Bündnistreue erinnert werden, U sechshundertzweiundfünfzig torpedierte den Zerstörer Greer nördlich Islands, die US Flotte erhielt Schießbefehl, Leningrad lag unter Fernbeschuss deutscher Artillerie, die Wolgadeutschen wurden nach Sibirien deportiert, Leningrad wurde eingeschlossen, Kiew erobert, deutsche Truppen erreichten das Asowische Meer, Stillstand an der Eismeerfront, und in Frankreich, Serbien, Norwegen und Kroatien wurden verstärkt Partisanen aktiv, und Rottenführer Grass verlor in diesen drei Wochen im September bis auf diesen Richter aus dem Hessischen all seine Leute, doch wurde das Kontingent immer wieder mit neuem Blut aufgefrischt. Die neuen Leute verstanden immer weniger deutsch, und Rottenführer Grass gab es schließlich auf, seine Befehle zu brüllen. Er entwickelte eine raffinierte Zeichensprache und ernannte Sturmmann Schmelz zu seinem Stellvertreter, der seine Befehle ins Französische, Englische, Italienische und Holländische übersetzte. Eigentlich hätte er ja den Mann mit seinen Talenten den Vorgesetzten melden müssen, damit er innerhalb der Division an kriegswichtigerer Stelle eingesetzt werden könnte, aber Rottenführer Grass wusste, eigentlich, dieses Wort ‚eigentlich', das sei eines dieser Wörter, die nur zur Unterhaltung gedacht waren. Er sorgte lieber dafür, dass Sturmmann Schmelz nicht mehr auf eines der MGs musste. Sturmmann Schmelz musste sich in diesen drei Wochen nur um den Munitionsnachschub kümmern, während in diesen Tagen der oberste Anführer der Nazis bei einem Besuch der Heeresgruppe Mitte ankündigte, sobald Moskau gefallen wäre, sollte die Stadt mit riesigen Anlagen geflutet werden, um die Einwohner zu ertränken.

Es war schon der siebenundzwanzigste September einundvierzig, vor acht Tagen war Kiew gefallen und vor drei Tagen waren die Kesselschlachten östlich der Stadt beendet worden, bei denen insgesamt sechshundertfünfundsechzigtausend Sowjets in Gefangenschaft geraten waren, die alle erschossen wurden, als Rottenführer Grass gegen Mittag endlich den Befehl erhielt, die Stellung aufzugeben und mit seiner zwanzig Mann starken Einheit ans südöstliche Stadtzentrum von Dnjepropetrowsk zu kommen. Er gab den Befehl an Sturmmann Schmelz weiter, der die ausländischen Kameraden davon in Kenntnis setzte. Die drei MGs wurden verpackt, aneinandergekoppelt und an den einzigen Kastenwagen gehängt, der ihnen zur Verfügung stand. Soviel Gepäck wie möglich wurde auf das Auto verladen, das sich schon gegen achtzehn Uhr zum Ufer des Asowischen Meeres hin in Bewegung setzte, während Rottenführer Grass eine kurze Ansprache hielt: „Männer! – Das Asowische Meer ist kriegswichtig! Wer die Krim hat, der hat die Ölfelder Asiens! Wer die Krim hat, der hat die Industriebetriebe! Wer die Krim hat, der hat Asien! Die Division Wiking hat den Auftrag, mit anderen Armeen von Osten aus der Festung Sewastopol in den Rücken zu fallen, die von unseren Truppen vorübergehend noch nicht eingenommen werden konnte. Diese Festung hindert unseren siegreichen Feldzug vorübergehend, aber sobald wir am Asowischen Meer sind, werden wir diese Verzögerung abstellen! Männer, wir gehören zur Division Wiking, und die Division Wiking ist beim Feind gefürchtet wie sonst nichts auf der Welt! – So, wie wir die Rote Armee heute aus Dnjeprodingsda vertrieben haben, so werden wir sie aus ganz Asien vertreiben und uns mit den Japanern vereinigen! Wir werden bis nach Kalifornien marschieren und dann weiter bis zur Ostküste Amerikas, von wo aus wir nach siegreicher Umrundung der Welt nach Hause kommen werden! Wie es eines Wikingers würdig ist! Siegreich und übers Meer! – In zehn Minuten Aufbruch. Wir lagern heute Nacht am Stadtrand und werden morgen früh, drei Uhr, Richtung Südost losmarschieren."

Im losen Haufen gingen sie durch die zerstörte Stadt. Sie blieben an den Barrikaden stehen, von denen aus die Sowjets gefeuert hatten, sahen sich die notdürftigen Verteidigungsmaßnahmen an und wunderten sich, wie die Rote Armee mit so wenig so lange hatte aushalten können. Hinter den Sandsäcken sahen sie nur wenige Patronenhülsen, in den Hausruinen fast keine leeren Munitionskisten, womit hatten diese Sowjets bloß gekämpft? Ratlos blickten die SS Männer und Söldner um sich. Die Unmengen von Leichen waren vom Regen in eine einzige Suppe verwandelt worden. Gesichter wirkten wie Pfützen, Leiber wie Schlammberge. Die Männer stolperten ständig über Leichen, weil sie diese nicht als Tote erkannten. In den bombardierten Straßenzügen trafen sie andere Wikingereinheiten, grüßten mit müdem Hallo, und Rottenführer Grass ließ auf dem Marktplatz von Dnjepropetrowsk halten, um mit den Kameraden zu rauchen und zu reden. Sturmmann Schmelz blieb an der Seite von Rottenführer Grass, und so erfuhr er von einem Hauptsturmführer, dass die Rote Armee noch lange nicht geschlagen sei. Sie sei vorübergehend zurückgewichen, um sich am südlichen Ufer des Asowischen Meeres zu sammeln. Sie halte noch die Straße von Kertsch, und diese Meerenge zu erobern, das sei die nächste Aufgabe der Division Wiking. Die Festung Sewastopol müsse vom Nachschub abgeschnitten werden, es werde wohl so kommen, dass man den Feind in seiner Seefestung aushungern müsse, die Einnahme dieser uralten, unbesiegbaren Burg sei nicht zu bewerkstelligen, meinte Hauptsturmführer Mann, der schon im ersten Krieg gegen die Franzosen gekämpft hatte: „Sewastopol gilt als die perfekte Festung! Aber die Herren in Berlin wollen davon ja nichts wissen! Wir werden uns die Zähne hier ausbeißen, jeder, der ein wenig etwas von Kriegsführung versteht, der weiß das, aber die Herren in Berlin, die sehen nur das Öl! Sicher, wenn wir die Ölfelder hier haben, dann können wir schnell weiter marschieren, dann brauchen wir nicht immer auf Nachschub aus Deutschland zu warten. Wenn wir diese Ölfelder hier erobern, dann sind wir tatsächlich unbesiegbar, aber Grass, das verteufelte Wort an der Sache, das ist dieses Wenn! Sie wissen über die Wörter Bescheid, Sie wissen, was ich meine!“

„Jawohl, Hauptsturmführer, wenn das Wörtchen ‚wenn‘ nicht wär, dann wär mein Vater Millionär! – Ein altes Sprichwort aus Pommern.“

„Genau! – Also, Grass, freut mich immer Sie zu sehen! Das nächste Mal dann am Meer!“, sagte der Hauptsturmführer, ehe er Befehl gab, die Position des Nachtlagers einzunehmen.

„Jawohl, Hauptsturmführer Mann, dann am Meer!“, gab Rottenführer Grass zurück, ließ seine Einheit antreten, und zusammen marschierten die knapp tausend Einheiten, die sich auf dem Markt gesammelt hatten, zum Stadtrand, um einige Stunden Schlaf vor dem Gewaltmarsch zu bekommen, der sie in den Morgenstunden erwartete.

Die Hausruinen wirkten in der Schwärze der regengeschwängerten Nacht wie Zahnstümpfe, die auf die Straßen zu fallen drohten. Ein Maul, das noch immer alles verschlingen könne, meinte Rottenführer Grass, was sich auf seiner Zunge befinde.

Ab und an hörten die Männer das Einstürzen und Zusammenbrechen von Häusern, aber es kümmerte sie nicht. Sie wussten sich von Wachmannschaften beschützt, die die Umgebung sicherten, und auch als sie einzelne Schüsse hörten, nahmen sie zwar die Gewehre unaufgefordert in Anschlag, aber sie stoben nicht auseinander, nicht wegen dieser wenigen, vereinzelten Schüsse.

Die leisen und lauten Gespräche versiegten, die Freude am Überleben wich einer tiefen Müdigkeit, die Einheiten erreichten den Platz, an dem sie lagern sollten, die Männer warfen das Gepäck ab, schlugen die Planen auf, deckten sich mit ihnen zu und schliefen schnell ein, während sich Regentropfen in Schneeflocken verwandelten.

Sturmmann Schmelz wälzte sich auf die Seite, steckte die Hände flach zwischen die Schenkel, legte den Kopf auf den Stahlhelm, zog einen Arm so gut er konnte übers Gesicht und schnarchte kurz darauf. Er schlief tief und traumlos, erschöpft, selbst halbtot, tief erschöpft von all den Morden, die er wie in Trance begangen hatte, und auch unter der Last der Morde, die zu schultern ihm noch bevorstand, schlief er erschöpft.

Mit einem Fußtritt wurde er kurz vor vier geweckt; er schrie laut auf und fuhr hoch.

Rottenführer Grass stand über ihm, grinste zu ihm herunter und sagte: „Abflug! – Heute wirst du ein Mann! Wenn du diesen Gewaltmarsch überlebst, Schmelz, dann kann dir nichts mehr passieren! Dann wird dich alle Welt respektieren, egal in welche Kneipe du kommst, denn überall wird man ein geschundenes Gesicht sehen. Und so ein Gesicht ist das Einzige, vor dem man Respekt haben sollte. Schönheit vergeht, Männlichkeit entsteht! – Also, raffe dich!“

„Wieso? Wie weit ist es eigentlich bis zu diesem Meer?“

„Man sagt, hundert Kilometer, aber wer die Praxis hier kennt, der weiß, dass man solche Angaben getrost verdoppeln kann.“

„Zweihundert Kilometer? Zu Fuß?“

„Zweihundertdreißig, um es genau zu nehmen, und morgen Abend müssen wir spätestens da sein, um mit Booten zu dieser Straße von Kertsch gebracht werden zu können, die wir dann im Handstreich eindeutschen werden. Oder etwa nicht, Sturmmann Schmelz?“

„Zweihundertdreißig Kilometer zu Fuß? – Das schaffe ich niemals!“

„Wer zurückbleibt, wird erschossen, Kamerad, und, Schmelz, dich brauche ich! Dich brauche ich einfach in diesem verdammten Babel! – Also wirst du es schaffen!“

„Aber nicht in zwei Tagen! Rottenführer, geben sie mir zwei Jahre, und wir können darüber reden“, sagte Sturmmann Schmelz lächelnd, stand auf und packte sein Zeug zusammen.

„Zwei Jahre!“, lachte Rottenführer Grass los: „Hannibal hatte auch nur einen Winter, um über die Alpen zu kommen, und der war nicht mal deutsch!“

„Dafür war er Hannibal! Der große Hannibal!“, sagte Sturmmann Schmelz und fragte dann, sich plötzlich über soviel Bildung wundernd: „Rottenführer, wenn Sie die Frage gestatten wollen, was machen Sie im Zivilen?“

„Nicht gestattet, Sturmmann, belassen wir es einfach bei diesen einfachen Strukturen hier! Mich interessiert auch nicht, dass Sie degradiert worden sind.

Wegen Ihrer Verletzung sollten Sie noch schnell zu unserem Stabsarzt gehen, Doktor Mengele“, sagte Grass und deutete auf Schmelz’ Gesicht, der ungläubig nachfragte.

„Na, der Schnitt an Ihrer Wange da“, antwortete der Rottenführer, woraufhin sich Schmelz vorsichtig über die Wange strich und eine klaffende Wunde bemerkte, die etwa fünf Zentimeter lang war. Er konnte sich überhaupt nicht vorstellen, wie er zu dieser Wunde gekommen war und sah Rottenführer Grass ratlos an, der bedächtig erwiderte, als wäre es das Natürlichste der Welt: „Der erste Nachtfrost. Sie haben mit ungeschützter Wange geschlafen. Das Regenwasser und der Schneematsch haben sich in Ihre Poren gegraben, Sie waren zu erschöpft, um zu bemerken, dass die nasse Wange fror, und schwups, schon riss die Haut irgendwann auf, gesprengt vom gefrorenen Wasser. Aber keine Angst, brennen wird es erst, wenn die Haut taut. – Die Haut taut, schöner Klang! – Die Haut taut. – Aber im Ernst, lassen Sie sich einfach einen Bart wachsen, das hilft!“

Sturmmann Schmelz nickte, jedoch blieb ihm keine Zeit mehr, zum Sanitäter zu gehen, da Hauptsturmführer Mann die Einheiten antreten ließ und sie abmarschbereit hielt.

Der Marsch deines Lebens, dachte Sturmmann Schmelz, wenn du den überlebst, dann überlebst du alles! Was für einen Scheiß machen wir hier eigentlich? Sind wir Kinder, die Soldaten spielen, oder sind wir Soldaten, die Kinder sind?

Wie alle anderen zog er noch einmal die Riemen des Rucksacks nach, so stramm wie möglich, denn nur, wenn der Rucksack eng aufliegt, hatte er gelernt, scheuert er nicht, und nur wenn er eng aufliegt, bekommt der Schweiß eine Möglichkeit, einen Film zu bilden. Auch den Stahlhelm, das

Sturmgewehr und die Marschstiefel band er so fest wie möglich an sich.

Sturmmann Schmelz erinnerte sich, was sein Ausbilder gesagt hatte, und er war ihm dankbar für diese Warnung: ‚Das Scheuern ist der wahre Feind des einfachen Soldaten. Das Abscheuern der Haut hat schon aus dem härtesten Mann einen Versager gemacht!'

Doktor Kurt Schmelz, mein Großvater also, beschrieb diese zwei Tage immer, als habe er Siebenmeilenstiefel angehabt: ‚Die zehn Kilometer durch flaches Gelände nach Illarionovo waren ein Klacks, da war ich noch gar nicht ganz wach. Auch die zwanzig Kilometer nach Sinelnikovo waren kaum der Rede wert, und auf den siebenunddreißig Kilometern nach Vasilkovka ging es zeitweise sogar ein wenig bergab, doch dann kam das Loch auf dem Weg nach Huliapole! Nichts als handtuchgroße Felder, fünfundsechzig Kilometer durch aufgeweichte Felder, und immer wieder die Grenzbäche, oft auch Flüsse, dieses Klein an Klein, immer wieder brachte es uns aus dem Rhythmus, und nichts ist schlimmer im Leben, als den Rhythmus zu verlieren, das kannst du einem wie mir ruhig mal glauben. Na ja, und als wir dann endlich Huliapole erreicht hatten, ließen wir uns einfach fallen, wo wir waren. Wir behielten die Stiefel an, denn hätte man sie ausgezogen, hätte man sie nie wieder über die geschwollenen Füße bekommen! Wir ließen uns also fallen, ein paar arme Teufel wurden zur Wache aufgestellt, und schliefen die ganze Nacht durch, ehe wir am nächsten Morgen schon gegen fünf Uhr auf dem Weg nach Polohy waren, fünfzehn Kilometer, die man wieder kaum gemerkt hatte. Die Qualen, die Schmerzen, das Fluchen und Schreien, das alles kam erst auf der Strecke nach Andriivka, die fünfzig Kilometer lang war. Fünfzig Kilometer, schon mal zu Fuß spaziert? Dachte ich mir! Ich war fast von Sinnen, der Körper war abgetrennt vom Geist, irgendwie, und von den letzten vierzig Kilometern nach Berdiansk weiß ich nur noch, dass die Sehnsucht unmenschlich wurde, die Füße in das verdammte Asowsche Meer zu stecken. Ich muss eine Menge Schwachsinn gedacht habe, aber die Sehnsucht nach diesem Meer, die hielt mich aufrecht. Ein Süßwassermeer, verstehst du? Salzwasser wäre ja für die Füße tödlich gewesen, aber Süßwasser! Zum Glück! Süßwasser, ich kam mir vor wie ein verdurstendes Tier. Und ja, ich sah das Asowsche Meer, ich überlebte diesen Gewaltmarsch! – Am Anfang waren wir neunzehntausenddreihundertsiebenundsiebzig Männer, und am Ende waren noch achtzehntausendneunhundertvierundsechzig Männer übrig. Frag nicht mich, wo der Rest geblieben ist, frag Hauptsturmführer Mann oder Obergruppenführer Steiner! Meine Vermutung allerdings ist, dass sich unser Divisionsarzt Doktor Mengele um die Erschöpften gekümmert hat.' – Und wie der sich gekümmert hat, das weiß man heute ja. Oder? – Ich meine, vergiss nicht, die Wikinger, das waren fast alles keine Deutschen! – Begreifst du, Kurt Schmelz, begreifst du, he, sieh mich, verdammt noch einmal, an, wenn ich mit dir rede, dachte der zweiundsiebzigjährige Schmelz, der noch immer auf dem Boden des Flurs hockte, auf den eingeschlafenen Arm gestützt, und in den vom Blut verschmierten Spiegel starrte, aus dem ihn große, blöde Augen anglotzten, als gehörten sie zu einem Kleinkind: Begreifst du? Begreifst du endlich?

Die Männer marschierten im Eiltempo. Gewaltmarsch. Keine Sekunde, die verloren gegeben wurde. Gewaltmarsch. Keine Minute, die aufgegeben wurde. Weiter, Gewaltmarsch, weiter, eine lange Reihe von Männern, die sich durch das fremde Gelände zog. Ein Mann hinter dem anderen, wer eine Lücke ließ, wurde ausgesondert, wer eine Lücke ließ, wurde zurückgelassen, wer eine Lücke ließ, der wurde erschossen. Lücke lassen war Hochverrat am deutschen Volk, wer eine Lücke ließ, beging Verrat an der deutschen Sache, lass keine Lücke, Sturmmann Schmelz, lass um Gottes Willen bloß keine Lücke, dachte er immer wieder.

Und Sturmmann Schmelz ließ keine Lücke, nicht ein einziges Mal, er marschierte, er wurde Mann unter Männern. Der Rücken seines Vorgängers wurde ihm zum Horizont, zu dem er akribisch den Abstand einer Armlänge hielt, im Gleichschritt, er marschierte im Gleichschritt, aus eigenem Antrieb, um nicht über die Hacken des Vordermanns zu stolpern, doch wurde er fuchsteufelswild, wenn ihm sein Nachfolger in die Hacken trat, und ja, einmal, einmal reichte es ihm, zwischen Vasilkovka und Huliapole, auf einem der matschigen Felder, da reichte es ihm, und er zerrte im Marschieren die Pistole aus dem Halfter, entsicherte sie im Marschieren, drehte sich um im Marschieren und hielt die Mündung im Marschieren dem Norweger an die Stirn. Ein einziges Mal starrte er dem stämmigen, aber kleineren Mann in die Augen, ganz von Wut erfüllt, bis der Mann zu heulen anfing und mit den Augen flehte.

Sturmmann Schmelz schoss nicht, er drehte sich im Marschieren um und steckte die Waffe wieder ein. Nicht ein einziges Mal trat der Norweger ihm mehr in die Hacken.

Sturmmann Schmelz marschierte, marschierte in einem Trupp Marschierender, löste sich mit jedem Tritt mehr im Marsch auf, im Marsch, der sie zusammenhielt, die da durch ein fremdes Land marschierten und es längst aufgegeben hatten, sich Namen von Orten und Landschaften zu notieren, in welchen sie nach dem Krieg siedeln wollten. Sie marschierten, und mit jeder marschierten Stunde verstand der marschierende Sturmmann Schmelz besser, warum so viele diesen Marsch mitmachten, den sie Krieg nannten.

Dem Marschierenden wurde klar, dass die Auflösung sie zusammenhielt, die Auflösung des Einzelnen. Sie lösten sich auf in einen einzigen Marsch, die Sehnsucht nach Aufgabe ging in Erfüllung, der Weg war das Ziel, das Ziel war egal, Hauptsache war, dass das Marschieren, das Verschwinden des Einzelnen im Ganzen, voranschritt und nicht unterbrochen wurde. Marschieren, der Marsch war die wichtigste Regel unter Männern. Weitermachen, immer weiter weitermachen!

Zwei Positionen vor ihm, Kanonier Köppen, wie der voranschritt, Sturmmann Schmelz hielt sich immer wieder an ihn, bewunderte ihn, wie er mit jedem Schritt ausholte, und zog sich quasi an dessen Tritt durch das flache Gelände dieser fremden Landschaft, in der es keine Wälder gab.

Gehöfte, Dörfer, Gemeinden, selten sah er am Horizont eine Kleinstadt, doch fast nie blickte er auf. Fast nie hob er den Blick aus dem Marsch. Der Marsch war über ihn gekommen, nicht er hatte sich diesen Marsch ausgesucht, doch nun löste er sich auf in ihm, gab sich auf, meinte, der Weg sei das Ziel, meinte, das reiche, das werde schon reichen, und kurz vor Polohy wünschte er sich sogar, dieser Marsch würde niemals enden. Dieser Marsch mit Männern sei das wahre Leben, meinte er, dieser Gleichschritt sei wahres Leben. Diese Spur in den Spuren.

In Kirovo, einem kleinen Dorf, war auch er genötigt, sich das Gewehr von der Schulter zu reißen und auf eine Horde anstürmender Jugendlicher zu schießen, doch das Marschtempo verringerte auch er deswegen noch lange nicht. Auch der Norweger schoss, auch der Rücken vor ihm, und selbst der ausschreitende Kanonier Köppen schoss, und zusammen wehrten sie zwar den Angriff der Jungen ab, noch ehe diese dicht genug an sie herangekommen waren, um mit ihrer wenigen Kraft die gezogenen Handgranaten zu werfen, doch keiner der Männer setzte deswegen den Marschrhythmus aufs Spiel. Sie hielten ihn, und auch Sturmmann Schmelz marschierte beim Töten weiter. Weiter!

Und auf dem Dorfplatz von Ivanoko, beim Marschieren durch die Ortschaft bekam Sturmmann Schmelz es kaum mit, dass ein Mann vor ihm eine Eiergranate in eine Gruppe alter Menschen warf, weil er dessen Jammern einfach keine Minuten länger mehr aushalten konnte. Das Jammern erstarb, doch der Marsch geriet nicht ins Stocken; weiter. Weiter!

Doch woran dachte Sturmmann Schmelz beim Marschieren, solange er noch denken konnte im Marsch? Vielleicht, die Befehle seien immer einfach. Sie lauten, gehe dahin, gehe dorthin, tue dies, tue das. Der Marsch sei so wichtig für einen Soldaten, der Marsch trenne ihn ab vom eigenen Denken, vom eigenen Willen, von der eigenen Vergangenheit, und der Marsch trenne ihn sogar ab von den eigenen Träumen. Alsbald träumen die Marschierenden kollektiv, das sei ein Phänomen, das überall eingetreten sei, wo viele Männer lange marschiert seien. Der durchs Marschieren Aufgelöste folge jedem Befehl, solange er einfach formuliert sei, und umso williger, sofern der Befehl von einer Propaganda vorbereitet worden sei. Durch sie erscheine alles erst als Muss, das höchstens ein Soll sei, allerhöchstens ein Soll. Der Marsch, der das Individuelle zurücklasse, mache aus den Männern Kinder, die sich stolz Soldaten nennen dürfen und die stolz mit dem Feuerzeug des Onkels spielen dürfen, der kein guter Onkel sei, weil er die Jungen mit dem Feuerzeug verführe. Er sage nur, er wäre ein guter Onkel, und diese Propaganda sei noch gefährlicher, wenn sie mit dem Marsch kombiniert werde. Vielleicht dachte Sturmmann Schmelz so oder ähnlich, vielleicht dachte er, lasse ein Volk eine Kriegspropaganda über sich ergehen, die fast schon religiös sei, wie ja auch jede Religion Propaganda sei, und schon habe dieses Volk verloren, noch ehe es einen einzigen Schuss getätigt habe. Kriegspropaganda dürfe niemals zugelassen werden, niemals, denn sobald ein Präsident oder Führer zur Verteidigung einer Sache aufrufe, so rufe er in Wahrheit zur Ausrottung eines anderen Volkes auf.

Egal mit welchen Worten, dieser Präsident oder Führer wolle den Männern das Gewissen rauben, die Selbständigkeit und die Fähigkeit zum eigenen Denken. Er wolle sie zu marschierenden Tieren machen, zu tötenden Maschinen wolle er sie machen, zu kopflos Willigen.

Kriegspropaganda vernichte die Eigenständigkeit und mache das, was übrigbleibe, zu einem Willigen, zu einem Marschierenden, zu einem Unmenschen; vielleicht dachte Sturmmann Schmelz so, während er bei jeder Silbe einen Fuß vor den anderen setzte, auf fremder Erde, und vielleicht ließ er den Gedanken freien Lauf, ohne sich kümmern zu müssen über Logik und Wahrheit.

Vielleicht ließ er die Gedanken laufen, wie auch er ja laufen gelassen wurde, marschierend. Die grenzenlose Macht der Gemeinschaft, die sich um den kleinsten gemeinsamen Nenner schere, um das Wort eines Anführers, um den Befehl eines Hanswurstes. Es sei die blinde, harte, weibliche Erziehung, dem Wort des Vaters unbedingt Gehorsam leisten zu müssen, sie sei der fruchtbare Boden für jede Propaganda und für jede Religion. Der freie Mensch kenne weder Religion noch Propaganda, der freie Mensch kenne die Stärke des Selbst und die Einsamkeit des Ichs. Der freie und moderne Mensch sei eine Insel, die durch nichts mit anderen Inseln verbunden sei, die keine Verbindung zum Erdboden habe, eine Insel eben, die treibe, eine Insel, die getrieben werde, vielleicht umkreisten die Gedanken des Sturmmann Schmelz ja so oder ähnlich die Leere der Landschaft: Der moderne Mensch sei eine marschierende Insel im vollgestopften Ozean.

Schon wer einer Kriegspropaganda zuhöre oder sie auch nur dulde, der mache sich strafbar. Hier fange das Vergehen an, genau hier, Wahlkampf sei ein Verbrechen, meinte Sturmmann Schmelz und ließ sich verwirrt ein paar Zentimeter zurückfallen, und der Anfang jeder Propaganda sei ein Versprechen oder ein Kompliment. Und war es etwa nicht so, dass der Anführer der Deutschen von allen deutschen Frauen gewählt worden war? Sturmmann Schmelz meinte ja, denn der Führer habe den Frauen eingeredet, deutsch zu sein, sei eine Auszeichnung. Er habe als erster die Macht der Frauen erkannt und sich ihrer bedient. Deshalb also durften Frauen so lange in den USA oder in der Schweiz nicht wählen, der marschierende Sturmmann Schmelz fand das interessant, sie waren nicht emanzipiert genug und jedem Kompliment hörig, egal wer es ausspreche. Die Frauen mussten um diese Verantwortung wissen, der marschierende Sturmmann Schmelz wollte sich das unbedingt merken, dass auch die Frauen begreifen mussten, was die Männer ja schon begriffen hatten, nämlich, dass nicht eine einzige Wahrheit von Rednerpulten tropfe. Sturmmann Schmelz, aufgewachsen unter lauter Frauen, hatte die Schuldigen ausgemacht. Sie waren es, die die Männer in den Krieg getrieben hatten, Sturmmann Schmelz war sich beim Marschieren völlig sicher. Die Frauen haben entschieden, zum ersten Mal. Medea sei auf die Erde gekommen, millionenfach zerreiße sie ihre Kinder und die der Anderen.

Und Sturmmann Schmelz hielt Schritt mit den marschierenden Kameraden, aber er hielt nicht mehr Schritt mit dem eigenen Denken. Es verwirrte ihn, und schließlich begann sein Verstand sich im Kreis zu drehen, immer wieder tauchten dieselben Wörter auf, die gleichen Gedanken nutzten sich ab, und schließlich wurde alles Gedachte zu einem einzigen, Kilometer langen Gedankenstrich. Mit diesem Strich im Kopf stapfte er unerbittlich in die Spur des Vorgängers, schritt aus, regelmäßig, beständig und ohne den Kopf noch einmal zu heben. Er sah auf die nach vorn schnellenden Fußspitzen, amüsierte sich über ihr Auftauchen und vergaß, dass sie zu ihm selbst gehörten.

Mal drückte er die Daumen unter die Gurte des Rucksacks oder des Gewehrs, mal verschränkte er die Hände hinter dem Rücken, um auf sie den Rucksack zu legen und so den Rücken zu entlasten. Er marschierte über abgebrannte Felder, durch matschige Bäche und Flüsse, er marschierte über Hügel und zerstörte wie alle im Vorbeieilen Dörfer, Gehöfte und kleine Städte. Er nickte ein beim Marschieren, torkelte, wurde vom Norweger wachgestoßen, er marschierte durch die härtesten achtundvierzig Stunden seines Lebens, und fast hätte er ein Gespräch mit den Fußspitzen begonnen, doch da ändere sich etwas, etwas war anders, begriff Sturmmann Schmelz.

Sein Kopf lag plötzlich auf dem Rucksack des Vordermannes. Was war geschehen?

Sie waren stehen geblieben.

Er nahm den Kopf hoch, sah die Tausende von Männern, die sich fallen ließen, wo sie gerade waren, die einfach aufhörten zu marschieren, die umkippten, und deren Beine noch im Schlafen zuckten und weiterhin traten.

Sie waren wohl da? Waren sie da?

Mit wirrem Blick stierte Sturmmann Schmelz um sich, aber niemand erwiderte seine stumme Frage, überall ein einziges Fallen, und so fiel auch er auf den Boden und sank in einen tiefen Schlaf, ohne das Asowsche Meer gesehen zu haben, während an diesem späten Nachmittag des neunundzwanzigsten Septembers einundvierzig in der eroberten Stadt Kiew fünfunddreißigtausend Menschen jüdischen Glaubens von Deutschen verbrecherisch erschossen wurden, in Moskau eine Dreimächtekonferenz begann, der oberste Führer der Deutschen Sonderrechte für die Ukraine ablehnte und Kronstadt unter massive Luftangriffe der Deutschen geriet.

Schon einen Tag später begann die deutsche Moskauoffensive.

Die Schlacht an der Landzunge von Berdiansk ging als Irrsinn von Asow in die Geschichte meines Großvaters ein. Es begann schon damit, dass er sich wie gerädert fühlte, als er nach dem Gewaltmarsch geweckt wurde, obwohl er doch zehn Stunden ununterbrochen geschlafen hatte. Sturmmann Schmelz hatte unbeschreibliche Schwierigkeiten, auf die Beine zu kommen, und noch immer wagte er es nicht, sich die Stiefel auszuziehen, sah er doch bei den Kameraden, die es nicht mehr ausgehalten hatten, endlich aus dem durchgeweichten Leder zu kommen, was geschah, nachdem sie es getan hatten: Sie wurden verrückt.

Erst einmal dauerte es eine qualvolle Stunde, bis diese Kameraden die Stiefel in winzigen Schüben und Stößen von den Füßen bekommen hatten. Durch das eingedrungene Regenwasser, den vielen Schweiß und durch die Mengen von Eiter und Blut waren die Fußlappen fest an die Haut geklebt, und als nun die Männer an den Stiefeln zogen, rissen sie auch die Lappen ab und zerrten somit an der aufgeriebenen Haut, die schnell nachgab.

Der Anblick dieser Füße war widerlich, die Schreie der fassungslosen Männer furchtbar; als kreischten Möwen los, meinte Sturmmann Schmelz, der sich das alles trotz des Ekels ersparen wollte, der auch ihn peinigte, ein Ekel eben, der von den eingesperrten Füßen nach oben gekrochen und sich im Hirn festgesetzt hatte, von wo Sturmmann Schmelz immer wieder angefleht wurde, sich die Stiefel von den Füßen zu reißen, die Füße zu baden und zu trocknen, die Füße zu lüften, ihnen von der reinen Luft etwas zukommen zu lassen, sie hätten es sich schließlich verdient, doch aber nein, Sturmmann Schmelz wollte nicht wahnsinnig werden, er verbot seinem Hirn kurzerhand diesen Sirenengesang. Der Verstand durfte nicht mehr an die Füße denken, ihm wurde von Sturmmann Schmelz befohlen, gefälligst mal die Schnauze zu halten. Stumm befahl er, wollte er doch nicht für irrsinnig gehalten werden. Er müsse sich konzentrieren, er müsse sich aufs Überleben konzentrieren, er müsse wie einst Odysseus am Mast auch ausharren, einzig das zähle, meinte er, einzig am Leben zu bleiben, einzig das zähle. Ob das Hirn kapiert habe? Ja, es hatte verstanden, aber dennoch, die armen Füße, nur einen kurzen Moment Frischluft, nur einen Augenblick lang raus aus dem Altwasser, und plötzlich brüllte der gegen einen Baumstamm gelehnte Sturmmann Schmelz aus voller Kehle: „Schnauze, du verdammter Bastard, halt das Maul, du dämliches Fotzengesicht!"

Nein, er wollte nicht verrückt werden, er hörte die Möwenschreie der Männer ja, die um ihre gesunden Füße trauerten; Füße, die zu Klumpen geschwollen waren, rote, dicke Klumpen, aus denen die Zehennägel schwarz herausstachen, sofern sie noch nicht abgefallen oder durch den Marsch herausgerissen waren. Wo die Haut weggerissen war, glänzte rötlich das nackte Fleisch, Sehnen waren freigelegt, und Knochen bleichten in der Abendsonne dieses schönen Herbsttages aus. Und gülden floss der Eiter über den Klumpen ab, tropfte in den Erdboden, wo sich das Grün sofort zu senken begann.

Einem Kamerad von Sturmmann Schmelz war die komplette Sohle des rechten Fußes abgerissen. Hacken und Ballen glänzten fleischlich, und während diesem Mann die Stimme immer mehr zu einer möwenhaften wurde, fragte sich Sturmmann Schmelz, wie der die Schlachten nur überleben sollte, die noch geschlagen werden mussten. Wie sollte der Mann stürmen und töten? Wie sollte er überhaupt auch nur noch einen Schritt tun? Sturmmann Schmelz sah dem herbeigerufenen Sanitäter zu, der dem Kameraden quasi eine zweite Haut verpasste. Sie bestand aus einem in eine Binde gewickelten Lappen Mull, den der Arzthelfer nach dem Desinfizieren dem schreienden und auf Kroatisch fluchenden Mann fest um den Fuß band. Nur schwer konnte der Kroate sich beruhigen, Sturmmann Schmelz grinste bösartig und dachte: Ja, so hast du dir das alles nicht vorgestellt, du Armleuchte, was? Wie kann sich nur einer freiwillig melden? Wie bescheuert muss so ein Spinner überhaupt sein? Sturmmann Schmelz hatte nicht wenig Lust, zu dem Mann zu gehen und ihn ordentlich zu ohrfeigen, links, rechts, links, rechts, bis er endlich zu schreien aufhöre. Links, rechts und eine in die Fresse.

„Und das soll helfen?“, schrie Sturmmann Schmelz gehässig hinüber, worauf sich der Sanitäter umdrehte, der neben dem Mann hockte, und antwortete: „Amputieren, das hilft!“

Vom Lachen der beiden irritiert, vergaß der Kroate für ein paar Minuten das Schreien, sah die Kameraden ungläubig an; als wäre er ein Kleinkind, das vergessen hatte, warum es noch heult, stellte Sturmmann Schmelz amüsiert fest. Ach, Scheiße, was für ein guter Witz, Sturmmann Schmelz hätte dem Sanitäter gern auf die Schulter geklopft, aber dazu hätte er aufstehen müssen, und dieses Aufstehen, das war so eine jener Tätigkeiten, die er jetzt auf keinen Fall ausüben wollte, und so rief er lediglich, der Sanitäter habe einen guten Witz gemacht, das hebe die Moral der Truppe.

„Dazu sind wir da!“, schrie der Sanitäter zurück, der sich

kurz darauf vorstellte: „Scharführer Benn, Ohrenarzt im Zivilen."

Ohrenarzt? Schon wieder so ein guter Witz! Sturmmann Schmelz musste sich beim Lachen auf die Schenkel klopfen, während ihm Tränen herausschossen, Ohrenarzt! Und dann! Diese Füße! Ohrenarzt! Was für ein Spaß!

„Sturmmann Schmelz", sagte er, als er sich endlich beruhigt hatte und die wütenden Beschimpfungen des Kroaten aufgehört hatten: „Im Zivilen Richter."

„Ein Richter? – Auch Scheidungsrecht?"

„Auch das."

„Da hab ich mal eine Frage!"

„Scharführer, du kannst mir jede Frage stellen! Einem Mann mit so einem guten Humor beantworte ich jede Frage! Ohrenarzt! Ha, ha, Ohrenarzt", rief Sturmmann Schmelz und wieder wurde er von einem Lachanfall durchgerüttelt, der ins Hysterische münde, wie Scharführer Benn stumm meinte, ehe er den Richter fragte, wie man es denn schaffe, die Ehefrau zu einer Jüdin zu machen, damit man sie mit einer sauberen Scheidung unkompliziert loswerden könne.

Jäh verstummte Sturmmann Schmelz und starrte den Bayer fassungslos an, der im selben Alter wie er selbst sein müsse, meinte er, ehe er sich vergewisserte, richtig gehört zu haben. Er hatte richtig gehört! Wie man! Wie man zur Jüdin? Endlich verstand er, ein Witz, schon wieder ein Witz! Oh, was für ein schwarzer Witz! Oh je, der war ja so etwas von dreckig hinter den Ohren! Der Ohrenarzt! Sturmmann Schmelz verausgabte sich so beim Lachen, dass er den Befehl zum Sammeln erst überhörte.

Doch dann erhob er sich mühsam und genauso umständlich wie die anderen Männer und ging, vorsichtig auftretend, zum Divisionskommandanten Steiner, der geduldig wartete, bis sich all seine Soldaten aufgestellt hatten.

Nachdem Stabsscharführer Hesse die Division schneidig und vorschriftsmäßig zum Appell vorbereiten hatte, schwieg Divisionskommandant Steiner, starrte seinen Männern wild in die Augen, drehte sich plötzlich halb herum und deutete mit ausgestrecktem Arm nach Berdiansk, das fünf Kilometer östlich von ihnen lag.

„Da!", schrie er: „Da hat sich heute Nacht der Feind eingeschlichen! In unsere Stadt! In unser Haus ist er marschiert und hat unsere Familien verschleppt! Da! Dort hat er sich eingenistet, und dort wartet er darauf, mit eisernem Besen ausgekehrt zu werden! Männer! Soldaten! Wikinger! Wollen wir ihm diesen Gefallen tun?"

Sie wollten! Sie schrien mit der ganzen Kraft der Stimme los, auch wenn nur ein Bruchteil der Division die Worte des Divisionskommandanten Steiner verstanden hatte. Sie schrien das Jawohl, das sie gelernt hatten, das ihnen zum wichtigsten Wort der deutschen Sprache geworden war. Sie brüllten! Sie wollten!

„Wollen wir ihnen diese Gnade zuteil werden lassen?"

„Jawohl!", schrie jetzt auch Sturmmann Schmelz mit, der mit verengten Augen hinüber nach Berdiansk sah, ein Industriezentrum, ein gutes Dutzend Fabrikschornsteine, flache Gebäude, ein kleines Stadtzentrum mit drei und vierstöckigen Bürgerhäusern, meine Stadt, dachte Sturmmann Schmelz und flüsterte: „Meine schöne, meine neue Welt!"

„Vertreiben wir die Rote Armee aus unseren Gärten und Alleen? Männer, das da, das ist unser Lohn! Verdienen wir ihn uns", schrie Divisionskommandant Steiner, ehe er die Einheiten zu sechs Trupps zusammenfasste, die von verschiedenen Stellungen aus Berdiansk angreifen sollten. Sturmmann Schmelz hatte Glück, musste seine Einheit doch nicht erst um die halbe Stadt herumlaufen, um sie von Osten her anzugreifen, er konnte direkt von hier aus losstürzen, aber er hätte auch mehr Glück haben können und mit einem der Boote fahren können, auf denen von Süden her Kameraden den Strand erobern sollten. Das wäre ihm am liebsten gewesen! Keinen Schritt mehr zu laufen, einfach ans Ufer zu stürmen, Deckung zu suchen und zu feuern, bis sich nichts mehr rührte im Karton! Das wäre es gewesen! Einfach vom Strand aus draufhalten, bis sich nichts mehr rührte! Sturmmann Schmelz grinste bei dieser Vorstellung abfällig.

„Bis sich nichts mehr rührt!", brüllte Rottenführer Grass seine zwanzig Mann an: „Wir feuern dann, bis sich nichts mehr rührt! Wer zurückbleibt, wird erschossen – Schmelz, übersetze!"

Sturmmann Schmelz wiederholte die Sätze erst auf Französisch, dann auf Holländisch und schließlich auf Englisch und Italienisch, während er sich mit seiner Einheit zum Ansturm fertig machte.

Zwei Kilometer vor dem Feind legten sie die Ausrüstung ab, steckten sich Munitionsmagazine in sämtliche Taschen, stopften auch welche unter den Gürtel, hängten sich Gewehr und Spaten um, zogen noch einmal den Gurt des Stahlhelms nach, verloren sie doch ständig an Gewicht und Umfang, und prüften die beiden Mauserpistolen.

Der Befehl gab ihnen keine Zeit mehr, Abschiedsbriefe zu verfassen, wer jetzt keinen hatte, der wollte auch keinen. Wer jetzt keinen habe, meinte Sturmmann Schmelz, der wolle schweigen. Auch er wollte nun lediglich noch die Hände sprechen lassen, und nach einer kurzen Zigarettenpause verschmolz er mit den Söldnern seiner Einheit zu einem stürmenden und schreienden Haufen, der ab und an Deckung nahm, jedoch nur für Sekunden, um mit den anderen Haufen weiter voranzustürmen, die sich alle wie auf ein Zeichen hin der Stadt näherten. Ab und an stach noch der Kopf des langen Sturmmanns Schmelz heraus, doch dann sei er nicht mehr auszumachen gewesen, meinte mein Großvater später selbst, und es sei zur Feindberührung gekommen, die alles andere als zärtlich verlaufen sei.

Die angegriffenen Sowjets waren überrascht von der Wucht der Anrennenden. Sie wichen zurück, wurden verfolgt und kamen erst in der Nähe des Rathauses dazu, sich gegen die Übermacht zu organisieren.

Die Sowjets kämpften sich Meter um Meter frei, stiegen über die Schwerstverletzten, trieben die Angreifer in der Dämmerung zurück, doch dann kamen die Wikinger an, die mit den Booten gekommen waren, und die plötzlich in die Zange genommenen Sowjets kamen zum Stillstand, und ein versprengter Trupp sammelte sich auf dem Alten Friedhof, wo die Sowjets hektisch die Grabsteine zu Schildern auftürmten und feuerten, sobald sich ein Helm hinter der flachen Friedhofsmauer zeigte.

„Das kann dauern!", fluchte Rottenführer Grass, der seine Einheit in einem Café in Sicherheit gebracht hatte: „Durchzählen!"

Seine Männer zählten und kamen bis zur Dreizehn.

„Verdammt, ich hasse die Dreizehn!", fluchte er, die Augen waren weit aufgerissen, er keuchte und lud das Gewehr nach: „Ich hasse die Dreizehn! – Schmelz, Abflug, guck nach, ob die hinter der Theke was zu fressen hier gelassen haben. Wenn ja, Beschlagnahme! – Funker! Standort durchgeben, los, los!"

Sturmmann Schmelz bewegte sich im Entengang zur Theke, die sich in der Tiefe des Raums befand, während seine Kameraden die vielen Schaufenster sicherten. Der glatte und notdürftig verbundene Beindurchschuss in Höhe des Oberschenkels verursachte ihm beim Kriechen enorme Schmerzen, so dass er es nicht unterdrücken konnte, halblaut auf den verdammten Rottenführer zu fluchen, der unbedingt was zu fressen haben wollte. Als hätten sie nichts Wichtigeres zu tun!

„Kurt, bleibe locker!“, rief Rottenführer Grass, woraufhin Sturmmann Schmelz verstummte. Er fand drei Laib Brot und steinharten Streuselkuchen. Und eine Kanne mit lauwarmem Wasser!

„Scheiße!“, schrie er, während er weiter die Kanne hielt: „Hier sind welche!“

Rottenführer Grass reagierte sofort und befahl einem Usbeken und einem Belgier, die oberen Stockwerke zu durchsuchen: „Keine Gefangenen! Wir habe dafür keine Zeit!“

„Befehl vom Stab“, meldete der Funker: „Wir und das Kommando unter Rottenführer Fallala sollen von zwei Seiten aus die auf dem Friedhof fertigmachen. Der Rest schnappt sich den Hauptteil, der sich am Hafen verschanzt hat. Die da sind nur ein versprengter Haufen!“

„Ein was?“, fragte Rottenführer Grass nach und starrte den Funker entgeistert an.

„Einen Rest vom Schützenfest, meinte ich, Rottenführer!“

„Sag das doch gleich, Mann! – Also los, Schmelz übersetzen! Schmelz! Was ist Kurt?“

Sturmmann Schmelz kaute wie ein Verrückter, aber der verdammte Kuchen von vorgestern wurde immer mehr in seinem Mund. Schließlich spuckte er sich den Teig auf die Hände und sagte: „Jawohl, sofort!“

„Schmelz, du Sau, du bist am Fressen und lässt mich hier krepieren, du Kameradenschwein! Herbringen, man!“

Sturmmann Schmelz stopfte sich den gesamten Kuchen wieder in den Mund und brachte die Brotlaibe zu seinem Vorgesetzten, der sie aufteilte und die Stücke seinen Leuten zuwarf, wobei er sich fühlte, als füttere er in einem Raubtierkäfig.

Die Männer sprangen den Brotteile fast entgegen, wussten sie doch nicht, wann sie das nächste Mal wieder etwas zu essen bekamen. Sie verschlangen das trockene Weißbrot.

„Meldung“, sagte der Funker: „Rottenführer Fallala ist bereit.“

„Na, wir schon lange! Sag ihm, in sechzig Sekunden. Wir feuern die Leuchtmunition in den Friedhof, dann geht's ab hier! Sag ihm, er soll keine Scheiße bauen!“

Die letzten Handgranaten wurden in die Nacht geworfen, Leuchtgeschosse fielen aufs Friedhofsgelände, die Sowjets ballerten blind, warteten und feuerten erneut, doch die Wikinger waren schon an der Außenseite der Friedhofsmauer. Sie kamen von zwei Seiten, nutzten den Schutz der Nacht, indem sie sich flach über die Mauer rollten und durchs Gebüsch robbten, wo sie erst einmal abwarteten.

Leningrad war eingeschlossen, die Wehrmacht stand vor der Krim, Orel war in deutscher Hand, der Marsch auf Moskau lief an, und tausende Hände schlachteten in der Nacht des achten Oktobers einundvierzig auch in Berdiansk. Hunderte von Männern gerieten in einen Blutrausch, auf dem Friedhof aber tat sich lange nichts. Das Lauern zerrte an den Nerven, das Pirschen wurde zur Mutprobe. Die Wikinger kamen unaufhaltsam näher. Sie bildeten einen Kreis, der sich um die Sowjets zusammenzog, die blind auf Geräusche aller Art schossen.

Plötzlich war eine russische Stimme zu hören, die vom Trupp des Rottenführers Fallala kommen musste. Rottenführer Grass schüttelte den Kopf. Was für ein Idiot! Die ergaben sich doch niemals kampflos! So etwas kannten Russen doch gar nicht! Vergeudete Liebesmühe war das! Dieser Fallala, immer das gleiche! Als hätte der nicht auch seinen Spaß am Schlachten, Rottenführer Grass hob die Hand, wartete nicht auf die Antwort der Sowjets, fegte mit der Hand nach unten und schrie: „Attacke! – Attacke!“

Er sprang auf und stürmte mit seinen Männern auf den Feind los, welcher sofort zu ballern begann. Sekunden später hörte er auch den Befehl des Rottenführers Fallala. Wilde Schreie, die plötzlich die Nacht erfüllten und auf die Sowjets niederprasselten, die nicht mehr zum Nachladen kamen.

Im Nahkampf waren die Sowjets im Nachteil, verfügten sie doch nicht über Klappsparten wie die Wikinger. Die kurzen Bajonette und die Messer, mit denen sie sich verteidigten, blieben gegen die zweischneidigen, geschliffenen Spaten der SS Männer und Söldner fast wirkungslos. Während die Sowjets zustechen, herausziehen und dann erst wieder zustechen konnten, schlitzten die Wehrmachtssoldaten die Gegner links und rechts ununterbrochen auf, wobei das Ziehen des Spaten aus der Wunde gleichzeitig als Zufügen einer nächsten Wunde an einem anderen Körper Verwendung fand, so dass die Wehrmachtssoldaten fast doppelt so schnell wie die Soldaten der Roten Armee töteten. Das zum Mordinstrument umfunktionierte Friedenssymbol, das sogar noch als Schild gegen die Messer verwendet werden konnte, brachte schließlich den Sieg.

Sturmmann Schmelz sank auf die Knie, übergab sich, bis nur noch grellgrüner Schleim aus ihm herauskam. Er zitterte am ganzen Körper und richtete seine Aufmerksamkeit auf die rechte Hand, die er nicht mehr aufbekam. Sie hatte sich um den Spatenstiel verkrampft. Sturmmann Schmelz musste sich mit einem Knie auf das Spatenblatt stellen und die Hand schreiend wegziehen. Er hörte auch andere Männer Schreie ausstoßen. Sein Mageninneres verlief sich auf der Uniform eines sowjetischen Soldaten, der nun tot war. Sturmmann Schmelz schloss die Augen, riss sie auf und starrte den Toten an. Zum ersten Mal blickte er einem Gegner ins Gesicht, den er selbst erledigt hatte. Er starrte ihn aus nächster Nähe an. Knochige Wangen, erster Flaum auf der Oberlippe, dunkelblondes Haar, blaue Pupillen, die nun gebrochen waren. Sturmmann Schmelz stieß einen tiefen Seufzer aus, Tränen fielen auf das Gesicht des Jungen und vereinigten sich mit dem Erbrochenen. Sturmmann Schmelz beugte sich herab und küsste die kalte Stirn.

Um ihn herum suchten die Kameraden die gegnerischen Leichen und Verwundeten nach eingewickeltem Speck, Brot und Wodka ab, und viele scheuten die Mühe, den Verwundeten einen schnellen Tod zu schenken. Sie zerrten an ihnen, als hörten sie das Flehen nicht.

Sturmmann Schmelz stützte sich auf den Spaten und stand auf. Der Krampf in der rechten Hand ließ nach, langsam bewegte Sturmmann Schmelz die Finger und überlegte, ob er sich noch einmal bücken und dem Toten die Augen schließen solle, als er eine Stimme neben sich rufen hörte: „Verwundeter, hierher!"

Sturmmann Schmelz drehte sich um, sah den Kameraden ungläubig an, war doch kein Verwundeter in seiner Nähe, und verzog fragend die Augenbrauen.

„Bleib ruhig, Richter, gleich ist der Sani da!"

„Verstehe ich nicht."

„Hast noch einmal Glück gehabt, was?", sagte der Mann und deutete auf einen der Füße des Sturmmann Schmelz.

„Ach du Scheiße! Hab ich gar nicht bemerkt!", brachte er heraus, worauf der Kamerad meinte, er kenne das, man merke vieles erst später, er nenne es den Warnschuss abkriegen, weil es stets so sei, dass man immer wieder an der gleichen Stelle verwundet werde. Sturmmann Schmelz solle also auf seinen linken Fuß höllisch aufpassen, wenn er ihm lieb sei.

Sturmmann Schmelz nickte, stützte sich auf den Sanitäter und ließ sich zum Krankenauto bringen.

„Ich bin ein Mörder! Ein verdammter Serienmörder!", flüsterte Sturmmann Schmelz: „Ich will Mörder verurteilen und bin nun selbst einer. Wie ein Irrer habe ich heute getötet. Mindestens fünfzehn Leute. Und morgen? Wer stoppt mich? – Einer war fast noch ein Kind, der hatte Flaum auf der Oberlippe, Flaum!"

„Schnauze halten, Sturmmann Schmelz", brüllte der Sanitäter plötzlich los: „Ich will diese Scheiße nicht immer hören, Schnauze halten! Was man nicht ausspricht, das ist auch nicht geschehen! Kapiert, du Weichei? – Achtung, das tut jetzt weh!"

„Ein anderer schrie auf Deutsch: Sechs Kind, sechs Kind!", flüsterte Sturmmann Schmelz, bevor er losschrie und auf den Stiefel sah, aus dem der Sanitäter ein Messer gezogen hatte.

Ihm wurde der Stiefel aufgeschnitten, und fast wäre Sturmmann Schmelz in Ohnmacht gefallen, als er das viele Blut sah, das sein eigenes war. Und was lag da in der Lache herum? Zehen? Waren das zwei Zehen? Sturmmann Schmelz sah hinauf in die Schwärze der Nacht, fand das Sternbild des Großen Wagens und flüsterte: „Sechs Kind, sechs Kind!"

„Maul halten, sonst Beule am Kopf, Beule größer als Kopf!", drohte der Sanitäter dem Sturmmann Schmelz und ohrfeigte ihn ein paar Mal, während die Operation Taifun, die die Überschwemmung der sowjetischen Hauptstadt zum Ziel hatte, voranschritt. Eine Woche später zeichnete sich in der Doppelschlacht von Brjansk und Wjasma ein erster Erfolg dieser Operation ab, der oberste Anführer der Deutschen frohlockte schon, der Gegner sei gebrochen und werde sich nicht mehr erheben, der Feldzug sei mit der Zertrümmerung der Heeresgruppe Timoschenko entschieden, bei der sechshundertdreiundsiebzigtausend Gefangene gemacht wurden, die alle schäbig erschossen wurden, doch da organisierte Stalin die Rote Armee neu, holte Offiziere aus den sibirischen Lagern und zog Truppen von der iranischen und der türkischen Grenze ab. Die Rote Armee erhielt endlich die angloamerikanischen Rüstungslieferungen und konnte sich der Wehrmacht zwar entgegenstellen, doch am stärksten wurden die Deutschen von Partisanentätigkeiten aufgerieben, die aus Zorn heraus entstanden waren. Aus dem Zorn über den grausamen Umgang der SS und der Wehrmacht mit den besiegten Einheimischen und den gefangenen Soldaten. Schließlich brachte die Schlechtwetterperiode die deutsche Moskauoffensive am fünfundzwanzigsten Oktober einundvierzig völlig zum Erliegen. Die Wehrmacht war im Osten auf fremdem Boden eingekreist: Im Rücken die Partisanen, vor sich die Rote Armee, über sich Regen und Schlamm und am Horizont Moskau, das nahe, das allzu ferne Moskau.

Schon zwei Tage später wurde der Division Wiking befohlen, der Roten Armee zu folgen und sich den Abwehrkämpfen am Donez zu stellen, während sich der Großteil der hier stationierten Wehrmacht der Krim zuwandte, um diese Insel, zwischen Schwarzem und Asowschem Meer gelegen, zu nehmen, startete die Luftwaffe der Roten Armee doch von hier aus ihre Vernichtungsflüge gegen die für die Wehrmacht so wichtigen Ölfelder in Rumänien.

Über ein Jahr sollte es dauern, ehe die Wehrmacht die Krim erobern konnte, scheiterte sie doch Mal um Mal an der für unbesiegbar gehaltenen Seefestung von Sewastopol, weil sie von starken Forts umringt war, die über die unwegsamen Höhen des Kalksandsteingebirges verliefen und zäh von ausgesuchten Elitetruppen der sowjetischen Schwarzmeerarmee verteidigt wurden, die in einfachen Schützengräben lagen, aber sich auch in leichten und schweren Batterieständen, in Panzergeschütztürmen und in Kampfanlagen mit Panzerkuppen befanden, die die schwerbewaffneten Forts Maxim Gorki, Stalin, Molotow, GPU und Lenin unterstützten. Kilometerweit war das Gelände durch Zehntausende von Minen verseucht, und so hätten es die Wehrmachtstruppen fast nicht geschafft. Doch gab es keinen Grund zur Freude, als Sewastopol fiel, gestaltete sich doch auch die Einnahme der Halbinsel Kertsch an der Ostseite der Insel als schwierig, und auch in der Hölle von Ischun verloren Tausende Kameraden von Sturmmann Schmelz das Leben, der sich aber auf dem Weg nach Nordosten befand. Von solcherlei Pyrrhussiegen blieb er vorerst verschont. Kriegsdaten, die ihn verwirrten, Namen von Schlachten, Namen von Orten, all diese Informationen, sie brachten ihn durcheinander, sie machten ihn hilflos, er blieb dabei, wirklich sei nur, was über Kimme und Korn sichtbar sei, und richtig sei nur, was der Rottenführer sage.

Sturmmann Schmelz, größer als die meisten seiner Kameraden, humpelte dem Feind hinterher, warf sich ihm entgegen und bekämpfte ihn, wo er nur konnte, während er sich allmählich an den Verlust seiner beiden Zehen gewöhnte. Auch heilte der Oberschenkeldurchschuss schließlich, und alles in allem, meinte Sturmmann Schmelz, hätte es ihn auch schlimmer treffen können.

Das Reden stellte er nun völlig ein, fest davon überzeugt, dass es sich an der Front nicht lohne, Freundschaften zu schließen. Immer wieder krepierten die Männer, mit denen er Sätze ausgetauscht hatte, und schließlich bellte er nur noch die Übersetzungen der Befehle von Rottenführer Grass, wobei er fast immer die gleichen Worte benutzte.

Dennoch war niemand wütend auf ihn. Sturmmann Schmelz hatte die beste Stellung unter den einfachen Soldaten der gesamten Division. Überall, wo er auftauchte, wurde er nur der Richter genannt. Es war durchgesickert, dass er einen Mann freigesprochen habe, der sich mit einer jungen, hübschen Polin eingelassen habe, und es war durchgesickert, dass Sturmmann Schmelz die Konsequenz der Degradierung heldenhaft ertrage.

Schönheit gehe vor Rasse, meinten die Frontkämpfer, die in der Tat von Sturmmann Schmelz eine Art Freibrief sahen, um sich über die Propaganda hinwegsetzen und hemmungslos vergewaltigen zu können, wo immer sich ihnen die Gelegenheit bot.

Die Wikinger waren bald berüchtigt unter der sowjetischen Bevölkerung, und mehr als andere Einheiten mussten sie sich der nervigen und gefährlichen Partisanenangriffen erwehren, die die Division zu einer runden und fetten Kartoffel gemacht habe, von der man nach und nach die Schale abgeschnitten habe, um sie dann zu halbieren, zu vierteln und in Stücke zu häckseln, wie es mein Großvater später immer wieder beschrieb, der ja zu jenem Sturmmann Schmelz geworden war, den damals nicht interessiert habe, ob er Freibriefe für Missbrauch ausstelle oder nicht.

Er nahm sich die Frauen des Feindes jedenfalls nicht vor, und er hielt für die Anderen auch nicht die Lampe, Sturmmann Schmelz hatte den eigenen Willen in Berdiansk endgültig zurückgelassen, er funktionierte, und das war alles, was man von ihm verlangen konnte. Er funktioniere und fertig, meinte er und erzählte bereitwillig und wiederholend seinen sich stets wechselnden Kameraden in den wenigen Gefechtspausen vom Aussehen der jungen Polin, die den Offizier Mittenmang so schamlos verführt habe, wie es einhellig Meinung aller Soldaten war. Mit jeder Beschreibung wurden die Lippen wulstiger, bis sie schließlich Autoreifen ähnelten, weichen Autoreifen, zwischen die man den Schwanz so schön schieben könnte. Die Brüste wuchsen zu Wasserbällen aus, und die Brustwarzen wurden schließlich knüppelhart und spitz wie fünfzehner Nagelenden, und der Blusenstoff war nichts weiter als ein nasser Schleier, der auf der braunen, straffen Haut klebte, über die sich wollüstig Flechten einer zarten Gänsehaut legten, während die großen und schönen Augen unschuldig und zugleich wissend aufblickten.

„Noch irgendwelche Fragen?“, endete er jedes Mal, woraufhin er aber immer nur das Gestöhne der jungen Männer hörte, die im Schutz der Nacht onanierten.

Die Division stürmte voran, und längst hatten die Soldaten die Orientierung verloren. Von der Schlacht ums Asowsche Meer abgezogen, hatten sie sich Partisanenkämpfe in der Askanischen Steppe geliefert, hetzten dann die hundertsechzig Kilometer dem Don entgegen, um die Rote Armee nicht zum Stillstand kommen zu lassen. Die ersten Verfolgungskämpfe in der Ostukraine fanden statt, Rostow wurde erobert, doch sie zogen weiter, wurde die Division Wiking doch in den zweiten Kämpfen im Donezbecken, in denen es hin und her ging, dringend erwartet. Die Rote Armee ließ sich nicht aus dem Becken vertreiben, die Verzweigungen der Flussmündungen verwirrten die Fremden zusätzlich, und im gesamten Flussdelta, das im Asowschen Meer mündete, wurden sie immer wieder von den Einheimischen überrascht und gestellt, bevor die als Verfolgungskämpfe gedachten Kriegshandlungen endgültig zu Verteidigungskämpfen wurden. Das Donezgebiet konnte im Juli zweiundvierzig schließlich nicht mehr gehalten werden, die Division Wiking musste mit allen Teilen der Wehrmacht weichen. Ostwärts des Mius fanden Abwehrkämpfe statt, die sich schließlich auf die Miusstellung selbst konzentrierten. Die Ostoffensive erfolgte bis tief in den November zweiundvierzig hinein. Ihr schloss sich die Schlacht um Rostow und Bataisk an. Wer gewann? Wer verlor? Die gesamte sechste Armee war wohl eingeschlossen worden? Wo? Wieso klemmte denn das scheiß Gewehr schon wieder? Sturmmann Schmelz schaute kaum noch vom Töten auf, und in einer eintägigen Pause setzte er sich an den Stamm einer jungen Birke, die sich zwar bog, die aber nicht brach, und er legte den Spaten neben sich, der ihm zum kostbarsten Besitz geworden war. Ein Werkzeug, stellte er fest, das zum Aufbau einer Zukunft und zum Begraben der Vergangenheit gedacht sei, doch ihm diene es lediglich zur Vernichtung der Gegenwart. Gegenwart! Gab es überhaupt eine Gegenwart? Wart, kam das denn etwa nicht von Warten, und war Warten nichts anderes als leere Zeit? Gegen Wart, gegen das Warten zu warten, Sturmmann Schmelz war sich nicht sicher, zu Tode erschöpft flüsterte er in der feuchten und von Mückenschwärmen durchzogenen, kaukasischen Hitze des dreiundzwanzigsten Julis zweiundvierzig: „Mörder Schmelz, die Erinnerung ist dein Arbeitslager! Das ist deine ewige Gegenwart."

Kurz darauf gelang der Division Wiking ein Vorstoß über den Kuban ins Gebiet von Maikop, aber wen interessierte das? Sturmmann Schmelz auf keinen Fall. Nur Namen von Orten, die sie vernichteten, nur Namen von Landschaften, die sie verwüsteten, und in den Kämpfen im Hoch- und Westkaukasus, die sich anschlossen, verloren sie den Rottenführer Grass. Aber wo genau? Sturmmann Schmelz sah ihn von Granatsplittern zerfetzt, eine der Zigarren, die er sich in Rostow geklaut hatte, noch zwischen den Lippen. Sturmmann Schmelz nahm die Zigarre, drückte sie aus und steckte sie dem Toten in die Brusttasche. Er nahm die Erkennungsmarke an sich, bevor eine nächste Angriffswelle heran schwappte und Sturmmann Schmelz hinter der Leiche seines Freundes Deckung suchen musste. Er legte den Karabiner auf die Brust des Toten und erledigte vier Rotarmisten, was jedoch nicht viel brachte, weil so nur andere Gegner auf ihn aufmerksam wurden und ihn ins Visier nahmen. Es war doch ein Kreuz mit dieser schier unerschöpflichen Masse des Gegners! Wie viel Millionen sollten sie denn noch töten? Sturmmann Schmelz robbte rückwärts, während weiter nördlich deutsche Truppen die Wolga bei Stalingrad an diesem zweiten September zweiundvierzig erreichten. Weiter westlich wurden die Städte Bremen und Düsseldorf bombardiert, und in Göteborg stellte Gunder Hägg am zwanzigsten September seinen zehnten Weltrekord in nur zwölf Wochen auf. Er lief fünftausend Meter in dreizehn achtundfünfzig Komma zwei Minuten und blieb damit als erster Mensch unter vierzehn Minuten, worüber Sturmmann Schmelz aber nur lachen konnte, als er davon hörte. Lahmarsch, Gunder Hägg war ein verdammter Lahmarsch, soviel stand erst einmal fest!

Marschieren, immer wieder marschieren, Sturmmann Schmelz marschierte nun schon ein ganzes Jahr hindurch, Tag um Tag, sofern er nicht gerade aufgehalten wurde, um zu töten. Geschwollene Füße, eiternde Blasen, offene Wunden, das waren nur die Begleitumstände der ersten Wochen und Monate gewesen, jetzt aber spürte Sturmmann Schmelz die Füße kaum noch, und es gab Tage, an denen er meinte, in den Stiefeln sei überhaupt nichts mehr, könne ja gar nichts mehr sein.

Die Sowjets kamen sehr viel besser als die Deutschen und die Wikinger mit den extrem harten Klimabedingungen an der Ostfront zurecht. Hitze, Wassermangel und riesige Staubwolken beanspruchten Menschen und Material im Sommer aufs Äußerste, endlose Regenfälle und Schneeschmelze verwandelten im Herbst und im Frühjahr die unbefestigten Straßen in unpassierbare Schlammwüsten, sodass die Fronten während der Schlammperioden zu Stellungskriegen erstarrten. Die eigenen und gegnerischen Truppen blieben bis in Brusthöhe buchstäblich im Schlamm stecken und feuerten, ohne sich rühren zu können. Wurden Männer getötet, sackte ihnen lediglich der Oberkörper weg, und mit der Zeit haben diese feuchten Wüsten mit den darin steckenden Toten einfach absurd ausgesehen, wie mein Großvater später immer wieder meinte und das Gemälde ausführlich beschrieb, das sich ihm dort geboten hatte: ‚Brauner Schlamm, in den sich Bäche und Rinnsale wie Adern legten, wobei der Schlammkörper feucht glänzte und lebendig wirkte, in dem die toten Soldaten wie Haare eines Körpers herauszuwachsen schienen, die unabhängig von der Herkunft stets vom Wind in die gleiche Richtung geworfen wurden. Und über allem der endlose Regen.‘

Lastkraftwagen und Panzer blieben im Morast stecken und Pferdefuhrwerke stellten in diesem modernen Krieg der Industrie die einzigen einsatzfähigen Transportmittel dar, die Frage sei nur, meinte Sturmmann Schmelz, woher immer wieder all die Pferde zu bekommen seien! Die Sowjets hatten damit ja keine Probleme, aber die Wehrmacht, wie sollten die Pferde über Tausende von Kilometern transportiert werden? Und die mussten auch fressen! In den Tälern des Kaukasus begann der Pferdekrieg. In den Schlammperioden wurde auf die Pferde geschossen, die Männer waren dabei egal. Pferde, Pferde, plötzlich wollte alle Welt verdammte Pferde! Sturmmann Schmelz packte mehr als einmal die Wut über diese zum Himmel schreiende Sinnlosigkeit, doch vor allem die Winterkälte und die frostigen Schneestürme trieben ihn, wie alle anderen Männer auch, weit über die Grenzen der psychischen und physischen Belastbarkeit hinaus.

In Erwartung eines schnellen Sieges war die Wehrmacht im ersten Jahr des Krieges im Osten in keiner Weise für den Winter ausgerüstet worden! Und nun das! Bei eisigen Temperaturen bis unter vierzig Grad versagten nicht nur Motoren und automatische Waffen, auch Wehrmachtssoldaten starben qualvoll in ungeschützten Erdlöchern. Sie starben an Erfrierung und Entkräftung leise und unbemerkt vor sich hin. Hunderttausende, und aufgrund des gefrorenen Bodens konnten die Leichen im Winter ebenso wenig bestattet werden wie unzählige Gefallene, die während wechselseitiger Vormärsche und überstürzter Rückzüge im weiten Gelände liegengelassen und als vermisst in die Statistik aufgenommen wurden. Drei Millionen achthunderttausend Deutsche starben an der Ostfront, und Sturmmann Schmelz hatte mehr als einmal den Gedanken, sich einfach gefangen nehmen zu lassen, einfach aufzustehen, hinüberzuwanken und sich abtransportieren zu lassen, wären da nicht diese verdammten Unteroffiziere gewesen, diese scharfen Hunde, die immer gleich auf die Männer schossen, die es nicht mehr aushielten und aufstanden. Diese verdammten Unteroffiziere, die sie so in den Erdlöchern hielten, bis sie elendiglich krepierten.

Sturmmann Schmelz verlor im Winter einundvierzig zweiundvierzig so gut wie alles Menschliche, als die Wehrmacht nicht einmal über Fellhandschuhe, Pelzmäntel und Mützen verfügte und auch nicht, wie die Rote Armee, in weißen Tarnanzügen operieren konnte. Die Soldaten der deutschen Divisionen steckten in den auffälligen Uniformen fest; wie ein Hase habe man damals seelenruhig ausradiert werden können, meinte mein Großvater später, und niemand wisse heute zu sagen, wie es Sturmmann Schmelz ergangen sei und was er gefühlt habe, als er auf einen Befehl hin am Silvesterabend drei verletzte sowjetische Kriegsgefangene in einen nahen Wald führte, sie mit der Pistole mittels Genickschuss liquidierte, die Leichen liegen ließ und sich anschließend zum Scheißen und Rauchen niederließ. Ob er dort, in diesem dichten Schneefall, überhaupt noch habe fühlen und denken können, während das Thermometer dreiundzwanzig Grad unter Null angezeigt habe, dies bleibe wohl für immer im Rauschen der russischen Birken verborgen, meinte mein Großvater später immer wieder.

Fleißig erschoss er von Silvester einundvierzig bis zum fünften Februar zweiundvierzig östlich und südlich des Dons und am Manytsch als Teil der Division Wiking. Zuverlässig stach er ein, spaltete Schädel, hackte Gliedmaßen ab, schleuderte Handgranaten in Dorfschulen, Kirchen, Kneipen, und gehorsam marschierte Sturmmann Schmelz in der Mannschaft, in der er nur noch der Richter genannt wurde. Sturmmann Schmelz blieb mittendrin und hütete seinen Spaten.

Der Krieg sei ein Marsch, und ein Marsch habe kein Ende, meinte er, der doch nichts mehr denken wollte, gar nichts mehr. Einzig schlafen wollte er noch, einzig das Organisieren von ausreichend Schlaf ließ ihn die Tage überstehen. Egoistisch nutzte er jede noch so kleine Pause. Er döste in den Ebenen, trottete Abhänge hinunter, versuchte sogar beim Erklimmen von Bergen zu schlafen, und die Hoffnung auf langgezogene Ebenen, die Sehnsucht nach endloser Flachheit wurde für Sturmmann Schmelz zum alles beherrschenden Wunsch. Einige Male schlief er sogar beim Schießen ein.

Er sprach nicht mehr, übersetzte seit dem Tod des Rottenführers Grass auch nichts mehr, war der Neue doch ein Brite, und Englisch konnten die Söldner eigenartigerweise alle, stellte Sturmmann Schmelz erleichtert fest, so dass er drei Wochen lang über ein einziges Wort nachdachte. Und einzig dieses eine Wort bewahrte ihn vor dem Irrsinn. Sobald er dieses Wort aussprach oder dachte, es vor sich hin flüsterte oder sogar auch aufschrieb, konnte er sich vergewissern, noch abstrahieren zu können. Es war das Wort ‚schier'. Er lebte im Wort schier, dieses wunderbare deutsche Wort, das alles verzieh und Allen Hoffnung schenkte. „Schier daneben", flüsterte er und lächelte: „Schier getroffen! Schier daneben! Schier getroffen!"

Abwehrkämpfe im Donezgebiet folgten bis zum vierten März dreiundvierzig, Abwehrkämpfe in der Mius- und in der Donezstellung bis zum einunddreißigsten März dreiundvierzig, Abwehrkämpfe am mittleren Don schlossen sich an, und am fünfzehnten Mai fand Sturmmann Schmelz sich an genau der Stelle am Brückenkopf von Dnjepropetrowsk wieder, an der er vor einundzwanzig Monaten zur Ostfront gestoßen war. Vor einundzwanzig Monaten.

Doch nun verteidigte er das westliche Ufer des Dnjepr, diesmal hatte die Division keinen Befehl, das östliche Ufer zu erobern.

Ein einundzwanzig Monate währender Marsch, mein Großvater sagte immer, es gebe Erlebnisse, an denen jede Beschreibung scheitere, es gebe Erlebnisse, die nur vom Ende her erzählt werden können, und er sei als Ergebnis ein Soldat gewesen, der apathisch in diesem Schützenloch am Dnjepr gesessen habe, in das er siebentausendvierundsechzig Morde früher als aufrechter und willensstarker Mensch schon einmal gesprungen sei.

Ja, er habe die Sprache der Männer im Krieg erlernt, ja, er wisse über Freundschaft alles, aber er habe dieses Wissen nie anwenden können. Das Erlernen habe ihn zu einem Kriegsverbrecher gemacht, was immer das auch war. In seinen Augen sei dieses Wort schlechthin doppeltgemoppelt, meinte er, doch es sei ja das Wort ‚schier' gewesen, das ihm den Verstand erhalten habe. Es war ja das Wort ‚schier', das Sturmmann Schmelz immer aussprach, wenn das Erlebte das Vorstellbare überragte.

Die Division lag bereits seit sieben Wochen im Stellungskampf. Die Wikinger hatten sich entlang des Westufers des Dnjepr in den feuchten Sand eingegraben und verhinderten an dieser Furt eisern in zwei Schichten das Überqueren der Roten Armee.

An dieser Stelle beschrieb der Fluss einen Bogen, und am gegenüberliegenden Ufer reichte der Birkenwald bis an das

Wasser. Die Sowjets waren für die Wikinger immer erst zu sehen, wenn sie zum Sprung ins flache Wasser ansetzten, sodass die Wehrmacht sofort mit langen Maschinengewehrsalven gegenhalten musste. Sie fürchteten sich vor dem Augenblick, in dem die T vierunddreißig kamen oder die Stalinorgeln in Aufstellung gebracht waren; Granatwerfer, die bis zu fünfzig kleinkalibrige Raketengeschosse in der Minute abfeuern konnten und dies auch taten. Somit waren sie den deutschen Nebelwerfern weit überlegen. Es war diese Stalinorgel, die damals als die brutalste aller Waffen galt, eine Waffe, die jedes Gelände flächendeckend in Schutt und Asche legen konnte und dies auch tat.

Sturmmann Schmelz stellte sich in seinem Erdloch manchmal vor, wie Berlin wohl aussähe, wenn diese Orgeln mit der Reichshauptstadt fertig sein würden. Verbittert und grinsend malte er sich die Friedrichstraße aus, die Allee Unter den Linden, und besonders zynisch wurde sein Bild von den Resten des Alexanderplatzes. Soll der Krieg nur auch zu ihnen kommen, dachte Sturmmann Schmelz, damit sie sehen, was sie angerichtet haben. Damit sie begreifen, was sie gewählt haben. Damit auch ihre Frauen Trümmer wegräumen und über Leichenteile stolpern müssen. Denn Strafe ist nun mal Teil gerechter Rechtsprechung.

Aufgeschwemmte Leichen trieben weiterhin den Fluss hinunter, als hätte es diese einundzwanzig Monate gar nicht gegeben. Nur waren es keine Soldaten mehr, die da an Sturmmann Schmelz vorbeitrieben. Er sah Großmütter, Kleinkinder, er sah nackte Frauen und verwachsene Greise. Sie hatten Waffen aller Arten in den Händen, und Sturmmann Schmelz begriff, was der Name ‚Großer Vaterländischer Krieg' für die Sowjets bedeute. Fest nahm er sich vor, ihnen ja nicht in die Hände zu fallen, und nun war er froh, sich nicht in Gefangenschaft begeben zu haben.

Und während die Wehrmachtssoldaten das gegenüberliegende Ufer im Visier hielten, schlichen sich die letzten Einwohner von sechs Dörfern hinterrücks heran und stürmten mit Gewehren, Jagdbögen, Speeren und Heugabeln auf die ihnen so verhassten Eindringlinge los. Es waren Greise, zehnjährige Kinder, vor Wut schreiende Mütter und wilde Jugendliche, die den Wikingern arg zusetzten, und minutenlang versagte es dem Rottenführer Woolf die Stimme, ehe er den Befehl zur Vernichtung der Anstürmenden geben konnte.

So also sehe der sowjetische Volkssturm aus, meinte Sturmmann Schmelz, während er auf die Beine der Leute feuerte, als kämen sie direkt von den Barrikaden der Pariser Kommune.

Es war alles andere als ehrenhaft, was sie da taten! Sturmmann Schmelz schämte sich beim Schießen, aber was galt seine Scham schon? Er biss sich auf die Unterlippe, diese Leute da, sie starben zwar alle, verschafften aber den Einheiten der Roten Armee die Zeit, die sie brauchten, um auf der Furt durch den breiten Dnjepr zu stürmen, woraufhin Oberscharführer Löst sofort den Befehl gab, die Stellung zu räumen und sich weiter hinten zu sammeln.

Sturmmann Schmelz' Einheit rannte über die weichen und blühenden Felder, lief kreuz und quer, und nicht wenige Soldaten wären den ganzen Mai lang durchgelaufen, hätten nicht mehr in der Ukraine angehalten, wären durch ganz Polen gehetzt und hätten sich erst wieder an der Oder umgedreht, aber es fehlten ihnen schon nach einigen hundert Metern die Kraft und die Puste, sodass sie sich notdürftig sammelten und sich dem Feind noch einmal entgegenwarfen. Ein letztes Mal und unter riesigen Kraftanstrengungen drängten sie die Einheiten der Roten Armee zurück und schickten sie über den Dnjepr zurück.

Erneut nahmen sie am Westufer Stellung, jedoch nur noch für einige wenige Tage.

Von Sturmmann Schmelz' Einheit blieb nur er selbst übrig. Alle anderen Männer wurden von aufs Blut gereizten Rotarmisten in eine Scheune getrieben.

Erst wurden sie verprügelt. Am zweiten Tag wurden ihnen Hände und Füße abgeschlagen. Am dreiundzwanzigsten Mai dreiundvierzig verbluteten auch die letzten der zwanzigköpfigen Einheit der so verhassten Division Wiking, die aus Deutschen und Söldnern aus allen Teilen der Welt bestand, während Sturmmann Schmelz sich beim Divisionsstab einfand, zu dem er hin befohlen worden war, und in Deutschland die Spinnstoff- und Schuhsammlungen für die Wehrmachtssoldaten begannen.

Dieser Tag im Mai war viel wärmer als die anderen Tage dieses Monats. Erstaunt hielt Sturmmann Schmelz inne, spürte diese Stille, die Wärme und die Friedfertigkeit, und er fühlte sich neu geboren. Er blickte lange auf die eleganten Teetassen, aus denen kurz zuvor noch getrunken worden war, und nach und nach nahm er den ukrainischen Herrensitz wahr, in dem sich der Divisionsstab eingerichtet hatte, und als dieses ganze Abbild eines prächtigen Friedens Aufnahme in ihm gefunden hatte, da geschah etwas, das mein Großvater immer abfällig abgetan hatte: Sturmmann Schmelz ließ sich mit den Knien auf die unterste Stufe der Treppe fallen, und, ja, verdammt noch mal, er heulte. Er weinte still.

„Beruhigen Sie sich jetzt aber, Sturmmann Schmelz", rief ihm der stellvertretende Divisionskommandant, Obersturmbannführer Ledig, von oben zu, bevor dieser sich zu einem Untergebenen umdrehte, der hinter ihm stand und auf Sprecherlaubnis wartete: „Also, Weiß, wie sieht es aus im Raum Rostow?"

Sturmscharführer Weiß schüttelte mit hochgezogenen Augenbrauen den Kopf: „Die dreiundzwanzigste Panzerdivision konnte die Stadt nicht halten. Schwere Abwehrkämpfe am Hauptbahnhof, aber dann Aufgabe der Stadt. Sie ist auf dem Rückzug. Eine ganze Batterie Stalinorgeln haben die Sowjets in Aufstellung gebracht. Keine Möglichkeit, die Stadt zu halten. Was befehlen Sie?"

„Stalinorgeln, Stalinorgeln, immer diese verdammten Stalinorgeln!", fluchte Obersturmbannführer Ledig: „Was ich befehle? Ich befehle, die Waffen des Gegners zu erobern und sie umzudrehen, das würde ich am liebsten befehlen, aber im Ernst: Berufen Sie eine Lagebesprechung ein. Die Dreiundzwanzigste soll abgelöst werden und sich in der Gegend von Makejewka auffrischen. Und ab! Zack, zack!"

Sturmmann Schmelz war in der Zwischenzeit die breiten Eingangsstufen des weiß gestrichenen Herrenhauses hochgestiegen und machte auf der Veranda seine Meldung.

„Kommen Sie mit in mein Büro", sagte Obersturmbannführer Ledig und warf die angerauchte Zigarette weg, während Sturmmann Schmelz sich wie in Trance bewegte. Als befände er sich in einer Blase aus Leere, die ihre Größe aus seinem eigenen Hirn erhalten würde, meinte er später. Wie im Vakuum und mit Nebel in den Ohren stolperte Sturmmann Schmelz über die Eingangsstufe, stieß an im Flur aufgestellte Büsten und musste sich im Arbeitszimmer des Obersturmbannführers kurzzeitig am Türrahmen festhalten, ehe er den Weg zum Stuhl in Angriff nehmen konnte, der ihm angeboten wurde. Erleichtert ließ er sich fallen und rüttelte mit den Zeigefingern an den Ohrmuscheln. Er öffnete und schloss ein paar Mal den Mund, doch noch immer hörte er nichts. Gar nichts. War das nicht komisch?

„Also Sie sind Kurt Schmelz!", sagte der Obersturmbannführer: „Eine wahre Legende! – Was machen Sie denn da?"

„Ich höre nichts. Gar nichts. Kein Detonieren, gar nichts."

„Weil es hier nichts zu hören gibt, Sturmmann! Das ist die Ruhe! Wohl vergessen, was?"

Sturmmann Schmelz nickte. Ja, sicher, tatsächlich, wohl vergessen. Dieses Vakuum war also die Stille. Er schüttelte unmerklich den Kopf und versuchte, sich an diesen Nebel in den Ohren zu gewöhnen.

Erst erstaunt, dann aber wohlwollend musterte ihn der Vorgesetzte, und Schmelz, nicht mehr geübt in Dingen der Konversation, senkte den Blick und schob sich die Hände flach unter die Schenkel. Am liebsten wäre er aufgesprungen und hätte nachgefragt, wie der Befehl laute. Er wollte nur den Befehl hören und ihn dann ausführen, Sturmmann Schmelz wollte auf keinen Fall hier herumsitzen und in Diskussionen verwickelt werden. Was sollte das? Was sollte das alles auch bringen? Er hob den Blick, sah dem Obersturmbannführer ganz kurz in die Augen, zuckte zusammen, als in der Ferne eine Bombe detonierte, lächelte erleichtert und tastete nach seiner Pistole, die sich vorschriftsmäßig im Halfter befand.

Der Obersturmbannführer riss sich bei dieser impulsiven Bewegung vom Anblick des Sturmmanns los, erhob sich und befahl Schmelz, sich ebenfalls zu erheben, der sofort gehorchte, so froh, einen Befehl ausführen zu können, eine Tat zu begehen, die das Warten verkürze und mit deren Hilfe er das Schweigen hinter sich lassen könne. Er stand stramm, hörte mit starrem, nach vorne ins Leere gerichtetem Blick zu und war bemüht, sich kein einziges Wort entgehen zu lassen. Die ganze Zeit hielt er die Hände mit den Daumenseiten vorschriftsmäßig an die gedachte Hosennaht und atmete flach.

„Also, Befehl vom Reichsführer SS. Schmelz, Sie haben sich in den Augen des Reichsführers SS an der Front bewährt und werden nun mit sofortiger Wirkung aus der SS Division Wiking abgezogen", sagte Obersturmbannführer Ledig mit tonloser Stimme und wartete auf eine Reaktion des Sturmmanns.

„Nun?", fragte er aufmunternd, doch Sturmmann Schmelz blieb stramm stehen und reagierte nicht einmal mit einem Blinzeln.

Enttäuscht räusperte sich Obersturmbannführer Ledig und fuhr fort: „Des weiteren werden Sie mit sofortiger Wirkung wieder in Ihren früheren Rang als SS Obersturmführer eingesetzt."

Noch immer keine Reaktion! Unwirsch blickte der Obersturmbannführer dem Untergebenen ins Gesicht, der aber weiter ins Leere blickte und krampfhaft versuchte, den Sinn all dieser Wörter zu erfassen. So viele Wörter! Wann hatte er das letzte Mal so viele Wörter aufnehmen müssen? Er unterdrückte ein Seufzen und spürte, dass es noch immer nicht vorbei sei. Wann konnte er endlich mit diesen Worten aus diesem Zimmer verschwinden, um sie in einer Ecke zu begreifen und sie sich verständlich zu machen? Kurt Schmelz hoffte, es würde nicht mehr all zu lange dauern, denn all zu viele Sätze könne er nun auch wieder nicht behalten.

Unruhig wurde er, und allmählich bekam er Angst. Eine kalte, hässliche Angst, die er im Feld niemals gespürt hatte. Oh, fast sehnte er sich zurück an die Front, trieb ihm die Gegenwart dieses hohen Offiziers, mit dem er ganz alleine im Raum war, nicht sogar erst den Schweiß auf die Stirn? Doktor Kurt Schmelz straffte sich, um auch den Rest der Sätze nur ja nicht zu verpassen, was immer ihm da auch gesagt wurde.

„Ferner werden Sie, Obersturmführer Schmelz, wieder als SS Richter eingesetzt. Sie sind ab jetzt wieder als Ermittlungsrichter in der SS tätig, haben Sie mich verstanden?"

Wieder? Wieso wieder? Wieso sagte denn der Obersturmbannführer Ledig dieses Wort? War er nicht immer schon an der Ostfront gewesen? Er war doch nur ein Marschierender unter Marschierenden! Er befand sich in einem Marsch, der schon seit Ewigkeiten existierte! Verdammt, was wollte der Mann vom ihm? Kurt Schmelz versuchte sich zu konzentrieren. Er überlegte, was vor dem Marsch gewesen sein könnte, aber vorerst kam er nicht darauf. Irgendwas an der Odermündung, ja sicher, ein schönes Besäufnis mit alten Fischern, eine ganze Nacht durch, aber was sollte das mit – aber ja, sicher, er war Richter! Tatsächlich! Er hatte studiert und war zum Richter ernannt worden! Natürlich, er war ein Ermittlungsrichter gewesen! Natürlich, er war einmal ein Mann gewesen, der Träume gehabt hatte, ein Mann, der an seine Träume geglaubt hatte. Aber ja! Er war ein junger, aufstrebender Mann gewesen, so, und nun nur noch dieses Wort wieder in Bezug gesetzt, Moment, Moment, Kurt Schmelz spürte, wie das Denken allmählich wieder in Gang kam. Wörter in Beziehungen setzen, daraus bestand das Denken, also, frisch ans Werk! Kurt Schmelz spürte sein Herz, das den Rhythmus beschleunigt hatte. Die Bedeutungen der Worte, an sie musste er sich wieder erinnern. Diese Bedeutungen musste er mit Hilfe der Sprache gebrauchen. Die Sprache selbst ist ja leer, dachte er, also Schmelz, du Sau, pumpe sie auf! Alles rein, alles rein, was da ist, zack, zack!

„Na endlich“, sagte Obersturmbannführer Ledig: „Sie können ja doch lächeln! Nur Mut!“

„Jawohl!“, schrie Kurt Schmelz, der instinktiv auf das Wort Mut reagiert hatte: „Jawohl!“

„Außerdem sind Sie mit sofortiger Wirkung Beamter der Kriminalpolizei Berlin und direkt dem Gruppenführer Nebe unterstellt, dem Leiter der Kripo im Hauptamt, falls Sie das vergessen haben sollten, kapiert?“

Obersturmführer Doktor Kurt Schmelz nickte zwar, aber nun hätte er doch gerne gefragt, wohin das alles führen solle und was das bedeute und was das alles mit ihm zu tun habe. Ob der Obersturmbannführer Ledig so nett wäre, es ihm zu erklären?

„Sie werden in zwanzig Minuten von hier aus nach Berlin geflogen, wo Sie sich umgehend im Hauptamt melden werden. Sie gehen direkt zum Gruppenführer Nebe, kapiert! Er erwartet Sie noch heute, und Sie müssen bis achtzehn Uhr bei ihm gewesen sein, verstanden! Das ist absolut kriegswichtig! Sie werden mit einer Sondermaschine geflogen. Sie dürfen jetzt etwas sagen", meinte der Obersturmbannführer, aber dem Obersturmführer fiel nichts ein, was er hätte sagen können. Er starrte weiter die Wand an, die Einschusslöcher in Kopfhöhe aufweise, wie er routiniert bemerkte.

„Mann, Sie sind der Hölle hier entkommen, kapieren Sie endlich!", fauchte ihn der Obersturmbannführer Ledig an: „Sie dürfen sich ruhig freuen! Wir gehen hier alle drauf, falls Sie das noch nicht gemerkt haben, aber Sie sind raus! Sie sind raus, Obersturmführer Doktor Kurt Schmelz. Sie sind raus!"

„Zu Befehl!", schrie Schmelz, über den Gefühlsausbruch des Obersturmbannführers erschrocken: „Ich bin raus! Gestatten Sie, dass ich wegtrete? – Ich bin raus!"

„Erlaubnis erteilt! Ein komischer Vogel sind Sie! Undurchschaubar! – Hier, schriftlicher Stellungsbefehl, Ernennungsurkunden, nehmen Sie! Wegtreten, los, los! – Die Uniform eines Obersturmführers haben wir hier gerade nicht vorrätig. Sie müssen sich mit diesen Schulterklappen hier begnügen. Heften Sie sie sich selbst an, Abflug! Zack, zack!"

Schneidig vollführte Obersturmführer Schmelz eine halbe Drehung und marschierte mit den Papieren in der Hand zackig aus dem Zimmer des enttäuschten Obersturmbannführers Ledig, der sich so darauf gefreut hatte, leuchtende Augen zu sehen. Wie gerne hätte er ein wenig Freude geschenkt! Ein herzliches Lächeln! So gerne hätte er Glück in den Augen eines Kameraden gesehen, um sich ein wenig lebendiger zu fühlen. Aber was passierte? Stattdessen marschierte der hier stocksteif raus, als wäre er in Kriegsgefangenschaft geraten! Obersturmbannführer Ledig griff zu einer neuen Zigarette, um sie gleich darauf wieder auszudrücken. Lagebesprechung. Was soll's! Es galt, eine Schlacht mehr zu gewinnen! Vorwärts Kameraden, wir müssen zurück, dachte er, während zur gleichen Zeit Großadmiral Karl Dönitz die Unterseebootschlacht im Atlantik abbrach, um technische Verbesserungen vornehmen zu lassen, hatte die deutsche Marine doch allein in den ersten Monaten des Jahres dreiundvierzig achtunddreißig von hundertachtzig U-Booten verloren.

Nach vierwöchigem Kampf brach der Widerstand im Warschauer Ghetto am sechzehnten Mai dreiundvierzig zusammen, am zwanzigsten Mai erleichterte die Schweiz die Ausbürgerungsbestimmungen, am vierundzwanzigsten Mai gab es schwere Luftangriffe auf Dortmund, am einunddreißigsten Mai wurden die Fleischrationen in Deutschland pro Kopf und Woche um hundert Gramm gekürzt, am vierten Juni kam es in Argentinien zum Militärputsch, während Obersturmführer Doktor Kurt Schmelz am sechsten Juni dreiundvierzig bereits auf dem Weg von Berlin nach Kassel war, um ins dortige Gerichtspräsidium chauffiert zu werden, wo er mit dem Obergruppenführer Waldeck Pymont zusammentreffen sollte, um genauere Anweisungen für seinen neuen Auftrag zu erhalten, der ihn schon die ganze Zugfahrt lang beschäftigte. Immer wieder unterbrach er die Lektüre der Akten und sah aus dem Fenster, während er nachdachte.

Korruptionsdelikte, die gar keine waren! Vorwürfe, Mutmaßungen, Schmelz verstand das alles nicht. Gerade noch an der Ostfront gewesen, Befehlen gehorcht, die meist nur aus zwei bis drei Wörtern bestanden hatten, und nun sollte er plötzlich selbständig ermitteln, eigenständig handeln. Er sollte wieder Verantwortung übernehmen, und da war es wieder, dieses kleine, trügerische Wort. Obersturmführer Schmelz wühlte in den Akten, vermutete Unregelmäßigkeiten in der Umgebung von Weimar, was sollte das bloß alles?

Und was genau war ein Konzentrationslager? Konzentrationslager Buchenwald, davon hatte er noch nie etwas gehört. Ärgerlich sah er aus dem Fenster, bombardierte Vororte einer größeren Stadt, Magdeburg vielleicht, aber worüber ärgerte er sich eigentlich? Sollte er nicht froh sein, wieder schalten und walten zu können, wie er es für richtig hielt, anstatt sich von dämlichen Rottenführern den Marsch blasen zu lassen? Doch vertraute er sich soweit, das war ja dann wohl die Frage der Fragen, vertraute er sich soweit, nicht wieder Mist zu bauen, wenn er erst einmal loslegte? Obersturmführer Schmelz strich über den Geleitbrief des Reichsführers SS, den ihm der schweigsame und nervöse Arthur Nebe übergeben hatte. Im Auftrag vom Chef des Reichssicherheitshauptamtes Kaltenbrunner.

Mehr nicht, Nebe war so nebulös wie sein Name geblieben, hatte ihm lediglich den Brief ausgehändigt, hatte ihn kalt als neuen Beamten der Kripo begrüßt und ihn in Kenntnis gesetzt, dass er sofort zum Chef des Wehrkreises neun nach Kassel fahren solle, wo er dann alles Weitere erfahre. Was für ein Mann, dieser Nebe, Schmelz hatte sofort gespürt, dass der kein reines Gewissen besaß. Wie ein Verräter habe der sich benommen, wie ein Hochverräter! Wenn der nicht diese hohe Uniform getragen hätte … Obersturmführer Schmelz meinte, Gruppenführer Nebe, Chef der Kriminalpolizei, müsse einmal gründlich verhört werden; da war es schon wieder so weit! Verdammt! War er denn kein bisschen schlauer geworden an der Front? Es galt, sich Freunde zu beschaffen, einflussreiche Freunde, mit denen man dann Karriere machen konnte! Warum wollte er nur immer alle Vorgesetzten auf die Anklagebank bringen? Nur, um Aufmerksamkeit zu erringen? Mensch, Kurt Schmelz, das ist der verkehrte Weg, hast du es noch immer nicht begriffen, dachte er, diese Wege sind Sackgassen, die alle an der Ostfront enden und also ziemlich direkt im Sterben! Wer einen Stiefvater bekämpfen will, der braucht erst einmal einen Vater! Oder umgekehrt.

Schmelz nahm den Blick vom Fenster, sah auf die Papiere und blätterte sie weiter durch, während ihm Tausende von Kriegsszenen durch den Kopf schossen.

Erst auf der letzten Seite fand er wieder zur Schrift und las eine handschriftliche Notiz, die ihn aufrichtete, die ihn ermutigte, die ihn stolz machte, als habe sich die Hand eines Vaters auf seine Schulter gelegt: „Es wird dringend empfohlen, Obersturmführer K. Schmelz von der Front zurückzuholen. Bester Korruptionsspezialist, den die SS hat, kompromissloser Geist, der eine bestechende Dissertation hervorgebracht hat. Heinrich, hol ihn zurück und überstelle ihn mir! Das ist genau der Besen, den wir brauchen! Wie geht's Frau und Kindern? Alles in Butter? Wir sollten mal wieder mit den Familien etwas unternehmen, Dein alter Josias."

Ganz elend wurde es dem zweiundsiebzigjährigen Schmelz auf dem Boden seiner Frankfurter Wohnung, als er an den Besuch beim Prinzen dachte, der sein Leben auf der einen Seite ja gerettet hatte. Auf der anderen Seite jedoch hatte er es vernichtet. Der alte Schmelz begriff das ganze Ausmaß erst jetzt, während er sich kraftlos und vor Schmerzen stöhnend auf den Ellenbogen stützte und in den Spiegel sah, der vom verschmierten Blut schon ganz blind geworden war.

Schmelz schüttelte zwar langsam den Kopf, doch aufzuhalten sei es nun nicht mehr, stellte er fest. Dieses Erinnern werde ihm wohl zur Lebensbeichte. Es werde ihm wohl die Haut vom Leibe reißen. Und wie albern, sich eines illusorischen Enkels zu bedienen, wie ausgesprochen albern dies doch sei. Als könne er so in eine letzte Haut schlüpfen. Wie albern, dachte er, die letzte Haut hat keine Falten.

Er zog die Beine an, stützte sich auf die Handflächen, bereitete sich vor, aufzustehen. Sich zu erheben. Gleich, gleich, alter Mann, gemach, gemach.

In der Reichshauptstadt säten die Berliner auf öffentlichen Plätzen Korn, bewachten diese Felder Tag und Nacht und ernteten Mitte Juni. Trotz Flächenbombardements konnte die Ernte eingebracht werden. Der Alexanderplatz hatte sich in jenen Tagen in einen Gemüseacker verwandelt, Obersturmführer Schmelz hatte es nur flüchtig vom Zug aus gesehen, als er am sechsten Juni dreiundvierzig auf dem Weg nach Kassel war.

Er erreichte die hessische Stadt ohne unplanmäßige Aufenthalte und ließ sich direkt zum Amtssitz des Gerichtsherrn des Wehrkreises neun fahren, der zugleich auch eines der Privatschlösser des Obergruppenführers Waldeck Pymont war. Schmelz meldete sich beim wachhabenden Offizier und wurde wenig später von einem Scharführer durch drei Flure geführt, bevor ihm eine unscheinbare Tür im obersten Stockwerk des Schlosses geöffnet wurde.

„Ihr Zimmer, Obersturmführer, der Obergruppenführer erwartet Sie dann morgen früh um neun Uhr in seinem Arbeitszimmer auf Korridor elf im Südflügel“, sagte der Scharführer, der ihm das Gepäck ins Zimmer stellte und kurz darauf die Tür von außen schloss.

Schmelz blieb in einer Kammer zurück. Zwischen zwei unscheinbaren Türen, die links und rechts der Eingangstür waren, befanden sich gegenüber vom Eingang unter dem Fenster, das die Größe eines Ofenbleches hatte, ein Tisch und drei Stühle. Auf einem von ihnen stand der Koffer des Obersturmführers, auf einen der beiden anderen setzte er sich selbst, streckte die Beine unterm Tisch aus, verschränkte die Hände hinterm Kopf und bog den Oberkörper über die Lehne hinweg. Er stöhnte vor Wohlbehagen auf und sah lange aus dem kleinen Fenster, während er meinte, jetzt gehe es los. Jetzt gehe es noch einmal von vorne los. Jetzt seien die Karten noch einmal neu gemischt worden.

Weiße Wolken schwebten am grellblauen Himmel vorbei und änderten ihre Gestalt. Obwohl der Ausblick doch sehr begrenzt sei, dachte Schmelz, schaffe solch eine Wolke doch laufend neue Tatsachen. Er testete seine Fantasie, um sich abzulenken und zur Ruhe zu zwingen.

Was für ein Aufwand doch betrieben worden war, nur, damit er hier sitzen konnte. Schmelz sah einen voll erblühten Baum am Himmel. All die Vorbereitungen, um ihn von der Front hierher zu holen. Vorgestern noch mit Dauerfeuer vor den Sowjets flüchtend, gestern dem Reichsführer Himmler die Hand schüttelnd, dann dem Kaltenbrunner, dann dem Nebe! Ihre Glückwünsche, dass er von der Front zurück sei! Ihre Hoffnungen, dass er sich an der Front bewährt habe! Dass er aus der ganzen Sache gelernt habe und nun im großen Stil seinem Ruf als Korruptionsjäger wieder Ehre machen könne. Ehre, jawohl! Im großen Stil! Jawohl, im ganz großen! Buchenwald, was immer du auch verbirgst, ich werde es dir entreißen, dachte Obersturmführer Schmelz, ich werde dich notfalls auseinandernehmen, genauso wie wir

Kiew zerlegt haben! Dir werde ich zeigen, was wir Wikinger mit unseren Feinden machen! Wir schaffen Tatsachen, Tatsachen und immer wieder Tatsachen! Jetzt hält mich nichts mehr auf! Ich habe die Rückendeckung, die mir früher immer gefehlt hat und deren Mangel mich fast in den Tod getrieben hat, aber ich habe überlebt, ich habe die Ostfront überlebt! Ich habe überlebt, und nun steht Himmler persönlich hinter mir! Mit einem Geleitbrief, Schmelz, alter Sack, was willst du mehr? – Entschuldigung, was kostet die Welt?

‚Jawohl, Reichsführer', hatte er gesagt: ‚Sie können sich ganz auf mich verlassen! Ich habe meine Lektion gelernt, mit Ihrer Hilfe!' Denn das hatte er ja wirklich gelernt! Allein war allein. Wenn er schon keinen Vater hatte, dann brauchte er wenigstens Mentoren, die ihm zur Seite standen. Das hatte er ja nun wirklich gelernt. Ohne einflussreiche Mentoren war jeder Versuch einer Karriere zum Scheitern vorverurteilt! Jede! Doch wie fand man sie?

Sein Blick fiel auf einen kleinen Abreißkalender an der gegenüberliegenden Wand, und er brauchte ein paar Minuten, um festzustellen, dass er in zwei Tagen Geburtstag hatte. Er wurde vierunddreißig Jahre alt! Im vierunddreißigsten Jahr, war das nicht ein wenig zu spät, um auf Mentorensuche zu gehen?

Flach legte er die Hände auf den alten, schmucklosen Tisch und sah sich zufrieden um. In der Ecke hinter der Eingangstür stand eine zusammengerollte Matratze, aber von den Akten, die in seinem Zimmer laut dem Wachhabenden liegen sollten, sah er nichts. Was sich wohl hinter den Türen befand? Kurt Schmelz stand auf, öffnete die erste, und sofort wich er einen Schritt zurück.

Ein lichtdurchfluteter Raum tat sich vor ihm auf. Mindestens neunzig Quadratmeter. Hinter einer breiten Fensterfront sah er die Brüstung eines Balkons, auf deren Ecken Sandsteinleuchter standen. Der freie Blick auf ein grünes Tal, hinter dem sich eine Bergkette erstreckte. Wie geblendet fühlte sich der Jurist, der vorgestern noch ein einfacher Frontkämpfer gewesen war.

Die Wände waren mit gelber Samttapete ohne Motiv ausgekleidet, der Stuck verdeckte fast die gesamte Decke. Er war bunt bemalt und zeigte Szenen von Diana, die auf der Jagd war, die einen Hirsch stellte und die auch selbst ein Hirsch war.

Auf dem Boden lag ein bunter und dicker Perserteppich, und bevor er ihn betrat, zog Schmelz die Stiefel aus, um sie in der Kammer zu lassen, die doch nur der Flur gewesen war! Und er hatte schon den Flur für Luxus gehalten!

Er betrat die Fasern und spürte, wie die Füße leicht einsackten. Zwei Ohrensessel standen neben der Balkontür vor den Fenstern, die bis zum Boden reichten. Zwischen ihnen befand sich ein mit Schnitzereien verzierter und mit Gold bemalter Tisch, auf dessen Platte ein Schachbrett eingraviert worden war. Die eine Hälfte der Figuren schien aus Gold und die andere Hälfte aus Silber zu sein.

Obersturmführer Schmelz schluckte und zwang sich, nicht hysterisch zu werden. Atmen! Atmen! Ruhig atmen! Er fragte sich, ob er im falschen Zimmer wäre, doch neben dem Bett mit den hohen Matratzen und der edel bestickten Tagesdecke sah er den Nachtschrank, auf dem ein Fernsprechapparat stand und auf dem die Akten lagen, von denen der Wachhabende gesprochen hatte.

Nun wollte er auch das andere Zimmer sehen! Was verbarg sich hinter der anderen Tür? Geradewegs lief er über den schweren Teppich, öffnete die zweite Tür vom Flur aus und stand in einem hellen und gekachelten Badezimmer.

Über Eck befanden sich große Fenster, und unter ihnen

stand eine breite und lange Badewanne. Eine Badewanne! Mit ein paar Schritten war er am Badeofen, betastete ihn und grinste übers ganze Gesicht. Schon hatte er den Korken im Abfluss der Wanne, die Hähne des heißen und kalten Wassers aufgedreht, ein paar Holzscheite im Ofenloch nachgelegt und einen der fünf Badezusätze ausgewählt, die alle aus dem Sudan stammten, als er ins Wasser starrte, in den Schaum, der immer mehr wurde, und plötzlich konnte er es, auf einmal fühlte er sich stark genug, zum Fernsprecher zu laufen, während die Wanne sich füllte, die Frankfurter Nummer zu wählen, um betont ruhig ins gegenüberliegende Ohr sagen zu können: „Mutter, ich lebe. Ich lebe, Mutter!"

Sein Herzschlag war langsam, fast fürchtete er, er könnte ganz aufhören, als er endlich die Stimme der Mutter hörte, die antwortete: „Kurt! Kurt, hast du genug zu essen?"

„Jetzt ja, Mutter, ich bin in Sicherheit. Heute bin ich in Kassel, übermorgen bin ich in Weimar. Ich melde mich von da aus noch mal in Ruhe, aus Weimar im Thüringischen. Hast du meine Briefe erhalten?"

„Ja, mein Sohn. Sei tapfer!"

„Natürlich, Mutter, ich muss jetzt nur auflegen, ich habe gerade keine Zeit. – Freust du dich nicht, mich zu hören?"

„Doch, natürlich, ich bin halt deine Mutter."

„Dann sag es doch!"

„Ich sag es ja. Ich freue mich."

„Schön, dann bis übermorgen."

„Bis übermorgen, mein Sohn."

Kurt Schmelz legte zuerst auf, froh, es hinter sich gebracht zu haben. Auch wenn er ihr mal wieder kein freundliches Wort hatte abringen können, ging er dennoch zufrieden ins Bad zurück, zog sich aus, drehte den Wasserstrahl ab und ließ sich von gewaltigen Schauern durchfluten, als er nach und nach ins heiße Wasser einsank.

Wie viele Jahre war es her, dass er zum letzten Mal ein Bad genommen hatte? Ein heißes Bad? Er erinnerte sich nicht, während er entspannt im Wasser und in duftendem Schaum lag und aus dem Fenster sah, hinter dem immer wieder Wolken, winkende Zweige und Vögel auftauchten, als wäre Frieden auf dieser Welt, ein großer und stiller Frieden, meinte Kurt Schmelz, der die Füße durch die Wasseroberfläche stieß, sie aus dem Schaum auftauchen ließ und verstört seinen linken Fuß betrachtete. Ihm fehlten doch tatsächlich zwei Zehen! Unfassbar!

Tatsächlich!

Wann hatte er denn seine Zehen verloren? Und vor allem wo? Wo war das gewesen?

Verdammt, wo lagen die Zehen?

Kurt Schmelz tauchte den Kopf unter Wasser und hörte es blubbern, als er sich völlig entspannte und ihm ein Furz entglitt.

Vom siebenundvierzigjährigen Obergruppenführer war Schmelz sofort begeistert und eingenommen, als er am nächsten Morgen nach vierzehnstündigem Schlaf geduscht, rasiert und gekämmt in das gewaltige Arbeitszimmer des Sprosses eines der ältesten deutschen Adelsgeschlechter und Neffe der holländischen Königin kam. Sofort begriff Schmelz, in ein wahres Zentrum der Macht vorgedrungen zu sein. Der Erbprinz saß in einem mit Leder bezogenen, gesteppten Ohrensessel und winkte ihn zu sich heran. Wohlwollend betrachtete der ältere Mann den fast vierzehn Jahre jüngeren, während er hin und wieder an einer dicken Zigarre zog, und auch Kurt Schmelz fühlte sich sofort wohl. Er glaubte, genau unter den Schutz gekommen zu sein, den er brauche. Jetzt nur ja nicht anbiedern! Wie anders und herrschaftlich, wahrlich herrschaftlich, war es hier, und wie spröde und stümperhaft war dagegen das Arbeitszimmer des Reichsführers! Schmelz räusperte sich und kam auf einen Wink des Prinzen hin noch näher.

„Sie entschuldigen, meine Augen sind nicht mehr die besten“, sagte Waldeck Pymont: „Nein, nein, stehen Sie bequem, setzen Sie sich! Ich bin ja so froh, Sie endlich hier zu haben! Auf einen wie Sie habe ich gewartet, und nun sind Sie endlich da! Endlich! Kommen Sie, nehmen Sie sich einen Kaffee. Meine Ordonanz hat ihn gerade gebracht. Nehmen Sie sich selbst, mein Rücken, Sie verstehen, mein Rücken. So ein Glück, Sie endlich hier zu haben!“

„Danke, Obergruppenführer, ich kann nur sagen, danke!“

„Na, warten Sie erst einmal ab! Wer sich zu früh bedankt, der bereut es sein ganzes Leben! Niemals zu früh danken, Schmelz, verstanden? Wer zu früh dankt, dankt zu schnell ab. Alter Adelswitz.“

„Jawohl, Obergruppenführer!“

„Ich habe ja die ganze Sache ins Rollen gebracht. Mein alter Freund Himmler wollte erst nicht, aber das spielt keine Rolle! – Ich bin es, Doktor Schmelz, der Sie von der Front zurückgeholt hat. Das war eine Heidenarbeit, kann ich Ihnen sagen, aber was Sie da durchgemacht haben, kann es mir schon gut vorstellen, war ja selber im ersten Krieg an der Front! Damals haben die Briten gerade den Panzer erfunden, ja, ja, traurige Sache, das mit der Kapitulation, aber unser letzter Kaiser war halt nicht der beste Mann für diese Sache, na, egal, das wird uns ja diesmal erspart bleiben, diese Schmach, oder? Der Russe hat doch nicht wirklich eine Chance gegen unsere Panzer. Man hört ja Schreckensnachrichten von diesem T vierunddreißig, aber das ist doch bloß Feindpropaganda, was? Jetzt, wo wir die Tiger endlich an der Front und in Serie haben. – Ach, übrigens, Doktor Schmelz, Ihre Dissertation über Propaganda und ihre Verhütung hat mir sehr gefallen! Ein paar Einwände hätte ich zwar schon gemacht, zum Beispiel, wie Sie den Franzmann so über den Klee loben, aber alles in allem, lassen Sie uns zur Sache kommen, genug der Konversation, Obersturmführer Doktor Schmelz."

Schmelz nickte und fragte sofort, was seine Aufgabe sei und wohin er sich zu stellen habe. Er hatte bemerkt, wie sehr es der Erbprinz mochte, als alter Soldat behandelt zu werden, er hatte es sofort gespürt.

„Donnerwetter, das mag ich", sagte Waldeck Pymont auch prompt: „Guter Preuße! Vom alten Schrot und Korn. Was ist meine Aufgabe, wo soll ich stehen, das sind genau die Sätze, die ich von Ihnen erwartet habe, Kurt, darf ich Kurt sagen?"

„Jawohl!"

„Sie sind ein fähiger Kopf. Ihre Dissertation zeigt eine große und reine Vision von der sauberen Justiz, und Ihr bisheriger Werdegang zeigt, dass Sie für Ihre Überzeugungen einzutreten in der Lage sind. Sie nehmen Wirklichkeit nicht einfach so hin, Sie wollen sie verändern, Ihrer Vision anpassen, und wie es der Zufall will, ist Ihre Vision auch meine Vision. Sie wollen die reine Justiz ohne Einmischung von Politik, bei der Sache werde ich Ihnen später helfen, und ich will in meinem Oberabschnitt eine reine und saubere SS. – Einen Schnaps zum Kennenlernen, Kurt?"

„Wenn Sie erlauben, wenn man zweimal sein Amt verloren hat, wenn man einmal degradiert und an die Front strafversetzt wurde, wenn man von der Ostfront zurückgeholt und in die alte Uniform gesteckt wurde, dann, denke ich und wenn Sie erlauben, dann sind das Gründe genug, erst einmal nüchtern zu bleiben, um sich voll auf die neue Aufgabe konzentrieren zu können."

Waldeck Pymont nickte, schickte die Ordonanz weg und

deutete Schmelz an, ihm vom Arbeitszimmer in die Bibliothek zu folgen. Er ließ ihn eintreten und zog dann selbst die beiden hohen Türflügel zu, ehe er sich umdrehte und meinte, hier seien sie ungestört und bequemer sei es hier auch.

Schmelz sah mit Regalen bedeckte Wände. Überall standen goldverzierte Bücher, deren Rücken unverbraucht aussahen. Mitten im Raum standen mehrere Ledersessel mit breiten Armlehnen um einen ovalen, flachen Tisch, auf dem Gläser und Wasserkaraffen standen. Auch fand sich eine Zigarrenkiste sowie ein großer Aschenbecher auf der Tischfläche, und Schmelz sah auch kurz zum Kristallleuchter auf, der von der Decke hing, und hinüber zu den anderen Leuchtern, die in den Ecken auf elegant geschwungenen, in sich verdrehten Holzsäulen standen, deren Enden mit afrikanischen Ornamenten verziert waren, die Elefantenrüssel und Hörner von Nashörnern zeigten; tief drinnen, Kurt Schmelz glaubte, in der äußersten Tiefe der Macht angekommen zu sein. Nichts war umsonst und niemand starb vergeblich! Schmelz setzte sich nach einer entsprechenden Aufforderung und bekannte, überzeugt, ein gesundes Maß an Ehrlichkeit bei Dingen, die unkompliziert waren, sei gut für den Aufbau einer Beziehung: „Ich komme mir vor, wie in einer anderen Welt, dabei ist nur ein Anderer in der gleichen Welt!"

Ein Philosoph, der aus seinen Taten lernen konnte! Donnerwetter! Der alte Prinz war einen Moment lang überrascht und beeindruckt, ehe er sich genötigt fühlte, Ehrlichkeit mit Ehrlichkeit zu beantworten, und erwiderte: „Ich mag Pragmatiker wie Sie, Kurt!"

Er stand noch einmal auf, schloss die beiden Fenster, goss aus der Bleikristallkaraffe Wasser in zwei silberne Kelche, rückte den ausladenden, silbernen, mit Odinmotiven geschmückten Aschenbecher in die Mitte des Tisches, bot

Schmelz eine Zigarre an und sagte: „Aus Kuba. Eine kleine Insel irgendwo in der Karibik, glaube ich. Gibt es heute kaum noch, solche Zigarren meine ich, nicht die Insel! Habe aber schon vor dem Krieg vorgesorgt, sollen die besten der Welt sein, habe Himmler schon geraten, sie uns zu holen, die Insel meine ich, nicht die Zigarren! – Das glaub ich gern, dass Sie sich wie verwandelt fühlen, ging mir nach dem Krieg achtzehn-neunzehn ähnlich. Kam kriegsversehrt hierher, in dieses Familienschloss zurück, übler Gasangriff, elende Sache damals! Musste meine eigene Gasmaske einem Soldaten geben, der seine vergessen hatte, aber der hat es dann doch nicht mehr geschafft! Ein ganz junger Kerl, war aber zu spät, hat es nicht überlebt, dieser junge Mensch! Tut mir heute noch leid! Verdammt leid! Würde ich gern wieder gutmachen, wenn ich könnte."

„Sie aber haben es überlebt, Obergruppenführer, und somit habe auch ich die Front erst einmal überlebt", sagte Schmelz, unsicher, ob er zu plump dazwischengefahren war, und froh, als der Erbprinz nicht auf dieses Gleichnis einging und fortfuhr: „Sie haben bestimmt eine schwere Zeit durchgemacht. Habe übrigens lange nach Ihnen suchen müssen, Kurt! Nach der Lektüre Ihrer Dissertation und dem Studium Ihres Werdegangs war mir klar, dass nur Sie der richtige Mann sind, Kurt, der Mann, den ich heute brauche und der morgen von mir alles verlangen kann! Wer hätte Sie auch in der Division Wiking vermutet? Bei den Söldnern, die doch alle ihre eigene Heimat verraten haben! Wir zwingen andere zum Verrat und verachten sie dann! Muss eine schwere Zeit für Sie gewesen sein, Kurt, bei den ganzen Verrätern und Vandalen."

„Das hat damals Obergruppenführer Berger veranlasst."

„Ach, hören Sie mir auf mit Berger! Die Ratte macht es auch nicht mehr lange, wenn wir beide mit unserer Sache erst einmal fertig sind, Kurt, dann werden alte Rechnungen beglichen!"

„Jawohl!"

„Sie sind vielleicht der einzige ausgebildete Richter, der mir in dieser Sache helfen kann. Eine Sache, die alles andere als ungefährlich ist, eine Sache aber auch, die mir eine Herzenssache ist. Sie haben Rückgrat bewiesen, Kurt, und es ist mir eine Ehre, Sie Kurt nennen zu dürfen. Sie wurden zweimal Ihres Amtes enthoben, Sie wurden degradiert, aber Sie haben weiter gegen gewisse Missstände gekämpft, ohne auf mögliche persönliche Nachteile zu achten, und darum habe ich Sie ausgewählt, Kurt. Sie haben diese verdammte Korruption, die mir als Spross eines der ältesten Adelsgeschlechter seit jeher verhasst ist, in der SS entdeckt. In unserer Organisation, die mehr ist als nur ein Zusammenschluss von Männern, haben Sie Untreue entdeckt. Ehre, Treue, Sauberkeit, Ehrlichkeit und Tapferkeit, einfach Ritterlichkeit ist es, was bei uns zählt, und da ist für Unterschlagung, für Lug und Trug einfach kein Platz, und mit Ihrer Hilfe, Kurt, will ich diesen Dreck auskehren, egal, wo er in meinem Wehrkreis auftaucht. Es gilt, die Reinheit der SS wieder herzustellen, das ist mir eine Herzenssache, wie ich schon sagte. Nun ist mir da Weimar betreffend etwas von diesem Konzentrationslager Buchenwald zu Ohren gekommen, in dem schlimme Zustände herrschen sollen. Korruption, organisierte, an allen Ecken und Enden. Vorerst Gerüchte, aber Sie, Kurt, Sie sollen in meinem Auftrag und im Auftrag des Reichsführers mögliche Unterschlagungsdelikte aufdecken und verfolgen. Ich schicke Sie nach Buchenwald, weil ich nur Ihnen vertraue. Alle anderen hätten nur vor Pohl und seinen Verbindungen Angst, aber Sie werden von mir beschützt, von mir persönlich, der ich Sie als aufrechten Mann für die reine Sache kenne. Ich bin hier der oberste Gerichtsherr, und ich habe Ihnen maximale Handlungsfreiheit besorgt. Als SS Ermittlungsrichter und als Beamter der Kripo können Sie überall ermitteln, wo es Ihnen nötig erscheint. Sie brauchen vor nichts und vor niemandem Angst zu haben, ich bin es, der Sie persönlich stärkt. – Mit Verlaub, ich habe so die Schnauze voll von diesen Aasgeiern und Schmutzfinken, Kurt, das glauben Sie gar nicht! All dieses hochgespülte Gesocks! Diese Kochs und Sauckels und Kaltenbrunners! Und diese Pohls natürlich! Ungebildete Kleingeister, allesamt!"

„Ich bin Ihr Mann, Obergruppenführer! – Korruption ist das widerwärtigste, was man sich als ehrlicher Deutscher vorstellen kann. Sich bestechen zu lassen, das ist doch, als wäre man eine Hure! Eine Nutte! Eine Schmach für unsere Sache", sagte Schmelz, dem es leicht fiel, ins gleiche Horn zu blasen. Er war glücklich, er war so glücklich, dass sich für ihn nun alles zum Richtigen wendete, dass er allem zugestimmt hätte. Allem. Einfach allem. Fühlte er sich nicht gerade so, als hätte er einen Vater gefunden? Einen einflussreichen und respektablen Vater? Schmelz fühlte sich klein, klein aber auch stolz, hier sein zu dürfen; klein, stolz und geborgen.

„Sehr richtig, Sie sind mein Mann, Kurt. Ich habe endlich den richtigen Sohn, äh, Mann! Für mich hat schon mal einer gegen Karl Koch ermittelt, aber der hat sich schmieren lassen, der hat angeblich nichts gefunden, aber das glaube ich nicht. Diese Sachen, die in den Akten stehen, die ich Ihnen habe aufs Zimmer bringen lassen, Kurt, die können nicht erfunden sein! Können nicht und sind es auch nicht! – Mangelnde Loyalität, Pflichtvergessenheit, Eigennutz und Egoismus, Kurt, das sind die wahren Feinde unserer Sache! Gegen die müssen wir schnellstens vorgehen, und darin stimmt mir auch Himmler zu, auch er will die Reinheit der SS wieder herstellen, mit allen Mitteln, die nötig sind! Mann, Kurt, so einen Geleitbrief von Himmler, den ich Ihnen besorgt habe, den haben keine zehn Männer im Reich! So einen Freifahrtschein gibt es nur einmal im Leben! Was der mir bei meinem alten Freund für Arbeit bereitet hat, Sie würden es nicht glauben. – Ich achte Sie, enttäuschen Sie mich nicht. Bringen Sie anklagereife Ergebnisse, Kurt, denn wir müssen dringend etwas gegen den ganzen Dreck tun, der sich überall ausbreitet! – Fragen, mein Freund?"

Schmelz schüttelte den Kopf, blieb sehr zurückhaltend, obwohl er am liebsten aufgesprungen wäre vor Glück, und sagte: „Wenn mir bisher eines gefehlt hat, dann ein gewisser Schutz, ein Rückhalt seitens der Politik. Und wenn Sie nun, Obergruppenführer, zu mir stehen, dann hält mich nichts auf, die Wahrheit herauszufinden und die Unterschlagungen zu ermitteln. Schon als ich gegen die Brigade Dirlewanger ermittelte, habe ich eine effiziente Technik entwickelt, die ich nun in die Sache einbringen kann, die unsere ist!"

„Genauso machen wir das! Sie mit Ihrer Technik und mit Ihren Fähigkeiten, Kurt, Sie sind einer der besten Ihres Faches, und ich mit meiner Stellung, das wird funktionieren."

Jetzt oder nie, dachte Schmelz, rückte auf die vordere Holzleiste des Sessels vor und sah den Erbprinzen direkt und fest an, während er die Forderung aussprach und sein Herz ihm bis in die Ohren schlug: „Ich fürchte nur, ich muss darauf bestehen, dass Sie mir freie Hand lassen, Obergruppenführer. Dass Sie meine Ermittlungen schützen, mir aber auch freie Hand lassen. Es wäre mir eine Ehre und eine unermessliche Freude, wenn Sie mir das in die Hand versprechen könnten."

Oh Gott, was hatte er getan? Hatte er alles verdorben, weil er wieder einmal zu viel gewollt hatte? Ihm wurde ein wenig schwindlig, doch dann sah er den Prinzen lächeln und hörte ihn sagen: „Sie sind ein Fuchs. Ich mag Ihre Art. Auch wenn Sie kein Recht haben, irgendetwas von mir zu fordern, so gebe ich Ihnen doch mein Ehrenwort, dass Sie freie Hand haben und nur Ihrem Gewissen verantwortlich sind, solange Sie mir Fakten liefern, gute, harte Fakten."

Tatsächlich, der Prinz hielt ihm die Hand hin, und Obersturmführer Doktor Schmelz, auf dem Höhepunkt dieses für ihn so wichtigen Tages, schlug sofort ein.

Er sah den Prinzen, der ihm gegenüber saß und genüsslich an der Zigarre zog, jetzt genauer an, und am liebsten wäre er diesem Mann mit dem hageren Gesicht um den Hals gefallen.

Der Prinz war fast fünfzig Jahre alt, sein Körperbau imposant, fand Schmelz, der zwar die fahrigen Hände bemerkte, den Blick aber lieber auf das exakt gescheitelte schwarze Haar und den rechteckig geschnittenen Schnurrbart richtete, doch am einprägsamsten fand Doktor Schmelz die Strenge im Gesicht, in der er eine Fähigkeit zum Leiden zu entdecken vermeinte.

Er fühlte sich geborgen, jawohl! Für diesen Mann, der ihn aus dem Dreck geholt hatte, wollte er alles tun. Er wollte, dass dieser Mann Ende vierzig einmal sagte, er sei stolz auf ihn, stolz auf den kleinen, treuen Kurt aus dem hessischen Frankfurt.

Dankbarkeit sei das Fundament jeder ehrlichen Treue, er hatte es ja schon immer gewusst, aber jetzt begriff er es mit einem Schlag vollends.

Nichts ist vergeblich und niemand vergessen, dachte er, ehe er über sich erschrak, atmete er doch unbeherrscht laut auf.

„Seien Sie unbesorgt", sagte der lächelnde Prinz: „Sie sind jung, könnten mein Sohn sein, wer weiß! Sie haben die Kraft, ich habe die Verbindungen, lieber Kurt, zeigen wir es denen!"

„Jawohl!", schrie Schmelz, sprang auf, weil sich Waldeck

Pymont erhoben hatte und ihm noch einmal die Hand hinhielt. Schmelz schlug erneut ein.

„Wir haben uns verstanden?“, fragte der Prinz, und der Richter nickte deutlich.

„So, heute ist der siebte Juni dreiundvierzig. Sie fahren heute noch nach Buchenwald und sehen sich das alles mal an. Wir bleiben in telefonischem Kontakt. Zweimal die Woche, bei dringenden Sachen bin ich natürlich Tag und Nacht für Sie erreichbar, Kurt, ich gebe Ihnen meine Privatnummer! Finden Sie was gegen Koch, fangen Sie mit dem an, den habe ich schon mal einsperren aber wieder laufen lassen müssen, weil die Beweise nicht ausreichten und weil Pohl, dieser arrogante Prolet, mir dazwischengefunkt hat. – Da gibt es so eine Sache Krämer, mysteriöser Fall. Ich kannte Krämer, als er noch im Reichstag saß. Falsche Partei! SPD. Konnte ihn trotzdem gut leiden, er sollte in diesem KL seine Ruhe haben, auch wenn er eingesperrt werden musste. Doktor Krämer, plötzlich tot! Angeblich auf der Flucht erschossen, aber ich hatte ihm versichert, wenn er sich ruhig verhält, kommt er eines Tages frei. Prüfen Sie das, und nun Abmarsch! Und melden Sie mir Erfolge, ich bin nur an Erfolgen interessiert! Aber da ähneln wir uns ja, was, Kurt?“, sagte der Prinz, während er den Richter leicht aber nachdrücklich bis zur Tür des Arbeitszimmers geschoben hatte, wo er ihn nun verabschiedete.

Er traut mir wirklich alles zu, dachte Schmelz, ihn zu enttäuschen wäre schlimmer als in Russland zu verlieren.

Schmelz hielt den Knauf der Tür noch einen Moment lang fest, sah dem Prinzen kurz in die Augen, der noch einmal nickte und ihm einen Schlag auf die Schulter verpasste, bevor Obersturmführer Schmelz sich umdrehte und den Flur entlangging.

„Bauen Sie Ihren Ruf als Korruptionsjäger aus, Kurt!“,

rief ihm der Prinz noch nach: „Ach, und alles Gute zu Ihrem morgigen Geburtstag, Kurt! Alles Gute!"

Obersturmführer Schmelz hatte verdammte Tränen der Rührung im Gesicht. Er hielt den Kopf gesenkt, während er weiterging, hörte, wie sich hinter ihm die Tür schloss, und schüttelte den Kopf.

Ein paar Mal kniff er die Augen zusammen, bis diese verdammten feuchten Zeugnisse der Schwäche endlich verschwunden waren.

Auf nach Buchenwald, dachte er, und für einen Moment war er übervoll von Glück. War er ein Vogel Phönix, der gerade der Asche entstieg?

Tränen, der zweiundsiebzigjährige Schmelz hatte Tränen in den Augen. Er sah sie deutlich funkeln im blutverschmierten Spiegel. Ihr Salz brannte auf dem bloßen Fleisch der verunstalteten Wangen.

Ab ins Schlafzimmer und weg vom Spiegel, dachte er, und plötzlich war er zutiefst unglücklich, dämmerte ihm doch jetzt, was noch alles käme und was er die ganze Zeit über verdrängt hatte. Entsetzen stieg aus diesen Ahnungen hervor. War er damals der Asche entstiegen, um heute zu verbrennen? Verbrannte er? Brannte er zum wiederholten Male bei lebendigem Leib? Verbrannte er wie Phönix? Oder brannte er zum letzten Mal?

BEWIESEN

Jene Krankheit, von der Doktor Kurt Schmelz in den letzten Tagen seines Lebens heimgesucht wurde, kennt die Medizin als Morbus Behcet, er selbst jedoch war sich in keiner Weise klar darüber, dass er an dieser Hautkrankheit litt, dass er überhaupt an einer Krankheit litt. Er glaubte, dieses unerträgliche Jucken und Kratzen, dieses Schaben und Reiben von innen gegen seine Haut sei Strafe und gehe einher mit seinem Erinnern, mit seinem Eingeständnis, eine furchtbare Tat begangen zu haben, und gehe einher mit seiner Schwäche, die Verdrängungsmechanismen, die ihm nach dem Krieg ein sorgenfreies Leben beschert haben, nicht mehr aktivieren zu können, seitdem seine Frau ihn verlassen hatte. Während er sich nach und nach die Haut des Oberkörpers in kleinen und kleinsten Fetzen vom Leib riss, hatte er gemeint, die Tat seiner Frau sei Auslöser für seinen Untergang. Ihre Flucht sei Verrat.

Der alte Doktor Kurt Schmelz konnte sich nicht vorstellen, sich mit dem stetigen und äußerst schmerzhaften Entfernen der Haut vom Körper eigenhändig umzubringen. Er meinte, es müsse eine letzte Haut geben, eine reine Haut, die sich nach dem Brand bilde, jenem großen, biblischen Brand, der alles reinige und allen vergebe. Auch er müsse aus einem Brand wieder neu entstehen können, meinte er, auch er sei, wie so viele, ein Vogel Phönix.

Morbus Behcet ist eine chronische, schubweise verlaufende Systemvaskulitis. Bläschenausschlag im Mund, Genitalulzera und Uveitis beschreiben die Leitmotive, doch nach dem Verfaulen der Mundschleimhaut, welches ein Sprechen unmöglich macht, dem Auslöschen der Funktionen des Genitalbereiches und dem Ausstoßen stinkenden Fäulnisgeruches aus den Hautporen setzt das unerträgliche Piesacken der inneren Haut ein, dem sich der Patient nicht mehr erwehren kann. Wird er nicht behandelt, so gleitet er in einen Dämmerzustand und später in den Wahnsinn ab, um so zu verhungern und zu verdursten. Herkunftsländer dieser Krankheit sind die Türkei, Israel und Japan, wo man sie auch als Akne von innen kennt und ihr den Namen Tod der einhundert Milliarden Nadelstiche gab, so jedenfalls hatte der alte Schmelz es in dem Lehrbuch Dermatologie und Innere Medizin beschrieben gefunden, das er sich vor Jahren zugelegt hatte, als Anna einmal für zwei lange Wochen im Krankenhaus gewesen war.

Er werde sterben, qualvoll, entwürdigend und einsam, Kurt Schmelz war sich sicher. Es war ihm klar geworden, als er siebzehn Stunden gebraucht hatte, um vom Flurspiegel zum Schlafzimmer zu kommen und es nach weiteren sechs Stunden erst geschafft hatte, vom Fußboden aufs Bett zu gelangen. Seitdem lag er erschöpft, apathisch und wie gelähmt auf dem einst frischen, weißen Laken, das schon längst durchgeweicht war, in das Eiter, Blut und Urin gedrungen war. Lange Zeit war er aus der geistigen Dämmerung nicht erwacht, im Schlafzimmer war es dunkel; es stank bestialisch, merkte er jetzt.

Seit Minuten klingelte es an der Wohnungstür, aber Doktor Kurt Schmelz brachte nicht einmal die Kraft auf, einen Arm zu heben, auch wenn er das Klingeln jetzt deutlich hörte. Er konnte noch nicht einmal einen Laut hervorbringen, er konnte nur zu Tode erschöpft auf dem Bett liegen, warten, warten, und endlich hörte das Klingeln ja auch auf. Wer das wohl gewesen war? Er fragte es sich halbherzig, denn er wusste ja, dass Anna einen Schlüssel hatte. Hatte sie doch? Oder hatte sie ihn vergessen? Vergessen auf dem Wohnzimmertisch wie so oft? Unangekündigt verdoppelte sich sein Herzschlag, denn es sei ja allein Anna, war ihm klar, die ihn, als einziger Mensch auf dieser Welt, noch retten könne.

Er lachte, jedoch mehr innerlich, als dass wirklich ein Geräusch aus seiner verfaulten Mundhöhle drang, in der die Zunge unbeweglich und wie ein nasser Scheuerlappen liege, glaubte er, mit dem die Flure eines Hochhauses gewischt worden seien. Er keuchte, hustete, jammerte vor Qualen, aber er hörte es ja selbst, es seien alles keine Geräusch mehr, die man gemeinhin von einem Menschen erwarte. Nicht einmal Tiere, meinte er, stießen solch ekelerregende Geräusche aus. Schon die Geräusche vermittelten den Eindruck, als wäre dieser stinkende, aufgerissene und vor Fäulnis blubbernde Leib der Eingang zur Hölle selbst. Oder der Ausgang? Würden die Heerscharen aus ihm auf die Erde stürmen, oder waren sie nicht schon einst herausgestürmt, als er diese heute unbegreifliche, diese Menschen verachtende Tat begangen hatte? Noch ahnte er sie nur. Noch gestand er sie sich nicht ein, aber sie war da. Ihre Konturen zeichneten sich ab. Sie nahm Gestalt an. Die Haut zeige es ihm, meinte er, die Haut, die mit den Gefühlen verbunden sei, sie signalisiere ihm das Ende des Verdrängens, und er wollte Tatsachen schaffen. Er wollte Taten begehen, er wollte diesen Pfad des Erinnerns weiter entlang kriechen, auch wenn er längst den Preis kannte, den er dafür zu zahlen hatte. Und wäre der Teufel selbst einer der Wegelagerer, die ihn angriffen, nein, Doktor Kurt Schmelz wollte auch dann nicht weichen.

Wären nur nicht diese Fieberschübe, die ihm so grotesk vorkamen; beinahe eine übermenschliche Sehnsucht nach Hautkontakt. Der Wahn einer schönen und straffen und reinen Haut, das Phantasieren eines zärtlichen Umgangs mit dieser Haut, ein Genießen, sie zu ertasten an diesem anderen und herrlichen, an diesem jungen und blühenden Leib. Aber auch diese Zärtlichkeiten fremder Hände mit jener schönen und duftenden Haut, in der er selbst stecke; grotesk doch, diese Phantasmen hervorbringen zu müssen.

Könnte er doch wenigstens die Nachttischlampe anschalten, könnte er sich doch wenigstens soweit bewegen, aber wer wisse schon, vielleicht sei es auch gut so, meinte er, vielleicht würde er den Anblick seines nackten Schädels, der keine Haut und somit kein Gesicht mehr habe, in den Fensterscheiben gar nicht mehr ertragen. Er hatte ja auch gar keine Lider mehr! Er wäre ja in diesem Licht gefangen, das ihn blenden würde!

Und wie lächerlich doch, sich einen Enkel zu erfinden, der die Lebensgeschichte des Großvaters aufschriebe, wie lächerlich und dämlich. Wer nämlich mit h schreibe, sei dämlich. Nein, nein, man durfte nicht andere Schichten zwischen sich und sein Erinnern schieben, wenn man es ernst meinte, man musste schon das Ich zeigen, wenn man das Ich meinte. Und wenn man es konnte! Kurt Schmelz war sich klar darüber, dass er es nicht konnte, dass er für den nächsten Schub des Eingeständnisses erneut eine Glasscheibe benötigte, eine Mattscheibe, und mit einem Mal wusste er, wie er sich die Jagd nach den Beweisen gegen Karl Otto Koch vorstellen konnte. Er wollte sie sich nacherzählen, er wollte einmal versuchen, sie zu beschreiben, als habe er einen Film über diese Jagd bereits gesehen, einen Hollywoodstreifen selbstredend, einen Kriminalfilm natürlich, ein Stück pure Action eben, und also ein Heldenepos mit ungewissem Ausgang. Ein Held also, der nur einen Held gespielt habe, ein Held also, der alles Heldenhafte ablegen werde, und ja, hätte er noch Lippen gehabt, so hätte Doktor Kurt Schmelz jetzt gelächelt, während er dachte: Und Schnitt! Die Bettszene verschwimmt, wir sind in Buchenwald! Ein halbes Jahr, nachdem Karl Koch festgesetzt wurde. Es ist Anfang Dezember, der Dezember dreiundvierzig, ein kalter dritter Dezember, so kalt, wie ihn eigentlich nur Skandinavier kennen …

… SS Hauptscharführer Ernst Schmidt, Blockführer der Strafkompanie, betritt das Arbeitszimmer, in dem der polnische Insasse Konstantino Severin gefesselt auf einem Besucherstuhl sitzt.

„Du hast also in der Gärtnerei einen verdammten Grünkohl geklaut und ihn sofort aufgefressen?“, fragte Schmidt und sah in das geschundene und geschwollene Gesicht des Häftlings, der zusammengekauert und mit vor Angst starrem Blick auf den Schreibtisch vor sich sah. Nur ja nicht hochschauen jetzt, war alles, was Severin durch den Kopf ging, nur nicht hochsehen. Und nur ja nichts erwidern.

„Ob du geklaut hast und unerlaubt gefressen hast?“, fragte Schmidt den Gefangenen und schlug ihm mit der Faust ins Gesicht. Er baute sich vor ihm auf und drosch Dutzende Male in das Gesicht, in dem Adern aufplatzten, Wunden aufbrachen und die Lippen und Lider schwollen, doch Konstantino Severin hielt still. Er hielt aus, ohne auch nur einen Laut von sich zu geben.

Er saß, ohne sich rühren zu können. Der Oberkörper war an den Stuhl gefesselt, die Arme auf die Lehnen und die Füße gegen die Stuhlbeine gebunden, allmählich traten die Adern an den Händen blau hervor, die Hände jedoch wurden weiß.

„Keine Antwort ist auch eine Antwort!“, sagte Schmidt, ging zum Schreibtisch, unterschrieb das Verhörprotokoll und holte zwei seiner Untergebenen als Zeugen herein.

„Hiermit spreche ich die Bestrafung aus“, sagte Schmidt und sah zu seinen beiden SS Scharführern, die ihre Pistolen hervorholten und auf den Insassen richteten, obwohl er gefesselt war.

„Diebstahl erwiesen, das Urteil ergeht wie folgt: Abschlagen der rechten Hand“, sagte er und sah Severin lächelnd an.

„Nein, nicht!“, schrie Konstantino Severin: „Bitte, Gnade! Es war doch nur ein Grünkohl! Ein Kohl!“

„Die Bestrafung ist sofort durchzuführen und dient als Abschreckung für das Gärtnereipersonal“, fuhr Schmidt fort, ohne auch nur einmal die Stimme zu heben.

So fest er konnte krallte Severin die Hände um das Ende der Armlehnen, doch was nützte es ihm? Er begriff es ja, aber nichts anderes blieb ihm doch übrig. Er schrie, er schrie hilflos, und er schrie so laut wie möglich, er appellierte an das Mitgefühl des SS Hauptscharführers, an die menschlichste aller Regungen, jedoch, es nützte nichts, gar nichts. Er wusste es ja, aber was konnte er sonst noch tun? Es waren Bestien, Bestien, die Menschen bei lebendigem Leib auffraßen, Bestien waren es.

„Halts Maul!“, brüllte Schmidt.

„Bitte, haben Sie Mitleid, Hauptscharführer! Es kommt nicht wieder vor, nie wieder!“

„Das denke ich auch!“

„Nicht meine Hand, bitte nicht!“

„Du wirst bezahlen! Du hast uns Deutsche beklaut! Das wird dich teuer zu stehen kommen.“

„Oh Gott! Ich flehe Sie an! Sie sind doch kein Unmensch! Sie sind doch keine Bestie!“

„Nein, aber du bist hier der Untermensch. Die Bestie bist also du“, sagte Hauptscharführer Schmidt.

„Bitte! Oh Gott, ich flehe Sie an! Ich hatte doch nur Hunger! Ich hatte doch zwei Tage nichts zu essen bekommen, ich hatte doch einfach nur noch so einen Hunger! Gnade!“

„Schnauze halten!“

SS Hauptscharführer Ernst Schmidt nahm einen Spaten, der in einer der Ecken des Arbeitszimmers stand, wischte altes Blut von ihm ab, ging zu Konstantino Severin, grinste ihn noch einmal an, holte aus und schlug mit aller Kraft zu.

Die Hand fiel zu Boden, Severin schrie und wurde fast wahnsinnig vor Schmerzen, vor Wut, und er zerrte wild an dem Stuhl, und er verstand lange nicht, was die Nazis noch von ihm wollten.

Die beiden Scharführer verbanden ihm routiniert die Wunde, damit das Blut nicht den teuren Teppich des Arbeitszimmers verunreinige, dann zwangen sie Konstantino Severin, das eigene Blut vom Boden aufzuwischen, während Ernst Schmidt zur Kantine ging, um einen Tee zu trinken.

Die beiden Scharführer zwangen Severin auch dazu, die abgeschlagene Hand aufzuheben, und sie wollten ihn dazu bringen, sie am Krematorium abzuliefern, aber unterwegs brach er ohnmächtig zusammen und musste von anderen Häftlingen auf die Krankenstation gebracht werden, wo er notdürftig versorgt wurde. Er überlebte und konnte nach Kriegsende als Zeuge aussagen.

Während Konstantino Severin an diesem dritten Dezember dreiundvierzig vom Appellplatz fortgeschliffen wurde, ging Hauptsturmführer Schmelz an ihm vorbei, ohne ihn eines Blickes zu würdigen. Das letzte halbe Jahr, das der Ermittlungsrichter in Buchenwald verbracht hatte, hatte auch ihn verändert. Seit der Verhaftung von Standartenführer Koch im Juli hatte er nichts unversucht gelassen, um dem der Korruption Überführten auch einen Mord zu beweisen, einen oder sogar mehrere, aber vorangekommen war er mit diesem Vorhaben nicht, und auch die Beförderung zum Hauptsturmführer Ende November hatte da nichts geholfen. Er steckte in den Ermittlungen fest, und einmal mehr war er auf dem Weg zum Arrestbunker, um den Häftling Meiners zu verhören.

Mit bösem Blick lief er durchs Innere Lager, darauf bedacht, so wenig wie möglich wahrzunehmen. Es betreffe den Einzelnen nur das, was ihn unmittelbar angehe, alles andere dürfe er nicht wissen, wie raffiniert dieser Führerbefehl Nummer eins doch war, Schmelz lernte ihn hier erst so richtig schätzen. Was für eine Sicherheit und was für eine geniale Möglichkeit, sich zu verstecken, bot er doch allen, die sich an die Befehle hielten. Nur zu dumm, dass er den Geleitbrief von Himmler hatte, in dem ja festgeschrieben stand, dass ihn, Doktor Kurt Schmelz, alles zu interessieren habe. Wie dumm, aber auch wie herrlich. Mit diesem Geleitbrief konnte er sich jederzeit über den ersten Befehl des Führers stellen. Und stand er somit nicht über dem Führer selbst? So, wie es einem Richter gebührt? Stand somit nicht die Justiz als unangreifbar über der Politik? Kurt Schmelz lächelte bei dieser Art von Gedanken schon lange nicht mehr, er grinste nicht einmal mehr und tat sie erschöpft und aufgerieben von den sechs Monaten der Rückschläge einfach nur ab. Nur wer stumm bleibt, dachte er, kann alles sagen.

Doch wer alles sagt, dachte Schmelz auf dem Weg zum Arrestbunker, der wird unglaubwürdig. Wie glaubwürdig ist dieser Meiners? Ist er nicht der unglaubwürdigste der ganzen Brut, die ich hochgenommen habe? All dieser Abschaum in SS Uniform, den ich mit dem Korruptionssystem von Karl Koch in Zusammenhang bringen konnte! Freudmann und May, genau wie Meiners standen sie auf der untersten Ebene. Sie waren Häftlinge, konnten sich jedoch frei im KZ bewegen. Sie waren Einkäufer und Verkäufer, die zum einen auf dem Weimarer Markt Waren besorgten und die zum anderen die Waren verkauften, die im Lager durch erpresste Schwarzarbeit hergestellt wurden. Also Sklavenarbeit. Darüber standen fünf Hauptscharführer der SS: Köhler, Michael, Blanck, Sigel und Stroink. Köhler war der Mittelsmann zu den Häftlingen, er regelte den Verkauf. Michael schlug das Gold aus den Gebissen der Häftlinge und veruntreute es. Rekonstruiertes Gewicht: fünftausend Gramm. Blanck führte wahrscheinlich zwei Buchhaltungen, wobei er die Akten der Schiebergeschäfte leider noch hatte verschwinden lassen können. Sigel und Stroink beaufsichtigten die Ausbeutung der Häftlinge in der Gärtnerei und in den Werkstätten. Diese fünf Hauptscharführer berichteten dem Hauptsturmführer Hackmann, genannt Diamantenjonny, weil er mit Stiefeln herumlief, auf die er Diamanten hatte nähen lassen. Hackmann nun war Kochs Adjutant gewesen und berichtete ausschließlich ihm und nur mündlich. Soweit das Unterschlagungssystem des Lagerleiters, dessen Männer nun alle festgesetzt worden sind. Noch schweigen sie, aber die Aussagen sind ja nur eine Frage der Zeit. Am wenigsten hat ja der Häftling Meiners zu verlieren, und wenn er erst einmal erfährt, dass die Insassen Freudmann und May mit Vergiftungserscheinungen aus ihren Zellen in die Quarantänestation des Krankenbaus gebracht worden sind, dann wird sich auch dieser Meiners ausrechnen können, dass der lange Arm von Koch bis in die Zelle reicht. Und je eher er aussagt, umso sicherer ist er, weil ich ihn dann beschützen kann, und nur dann. Ich werde ihm anbieten, ihn in ein sicheres Gefängnis nach Halle an der Saale bringen zu lassen, wo er nichts zu befürchten hat. Ich werde ihm anbieten, ihn dort unter falschem Namen und unter falschem Tatverdacht unterzubringen, wenn er vor Gericht gegen Koch aussagt, gegen Koch und die anderen. Warum sollte er sich dagegen wehren? Es ist seine einzige Chance! Wenn er Köhler verrät, verrät dieser den Hackmann, und Diamantenjonny wird dann Koch verraten, und dann soll Koch mal erklären, woher das alles gekommen ist, was wir bei ihm gefunden haben. Auch wenn davon nur noch die Listen existieren, sie sind von Waffen SS Leuten beeidigt, von Beamten der Kriminalpolizei. Außer Pohl hat Koch ja sowieso keine Freunde mehr, im Gegenteil, der eine gönnt ja dem anderen nichts, so ist der Mensch nun mal, die hohen SS Männer werden sich also alle freuen, wenn so ein reicher Schnösel fällt. Sie werden sich genauso wie der Erbprinz freuen, aber da fängt das Problem eben an. Der Prinz will Mordbeweise, ihm reicht die Korruption nicht, aber wie soll ich das schaffen? Wie soll ich Koch persönlich motivierte Morde nachweisen? Nach zwei Jahren? Sicherlich, er ist ein Massenmörder, ein Serienmörder, er hat Tausende Häftlinge umbringen lassen und hat wohl auch selbst geschossen und gehenkt, aber dazu war er ja legitimiert. Das geschah ja alles auf Befehl der Vorgesetzten in der SS, also von Himmler selbst, der seine Befehle direkt von Hitler bekam. Wegen der Serienmorde an den Häftlingen kann ich Koch nicht verantwortlich machen, ich könnte da nur Hitler selbst verantwortlich machen. Nur ihn könnte ich als Auftraggeber vor Gericht zerren, aber dummerweise ist er auch gleichzeitig der oberste Gerichtsherr im Reich und somit allein bevollmächtigt, alle Gesetze zu ändern, die ihm gefährlich werden könnten. – Noch von der Anklagebank aus könnte er Gesetze für ungültig erklären lassen, die ihm nicht passten, und genau darum muss die Justiz immer von der Politik unabhängig bleiben, genau aus diesem Grund. Das ist der Grund, für den ich gekämpft habe. Für die Wiedereinsetzung der Gewaltenteilung zwischen Politik und Rechtsprechung. In Stettin und in Krakau, und an der Ostfront habe ich gelitten, um unbestechlich zu bleiben, unbestechlich! Ich werde vor keinem Politiker der Welt zusammenbrechen, solange ich ein Richter bin. – Mein Gott, das klingt ja schon fast wie so eine Durchhalteparole, verdammt! Was soll das?

Kurt Schmelz zog die Schultern zusammen, um sich gegen ein Schneegestöber zu schützen, das unerwartet über den Platz fegte. Er ging zur Tür, die sich seitlich vom Hauptwachturm am Tor befand, klopfte und ließ sich sofort zu jener Zelle bringen, in der sich der Häftling Meiners befand.

„Hauptsturmführer“, sagte der Insasse, sprang auf und nahm sofort Haltung an.

„Meiners“, sagte Doktor Schmelz, nachdem die Zellentür geschlossen worden war: „Setzen Sie sich aufs Bett.“

Doktor Schmelz selbst setzte sich halb auf den schmalen Tisch, der sich an der gegenüberliegenden Wand befand, und steckte sich eine Zigarette an. Er bot auch Meiners eine an, der sie dankend annahm.

Nachdem die beiden Männer ein paar Züge genommen hatten, wiederholte Schmelz wieder einmal seinen Einstiegssatz. Meiners sei ziemlich wohlgenährt, er sei ja geradezu fett, wo doch die anderen Häftlinge alle dürr seien, dürr und am Verhungern! Wie das denn komme?

Das wisse er auch nicht, wiederholte Meiners wie immer ausweichend, er könne sich auch keinen Reim darauf machen.

Nun sei Meiners schon Monate im Knast, und habe immer noch nicht abgenommen, er müsse gute Freunde haben unter den Wachen, die ihn gut versorgen, gute Freunde oder gutes Geld?

Ganz gewiss nicht, er bekomme hier, was alle bekommen, meinte Meiners und sah dem Hauptsturmführer für einen Moment in die Augen. Irgendwie wirke der heute auf ihn anders, euphorischer, als sei er siegesgewiss, stellte Meiners fest. Er inhalierte und stieß den Qualm langsam aus.

Bevor er als Jude nach Buchenwald gebracht worden war, war er Fabrikdirektor in einer Wäschefabrik gewesen, und damals hatte er es oft mit Geschäftspartnern aller Art zu tun gehabt. Es waren Leute darunter gewesen, die nur auf ihren eigenen Vorteil bedacht waren, welche, die sich überreden ließen, und welche, denen eine gute Geschäftsbeziehung wichtiger als der einzelne Abschluss war, und diesen Hauptsturmführer, Meiners rechnete ihn zu jenen harten Hunden, die keinen Millimeter wichen, solange sie nicht genau das erreicht hatten, was sie sich vorgenommen hatten. Solche Hunde loszuwerden, da gab es nach Meiners Ansicht nur zwei Möglichkeiten: Sie entweder nicht bis ins Direktorenzimmer kommen zu lassen oder ihnen genau das zu geben, was sie wollten, um sie schnell wieder loszuwerden. Möglichkeit eins fiel ja leider aus, aber konnte er es wagen, Köhler und Hackmann und Koch zu verraten? Er, der er doch einfach ein Jude in diesem verdammten System war? Und sie, die sie alle die ganze Waffen SS hinter sich hatten? Nein, er konnte es nicht wagen. Wenn ihm sein Leben lieb war, und das war es ihm, dann musste er auf Koch bauen, der sich sicher irgendetwas einfallen lassen würde, um ihn hier herauszuholen. Meiners war davon fest überzeugt. Er nahm den letzten Zug, drückte die Kippe auf dem Rand des Metallbettes aus und legte sie auf den Kellerboden. Er war sich jetzt wieder sicher: Er wollte schweigen.

„Also, da ich nicht glaube, dass Sie als Jude Freunde bei der Totenkopfstandarte haben, denke ich, Sie werden hier Leute schmieren, damit Sie mehr und besser zu essen bekommen als andere“, sagte Schmelz und ließ seine Zigarette fallen, die Meiners beflissen für ihn austrat: „Das ist heute aber nicht mein Thema. Ich habe mir über Sie den Kopf zerbrochen, Sie waren einmal ein wichtiger Mann. Sie können mit Menschen umgehen, und Sie können Profit machen, Profit, Profit, Profit! Daher hat sich Koch Sie für seine Schiebergeschäfte ja auch ausgesucht, aber eines wissen Sie auch: Er hat sich auch Freudmann und May ausgesucht. – Die kennen Sie doch? Die waren in Ihrem Block.“

„Die kenne ich!“, sagte Meiners vorsichtig: „Aber was Sie getan haben entzieht sich meiner Kenntnis!“

„Sie haben genau das Gleiche getan wie Sie! Sie haben auf dem Schwarzmarkt in Weimar unterschlagene Waren verhökert. Es waren Kollegen von Ihnen, und nun fragen Sie sich sicherlich, Meiners, weil Sie ja kein dummer Mann sind, warum hat dieser verdammte Richter gesagt: waren? Waren? – Meiners, Sie gehen sicherlich davon aus, dass Sie diese gutgehenden Geschäfte hier irgendwann wieder aufnehmen können, wenn ich weg bin und nichts gefunden habe. Genau wie neunzehn vierzig, als Kriminalsekretär Emil Holtschmidt auch aufgeben musste, weil er gegen Koch und Ihresgleichen keine Beweise finden konnte, aber ich bin ja nicht wie dieser kleine Beamte der Kripo Weimar, ich bin ja Himmlers verlängerter Arm, der den Sumpf trockenlegen soll und dies auch tun wird! Folgendes: Freudmann und May sind in ihren Zellen vergiftet worden. Sie befinden sich zurzeit auf der Quarantänestation! Haben Sie sich einmal überlegt, dass es Ihnen genauso ergehen könnte? Oder ist Ihnen nicht klar, dass Koch immer alle umbringen ließ, die zu viel wussten von seinen Geschäften? Nach einer gewissen Zeit, in der sie für ihn gearbeitet hatten, ließ er sie dann immer durch neue Leute ersetzen und nahm ihr Vermögen wieder an sich. Kochs Strategie ist, keine Mitwisser zu haben. Er selbst wird hier nicht mehr rauskommen, aber er wird alle mit in den Tod nehmen, die ihm geholfen haben! Auch Sie wird er hier vergiften, hier, in dieser Zelle, glauben Sie mir, damit Sie nicht gegen ihn aussagen können! So weit klar?“

„Wer hat sie vergiftet, wenn sie vergiftet worden sind? Und warum leben sie noch, wenn sie vergiftet worden sind?“

„Die Täter kennen wir noch nicht im Einzelnen. Frage zwei beantworten wir uns gerade, ich setze Sie dann gern in Kenntnis. Die Männer sind ja erst gestern verlegt worden.

Ist Ihnen aber das Ausmaß klar, Meiners? Die Tat selbst steht außer Frage!"

Meiners nickte, eine Drohung, die er nun schon seit Monaten kannte. Neu sei nur, dass Freudmann und May angeblich vergiftet worden seien. Dieser Hauptsturmführer müsse doch sehr in die Enge getrieben worden sein, wenn er solche Mittel gebrauche, meinte Meiners.

„Da Sie mir nicht glauben, schlage ich Ihnen ein Geschäft vor."

„Ein Geschäft?"

„Ja, ich werde jetzt und sofort mit Ihnen zum Krankenbau gehen. Sie werden die Halbtoten selbst sehen können!"

Meiners wurde blass. War das alles doch kein Bluff?

„Das Angebot, das ich Ihnen jetzt mache, mache ich nur einmal! Wenn Sie alles zu Protokoll geben, was Sie wissen, und wenn Sie bei einem Prozess gegen Koch aussagen, dann bringe ich Sie jetzt und sofort in ein ziviles Gefängnis. Sie werden dort in Untersuchungshaft wegen, sagen wir, Diebstahls gesteckt und warten dort ruhig und gelassen auf den Prozess. Ich bringe Sie unter falschem Namen in ein Gefängnis, wo Sie niemand kennt, und nur ich allein werde wissen, wo Sie sind! Dort sind Sie sicher vor der SS, weil nur ich weiß, wer Sie in Wirklichkeit sind. – Meiners, es ist die Chance Ihres Lebens. Die Bedenkzeit beträgt drei Minuten und beginnt jetzt. Sobald ich aufgeraucht habe, geben Sie mir eine Antwort. Ein Ja garantiert Ihnen, am Leben zu bleiben, mit einem Nein unterschreiben Sie Ihr Todesurteil, Meiners! – Bedenken Sie, Sie werden hier mit Zusatzrationen von Männern der Wachmannschaft versorgt, die Koch schon vor langer Zeit bestochen und gekauft hat! Die Männer hier schätzen Koch noch immer! Sie hier zu vergiften ist so leicht."

„Ich will Freudmann und May sehen. Dann entscheide ich mich. Ich will sie sehen."

„Wenn Sie sich entschieden haben! Warum soll ich sie Ihnen zeigen, wenn Sie nein sagen wollen? Das rechnet sich für mich nicht. Für mich wäre das ein schlechtes Geschäft, als Geschäftsmann werden Sie das sicherlich gut verstehen können. – Die Zeit läuft! – Und läuft!"

Meiners hatte sich entschieden, es hatte nicht einmal drei Minuten gedauert, und so ging er gefesselt an der Seite des Hauptsturmführers Schmelz über den Appellplatz, folgte ihm auf dem Hauptweg C, an dem wie an allen Hauptwegen links und rechts Dutzende von Baracken standen, während er spürte, wie er durch alle Türfenster beobachtet wurde. Ihm war klar, sein Verrat werde sich in Sekundenschnelle herumsprechen und auch die Wachen erreichen, als ihnen Kriminalobersekretär Doktor Tarnat entgegen kam und Schmelz zur Seite nahm.

Den beiden war nicht klar, dass Meiners jedes Wort verstehen konnte, während sie sich flüsternd unterhielten.

„Was?", fragte Schmelz aufgeregt.

„Ja!", antwortete Tarnat, sichtlich erschüttert.

„Unfassbar! Das gibt es doch nicht! Das kann es doch nicht geben! Das heißt ja, dass der Arzt, wie heißt der noch?"

„Hoven. Doktor Hoven. Sieht blendend aus und war früher mal ein mäßiger Schauspieler in Hollywood. Das Arztdiplom und die Stelle hier hat ihm sein Schwager besorgt, er hat nach zwei Semestern das Medizinstudium abgebrochen. Vor dem Krieg war er auch Landarbeiter in Schweden und sein Spitzname hier ist der Schöne Waldemar …"

„Ja, ja! Warum erzählen Sie mir das jetzt? Jetzt gibt es doch wichtigeres", sagte Schmelz und drehte sich zu Meiners um: „Sie müssen sich jetzt entscheiden! In diesem Augenblick: Leben oder Tod!"

„Wie meinen Sie das?", fragte Meiners und sah die beiden SS Männer an, die sehr aufgeregt waren und sich ernsthaft getroffen fühlten. Meiners verstand, dass sie ihm nichts vorspielten, und er begriff, dass sie ehrlich an der Aufklärung interessiert waren und dass sie ganz sicher bis zum bitteren Ende kämpfen werden.

Auch in ihm breitete sich Sorge aus, obwohl er nicht recht verstand, was das alles mit ihm zu tun haben sollte. Es war eine unbestimmte Angst, die da in ihm hochstieg, eine Existenzangst.

„Erzählen Sie es ihm, Tarnat!", sagte Schmelz.

„Alles?"

„Ja, alles, was Freudmann und May betrifft."

„Zu Befehl. – Freudmann und May waren Häftlinge, genau wie Sie", begann Tarnat: „Sie waren Ein- und Verkäufer für Koch, genau wie Sie, Meiners. Im Zuge unserer Ermittlungen wurden auch diese beiden von uns verhaftet. Vor einer Woche traten bei ihnen erste Vergiftungserscheinungen auf. Gestern nun wurden sie ins Quarantänezimmer überführt, weil sich niemand vorstellen konnte, was für eine Krankheit sie hatten. Dass es Vergiftungen waren, ist eine Vermutung, die noch nicht endgültig bewiesen werden konnte. – Wenigstens ihre Aussagen über den Vertrieb der Waren brauchten wir, also entschlossen wir uns gestern, dem Chefarzt Doktor Hoven einen Fragebogen zu geben, mit dem er die Häftlinge befragen sollte, weil wir selbst ja nicht in die Quarantäne gehen dürfen. Das sind die einzigen Zimmer im ganzen Lager, die uns verschlossen bleiben. In diesem Bogen ging es um konkrete Fragen. Wie viel Fleisch haben Sie auf dem Schwarzmarkt verkauft? Wie viel Geld haben Sie dafür bekommen? Wo ist das Geld geblieben, woher stammt das Fleisch? Diese Art Fragen. Mit diesen genauen Angaben erhofften wir uns, Stroink und Köhler unter Druck setzen zu können. Wenn dann und dann so und soviel Fleisch in der Kantine laut Liste als vergammelt deklariert worden war, jedoch am Folgetag genau die gleiche Menge gleichen Fleisches in Weimar verkauft wurde, dann war davon auszugehen, dass dies Unterschlagung war, welche Freudmann und May beeiden sollten. Wenigstens noch auf dem Papier, denn wir konnten nicht darauf hoffen, dass sie wieder genesen würden und es ihnen bald besser gehen würde. Das gleiche ‚Prinzip der Ausschließlichkeit' wollten wir auch beim Geld anwenden. Wenn Freudmann und May so und soviel Geld für den Verkauf des Fleisches bekommen hatten und exakt die gleiche Summe in der schwarzen Kasse auftauchte, deren Einnahmenbuch wir sichergestellt haben, dann war der Kreislauf geschlossen und die Unterschlagung bewiesen. Jedoch", sagte Tarnat und machte eine Pause, weil drei Mitglieder der Totenkopfstandarte vorbeikamen, die einen Insassen an den Beinen über den Weg schleiften, der schrie und eine Blutspur hinterließ: „Jedoch verstarben Freudmann und May heute Morgen! Und natürlich hatte der Chefarzt sie nicht mehr befragen können! Zufall? Die Leichen wurden sofort ins Krematorium gebracht, ohne dass Doktor Ding Schuler, der die Fleckfieberversuchsstation betreibt, sie noch einmal untersuchen konnte, wie es in solchen Fällen doch sonst allgemein üblich ist. Zufall? Nein! Sie wurden ermordet, ohne vorher noch ausgesagt zu haben! Das Gleiche wird alsbald mit Ihnen passieren, Meiners!"

Und Hauptsturmführer Schmelz wiederholte: „Das Gleiche wird Ihnen passieren, wenn Sie nicht aussagen! Ich kann Sie jetzt sofort als wichtigen Zeugen von hier wegbringen lassen. Zielort: geheim. Aber wenn Sie auch nur noch eine Nacht hierbleiben, dann sind auch Sie geliefert! Sie werden genauso ermordet werden wie Freudmann und May, jetzt, wo das ganze Lager weiß, dass Sie mit uns zusammenarbeiten", sagte Schmelz und deutete mit ausgestreckten Armen um sich.

„Und woher weiß ich, dass diese Geschichte stimmt?“, fragte Meiners und sah die Ermittlungsbeamten bittend und mit hoffendem Blick an. Schon während des Berichts war ihm klar geworden, dass das alles so gewesen sein müsse, die Stimmen und Gesten seien zu eindringlich und zu ernst gewesen, aber ein Beweis sei eben doch ein Beweis. Meiners hoffte, sie könnten ihm einen zeigen, dann würde er sofort aussagen, dann würde er ihnen vertrauen, gar keine Frage!

„Zeigen Sie es ihm, Tarnat! Die Scheine, raus damit“, sagte Schmelz, und Tarnat holte daraufhin zwei Schreiben aus seiner Aktentasche, die er Meiners gab.

Es waren zwei Totenschein, die Tinte der Unterschrift von Hoven war noch ganz frisch. Als Todesursache war Herzversagen angegeben. Herzversagen? Er kannte ja Freudmann und May, zwei junge Kerls, die gut genährt waren und die sich die Freizeit mit Sport vertrieben hatten. Und überhaupt, Herzversagen, das war doch wahrlich kein Grund, auf die Quarantänestation zu kommen! Nein, er glaubte Schmelz und Tarnat. Es war so gewesen, und er würde der nächste sein, wenn er jetzt nicht handelte! Auch all die Anderen würden dran glauben müssen, Meiners war sich sicher, ob sie nun in einer Waffen SS Uniform steckten oder nicht, Karl Koch würde sie alle töten lassen, die gegen ihn aussagen könnten. Sofern man ihm nicht zuvorkam: Es war entschieden.

„Meiners, Sie sind nicht dumm! Wir müssen nur jetzt sofort handeln und Tatsachen schaffen! Ich habe tausend Sachen zu tun, vielleicht sind die Leichen noch nicht verbrannt worden, vielleicht finde ich sie noch auf den Leichenbergen, vielleicht gibt es Spuren im Krankenzimmer, in dem sie lagen, ich muß Tatsachen schaffen, Tatsachen, also, entscheiden Sie sich jetzt, Meiners“, sagte Schmelz eindringlich: „Wollen Sie Phönix oder wollen Sie Tantalus sein?“

„Phönix! Ich sage aus! Ich schwöre es! Bringen Sie mich weg von hier! Dort werde ich Ihnen alles sagen, was Sie wissen wollen“, sagte Meiners, und er hörte seine eigene Stimme und er hörte selbst, wie viel Angst er plötzlich hatte.

Wenn er nur daran dachte, für wie wenig dieser Koch Häftlinge durch Sommer und Blanck hatte umbringen lassen, mein Gott, wie hatte er nur so naiv und blauäugig sein können! Ganz recht, was sollte er mit all dem Geld, das er hier verdient hatte, wenn er es doch nicht mehr aus dem Lager bringen konnte? Wenn er selbst das Lager nicht mehr verlassen konnte? Es war seine einzige Chance, hier herauszukommen. Er musste als Hauptbelastungszeuge aussagen, und plötzlich begriff er: Allein Doktor Kurt Schmelz konnte ihn noch retten. Allein dieser Richter.

„Sehr gut! Tarnat, bringen Sie ihn weg! – Meiners, nur Tarnat und ich kennen fortan Ihre wahre Identität. Sie werden ins Stadtgefängnis von Halle an der Saale gebracht. Dort werden Sie als normaler Verdächtiger wegen eines geringen Diebstahls registriert. Sie stammen angeblich aus Stendal, wo Sie auch den Diebstahl begangen haben. Kaufhausdiebstahl. Die Papiere sind schon alle vorbereitet. Ich als Ermittlungsrichter bin ausschließlich für Sie zuständig, die Männer dort werden Sie einfach nur verwalten. Ihr Name ist von nun an Altwasser, Harry Altwasser, soweit klar? Denken Sie sich die Lebensgeschichte auf dem Transport selbst aus. Tarnat bringt Sie nun persönlich nach Halle. Dort nimmt Tarnat Ihre Aussage auf! Von nun an sind Sie mein wichtigster Mann, Altwasser, verstanden?“

„Verstanden!“

„Ich verlasse mich auf Sie!“

„Das können Sie! Ich werde auch nicht vor Gericht umfallen, sofern es zu einem Verfahren kommt!“

„Das wird es! Es wird zu einem Verfahren kommen, Sie

kennen mich noch nicht gut“, sagte Schmelz und übergab Tarnat die Überstellungspapiere, die alle ordnungsgemäß von ihm selbst ausgefüllt und unterschrieben worden waren.

„Gehen Sie jetzt mit ihm, und seien Sie heute nachmittag wieder da, ich brauche Sie hier, Tarnat!“, sagte Schmelz und schlug dem Häftling zum Abschied auf die Schulter: „Und auf Sie verlasse ich mich jetzt einfach mal, auch wenn es mir nicht leicht fällt.“

„Ich stehe zu Ihnen“, sagte der Insasse: „Und wenn es das Letzte ist, was ich tue, ich werde auf Ihrer Seite kämpfen, von nun an, und notfalls werde ich die ganze Welt auf Ihren Kampf aufmerksam machen, Doktor Kurt Schmelz!“

Und während Tarnat mit dem Hauptbelastungszeugen das Konzentrationslager Buchenwald verließ, im Dienstwagen von Kurt Schmelz und mit dessen Fahrer am Steuer, begannen an diesem dritten Dezember dreiundvierzig in Italien die erbitterten Kämpfe um Monte Cassino und sank am sechsundzwanzigsten des Monats die Scharnhorst im Eismeer nördlich von Norwegen. Von den tausendsechshundert Männern der Besatzung konnten lediglich sechsunddreißig gerettet werden. Am gleichen Tag stritten sich der amerikanische Präsident Roosevelt und der englische Premierminister Churchill im sonnigen Kairo erbittert über die Frage, wer zuerst bekämpft werden solle, Japan oder Deutschland. Die Amerikaner hatten Angst vor einer japanischen Eroberung ganz Chinas und Indiens, die Briten hingegen wollten das Prinzip ‚Deutschland zuerst‘ durchsetzen, und schließlich gelang es Churchill mithilfe von Zigarrenrauch und viel Whisky, den Präsidenten zu überzeugen.

Seit sich im Juli dreiundvierzig der Angriffskrieg in einen Verteidigungskrieg gewandelt hatte, weil die Alliierten sich absprachen und die Wehrmacht nur noch improvisieren konnte, hatte Kurt Schmelz aufgehört, sich für kursierende Gerüchte zu interessieren. Schon im August dreiundvierzig hatten die Deutschen Charkow räumen und das Industriegebiet im Donezbecken aufgeben müssen, um das auch Sturmmann Schmelz einst gekämpft hatte. Sabotage in Dänemark, Häftlingsrevolten im Konzentrationslager Treblinka und Sobibor, Mord an Kriegsgefangenen und Juden für wissenschaftliche Forschungen, Italien kapitulierte am dritten September, Anfang Oktober die Herbstoffensive der Roten Armee auf der Linie Schwarzes Meer – Witebsk, Italien erklärte Deutschland am dreizehnten Oktober den Krieg, der japanische Kaiser bezeichnete die Lage als wirklich ernst, und mittlerweile wurden schwere nächtliche Angriffe aus der Luft auf deutsche Industrieanlagen durchgeführt. Die Rote Armee eroberte die so kriegswichtige Krim zurück, Wien wurde bombardiert, Kiew wurde zurückerobert, Berlin wurde ein Trümmerfeld und ständig diese Gerüchte, die Alliierten könnten irgendwo in Frankreich landen, nein, Kurt Schmelz wollte das alles gar nicht mehr hören.

Ermittlungsrichter Doktor Schmelz wusste im Augenblick nur, er müsse jetzt schnell sein, wenn er noch retten wolle, was zu retten sei, und so stürmte er im Laufschritt los, kaum dass er sich von Tarnat und Meiners verabschiedet hatte. Minuten später stieß er keuchend die Tür zum Krankenbau auf und schob die Wachen beiseite, die den Quarantänebereich sicherten. Er ließ sich auf keine Diskussion ein, funkelte die SS Scharführer nur mit den Augen an und brüllte, sie sollen ihn in Ruhe lassen, wenn ihnen ihr Leben lieb sei, und er spürte, wie sehr ihm die Nerven blank lagen. Vor dem Zimmer, in dem Freudmann und May untergebracht gewesen waren, stand ein dicker, glatzköpfiger Oberscharführer breitbeinig da und ging ihm einen Schritt entgegen, um zu signalisieren, dass er an ihm nicht vorbeikomme, egal wer er sei, aber Hauptsturmführer Schmelz hatte einundzwanzig Monate an der Ostfront gedient, und ja, verdammt, er war mehr als irgend so ein Lahmarsch von Richter! Er war auch ein Frontsoldat, der Tausende Sowjets umgelegt hatte. Kurt Schmelz täuschte mit dem Oberkörper links an, drehte sich jedoch kurz vor dem Gegner einmal um sich selbst und sprintete rechts an ihm vorbei, ehe der schwerfällige Oberscharführer auch nur einen Schritt hatte machen können, und Sekunden später stand der Ermittlungsrichter im Zimmer, in dem es säuerlich roch. Von draußen hämmerte der Oberscharführer gegen die Tür, doch Schmelz interessierte sich nur noch fürs Zimmer, für diesen Gestank, den er als erstes wahrnahm. Sofort begriff er, dieser Gestank könnte ein Beweis sein! Er prägte sich den Geruch so gut er konnte ein, beschrieb ihn mit Stichworten auf einem Stück Papier und schloss die Fenster.

Mit dem Rücken zur Fensterfront sah er sich nun in aller Ruhe im Zimmer um. Zwei Betten, an denen noch die offenen Fesseln herunterhingen, die aber als Beweis nichts taugten. Auf dem Boden fand er Erbrochenes, das konnte doch schon eher etwas sein! Weiter, Kurt Schmelz registrierte jeden noch so kleinen Gegenstand. Mull, Binden, auf den Nachttischen leere Ampullen, die Kleider der Toten auf zwei Stühlen, die Stiefel darunter, verdammt, wo war das entscheidende Detail, wo war der verräterische Gegenstand, Schmelz war sich sicher, es müsse ihn geben, so kurz nach einer Tat müsse es ihn geben, und er durchsuchte die Kleider der toten Häftlinge. Er fand eine Bibel auf dem einen Haufen, das Abbild des Kommunistenführers Thälmann, der auch hier eingesperrt war, auf dem anderen, aber das war alles nichts, das war alles überhaupt nichts, verdammt, wo, wo war das Teil, an dem er Tatsachen schaffen konnte, verdammt, wo nur? Moment! Moment, was war das?

Der Ermittlungsrichter drehte sich um, ging die wenigen Meter zu den Betten und blieb wie angewurzelt stehen. Erst lächelte er vorsichtig, dann grinste er breit, und schließlich stieß er einen lachenden Schrei aus, mit dem plötzlich all die Anspannung von ihm abfiel. Da lag es ja! Da lag das Detail doch! An diesem Detail wollte er den Fall aufhängen! Jawohl, an diesem Detail werde Standartenführer Karl Koch baumeln, meinte Schmelz, ging zu den Nachttischen, die nebeneinander standen, und hob vorsichtig die beiden Ampullen auf. Sie waren leer. Die Flüssigkeit musste in die Toten gespritzt worden sein!

Der Richter sah die Ampullen zufrieden an, denn hatte auf den Totenscheinen nicht gestanden, die beiden seien an plötzlichem Herzversagen verstorben? Und warum dann noch Spritzen? Wieso Spritzen, wenn sie an einer natürlichen Todesursache verstorben waren, angeblich verstorben waren? Das war unlogisch, das konnte kein Mediziner erklären! Niemand konnte das erklären! Wieso ein Behandelter nach einer Injektion an einer natürlichen Todesursache verstarb? Und das gleich zweimal! Niemand, war der ehrgeizige Ermittlungsrichter sich sicher, der schon so viele Merkwürdigkeiten im Leben gesehen hatte, könne da eine vernünftige Aussage liefern.

„Verdammt, lassen Sie mich vorbei!“, hörte er die Stimme von Liebig, der im Flur mit dem stiernackigen Oberscharführer zu kämpfen schien, der keuchend antwortete: „Niemals!“

Mit einigen Sätzen war der lange Richter an der Tür und brüllte den verdutzten Oberscharführer an, er werde eingesperrt, wenn er nicht sofort Ruhe gebe, er werde fertig gemacht, wenn er nicht sofort kusche, er wandere erst in den Bau und dann an die Ostfront, wenn er nicht sofort den Weg freigebe, woraufhin der dicke Kahlköpfige zur Seite ging und vergaß, den Mund zu schließen.

„Kommen Sie, Liebig! Endlich sind Sie da", sagte Schmelz: „Wo haben Sie solange gesteckt? Egal! Hat Tarnat Ihnen nicht Nachricht gegeben? Egal! So, hier, ich muss ins Krematorium! Sie bleiben hier! Und Sie bürgen mir mit Ihrem Leben, dass hier keiner etwas anfasst! Sie sichern: Diese beiden Ampullen da! Und das Erbrochene! Tüten Sie es ein oder machen Sie sonst was, aber lassen Sie sich nichts davon und unter keinen Umständen wegnehmen. Ach, und prägen Sie sich den Geruch ein, schreiben Sie ihn sich auf", rief der Richter, der schon auf dem Flur war und aus dem Krankenbau lief.

Er brauchte nur zehn Minuten bis zum Krematorium, er stürmte an den riesigen Öfen vorbei und stieß die Tür zum Innenhof auf, der fast überquoll vor Leichenbergen. Dürre, ausgemergelte Tote, keiner von ihnen war wohlgenährt, wohlgenährt und frisch. Die meisten zeigten starke Verwesungserscheinungen, und der Richter, er hatte sich inzwischen durch die Leichenberge bis zum Holzzaun gewühlt, kam wieder zur Tür des Krematoriums zurück und brüllte den Wachhabenden an, dass dieser vor Schreck erstarrte und Minuten lang nicht antworten konnte.

Geschockt brabbelte er, aber zu verstehen war der verantwortliche Kapo nicht.

„Verdammt, Sie feige Sau, Sie! Ich will wissen, wo die beiden Leichen sind, die heute Morgen vom Krankenbau gekommen sind, antworte, oder ich leg dich eigenhändig um! Ich will Tatsachen, Tatsachen und kein Weibergequatsche, kapiert!"

Und schließlich deutete der Wachhabende auf den linken Ofen, dessen Fließband sich gerade in Bewegung setzte. Die ersten Leichen fielen von oben in den Ofen, und dort machte der Richter die beiden Leichen auch aus. Sie waren sehnig und muskulös, und schon war er am Ofen, zerrte die Heizer vom Feuerloch weg, dass ihnen die Schippen aus den Händen glitten und die Kohle sich auf dem Boden verstreute.

Schmelz war auf der Leiter, er kletterte sie hoch, obwohl die Eisenstangen so heiß waren, dass seine Haut an ihnen kleben blieb, kam bis nach ganz oben, war bereits über dem Fließband, dessen Knopf zum Ausschalten er nicht so schnell fand, und gerade fiel die eine der beiden Leichen in den riesigen, rotgelben, lodernden Feuerschlund, jedoch hielt der Ermittlungsrichter Doktor Kurt Schmelz die andere Leiche an einem der Füße fest, so fest er konnte.

Sie war schwer, der Mann war gut zwei Meter groß gewesen, er wog eine Menge, jedoch war Schmelz kein Schwächling. Er hielt den Fuß fest, obwohl die nachrückenden Leichen auf dem Fließband immer mehr gegen ihn arbeiteten. Schmelz hielt den ganzen Betrieb auf, die ersten dürren Leichen fielen bereits vom Band auf den Boden, aber der Richter schaffte es nicht, die schwere Leiche vom rotierenden Gummi zu bekommen. Er zerrte mit beiden Händen, doch er wurde selbst mitgezogen. Immer näher kam er dem Feuerloch, aus dem Hitze und Qualm aufstiegen, und schon war er mit dem Kopf über dem Loch, und ein letztes Mal riss er an der Leiche, am Obduktionsobjekt, riss mit aller Kraft am Beweis, aber er schaffte es nicht, sie noch länger zu halten.

Er musste sie loslassen, er musste zusehen, wie sie in den Ofen fiel. Ermittlungsrichter Schmelz musste sich geschlagen geben.

„So ein Dreck!", fluchte er und schlug mit der Faust so stark auf das bewegliche Gummi, dass es vibrierte. Zwei weitere Leichen fielen vom Fließband, doch Schmelz interessierte das nicht. Ihm waren diese Toten so etwas von egal, er schenkte ihnen nicht einmal einen Blick, er stieg langsam von der Leiter und landete, während er von der vorletzten Stufe sprang, auf einem Brustkorb, der sofort auseinandersprang.

„Scheiße!“, fluchte er unterdrückt.

Die Heizer sahen ihn entweder mit großen Augen oder amüsiert an. Sie sagten nichts und machten weiter ihre Arbeit.

„Warum habt ihr das verdammte Band nicht angehalten?“, brüllte Schmelz: „Ich bin doch auf eurer Seite, ihr Narren! Aber was will man von Häftlingen erwarten, die ihre eigenen Leute in die Öfen transportieren. Kapos! Abschaum!“

Kurt Schmelz, an Niederlagen gewöhnt und wissend, je weniger man sie sich klar mache, um so weniger fallen sie auch ins Gewicht, stieß den wachhabenden Kapo des Krematoriums weg, befand sich Sekunden später auf dem Appellplatz und meinte, diese Schlacht sei noch lange nicht verloren. Er könne noch etwas tun! Er müsse noch etwas tun! Und wieder setzte er sich in Bewegung, und wieder einmal spürte er einen jener Augenblicke gekommen, die entscheidend für sein Leben waren. Während er zurück zum Krankenbau rannte, fühlte er, wie die Hände ihm brannten. Er sah die Brandblasen in den Innenflächen, während er fieberhaft überlegte, wie er am sinnvollsten vorgehen solle.

Der Mann dürfe ihm nicht mit einer Ausrede durch die Lappen gehen. Er müsse ein wirkliches Verdachtsmoment formulieren können, um den Mann nervös zu machen. Dieser Typ habe schließlich als einfacher Landarbeiter in Schweden sein Geld verdient, also sei er standfest. Dieser Mann habe schließlich als Schauspieler in Hollywood gearbeitet, also sei er mit allen Wassern gewaschen. Dieser Mann habe sich schließlich ein Arztdiplom besorgen können, ohne auch nur drei Semester studiert zu haben, also habe er einen Überlebensinstinkt, stellte Schmelz fest und hatte kurz vor der Krankenbaracke den rettenden Einfall.

Er stürmte nicht ins Zimmer des Chefarztes, er sammelte

Liebig auf, der die Beweise wie seinen Augapfel hütete, und ging mit ihm in den Aufenthaltsraum der Pfleger.

„Wer hatte von euch heute Morgen Dienst in der Quarantäne?“, brüllte Schmelz, unfähig, sich zusammenzureißen.

Die Pfleger, die gerade eine Pause eingelegt hatten, schreckten zusammen, und unwillkürlich sahen sie alle auf einen alten Mann mit Glatze und Brille, der vor einem Becher mit heißem Tee saß.

„Sie also!“

Der Alte nickte.

„Es kommt jetzt auf Sie an!“

Der Alte, der hier ein Kapo geworden war, nickte wieder.

„Sagen Sie die Wahrheit!“

Erneut nickte der alte Kapo, der früher ein erfolgreicher Arzt gewesen war und den es heute maßlos ärgerte, dass ein hergelaufener Hollywoodschauspieler Chefarzt sein konnte und sie alle dessen Fehler ausbaden mussten.

Er räusperte sich und sagte: „Ich werde die Wahrheit sagen, das können hier ruhig alle hören!“

Kurz blickte Schmelz die anderen Pfleger an, die interessiert wegsahen, und drohte ihnen kurzerhand, sie kämen alle in den Bunker, wenn dem Alten auch nur ein Haar gekrümmt würde! Er wäre ein wichtiger Zeuge.

„Also“, sagte Schmelz, schloss die Augen, atmete ein paar Mal durch, um sich zu beruhigen, und fragte dann, wer heute Morgen alles im Krankenzimmer gewesen sei, in dem sich die Insassen Freudmann und May befunden haben.

„Ich bin ein alter Mann“, sagte der Befragte: „Und es ist mir nicht wichtig, was mit mir noch passiert. Mein Leben war einzigartig, und im Himmel kann mir nur Gutes passieren.“

„Ja, ja!“

„Also, die Herren Freudmann und May hatten heute Morgen nur Besuch von seiner Majestät!“

„Seiner Majestät?“

„Ja, so nenne ich unseren Schauspieler gerne. Er hat mal einen König gespielt in Amerika. Den König von Honolulu, was ihm zu Kopf gestiegen sein muss.“

„Und Sie sind sich sicher? Nur er? Kein anderer? Sie waren heute Morgen nicht weg?“

„Ich war tatsächlich die ganze Wache über hier und habe die Zimmer im Blick gehabt, auch wenn das die wenigsten von uns tun. Es war so, wie ich es sage. Lediglich Doktor Hoven war im betreffenden Zimmer. Übrigens kurz vor deren Tode, was mir komisch vorkam, weil er doch kurz darauf Herzversagen feststellte, obwohl die Männer erst starben, nachdem er wieder weg war. – Es steht ja auch hier im Besucherbuch, wie Sie sehen können!“

Fast riss der Ermittlungsrichter dem ehemaligen Chefarzt einer Universitätsklinik das abgenutzte, dicke Buch aus der Hand. Tatsächlich! Ein Beweis! Ein Beweis, den er dem Hoven unter die Nase halten konnte! Ein Beweis, der belegte, dass nur er dort gewesen war, nur er! Zum Zeitpunkt der Tode! Und zum zweiten Mal an diesem Tage schrie Schmelz lachend auf, während der Alte milde lächelte.

„Danke!“, sagte Schmelz: „Kommen Sie, Liebig, wir verhaften Hoven wegen dringendem Mordverdacht! Langsam kommt die Sache in Gang! Kommen Sie, kommen Sie!“

„Es ist aber Vorsicht geboten“, sagte Liebig auf dem Flur leise: „Die Zentrale hat doch gemeldet, dass Hoven im Ring immer ein mexikanisches Gift mit sich trägt. Wir müssen ihn also sofort und erst überrumpeln und ihn dann, ohne den Ring am Finger, von der Verhaftung in Kenntnis setzen, Hauptsturmführer!“

„Sehr richtig! Sie sind ein guter Mann! Haben sich gut entwickelt! Keine Migräne mehr, was?“

„Nein, man schämt sich ja bei diesen Bestialitäten, die

hier vor sich gehen, wenn man an so etwas wie Migräne leidet!"

„Ich weiß, was Sie meinen! – So, da vorne ist das Zimmer. – Tun wir, was wir tun können, aber tun wir es gut und schnell! – Entsichern Sie Ihre Waffe, verstecken Sie sie aber hinterm Rücken und schießen Sie ihm notfalls ins Bein, aber auf keinen Fall in Brust oder Kopf, Liebig! Es darf nicht schief gehen, Liebig. Ich gehe langsam zu ihm und übertölpele ihn dann, ach, verdammt, ich wünschte, mein Fahrer wäre mit von der Partie, der treue Heinze, dieser Pommernsohn."

„Ich auch", sagte Liebig und machte seine Waffe schussbereit.

Am neunten Dezember dreiundvierzig flogen die Alliierten schwere Luftangriffe auf Sofia, am elften Dezember forderte Cordell Hull Ungarn, Rumänien und Bulgarien zum Kriegsaustritt auf, am zwölften Dezember schlossen die Sowjetunion und die tschechische Exilregierung ein Abkommen über die Nachkriegszusammenarbeit ab und am gleichen Tag brach eine deutsche Offensive im Raum Kiew zusammen, während am dreizehnten Dezember die Schweizer berichteten, die Wehrmacht verfüge über Flugkörper mit einer Reichweite von zweihundertsechzig Kilometern, und am fünfzehnten des Monats wurde in der Schweiz zum ersten Mal ein Sozialdemokrat Mitglied des Bundesrats. Am zwanzigsten Dezember griffen Einheiten der Roten Armee Witebsk an und in Bolivien übernahm eine Offiziersjunta die Macht, während am gleichen Tage in der Sowjetunion die Internationale durch eine eigene Nationalhymne der UdSSR abgelöst wurde. Ab dem zweiundzwanzigsten Dezember dreiundvierzig wurden in der Wehrmacht NS Führungsoffiziere eingesetzt, um die Soldaten ideologisch zu festigen, am vierundzwanzigsten Dezember begann die sowjetische Offensive westlich von Kiew und am dreißigsten des Monats wurde die deutsche Linie in der Ukraine auf breiter Front durchbrochen. Am Silvesterabend eroberten die Sowjets endgültig Schitomir, während in der ganzen Zeit die Verhöre des Ermittlungsrichters Doktor Schmelz mit dem Verdächtigen Waldemar Hoven zwar erfolglos blieben, der Ermittlungsrichter sich aber stetig versicherte, er werde diesen Mann schon noch verspeisen, wenn er ihn nur lange genug geschmort habe. Ihm bereitete etwas ganz anderes Sorge, als er den Arrestbunker am Neujahrstag vierundvierzig einmal mehr ohne konkrete Ergebnisse verließ und zu seiner Dienstbaracke ging, die in der Nähe der Kommandantur lag. Im Vorzimmer saß Liebig und nahm die Aussage eines Häftlings auf, der tief erschüttert von Hauptsturmführer Hackmann, genannt Diamantenjonny, berichtete, der von vierzig bis zweiundvierzig zweiter Lagerführer von Buchenwald gewesen war.

Ermittlungsrichter Doktor Kurt Schmelz setzte sich nach einem kurzen Nicken in eine Ecke, um mit einem Ohr zuzuhören, während er über die Problematik nachdachte, die ihm beim Verhör mit Hoven klar geworden war. Er steckte sich nachdenklich eine Zigarette an, gab auch Liebig und dem Häftling eine, der gerade erzählte, die Bärenhütte sei eine Erfindung von Diamantenjonny gewesen, der sie damals täglich habe aufbauen lassen:

„Eigenhändig hat er aus Latten eine ein Meter fünfzig lange und fünfzig Zentimeter breite Kiste zusammengenagelt. Wir mussten alle zusehen, auf dem Appellplatz, er hatte uns antreten lassen. Durch die Bretter dieser kleinen und schmalen Kiste hat er lange Nägel geschlagen, die acht bis zehn Zentimeter ins Innere ragten, und den Raum zwischen den Nägeln hat er innen mit Stacheldraht verkleidet.

Aber als Verhörmethode sei die Bärenhütte nicht geeignet, sagte damals Standartenführer Karl Koch, da komme doch kein Wort mehr heraus. Die krepieren doch alle.

Das nicht, antwortete Hauptsturmführer Hackmann, es ist eher ein Unterhaltungselement, wie auf dem Rummel, am besten geht es mit Zigeunern. Gegen das ganze Lagergrau hier, oder haben Sie etwas gegen gepflegte Unterhaltung, Standartenführer?

In Lackstiefeln, Reiterhose, enganliegender Uniformjacke und mit der Reitgerte in der Hand baute sich Hackmann auf dem Appellplatz auf, die Diamanten am Rand seiner Stiefel funkelten, und die Kochs standen drei Meter hinter ihm, während er eine Rede hielt, die ich niemals vergessen werde, so grausam war sie. So grausam, dass ich nur das Ende wiedergeben kann:

Darum sind Zigeuner wie Bären. Ohne Sinn für Heimat, ohne Sinn für Tradition, ohne Sinn für Zivilisation. Und ohne Sinn für Hierarchie. Der Braunbär ist der Feind des Zusammenlebens im Wald, wie wir alle wissen. Er ist Einzelgänger und kümmert sich einen Dreck um die Gemeinschaft im Wald, wie wir alle wissen, und daher muss die Gemeinschaft ihn endlich abschlachten, vortreten!

Zwischenapplaus, von Koch initiiert, dem sich die Insassen anschließen mussten, die alle nur froh waren, nicht von Hackmann angeschrien worden zu sein.

Angeschrien wurde der sechzehnjährige Zigeuner Dragowerts Dregen an diesem sonnigen und windigen Oktobertag. Die Bäume, die um das Lager herum standen, waren bunt, obwohl schon viel Laub abgefallen war, das wir täglich verbrennen mussten. Der Blick vom Ettersberg über die jetzt kahlen Felder und braungrauen Wälder der weiten Ebene hätte Ruhe und Besinnlichkeit nach der Ernte ausstrahlen können, wenn hier oben nicht das Lager wäre.

Mit der Reitgerte hatte Hackmann dem Jungen während

der Rede immer wieder aufs Gesicht geschlagen, der aber das kurzzeitige Brennen stur und stumm aushielt, was Diamantenjonny nur noch wütender machte. Er hasste Zigeuner, er hasste Zigeuner mehr als Juden, und es ging das Gerücht, dass seine Mutter eine Zigeunerin war, die sich der Vater vom Balkan mitgebracht hatte.

Dragowerts Dregen war mit seinen sechzehn Jahren schon einen Meter und fünfundneunzig Zentimeter groß. Er überragte alle, obwohl er nur achtundvierzig Kilogramm wog. Schnell war sein Gesicht mit schmalen, blutenden Wunden übersät, doch Hackmann nahm die Reitgerte nur in die andere Hand und peitschte stetig auf das schmale Gesicht des Jungen ein, auf dem ein trapezförmiges Gitter aus Blut entstand. Der Junge stöhnte. Er weinte. Er zitterte.

Vortreten, schrie Hackmann noch einmal, und Dragowerts Dregen gehorchte. Er sah sich voll von Angst und Schmerz nach seinen Freunden um, die aber alle nach unten blickten.

Hinknien, flüsterte Hackmann, und seine Stimme zitterte vor Geilheit.

Wieder gehorchte Dregen, und wieder sah er sich voll von Angst und Schmerz nach seinen Freunden um, die aber alle nach unten blickten.

Kriechen, flüsterte Hackmann, und Dregen gehorchte schwerfällig, während er sich nach seinen Freunden umschaute, sie mit Blicken anflehte, doch nirgends ein Blick, auf den der seinigen traf.

Hackmann dirigierte ihn mit Gertenhieben an Ohren, Hals und Hintern zur Holzkiste, die vor den Kochs stand. Hackmanns Augen sprühten gefährlich, ein Funkeln, dessen man sich entziehen musste, wenn einem das Leben lieb war. Geil warf er funkelnde Blicke um sich und grinste die Kochs an. Während Karl Koch unbeweglich stehen blieb, schlich sich

Ilse Koch einen Schritt hinter ihren Mann, warf dem Hackmann unverhohlen lüsterne Blicke zu und rieb sich vor den Augen aller an der Scham und an den Brüsten.

Sie sah Diamantenjonny an, öffnete den Mund und drückte die Zunge gegen die Innenseite der Wange, während Hackmann unverschämt grinste.

Er schlug Dregen auf den Hintern und schrie, der Junge solle die Kiste aufmachen.

Dragowerts Dregen liefen Tränen übers Gesicht, die in den frischen Wunden brannten.

Na los, Junge, mach schon auf, flüsterte Hackmann dann wieder liebevoll und väterlich, was einem Schauer über den Rücken trieb.

Dragowerts Dregen war auf dem Weg von Bratislava nach Brno gewesen. Beim Überqueren des Flusses Dyje wurde er von einem österreichischen Ärzteehepaar gefangengenommen und vorschriftsmäßig an der nächsten Gestapostelle abgegeben. Die Ärzte verzichteten auf die Zigeunerprämie, wollten sie doch anonym bleiben.

Eine Wahrsagerin hatte dem Waisen Dregen zuvor erzählt, er finde seinen älteren Bruder am Rand der Stadt Brno, jedoch nur, breche er in der nächsten Stunde auch auf.

Dragi hatte die Nacht abgewartet und das Waisenhaus durchs Kellerfenster verlassen. Er war über die südlichen Ausläufer der Karpaten marschiert, nordwärts, und er war sechs lange Tage unterwegs gewesen, in denen er sich von Äpfeln und Birnen ernährt hatte, die er in fremden Gärten gefunden hatte. Einmal hatte ihn ein Schäferhund tief in den rechten Oberschenkel gebissen, aber Dragi war schneller als der Hund gewesen. Dragi war schnell wie der Wind!

Vom Weltkrieg hatte ihm die Wahrsagerin aber nichts erzählt. Sie hatte nur gemeint, sein Weg werde schwer und gefährlich sein, doch bei diesen Worten hatte Dragi an die

Abenteuer von Tom Sawyer und Huckleberry Finn gedacht und sich sogar auf den Weg gefreut!

Jetzt kniete er vor der viel zu kleinen und viel zu schmalen Kiste und erinnerte sich an die Sommerabende im Waisenhaus, das am Rande eines Dorfes stand und einen eigenen Zugang zum See hatte. Wie oft hatte ihnen die Erzieherin von den Abenteuern der Jungen am Ufer des Mississippi vorgelesen, die einen Sklaven versteckt und ihn solange beschützt hatten, bis er von der Sklaverei frei kam. Die Scharniere der offenen Fenster knarrten und quietschten leise und rhythmisch im Wind, die Stimme der Erzieherin ahmte Aufregung nach, und Dragi waren damals Tränen in den Augen gestanden, Tränen der Rührung, jedoch jetzt waren es Tränen der Angst und des Schreckens. Er hatte Todesangst, als ihn erneut ein Hieb Hackmanns an der Hüfte traf.

Dragi öffnete die Holzkiste.

So ist gut, flüsterte Hackmann, dieser Sadist, und nun klettere rein, mein Junge.

Dragowerts Dregen sah die zehn Zentimeter langen Nägel im Inneren der Bärenhütte, er sah den Stacheldraht, der zwischen den Nägeln lag, und fassungslos starrte er zu Hackmann hoch, starrte ihm eher staunend als begreifend in die Augen, ein kindliches Suchen, wo denn der Witz an der Sache versteckt sei, aber den gab es nicht. Es fanden sich nur Ernst und Geilheit in Diamantenjonnys Gesicht, der lächelnd den Kochs zurief, diesen Blick liebe er an den Zigeunern immer so sehr. Dieser naive Blick, der ihnen jedes Mal kurz vor dem Tode komme, mache sie fast zu Menschen.

Standartenführer Koch nickte, Ilse Koche rieb sich erneut zwischen den Schenkeln, und Hackmann lachte auf, Dragowerts Dregens Augen jedoch suchten die Blicke der Freunde, die alle auf ihre Hände sahen.

Sie hatten den Jüngsten unter ihnen oft mit Brotkrumen

beschenkt, mit Gemüseschalen und mit leise erzählten Geschichten aus ihrer Heimat, und einige von ihnen hatten den Jungen in den Arm genommen, ihm die Wange gestreichelt und ihm etwas vorgesungen. Lieder aus ihrem Volk, die sie glücklich machten, die zu ihren Traditionen gehörten. Viele von ihnen hatten dem stummen Jungen das Alphabet ihrer Sprache beigebracht.

Dragi kannte die Schreibschrift des Polnischen, des Tschechischen, des Ungarischen, des Albanischen und des Französischen. Er kannte viele Silben des Italienischen, doch vom Deutschen kannte er einzelne Buchstaben nicht. Von dieser Sprache kannte er nur Befehlswörter, diese dafür allesamt.

Rein mit dir, hörte er, und vorsichtig, getrieben von der Gerte, schob er den Unterarm in die Kiste. Er legte ihn auf die Spitzen der Nägel und auf den Stacheldraht, und seine Freunde schielten unter den Lidern zu ihm hin, und Dragi nahm den Arm wieder heraus.

Hackmann peitschte ihm ins Genick.

Dragi schrie wortlos und ohne Stimme. Schmerz und Entsetzen drangen ihm aus den Augen, wieder legte er den Arm auf die Nägel und auf den Draht. Er ließ ihn liegen, drückte ein wenig, und er spürte die Nägeln in sich eindringen.

Er biß sich auf die Unterlippe, dass sie blutete, und langsam kroch er tiefer in die Bärenhütte. Er legte den Oberarm auch auf die Nägel, die Außenseite eines Beines, noch hielt er Kopf und Hals oben, aber von dort drückten ihn Nägel nach unten. Er sah zurück, sah ins sonnendurchflutete Viereck des Eingangs, sah das bunte Laub hinterm Zaun.

Tränen schossen ihm heraus, doch Dragi zog auch das andere Bein herein, und stumm schrie er vor Schmerzen, spürte die Nägel überall in sich eindringen; Stacheldraht, der auf Knochen traf und an ihnen schabte.

Ich finde es einfach wunderbar, rief Hackmann, ist er nicht

süß? Wie er kämpft! Und kein Wort dabei! Nicht einen Schrei, fast könnte man meinen, er hätte etwas Menschliches!

Hackmann, Sie gefallen mir, erwiderte Koch, und seine Frau, sich mit der Zunge über die Lippen fahrend, rief, ein Mann wie ein Pferd!

Nach siebenundzwanzig Minuten war es Dragowerts Dregen, benommen vor Schmerzen, gelungen, seinen ein Meter und fünfundneunzig Zentimeter langen und knapp fünfzig Kilogramm leichten Körper in die einen Meter fünfzig mal fünfzig Zentimeter kleine Bärenhütte zu zwingen. Tief steckten ihm überall Nägel und Stacheln im Leib, die Spitzen bohrten sich in seine Knochen, und Dragi versuchte, sich nicht zu bewegen, er versuchte, nicht einmal zu atmen, ach, würde sein Herz doch nur nicht so heftig schlagen!

Tapferer Kerl, schrie Hackmann, der schreit nicht mal!

Das ist eine große Erfindung, antwortete Ilse Koch, eine ganz und gar große!

Hackmann nickte, bückte sich, verschloss die Kiste, indem er einen Metallhaken in eine Öse steckte, holte mit dem Zeigefinger vier Freunde von Dragowerts Dregen zu sich und sagte, jetzt komme man zum Höhepunkt der Vorstellung. Die Dressur des Bären!

Würgende Geräusche stieß der gefangene Dragi aus, während Hackmann die vier Zigeuner peitschte, welche die Bärenhütte über das Kopfsteinpflaster des Appellplatzes von Buchenwald rollen mussten. Bei jeder Erschütterung drangen die Nägel und die Stacheln tief in Dragowerts Dregen ein. Sie zerfetzten seine Haut, rissen das wenige Fleisch auf, zerkratzten ihm die Knochen bei lebendigem Leib, und mit jedem Ruck stachen ihm Nägel in die Brust, in den Hals und selbst in die Augen und Lippen. Blut sammelte sich auf dem Holz, während ihm das Rollen der Kiste zu Hammerschlägen auf die Nägel wurde, obwohl seine vier Freunde doch heimlich versuchten, die Rucke jedes Mal abzufedern, wofür sie wütend von Hackmann gepeitscht wurden, der verlangte, sie sollen schneller sein, sie sollen die Kiste werfen, doch: Sie taten es nicht.

Nach vierzehn weiteren Minuten war das pochende Herz von Dragowerts Dregen fest an das Holz genagelt, und nach weiteren drei Minuten hörte es auf, sich zu wehren.

Seine Leiche jedoch wurde noch über eine Stunde lang über den Platz gerollt.

Aus den Ritzen zwischen den Brettern quoll das Blut heraus und sickerte in den Boden. Es ließ ein trapezförmiges, hauchdünnes Gitter auf den Steinen des Platzes zurück, und Gott mußte an diesem Tag das riesige Gesicht des Jungen Dragowerts Dregens gesehen haben. Jenes vergrößerte Abbild des geschundenen Gesichts des Jungen, auf das ein Gitter gepeitscht worden war, es drang durch die Sonnenstrahlen, durch das Blau des Himmels, das doch eigentlich pechschwarz war. Es drang zwischen den Sternen hindurch, die doch alle in der Hauptsache nur eiskalt waren, und es war plötzlich bei Gott, der wütend den Amerikanern in den Arsch trat und sie aufforderte, endlich an der Seite der Roten Armee dem Schrecken ein Ende zu machen.

Und so kam im Herbst zweiundvierzig der Geist von Dragowerts Dregen an das Ufer des Mississippi, und die Nachfahren der Sklaven und Unterdrückten zögerten nun keinen Moment mehr, um mit ihrem Präsidenten Tacheles zu reden. Der Geist von Dragowerts Dregen kam auf die Erde zurück und half, das Elend zu beenden. Er wurde geschickt von Gott, und er sprach als wesenlose Stimme in den Theaterstücken mit, die zur gleichen Zeit in New York aufgeführt wurden. Zu großen Bühnenereignissen wurden das Stück ‚Wir sind noch einmal davongekommen‘ von Thornton Wilder und das Cowboyballett ‚Rodeo‘ von Aaron Copland“, endete der Zeuge abrupt, woraufhin ins Dienstzimmer ein Moment der Stille und der Verwirrung einkehrte.

„Und Sie sind bereit, das als Zeuge vor Gericht auszusagen?“, fragte Liebig, die Anspielung auf die Theaterstücke übergehend, den Mann, der mit Tränen in den Augen nickte.

„Sie beschwören, dass Hackmann zu dieser Tötung keinen Befehl von Koch oder einem höhergestellten Offizier der SS hatte?“, fragte Liebig.

„Ja, das kann ich beschwören. Er hat es einfach als Vorstellung gemacht. Er hatte keinen Befehl dafür. Nichts wurde verlesen, gar nichts. Willkürlich wurde Dragowerts Dregen ausgesucht. Ich weiß es wie heute, es war der achtundzwanzigste Oktober zweiundvierzig, es war der Tag, an dem in München die Oper ‚Capriccio‘ von Richard Strauß uraufgeführt wurde.“

„Das ist, egal ist das! Uns interessiert Theater nicht! – Dann hat dieser Hackmann also aus niedrigsten Motiven gemordet. Es ist ein persönlich motivierter Mord, der nichts mit den Befehlen aus Berlin zu tun hat“, sagte Liebig leise: „Damit ist dieser Hackmann überführt. Er wird hängen!“

„Er wird sagen, der Junge sei ein Zigeuner gewesen und er habe Auftrag gehabt, die Zigeuner zu töten“, warf der Ermittlungsrichter aus der dunklen Ecke leise ein, in der er noch immer saß.

„Vielleicht, aber war der Junge wirklich ein Zigeuner? Was, wenn ich etwas anderes herausfinde?“, sagte Liebig und grinste seinen Vorgesetzten an: „Sie wissen doch, dass sich ab einem bestimmten Grad sowieso alles vermischt. Sie haben doch gehört, der Junge war ein Waise! Von einem Waisen kennt man oft nicht die wahren Eltern! Was, also, wenn ich den wahren Vater finde? Und dieser Vater ist kein Zigeuner? – Und überhaupt, die Mißhandlungen vor der Ermordung waren dem Hackmann bestimmt nicht befohlen worden, die Mißhandlungen hat er eigenständig durchgeführt! – Ich werde den Vater des Jungen finden!"

„Viel Aufwand", sagte Schmelz.

„Aber der Erfolg ist hundertprozentig! Ich meine, Hackmann ist eine Sau! Ein Schwein, ein perverses Stück Dreck!", sagte Liebig: „Wie du mir, so ich dir."

„Wenn Sie das nur schaffen könnten!", sagte der Häftlinge leise: „Und was ist mit mir?"

„Wir bringen Sie jetzt sofort raus hier. Sie sind Hauptbelastungszeuge. Sie kommen unter falscher Identität ins Stadtgefängnis von Halle an der Saale, wo Sie sich unauffällig zu verhalten haben. Sie warten auf den Prozess. Wenn Sie ausgesagt haben, sorgen wir für Ihre Freiheit."

„Wie?"

„Das wird sich zeigen! Wir werden auch das schaffen!", mischte sich Ermittlungsrichter Schmelz in das Gespräch ein: „Wir danken Ihnen für die Aussage! Sie ist sehr wichtig. Unterschreiben Sie das Protokoll, und sofort wird mein Fahrer Sie wegbringen."

Schmelz war aufgestanden und zum Befragungstisch gekommen, wo er zusah, wie der Häftling das Protokoll an diesem ersten Tag des Jahres vierundvierzig unterschrieb.

Nachdem der Mann Obersturmmann Heinze übergeben worden war, berief der Ermittlungsrichter ein Dienstgespräch in seinem Zimmer ein.

Tarnat, Liebig und er nahmen am Schreibtisch Platz, der mit Stapeln von Papieren, Akten und Briefen übersät war.

„Schreckliche Sache ist das!", sagte Liebig: „So etwas kriege ich täglich zu hören!"

„Aber Sie dürfen sich nur an das halten, was unsere Gefangenen betrifft, alles andere ist zwar schrecklich, aber von uns nicht verwertbar, Liebig!", schärfte Schmelz seinen Untergebenen erneut ein.

„Mord, Folter, Bestialitäten und sonstige Scheußlichkeiten aller Art", resümierte Tarnat: „Das übersteigt doch unsere Kapazitäten."

„Kann sein, aber jetzt ein anderes Thema! Während ich Hoven verhört habe, wurde mir eine Sache klar, auf die wir uns stürzen müssen, um effizient zu Tatsachen und somit zu Beweisen zu kommen", sagte Schmelz, der die Aussage des Zigeuners innerlich schon abgehakt hatte. Es war ein Beweis mehr, gut und schön, sie waren an der rechten Hand von Koch dran, aber verdammt noch einmal, es ging um Koch, um Koch allein! Verbissen sah Schmelz einen Moment lang auf einen Stapel Papiere, ehe er seine Kollegen von seiner Beobachtung in Kenntnis setzte:

„Mir ist es erst auch nicht aufgefallen, aber jetzt ist es ja überdeutlich. Ausgehend von den Unterschlagungen, deren Verantwortlicher und Auftraggeber Karl Koch ist, haben wir im Zuge der Ermittlungen folgende Personen verhaftet: Die Häftlinge Meiners, Freudmann und May. Die Männer der Waffen SS Sigel, Stroink, Köhler, Sommer, Michael, Hoven, Hackmann und Koch. Die Zivilistin und Nutznießerin Ilse Koch. Soweit die Ausgangslage. Und nun passiert folgendes seit September: Freudmann ist tot! May ist tot! Meiners konnte gerettet werden! Aber der Michael sollte verhört werden, da erkrankte kurz zuvor dessen Vater auf merkwürdige Weise und verstarb! Vergiftungserscheinungen! Stroink sollte von Lublin nach Buchenwald verlegt werden, damit wir ihn verhören könnten, jedoch fand er in Lublin Gelegenheit, sich zu erhängen. Oder wurde er dort in der Zelle erhängt? Weiter! Die Ehefrau von Hackmann sollte in Berlin verhört werden. Sie erkrankte an Vergiftungserscheinungen und wird zurzeit in einer Klinik behandelt! Weiter! Hier in Buchenwald alarmiert die Gefängniswache den Arzt, weil der Köhler ganz plötzlich und zufällig mit Vergiftungserscheinungen in seiner Zelle liegt! Wer war zuvor bei Köhler in der Zelle? Hauptscharführer Sommer, der Chef des Arrestbunkers, bevor wir ihn verhaften konnten! Und was machte Hoven, dieser Chefarzt, damals, als auch er noch nicht verhaftet war? Er musterte Köhler kurz, kümmerte sich jedoch nicht weiter um ihn, weil er ja ins Theater musste! Nach Weimar! Ein Alibi? Wollte sich Hoven damals ein Alibi verschaffen? Schließlich hatte er lediglich angeordnet, Köhler solle gefesselt werden, weil er angeblich einen Selbstmordversuch gemacht habe. Schwachsinn! Sommer hatte Köhler vergiftet, und Hoven hatte diese Tat verschleiert und sich ein Alibi verschafft! Sommer und Hoven sind ja jetzt auch verhaftet, sie schweigen noch, aber es ist davon auszugehen, dass sie die Handlanger von Karl Koch sind. – Als ein anderer Arzt am nächsten Morgen in die Zelle von Köhler kommt, stellt er fest, der Mann sei halb bewusstlos. Er habe zyanotische Hautverfärbungen. Schweißausbrüche, Erbrechen. Er lässt ihn ins Weimarer Militärlazarett bringen, wo er jedoch trotz aller Rettungsmaßnahmen verstirbt. – Und wer war Köhler?"

„Einer unserer Hauptbelastungszeugen gegen Koch", sagte Tarnat.

„Sehr richtig! Und gegen wen hätte er aussagen können?", fragte der Ermittlungsrichter weiter.

„Gegen Koch", sagte Liebig.

„Gegen wen sagt Meiners aus?"

„Gegen Koch!"

„Gegen wen hätte Stroink aussagen können, wenn er noch leben würde?"

„Gegen Koch!"

„Gegen wen hätte Michael aussagen können, wenn er mit dem Tod seines Vaters nicht so eingeschüchtert worden wäre?"

„Gegen Koch!"

„Gegen wen hätten Freudmann und May ausgesagt, wenn sie nicht tot wären?"

„Gegen Koch!"

„Gegen wen würde Hackmann aussagen, wenn er nicht von der Vergiftung seiner Frau so eingeschüchtert wäre?"

„Gegen Koch!"

„Wen hab ich vergessen? – Sigel, richtig! Auch tot!"

„Gegen Koch!", wiederholte Liebig.

„Seit Mitte September werden all unsere Zeugen eingeschüchtert oder vergiftet oder mit vorgetäuschten Selbstmorden um die Ecke gebracht", sagte Tarnat: „Soweit habe ich verstanden. Wenn wir nicht aufpassen, sind sie alle tot, bevor der Prozess gegen Koch beginnt!"

„Und das ist genau sein Plan! Er lässt alle Männer, die gegen ihn aussagen könnten, umlegen!", sagte Schmelz, wobei er versuchte, ruhig zu bleiben, was ihm aber vorerst nicht so recht gelang: „Koch lässt morden, und das ist fortan unsere Spur! Er befiehlt Morde, um sich zu schützen. Das ist Eigennutz und keine Befehlsausführung! Hier müssen wir ansetzen! Die Verschleierung der Korruption ist das Motiv für die Mordfälle, und die müssen wir Koch beweisen, und dafür brauchen wir dessen rechte und linke Hand. Die müssen wir haben. Verhaftet haben wir sie schon, Hoven und Sommer können nichts mehr anrichten, aber wir müssen sie zur Aussage zwingen! Das müssen wir schaffen, das ist die Spur!"

„Aber wie schaffen wir das?", fragte Liebig.

„Erst einmal den beiden Schurken das Morden beweisen, das Morden mit Gift. Das muss ab jetzt Vorrang haben."

„Und wer von den beiden ist der Hauptschurke?"

„Jemand, der völlig überrascht war, als wir ihn verhaftet haben. Jemand, der sich nicht vorstellen konnte, hochgenommen zu werden", führte Tarnat den Gedanken seines

Vorgesetzten zu Ende, während sich in Liebigs Gesicht plötzliche Erkenntnis spiegelte, ehe er flüsterte: „Doktor Waldemar Hoven, Hauptsturmführer der Waffen SS. Er ist der Hauptmörder, Koch ist der Auftraggeber!"

„Genauso sehe ich das", sagte Schmelz und lehnte sich zurück: „Und wie sehen Sie das, meine Herren?"

„Sie haben recht", sagte Tarnat, und auch Liebig pflichtete ihm bei: „Es kann nur so sein, dass Hoven nach und nach die Belastungszeugen um die Ecke bringt, doch nun ist er weggesperrt, und nun müssen er und Koch ja so richtig Panik bekommen."

„Und Sommer! Vergessen Sie nicht den Aufseher des Arrestbunkers, der war mit den beiden von der ersten Stunde an hier dabei, und er hat ein besonderes Verhältnis zu Koch, wie mir die Leute hier sagten", sagte Obersturmführer Tarnat: „Am besten, wir verhören den einmal so richtig intensiv. Ich meine, nicht nur so lasch. Vielleicht belastet er Hoven, und dann nimmt die Sache ihren Lauf!"

„Da mögen Sie Recht haben, Tarnat! Quetschen wir den morgen mal mit aller Macht aus. Mal sehen, was der ausspuckt. Das soll ein sehr primitiver Vogel sein, der nicht bis drei zählen kann", sagte der Ermittlungsrichter Schmelz: „Wir machen also Folgendes: Wir beweisen, dass Köhler ermordet wurde. Wir beweisen, dass er von Hoven und Sommer vergiftet wurde. Wir beweisen, dass Hoven und Sommer von Koch aus der Zelle heraus beauftragt worden waren. Wir überführen sie des Mordes an Köhler und weisen nach, dass auch die anderen auf gleiche Weise und aus denselben Motiven ermordet wurden. Außerdem überführen wir Sommer, ein Handlanger von Koch zu sein, der in dessen Auftrag Erschießungen vorgenommen hat. Der Fahrplan ist somit also klar, denke ich. Nutzen wir Kochs Fehler aus: Er hat einen Unterführer der Waffen SS umlegen lassen, und das ist ein Verbrechen, das durch nichts und wieder nichts gerechtfertigt werden kann! Kein Führerbefehl und nichts kann da decken!"

„Wir schlagen Standartenführer Karl Koch also die Hände ab. Die rechte in Person von Hoven, die linke in Person von Sommer", stellte Tarnat fest: „Endlich bekommen wir Klarheit und Struktur in diese ganze Sache! Ich hatte es ja schon fast aufgegeben. Endlich eine Richtung!"

„Ich auch", sagte Liebig leise: „Aber nun haben wir endlich einen Plan! Endlich!"

„Ja", stimmte auch Ermittlungsrichter Doktor Schmelz zu: „Wir werden den Auftrag des Erbprinzen, Koch auch des Mordes zu überführen, erfüllen können. Meine Herren, machen wir uns an die Arbeit! Wenn wir hier fertig sind, dann ist die ganze SS fertig! – Ich darf das gar nicht laut sagen, aber manchmal glaube ich, in der Waffen SS sind nur Halunken und in ihr haben sich alle Verbrecher Deutschlands versammelt, Anwesende selbstredend ausgenommen!"

„Selbstredend", pflichtete Tarnat bei, während Liebig grinste.

Und bevor sie das Zimmer verließen, spendierte der Richter seinen Kollegen, die ihn nach langer Zeit einmal wieder entspannt lächeln sahen, eine Zigarette.

Hauptscharführer Martin Sommer gestand tatsächlich, Ermittlungsrichter Schmelz aber war nur mäßig überrascht. Der Sadist habe gestanden, jedoch könne das Geständnis nicht viel bewirken. Es bringe ihn selbst an den Galgen, keine Frage, aber es bringe weder Waldemar Hoven noch Karl Koch in Bedrängnis, ja, nicht einmal in Verlegenheit bringe es diese Männer. Schmelz war enttäuscht.

Der Chef des Arrestbunkers, der früher so viele Leute mit seinem Sadismus gequält hatte und nun selbst im eigenen

Bunker eingesperrt war, wurde seit Wochen täglich von den eigenen Leute aus dem Schlaf gerissen, über den Flur des Arrestbunkers geschleift und ins schalldichte Verhörzimmer gebracht. So auch am ersten Januar vierundvierzig, während in Frankreich Erwin Rommel den Oberbefehl über die Heeresgruppe B nördlich der Loire erhielt. Und so auch an diesem zweiten Januar, während US Truppen in Saida auf Neuguinea landeten und die Rote Armee die alte polnische Grenze überschritt. Sommer trug Häftlingskleidung.

Des ständigen Schlafentzugs wegen lagen seine Augen tief in den Höhlen, und hohlwangig stand er an der nackten Kellerwand, an der er früher Hunderte Häftlinge ausgepeitscht hatte. Der Ermittlungsrichter sah ihm in die Augen und bedeutete seinen beiden Kollegen, Sommer zum Verhörstuhl zu bringen.

Hauptscharführer Martin Sommer wurde von Tarnat und Liebig zum Stuhl gebracht, sie legten ihm die Hände so schwer auf die Schultern, dass er leicht gekrümmt ausharren musste.

„Zweiter Januar vierundvierzig, wie lange machen wir diese nächtlichen Verhöre schon, Sommer?", fragte der Ermittlungsrichter.

„Antworte!", sagte Liebig, packte das Genick des Verhörten und drückte langsam zu.

Sofort schrie Sommer auf und flüsterte mit geschlossenen Augen: „Ich weiß das doch auch nicht. Einen Monat oder zwei? Jede Nacht jedenfalls, jede verdammte Nacht! Am Tage muss ich Knöpfe annähen, und wenn ich endlich liege, dann werde ich aus dem Schlaf geprügelt. Vier Wochen lang, ich habe niemals über vier Stunden geschlafen. Wenn ich die Anzahl Knöpfe nicht schaffe, werde ich misshandelt, wenn ich …"

„Jetzt wird der Mistkerl noch sentimental!", schrie Doktor Tarnat dazwischen, der eine Menge Erfahrung im Umgang mit unterbelichteten Tätern hatte. Er gab Sommer einen Stoß zwischen die Schulterblätter, den dieser regungslos hinnahm.

Schmelz richtete die Tischlampe auf Sommers übermüdete Augen und beugte sich über den Tisch. Liebig hielt Sommers Kopf so, dass der Hauptscharführer dem Licht nicht ausweichen konnte, und Tarnat zog ihm die Augenlider immer wieder hoch, woraufhin der ehemalige Arrestbunkeraufseher sich nach wenigen Sekunden wild zu wehren versuchte.

„Entweder Sie reden heute", flüsterte Schmelz, während er sein Gesicht dicht vor das von Sommer schob: „Oder Sie reden niemals wieder. Wir werden heute Nacht Ihre Methoden anwenden. Wir werden Sie quälen, wir werden Sie verstümmeln, wir werden Sie wegwerfen, und wir werden schreiben, ‚auf der Flucht erschossen', genauso, wie Sie es immer von Hoven haben schreiben lassen, wenn Sie Ihre sadistische Neigung nicht im Griff hatten. Doktor Hoven ist ein Ehrenmann, er hat gestanden, er steht zu seiner Schuld, aber du, du blöder Hund, Sommer, um dich machen wir nicht so ein großes Gewese! Acht Jahre hier in Buchenwald und nicht ein einziges Mal befördert worden, das sagt doch schon alles! Was bist du denn? Ein kleines Licht! Kein Hahn wird nach dir krähen, Sommer, all deine Vorgesetzten haben dich bereits abgeschrieben. Und weißt du, warum? Weil du ihnen egal bist. Koch hat dich fallengelassen, Hackmann hat dich fallengelassen, und Pister hat freudig zugestimmt, als ich ihn bat, dich einsperren zu dürfen, dich verhören zu dürfen, so sieht es aus, Sommer! Entweder redest du heute und rettest so dein schäbiges Leben, oder du stirbst heute Nacht in diesem Zimmer! Und keinen wird es interessieren! Niemanden, du Drecksau! Wir spritzen nachher einfach alles mit Wasser aus, dein dreckiges Blut fließt da in den Gully, und das war es dann, Akte Sommer abgeschlossen! Fertig", sagte der Ermittlungsrichter, der von den Fachleuten der Kriminalpolizei in Berlin eine kriminalpsychologische Studie über Sommer hatte anfertigen lassen, in der stand, Sommer habe einen sadistischen Charakter und unterdurchschnittlich ausgeprägte Fähigkeiten. Man müsse ihm mit scharfem Geist und unerbittlicher Härte begegnen und sein soldatisches Pflichtgefühl kränken.

Sommer versuchte das Gesicht aus dem blendenden Lichtkreis zu bringen, aber die Kriminalbeamten gaben ihm keine Möglichkeit dazu. Er begann zu schreien, wofür er von Schmelz Ohrfeigen bekam, die ihn nur noch wütender machten. Faustschläge! Faustschläge, das wäre auszuhalten gewesen, meinte Sommer empört, aber Ohrfeigen!

Als er sich endlich beruhigt hatte, sagte Schmelz zu ihm: „Du bist ein feiges Arschloch! Du bist es nicht wert, Soldat genannt zu werden. Du gehörst aus der Waffen SS geworfen! Du stehst nicht zu dem, was du getan hast, du bist unehrlich und einfach nur schäbig! Schäbig, pervers und gemein. – Schlagt ihn tot, den Bastard!"

„Nein", röchelte Sommer: „Warten Sie! Bitte! Ich bin ein Soldat! Gut und ehrlich! Ich habe nur auf Befehl gehandelt! Ich bin zuverlässig, der zuverlässigste hier im ganzen Lager!"

„Auf wessen Befehl?"

„Na, auf den von Koch, immer auf den vom Lagerkommandanten! – Ich bin kein Mörder! Ich bin Soldat! Ich habe nur immer auf Befehl von Standartenführer Koch gehandelt! Immer!"

„Sie haben also getötet", stellte Schmelz erleichtert fest, wobei er es vermied, seiner Stimme Weichheit zu geben.

„Jawohl!", keuchte Sommer.

„Lasst ihn los!“, sagte Schmelz: „Und nun beantworte einfach meine Fragen, und ich werde morgen mit dem Reichsführer SS telefonieren und ihm sagen, Sommer ist ein Soldat von echtem Schrott und Korn. Er hat zwar gemordet, aber Schwamm drüber, Reichsführer, ich schlage den Sommer, diesen Pfundskerl, für eine Beförderung vor, das werde ich morgen sagen, wenn du heute aussagst!“

„Wirklich?“

„Aber ja! Du hast dir ja auch nichts vorzuwerfen, wenn du wirklich nur immer auf Befehl getötet hast, also ‚auf der Flucht erschossen‘ hast, wie das hier doch wohl heißt?“

„Ja, so heißt das.“

„Gut!“, sagte Schmelz und warf noch schnell einen Blick zum Rottenführer, der neben der Tür saß und gewissenhaft protokollierte. Schmelz musste mit den Zähnen mahlen, um nicht zu lächeln.

„Darf ich dann auch pennen?“, fragte Sommer, der vom Schlafentzug wie elektrisiert war.

„Natürlich. Also“, fragte Schmelz: „wie viele Menschen haben Sie ermordet, Sommer?“

„Ich habe nicht gemordet, das war alles auf Befehlsebene abgeklärt, das war nicht Mord!“

„Ja, gut, also getötet. Wie viele Menschen haben Sie auf Befehl von Koch getötet? Auf persönlichen Befehl? Mich interessieren all die, deren Namen oder Nummern Ihnen genannt wurden.“

„Hunderte? Tausende? Ich weiß es doch nicht mehr. Ich weiß es wirklich nicht mehr! Koch weiß es! Der muss doch irgendwie Listen gemacht haben, oder was?“

„Strengen Sie sich an! Ich will es von Ihnen wissen? Wie viele?“

„Koch hat mir doch einen schriftlichen Befehl von Himmler vorgelesen, dass er freie Hand hat. Ich musste auf diesen Befehl hin doch beeiden, Standartenführer Koch uneingeschränkt zu dienen!"

„Aber Sie haben den Befehl niemals persönlich gelesen oder sich mal angesehen?"

„Nein! Er stand vor mir, der Koch, und er hat ihn mir vorgelesen, den Befehl. Da sag ich doch nicht, zeigen Sie mal her, Standartenführer! – Ich bin ein Soldat, treu und gut!"

„Schwachsinnig sind Sie!", entfuhr es Liebig, ehe er sich mit einem scheuen Blick bei Schmelz entschuldigte, der ihn böse anfunkelte.

„Also gut, Sie hatten also diesen Befehl von Koch! Wenn wir den bei seinen Unterlagen nicht finden, Liebig, dann ist der Koch dran! Der Sommer ist fein raus, aber der Koch nicht, also lieber Sommer, weiter! Wie viele Tote, Sommer? Ich brauche eine Zahl, eine ehrliche und wahrhafte Zahl", sagte Schmelz.

„Aber ich weiß es doch nicht! Wissen Sie vielleicht, wie oft Sie sich den Arsch abgewischt haben, Hauptsturmführer?", schmollte Sommer, als wäre er ein kleiner Junge, meinte Tarnat, und für einen Augenblick fehlten selbst Schmelz die Worte.

„Zahlen, Sommer, Zahlen!", sagte Schmelz perplex.

„Ich weiß doch keine Zahlen, ich habe nur gehorcht! Koch hat Akten, ach, und Hoven, Hoven hat auch Zahlen und Akten. Der musste doch immer die Totenscheine ausfüllen. Das sind all die Totenscheine, auf denen ‚auf der Flucht erschossen' steht, soviel weiß ich! Oder glauben Sie im Ernst, so viele haben bei uns versucht, abzuhauen? So viele? Nein, hier hat Ordnung geherrscht, Ordnung und Zucht, solange Koch hier Kommandant war. Koch und Hackmann. Jetzt, der Pister, das ist ja, ich sag es mal, er ist eine Weichwurst, jawohl!"

„Gut, werden wir konkret! – Mich interessiert der Häftling Krämer, der mit einem gewissen Peix laut Unterlagen auf der Flucht erschossen wurde. Haben Sie den getötet?"

„Ja!"

„Auf Befehl von Koch?"

„Ja!"

„Und warum?"

„Keine Ahnung! Koch gab den Auftrag, und ich hatte ja meinen Soldateneid geleistet, ihm zu gehorchen."

„Wie haben Sie ihn umgebracht?"

„Der Auftrag lautete, Krämer nach Dora zu überführen und ihn unterwegs abzuknallen. Hab ich gemacht. Ich bin ein treuer Soldat!"

„Ja. Und was noch?"

„Damit es nicht auffiel, sollte ich einen zweiten Häftling mitnehmen und auch noch gleich mit abknallen. Da fiel die Wahl auf Peix, der stand gerade so herum."

„Warum denn noch einen zweiten? Das verstehe ich nicht!"

„Na, niemand hätte mir doch geglaubt, dass mich ein einzelner Mann, den ich bewache, übertölpelt und dann noch versucht, mir abzuhauen!", sagte Sommer und richtete sich plötzlich auf: „Man hat ja schließlich einen Ruf zu verlieren! Das wusste der Kommandant auch, dass ich auf meinen Ruf achten muss!"

„Und so hast du die beiden aus dem Lager geführt, hast sie im Wald erschossen und zum Krematorium gebracht, nachdem Hoven die Scheine ausgefüllt hat."

„Quatsch! War doch Winter!"

„Ja, und?"

„Na, ich hätte mich doch draußen mit den beiden Leichen abquälen müssen, ganz allein. Die wären ruck zuck steif gefroren, das ging nicht!"

„Also?"

„Also habe ich sie zur Postenkette gebracht, gesagt, knallt sie ab, in den Hinterkopf, und dann ab zu Hoven mit ihnen, so war das! War doch Winter! Wäre eine verdammte Quälerei geworden!“

„Aber wegen Krämer gab es doch eine Untersuchung durch den Gerichtsherren Waldeck Pymont persönlich, da hat niemand von der Totenkopfstandarte etwas gesagt?“

„Mensch, weil ich ihnen eingepaukt hatte, ja die Fresse darüber zu halten. Es war ein Befehl von Koch, und also haben wir alle dichtgehalten und gemeint, die beiden wurden auf der Flucht erschossen. – Wer gegen Koch ist, der spielt doch mit dem Leben! – Ihnen würde ich ja auch raten ...“

„Halts Maul! – Krämer war ein ehemaliger Reichstagsabgeordneter“, warf Tarnat ein, worauf Sommer erwiderte, er habe mit Politik nichts zu tun.

„Und welchen Grund hatte Koch, dir den Befehl zu geben, den Krämer abzuknallen?“

„Das weiß ich nicht. Na, wohl ein Befehl von oben, nehme ich an. Meinen Sie nicht?“, fragte Sommer ehrlich erstaunt.

„Denke ich nicht! In Berlin weiß man, dass Krämer ehemaliges Reichstagsmitglied der SPD war. Er war kein Jude, kein Kommunist, kein Schwuler, und bei so etwas gibt es immer eine Untersuchung. Da gab es garantiert keinen schriftlichen Befehl aus Berlin, auf dem der Name ‚Krämer‘ stand.“

„Ich weiß nichts. Ich kümmere mich um nichts. Wenn gesagt wurde, Sommer mach das, dann hat Sommer das gemacht. Das hat doch der Kommandant so an mir geschätzt! Ich bin zuverlässig, hat er immer wieder gesagt! Immer wieder! Bei dem Krämer, vielleicht weiß Hoven mehr, oder Koch, oder was weiß ich denn? Ich weiß sowieso nicht, warum Sie immer mich fragen! Immer mich! Immer mich, ich hab doch nur Befehle ausgeführt! Das waren doch alles nur Befehle! Ich bin so müde! Ich will so gerne schlafen jetzt, ja? Darf ich? Ich bitte Sie! Bitte!“, flehte Sommer, worauf Schmelz angeekelt befahl, man solle ihm den Scheißkerl aus den Augen schaffen, ehe er sich übergeben müsse.

Der Rottenführer sprang auf, klopfte an die Tür, und eine Minute später waren die vier Männer allein, während Sommer in die Zelle zurückgebracht wurde, wo er sofort einschlief.

Ermittlungsrichter Schmelz sah den Rottenführer an, überflog das Protokoll und befahl dem Mann, es von Sommer sofort unterschreiben zu lassen, bevor er es wieder herzubringen und ihm persönlich auszuhändigen habe.

Schmelz schlug mit den Fäusten auf den Tisch, als er mit seinen Männern allein war: „Sommer hat Koch schwer belastet! Wenn der diesen angeblichen Befehl von Himmler nicht vorweisen kann, dann ist er am Arsch! Und bei aller Liebe, einen so allgemein gehaltenen Befehl würde der Reichsführer doch niemals unterschreiben: Standartenführer Koch hat bei allem, was er tut, freie Hand. – Blödsinn ist das, absoluter Blödsinn!“

„Es sei denn“, warf Tarnat ein: „Pohl hat seinem Freund Koch so ein Papier von Himmler besorgt. Pohl ist mit Himmler genauso eng befreundet wie mit Koch, wenn ich daran erinnern darf. – Wenn es diesen Befehl gibt, dann könnten wir eventuell, eventuell, sage ich, dann könnten wir Pohl auch anklagen.“

„Diesen Befehl gibt es nicht“, sagte Schmelz gelassen: „Aber wenn Sie sich überzeugen wollen, bitte, meine Erlaubnis haben Sie, Kochs ganze Habe zu durchsuchen. Das Arbeitszimmer in Lublin inklusive. – Aber für heute, für heute machen wir Schluss, meine Herren! Sommer ist geknackt, er hat Koch schwer belastet, wir müssen nur noch ermitteln, warum Krämer sterben musste. Wir brauchen das Mordmotiv, dann ist die Sache wasserdicht. Aber das machen wir morgen. – Und dann müssen wir ermitteln, wer all die SS Leute ermordet hat, und die Häftlinge natürlich, die Koch hätten belasten können. Wir haben jetzt Januar, meine Herren, Ostern will ich damit durch sein! – Und Karfreitag ist diesmal schon am siebten April, meine Herren! Also, nur drei Monate!"

„Mein Gott, die Zeit!", sagte Tarnat: „Neulich doch erst wurde der Dresdener SC wieder mal deutscher Fußballmeister! Ich erinnere mich doch noch deutlich daran! Vier zu Null gegen den LSV Hamburg! Obwohl, ist ja auch immer das Gleiche mit den Dresdenern!"

„Die haben halt Glück, ihre Stadt wird doch bei all der Kultur und den ganzen Kirchen niemals bombardiert werden", meinte Liebig, ehe die Männer sich verabschiedeten.

Jeden Tag verhörten sie Hoven, aber der blieb entweder stumm, oder er wich aus. Dreizehn Wochen waren seit Sommers Geständnis vergangen, dreizehn lange, zermürbende Wochen, der Chefarzt aber war die ganze Zeit über standfest geblieben. Und dreizehn Wochen, die auch für das Deutsche Reich alles andere als gut verlaufen seien, meinte Tarnat und dachte an die vielen Bombenangriffe auf Berlin, die jede Nacht im Januar stattgefunden hatten. Die Rote Armee war schon in der Ukraine, die Amerikaner waren in Italien im Rücken der Wehrmacht gelandet, das Kloster Monte Cassino wurde bombardiert, die US Truppen waren im Pazifik erfolgreich, in Japan wurden die Studenten eingezogen, und immer wieder die inoffiziellen Nachrichten aus dem Osten, dass die Rote Armee schon wieder irgend etwas Kriegswichtiges eingenommen hatte. Neulich war es die Eisenbahnlinie Narwa – Reval gewesen, und erst vor gut zehn Tagen, da hatte sie am neunzehnten März den Dnjestr überschritten, und vor vier Tagen war es am achtundzwanzigsten März der

Nikolajew am Schwarzen Meer gewesen. Und in Wales? Da konnten es sich die Kohlearbeiter sogar leisten zu streiken, hatte Tarnat erst gestern gehört. Zweihundertfünfundachtzig Streiks mitten im Krieg! Und als wäre das noch nicht britisch genug, da schlossen sich auch noch die Werftarbeiter an! Tarnat schüttelte den Kopf, und während er im Casino des Lagers Buchenwald einen Schnaps trank, war Ermittlungsrichter Schmelz schon wieder auf dem Weg zu Hoven.

Als stünde er als Schauspieler vor der Kamera, hatte Schmelz oft gedacht, und auch an diesem ersten April vierundvierzig dachte er, was für ein Schauspieler, während zur gleichen Stunde amerikanische Flieger irrtümlich die Schweizer Stadt Schaffhausen bombardierten, wobei vierzig Menschen ums Leben kamen. Umgehend wurde der Schaden von den Schweizer Behörden auf achteinhalb Millionen Dollar festgelegt und der US Regierung in Rechnung gestellt, die sich auch sofort zur Zahlung bereit erklärte, worüber Tarnat später nur müde den Kopf schütteln sollte.

Ermittlungsrichter Schmelz dachte an einen ganz anderen ersten April, an den des Jahres neununddreißig, als er in Stettin vom Richteramt suspendiert worden war. Hatte er sich damals nicht genauso niedergeschlagen gefühlt wie heute? Wie weit war er denn überhaupt gekommen?

Nein, nicht diese Art von Fragen! Nicht jetzt! Niemals! Zweifel waren nur gemacht, um den Handelnden in einen Hoffenden zu verwandeln, aber doch nicht ihn! Doch nicht Kurt Schmelz, Sohn eines unbekannten Säufers und Taugenichts! Er war der Primus des Erbprinzen von Waldeck Pymont, und das hatte er allein geschafft, ganz ohne Familienpolitik! Also, er musste lediglich diesen Hoven knacken, ihn endlich knacken, es war ja auch schon eine Woche vor Ostern, er musste es endlich schaffen! Schließlich hatte er sich das Ziel gesetzt, zum Osterfest eine fundierte Anklageschrift vorzulegen, und er war ja wohl nicht der Mann, der Termine verschob und verschob, bis dann plötzlich kapituliert werden musste! Also, wenn nicht heute, dachte er, wann denn dann? In einer Woche ist Ostern.

Ermittlungsrichter Schmelz war auf dem Weg zum Bunker und erneut war er voller Hoffnung, doch diesmal hatte er ein wenig mehr als nur Hoffnung im Gepäck! Diesmal hatte er endlich die Ergebnisse der Obduktion dabei. Diesmal hatte er einen neuen Beweis für Hovens Schuld, einen echten Beweis. Schwarz auf Weiß!

Waldemar Hoven lag in seiner Zelle auf der Pritsche, die keine Matratze hatte, den Kopf auf die zusammengelegte Pferdedecke, die ihm nachts als Bettdecke diente, und starrte nach oben, wo sich eine einzige mit einem engmaschigen Drahtnetz gesicherte Glühbirne befand.

Die Zelle selbst war drei Meter lang und einen Meter siebzig breit, die Pritsche stand an der hinteren Wand, rechts davon befand sich der an den Boden geschraubte, kleine, quadratische Tisch, und direkt neben der Tür war die Latrine, die aus einem Loch ohne Deckel bestand, über das der Insasse sich hocken mussten. Waschmöglichkeiten gab es keine.

Vor dem Frühstück setzte Liebig dem Verdächtigen zu, vor dem Mittagessen Tarnat und nachts, zu unregelmäßigen Zeiten, kam Ermittlungsrichter Schmelz, setzte sich halb auf den kleinen Tisch und bombardierte Hoven mit Fragen, Anschuldigungen und Vermutungen.

Er hatte auch über ihn ein psychologisches Gutachten anfertigen lassen, darin stand, die Intelligenz sei höchstens durchschnittlich, sie befinde sich an der unteren Grenze und sei zu logischem Denkvermögen kaum in der Lage, die Frage aber, die Schmelz beschäftigte, war, ob sich Hoven dumm stelle oder ob er einfach nur dämlich sei.

Es war in der Nacht zum dritten April vierundvierzig, kurz vor zwei Uhr, als Schmelz erneut die Stufen zum Arrestbunker hinunterstieg, sich kurz die Luke der Zellentür öffnen ließ, hinter der Standartenführer Koch einsaß, und ihn mit den Worten ‚Ich kriege Sie' weckte, ehe er die Luke wieder verschließen ließ, um wenig später in der Zelle von Waldemar Hoven zu stehen, der ihn verschlafen anstarrte.

In dieser Nacht aber hatte Schmelz mehr als das Übliche. Er lächelte Hoven an, machte es sich auf dem Tisch bequem und steckte sich eine Zigarette an, während sich Hoven auf den Rand der Pritsche setzte, mit den Händen über Gesicht, Kopf und Nacken fuhr, gähnte und die Hände flach auf die Oberschenkel legte. Er lehnte sich gegen die Wand und sah Schmelz an, eher verwundert denn unsicher. Er fragte sich, wie lange die Beamten wohl diese Methode aufrechterhalten können, und als er die Frage einmal laut formulierte hatte, war die Antwort gewesen, solange sich Wellen auf dem Meer befinden. Was für eine merkwürdige Aussage! Hoven hatte mit ihr nichts anfangen können. Immer noch war er verwirrt darüber, dass der Kriminalobersekretär Doktor Tarnat ihn gestern Abend mit ins Kino nach Weimar genommen hatte, und jetzt bereute er es, denn der Tarnat hatte ihm während des Films dauernd in den Ohren gelegen, und um seine Ruhe zu haben, hatte er auf alle Fragen geantwortet, ohne zu überlegen, und plötzlich war er dann redselig geworden; gefährlich redselig, meinte er nun, konnte er sich heute doch an das Gesagte kaum noch erinnern. Zu dumm! Ob er sich verraten hatte? Wie damals in Los Angeles, als er die Rolle eines Zuhälters bekommen hatte, die doch für einen anderen Schauspieler vorbestimmt gewesen war. Einer, der plötzlich mit zerschlagenem Gesicht in einer Hausecke gefunden worden war, was hatte denn er dafür gekonnt? Niemand hatte Misstrauen geschöpft, aber da musste er sich ja noch verraten, ausgerechnet verplappern musste er sich, und das war es dann mit der Karriere des Schönen Waldemar, wie sie ihn hier alle nannten, gewesen. Nein, er musste sich konzentrieren, er durfte kein Wort von sich geben. Worte waren so Dinge, die einem das Genick brechen konnten; zack und knack, und schon liege man blank, meinte er.

„Angeklagter Waldemar Hoven“, begann Schmelz unvermittelt das Verhör und wie immer mit der gleichen Floskel: „Sie wissen, warum Sie hier sind? Antworten Sie!“

„Weder bin ich ein Angeklagter, noch weiß ich, warum man mich hier eingesperrt hat! Als wäre ich ein Verbrecher!“, antwortete Waldemar Hoven wie immer.

„Sie haben Tausende von Menschen auf Befehl von Koch umgelegt, aber das wissen Sie doch, Waldemar! Angeklagter Hoven, ich beweise es Ihnen, ein Geständnis kann bei Gericht für Milde sorgen. Muss es aber nicht“, legte Schmelz los: „Denn auf ein Geständnis von Ihnen sind wir nicht angewiesen, Angeklagter Hoven, wir wissen alles, und wir können alles beweisen! Sie haben die SS hintergangen, Sie haben das deutsche Volk hintergangen, Sie haben Menschen wie Fliegen getötet!“

„Ich bin mir keiner Schuld bewusst, weil das keine Lüge ist!“

„Mir egal, Angeklagter Hoven, worüber Sie sich bewusst sind und worüber nicht, mir völlig egal. Ich habe das hier!“

Lässig warf Schmelz eine schmale Akte auf die Pritsche von Hoven, der aber keine Anstalten machte, sie zu nehmen und sie zu öffnen. Er warf nur einen kurzen Blick auf den Umschlag, auf den in Lettern stand: ‚Universität Jena, Gerichtsmedizin‘.

„Endlich sind die Obduktionsberichte gekommen, lange Monate hat es gedauert, Angeklagter Hoven, und diese beweisen nun, dass nur Sie, Sie allein, für die Morde an Freudmann, May und Köhler in Frage kommen. Im ganzen Lager Buchenwald sind Sie der einzige, der die Mittel hatte, auf genau die Art und Weise zu töten, wie diese Tötungen vorgenommen worden sind. Nur Sie hatten Mittel und Gelegenheit, soweit klar?", fragte Schmelz und zog an der Zigarette. Er lächelte Hoven von oben herab an, der kurz aufblickte, dann aber wieder auf die Hände sah, die weiter flach auf den Schenkeln lagen.

„Lesen Sie ruhig nach", sagte Schmelz, aber Hoven winkte mit einer Geste des Kopfes ab. Er wolle nichts wissen, er werde nichts wissen, er wisse nichts, sollte sie wohl ausdrücken, meinte Ermittlungsrichter Doktor Schmelz höhnisch.

„Das Erbrochene, das von Freudmann und May übriggeblieben ist, beweist, dass die beiden Häftlinge mit einer Giftmischung umgelegt worden sind. Und die Leiche von Köhler beweist, dass dieser mit der gleichen Mischung getötet worden ist. Und nun fragen Sie mich ruhig, wo wir diese Mischung gefunden haben? Allein und ausschließlich!", sagte Schmelz, wartete einen Augenblick, ehe er sagte: „Allein und ausschließlich in Ihrem Arztzimmer. Im Medizinschrank, zu dem alleine Sie einen Schlüssel haben. – Angeklagter Hoven, in Fachkreisen nennt man das eine eins a Beweiskette. Das sind stichhaltige Beweise, nur zu, versuchen Sie ruhig, in sie hineinzustechen! Das gelingt nicht!"

„Mir egal", sagte Hoven: „Müssen Sie nur noch beweisen, dass dieses Gift nirgendwo anders zu finden ist. Haben Sie wirklich alles durchsucht? Das ganze Lager? Was, wenn sie auch nur ein Zimmer oder eine Zelle vergessen haben? – Ach, da fällt mir ein, ich habe ja Hauptscharführer Köhler von dem Gift etwas gegeben. Er wollte es für einen Häftling, sagte er. Vielleicht hat er ja die beiden umgelegt und sich dabei selbst vergiftet? Unfälle gibt es immer wieder", sagte Hoven und grinste Schmelz von unten an, der einen Moment sprachlos war, ehe er sich wieder gesammelt hatte und sagte: „Schwachsinn, Mann! Köhler war schon lange weggesperrt, als Freudmann und May ermordet wurden. Und in Ihren Unterlagen haben wir keinen Eintrag gefunden, dass Sie Gift ausgegeben haben! Jedenfalls nicht an den Köhler!"

„Habe ich wohl vergessen, es einzutragen", sagte Hoven: „Hier war soviel los, das glauben Sie gar nicht! – Gut, dieses Vergehen gebe ich zu, und ich stelle mich der Konsequenz!"

„Doch, doch, das glaube ich gerne, Angeklagter Hoven", sagte Schmelz und holte wieder den dicken Stapel Totenscheine hervor, die er dem Arzt in all den Nächten schon so oft unter die Nase gehalten hatte. Erneut begann die Prozedur, die Hoven jedes Mal den Schweiß auf die Stirn trieb. Bislang hatte er sich zwar stets beherrschen können, jedoch brauchte er jedes Mal seine ganze Willenskraft dazu. Bisher war es ihm immer gelungen, nicht zusammenzubrechen, doch jetzt hätte er gern einen Blick auf die Obduktionsberichte geworfen, ob es stimme, was der Richter gesagt habe, aber diese Geste würde ihn verraten, meinte er, und überhaupt, er wusste ja, dass es wahr war! Er hatte vergiftet, klar, aber was man nicht aussprach, das war ja schließlich auch nicht geschehen. Waldemar Hoven schloss die Augen, hörte jedoch das leise Geräusch, das sanfte Geräusch, das jedes Mal entstand, wenn einer der Totenscheine, die er selbst ausgefüllt und unterschrieben hatte, neben ihm auf der Pritsche landete.

Schmelz' Litanei nahm ihren Anfang: „Dieser Mann hier, Einlieferung in die Krankenstation, zwei Tage später tot, zuständig für die Kantine, untersuchender Arzt: Hoven. – Dieser Mann hier, Einlieferung in die Krankenstation, zwei Tage später tot, Mitarbeiter der Kleiderkammer, untersuchender Arzt: Hoven. – Dieser Mann hier, Einlieferung in die Krankenstation, zwei Tage später tot, Mitarbeiter der

Kantine, untersuchender Arzt: Hoven. – Dieser Mann hier, Einlieferung in die Krankenstation, zwei Tage später tot, Verantwortlicher für die Gärtnerei, untersuchender Arzt: Hoven. – Dieser Mann hier, Einlieferung in die Krankenstation, zwei Tage später tot, Mitarbeiter der Gärtnerei, untersuchender Arzt: Hoven. – Dieser Mann hier, Einlieferung in die Krankenstation, angestellt in der Goldschmiede, untersuchender Arzt: Hoven. – Dieser Mann hier, Einlieferung in die Krankenstation, zwei Tage später tot, Betreiber des lagerinternen Bordells, untersuchender Arzt: Hoven. – Dieser Mann hier, Einlieferung in die Krankenstation, angestellt im Lebensmittelverkauf, untersuchender Arzt: Hoven. – Dieser Mann hier, Einlieferung in die Krankenstation, verantwortlich für die Essensausgabe an die Häftlinge, untersuchender Arzt: Hoven. – Dieser Mann hier, Einlieferung in die Krankenstation, Mitarbeiter in der Wertgegenständeregistrierung während des Eintreffens neuer Häftlinge, tot, untersuchender Arzt: Hoven. – Hoven, Hoven, Hoven, immer wieder Hoven! – Ruhe, ich bin noch nicht fertig! – Und sehen Sie! Werfen Sie einen Blick auf die Todesursachen: Plötzlicher Herzstillstand. – Herzstillstand. – Herzstillstand. – Herzstillstand! – Und hier, sehen Sie: Plötzlicher Herzstillstand! – Das fällt natürlich in der Masse der Todesursachen nicht auf, aber betrachtet man sie für sich, dann ist da immer Herzstillstand, also natürliche Todesursache! Also keine Meldung nötig an das Reichssicherheitshauptamt. – Still, ich bin noch nicht fertig! – Und wissen Sie, was mir dann auffiel? Wo haben all diese Männer gearbeitet? Was für Posten hatten sie? Sie hatten Schlüsselstellungen inne, Schlüsselstellungen, um Kochs Korruption überhaupt realisieren zu können. – All diese Männer waren Mittäter, die zu Zeugen gegen Koch werden konnten. Sie alle wurden zu einer Gefahr für Koch. Und deswegen mussten sie beseitigt werden. Von Sommer wurden sie beseitigt, und Sie, Hoven, Sie haben die Morde gedeckt und vertuscht. Und Sie haben selbst gemordet, als Arzt! Obwohl, Sie sind ja gar kein richtiger Arzt, nicht mal Koch hat Ihnen seine Syphilis anvertraut, nicht mal der! Koch hat Sie stets für einen Waschlappen gehalten! – Immer haben Sie zwei Tage gewartet, dann Herzstillstand auf der Krankenstation gemeldet! – Doch etwas ist schiefgelaufen. Sie haben einen Fehler gemacht. Bei Freudmann und May konnten wir Beweismaterial sicherstellen! – Jetzt können Sie! – Wie haben Sie getötet?"

„Ich habe nicht getötet, ich bin Arzt!"

„Wie haben Sie getötet, Angeklagter Hoven? Einspritzungen? Haben Freudmann und May gelitten? War es schmerzvoll?"

„Ich habe nicht getötet, ich bin Arzt!"

„Sie haben mit Tötungsabsicht gehandelt. Sie haben Freudmann, May und Köhler vergiftet. Obwohl Sie damals so schlau gewesen waren, die Leichen zu verbrennen, haben wir Zeugenaussagen und die Obduktionsergebnisse. Es war kein Typhus, an dem die beiden Häftlinge litten, wegen dem sie angeblich in Quarantäne mussten. Sie starben an einem Gemisch, dessen Zutaten nur bei Ihnen sichergestellt worden sind. Schlafmittel plus Aufputschmittel. Das rief eine konträre Wirkung hervor. Das Herz wird aufgepeitscht, das Nervensystem wird lahmgelegt, das Koma tritt ein, wenig später der Exitus. Mensch, Hoven, in Ihrem Giftschrank stand doch das Zeug, schon vermischt! Es war schon vermischt! Die Mischung stand da! In Fläschchen! Wollen Sie Ihren Kopf wirklich für Koch hinhalten? Vielleicht kommen Sie mit den Morden an Freudmann und May und an den Hunderten von Häftlingen durch, aber Hauptscharführer Köhler! Sie haben einen Mann der Waffen SS ermordet! Einen Unterführer! Das wird Ihnen niemand durchgehen lassen! Ziehen Sie Ihren Kopf noch im letzten Moment aus der Schlinge, denn nur wenn Sie den Auftraggeber nennen, können Sie davonkommen. Nur dann! Sie haben von Koch aus der Zelle heraus eine Todesliste bekommen, auf der auch Köhler und Freudmann und May standen. Diese haben Sie abgearbeitet, Mensch, wir wissen das! Wir wissen das doch längst! Und nun noch die Obduktionsberichte, die Sie überführen, im Augenblick, Angeklagter Hoven, sind Sie am Arsch, Sie allein! Begreifen Sie das endlich?"

„Ich habe nicht getötet, ich bin Arzt!"

„Sie haben versucht Hauptscharführer Blanck, den wir ebenfalls eingesperrt haben, mit Arsen zu vergiften. Sie haben Wachen beauftragt, Blanck langsam in der Zelle mit Arsen zu vergiften, jeden Tag ein wenig mehr, damit es nicht auffiel! So war es! – Aber wir haben ihn gerettet. Er ist in Sicherheit und wird aussagen, ein SS Mann! – Und den Meiners haben wir auch noch, der konnte Ihrem Giftanschlag auch entkommen! Zwar nur ein Häftling und kein SS Mann, aber immerhin! – Die Sammlung verrät den Sammler!"

„Ich habe nicht getötet, ich bin Arzt!"

„Wir haben gegen Sie ermittelt, Angeklagter Hoven: Vierhundertdreiundachtzig Insassen starben an Herzversagen. Laut Ihrer Totenscheine. Unter ihnen auch Freudmann und May. Die aber starben nicht an plötzlichem Herzversagen, sie wurden vergiftet! Die anderen vierhunderteinundachtzig Menschen also auch? – Wir haben gegen Sie ermittelt, Angeklagter Hoven: Sechshundert Insassen wurden laut Ihrer Totenscheine auf der Flucht erschossen. Krämer und Peix aber wurden nicht auf der Flucht erschossen, sie wurden von Sommer vorsätzlich zur Postenkette getrieben, wo sie erschossen wurden. Die anderen fünfhundertachtundneunzig Menschen also auch? – Wir haben gegen Sie ermittelt, Angeklagter Hoven: Sie waren an fast tausendeinhundert Mordfällen beteiligt. Entweder haben Sie diese gedeckt, oder Sie haben sie selbst begangen, Angeklagter Waldemar Hoven. Das sind Fakten."

„Ich habe nicht getötet, ich bin Arzt!"

„Wollen Sie auf diesem Berg allein sitzenbleiben, Angeklagter Hoven? Nur Koch profitiert von Ihrem Schweigen, alleine er! Diese Ermordeten, die hätten Koch alle zum Verhängnis werden können. Sie saßen an Stellen, wo Unterschlagung im großen Stil begangen wurde. Sie wurden nach gewissen Zeiteinheiten ausgetauscht und kurzerhand ermordet, diese ganzen Häftlinge, alles von Koch persönlich motiviert, alles glasklare Mordfälle. Und nun, nun, wo er in Haft sitzt, lässt er sogar Leute der Waffen SS töten. Jeder, der etwas weiß, der stirbt. Stroink ist tot, Hackmanns Ehefrau, Köhler, wie sie auch alle heißen, und auch Sie werden dran sein, Sie und Sommer, auch die rechte und linke Hand wird Koch sich abschlagen, weil sie ihn verraten könnten, Angeklagter Hoven, verstehen Sie nicht: Retten Sie Ihr Leben! Retten Sie sich selbst! – Wenn Sie ausgesagt haben, nur dann sind Sie sicher! Dann kann Koch nichts mehr machen. Und zusätzlich bringen wir Sie in ein sicheres Versteck. Er oder vor wem auch immer Sie Angst haben, wird Sie nicht finden! Ich bin hier der verlängerte Arm vom Erbprinzen Waldeck Pymont und vom Reichsführer SS! Ich habe hier, in diesem pissigen Lager, mehr Macht als alle anderen zusammen, Mensch!"

„Ich habe nicht getötet, ich bin Arzt!"

„Vor wem haben Sie denn so große Angst?"

„Vor Pohl! Gegen den kommt nicht einmal Himmler an."

„Wieso Pohl?"

„Ich habe nicht getötet, ich bin Arzt!"

„Wann hat das alles angefangen, mit den Unterschlagungen und mit den Mordfällen, die Sie begehen mussten?"

„Achtunddreißig."

„Schon achtunddreißig?“, fragte Schmelz, verblüfft, eine Antwort erhalten zu haben. Er rückte ein wenig dichter an Hoven heran.

„Ich habe nicht getötet, ich bin Arzt!“

„Schon achtunddreißig?“

„Ja, kurz nach der Judenaktion. Buchenwald ist ja eines der ersten Lager gewesen.“

„Weiter!“

„Ich habe nicht getötet, ich bin Arzt!“

„Weiter!“

„Ich musste gehorchen. Was kann mir schon passieren? Beihilfe, was? Mehr doch nicht. Ja, alle, die sich in bevorzugter Stellung befanden und auch nur die, die verdächtigt wurden, etwas zu wissen, wurden auf Befehl von Koch umgelegt. Von Sommer oder von Blanck. Ich habe lediglich den Tod festgestellt bei all den Häftlingen und die Akten gekämmt. – Ich meine, den Tod musste ich ja sowieso feststellen, irgendwann! Bei jedem der Häftlinge, die hier sind, früher oder später gehen die ja doch hops.“

„Mann, wie viele Tote sind das denn gewesen?“

„Ich habe nicht getötet, ich bin Arzt!“

„Wie viele?“

„Das kann ich unmöglich sagen. Tausende? In all den Jahren? Ich weiß es nicht. Es ging ja los, als die ersten Juden hier ankamen. Die hatten alle so viel Bargeld mit, das war der Hammer! Und Wechsel und Schmuck und was weiß ich noch alles. Das haben Koch und seine Männer ihnen dann alles abgenommen, doch dann wollte Koch nicht teilen und hat seine Männer umbringen lassen. Von Sommer! Niemals von mir! Später hat er willige Juden genommen, die dachten, sich so eine gute Stellung hier verschaffen zu können. Die standen Schlange bei Koch! Bis sich dann herumsprach, dass alle starben, die Sachen für Koch erledigten. Da fand

Koch keine Freiwilligen mehr und hat sie sich willig machen müssen. Durch Sommer! Niemals durch mich! Durch Sommer oder auch mit Geld. Die Handlanger sind reich geworden, haben gutes Essen bekommen, durften, wann immer sie wollten, in den Puff, doch irgendwann wurden sie ja doch alle umgelegt und ihr Reichtum wanderte zurück in Kochs Tasche, und ich musste schreiben: ‚plötzlicher Herzstillstand' oder ‚auf der Flucht erschossen'. Es mussten immer natürliche Todesursachen sein, damit es keine Untersuchungen gab. Ich meine, ist doch clever, Herzstillstand, das kann doch alles bedeuten und nichts, das kann man niemals nachweisen. Zuerst hatte ich ja versucht, immer andere natürliche Todesursachen zu finden, die ich schreiben konnte, aber wie wenige gibt es da schon! Bald war ich gezwungen, schon verwendete noch einmal zu nehmen, und ich hoffte, es fiel bei den Überprüfungen eben nicht auf. Ich legte die Sterbedaten der übereinstimmenden natürlichen Todesursachen soweit wie möglich auseinander. – Ich habe nicht getötet, ich bin Arzt!"

„Ja, Sie sind Arzt! Sie haben einen Eid geschworen, gegen den Sie verstoßen haben! Sie sollen helfen, aber Sie haben Ihr Amt missbraucht! Alles andere zählt letztlich nicht. Sie sind verantwortlich für Ihre Misere. Sie haben Morde zugelassen! Sie haben nicht geholfen, sie zu verhindern! Wie konnten Sie nur, Mann!"

„Ich weiß doch selbst nicht. Dieses Lager hier."

„Sind Sie bestochen worden?"

„Nein. Bestochen? Nichts Großes. Ein paar Kilo Gold. Ein paar Gemälde. Was weiß ich, alles nur Geschenke."

„In Ordnung. Sie waren ja doch geständig. Das wird sich für Sie rechnen", sagte Schmelz: „Ich schreibe jetzt das Protokoll, das unterschreiben Sie dann, und dann bringe ich Sie in Sicherheit."

„Ich unterschreibe nichts."

„Das müssen Sie aber!"

„Niemals. Ich sage auch nichts aus."

„Aber? Sie haben doch eben?"

„Nichts habe ich eben."

„Sie haben geredet!"

„Ich habe nichts gesagt. Niemals. Nichts habe ich gesagt. Ich kann mich an nichts erinnern. Ich kann ja nicht unterschreiben, was ich nicht gesagt habe, oder?"

„Sie Schwein!"

„Machen Sie Ihre Arbeit selbst, Hauptsturmführer, auf mich können Sie dabei nicht zählen", sagte Waldemar Hoven, hob den Blick und sah dem Ermittlungsrichter hart in die Augen.

Schmelz war fassungslos. Er schalt sich einen Trottel, an diesem heutigen Verhör keine zweite Person mitgenommen zu haben. Was war er doch für ein Amateur! Lag das an diesem Lager hier, dass man keinen klaren Gedanken mehr fassen konnte? Verdammte Scheiße, es war sein Fehler, ganz alleine sein Fehler! Ermittlungsrichter Schmelz legte die tausenddreiundachtzig Totenscheine wieder auf einen Haufen, steckte sie in seine alte Ledertasche und legte die Akten aus der Gerichtsmedizin dazu. Er wusste, Hoven werde nicht noch einmal reden. Er war sich sicher, und so versuchte er einen letzten Appell: „Doktor Waldemar Hoven, das kann nicht Ihr Ernst sein! Sie müssen das alles zu Protokoll geben! Wir müssen die schwarzen Schafe eliminieren, ganz schnell!"

„Sie haben keine Ahnung, wie es wirklich zugeht! Himmler ist doch nur eine Marionette! Pohl hat die Macht in den ganzen Lagern! Er befiehlt hier, und Pohl kann in den Lagern jeden umbringen lassen, den er will! Und Pohl und Koch sind die dicksten Freunde, die man sich vorstellen kann! Wer sich mit Koch anlegt, der legt sich mit Obergruppenführer Pohl an. Und wer sich mit Pohl anlegt, der wird sterben. Pohl hat spezielle Leute dafür. Diese Leute werden auch Sie töten, wenn Sie Standartenführer Koch nicht endlich in Ruhe lassen, Hauptsturmführer Doktor Schmelz. Sie werden eines Tages ermordet werden, ich aber werde das alles hier überleben. Wenn ich schweige!“

„Ja, wenn Sie schweigen! Wenn Sie schweigen wie der tote Hauptscharführer Köhler jetzt schweigt, nämlich tot, mausetot! – Haben Sie darüber mal nachgedacht, Hoven?“

„Der war nur ein kleiner Unterführer! Hingegen Hackmann! Warum wurde nicht Hackmann vergiftet, sondern nur seine Frau? Weil man ihn warnen wollte und ihm eine Chance geben wollte. Hackmann ist Hauptsturmführer, genau wie ich! Man wird irgendwen aus meinem Umfeld als Warnung umlegen, aber man wird mich in Ruhe lassen! – Und glauben Sie mir, mein familiäres Umfeld besteht nur aus Versagern, denen ich keine Tränen nachweinen werde.“

„Und damit können Sie leben, Angeklagter Hoven?“, fragte Schmelz, während er gegen die Zellentür klopfte, die ihm sofort geöffnet wurde. Er wollte nur noch raus hier.

Waldemar Hoven streckte sich auf der Pritsche aus, legte die Hände unter den Kopf und sagte noch einmal deutlich: „Ich habe nicht getötet, ich bin Arzt!“

„Was? Das kann doch nicht wahr sein!“, schrie Ermittlungsrichter Schmelz eine Woche später im Arbeitszimmer seiner Buchenwalder Dienstwohnung, während die Rote Armee ihre Offensive zur Befreiung der Krim begann und zwei Tage später Odessa einnahm.

Schmelz ließ Liebig vor dem Schreibtisch stehen, rannte ins Wohnzimmer und zertrümmerte kurzerhand eine der

Glasvitrinen: „Das kann doch überhaupt nicht sein! Verdammte Scheiße!"

Er stieß weitere Flüche aus, beruhigte sich jedoch schnell wieder und kam zurück an seinen Schreibtisch, um Liebig eindringlich in die Augen zu sehen, der langsam nickte und wiederholte, er habe die Zeugenaussagen mehrerer Insassen, in denen übereinstimmend erklärt worden sei, der Häftling Krämer habe sterben müssen, weil er dem Standartenführer Koch, damaliger Kommandant von Buchenwald, eine Syphilis habe kurieren müssen, die dieser sich in Norwegen eingefangen habe, was aber niemand habe wissen dürfen. Krämer, von Beruf Allgemeinmediziner, habe beeiden müssen, dass er schweigen werde, aber letztlich sei dem Koch das doch nicht sicher genug gewesen, so er dem Sommer den Auftrag zum Mord gegeben habe.

„Unfassbar!", stöhnte Kurt Schmelz: „Das ist unbegreiflich! Wenn ich das dem Erbprinzen erzähle, dann dreht der durch! Der kannte den Krämer ja noch von dessen aktiven Zeit als Politiker, und der Krämer hat dem Erbprinzen nach dem ersten Weltkrieg auch schon mal eine Syphilis kuriert, wie er mir ja selbst erzählt hat. Und jetzt kommt das Unfassbare! Waldeck Pymont war mit Krämer und dessen Verschwiegenheit vollkommen zufrieden, und als ihn Koch gefragt habe, welcher gute Mediziner seiner Meinung nach im Lager gefangen sei, da habe er dem Koch den Namen Krämer gegeben! – Und somit hat der Prinz für den Tod des Bekannten gesorgt, oh Mann, wenn ich das dem Erbprinzen erzähle, dann dreht der durch. Der zerreißt Koch in der Luft! – Soviel ist erst einmal klar", sagte Schmelz und ging zum Erker: „Was für ein schäbiges Mordmotiv!"

Eine Weile sah er in den Schneefall, dann wurde er von einem Trupp Häftlinge abgelenkt, der zum Steinbruch geführt wurde. Unmittelbar vor dem Fenster ließ der Scharführer den Trupp halten, weil ihnen SS Sturmbannführer Max Johann Marcus Schobert entgegenkam. Schmelz öffnete das Fenster und hörte Schobert fragen, ob die Mannschaft vollzählig sei.

„Vollzählig, bis auf einen Mann, krank auf Koje“, antwortete der Scharführer.

„Herbringen lassen!“

„Aber Sturmbannführer, der Mann hat sich ein Bein gebrochen, er taugt nicht für die Arbeit im Steinbruch“, sagte der Scharführer, worauf Schobert brüllte, er solle gehorchen und kein dummes Zeug erklären.

Der Scharführer schickte den Blockältesten Carl Herbst, und als dieser mit dem Kranken zurückkam, der sich fest und leise stöhnend an ihn klammerte, da musste Carl Herbst den schwer verletzten Mann loslassen und in die Reihe zurücktreten.

Wie alle starrte auch Herbst auf den wankenden Rücken, und Schmelz hörte, wie Sturmbannführer Schobert sagte: „Diensthabender! Niederschlagen!“

Der Scharführer trat einen Schritt nach vorne, versetzte dem Mann mit dem gebrochenen Bein einen Faustschlag, woraufhin sich dieser sofort fallen ließ.

„Jetzt an die Hauswand da! Zwei Stunden! Wenn er umkippt, abknallen!“, sagte Sturmbannführer Schobert und gab eine Erklärung ab: „Ab morgen geht es hier strenger zu! – An ihre Arbeitsplätze, sonst schlagt sie tot, die Hunde, das Krematorium muss brennen! Weisung des Lagerkommandanten – Schnuffi, fass!“

Der Schäferhund des Sturmbannführers, den dieser Gassi führte, rannte auf den Insassen Löwenstein zu, entschied sich aber im letzten Augenblick anders und sprang den Mann neben Löwenstein an, verbiss sich in dessen Unterleib und dann in dessen Kehle.

„Schlagt sie tot!", schrie Schobert, pfiff den Hund zurück, der eine blutverschmierte Schnauze hatte, und führte ihn weiter aus, wobei er vor sich hin sang.

Angewidert schloss Schmelz das Fenster und drehte sich um. Er setzte sich hinter den Schreibtisch und bedeutete auch Liebig und Tarnat, sich zu setzen. Minutenlang blieb es still, ehe sich Schmelz räusperte und sagte, er habe sich entschieden.

Tarnat sah, wie sich die Augen des Richters verengten, wie ihm leicht die Hände zitterten, als er wiederholte, er habe sich entschieden, was Tarnat aber nicht zuordnen konnte. Es wunderte ihn nur, dass Schmelz so aufgeregt und aufgewühlt war. Er ahnte nichts Gutes.

„Ich habe mich entschieden", sagte Schmelz noch einmal und konnte seinen beiden treuen Kollegen nicht länger in die Augen sehen. Er schichtete Papierstapel um, die sich auf dem Schreibtisch befanden, öffnete Akten, schloss sie wieder und fegte plötzlich alles Papier vom Tisch.

„Begreifen Sie? Ich habe mich entschieden, aber Ihnen, meine Herren, überlasse ich es nicht, frei für sich zu entscheiden", sagte Ermittlungsrichter Doktor Kurt Schmelz.

„Um was geht es denn?", fragte Liebig und legte dabei all seine jugendliche Unbekümmertheit in den Satz, die freilich auch nur gespielt war. Auch er ahnte nur Schlechtes. Noch nie hatte er seinen Vorgesetzten so verwirrt gesehen, so verwirrt und hilflos.

„Ich habe die ganze Zeit schon darüber nachgedacht, und dass das Motiv bei Krämer ein so banales ist, zeigt doch nur, was für eine Drecksau dieser Standartenführer ist, meine Herren, das ist unfassbar! Aus Eitelkeit zu töten. Eigennutz, Egoismus, damit haben wir ihn natürlich. Nie im Leben kann er einen Befehl vorzeigen, Krämer töten zu sollen, der weder homosexuell war, noch Zigeuner, noch Jude, noch Kommunist, noch Kriegsgefangener. – Hier bewachen die Verbrecher das Lager, und die Unschuldigen sitzen drin, das habe ich aber nie gesagt! Also“, sagte Schmelz und legte eine Pause ein, in der weder Liebig noch Tarnat zu atmen wagten.

„Also, Koch ist gemeingefährlich. Der muss aus dem Weg geräumt werden, soviel ist ja nun wohl klar“, fuhr Schmelz fort: „Mord aus niedrigstem Beweggrund. Und wenn niemand gegen ihn aussagen will, dann werden wir sie eben alle zwingen, gegen ihn endlich auszusagen.“

Erneut machte Schmelz eine Pause, in der er aufstand und für alle drei Wasser in Gläser füllte. Er trank das seinige in einem Zug aus und setzte sich wieder, so aufrecht wie möglich, hinter den Schreibtisch. Er legte die Hände flach auf den Tisch und zwang sich nun, schnell zu sprechen, schnell und klar: „Letzte Woche habe ich erfahren, dass unsere Rückendeckung zu wünschen übriglässt. Obergruppenführer Pohl bedrängt seine Männer immer mehr. Er hat Gestapomüller auf uns angesetzt, und er setzt selbst Obergruppenführer Waldeck Pymont wegen unserer Sache zu. Außerdem belagert er den Reichsführer SS täglich, und dieser ist mittlerweile geneigt, Obergruppenführer Kaltenbrunner den Auftrag zu geben, die Ermittlungen abzubrechen, die sich nun schon elf Monate hinziehen. Das alles hat mir Ihr Vorgesetzter, Gruppenführer Nebe, Chef der Kripo, warnend gesteckt, und noch halten zwar Kaltenbrunner und der Erbprinz zu uns, aber beide geraten sehr in Bedrängnis, und alles nur, weil wir keinen Erfolg haben! Wir sind zum Erfolg verdammt, ansonsten geraten wir selbst in die Schusslinie, meine Herren. Wenn es Pohl tatsächlich gelingt, Koch hier wieder herauszuholen, dann wird er als zweites gegen uns drei vorgehen! Wir werden selbst in einem dieser Lager enden, sofern wir keinen Erfolg haben. Himmler ist geneigt, Pohl zu glauben, dass es hier keine Unregelmäßigkeiten gibt, obwohl Kaltenbrunner ihm beharrlich versichert, hier beständen eklatante Sicherheitsrisiken, und so tragen da oben der Chef des Reichssicherheitshauptamtes und der Chef des Wirtschafts- und Verwaltungshauptamtes vor dem Schreibtisch des Reichsführers einen Kampf aus, den wir hier unten endlich entscheiden müssen! Was alles so banal anfing, mit dem Spleen des Prinzen, das könnte uns jetzt begraben, sofern wir keinen Erfolg haben. Wir stehen unter Erfolgsdruck, und ich bin geneigt, diesem ganzen Spuk endlich ein Ende zu machen. Soweit zur Ausgangslage, meine Herren!", sagte der Ermittlungsrichter und lehnte sich zurück.

„Was meinen Sie, Hauptsturmführer?", fragte Untersturmführer Liebig, Beamter der Kriminalpolizei im Hauptamt Berlin.

„Meine Herren, ich werde das ‚Prinzip der Ausschließlichkeit' anwenden", sagte Schmelz.

„Wie meinen Sie das?", fragte Obersturmführer Tarnat, Beamter der Kriminalpolizei im Hauptamt Berlin. Leise, abwartend, und ein wenig drohend klinge es auch, meinte sein Kollege Liebig.

„Ich bin dafür gemacht, Tatsachen zu schaffen, Tatsachen und immer wieder Tatsachen. Diese Tatsachen entwickeln sich dann zu Beweisen, das ist eine ehrliche, pragmatische Herangehensweise, die ich mir angelernt habe. Schnell und effizient zu sein, bedeutet, gut zu sein", sagte der Ermittlungsrichter und hielt erneut inne.

Die vielen Pausen zerrten am dünnen Nervenkostüm seiner beiden Kollegen, aber noch konnten sie parieren und abwarten. Sie wussten, wenn Doktor Kurt Schmelz von Tatsachen anfange, die er unbedingt schaffen müsse, dann sei sein Verstand ausgeschaltet, dann sei er ein Meer, das nur noch dem Mond gehorche, dem Mond und dem Sturm.

„Das ‚Prinzip der Ausschließlichkeit' bedeutet, wenn man

einen Täter nicht durch seine Tat überführen kann, dann muss man die Tat mit dem Täter verbinden. Dies wiederum bedeutet, man geht vom Tatwerkzeug aus, schließt durch Logik und Erfahrung alle Zufälle aus und bekommt so den Täter auf dem Silbertablett, der als einziger mit diesem Tatwerkzeug in Verbindung gebracht werden kann. – Ich stelle es Ihnen nicht frei, sich an dieser Aktion zu beteiligen", sagte Schmelz, warf den Kollegen zwei Schreiben zu, in denen Kaltenbrunner und Waldeck Pymont dem Vorgehen bereits zustimmten.

„Ganz verstehe ich das noch immer nicht", sagte Liebig, doch Tarnat wusste schon, worauf das alles hinauslief. Er versteckte das Gesicht in den Händen und stöhnte leise auf. Er schüttelte den Kopf und reagierte nicht auf Liebigs immer aufgeregter klingendes: „Was? Was? Was denn?"

„Darauf hat Sie doch Gestapomüller gebracht", flüsterte Tarnat, doch Schmelz reagierte nicht. Er konzentrierte sich ganz auf den jungen Liebig, ließ den Blick nicht von ihm und erklärte so nüchtern wie möglich: „Es sieht wie folgt aus. Wir werden heute Nacht einen Mörder durch Mord überführen. Das ist das ‚Prinzip der Ausschließlichkeit'. Halt, warten Sie, Liebig, ich erkläre es Ihnen. Sie sind doch ein fixer Junge, also begreifen Sie: Hoven hat Köhler durch Gifteinspritzung getötet. Damit hat er einen riesigen Fehler gemacht, weil Köhler kein Häftling war, sondern einer von uns. Somit stehen mir alle Türen offen, ich habe Deckung von allen Seiten. Er hat einen SS Mann ermordet, soweit klar?"

„Ja."

„Heute Nacht werde ich vier Häftlingen, sowjetische Kriegsgefangene, die bereits wegen anderer Vergehen zum Tode verurteilt wurden, jenes Gemisch spritzen, das Hoven verwendet hat, um Köhler, Freudmann und May zu ermorden. Wir wissen, dass allein Hoven Zugang zu dieser Mischung hatte. Ich werde diese Mischung verwenden, die wir bei ihm sichergestellt haben. Anschließend werde ich die Leichen zur Uni Jena schicken und sie dort von Professor Doktor Doktor Timm untersuchen lassen, dem Leiter der dortigen Gerichtsmedizin. Sollte sich herausstellen, dass die Leichen der von mir Getöteten die gleichen Merkmale und Symptome aufweisen wie bei der Leiche von Köhler sowie dem Erbrochenen von Freudmann und May, das wir sichergestellt haben, dann ist damit bewiesen, dass Hoven der Täter war, weil er allein Zugang zu seinem Giftschrank hatte. Das ist das ‚Prinzip der Ausschließlichkeit', das verstehen die Amerikaner unter dem Begriff des Pragmatismus: ‚Wahrheit ist, was sich auszahlt'. Das verbirgt sich in der Worthülse, Tatsachen schaffen, meine Herren."

„Aber morgen ist Karfreitag", sagte Liebig emotionslos. Wie geschockt wirke er, meinte Tarnat, der dessen große Augen sah, aus denen die Angst zu strömen schien. Er legte seinem Kameraden den Arm um die Schulter und sagte: „Es ist uns ja doch nicht freigestellt. Er befiehlt es uns ja."

„Meine Herren, ich habe es mir lange überlegt, keine Frage, es gibt aber keine andere Möglichkeit. Wir können jetzt handeln, weil wir endlich die Obduktionsberichte in der Sache Köhler, Freudmann und May haben, wir können und müssen. Damit haben wir Vergleichsmöglichkeiten. Wenn Hoven so in die Enge getrieben wird, dann wird er auch Koch nicht mehr decken. Dann sind wir am Ziel! Und wie gesagt, ich habe den Befehl, dies zu tun!"

„Aber Sie sind auf den Plan gekommen", sagte Liebig ängstlich: „Sie haben selbst vorgeschlagen, Menschen wegen einer Sache zu ermorden, wie reagiert da Ihr Gewissen?"

„Gewissen! Gewissen! – Das hier ist eine Front, und wir müssen den Feind erledigen, sonst erledigt er uns. Wir hatten schon kein Gewissen mehr, als wir Koch verhaftet haben, ohne einen Beweis zu haben. Und was geschah danach? Wir fanden Beweise! Jede Menge! Beweise wegen Unterschlagung! Diesmal machen wir es genauso und werden Beweise haben, die den sauberen Standartenführer des Mordes überführen", sagte Schmelz, der so langsam die Geduld verlor. Am liebsten hätte er ja gebrüllt, Schluss mit den Worten, jetzt werde gehandelt, aber er war ja der Vorgesetzte! Er musste souverän bleiben, gerade jetzt.

„Aber morgen ist doch Karfreitag", sagte Liebig wieder, und nun brüllte Schmelz doch, was kümmere ihn Ostern, was erlaube sich Liebig überhaupt, hier, in diesem verruchten Lager, von Ostern zu sprechen. Ob er den Verstand verloren habe? Im Konzentrationslager Buchenwald gebe es kein Osterfest! Hier gebe es gar keine heiligen Feste!

„Nein", antwortete Liebig ruhig: „Ich meinte ja auch nur."

Wieder beruhigte sich Richter Schmelz genauso schnell, wie er sich aufgeregt hatte.

„Die Alternative ist, dass wir grübeln, bis wir schwarz werden, und dann doch handeln. Also handeln wir lieber gleich, und grübeln wir nachher, bis unsere Seelen schwarz sind und uns die Haut abgefault ist", sagte Tarnat, und weder Liebig noch Schmelz wussten, ob es sarkastisch gemeint sei oder nicht.

„Ich brauche Sie beide als Zeugen. Sie sind die einzigen Beamten hier", sagte Schmelz: „Heute Nacht. Vergessen Sie nicht, Jesus war konsequent, sind wir es auch! Vergessen wir nicht, Mutter Courage war konsequent, sind wir es auch! Vergessen wir nicht, konsequent zu sein, ist ein Attribut aller Heiligkeit!"

„Und morgen ist ja auch sowieso Ostern!", platzte es aus Liebig erneut heraus, der sich gegen diese Feststellung nicht wehren konnte und überrascht aufsah, als Schmelz flüsterte: „Ganz genau! Morgen ist das heilige Fest!"

Das heilige Fest! Ostern! Gezwungen, über Leichen zu gehen, ging ich über Leichen, dachte der zweiundsiebzigjährige Kurt Schmelz auf dem Bett seiner Frankfurter Wohnung, ich tat es, und nein, das war nicht Ding Schuler gewesen, das war ich gewesen!

Ich selbst!

Das also ist es.

Das ist der Schatten im Blick, oh Gott, ich hatte so fest behauptet, der Leiter der Versuchsstation wäre es gewesen, dass ich es tatsächlich selbst geglaubt habe.

Und Tarnat hat es mit ins Grab genommen, und Liebig, der gute Liebig hat nie ein Wort darüber verloren.

Schuld, die mir unter die Haut gekrochen ist, aber die ist ja ab, Gott sei Dank, die ist ja weg.

Alles stand ihm vor Augen, alles kam ihm wieder in den Sinn, das ganze Ausmaß seiner Tat. Er hatte selbst vorgeschlagen, einen Mord zu begehen, und ja, er hatte viermal gemordet, vier Häftlinge! Vier Mordfälle, um einen Mörder zu überführen.

Ja, das war er gewesen.

Das war kein Märchen!

Diese Grausamkeit hatte er begangen. Inmitten des allgemeinen Mordens war auch er zu einem Mörder geworden.

Zu einem vorsätzlich handelnden Mörder! In der Robe eines Richters.

Doktor Kurt Schmelz stöhnte, er lag wie gelähmt. Nichts konnte er mehr bewegen. Gar nichts.

Er selbst war ein Serienmörder, und mit nichts konnte er diese selbst geschaffene Tatsache entschuldigen!

Nie hatte er nach der Kapitulation mehr ein Wort darüber verloren. Als wäre es niemals geschehen! Und niemand hatte ihn deswegen angeklagt, nichts war also übriggeblieben, bis auf diesen Schatten im Blick, an den er sich in all den Jahren gewöhnt hatte, und bis auf dieses unerträgliche Krabbeln, Kratzen und Kriechen unter der Haut, das ihn jetzt befallen hatte und von dem er sich wohl nur mit dem Tod befreien konnte.

Haben all die Aussagen nach dem Krieg doch nicht die Schuld tilgen können, fragte er sich jetzt, diese Schuld, die unentdeckt geblieben sei?

Konnte er sie wenigstens aufwiegen? Aufwiegen mit den Anklagen gegen die fünf Lagerkommandanten im Winter vierundvierzig? Oder mit den Aussagen in den Nürnberger Prozessen fünfundvierzig und siebenundvierzig?

Nichts da!

Wegen einer Sache, gestehe es dir ein, dachte er: Wegen einer Sache hast du vier Menschen getötet. Das war es! Das holt mir die Haut vom Leib! Darum das zwanghafte Abreißen!

Doch eine zweite Haut, lieber Schmelz, die gibt es nicht. Gibt es für niemanden. So etwas gab es noch nie!

Jeder stirbt mit seiner Haut!

Sie war ihm zerfetzt, der Verstand war ihm zerstört, der Leib lag ungeschützt da, unerbittlich breitete sich die bleierne Luft auf seinem nackten Fleisch aus und er wurde vor Qualen ohnmächtig.

Wundbrand brach aus.

Schmelz starb an seiner Haut, am Fehlen seiner alten Haut.

„Man kann keinen Drachen töten, ohne selbst einer zu sein", sagte Tarnat in der Nacht zum Ostersonntag, dem zehnten April vierundvierzig, während die drei Ermittlungsbeamten zur Fleckfieberversuchsstation gingen, wo Doktor Ding Schuler schon auf sie wartete, der ihnen assistieren sollte. Es war zwei Uhr nachts. Das Lager war bis auf die Hunderudel ruhig, und bis auf die rotierenden Scheinwerfer war es auch dunkel.

Sie grüßten den Arzt, der sie ins Behandlungszimmer sieben führte, wo schon alles vorbereitet war. Karfreitag hatten sie es im letzten Moment abbrechen müssen, weil Liebig zusammengeklappt war, aber heute wollten Sie es endlich hinter sich bringen.

„Einen Kaffee?", fragte Ding Schuler.

Die drei Beamten schüttelten den Kopf.

Schmelz sagte: „Tun wir, was wir nicht lassen können."

Der Arzt nickte.

Er deutete auf einen blechernen Beistelltisch, auf dem die vier Spritzen aufgezogen lagen.

Die vier Häftlinge lagen gefesselt auf den Pritschen.

„Und Sie wollen selbst spritzen?", fragte der Arzt, obwohl er die Antwort bereits kannte.

„Ich muss! Das darf ich Ihnen oder meinen Kollegen nicht zumuten. Ich bin verantwortlich hier, und ich stelle mich dieser Verantwortung. Sie protokollieren alles aufs Genaueste, Doktor Ding Schuler", sagte der Ermittlungsrichter und drehte sich dann zu seinen Kollegen um: „Und Sie setzen sich beide einfach auf die Stühle da und merken sich, was Sie gesehen und gehört haben. Riechen Sie bitte auch, wenn die vier Männer sich im Todeskrampf übergeben."

Und obwohl er wusste, sie konnten ihn nicht verstehen, sagte Schmelz zu den Verurteilten: „Seien Sie versichert, der Gerechtigkeit einen großen Dienst zu erweisen. Gott wird das in seiner unermesslichen Weisheit berücksichtigen, dessen bin ich gewiss! So werden Sie von der Schuld, die Sie auf sich geladen haben, etwas abtragen können."

„Bringen wir es hinter uns", sagte Tarnat plötzlich: „Bevor mir das alles noch leid tut!"

„Mir tut es jetzt schon leid!", sagte Liebig: „Also keinen

Zirkus bitte, Hauptsturmführer, wenn ich so frei sein darf, einmal etwas zu erbitten. Oh Gott, ich scheiß mir gleich in die Hosen!"

„Seien Sie jetzt bitte still, und konzentrieren Sie sich bitte auf die Ihnen zugewiesenen Rollen", sagte Schmelz: „Das ist jetzt sehr, sehr wichtig! Für uns alle."

Er nahm eine Spritze nach der anderen und drückte das Gemisch aus Beruhigungs- und Aufputschmittel in die Venen der Ellenbogen der sich aufbäumenden, geknebelten Kriegsgefangenen, die aus der Gegend von Jessenin stammten.

Doktor Ding Schuler benannte die Symptome und notierte sie in eine sorgfältig vorbereitete Liste, die der Kapo Doktor Kogon ausgearbeitet hatte:

„Leichtes Verkrampfen.

Fortgeschrittenes Verkrampfen.

Schweres Verkrampfen.

Einsetzen von Schweißausbrüchen.

Einsetzende Betäubung der Nerven bei gleichzeitiger, sich steigender Wildheit des Körpers.

Starre Pupillen.

Extremer Bewegungsdrang.

Austritt des Mageninneren in krampfartigen Schüben.

Bewusstlosigkeit.

Heftiges Aufputschen des Herzmuskels.

Rasender Herzrhythmus.

Implodieren der Herzkranzgefäße, sichtbar durch Blutaustritt aus Mund und Nase.

Sowie aus den Ohren.

Exitus.

Ende des Experiments nach exakt sieben Minuten, vierzig Sekunden.

Alle Symptome bei allen Versuchspersonen identisch.

Tja, Herr Richter, das war es auch schon. Ich würde vorschlagen, sofortiger Abtransport zur Uni Jena, was meinen Sie?", fragte Doktor Ding Schuler und lächelte verbindlich: „Jetzt vielleicht einen guten Bohnenkaffee zur Stärkung?"

Hauptsturmführer Doktor Kurt Schmelz nickte, verneinte dann stumm und gab Liebig ein Zeichen, Heinze hereinzuholen, damit er beim Einladen der Leichen in den BMW helfen könne.

„Leider haben wir keine Krankenwagen hier", sagte Doktor Ding Schuler, worauf Schmelz antwortete, das sei das geringste Problem, er werde seinen Dienstwagen und seinen Fahrer mit der Fahrt betrauen. Die Leichen werden im Kofferraum und auf der Rückbank verstaut, sobald sie verpackt seien: „Und Sie, Obersturmmann Heinze, Sie sind mir für den Transport verantwortlich! Das ist kriegswichtig, denken Sie daran!"

„Jawohl, Hauptsturmführer, auf mich können Sie sich verlassen! Das wissen Sie ja!", sagte Heinze, und legte sofort Hand an, dem Arzt beim Einwickeln der Leichen zu helfen.

Schmelz verabschiedete sich mit einem Wink von den ernst blickenden Kollegen und ging langsam aus der Baracke.

Auf dem Appellplatz blieb er stehen und spürte mit einem Mal die ganze Schwere seines Körpers.

Er setzte sich in den Neuschnee und sah nach oben. Schnee im April!

Es rieselte weiß. Unaufhörlich. Flocken tauten auf seinem Gesicht, kühlten es jedoch nicht.

Ein lautes Geräusch, einen heftigen Schrei, er wünschte sich einen Granateneinschlag, er sehnte sich nach etwas, das wie an der Ostfront die Blockade löse, in der er sich auch dort nur allzu oft befunden habe, aber kein Offizier, kein Unteroffizier, kein Sturmmann, der aus Leibeskräften schrie: ‚Attacke, ihr Hunde! – Ihr Hunde, wollt ihr ewig leben?'

Es blieb still um Hauptsturmführer Schmelz, still und leer blieb es um den Mann, dessen Uniform allmählich einschneite; hin und wieder das Tasten der Scheinwerfer, aber das Licht berührte ihn nicht, hin und wieder das Bellen und Knurren der Hunde, aber sie holten ihn nicht. Niemand holte ihn, keiner setzte sich zu ihm.

Hauptsturmführer Schmelz fand nichts, gar nichts, an das er sich lehnen konnte und so ließ er sich zur Seite fallen und verharrte in der Embryostellung, die Faust an den Lippen.

Oh Gott, erbarme dich meiner! schrie der alte, todkranke Doktor Kurt Schmelz mit den Augen, während ihm die Zunge schwer am Gaumen faulte, oh Gott!

Hast du mir diese Krankheit geschickt, damit ich mich selbst bestrafe, aber doch noch in den Himmel kommen darf? Was bin ich ohne Haut? Warum zeichnest du mir mit so harter Miene die Konturen nach? Es gibt doch keinen Verstand ohne Haut, und es gibt doch kein Außen ohne Innen.

Er versuchte sich abzulenken, Schmelz wollte schon wieder verdrängen, er dachte an Wissen, an Wissen, das er sich erlesen hatte, er dachte an die moderne Psychologie, die vor einigen Jahren herausgefunden hatte, dass der Verstand eines Menschen mit seiner Haut eine Einheit bilde.

Denke der Mensch etwas, das ihm peinlich ist, so werde die Haut bekanntlich rot, und andersherum signalisiere die Haut dem Verstand, wenn Gefahr in Verzug sei, wenn es zu heiß oder zu kalt sei, wenn die Existenz also in Gefahr sei.

Didier Anzieu habe in seinen Forschungen erkannt, dass auch die Haut ein Ich habe, ein Bewusstsein. Dieses Haut-Ich stehe mit dem Ich des Verstandes in Kontakt: Schon weit vor der Geburt des Menschen, schon im Mutterschoß seien das Verstehen und das Erfühlen untrennbar miteinander verbunden.

Eine Hautkrankheit verweise immer auf eine seelische Krankheit, die wiederum Ursache eines psychologischen Problems sei. Das Bewusstsein habe ein Problem, die Haut zeige es zwar der Umwelt, aber oft genug achte die Umgebung nicht darauf.

Beginne die Haut nun irgendwann zu jucken, zu eitern, zu bluten und zu verschwinden, schabe also etwas unter der Haut so sehr an ihrer Innenseite, dass der Mensch es nicht mehr aushalte und sich die Haut selbst vom Leibe reiße, so sei dies oft genug das Bewusstsein, das Ich, welches da die Haut von innen malträtiere: Das Problem, welches Verstand und Seele zerstört habe, wolle heraus und sei schlicht zu gewaltig geworden.

Erinnern, Verdrängtes zulassen, Vergangenheit eingestehen, das seien Umschreibungen für die lauernde Krankheit im Ich, die auch das Haut-Ich befalle, sobald der Mensch schwach sei, wusste Schmelz und dachte: Schwach zum Beispiel nach dem Verlust eines nahen Menschen.

Ohne Haut lag er auf dem Bett. Im eigenen Sud. Wimmerte. Fetzen abgerissener Haut um sich.

Weg, sich wegdenken, weg vom Erinnerten, Doktor Kurt Schmelz wusste, auch die fünf Sinne seien Bestandteile des Haut-Ichs, das befallen sei. Auch sie seien ihm abhanden gekommen, abgetrennt worden von ihm selbst.

Seine Gehirntätigkeit habe ihn in diese Krankheit getrieben, bei vollem Bewusstsein habe er sich die juckende Haut abgerissen, deren Reste jetzt an ihm faulen würden und an deren Ränder sich jetzt Wundbrand entzünde.

Er werde in den Tod getrieben vom eigenen Ich.

Von den eigenen Erinnerungen.

Doktor Kurt Schmelz wimmerte, röchelnd wimmerte er, ohne sich noch bewegen zu können.

Die Augen waren ihm ohne Lider unbrauchbar, die Nase

unterschied gar nichts mehr, hören konnte er lediglich das Rauschen des eigenen Blutes und schmecken und fühlen konnte er ja ohne Lippen und ohne tastende Haut an den Fingern auch schlecht; nein, es hatte ihn voll erwischt. Auf den letzten Metern hatte es ihn noch voll erwischt.

Er hätte das Erinnern unterbinden müssen, aber er war dafür zu schwach gewesen.

Und etwas zu unterbinden, das war ja nun mal auch nicht seine Art. Tatsachen zu schaffen, sie sichtbar zu machen, das war immer seine Art gewesen, doch sollte er nun noch weitermachen? Sollte er auch den Rest erinnern? War das nötig?

Was macht man, dachte Doktor Schmelz: Wenn man sich selbst eine Krankheit ist?

Was macht man dann? Macht man trotzdem weiter? Immer weiter? Bis zum letzten Atemzug? Erinnert man sich mit solch einer Hartnäckigkeit, wie es dieses schöne Mädchen aus dem Orient vorgemacht hatte, die tausend und ein Märchen hatte erfinden müssen, um nicht zu sterben? Soll ich der Wahrheit ganz auf den Grund gehen, so wie dieses Mädchen gelogen und betrogen hatte, nur um die Sonne noch einmal zu sehen? Und noch einmal und einmal noch? Ist das nötig? – Anna?

Anna, warum hast du mich nur allein gelassen? – Schuld! Oh ja, Schuld sind ja immer die Anderen, das ist ja wohl klar!

So klar?

VERHANDELT

Der Verfall des Körpers beschleunigte sich mit jeder Stunde, der Verstand des alten Schmelz jedoch blieb soweit klar. Als würde er allein noch in seinen Gedanken leben, meinte er. Als wäre er allein in der Erinnerung noch lebendig. Und von der Umgebung spüre er kaum noch etwas, weil der Körper ihm zur Ruine geworden sei. Schutzlos, ohne Fenster und Dach, Wände bröckelten und fielen ineinander, während das gesamte Mobiliar noch intakt sei. Und zu allem Überfluss stehe die Haustür sperrangelweit offen. Kurt Schmelz seufzte auf.

Weder konnte er die Arme heben, noch die Beine oder den Kopf. Sein Körper werde zum Nichts, das der Wundbrand stets hinterlasse, meinte er.

So feucht und klebend war das Laken geworden, dass es ihm fast zu einer zweiten Haut geworden sei, meinte Schmelz, zu einer grauen, stinkenden, mit Eiter und Keimen durchdrungenen Haut, die einst schneeweiß gewesen sei, schneeweiß und nach Stärke duftend.

Schwarz sei es im Schlafzimmer, die Konturen der Möbel seien verschwunden, und selbst die Wände erkannte Doktor Kurt Schmelz in diesem wesenlosen Schwarz nicht mehr, das um ihn sei, in das er sich auflöse. Wo seien die Fenster? Wo sei die Zimmertür? Es sei alles verschwunden, nur nicht diese Fragen. Wie verbohrt war er damals nur gewesen, als er dem Vorschlag von Gestapomüller und Kaltenbrunner zugestimmt hatte? Diese vier Häftlinge zu töten? Vier Menschenleben zu einem Beweis zu erklären?

Was war nur mit ihm los gewesen? Wieso hatte er nicht begriffen, dass diese Tat ihn auch zum Verbrecher machen würde? Und dass dies die Absicht der Gruppenführer gewesen war? So hatten sie auch ihn in die Schuld verwickelt, in die allgemeine Schuld, zu jener Zeit ein Deutscher gewesen zu sein. Geworden zum Schuldigen, weil er gehandelt hatte, weil er immer wieder gehandelt hatte, weil er ständig Tatsachen geschaffen hatte, aber wer hatte das damals nicht?

Auch er hatte freiwillig gemordet, und er war genauso wie alle anderen, die gehandelt hatten, schuldig geworden! Die Nazis hatten ihn überlistet, wie sie das ganze Volk überlistet hatten; immer schön einen nach den anderen, diese Schlächter und Volksverführer, bis sie sich alle schließlich gegenseitig verführt hatten und niemand mehr wusste, wo oben war und wo unten, und bis es keinen Unterschied mehr zwischen dem Deutschen und der SS gab. War es so gewesen?

An seinem Ehrgeiz hatten sie ihn gepackt, an seinen Idealismus hatten sie appelliert, wie gut hatten sie ihn durchschaut! Das hatte die Waffen SS aus ihm gemacht, und er hatte es mit sich machen lassen, ja, er war von der Richtigkeit seines Tuns sogar überzeugt gewesen. Unfassbar, wie unfassbar das heute klang! War es aber so gewesen?

Er, Schmelz, Kurt, Jurist mit Doktortitel, Richter, er war zu einem Verbrecher in der Waffen SS Uniform geworden wie all die anderen auch, die diese Uniform getragen hatten und gegen die er selbst ermittelt hatte; so schlau, für so schlau hatte er sich gehalten damals, für so schlau und überlegen. Unfassbar.

Jeder in der Waffen SS war zum Verbrecher geworden. Und auch wenn es der stellvertretende Chefrichter des obersten SS Gerichts später dann in Nürnberg bestritten hatte, es war doch so gewesen. Jeden hatte dieses System zum Mörder gemacht, jeden, der nicht selbst ermordet werden wollte.

Das hatten seine Ermittlungen in den vielen Konzentrationslagern nun mal zu Tage gefördert. Was Recht sei, müsse Recht bleiben, dachte er.

Reinecke hatte es zwar in Nürnberg nicht wahrhaben wollen, doch genau das hatte Doktor Kurt Schmelz dort offengelegt und bewiesen, denn es waren weit über vierhundert Fälle wegen Mordes gewesen, die in all den vielen Konzentrationslagern ermittelt worden und bis zum Dezember vierundvierzig bei den zweiundsiebzig SS Gerichten anhängig gewesen waren. So war es nun mal.

Tatsachen, gefunden von ihm selbst. Über vierhundert Fälle, Tausende von Tatsachen, im Geheimprozess gegen Koch der gesamten SS Führung zur Kenntnis gebracht. Standartenführer Karl Koch war nur der Auslöser gewesen, war nur der Schrei in die Berge, um die Steinlawine in Bewegung zu bringen.

Und knapp zweihundert Fälle wurden mit einem Urteil bis zur Kapitulation abgeschlossen.

Fünf Kommandanten von Konzentrationslagern wurden unter Anklage gestellt, zwei wurden bis Kriegsende zum Tode verurteilt. Angeklagt worden waren Amon Göth, Lager Krakau – Płazsów, Hans Hüttig, Lager Herzogenbusch, Wilhelm Göcke, Lager Warschau, Hermann Florstedt, Lager Lublin und Karl Otto Koch, Lager Buchenwald. Zum Tode verurteilt wurden Florstedt und Koch. Und diese Urteile wurden auch vollstreckt. Eigenhändig wurde das gegen Koch noch im April fünfundvierzig vom Erbprinzen zu Waldeck Pymont vollstreckt.

Höchstpersönlich.

Er hatte Koch im Lager Buchenwald am Tag vor dem Einmarsch der Alliierten noch erschossen. Auch er war zum Mörder geworden, im Glauben an seine Waffen SS Uniform vielleicht, dachte Schmelz, so werden Menschen, wenn die

Gewaltentrennung von Politik und Justiz aufgehoben wird, genau so werden sie. – Und so zog es sich immer weiter hin, Tat um Tat, Jeder bestrebt, das Seinige zu tun. – Einzelfälle sehen ja wohl anders aus. – Ha, oh ja, Himmler wollte die SS als Elite, und er hat eine Elite geformt, eine Elite der kaltblütig Tötenden. Kein Waffen SS Mann, der nicht zum Töten bereit gewesen wäre oder getötet hat, dachte Doktor Kurt Schmelz: Wie ich es ja auch selbst getan habe, obwohl ich ein Moralist gewesen bin. Aber was bedeutet das schon groß? Ein Moralist ist ja doch immer im Nachteil, weil er fest überzeugt ist, das Richtige zu tun, aber ob es wirklich immer das Richtige ist, das weiß er nicht. Er hat lediglich seine kindliche Überzeugung, die eine soldatische ist. Moralisten sind Offiziere.

Nicht einmal aus Notwehr hatte er ja getötet, einfach aus kalter Berechnung heraus. Und so vielfältig die Mitglieder der Organisation waren, so vielfältig waren auch die Motive für ihre Verbrechen.

Was wurde damals nicht alles auf erobertem Gebiet vergewaltigt, misshandelt und verscharrt, was wurde nicht alles gestohlen und verbrannt, was wurde da nicht alles gelogen und verheimlicht, das waren doch keine Einzelfälle.

Auch wenn der Einzelne allein gehandelt habe, so habe er sich auf Befehle stützen können, und selbst er, Doktor Kurt Schmelz, unbestechlich, loyal dem Gesetz gegenüber, integerster unter den Richtern, Zeuge in den Nürnberger Prozessen, zuerst für die Verteidigung, dann für die Anklage, selbst er sei ein Mörder, gestand er sich ein. Ein Mörder, der niemals gesühnt habe. Bis jetzt.

Er sei ein Mann, dem niemand an seinem großen Tag die Mordtat angesehen habe, so sehr habe er Anfang Dezember vierundvierzig beim Geheimprozess gegen Koch vor Genugtuung gestrahlt.

Doch was war nicht alles in der Zeitspanne zwischen Ostern und Nikolaus vierundvierzig geschehen! In der Nacht vom fünften zum sechsten Juni strahlte die BBC drei Gedichtzeilen von Paul Verlaine aus. Und nach einer kleinen Pause noch drei weitere Zeilen, und das war das Signal zur Invasion Overlord. Die Alliierten landeten in der Normandie und errichteten eine zweite Front, die Rote Armee war entlastet und konnte noch schneller auf Deutschland zumarschieren. Sofort begann sie mit einer Offensive auf die Heeresgruppe Mitte, die unter dem sowjetischen Druck und den Fehlentscheidungen des Anführers der Deutschen nach wenigen Tagen zusammenbrach.

Und auch die Japaner, die in diesem Monat die amerikanische Trägerflotte vernichtend schlagen wollten, kamen mit ihren Flugzeugen nicht einmal bis an die Fregatten und Zerstörer heran. Dreihundertsechzig Flugzeuge wurden abgeschossen, und in Deutschland hieß dieser Monat nur noch der schwarze Juni, obwohl die ersten Einsätze der Wunderwaffe V eins die Moral aufbauen sollten. Sie taten es nicht, denn der Schock der Briten, ihre Hauptstadt werde zerbombt, war nur kurz, und schnell fanden sie heraus, wie sie die V eins durch Jagdflieger oder Fesselballons vor der Detonation abschießen konnten. Viel zu schnell.

Und der Juli vierundvierzig? Die Rote Armee nahm sich der Heeresgruppen Nord und Südukraine an und befand sich wenig später schon vor Warschau. Und auf dem Balkan fügten die Partisanen den Deutschen erhebliche Schäden zu. In Italien kamen die Alliierten bis Florenz. Der Seekrieg beschränkte sich für die Wehrmacht nur noch auf den Kampf mit U Booten, von denen sie alleine im Juli einhunderteinundsechzig verlor, und in Frankreich wurde die Wehrmacht Tag für Tag zurückgedrängt.

Und mitten im Zentrum des deutschen Reiches ein Attentat auf den Anführer der Deutschen von höchstgestellten Persönlichkeiten der Wehrmacht und der Waffen SS. Es misslang, aber die Anführer der Deutschen sollten fortan in Angst vor den eigenen Leuten leben.

Im August vierundvierzig überschritt die Rote Armee die Weichsel, die Türken brachen die Beziehungen zu Deutschland ab, die Alliierten besetzten Le Mans und landeten in Südfrankreich. Die Wehrmacht wich von der Seine, die Befreiungskämpfe um Paris waren bald darauf entschieden, Rumänien als ehemaliger Verbündeter erklärte Deutschland den Krieg, die Slowaken begannen mit ihrem Aufstand, aber auch die Warschauer. Die Rote Armee nahm Bukarest ein, und im Zentrum des Reichs wurden die Todesurteile gegen die Attentäter verhängt, darunter auch das gegen den Chef der Kriminalpolizei, Arthur Nebe, und noch bis Ende April fünfundvierzig wurden fünftausend Politiker und Parteifunktionäre der Weimarer Republik verhaftet und in Konzentrationslager gebracht, soviel Angst hatten die Anführer der Deutschen mittlerweile vor ihrem Volk.

Die Briten griffen im September die Gotenlinie in Italien an, die Alliierten befreiten Brüssel, US Einheiten überschritten die Mosel und wenig später die Reichsgrenze bei Trier. Die Bulgaren waren im Volksaufstand, und die Dänen machten einen Streik. Die Rote Armee war in Warschau und wenig später in Reval. Im Westen begann die Schlacht um Arnheim, und wenig später wurde der Befehl zur Bildung des Volkssturms gegeben, und Stunde um Stunde wurden in Deutschlands Konzentrationslagern Millionen von Juden getötet, getötet und getötet.

Ernst Thälmann war schon einen Monat zuvor ermordet worden, jetzt sollten ihm die vielen eingesperrten Kommunisten folgen, die Anführer der Deutschen wussten, dass sie gescheitert waren. Sie schickten Kampfunfähige an die Front, sie töteten politische Gegner, Zigeuner und Juden, und am zehnten Oktober schlossen Einheiten der Roten Armee die Heeresgruppe Nord im Kurland ein. Französische Truppen befreiten im Oktober Bordeaux, sowjetische Soldaten besetzten Riga und drangen wenig später bei Goldap in Ostpreußen ein. Über die Karpaten kamen die Sowjets und eroberten die Tschechei, amerikanische Truppen waren in Aachen, und die Japaner wurden vor der philippinischen Insel Leyte vernichtend geschlagen. Und Rommel, der Fuchs, der tötete sich selbst.

Im November vierundvierzig gelang der Roten Armee der Durchbruch durch die deutschen Linien in Südungarn, der Anführer der Deutschen gab an sein letztes Aufgebot einen Durchhaltebefehl, die Tirpitz wurde versenkt, die Gestapo erhängte in Köln jugendliche Widerstandskämpfer, doch ein gewisser Doktor Kurt Schmelz fuhr am vierten Dezember vierundvierzig mit Glanz in den Augen in die Stadt Weimar ein, als wäre alles im Lot.

Aufrecht stieg er am vierten Dezember vierundvierzig aus dem Auto, und ein Lächeln trug er auf den Lippen, ein Lächeln, das allen ankündigte, er verdächtige sie alle und er, Hauptsturmführer Doktor Kurt Schmelz, Ermittlungsrichter der SS, er sei nun nicht mehr wegzubekommen! Er vertrete das Gesetz, und was Recht sei, werde auch Recht bleiben.

Wäre an diesem Tag nur Präsident Schmeißer vom Landgericht Stettin anwesend gewesen, der ihn einst suspendiert hatte, er hätte ihm lächelnd zugenickt und gesagt: Ganz recht, Schmeißer, ‚Jedem das Seine'!

Oder die Männer aus Posen, die ihn als Kameradenschwein eingestuft hatten.

Oder Obergruppenführer Krüger, der ihn in Krakau degradiert hatte, aber schau an, der war ja da! Und wie ernst er dreinblickte! Und neben ihm Obergruppenführer Berger, mit dem Schmelz auch noch eine Rechnung offen hatte.

Du, hätte er am liebsten gerufen, du und deine verruchte Brigade Dirlewanger, du! Doch brauchte er es ja gar nicht zu rufen, seine Augen schrien schon höhnisch genug.

Nur schade, dass Himmler sich hatte vertreten lassen! Und Pohl war nicht da! Pohl, die feige Sau! Aber Sauckel war da. Und Glücks. Und wie sie alle hießen! Da seien sie und glotzten böse und gemein, stellte Schmelz fest und dachte: Ach, wie gut, dass jeder weiß, dass ich Rumpelstilzchen heiß!

Kurz blieb er an diesem vierten Dezember vierundvierzig auf der Treppe des Eingangsportals des Weimarer Gerichtsgebäudes stehen, drehte sich instinktiv um und musterte den weitläufigen Platz, während seine beiden Leibwächter sich eng an ihn drängten.

„Was gibt's?", fragte Tarnat, der hinter Schmelz stehen geblieben war und dessen Blick er mit den Augen folgte. Er sah über die mittägliche Reglosigkeit des Platzes, über den Neuschnee, der kaum Spuren aufwies und im grellen Sonnenlicht funkelte. Tarnat glaubte, Schmelz wolle noch einmal die Friedfertigkeit aufnehmen, ehe es zur Mutter aller Schlachten gehe. Er atmete hörbar auf und tat, als wäre er mit Kraft und Energie aufgepumpt worden.

Doch Schmelz' Augenlider zuckten, er lauschte in die Stille hinein, beobachtete die Dächer der umliegenden Häuser, schüttelte dann aber den Kopf und sagte: „Nichts, ich dachte nur, egal, wenn ja, würde ich jetzt schon längst tot in der Gosse liegen!"

Die Leibwächter, Liebig bemerkte ihre Schwierigkeiten mit der Körpergröße des Ermittlungsrichters, sicherten den Gang ins Gebäude ab, und Liebig sah sie erleichtert ausatmen, als sie die Tür schlossen.

Zwei Scharfschützen hatte Obergruppenführer Pohl geschickt, um Doktor Kurt Schmelz zu eliminieren und so den Prozess gegen Standartenführer Koch noch im letzten Augenblick zu stoppen, aber beide Male waren sie von Männern des SD, die direkt Obergruppenführer Kaltenbrunner unterstanden, übertölpelt und am Abschuss gehindert worden. Seitdem hatte der Ermittlungsrichter eine fünfköpfige Eskorte, in deren Schutz sich auch Tarnat und Liebig hielten. Selbst Obersturmmann Heinze wurde bewacht, könnte er doch entführt und gefoltert werden, bis er verraten würde, was er wisse.

Doch wollte irgendwer wirklich wissen, was der Fahrer Heinze aufgeschnappt hatte? Liebig hielt das für abwegig, zumal sie im Wagen doch nur immer die Verbrechen gegen die Häftlinge besprochen hatten, die ihnen durch Zeugenaussagen überbracht worden waren. Dieser Abraham, der drei jüdische Häftlinge in ein Wasserloch getrieben und, wenn sie herauskommen wollten, immer wieder geprügelt hatte, bis sie ertrunken waren. Robert Siewert hatte weiterhin ausgesagt, dass Abraham einen Filmunternehmer aus Wien, einen gewissen Hamber, in einer Pfütze ertränkt habe. Ein andermal habe er sogar zwanzig Häftlinge in einer Jauchegrube ertränkt. Er habe sie in die Grube des Plumpsklos geprügelt und sie nicht mehr herausgelassen. Im Urin und im Kot seien die Häftlinge ertrunken. Und schon beim Protokollieren war dem Untersturmführer Ledig übel geworden. Er hatte begriffen, Fantasie zu haben, sei nicht immer ein Vorteil.

Ihre Ermittlungen hatten sich in den letzten Monaten nicht mehr nur auf die Kommandanten der Konzentrationslager, auf die Chefs der politischen Abteilungen und auf die Chefärzte konzentriert, nein, sie hatten schließlich einen Generalverdacht aufgestellt, um jeden Mann der Waffen SS, der in einem der Lager Dienst tat, zu überprüfen. Bis hinunter zu den Wachbrigaden der Lager.

Mittlerweile barg das Archiv, untergebracht auf der Kellerebene einer der sieben Kasernen des Lagers Buchenwald und bewacht von vier Männern, die dem Erbprinzen treu ergeben waren, knapp sechshundert Fälle. Tendenz steigend, wusste Liebig, der Leiter eines der drei Trupps war, aus denen die Ermittlungsbehörde nun bestand. Allein dreißig Männer koordinierten die Untersuchungen, die auf alle Konzentrationslager ausgedehnt worden waren. Es gab weit über sechzig Beamte der Kriminalpolizei, die vor Ort ermittelten und die stündlich neue Hinweise auf Korruption und Mord lieferten. Doch schließlich hatten Schmelz, Tarnat und er beschließen müssen, vorerst nicht weiter in die Breite zu gehen, da es schlicht zu viele Verbrechen waren, die in den Konzentrationslagern begangen wurden. Sie wollten in die Tiefe gehen, um einen gewaltigen Warnschuss abzugeben, und daher hatten sie sich auf fünf Lagerkommandanten konzentriert, von denen heute Karl Otto Koch als erster der Prozess beim SS Gericht zur besonderen Verfügung gemacht wurde. Und so verwunderte es Liebig auch nicht, dass er sich trotz Geheimhaltung auf dem Flur des Gerichtsgebäudes vorgekommen sei, als befände er sich in einem Wald voller ranghoher SS Ausgehuniformen, in welchem es nur so von polierten Orden glänzte und funkelte.

„Wie in einem Wald voller Uniformen", flüsterte er Tarnat zu: „Durch den wir uns eine Schneise schlagen müssen!"

Doch Tarnat reagierte nicht. Er kam sich eher wie beim Spießrutenlaufen vor. Blicke voller Hass, die auf ihn einschlugen, überall Gehirne, die sein Gesicht niemals vergaßen, mächtige Männer, die sich seinen Namen notierten, verdammt, er wollte doch nur noch bis zur Pension durchhalten! Die paar Monate!

Und Nebe, wo war sein Beschützer Arthur Nebe? Der ließ ihn hier allein! Der ließ sich von der Gestapo fangen, aber es war auch schon ein starkes Stück gewesen, dass ausgerechnet der Chef der Kriminalpolizei, Gruppenführer Arthur Nebe, in den Attentatsversuch in der Wolfsschanze verstrickt gewesen war, nein, das hätte Tarnat seinem Chef niemals zugetraut. Nach vorne hin ein Zögerer und Zauderer, hintenrum aber gemeinsame Sache mit General Olbricht machen, Tarnat begriff, dass er seinen Vorgesetzten so wenig wie irgendwer gekannt hatte. Da legte der Chef der Kripo sich doch in aller Seelenruhe ein Archiv zu Hause an, in dem er Beweismaterial gegen Himmler und alle anderen hohen SS Funktionäre sammelte, und arbeitete tagsüber mit ihnen zusammen! Ein starkes Stück, gemeinsame Sache mit Stauffenberg zu machen und gleichzeitig mit Himmler zu frühstücken! Ob Nebe schizophren war? Gab es überhaupt auch nur einen einzigen SS Mann da oben, der normal war? Tarnat wich den Blicken so gut er konnte aus.

Die meisten Offiziere blieben stehen, nachdem sie von den drei Ermittlern gegrüßt worden waren, doch kaum einer erwiderte den Gruß, und es gab viele, die sich ihnen in den Weg stellten und sie höhnisch anstarrten.

Auch Gruppenführer Schmitt Klevenow, Pohls Mann für rechtliche Fragen, versperrte Schmelz den Weg, beließ es aber nicht bei einem stummen Bedrohen. Er brüllte aus Leibeskräfte, so dass es noch im letzten Winkel des Gerichtspräsidiums zu hören war: „Mann, Sie haben vielleicht Nerven! Volksverräter! Elender Lump!“

„Gleichfalls“, erwiderte Schmelz gelassen und so leise, dass es nur der Gruppenführer selbst verstehen konnte.

„Was?“, schrie Schmitt Klevenow auf: „Was haben Sie zu mir gesagt, Hauptsturmführer?“

„Dass Sie ein Lump sind“, flüsterte Schmelz lächelnd: „Und zwar ein elender!“

Und noch bevor der perplexe Schmitt Klevenow reagieren konnte, fügte Schmelz laut und vernehmlich hinzu, er habe gesagt, er hoffe, der Gruppenführer behalte seine Uniform noch lange und er falle am Ende nicht etwa über diese elende Warschausache, er wisse doch, was gemeint sei; Stichwort: von Sauerzweig.

Fast hätte Schmelz den ganzen Fakt ausgeplaudert, der ihm ja wie so viele andere bekannt war: Eines der wenigen Hauptwirtschaftslager der SS befand sich in Warschau, dessen Chef ein gewisser von Sauerzweig war, der systematisch mit seinem Stab sämtliche Einwohner ausraubte. Beschlagnahmtes Gut wurde sofort auf Lkw verladen und verkauft. Den Erlös behielt von Sauerzweig, und zwei Lkw pro Kolonne gingen an Pohl direkt, die anderen an seine vielen Privatfirmen. Beweis war ein riesiges Ölgemälde, das eine berühmte polnische Schlacht darstellte, die von Sauerzweig Pohl mit einem Begleitbrief geschickt hatte, der eine nette Umschreibung für Korruption aufzeigte: ‚Das habe ich sichergestellt, stellen Sie es auch sicher. Sie sind meine vorgesetzte Behoerde, ich liefere es bei Ihnen ab.' Und genau dieses Bild war ja auch sichergestellt worden. Es hing in Pohls Schloss. Im Speisesaal. Zwischen zwei Südfenstern. Laut Aussage von Obergruppenführer Erbprinz von Waldeck Pymont, nein, was für ein Schlag wäre das doch, wenn Schmelz diese Tatsache hier einfach mal so auf dem Flur fallen lassen würde! Lust hatte er ja schon, jedoch riss er sich zusammen und ging schweigend weiter.

Er ließ den verdutzten Gruppenführer stehen, der einen Augenblick brauchte, sich zu besinnen, dann aber hinter ihm her schrie: „Das wird Ihnen alles noch sehr, sehr leid tun! Nestbeschmutzer! Übelste Sorte! Kleine, mickrige Kanalratte!"

Schmelz blieb abrupt stehen, drehte sich um, streckte den Arm aus und richtete den Zeigefinger auf Schmitt Klevenow. Sofort wurde es still im Flur. Die hohen SS Offiziere sahen erwartungsvoll zum Hauptsturmführer Schmelz.

Eine knappe Minute zeigte Schmelz auf den Gruppenführer, ohne einen Laut von sich zu geben. Dann drehte er sich um, ließ Pohls Vasallen endgültig hinter sich zurück und ging zum Hauptverhandlungssaal.

Die Anwesenden wandten sich von Schmitt Klevenow ab und fragten sich flüsternd, was wohl der Hinweis auf von Sauerzweig zu bedeuten haben könne, und Sauckel stellte leise fest, Schmitt Klevenow wirke plötzlich angeschlagen, was in der Runde mit Kopfnicken quittiert wurde.

Schmelz' Ermittlungen hatten in allen Oberabschnitten und Wehrkreisen Wellen geschlagen, und aus allen Teilen des Reichs waren die obersten Herren selbst oder deren engste Vertraute als Prozessbeobachter gekommen. Die meisten dieser Männer, welche die Führungsschicht darstellten, kannten sich von Schulungen und Parteikonferenzen, hatten sich jedoch lange nicht gesehen. Sie standen in Grüppchen zusammen, warteten auf den Beginn des Geheimprozesses und verstanden noch immer nicht, wie es hatte kommen können, dass einer der Ihren angeklagt sei. SS Sondergerichte, von denen hatte man gehört, ja, sie existierten wohl, aber sie bestanden doch nur auf dem Papier! Aber hier und jetzt gab es plötzlich sogar ein SS Gericht mit dem ominösen Beinamen ‚zur besonderen Verfügung'! Zur wessen Verfügung? Die Männer wussten, wenn etwas so lapidar umschrieben werde, dann handele es sich dabei stets um eine sehr gefährliche Waffe.

Niemand von ihnen verstand den Reichsführer, der dies alles zuließ, und alle grüßten den Obergruppenführer Erbprinz Waldeck Pymont, als er ins Gebäude kam und kaum Notiz von den Offizieren nahm. Er war der ranghöchste Offizier hier, und er selbst vertrat die Anklage, und er freute sich darauf.

Britische Bomber flogen über Weimar hinweg Richtung Dresden, während Schmelz, ohne sich auf ein weiteres Geplänkel einzulassen, an den Grüppchen der Waffen SS Offiziere vorbeiging, die es vermieden, von Koch und dem Prozess zu reden, sobald er an ihnen vorbeikam. Sie wussten sich zwar alle von Obergruppenführer Pohl, Chef des Verwaltungs- und Wirtschaftshauptamtes, gekauft und in dessen Bestechungsnetz verstrickt, doch nun hatte dieser Ermittlungsrichter Doktor Schmelz sie aufgeschreckt, viel mehr aufgeschreckt als die Versenkung des Schlachtschiffes Tirpitz an der norwegischen Küste vor gut zehn Tagen. Die Tirpitz, das letzte große Symbol der deutschen Marine, das den wiederholten See- und Luftangriffen in den Monaten April, September und Oktober standgehalten hatte, war Mitte November nach einer Explosion, die einen der Geschütztürme niedergerissen und die Backbordseite eingedrückt hatte, gesunken. Damit hatte die deutsche Marine aufgehört zu existieren, und auch Doktor Schmelz war der Untergang nahegegangen.

Er blieb vor der Tür zum Verhandlungssaal stehen, die von vier Scharführern mit entsicherten Gewehren bewacht wurde.

„Halt!“, sagte einer von ihnen: „Unter Ausschluss der Öffentlichkeit! Einlass nur mit Sondergenehmigung des Reichsführers SS!“

„Haben wir“, sagte Hauptsturmführer Schmelz.

„Legitimieren Sie sich!“

„Ermittlungsrichter Doktor Kurt Schmelz, Hauptbelastungszeuge der Anklage im Prozess. Das ist Kriminalobersekretär Doktor Tarnat, ebenfalls Zeuge der Anklage, so wie Kriminalsekretär Liebig! Treten Sie zur Seite, Scharführer!“, sagte der Hauptsturmführer und ging einen Schritt auf die Wache zu.

Der Scharführer überprüfte die Angaben auf einem Zettel, den er aus der Jackentasche gezogen hatte, hakte die betreffenden Namen ab, nickte seinen Kameraden zu und ließ die Ermittler passieren.

Sie schlossen die Tür hinter sich und traten an den Tisch, der seitlich des Eingangs stand. Ein Standartenoberjunker reichte ihnen eine Liste, in die sie gewissenhaft Namen, Geburtsdatum, Dienstrang in der Waffen SS, Personalnummer der Waffen SS, Personalnummer der Partei und die letzte Anschrift eintrugen, bevor sie dies mit der Unterschrift bestätigten. Der Standartenoberjunker überprüfte die Angaben mithilfe der mitgeführten Personalpapiere und zeichnete ebenfalls gegen, eher sagte: „Die Zeugen der Anklage nehmen dort hinten Platz. Bitte vermeiden Sie laute Gespräche und Gefühlsausbrüche während des gesamten Prozesses, der auf zwei Tage angesetzt ist. Zuwiderhandeln hat ernsthafte Konsequenzen und kann einem Meineid ähnlich geahndet werden."

„Ganz was Neues!", erwiderte Schmelz: „Auf welche Anordnung hin? Oder ist das ein neuer Gesetzesanhang?"

„Das ist auf Anordnung des vorsitzenden Richters, Chefrichter Ende, so ausgegeben", sagte der Standartenoberjunker, ehe er sich anderen Eintretenden zuwandte: „Das Eintragen in diese Liste ist für alle Anwesenden verbindlich."

„Arschgeige", flüstere Liebig, als sie sich ein wenig entfernt hatten. Sie schlenderten die Bankreihen entlang, die alleine den Besuchern vorbehalten waren, inspizierten die Plätze der Verteidigung, die der Anklage und den Richtertisch, an dem Doktor Kurt Schmelz kurz stehen blieb und versonnen lächelte.

Er sagte: „Sowieso."

„Wie bitte?", fragte Tarnat.

„Ach, nichts!"

Es war ein Barocksaal, der fast zweihundert Beobachter

fassen konnte. Die Besucherreihen standen im Halbkreis und nach hinten hin erhöht. Das Areal vor dem sechzehn Meter langen und vier Meter breiten Richtertisch war rund und hatte einen Durchmesser von zwölf Metern. An den Seiten wurde es von den Plätzen der Anklage und jenen der Verteidigung begrenzt, wodurch ein völlig umschlossener Kreis gebildet wurde, der in der Mitte ein Stehpult hatte, das nicht verkleidet war und lediglich aus stabilen Eichenhölzern bestand.

Hinter der Verteidigung befand sich an der Wand ein Käfig, in dem zwei Eisenstangen als Sitzgelegenheiten dienten. Die Käfigtür stand noch offen, der Käfig selbst war einen Meter zwanzig hoch, so dass die Insassen zum Sitzen gezwungen wurden. Liebig erinnerte sich bei diesem Anblick an die Bärenhütte von Hackmann, von der ihm einer der unzähligen Zeugen berichtet hatte, und er musste beim Anblick des Käfigs lächeln, in dem sich nun auch bald Hauptsturmführer Hackmann wiederfinden werde.

Von der Decke hingen vier riesige Leuchter, die Wände waren mit dunklem Eichenholz verkleidet; Bretter, die Verzierungen aufwiesen. Die vielen Sitzreihen hatten an den Enden der Armlehnen Schnitzereien in der Form von Löwenköpfen und Tigerkrallen. Die Scheiben der hohen und breiten Fenster bestanden aus buntem Bleikristall und zeigten Jagdszenen. Zwei hohe Flügeltüren, deren Griffe in Schulterhöhe waren, befanden sich den Fenstern gegenüber.

Der Richtertisch stand auf einem Podest und war mit einem Relief verblendet, dessen Schnitzarbeit die Schlacht im Teutoburger Wald abbildete. Links und rechts des Tisches standen zu Sträußen gebundene Fahnen, pechschwarze Kreuze auf Blutrot, und über dem prächtigen, mit Samt ausgeschlagenen Sessel des vorsitzenden Richters hing ein Porträt des momentanen Anführers der Deutschen, was Ermittlungsrichter Doktor Kurt Schmelz missbilligend zur Kenntnis nahm. Hätte er zu entscheiden, so würde jedes Politikerkonterfei aus den Gerichtssälen des Reiches verschwinden! Er seufzte auf und ließ sich auf einem der bequemen Stühle der Zeugenbank nieder. Wann endlich würde die Trennung von Politik und Recht vollzogen sein?

In seine Tätigkeit versunken, holte Doktor Tarnat nach und nach die Unmengen von Akten aus den sieben Koffern und stapelte sie auf den Zeugentisch, weshalb er nicht bemerkte, wie die Prozessbeobachter ihn immer ungläubiger anstarrten. Nun habe wohl auch der Letzte begriffen, meinte Schmelz, dass dies hier keine Sondervorführung stattfinde, sondern ein Sondergericht. Er musterte die großen Augen, die blank rasierten Gesichter, in denen einige Münder offenstanden.

Immer mehr Parteifunktionäre kamen in den Gerichtssaal, blieben stehen, unterhielten sich mit großen Gesten vor den Sitzplätzen, wurden aber leiser, sobald sie die Zeugenbank mit dem geschäftigen Tarnat sahen, und verstummten schließlich ganz.

Schmelz war seinem Kollegen für diese unbeabsichtigte Vorführung dankbar. Er genoss den Anblick des verstörten Publikums, versagte sich jedoch ein Grinsen.

„Wenn das nur gut geht", flüsterte Liebig neben ihm, dem die Anwesenheit der SS Prominenz auf den Magen zu schlagen schien, wie Kurt Schmelz meinte.

„Du bist blass", sagte er, worauf Liebig erwiderte: „Meine Fresse, mir ist kotzübel. Ich könnte auf der Stelle reihern! Meine arme Fresse."

„Ich dulde hier keine Schwäche", sagte Schmelz, der wie immer kaum etwas fühlte. Weder war er blass noch rot im Gesicht, wie er mit einem Blick zum Wandspiegel feststellte, der neben der Zeugenbank stand. Ihm war weder heiß noch kalt. Seine Haut war nicht feucht, nein, seine Haut sei wie immer, meinte er, seine Haut funktioniere, sie schütze ihn und verrate auch nicht den kleinsten Teil seines Innenlebens. Nicht einmal die Lippen seien trocken.

„Ich werde mich bemühen", flüsterte Liebig, wobei er die Unterarme auf die Knie legte und mit den Händen den Kopf hielt. Er sah auf die polierten Holzdielen und konzentrierte sich auf die Maserungen.

„Bemühen, das reicht mir nicht", gab Schmelz zurück, ohne zu Liebig zu sehen. Er zog den Schlips der Uniform nach, richtete den Kragen, strich sich über die Haare, zog die Oberlippe hoch und überprüfte die Zähne mit den Fingern.

Mittlerweile hatte sich der Saal gefüllt, und als einer der letzten kam Gruppenführer Schmitt Klevenow herein. Widerstrebend, schien es Schmelz, notierte er die persönlichen Daten auf der Liste am Eingang, ging verärgert in die Mitte des Saals und setzte sich auf den mittleren Platz der ersten Reihe.

„Wenn das nur gut geht!", wiederholte Liebig, ohne aufzusehen.

„Alles wasserdicht!", sagte Tarnat, während er das letzte Bündel Akten auf den Tisch wuchtete, das Band öffnete und die Unterlagen verteilte: „Alles wasserdicht! Kein Wassereinbruch zu befürchten! Außenhaut im Eins A Zustand. Nirgends ein Leck. Und sturmerprobt das ganze! Das ganze Schiff ist sturmerprobt!"

Tarnat wischte sich den Schweiß von der Stirn, stellte die leeren Koffer hinter sich und zwinkerte Liebig zu, der zu lächeln versuchte, was ihm aber vorerst misslang.

Alles, was er zustande brachte, war ein mechanisches Grinsen unter ernst blickenden Augen. Tarnat gab dem Jüngeren einen Schlag auf die Schulter und sagte: „Vorwärts, Kameraden, wir müssen schleunigst zurück!"

Liebig aber reagierte gar nicht, mit Panik in den Augen sah er Schmitt Klevenow aufstehen und zu ihnen herüberkommen. Er warf Schmelz einen Blick zu, der wiederum den Gruppenführer in aller Seelenruhe anlächelte.

„Vergessen Sie nicht", rief ihnen Schmitt Klevenow schon von weitem zu, so dass er von vielen der Anwesenden gut zu verstehen war: „Durch mich ist Obergruppenführer Oswald Pohl hier anwesend. Sein Ohr bin ich, sein Auge bin ich."

„Wie könnten wir!", rief Schmelz zurück, bemüht, die Stimme unbekümmert klingen zu lassen.

„Ich meine nur", sagte der Gruppenführer, legte die Hände auf den Tisch und beugte sich zu Schmelz herunter, doch noch ehe er etwas sagen konnte, wurde er von Obergruppenführer Waldeck Pymont unterbrochen, der zur Gruppe gestoßen und steif hinter Schmitt Klevenow stehen geblieben war: „Was immer es auch ist, Gruppenführer, was Sie glauben zu meinen, es könnte als Zeugenbeeinflussung missverstanden werden und fatale Folge haben! Für Sie!"

„Jawohl, Obergruppenführer", sagte Schmitt Klevenow, richtete sich auf und drehte sich zum Chefankläger um: „Ich wollte dem Hauptsturmführer nur alles Glück wünschen. Möge gelingen, was immer er auch meint, sich vorzunehmen zu müssen."

„Glück? Glück wird weder mein Zeuge brauchen noch ich! Glück wird eher die Verteidigung brauchen, meinen Sie nicht auch, Gruppenführer?", fragte Waldeck Pymont.

„Ganz wie Sie meinen, Exzellenz. Im Übrigen soll ich Ihnen und Ihrer Mannschaft die besten Wünsche von Obergruppenführer Pohl übermitteln und Ihnen zu der hervorragenden Arbeit gratulieren. Auch er hofft und wünscht sich, dass sämtliche asoziale Elemente aus der SS getilgt werden."

„So, so? Sämtliche?", hakte der Erbprinz nach und grinste den Gruppenführer unverhohlen an, woraufhin dieser vor

Zorn errötete. Schmitt Klevenow biss sich auf die Unterlippe und verließ die Plätze der Anklage, um sich wieder auf den Beobachterplatz zu hocken.

Doch der Erbprinz war mit ihm noch nicht fertig. Durch den ganzen Saal rief er dem Gruppenführer zu: „Wer nämlich dem Schmelz hier droht, der droht nämlich mir, und wer mir nämlich droht, der droht nämlich der ganzen Waffen SS hier!"

Und wer nämlich mit h schreibt, ist dämlich, dachte Schmitt Klevenow. Er bebte vor Wut, und er fragte sich, was schief gelaufen sein könnte. Warum war dieser Zeuge Schmelz überhaupt noch aufgetaucht? Hatte Pohl ihm nicht versichert, um den würde sich gekümmert werden? Aber da drüben saß er, viel zu lebendig und offensichtlich aufs Beste gelaunt! Und einen Moment lang dachte der Gruppenführer an seine Dienstwaffe, ans Entsichern, Zielen und Abdrücken, ans Flüchten und Verschwinden, ans Melden und ans Verstecken durch Pohl.

Er wusste sich keinen Rat, und Zeit, Pohl anzurufen, hatte er auch nicht mehr. Was war nur mit dem Killer geschehen? Oder schlug der noch zu? Hier? Im Saal? Schwer vorzustellen, meinte der Gruppenführer, doch erhob er sich noch einmal und musterte aufmerksam die Gesichter der knapp zweihundert Prozessbeobachter. Nein, er kannte sie doch alle, wenigstens vom Sehen.

Und was war nur mit dem Versetzungsbescheid? Warum war der Stellungsbefehl für den Hauptbelastungszeugen Schmelz noch immer nicht hier? Was für eine Schlamperei war das doch!

Oder war Pohls Mann für Sonderaufgaben einer von denen, die er vom Sehen kannte? Er schüttelte den Kopf und setzte sich wieder, während Waldeck Pymont seinen Männern gratulierte.

Der Erbprinz sagte: „Ich möchte Ihnen dreien noch einmal danken! Ohne Sie wäre das hier alles nicht möglich! Ich kann gar nicht sagen, wie stolz es mich macht, drei so tapfere Kerls an meiner Seite zu haben. Heute werden wir die Ernte einfahren, Ihre Saat ist gut! Bestens! Es wird ein grandioser Sieg für die Erneuerung der Waffen SS, und angestachelt durch diese neue SS wird auch die Wehrmacht schließlich die Kriegswende noch schaffen, dessen bin ich sicher! – Ohne Sie wäre das alles nicht zustande gekommen. Ohne Sie wäre nichts, aber auch gar nichts passiert! Im Sande wäre mal wieder alles verlaufen, aber Sie haben den Anfeindungen und den Verführungen unserer Gegner widerstanden, und dafür danke ich Ihnen. Ich bin so stolz auf Sie, wie es nur ein Vater sein kann! Auf seine heldenhaften Söhne! Nichts ist im Sande verlaufen, weil Sie ein Fundament mit Beton gegossen haben, ehe sie das Fass angestochen haben. Diese elende Büchse der Pandora, nichts vom Entweichenden kann in den Boden dringen!“

Und nun, es war nicht zu stoppen, nun brachen bei Kurt Schmelz doch sämtliche Dämme. So plötzlich, dass ihm schwindlig wurde und er sich auf den Stuhl fallenlassen musste. Als hätte er einen Schlag mitten ins Gehirn bekommen, so fühlte er sich, dabei war es doch nur ein Wort gewesen, ein kleines Wort, dieses Attribut ‚stolz‘.

Doch was löste das nicht alles aus! Was für ein warmes Durchströmen! Was durchströmte ihn denn da? War das die so oft beschriebene Flut von Gefühlen? Schmelz versteckte das Gesicht in den Händen, während er zum ersten Mal die gesamte Macht eines großen Gefühls durchlebte. Er fühlte! Kurt Schmelz fühlte zum ersten Mal, und wie hilflos er sich dabei vorkam! Kurt Schmelz keuchte, und innerlich geriet ihm alles in Bewegung, und heftig rieb er sich das Gesicht. So also war es, wenn der richtige Mensch das richtige

Wort sagte! So also war es, wenn ein Vater vom Stolz zum Sohn sprach, und so also musste es sein, wenn die Geliebte von Liebe redete! Schmelz war es, als schwirrten ihm die Gehirnzellen durch den Kopf, ohne jedoch irgendwo anzuecken und sich zu verletzen. Doch komisch, meinte er, Verletzungen seien nicht zu befürchten. Das Gefühl sei absolut augenblicklich und nichts werde für bleibende Schäden sorgen, bis auf das Nichts selbst, bis auf die Leere, die das Gefühl zurücklasse, diese Leere und die Sehnsucht nach Fülle. Nach Herzhämmern noch in der totesten Gehirnzelle. Kurt Schmelz begriff, es habe ihn erwischt, es habe ihn verändert, zum ersten Mal habe ein Gefühl die Oberhand über den Kopf gehabt, und von nun an werde er, wie all die anderen Menschen auch, danach lechzen, es erneut zu durchleben, dieses Durchströmen und Verflüchtigen; dieses Fühlen, Hälfte einer Einheit zu sein. Er biss sich versteckt auf den Zeigefinger, sah hoch und stellte fest, man erwarte seine Antwort. Halb stand er auf und stützte sich auf die Tischplatte.

‚Stolz', dieses Wort hallte in ihm wider. Und das Wort ‚Vater'. Und das Wort ‚Vaterstolz'. Und zuerst wurde er blass, dann aber knallrot. Er schluckte, doch der Hals war ihm völlig ausgedörrt. Das Herz raste ihm, erneut wurde ihm schwindlig und schwarz vor Augen. Er musste sich wieder setzen, zu schwach, um dem Erbprinz eine Antwort geben zu können. Zu schwach, zu klein und zu dankbar. Dankbar, Ermittlungsrichter Schmelz spürte eine Dankbarkeit in sich, die ihm zur wahren Erfüllung wurde. Unvorbereitet erlag er dieser Regung, nach der jeder Sohn sich sehne, wie er meinte, die jeden Sohn unbesiegbar mache. Und so war es ja auch, unbesiegbar, jetzt war er wirklich unbesiegbar. Nicht irgendjemand war stolz auf ihn, sein Mentor war es. Doktor Kurt Schmelz stand auf, schluckte ein paar

Mal und lächelte mit zusammengepressten Lippen, unfähig, etwas von sich zu zeigen.

Er räusperte sich, wollte etwas sagen, erkannte, dieses Schweigen durchbrechen zu müssen, ehe es peinlich würde, aber was, was er sagen könne, in so einem Augenblick, nein, er wusste es nicht, und er war mehr als froh, als Liebig neben ihm meinte, lächelnd meinte, der Obergruppenführer solle sich diese Worte doch besser für das Schlussplädoyer aufsparen.

Waldeck Pymont nickte und sagte: „Wahrlich, das sollte ich wirklich. Also dann, immer die richtigen Worte! Und einfach immer bei der Sache bleiben! Bei der Sache bleiben und nicht provozieren lassen, auch Sie nicht, Hauptsturmführer! Wahrscheinlich wird die Verteidigung versuchen, Sie zu diskreditieren, aber Schmelz, darauf werden Sie einfach nicht eingehen!"

„Jawohl!", brachte Schmelz heraus und spürte, wie sehr dieses Wort ihm in der Kehle kratzte, wie schwer es herauskam; als wolle es ihm im Hals stecken bleiben.

Der Obergruppenführer drückte ihnen allen dreien kurz die Schulter und ging dann zur Bank der Anklage, wo er sich inmitten seiner Gefolgsleute setzte, als wäre er, dachte Tarnat, der König, der die Huldigungen seiner Vasallen annähme, die sich alle eingefunden hätten. Und tatsächlich, als oberster Gerichtsherr des Oberabschnitts, in dem dieses Tribunal stattfand, war er ja auch der mächtigste Mann hier, also, was konnte ihnen denn überhaupt passieren? Tarnat lehnte sich zurück und musterte die Elite der Waffen SS, die sich eingefunden hatte, als die Tür sich öffnete, die Richter hereinkamen und ein Sprecher schrie: „Das hohe Gericht! Bitte erheben Sie sich! Das hohe Gericht!"

Alle erhoben sich, auch der Prinz, nachlässig zwar, aber er erhob sich doch, sah Tarnat, und bevor Obersturmbannführer Doktor Ende auf dem breiten Sessel hinter dem Richtertisch Platz nahm, über dem das Führerporträt hing, an das ein Unbekannter vor einer Woche den Trauerflor geheftet hatte, was erst drei Tage später bemerkt worden war und für einen riesigen Skandal gesorgt hatte, sagte er: „Setzen Sie sich, meine Herren! Nehmen Sie Platz!"

Selbstsicher wirke er, stellte Schmelz zufrieden fest. Er sah dem vorstehenden Chefrichter zu, der seine Akten auf dem Tisch ausbreitete, den beisitzenden Richtern letzte Anweisungen gab und mit dem Holzhammer auf die runde, eingelassene und mit Samt ausgelegte Stelle des Tisches schlug, die dafür vorgesehen war.

„Meine Herren, ich erkläre die Strafsache gegen SS Standartenführer Karl Otto Koch und andere unter Ausschluss der Öffentlichkeit für eröffnet. Dies ist das SS Sondergericht zur besonderen Verfügung. Es ist mit allen Rechten und Pflichten ausgestattet, denen Gerichte unterworfen sind, um Vergehen und Verbrechen innerhalb der Waffen SS verfolgen und ahnden zu können. Es untersteht weder dem Reichssicherheitshauptamt noch dem Justizministerium. – Gerichtsdiener, führen Sie die Angeklagten herein! Fürs Protokoll: Sitzungsbeginn, vierter Dezember vierundvierzig, zehn Uhr dreißig. Weimar."

Als erste wurde Ilse Koch in den Käfig gebracht. Sie trug ein einfaches, graues Kostüm und reagierte zurückhaltend und schüchtern. Schmelz hatte eine ganze andere Frau in Erinnerung. Wie ausgewechselt! Wenn er noch daran dachte, wie sie sich in Buchenwald aufgeführt hatte! Dass diese Frau es fertig gebracht hatte, selbst in der Untersuchungshaft noch schwanger zu werden! Und für einen Moment kam so etwas wie Mitleid in ihm auf, oder eher eine leichte, schnell vorübergehende Irritation. Er dachte an die Zeugenaussage eines Häftlings, sie habe persönlich Gefangene mit der Peitsche geschlagen. Sie habe obszöne Bemerkungen zu den Häftlingen gemacht, und zu denjenigen, die in ihre Nähe gekommen seien, habe sie gesagt, sie sollen ruhig zu ihr hinsehen, wenn ihnen ihr Arsch fünfundzwanzig Stockschläge wert wären. Wegen der Insassen habe sie in Buchenwald absichtlich Kleidung getragen, die erregen solle. Sie sei beispielsweise zu einem Graben gekommen, in dem französische Kriegsgefangene geschuftet haben, sie habe sich breitbeinig hingestellt, wobei sie unter dem Rock kein Höschen getragen habe, und als ein junger Franzose zu ihr hochgesehen und verträumt gelächelt habe, da habe sie auf ihn eingeprügelt. Sie habe ihrem Mann die Häftlingsnummer mit der Bemerkung gegeben, der Mann wäre ihr frech gekommen, und Karl Koch habe die Nummer an Martin Sommer telefonisch weitergegeben, der den jungen und charmanten Franzosen kurzerhand auf der Flucht erschossen habe. Jedes Mal, wenn ein Gefangener ihr nachgeschaut habe, sei es ihr ein Vergnügen gewesen, dafür zu sorgen, dass dieser hart bestraft oder getötet wurde, doch nun saß sie zusammengesunken im Käfig des Gerichtssaals, sah schüchtern um sich und wirkte sichtlich erleichtert, als sie ihren Mann eintreten sah, den sie in den letzten achtzehn Monaten, in denen sie in Untersuchungshaft gewesen war, nicht ein einziges Mal gesehen hatte. Schmelz hielt schon das für einen seiner Erfolge. Er musterte sie weiter, konzentrierte sich dann aber auf Karl Koch, der ebenfalls verunsichert und stark geschwächt wirke, wie er zufrieden feststellte. Schmelz freute sich schon jetzt, ihm den Rest zu geben. Wenn er ihm die wahre Natur seiner Frau präsentiere, das werde Karl Koch nicht wegstecken können, war er sich sicher.

Die beiden setzten sich im Käfig dicht nebeneinander und hielten sich bei den Händen. Sie sahen kaum einmal auf und flüsterten ununterbrochen miteinander. Sie reagierten auch nicht, als Waldemar Hoven, Martin Sommer und Heinrich Hackmann hereingebracht wurden, die hinter dem Ehepaar auf der anderen Metallstange hockten, die ihnen als Sitz reichen musste.

„Unerträglich, wie solch verdienstvolle Persönlichkeiten der Waffen SS hier behandelt werden“, platzte es aus Gruppenführer Schmitt Klevenow heraus, der sich prompt eine Ermahnung durch Chefrichter Ende einhandelte: „Noch so eine Äußerung, und Sie werden des Saales verwiesen!“

„Ich werde was?“

„Des Saales verwiesen! Ich dulde hier keine persönlichen Kommentare von Prozessbeobachtern“, sagte Ende und sah befriedigt die Wirkung seiner Worte. Die Prominenz war in die Schranken verwiesen, erstaunt und verunsichert blieben die Herren fast stumm und geradezu bewegungslos. Schmitt Klevenows Augen funkelten zwar, aber auch er blieb still. Ende verbiss sich ein Lächeln und schlug mit dem Hammer noch einmal auf den Stoff, weil er das Geräusch so mochte, ehe er sagte, er wolle Ruhe, unbedingte Ruhe, obwohl es bis auf das Geflüster der Kochs absolut still im Saal war.

„Die Verhandlung ist auf zwei Tage angesetzt“, sagte er: „Gerichtsdiener, schließen Sie die Fenster! Ziehen Sie die Vorhänge vor! Verschließen Sie die Türen und postieren Sie vor den Türen Wachen! Es darf bis zur Pause niemand herein und niemand hinaus! – Staatsanwalt, verlesen Sie nun die Anklageschrift!“

SS Chefrichter Breithaupt, der neben dem Obergruppenführer Waldeck Pymont saß und von diesem vorgeschickt wurde, erhob sich, rückte die Uniform zurecht, räusperte sich, sah noch einmal zum Erbprinzen, der ihm aufmunternd und siegesgewiss zunickte, ehe er alle achtunddreißig getrennt aufgeführten Anklagepunkte vorlas, die alle auf Schmelz’ Ermittlungen beruhten.

Es war von Mord die Rede, von Unterschlagung, von Vergewaltigung, von Misshandlung, von Anstiftung zum Mord, von Dienstvergehen diverser Arten und von anderen kriminellen Handlungen, die bis hin zum Landesverrat reichten.

Tarnat beugte sich während der Verlesung zu Liebig hinüber und flüsterte: „Alles wasserdicht! Alles sturmerprobt! Mach dir keine Birne! Alles absolut sicher!"

Liebig nickte, und nach so langer Zeit musste er sich plötzlich wieder die linke Schläfe mit den Fingern massieren! Ausgerechnet jetzt musste die Migräne auftauchen, es war doch zum Heulen!

„In ein paar Stunden sind wir gemachte Männer!", sagte Doktor Tarnat, beunruhigt, dass Liebig so gar nicht reagierte. Er stieß ihn unauffällig mit dem Ellenbogen an, woraufhin dieser aber nur ein mürrisches ‚Jaja' von sich hören ließ.

„Du hast doch nicht etwa Migräne?"

„Doch!"

„Ach, du Scheiße!"

„Was ist?", flüsterte Schmelz und sah zur Seite.

„Liebig hat Migräne!"

„Scheiße!", sagte der Ermittlungsrichter.

„Geht schon!", meinte der Kriminalsekretär.

„Muss!", sagte Schmelz.

„Ruhe auf der Zeugenbank, sonst verhänge ich ein Ordnungsgeld!", rief Chefrichter Ende, und erneut ließ er lustvoll den Hammer auf den Samt knallen: „Weiter, Chefrichter Breithaupt!"

„Soweit die Anklageschrift", antwortete dieser, und Ende nickte, öffnete eine der Akten und sagte: „Karl Otto Koch! Die Anklage hält Sie für schuldig, Reichsgelder im Umfang von mindestens zweihunderttausend Reichsmark der Reichskasse entwendet zu haben, während sich das Reich im Kriegszustand befand. Allein dieses Verhalten ist als ernsthafte Gefahr für die Reichssicherheit einzustufen und kann wegen Hochverrats mit der Todesstrafe geahndet werden. Die Anklage wirft Ihnen vor, dass Ihnen das Geschick Ihres Landes völlig gleichgültig ist. Was sagen Sie dazu?"

Karl Koch behielt den Blick unten, während sein Verteidiger SS Richter Piepenbrock antwortete: „Mein Mandant plädiert auf nicht schuldig. Die Vorwürfe sind haltlos, aus der Luft gegriffen und absurd. Sie sind von nichtsnutzigen Verdrehern an den Haaren herbeigezogen! Wir werden beweisen, dass hier eine schlimme Verleumdung übelster Sorte stattfand und stattfindet."

„Bravo! Sehr gut!", rief Gruppenführer Schmitt Klevenow aus der ersten Reihe dazwischen und fing sich einen bösen Blick des vorstehenden Richters ein.

„Gut", fuhr Chefrichter Ende fort: „Karl Otto Koch! Sie sind des dreifachen Mordes angeklagt. Während Ihrer Dienstzeit sollen Sie im Jahre einundvierzig in Buchenwald den Mord an den Männern Krämer und Peix befohlen haben. Zweiundvierzig sollen Sie in Lublin selbst einen Häftling umgelegt haben, wofür es Zeugen gibt. Später sollen Sie angeordnet haben, weitere Männer zu ermorden, darunter den SS Hauptscharführer Köhler! Einen verdienstvollen Mann der Waffen SS!"

„Nicht schuldig!", sagte Piepenbrock, während Karl Koch wieder nicht reagierte und sich weiter mit seiner Frau unterhielt, was Schmelz zu ärgern begann. Er beobachtete das Ehepaar Koch, das er monatelang verhört hatte und doch nicht zu einem Geständnis hatte bringen können. Würden die Indizien und die Zeugenaussagen und die Beschuldigung durch Sommer ausreichen? Schmelz hoffte es. Er sah das Paar auf der Anklagebank unaufhörlich miteinander reden. Sie tauschten Zärtlichkeiten aus und hielten sich weiter bei den Händen. Sie saßen nach vorne gebeugt und hoben während der gesamten Anklagerede nicht einmal den Blick. Als gäbe es das Gericht gar nicht! Schmelz war das unbegreiflich. Er wollte in die vor Angst und Panik starren Blicke der beiden schauen, um zu wissen, dass er das Richtige getan hatte, aber diese beiden da, die schauten einfach weg! Die ignorierten die Gegenwart einfach!

Schmelz spürte, dass er selbst angestarrt wurde, blickte nach links und traf genau in den stahlharten, eiskalten Blick von Gruppenführer Schmitt Klevenow, dem er aber standhielt, bis dieser sich abrupt wegdrehte. Schmelz lächelte.

„Ilse Koch!“, sagte Chefrichter Ende, worauf die Frau aber auch nicht reagierte: „Sie sind der Unterschlagung von Staatsgeldern in den Jahren achtunddreißig bis dreiundvierzig angeklagt, deren Summe sich auf mindestens fünfundzwanzigtausend Reichsmark in bar und sechsundvierzigtausend Reichsmark in Gegenständen zum persönlichen Gebrauch beläuft. Des Weiteren sind Sie angeklagt, Häftlinge misshandelt zu haben oder misshandeln haben zu lassen. Sie sollen für den Tod mehrerer Insassen verantwortlich sein, darunter französische Kriegsgefangene.“

„Nicht schuldig!“, sagte Piepenbrock: „Und absurd! Sehen Sie sich diese Frau doch nur an!“

„Martin Sommer“, sagte Ende, ohne auf den Kommentar einzugehen: „Sie haben gestanden, Gefangene mit Fäusten zu Tode geprügelt zu haben. Sie haben gestanden, Gefangene verprügelt und vergiftet zu haben. Des Weiteren haben Sie gestanden, die Häftlinge Krämer und Peix unter Vorhalt falscher Tatsachen erschossen zu haben. Ist das richtig?“

Sommer sah zum Verteidiger Piepenbrock, rieb sich in einem fort die Oberschenkel und wippte mit dem Oberkörper, wobei er heftig an der Unterlippe kaute.

„Mein Mandant hofft auf Gnade“, sagte SS Richter Piepenbrock lapidar: „Er macht äußere Umstände geltend.“

„Alles auf Befehl von ihm da!“, rief Sommer plötzlich: „Von Koch! Du Teufel, du! Du Teufel!“

Ein Raunen ging durch den Saal.

„Dich nehme ich mit in die Hölle!“, schrie Sommer, doch Karl Koch zeigte keinerlei Regung.

„Ruhe, Angeklagter!“, sagte SS Chefrichter Ende und freute sich heimlich, erneut den Hammer schwingen zu können. Er klopfte noch ein paar Mal auf den Tisch, obwohl es längst wieder still im Saal war: „Ruhe! Ruhe! Ich will Ruhe!“

Er machte sich eine Notiz und sagte: „Waldemar Hoven! Sie sollen in der Krankenstation des Lagers Buchenwald in der Position des Chefarztes Häftlingen und SS Leuten tödliche Injektionen gesetzt haben, um sie aus niedrigsten Gründen zum Schweigen zu bringen. Sie sollen den Zeugen SS Scharführer Blanck mit einer Giftmischung versorgt haben, damit dieser den SS Mann Köhler vergiften konnte, bevor Sie selbst versuchten, den Blanck umzubringen. Insbesondere werden Ihnen die Morde an Köhler und an Freudmann sowie an … Moment! Wo habe ich es denn? Ach hier, an Freudmann sowie an May zur Last gelegt.“

„Nicht schuldig!“, sagte Piepenbrock, während Hoven mit geradem Rücken und mit auseinander gestellten Beinen aufrecht dasaß und die Arme vor der Brust verschränkt hielt. In seinem Gesicht spielte ein Lächeln, und Schmelz unterdrückte seinen Ärger.

„Heinrich Hackmann!“, sagte Ende: „Und Ihnen wird als Stellvertretender Lagerleiter von Buchenwald mehrfacher Mord zur Last gelegt, bis zum Jahre zweiundvierzig, bevor Sie zur Partisanenabwehr nach Jugoslawien befohlen wurden. Insbesondere werden Sie für das Aufstellen einer sogenannten Bärenhütte verantwortlich gemacht.“

„Nicht schuldig!“, sagte Verteidiger Piepenbrock, ohne von den Papieren aufzusehen.

Hackmann sah einfach nur mit bösem Blick geradeaus, und Schmelz sah ihm geradezu an, wie er das alles nicht verstehen könne, was hier vorgehe.

Der Sadist in der Rolle des Gequälten, dachte Schmelz, welch seltener Anblick.

„Gut!“, sagte Ende: „Als Zeugen gelten nunmehr die vom Hauptzeugen SS Richter Doktor Kurt Schmelz und seinen Leuten in einer Liste, die der Anklage und der Verteidigung vorliegt, zusammengetragenen Männer und Frauen. Es handelt sich hierbei um einen Kreis von zweiundzwanzig Personen, der sich aus Insassen des Konzentrationslagers Buchenwald, aus Weimarer Geschäftsmännern und aus Mitgliedern der Waffen SS, die im Lager Buchenwald stationiert waren oder sind, zusammensetzt. Hinzu kommt eine kleine Gruppe von Privatpersonen, in der Hauptsache sind es Ehefrauen Geschädigter oder zu Tode Gekommener. Als Beweismaterial werden die ebenfalls von SS Richter Schmelz beschlagnahmten Geschäftsbücher aus dem Lager Buchenwald ins Feld geführt. Polizeiberichte, private Bankauszüge, Autopsieberichte, Gutachten unterschiedlichster Arten, sowie Kopien privater Korrespondenzen sind genauso vom Gericht zugelassen wie die beeidete Liste, in der die bei einer Untersuchung in der Villa Koch festgestellten Vermögenswerte aufgeführt sind.“

„Gegen die Zulassung der Berichte einer kriminell zustande gekommenen Autopsie vom zehnten April vierundvierzig möchte ich schon jetzt Protest einlegen und auffordern, diese nicht gelten zu lassen“, sagte Piepenbrock: „An diesem Tag sollte angeblicher Mord mit Mord bewiesen werden, und zwar durch den Hauptbelastungszeugen selbst! Was nicht gerade für die Ehrenhaftigkeit des Doktor Schmelz spricht.“

„Diese Autopsie fand unter Genehmigung des Reichssicherheitshauptamtes statt!“, hielt der Ankläger SS Chefrichter Breithaupt sofort dagegen, der diesen Einwand erwartet hatte: „Die Voraussetzungen für die Autopsie fanden an bereits rechtskräftig zum Tode verurteilten Schwerverbrechern statt. Sie sind somit in keinem Maße widerrechtlich im Sinne des Rechts."

„Voraussetzungen? Warum nennen Sie es nicht beim Namen? Mord! Diese Voraussetzungen sind Mordfälle! Und auch wenn sie im rechtlichen Sinne nicht anfechtbar sind, verbieten sich solcherlei Vorgehensweisen doch schon aus moralischer Sicht!", warf Piepenbrock triumphierend ein.

„Aus moralischer Sicht?", konterte Breithaupt: „Diese Vorgehensweise wurde ausdrücklich vom Reichsführer SS gebilligt und genehmigt. Werfen Sie unserem Reichsführer SS etwa mangelnde Moral vor?"

„Aber, aber! Meine Herren!", beendete Ende das Geplänkel, wobei er nicht vergaß, vom Gerichtshammer Gebrauch zu machen: „Wir wollen doch das Politische vor der Tür lassen! Hier geht es ausschließlich um juristische Fragen, und aus juristischer Sicht ist gegen das Vorgehen von SS Richter Schmelz nichts einzuwenden, weil eine Tötung dieser Verbrecher ja sowieso vorgesehen war, womit Paragraph siebenundvierzig des Strafgesetzbuches in Frage kommt. Und über die moralische Dimension dieser Sache sollen andere entscheiden! Das ist nicht Thema unseres Verfahrens, Piepenbrock, haben Sie verstanden?"

Der Verteidiger nickte, sichtlich verärgert. Er knüllte ein Papier aus seinen Unterlagen zusammen und gab es an seinen Mitarbeiter weiter, bevor er Schmelz anstarrte, mit einem Blick, der sagen solle, meinte Schmelz, wer selbst im Glashaus sitze, der solle nicht mit Steinen werfen. Aber Schmelz hatte ja gar nicht vor, mit Steinen zu werfen. Steine waren ihm viel zu weich, er wollte mit Tatsachen um sich schleudern, und so saß er auch diesen Blick gelassen aus.

„Im Übrigen sind wir noch gar nicht an diesem Punkt“, sagte Ende: „Wir treten jetzt in die Verhandlung ein. Es ist vierzehn Uhr fünfzehn. Als erstes vernehmen wir den Hauptbelastungszeugen, SS Richter und Beamter der Kriminalpolizei, Hauptsturmführer Doktor Kurt Schmelz, geboren am achten Juni neunzehnhundertneun in Frankfurt am Main. Doktor Schmelz, treten Sie in den Zeugenstand! – Nein, Prozessbeobachter Schmitt Klevenow, sagen Sie jetzt besser nichts“, warf Chefrichter Ende ein und deutete mit dem Ende des Hammers auf den Gruppenführer, der in der ersten Reihe saß: „Es könnte ernsthafte Konsequenzen für Sie haben, Gruppenführer!“

Am liebsten hätte Schmitt Klevenow losgebrüllt, was dieser mickrige Obersturmbannführer sich denn überhaupt einbilde, wer er glaube zu sein, hier einen Gruppenführer maßregeln zu wollen, aber dann beließ er es doch bei einem hasserfüllten Blick.

Schmelz war aufgestanden und in den Zeugenstand getreten. Er hob die rechte Hand und sprach den Eid, den die Staatsanwaltschaft gefordert hatte. Er wurde vom Gerichtsdiener nach seinen Personalien befragt, die er wahrheitsgemäß angab, bevor der vorstehende Richter das Wort ergriff: „Ich mache die Verteidigung darauf aufmerksam, dass ein Kreuzverhör erst nach der Aussage des Zeugen zulässig ist.“

„Das ist nicht mein erster Fall!“, sagte Piepenbrock, woraufhin Ende einen Moment lang überrumpelt war, ehe er sagte: „Gut!“

Vorsichtiges Gelächter im Saal gab ihm Gelegenheit, von seinem Hammer Gebrauch zu machen, ehe er den Hauptbelastungszeugen ins Visier nahm. Er musterte Schmelz, Schmelz musterte ihn.

„Sie sind das also!“, sagte Ende: „Sie haben uns also diese ganz und gar unangenehme Sache eingebrockt?“

Schmelz schüttelte den Kopf und zeigte auf die Angeklagten: „Meinen Sie nicht auch, dass dort der Abschaum sitzt?"

„Keine voreiligen Schlüsse!", warf Piepenbrock ein: „Schon gar nicht vom Zeugen. Auch wenn Sie eine juristische Ausbildung haben, Hauptsturmführer, hier sind Sie lediglich als Zeuge geladen!"

„Und als dieser geben Sie uns zuerst einen Überblick Ihres Tätigkeitsfeldes!", sagte Ende: „Und konzentrieren Sie sich auf das Wesentliche! Ihre Akten lagen uns ja allen vor! Und, wenn ich hinzufügen darf, es sind viele Akten, sehr viele Akten! – Ruhe! Ich muss doch sehr bitten! Ich lasse den Saal räumen! Ich warte nur auf eine Gelegenheit, dies tun zu können, meine Herrn Offiziere! Mir ist dieses ganze Theater überhaupt nicht recht", drohte Ende und schlug erneut mit dem Hammer auf den Tisch, wobei er die Stelle verfehlte, die mit Stoff ausgekleidet war. Sofort war eine Delle zu sehen, über die Ende schnell ein Blatt Papier legte. Auf den Tisch schlagend Ruhe einzufordern, wäre auch jetzt nicht nötig gewesen, Ende wusste es selbst, doch es war eben seine Vorliebe. Sie hatte ihm unter den Verurteilten den Spitznamen Hammerhai eingebracht. Er hatte davon gehört, und er mochte diesen Namen. Hammerhai, ja, so war es dann wohl, er war der Hammerhai!

Er sah Schmelz an und nickte ihm zu, der sich räusperte und minutenlang Namen von Ortschaften aufzählte, von denen Ende viele nicht einmal dem Namen nach kannte. Er schaute verwirrt zu Schmelz, der aber zählte ungerührt auf: „Abteroda, Allendorf, Altenburg, Annaburg, Apolda, Arolsen, Aschersleben, Bad Berka, Bad Gandersheim, Bad Godesberg, Bad Langensalza, Bad Salzungen, Bensberg, Berga/Elster, Berlstedt, Billroda, Blankenburg, Blankenhain, Bleicherode, Bochum, Böhlen, Bischofferode, Braunschweig, Buttelstedt, Colditz, Crawinkel, Dernau, Dessau, Dora, Dornburg,

Dortmund, Duderstadt, Düsseldorf, Düsseldorf-Derendorf, Düsseldorf-Grafenberg, Düsseldorf-Lohausen, Eisenach, Ellrich, Elsnig, Eschershausen, Essen, Flössberg, Gelsenkirchen-Horst, Giessen, Goslar, Göttingen, Hadmersleben, Halberstadt, Halberstadt-Zwieberge, Halle, Hardeshausen, Harzungen, Hecklingen, Herzberg, Hessisch-Lichtenau, Hinzert, Jena, Kassel, Klein Bodungen, Köln, Köln-Deutz, Köln-Niehl, Kranichfeld, Langenstein, Lauenburg, Leipzig, Leipzig-Schönau, Leipzig-Schönfeld, Leipzig-Thekkla, Leopoldshall, Lippstadt, Lützkendorf, Magdeburg, Markleeberg, Meuselwitz, Mühlhausen, Neustadt, Niederorschel, Niedersachswerfen, Nordhausen, Oberndorf, Ohrdruf, Osterode, Penig, Plömitz, Quedlinburg, Raguhn, Rossla, Rothenburg, Rottleberode, Saalfeld, Schieben, Schönebeck, Schwerte, Sennelager, Sömmerda, Sonneberg-West, Stassfurt, Suhl, Tannawald, Tannrode, Taucha, Tonndorf, Torgau, Trautenstein, Tröglitz, Wansleben, Weferlingen, Weimar, Wernigerode, Westeregeln, Wewelsburg, Witten-Annan sowie Wolfen."

Ermittlungsrichter Schmelz schwieg einen Augenblick und sagte dann: „Meine Herren, das sind die Außenkommandos des Konzentrationslagers Buchenwald. Buchenwald aber ist nur ein einziges Lager. Insgesamt gibt es im Reich zurzeit vierundsiebzig Konzentrationslager. Rechnet man zu diesen Lagern die Außenkommandos, bei Buchenwald handelt es sich, für all diejenigen, die nicht mitgezählt haben, um einhundert und vierzehn Kommandos, dann bekommt man eine ungefähre Vorstellung von der Ausdehnung des Komplexes der Konzentrationslager im Reich. Zwischen achthundert und tausend Kommandos! Man kann mit gutem Gewissen davon ausgehen, dass das ganze Reich mit dem Netz überzogen ist, und überall, meine Herren, überall in diesem Netz gibt es Korruption! Unterschlagung! Und es gibt persönlich motivierten Mord überall dort, wo diese

Unterschlagung vertuscht werden soll, und das wiederum ist praktisch überall! – Auch mir wäre es nicht möglich gewesen, auch nur in eines dieser Lager zu kommen und meine Untersuchungen zu führen. Niemand in Deutschland, der nicht dafür ausgewählt wurde, kennt diese Lager von innen. Wir wissen nur ungefähr, dass es sie überhaupt gibt, und ich bin einer der wenigen, dem es dank einer Sondergenehmigung des Reichsführers SS gestattet war, in allen Lagern meine Untersuchungen durchzuführen. Viele der Anwesenden kennen mich bereits persönlich", sagte Schmelz, drehte sich bei diesen Worten um und ließ den Blick durch die Reihen der Prozessbeobachter schweifen, ehe er zu ihnen sagte: „Sie alle wissen, dass Sie sich schuldig gemacht haben! Sie alle, die Sie in Konzentrationslagern Dienst tun!"

„Zeuge Schmelz, ich dulde kein Theater hier!", sagte Ende empört, wobei er sogar vergaß, den Hammer zu schwingen: „Bleiben Sie sachlich, ich denke, wir haben verstanden, worauf Sie hinauswollen."

„Ich nicht", sagte Piepenbrock, der eine Chance witterte, den Zeugen unglaubwürdig zu machen: „Folge ich Ihrer Rechnung, dann müsste es so gut wie in jeder deutschen Ortschaft Außenkommandos von Konzentrationslagern geben, und was ich auch nicht begreife, das ist die Tatsache, dass ich keine Ahnung habe, was das alles mit unserem Fall zu tun hat. Wollen Sie hier das ganze Reich anklagen? Die ganze Waffen SS? Unterstellen Sie etwa, alle Mitglieder der Waffen SS sind Diebe und Mörder? Oh, Mann, Sie machen ja Ihrem Ruf alle Ehre!"

Am liebsten hätte Schmelz ja gesagt, dass genau dem so sei, dass seine Ermittlungen keinen anderen Schluss zulassen, aber er bremste sich, nachdem er kurz zu Waldeck Pymont gesehen hatte, der ihn entsetzt und mit großen Augen anstarrte.

„Nein! Natürlich nicht!", sagte Ermittlungsrichter Doktor Schmelz: „Was ich damit zum Ausdruck bringen wollte, ist, zu unterstreichen, dass ich gezwungen war, meine Ermittlungen nicht nur auf Buchenwald zu beschränken! Praktisch aus allen Lagern erreichten uns Korruptionsvorwürfe. Überall gab es diese Verbrechen am Reich! Knapp sechshundert Fälle haben wir aufgedeckt, zweihundert und sieben Männer der Waffen SS werden in nächster Zeit angeklagt, sich strafbar gemacht zu haben. Ich bin der festen Überzeugung, dass dem Gericht heute klar sein muss, dass dieser Prozess gegen Koch und andere lediglich der Auftakt zu einer Vielzahl von Folgeprozessen ist. Das hier gesprochene Urteil wird maßgeblich die Folgeurteile beeinflussen. Mir liegt eine Zeugenaussage des Buchenwalder Häftlings Heinz Waller vor, der beeidet, dass ihm der SS Unterscharführer Dieter zwei Zähne ausgeschlagen hat, weil er bei Transportarbeiten dem Haltebefehl nicht sofort nachkam. Dies nur als Beispiel dessen, wo ein Verbrechen anfängt und wo ein Befehl aufhört. Diese Straftaten haben wir außer Acht lassen müssen, ich denke aber, das hohe Gericht hat verstanden, was in diesen Lagern vorgeht."

„Einspruch! Irrelevant!", rief Piepenbrock.

„Stattgegeben!", sagte Ende: „Zeuge Schmelz, das alles hat uns nicht zu interessieren und ist nicht Teil dieses Prozesses. Stellen Sie, wenn Sie glauben, das tun zu müssen, die Waffen SS woanders an die Wand, aber nicht hier. Ich gebe hiermit zu Protokoll, das Gericht interessiert sich ausschließlich für die Straftaten, die hauptsächlich mit der Person Karl Koch verbunden sind. Das Gericht möchte nichts über das allgemeine Leben in diesen Lagern wissen, weil es nicht Gegenstand dieses Prozesses ist! Die Konzentrationslager als solche stehen hier nicht unter Anklage, Zeuge Schmelz!"

„Nein", sagte Schmelz: „Natürlich nicht! In solch einem

Prozess müsste man ja auch denjenigen zur Verantwortung ziehen, der für diese Lager verantwortlich ist. Und das ist der Chef des Verwaltungs- und Wirtschaftshauptamtes, Obergruppenführer Pohl!", sagte Schmelz schnell, bevor ein empörtes Raunen durch den Saal ging. Minutenlang bekam Ende trotz fortwährender Hammerschläge den Saal nicht still, zu aufgebracht war die Menge der Zuhörer, in denen Gruppenführer Schmitt Klevenow ununterbrochen forderte, Schmelz sofort des Saales zu verweisen.

Noch während SS Chefrichter Ende hämmerte, erhob sich der Erbprinz Waldeck Pymont und schrie aus voller Brust: „Schnauze!"

Sofort war es still, und alle zweihundert Männer sahen ihn erwartungsvoll an, während Ende den Hammer beiseite legte und sich fest vornahm, sich besser zu konzentrieren. Dieser Prozess drohe ihm sonst aus den Händen zu gleiten.

„Was mein Hauptbelastungszeuge, der ehrenwerte Doktor Schmelz, damit sagen wollte", erklärte der Erbprinz: „Das ist die absolute Sauerei, die in unserer Organisation Fuß gefasst hat. Dieser absoluten Sauerei, meine Herren, haben wir den Kampf angesagt. Diese Sauerei muss aufhören und wird aufhören. Und wer von Ihnen mit dieser Sauerei in Verbindung gebracht werden könnte, dem empfehle ich schon jetzt, ein Ende mit seinem Leben zu machen. Die Waffen SS ist die Elite des deutschen Volkes, und wer von Ihnen auch immer sie beschmutzt und besudelt, wer sich bereichert oder sich in einer anderen Art schuldig macht, der hat in unserer Organisation nichts zu suchen, auch wenn er Pohl heißt! Wir kämpfen für die innere Reinheit, damit Ihnen allen das klar ist, und Ihnen, Schmitt Klevenow empfehle ich, das Maul zu halten. Kapiert, Gruppenführer?"

Schmitt Klevenow sprang auf, wollte erst den Saal verlassen, ehe ihm einfiel, hier komme im Moment ja niemand heraus, änderte seine Meinung und schrie: „Zu Befehl, Obergruppenführer!“

„Na, geht doch“, sagte der Erbprinz, drehte sich zu Schmelz um und forderte ihn auf, ab jetzt aber bei der Sache zu bleiben.

Gerade wollte der Richter fortfahren, als der Verteidiger Piepenbrock in ruhigem Ton sagte: „Donnerwetter, mein Respekt! Als Sie in Stettin für einen Eklat im Gerichtssaal gesorgt haben, sind Sie noch geflogen! Sie haben dazu gelernt und sich Deckung besorgt!“

„Danke“, sagte Schmelz lächelnd: „Der Beginn meiner Untersuchungen also gegen Karl Koch kann auf den Juni dreiundvierzig gesetzt werden. Damals holte mich Obergruppenführer Waldeck Pymont von der Ostfront zurück, weil er von meinen Fähigkeiten als Korruptionsjäger gehört hatte, die ich mir im Falle der Brigade Dirlewanger erworben hatte, welche dem hier anwesenden Obergruppenführer Berger unterstand.“

„Wenn ich unterbrechen darf“, sagte Piepenbrock: „Welchen Rang bekleideten Sie an der Front?“

„Den Rang eines Sturmmanns.“

„Oh, wie ungewöhnlich! Waren Sie in Krakau nicht Obersturmführer?“

„Ja, das war ich.“

„Erklären Sie uns das! Wie kam es dazu? Sind Sie etwa degradiert worden, Hauptsturmführer? Ein so aufrechter Mann wie Sie?“

„Ich wurde zur Bewährung an die Ostfront auf ausdrücklichen Befehl des Reichsführers geschickt und in den Rang eines Sturmmanns versetzt, weil dem bereits erwähnten Obergruppenführer Berger meine Ermittlungen gegen die Brigade Dirlewanger zu weit gingen.“

„Wie denn, was denn? Was hat denn der Obergruppenführer damit zu tun? Sind Sie nicht deswegen bestraft worden, weil Sie einen Führerbefehl sabotiert haben?"

„Nein, das wurde nur falsch übermittelt. Ich sprach in meiner Position als Richter einen Offizier der SS faktisch frei, dem vorgeworfen worden war, mit einer Polin den Beischlaf verübt und somit Rassenschande begangen zu haben, allerdings stellte sich im Verlauf der Befragung heraus, dass dieser Beischlaf nicht vollzogen worden war. Dafür lagen Beweise vor, allerdings hatte ich nie Gelegenheit, dem Reichsführer SS von diesem Versäumnis der Übermittlung in Kenntnis zu setzen, weil ich kurz darauf an der Ostfront meinen Mann stand und für unser Vaterland kämpfte, und wenn die Frage erlaubt ist, Richter Piepenbrock, haben Sie Fronterfahrung?"

„Das tut hier nichts zur Sache!", sagte der Verteidiger.

„Das denke ich auch", sagte Schmelz: „Wenn ich nun fortfahren darf, oder haben Sie noch weitere Fragen, meine Vergangenheit betreffend?"

„Im Augenblick nicht, lassen Sie sich nicht aufhalten, Zeuge Schmelz, ich lausche gespannt."

„Ich wiederhole noch einmal", warf Chefrichter Ende ein, der nun von Schmelz beeindruckt war: „Die Vergangenheit des Zeugen interessiert in diesem Prozess nicht. Uns hat lediglich die Zeit ab Juni dreiundvierzig zu interessieren, und noch einmal, auch nur das alles, was unmittelbar mit Karl Koch oder den anderen da zu tun hat. Der Lageralltag wird hier nicht verhandelt! Fahren Sie fort, Zeuge Schmelz."

„Mit Typhus infiziert", begann Schmelz erneut: „Las ich in einem Bericht und wurde aufmerksam. Zuerst fiel mir auf, die Krankengeschichten zweier Häftlinge setzten vor gut zwei Monaten ein, genau einen Tag nach der Verhaftung des Standartenführers Karl Koch. Ich fragte mich, ob Koch selbst aus der Zelle heraus noch Leute töten lassen konnte, die zuviel wussten. Davor schienen die beiden Männer kerngesund gewesen zu sein. Ich prüfte den Bericht aufs Genaueste. Erst waren sie gesund, dann wurde Koch verhaftet, dann erkrankten sie ganz plötzlich an Typhus? So schnell geht das selbst bei dieser Krankheit doch nicht. Stündlich nach der Einlieferung wurde fortan die Körpertemperatur gemessen, die stetig stieg. Alle zwei Stunden wurde der allgemeine Gesundheitszustand der Patienten ausgewertet, der, wen wundert es, sich ständig verschlechterte. Und kurz nachdem sie vom Chefarzt Doktor Hoven untersucht worden waren, stellte man bei beiden Männern den Exitus fest. Das passt doch alles nicht, sagte ich mir, man behandelt doch im Lager Buchenwald keinen Häftling so, als wäre er ein sehr reicher Millionär in einem teuren Sanatorium! An der Sache ist doch was faul, sagte ich mir, stündliche Temperaturnahme! Alle zwei Stunden Grunduntersuchung! Für zwei ganz normale Häftlinge? Aber nein, halt, stopp, das waren ja gar keine normalen Häftlinge! Bei den Toten handelte es sich um die Insassen Freudmann und May, die, wie ich später herausfand, für Karl Koch auf dem Schwarzmarkt von Weimar Lebensmittel aus der Lagerküche verkauften. Die Tinte war noch feucht, mit der die Krankenberichte geschrieben worden waren! Obwohl die Erkrankung sich laut Berichte doch über zwei Monate hingezogen haben soll. Ich begriff, dass die Insassen Freudmann und May ermordet worden sein mussten, ermordet vom Chefarzt des Lagers, der zu allem Überfluss auch noch Totenscheine mit dem Vermerk ‚plötzlicher Herzstillstand' unterschrieb! Was nun? Waren Freudmann und May an Thyphus gestorben, wie es im Krankenbericht stand, oder starben sie eines natürlichen Todes, wie es auf dem Totenschein stand? Beides falsch, sie wurden ermordet! Ermordet von Doktor Hoven, und leider gelang es mir trotz sofort eingeleiteter Maßnahmen nicht mehr, die

Leichen sicherzustellen, sie waren schon … sie waren schon …, also, sie waren eben schon weggeschafft worden."

„Wann war das alles?", fragte Ende.

„Das war vor gut einem Jahr, und zwar im Dezember dreiundvierzig und im Januar vierundvierzig."

„Also ziemlich im ersten Drittel Ihrer Ermittlungen! Wie fingen diese denn überhaupt an?"

„Nun, der Anfangsverdacht ging ja nicht von mir aus, sondern von Obergruppenführer Waldeck Pymont, der mich im Juni dreiundvierzig von der Front holte. Bereits ein Jahr zuvor wurde dem Gerichtsherren dieses Oberabschnittes vom jungen Polizeibeamten Emil Holtschmidt Folgendes berichtet: Der Lebensmittelgroßhändler Schulz brachte in Weimar immer wieder größere Transporte Fleisch und andere Lebensmittel auf den Markt, von dem viel auf dem Schwarzmarkt verkauft wurde. Darauf von Beamten angesprochen, konnte der Händler keine Quittungen vorweisen. Gleichzeitig wurde Holtschmidt aber untersagt, seine Ermittlungen fortzuführen. Er jedoch hielt sich nicht an das Verbot seines Vorgesetzten, ermittelte weiter und stand kurz vor der Verhaftung dieses Händlers, der mit der Leitung des nahe gelegenen Lagers Buchenwald gemeinsame Sache machte. Unser aufmerksamer und rechtstreuer Polizeibeamter, der Kriminalsekretär Holtschmidt, fand heraus, dass der damalige Lagerleiter Koch und der Lebensmittelgroßhändler Schulz sich den Gewinn teilten, den sie daraus erzielten, das für die Häftlinge gedachte Essen eigenmächtig weiterzuverkaufen. Die Verhaftung stand, wie gesagt, kurz bevor, als dieser Großhändler von gestern auf heute in die SS eintrat. Dadurch war er aus dem Machtbereich der Kriminalpolizei herausgenommen, untersteht die Waffen SS doch, wie wir alle wissen, einer eigenen Rechtsaufsicht. Um die Sache weiterverfolgen zu können, brauchte man also einen SS Richter.

Der Kriminalsekretär Holtschmidt nahm Kontakt mit dem Gerichtsherren Waldeck Pymont auf, und wie wir alle wissen, ist der Obergruppenführer ein Mitglied des alten deutschen Adels, und als solchem war und ist ihm Korruption von Beamten seit jeher verhasst. Wenn ich das sagen darf, der Obergruppenführer forderte von Himmler die Reinigung der SS von verabscheuungswürdigen Subjekten, und der Reichsführer SS willigte sofort ein, denn Unterschlagung ist ein Verbrechen gegen den Staat, wie wir alle wissen. Der Obergruppenführer recherchierte, wer für diese Ermittlungen geeignet sein könnte, und fand mich an der Ostfront. Ich nahm, kaum dass ich hier war, Kontakt mit dem Kriminalsekretär Holtschmidt auf, er übergab mir seine Ermittlungsergebnisse, und gleichzeitig sorgte der Obergruppenführer Kaltenbrunner als Chef des Reichssicherheitshauptamtes, dem auch die Kriminalpolizei unterstellt ist, dafür, dass ich als Beamter in die Kripo Berlin aufgenommen wurde. So konnte ich nun ungehindert in alle Richtungen ermitteln, innerhalb und außerhalb der SS. Es gab de facto also keinerlei Fluchtmöglichkeiten mehr vor mir. Zumal der Gruppenführer Arthur Nebe als Chef der Kripo so gütig war, mir aus freien Stücken zwei seiner besten, doch, ja, lassen Sie es mich so ausdrücken, er schickte mir seine besten Beamten, um mich in der Ermittlungsarbeit zu unterstützen, kannte ich mich doch nicht so gut in der kriminaltechnischen Arbeit aus wie der Kriminalobersekretär Doktor Tarnat und der Kriminalsekretär Liebig, die wie auch Kriminalsekretär Holtschmidt hier als Zeugen anwesend sind und genauere Angaben zu den vielfältigen Ermittlungsverfahren machen können und werden."

„Eine Frage", unterbrach Verteidiger Piepenbrock: „Echte Beweise gegen den Händler Schulz fand man seinerzeit nicht, als Holtschmidt ermittelte, oder irre ich mich?"

„Nein, Sie irren sich nicht, obwohl das menschlich und zu verzeihen wäre“, sagte Schmelz, worauf der Erbprinz ein lautes, unterstützendes Lachen hören ließ, das Schmelz sofort stärkte: „Es gab Zeugenaussagen und Indizien, die sich allerdings zu einer Indizienkette verknüpfen lassen konnten.“

„Zeugenaussagen? Hören und Sagen? – Lieber Richter Schmelz, wir wissen doch alle, dass Zeugenaussagen zu den unzuverlässigsten Beweismitteln überhaupt gehören. Menschen können sich irren, wie Sie gerade selbst sagten, und das wäre zu verzeihen, wie Sie gerade meinten, dann jedoch nicht, wenn es um den Kopf eines Menschen geht! Wenn es um den Kopf eines unbescholtenen und verdienstvollen Mannes der Waffen SS geht“, sagte Piepenbrock.

„Heben Sie sich das für Ihr Plädoyer auf, Herr Kollege“, sagte der Ankläger, SS Chefrichter Breithaupt: „Verschießen Sie Ihr weniges Pulver doch nicht jetzt schon!“

„Wenn ich fortfahren darf?“, fragte Schmelz.

„Ich bitte darum“, sagte SS Chefrichter Ende.

„Daraufhin observierten wir also den Großhändler Schulz, um jene Beweise zu bekommen, die Sie so vehement verlangt haben, Herr Verteidiger, und gleichzeitig stießen wir im Zuge unserer Ermittlungen auf den Namen des damaligen Lagerkommandanten, Standartenführer Karl Koch, der eigenartigerweise kurz vor unserem Eintreffen und dem Aufnehmen der Untersuchungen nach Lublin ins eroberte Gebiet versetzt worden war, um dort ein neues Lager aufzubauen. Er war also dem Einfluss des Gerichtsherrn des Oberabschnittes neun entzogen, Obergruppenführer Waldeck Pymont, und ich hatte keine Handhabe gegen ihn, obwohl ich schnell den Eindruck gewann, dass im Lager Buchenwald Unterschlagung im ganz großen Stil begangen wurde. Eile war also geboten, damit die Verdächtigen und ihre Mitwisser nicht noch im letzten Augenblick alle Beweise vernichten und alle Zeugen töten konnten, wie es ja dann auch zum Teil leider schreckliche Realität wurde. – Und da spielte uns der Zufall in die Hände! Wir erfuhren durch eine unserer Quellen, dass Standartenführer Karl Koch in einer Julinacht nach Buchenwald kommen und mit seiner Frau reden wollte. Ich besorgte mir einen Haftbefehl beim Obergruppenführer, denn schließlich war weder eine Verdunklungsgefahr noch eine mögliche Landesflucht des Ehepaares Koch von der Hand zu weisen."

„Wenn ich erneut unterbrechen darf", sagte Verteidiger Piepenbrock: „Wie erfuhren Sie vom angeblich freiwilligen Eintreffen Karl Kochs in Buchenwald?"

„Durch ein Telefonat."

„Mit wem?"

„Mit Obergruppenführer Kaltenbrunner", log Schmelz frech, wusste er doch, je höher gestellter der Informant sei, desto niedriger die Gefahr einer Befragung.

„Ich frage nur deswegen, weil meine Mandanten Ilse und Karl Koch unabhängig voneinander angegeben haben, durch einen gefälschten Brief hereingelegt worden zu sein. Ein angeblicher Brief von Ilse Koch an ihren Mann, der dadurch angelockt worden war. Entspricht das der Wahrheit, Zeuge Schmelz? Ich erinnere, Sie stehen unter Eid!"

„Das entspricht nicht der Wahrheit. Ich denke, Ihre Mandanten würden noch ganz andere Dinge erfinden, nur um hier herauszukommen. Im Übrigen, haben Sie solch ein Brief gesehen? Was lässt Sie annehmen, dass es diesen Brief wirklich gibt?"

„Das Wort der beiden lässt mich das annehmen!", sagte Piepenbrock und versenkte seinen Blick wieder in die Akten, die vor ihm lagen.

„Lieber Herr Verteidiger, Ihre Annahme in allen Ehren, aber wenn Sie nichts Konkretes vorzubringen haben, dann lassen Sie den Zeugen weiter ausführen", warf Chefrichter Ende ein.

„Danke, Chefrichter", sagte Schmelz: „Doch weil Sie gerade von Briefen geredet haben, Herr Verteidiger, es war in der Tat so, dass wir Briefe fanden! Ausgestattet mit einem Sonderbefehl des Reichsführers ließ ich im unmittelbaren Vorfeld der Verhaftung der Kochs die Privatpost des Ehepaares beschlagnahmen, die in der Poststelle des Lagers zu finden war. Später kamen all die Briefe hinzu, die bereits unterwegs waren. Und Schreckliches tat sich vor unseren ungläubigen Augen auf! In diesen Briefen war von riesigen Geldsummen die Rede, die auf Schweizer Konten deponiert waren oder deponiert werden sollten. Das Ehepaar beschrieb sich den immensen Reichtum, den es anhäufte. Er raffte weiter in Lublin zusammen und schaffte ständig beiseite. Sie dankte ihm immer wieder für den Luxus, in dem sie in der Koch'schen Villa in Buchenwald weiterhin lebte. Aus diesen Briefen ging also ein begründeter Verdacht hervor, der die sofortige Festnahme rechtfertigte. Und die anschließende Untersuchung der Villa gab uns dann auch Recht. Auch ließen wir die Konten des Ehepaares sperren und besorgten uns die Auszüge der letzten Jahre. Eine Liste der sichergestellten Luxusgegenstände liegt als Beweismaterial bei. Auch Kopien der Kontoauszüge liegen als Beweisstücke vor. Bis heute konnten zwar weder Ilse Koch noch Karl Koch ausreichend erklären, wie sie zu diesem großen Reichtum gekommen sind, aber vielleicht gelingt es dem hohen Gericht ja in diesem Prozess, sie zu einer wirklichen Erklärung zu bringen!"

„Wir tun unser Möglichstes", sagte der vorsitzende Richter: „Oder hat die Verteidigung eine Erklärung dafür? Wie kann es sein, dass ein Standartenführer mit seinem normalen Gehalt plötzlich über goldene Wasserhähne verfügte? Wie kann es sein, dass eine Frau, die keinerlei Einkünfte hat, die nicht arbeitet und nicht vermögend ist, über eine ganze Kollektion von Pelzmänteln verfügte? Wie kann es sein, dass ein Ehepaar, das vor dreiunddreißig in Dresden bettelarm war und sich gebrauchte Möbel schenken lassen musste, jetzt eine ganze Fabrik in Dresden besitzt?"

Neid, Doktor Kurt Schmelz begriff bei den Worten des vorsitzenden Richters auf einmal, warum seine Ermittlungen solange geduldet worden waren. Es sei Neid gewesen. Er sehe doch in den Gesichtern der anwesenden hohen Prozessbeobachter, wie neidisch sie alle seien, da einer von ihnen sich soviel unter den Nagel habe reißen können! Darum seien ihm so viele Türen geöffnet worden! Wer selbst nicht mehr besitzen könne, der wolle wenigstens dafür sorgen, dass auch seine sauberen Kollegen und Kameraden nicht Unmengen besitzen! Die Elite des deutschen Volkes, zerfressen von Neid und Missgunst! Diese Offiziere da, Schmelz sah sie sich einen Moment lang an, der Großteil stammte doch wie er selbst aus ärmsten Verhältnissen. Sie waren doch von der Partei und der SS hochgespült worden. Sie waren gierig nach Reichtum und Macht, und wahrscheinlich hatte das alles alleine der Erbprinz durchschaut, der die Wesen dieser im Grunde bettelarmen und lechzenden Waschlappen, die ihre Stellungen mit aller Härte verteidigten, erkannt hatte. Er hatte ja selbst gesagt, auf Geld komme es ihm nicht an, als Erbprinz habe er genug davon. Damit meinte er also, dass es anderen sehr wohl darauf ankäme, die für Geld eben alles tun würden. Sogar Morden! Nein, die Waffen SS bestand aus keiner Elite, der Erbprinz musste das begriffen haben, diese Leute da, das waren gewöhnliche Verbrecher in Paradeuniformen. Sie waren zu allem bereit, und nun waren sie sauer, dass Koch als König der Verbrecher soviel zusammenraffen konnte, und wahrscheinlich waren nicht wenige von ihnen aus Schadenfreude gekommen. Missgunst sei hier die Antriebsfeder, schoss es Doktor Kurt Schmelz durch den Kopf. Er drehte sich wieder zum Gerichtstisch um, wartete auf eine Antwort des Verteidigers, die aber nicht kam. Wie sollte sie auch! Es gab ja auf solche Fragen nur eine einzige Antwort! Es waren Fragen, die alle hier im Saal, die alle in der SS fürchteten, wusste Schmelz, der ja schon in Posen entdeckt hatte, dass der noch so geringste SS Mann jede Gelegenheit nutze, einen Silberlöffel zu stehlen, Geldscheine nicht der Staatskasse zuzuführen, sichergestelltes Vermögen falsch zu deklarieren. Das zog Kreise! Immer mehr Kreise! Daran werde das Reich zugrunde gehen, Schmelz begriff es so richtig erst hier im Saal. Das begann schon bei den einfachen Sturmmännern der Wachbrigaden der Konzentrationslager, die Goldklumpen nach Hause schickten, die aus den Zähnen der toten Häftlinge gemacht worden waren. Überall, in jedem Menschen fand sich die Bereitschaft zur Korruption! Es war ein Kampf gegen Windmühlen.

Man schaue doch nur auf den Lebensmittelgroßhändler Schulz, der erst dann in die SS eingetreten sei, als er eine Deckung für seine schwarzen Geschäfte gebraucht habe! Sicher, der Erbprinz hatte Recht, die einzige Möglichkeit war, dass Ehrenmänner an der Spitze stehen, doch war gerade diese Spitze von Verbrechern der skrupellosesten Sorte durchsetzt. Sogar der Anführer war im Knast gewesen! Und sogar der Erbprinz war an der Ermordung des SA Führers beteiligt gewesen!

War die SS nichts weiter als eine Mafia, wie es sie schon seit langer Zeit in Süditalien gab? Und war er selbst vielleicht nur ein Mafiajäger? Für einen kleinen Moment verließ Doktor Kurt Schmelz jeglicher Mut. Er stützte sich schwer aufs Geländer des Zeugenstands und sah Ende an, der zu Piepenbrock sagte: „Wenn dem nicht so ist und Sie keine Erklärung vorbringen können, so schlage ich vor, hören wir dem Zeugen doch weiter bei seinen Ausführungen zu. – Fahren Sie fort, Doktor Schmelz."

„Ja, also, bei den vielen Verhören, die wir in den letzten achtzehn Monaten vorgenommen haben, konnte das Ehepaar Koch also die Herkunft des Reichtums nicht erklären. Sie waren in keinem Punkt geständig, obwohl die Beweislast doch erdrückend war. Erdrückend war und ist. Wir beließen es aber nicht beim Vorwurf der Unterschlagung, alsbald wurde uns klar, dass die Korruption nur die Spitze des Eisbergs war, und das ist ja ein Wesensmerkmal von Korruption, dass sie immer, immer, andere Verbrechen nach sich zieht, die dann oftmals noch schlimmer und niederträchtiger sind!"

„Noch schlimmer?", warf der Ankläger, Chefrichter Breithaupt, wie auf Verabredung ein: „Noch schlimmer und niederträchtiger?"

„Aber ja! Es kam der Vorwurf des vorsätzlichen Mordes hinzu!", sagte Schmelz und hielt einen Moment inne, in dem Breithaupt wie aus der Kanone geschossen schrie: „Mord?"

Die Anwesenden schreckten zusammen und fühlten sich ertappt, und es waren nicht wenige, die sich in diesem Augenblick kleiner machten, die froh zu sein schienen, wie Liebig meinte, auf der Besucherbank zu sitzen. Vielleicht, dachte er, dient der Prozess ja wenigstens dazu, dass die da alle in der Folgezeit ein wenig gemäßigter agieren.

„Wir suchten nach Beweisen, dass Karl Koch aus niedrigen Motiven heraus gemordet hat oder dass er das Morden befohlen hat, um die Unterschlagung zu vertuschen", sagte Schmelz und sah kurz zu Breithaupt.

Der Staatsanwalt stand auf, stützte sich mit beiden Händen auf die Tischplatte, beugte sich ein wenig nach vorne und fragte mit einem Beben in der Stimme: „Und?"

„Wir fanden Beweise!"

„Was? Sie fanden Beweise?“

„Wir fanden Beweise dafür, dass der Hauptangeklagte Morde befahl!“

„Dafür fanden Sie Beweise? Aber das ist ja erschütternd!“

„Ja, das ist es in der Tat! Ein Handlanger von Karl Koch gestand, in Hunderten von Fällen auf Befehl von Karl Koch hin gemordet zu haben. Es handelt sich hierbei um all die Tötungen, die in den Lagerbüchern mit der Notiz ‚auf der Flucht erschossen‘ versehen sind! – Ausschnitte aus den Büchern liegen dem hohen Gericht vor.“

Breithaupt setzte sich und sah den Verteidiger schweigend an, der dem Blick lange Zeit nicht auswich. Dann lehnte sich Piepenbrock zurück und sagte: „Sehr schönes Schauspiel! Mein Respekt! Doch werden Sie alleine mit der Kunst der Schauspielerei hier im Gerichtssaal leider nicht bestehen können.“

„Martin Sommer hat all diese Mordfälle gestanden!“, sagte Schmelz gelassen: „Er belastet Karl Koch, der Anstifter zu sein. Das Motiv ist glasklar. Ich bin überzeugt, dass SS Standartenführer Karl Koch während seiner Zeit als Lagerkommandant von Buchenwald Hunderte von Gefangenen entweder selbst getötet hat oder deren Tötungen befohlen hat. Jeder Häftling, der eine Zeitlang von seinen kriminellen Machenschaften profitierte oder auch nur davon wusste, wurde irgendwann umgelegt. Koch verstand es, die Mittäter der Unterschlagung nie soviel wissen zu lassen, dass sie ihm gefährlich werden konnten, weil er sie immer rechtzeitig ermordete oder ermorden ließ und neue Leute einsetzte, die dann ebenfalls umgebracht wurden! Der ehemalige Buchenwaldkommandant versuchte damit zu verhindern, dass gegen ihn im Zusammenhang mit den Korruptionsvorwürfen ausgesagt werden konnte. Doch jegliches Maß verlor er, als er aus der Zelle heraus Männer beauftragte, selbst SS Leute, die von seinen Taten wussten, umzubringen! Hier wurde eine Natter genährt! Doch trotz dieser verabscheuungswürdigen Taten ist es uns gelungen, Zeugen zu finden, die all das bestätigen können und die diesen gemeingefährlichen Verbrecher auch …“

„Ich muss protestieren!“, schrie Piepenbrock scharf auf: „Keine Vorverurteilungen im Gerichtssaal!“

„Unterlassen Sie Ihre Meinungsäußerungen“, sagte Ende.

„Jawohl! – Wir haben Zeugen ausfindig gemacht, wir haben Beweise gefunden, die Karl Koch überführen, eindeutig überführen, ein Mörder zu sein! Und nicht nur ein Verbrecher, sondern der König aller Verbrecher zu sein, meine Herren, der König!“

„Sie sollen das doch unterlassen, Zeuge!“, sagte Ende.

„Jawohl! Ich unterlasse es!“, sagte Schmelz.

„Fahren wir mit der Beweisaufnahme fort. Schildern Sie, wie Sie diese ganzen Vermutungen schließlich beweisen konnten“, sagte Ende und lehnte sich zurück.

„Jawohl! Wir wussten, es würde unsere Kräfte überfordern, wollten wir Koch alle Morde beweisen. Wir konzentrierten uns auf fünf Mordfälle, die zu beweisen uns am aussichtsreichsten erschienen. In direkter Verbindung sind die Morde an den Insassen Freudmann, May in Buchenwald und Schmeicher in Lublin zu sehen. Sowie der Mord an SS Hauptscharführer Köhler. Mordversuche fanden in diesem Zusammenhang an Scharführer Blanck statt, den wir aber retten konnten, und der hier ebenfalls aussagen wird! Genau wie der Häftling Meiners, der ebenfalls gerettet werden konnte. Die anderen beiden Fälle betreffen die Häftlinge Krämer und Peix. Wir haben beweisen können, dass das ehemalige sozialdemokratische Reichstagsmitglied Doktor Krämer von Martin Sommer im Auftrag von Karl Koch umgebracht worden ist, weil Doktor Krämer dem Lagerkommandanten eine Syphilis hatte kurieren müssen, die dieser sich in Norwegen zugezogen hatte. Da niemand von dieser Geschlechtskrankheit wissen durfte, ließ Koch den Arzt töten. Diese Tat ist als Mord aus den allerniedrigsten Motiven einzustufen und zeigt diesen Mann da als eine Bestie, vor der die Menschheit geschützt werden muss", sagte Doktor Schmelz und deutete mit ausgestrecktem Arm auf Karl Koch, der weiterhin nach unten sah und in keiner Weise reagierte.

Selbst Piepenbrock war in diesem Moment so sehr ohne Elan, dass er sich nicht zum Protest aufraffen konnte. Die Beweise waren erdrückend, er wusste es ja! Wie stellte sich Pohl das überhaupt vor, Koch hier noch herauszuholen? Piepenbrock war nahe daran, die Akten zu schließen und einfach zu gehen.

„Das ist alles ausführlich dokumentiert worden und liegt dem Gericht als Beweisstücke A, B sowie D bis K vor", sagte Doktor Schmelz.

Verteidiger Piepenbrock nahm einen letzten Anlauf: „Lieber Schmelz, auch wenn Sie selbst zwar eine juristische Ausbildung genossen haben, deren Laufbahn sich allerdings sehr schnell erledigt hat, so bitte ich Sie im Interesse meiner Mandanten auf die Verkündung Ihrer Privatmeinung nun endgültig einmal zu verzichten. Ihr abruptes Karriereende hat doch eindeutig den Beweis erbracht, dass Ihnen noch Einiges fehlt, um ein guter Jurist zu sein, einiges vieles!"

„Beleidigen Sie meinen Zeugen nicht!", sagte Breithaupt: „Das hilft Ihnen nun auch nichts mehr, gar nichts mehr. Die Beweislast ist erdrückend, das wissen Sie besser als ich."

„Zeuge! Fahren Sie fort! Und straffen Sie Ihre Aussage ein wenig! Wir müssen heute noch zum Ende der Beweisaufnahme kommen, um morgen die Plädoyers zu hören und das Urteil verkünden zu können. Ich will Nikolaus mit meinen Kindern verbringen“, sagte der vorsitzende Richter Ende, doch Schmelz war es so gar nicht recht, seinen großen Auftritt wegen solcher Nebensächlichkeiten wie Familienfeste kürzen zu sollen.

Er nickte zwar, fuhr aber in aller Ausführlichkeit fort: „Mordfall Krämer, was haben wir da? Wir haben einen Gefangenen, der das Motiv, die Syphilis betreffend, bestätigt. Am Abend vor seinem Tod hat Krämer dem Häftling Meiners erzählt, dass er um sein Leben fürchte. Koch habe ihm zu verstehen gegeben, dass niemand von der Geschlechtskrankheit etwas wissen dürfe, niemand. Doktor Krämer hat zwar bei seinem Leben geschworen, keiner Seele etwas zu sagen, jedoch war ja Koch nicht dafür bekannt, Vertrauen zu Leuten zu haben. Was haben wir noch? Wir haben Martin Sommer, der gestanden hat, den Häftling Krämer zur Postenkette gebracht und dieser den Befehl gegeben zu haben, Doktor Krämer zu erschießen. Damit dieser Mord vertuscht werden konnte, wurde auch der gerade zufällig anwesende Häftling Peix mit erschossen, weil so der Anschein besser gewahrt werden konnte, diese Insassen seien angeblich auf der Flucht erschossen worden. Sommer hat die Morde eingeräumt und geltend gemacht, dass dies auf Befehl von Standartenführer Karl Koch geschah, weil Koch dem Sommer vorgegaukelt hat, er habe einen Befehl vom Reichsführer SS, in dem stehe, ihm, Koch, sei unbedingte Treue entgegenzubringen. Alles, was Koch wolle, müsse gemacht werden. Jedoch konnte der Angeklagte Koch so einen schriftlichen Befehl nicht vorweisen, auch ergaben unsere Untersuchungen in Berlin, dass so ein Befehl die Räume der Reichsführung SS niemals verlassen hat. Im offiziellen Protokoll des Konzentrationslagers ist der Eintrag zu finden, die Männer seien auf der Flucht erschossen worden, Martin Sommer jedoch erklärte, dass diese Floskel immer dann gebraucht wurde, wenn unliebsame Zeugen eliminiert werden sollten. Und wurden!“

„Na, das ist doch alles nur Hörensagen!“, sagte der Verteidiger Piepenbrock: „Sie mit Ihren Vorverurteilungen! Sie sind ja ein ganz und gar Unverbesserlicher! Ja, Sie sind ein Unglaubwürdiger! Zerfressen vom Ehrgeiz und vom Neid sind Sie! Sie sind gedemütigt durch jahrelangen, anhaltenden Misserfolg! Ihnen ist doch jedes Mittel recht, jedes Mittel, um hier eine gute Figur zu zeigen! Sogar töten würden Sie doch!“

„Piepenbrock, machen Sie sich doch nicht lächerlich“, hielt Staatsanwalt Breithaupt dagegen: „Wenn Beleidigung Ihre einzige Strategie ist, dann bedauere ich Sie schon jetzt! Haben Sie keine anderen Verteidigungsmaßnahmen? Ach so, das geht ja auch gar nicht! Weil nämlich alles wahr ist, was Schmelz sagt, wahr und nachprüfbar! Sie tun mir leid, Herr Verteidiger, ganz und gar leid.“

„Auf Ihr Mitgefühl verzichte ich sehr gerne“, sagte Piepenbrock und nahm befriedigt zur Kenntnis, dass einige Prozessbeobachter lachten, allen voran der Gruppenführer Schmitt Klevenow.

Sofort griff Chefrichter Ende ein, schwang den Hammer und forderte mit unerbittlicher Härte: „Ruhe! Sofortige Ruhe! – Zeuge, fahren Sie fort! Weiter!“

„Ausführlich dokumentiert sind auch die Mordfälle Freudmann, May und Köhler. Die Dokumentationen liegen dem Gericht vor und müssen hier wohl nur kurz skizziert werden. Begangen wurden diese Morde vom Chefarzt des Lagers Buchenwald, Waldemar Hoven, während wir gegen Koch ermittelten. Aus der Zelle heraus gab Koch Hoven eine Todesliste, die dieser sorgfältig abgearbeitet hat. Die Morde wurden mit einer Mixtur aus Aufputsch- und Schlafmittel begangen, wie eine Obduktion der Gerichtsmedizin der Universität Jena bestätigte. Das Gutachten von Professor Doktor Doktor Timm liegt Ihnen vor. Vergleichsermittlungen mit genau denselben Aufputsch- und Schlafmitteln, die im Giftschrank des Arztes sichergestellt wurden, zeigten genau dieselben Symptome, die auch bei der Leiche von SS Hauptscharführer Köhler sowie beim Erbrochenen der Häftlinge Freudmann und May festgestellt wurden. Somit ist bewiesen, dass alleine Hoven als Täter in Frage kommt. Der Beweis gelang uns mit dem ‚Prinzip der Ausschließlichkeit', das absolut zuverlässig ist und in der Kriminaltechnik eine hohe Beweiskraft genießt, wie wir ja alle wissen, die wir Spezialisten sind."

„Dieses ‚Prinzip der Ausschließlichkeit', wenn ich …", sagte Verteidiger Piepenbrock.

„Unterbrechen Sie doch nicht ständig!", warf Breithaupt ein, der schnell über die dünne Stelle im dicken Packeis wollte, bevor sein Hauptbelastungszeuge noch einbrach: „Herr Richter! Mein Zeuge braucht bei dieser wichtigen Aussage unbedingt Ruhe!"

„Soll er haben! Wenn er nur endlich mal fertig werden würde", sagte Chefrichter Ende, hob den Hammer, ein Reflex, der ihm stets beim Wort ‚Ruhe' überkam, hielt aber mitten in der Bewegung inne, legte den Hammer auf den Tisch zurück und sagte: „Also weiter, Schmelz! Wir kennen die Akten ja doch alle! Was müssen wir noch wissen?"

„Dass auch Hoven auf Befehl von Koch handelte, wie die Aussage des Hauptscharführers Blanck sowie das Geständnis von Martin Sommer belegen. Freudmann und May mussten sterben, weil sie als Ein- und Verkäufer für Koch in Weimar aktiv waren. Hauptscharführer Köhler musste sterben, weil er als Mitarbeiter der Schreibstube zuständig für die Lebensmittellieferung war. Und als solcher hatte er natürlich einen genauen Überblick über die ganzen heimlichen Transaktionen des Standartenführers Koch. Doch darüber konnte sich auch Scharführer Blanck ein Bild machen, weil er ebenfalls in der Schreibstube tätig war, als Koch Kommandant in Buchenwald war. – Und, mein lieber Karl Koch, was Sie interessieren dürfte, Blanck hat überlebt und wird heute hier aussagen! Er wird alles sagen, alles!", rief Schmelz, drehte sich zum Käfig um, in dem die Angeklagten hockten, und fixierte Karl Koch, der heftig zusammengezuckt war.

Schmelz meinte, Koch werde kreidebleich, und dachte: Das ist nur der erste Streich! Du weißt ja gar nicht, was dich heute noch erwartet.

„Soweit fertig?", fragte Ende.

Schmelz nickte.

„Sehr schön, sehr schön! Schreiten wir nun zur Zeugenbefragung, und denken wir immer daran, dass uns nur zu interessieren hat, was unmittelbar die Angeklagten betrifft! Ich will daran noch einmal in aller Schärfe erinnern", sagte Ende: „Zeuge Schmelz, wie konnte Ihrer Meinung nach Koch Sommer dazu bringen, all diese Morde auszuführen, und von wie vielen Morden reden wir hier?"

„Koch las, wie gesagt, dem Hauptscharführer Sommer, dem ein psychologisches Gutachten, das als Anlage den Beweismitteln beiliegt, eine sehr niedrige Intelligenz bescheinigt, er las ihm also einen angeblichen Brief vom Reichsführer vor, den es in Wirklichkeit gar nicht ab. Der Standartenführer ließ den Hauptscharführer strammstehen und las ihm etwas Erfundenes vor. Koch hätte unumschränkte Verfügungsmacht, doch das war eine Lüge. Sommer jedoch glaubte den Befehl, zumal an seine soldatische Pflicht appelliert wurde, und es spielte sich dann so ein, dass Koch einfach telefonisch die Nummern der betreffenden Häftlinge durchgab, woraufhin sich Sommer diese Insassen herausnahm und sie zur Postenkette brachte, wo er Befehl gab, sie zu erschießen. Manchmal tötete er sie auch im Arrestbunker, nachdem er sie lange aufs Grausamste gequält hat. Er war ja der Chef des Arrestbunkers! Offiziell wurden diese Häftlinge dann alle auf der Flucht erschossen. Eine Überprüfung der Akten ergab, dass insgesamt knapp sechshundert Männer auf der Flucht erschossen wurden. Es ist also davon auszugehen, dass Sommer ein sechshundertfacher Mörder ist, und es ist auch davon auszugehen, dass Koch der Anstifter für diese sechshundert Morde ist."

Einen Raunen ging erneut durch den Saal, Ende jedoch ließ die Beobachter gewähren, von denen Schmelz glaubte, sie alle seien ebensolche Täter wie Koch und ihr Erstaunen sei lediglich gespielt.

„Es war aber keinesfalls nur so, dass Häftlinge sterben mussten, die von der Korruption wussten. Viele wurden auch auf Bestreben der Roten Hexe von Buchenwald getötet, wie die Frau des Kommandanten, Ilse Koch, genannt wurde", sagte Schmelz.

„Wie ist das zu verstehen?", fragte Breithaupt.

„Das gehört hier nicht her!", sagte Piepenbrock.

„Beantworten Sie die Frage!", sagte Ende: „Ich entscheide dann!"

„Meistens lief es so ab, dass Ilse Koch leicht bekleidet durchs Lager ging oder ritt, wobei sie etwa eine durchsichtige Bluse trug oder keine Unterwäsche unter ihrem Rock. Wagte es dann einer der Häftlinge, ihr zum Beispiel auf den Busen zu sehen, rief sie, er solle sich ja nur recht satt sehen, es wäre das letzte Mal, dass er noch etwas sehen werde. Sie notierte sich die Nummer des Mannes und gab sie an ihren Ehemann mit den Worten weiter, ich zitiere: ‚Ich bin von so einem dreckigen Schwein entehrt worden!' Zitatende. Karl Koch telefonierte dann mit Sommer, gab ihm die Nummer durch, na ja, und den Rest kennen wir ja. Ein anderes Beispiel: Sie trug einen Rock, aber nichts drunter. Sie kam zu einem Graben, in dem französische Kriegsgefangene arbeiteten. Sie hob den Rock hoch und schrie, Zitat: ‚He, ihr Aasgeier! Schaut nur hoch, wenn euch euer Arsch fünfundzwanzig Stockschläge wert ist.' Zitatende. Ich denke, ich brauche so etwas nicht zu kommentieren", sagte Schmelz.

Er hatte langsam gesprochen und die ganze Zeit mit ausgestrecktem Arm auf Ilse Koch gezeigt, die regungslos blieb und tat, als wäre sie gar nicht anwesend. Schmelz wusste jedoch, wie sehr diese Beispiele ihres Handelns auf die anwesenden Männer wirkten, und er erhoffte sich viel von ihnen, konnte er doch nicht beweisen, dass diese Häftlinge auf ihr Drängen getötet worden waren. Sie waren getötet worden, allesamt auf der Flucht erschossen, aber alles andere waren Indizien, auch wenn Zeugen Kochs Frau belastet hatten.

„Auf die Kommentare eines zweimal Degradierten und vom Richteramt Enthobenen können wir doch wohl auch getrost verzichten", versuchte Piepenbrock es erneut: „Getrost!"

„Unterlassen Sie es endlich, meinen Zeugen zu diskreditieren", sagte Staatsanwalt Breithaupt: „Er ist voll und ganz rehabilitiert!"

„Schluss jetzt mit diesem Kindergarten! Mir reicht es", sagte Ende: „Die Vergangenheit des Zeugen ist hier nicht Gegenstand der Untersuchungen, ich sage das noch einmal! Ein letztes Mal, Herr Verteidiger, das nächste Mal gibt es Konsequenzen!"

Doktor Kurt Schmelz sah zur Seite. Karl und Ilse Koch saßen weiterhin scheinbar unbeteiligt auf der Metallstange. Sie tauschten immer noch Zärtlichkeiten aus. Sie flüsterten aufgeregt miteinander, sie schien ihn beruhigen zu wollen, und Kurt Schmelz nahm das mit Wohlwollen auf. Er bereitete sich auf den nächsten Schlag vor, von dem er sich erhoffte, er werde Koch zerschmettern. Schmelz wusste ja, wie sehr Karl Koch seine Frau liebe, und dass sie eine Nymphomanin war, Schmelz glaubte, der Ehemann habe davon keinen Schimmer. Karl Koch sollte leiden, bevor er zum Tode verurteilt werde, er sollte die Leiden der Schmach und der Eifersucht kennenlernen. Achtzehn lange Monate hatte sich Schmelz diese Sache aufgespart. Für diesen Augenblick. In aller Öffentlichkeit.

„Und ferner“, sagte er und ließ Karl Koch nicht mehr aus den Augen: „Und ferner ist Ilse Koch eine Nymphomanin! In der Abwesenheit ihres Mannes hat sie mit jedem, ich wiederhole, mit jedem SS Mann von Buchenwald sexuellen Verkehr gehabt!“

„Nein!“, kreischte Ilse Koch auf, und Karl Koch sah zum ersten Mal hoch. Erstaunt. Ilse Koch flüsterte auf ihren Mann ein.

„Am Tage befahl Karl Koch den Männern, in der Nacht stiegen diese Männer zu seiner Ehefrau ins Bett“, sagte Schmelz und ließ diese Worte wirken: „Sie übte den Ehebruch hundertfach aus!“

Und nach einer Weile setzte Schmelz nach: „Es war aber gar nicht so, dass Ilse Koch mit diesem schändlichen Verhalten erst nach dem Weggang ihres Ehemannes nach Lublin begann. Sie ließ sich auch davor schon von unzähligen Männern der Wachmannschaft nehmen. Ein langjähriges Verhältnis hatte sie zum Beispiel mit dem damaligen Stellvertreter und Adjutanten ihres Mannes, mit Hauptsturmführer Hackmann!“

„Na und?“, warf Hackmann ein, bevor ihn ein Blick von Koch traf, der ihn zum Stottern brachte: „Ich meine, Quatsch, Blödsinn, ich meine, was soll das? Quatsch mit Soße!“

„Aber, aber, Angeklagter Hackmann, glauben Sie, Sie haben der Dame genügt? Sie waren doch nur Ersatz! Sie mussten immer dann einspringen, wenn der andere Mann mal nicht konnte, mit dem sie ein noch längeres Verhältnis hatte!“, sagte Schmelz und schwieg.

„Wer?“, flüsterte Koch, ehe er aufsprang, sich den Kopf stieß und schrie: „Wer?“

„Bekannt als der schöne Waldemar! Der Chefarzt von Buchenwald, Doktor Hoven!“, sagte Schmelz mit aller Häme, die ihm zur Verfügung stand, ehe er auf die inzwischen verstummte Ilse Koch zeigte und schrie: „Diese Person ist eine sadistische Nymphomanin! Sie ist mehr Tier als Mensch! Die Männer sind alle bereit, auszusagen!“

„Lüge!“, schrie Hoven nun seinerseits los: „Dreckige Verleumdung! Unsere Beziehung war nie mehr als freundschaftlich. Kameradschaftlich! Ich bin verheiratet! Ich habe Kinder! Ich bin SS Mann! Ich bin Parteimitglied! Ich habe viele Auszeichnungen!“

„Die Partei duldet keine Ehebrecher in ihren Reihen“, konterte Schmelz: „Auch die SS nicht. Sie werden ausgestoßen werden! Sie sind unehrenhaft, und Sie sind ein Schwein!“, brüllte Schmelz los, als wäre er wieder an der Ostfront.

Ilse Koch wandte sich mit hochrotem Kopf ihrem Mann zu und sagte: „Glaub das nicht! Karli! Der will uns nur fertig machen, glaube das nicht! Karli!“

Doch Karl Koch stand unter Schock und war in sich zusammengesunken, Schmelz lächelte. Koch sah nur noch auf den Boden und musste in der weiteren Verhandlung ständig ermahnt werden, lauter zu sprechen. Er sprach jedoch nicht lauter, aber er packte aus. Von einem Moment zum anderen war er ein gebrochener Mann, der nichts mehr zu verlieren hatte. Karl Koch, der seiner Ehefrau hörig gewesen sei, der die Treue seiner Frau für das höchste Gut gehalten habe, der seine Frau wie eine Heilige geliebt habe, sei von ihr nun vernichtet worden, erkannte Schmelz, vollständig vernichtet. Doktor Kurt Schmelz lächelte nicht, während der Standartenführer auf alle Fragen antwortete und auch Oswald Pohl schwer belastete. Schmelz blieb ernst und sah schweigend zu, wie der völlig verstörte Karl Koch als erster aus dem Gerichtssaal geführt wurde, nachdem der Richter eine halbstündige Pause angeordnet hatte.

Karl Koch gestand am nächsten Tag einen Großteil der Unterschlagungen, der zweiundsiebzigjährige Doktor Kurt Schmelz erinnerte sich in seiner Frankfurter Wohnung genau daran, und für einen Moment war er noch einmal stolz auf sich, auf sich und auf seinen genialen Schachzug.

Doch wie flüchtig war Stolz doch! Zumal, wenn er einen selbst betraf. Wie flüchtig und stinkend, Schmelz glaubte, den Gestank deutlich wahrzunehmen, den er ausschied, während er auf dem Bett vor sich hin siechte und verschied.

Und hieß es nicht zu Recht, Eigenlob stinke? Zu Recht! Der alte Schmelz schluckte schwer.

Sich an Glücksmomente zu erinnern, dachte er, macht unglücklich.

Der Hauptbelastungszeuge wurde am nächsten und letzten Verhandlungstag nicht mehr aufgerufen, Doktor Kurt Schmelz konnte sich darauf konzentrieren, entspannt auf seinem Zeugenstuhl zu sitzen und siegesgewiss zu wirken, während seine zweiundzwanzig Zeugen nacheinander aufgerufen wurden, und es war nicht einer da, nicht ein einziger, der umfiel. Kurt Schmelz sah immer wieder zum Käfig, in dem die Angeklagten hockten. Karl Koch war besiegt. Die vielen Vergehen der Ehefrau hatten dem Mann den Willen schon jetzt gebrochen. Ihm sei der Sinn seines Lebens abhanden gekommen, nahm Schmelz an. Es wäre interessant, herauszufinden, inwieweit diese Bestie in Frauengestalt die Bestie in Männergestalt gelenkt habe, meinte Schmelz, denn heiße es nicht immer, hinter jedem großen Mann stecke eine kluge Frau, aber halt, nein! Koch war ja nur ein armes Würstchen, ein schäbiger Verbrecher, und Ilse Koch, na ja, für so einen Menschen gab es wohl keinen Begriff, keine Beschreibung. Und so hing Kurt Schmelz weiter seinen Gedanken nach, während Liebig ins Kreuzverhör genommen wurde. Die Büchse der Pandora sei das Weibliche selbst, meinte Schmelz, das Weibliche solch einer wie der da, die doch alles andere als eine Frau sei!

„Konkret, Zeuge, genaue Zahlen, wenn ich bitten darf!", sagte der Verteidiger Piepenbrock.

„Das dürfen Sie!", sagte Liebig, wobei er versuchte, heute eine ähnliche Eigendynamik zu entwickeln wie gestern sein Vorgesetzter: „Das ist Ihr Recht. Wenn ich sage, es waren über zehntausend Krankenakten, die mit dem Vermerk ‚plötzlicher Herzstillstand' versehen waren, dann meine ich konkret zehntausendvierhundertachtundsechzig Häftlinge, die durch den Chefarzt Doktor Hoven im Verlauf seiner Tätigkeit in Buchenwald umgebracht wurden, umgebracht auf persönlichen Befehl von Standartenführer Karl Koch."

„Wenn ich unterbrechen darf, Chefrichter Ende", mischte sich Staatsanwalt Breithaupt ein und sprach den Angeklagte direkt an, ohne auf das Einverständnis des Richters zu warten: „Angeklagter Koch, stimmt das?"

„Kann schon sein", sagte Koch leise.

„Ich fragte, ob das stimmt! Ja oder nein?"

„Ja."

„Ich danke dem Gericht, bitte fahren Sie fort, Herr Zeuge", sagte Breithaupt und nickte Liebig zu.

„Und wenn ich sage, wir haben fast achttausend Berichte mit der Notiz ‚auf der Flucht erschossen' gefunden, dann meine ich konkret siebentausendneunhundertvier solcher Berichte, die Zeugnis dafür sind, dass Martin Sommer oder dessen Helfershelfer die Häftlinge ermordet hat, und dies natürlich auch auf persönlichen Befehl von Karl Koch hin, der für solche Befehle nicht legitimiert war, hohes Gericht", sagte Liebig, machte eine Pause, in der der Staatsanwalt erneut Gelegenheit fand, den Angeklagten Koch mit dieser Aussage zu konfrontieren: „Entspricht das den Tatsachen, Angeklagter Koch? – Und bitte, ein einfaches Ja oder Nein genügt."

„Ja."

„Wie bitte? Wir können Sie hier nur schwer verstehen. Sprechen Sie lauter", forderte Ende und hielt den Hammer schon griffbereit.

„Ja, verdammte Scheiße, ja und nochmals ja!", brach es aus Koch heraus: „Ihr wisst ja alle gar nicht, was abgeht! Pohl wird mich hier herausholen, und euch alle wird er umlegen lassen! Pohl beschafft Milliarden von Goldbarren aus den eroberten Gebieten, was meint ihr denn, womit der Weltkrieg finanziert wird? Doch mit dem Gold der Besiegten! Und darum ist auch der Reichsführer SS von Pohl abhängig! Und sogar der Führer selbst! Ihr könnt doch Pohl alle nicht das Wasser reichen, ihr Arschgeigen! Arschgeigen, ich lasse euch alle durch den Schornstein jagen! Kapiert? Durch den Schornstein! – Sommer, los, nimm sie dir vor, Mann, mach ihnen den Sommer, heiz denen ein!"

Donnerwetter! Wenn das kein Geständnis war! Kurt Schmelz grinste übers ganze Gesicht. Damit war Karl Koch erledigt! Und, er hatte sogar Pohl schwer belastet, er hatte gerade eben den Obergruppenführer belastet, von den Vorgängen in den Konzentrationslagern zu wissen! Fantastisch! Das war ein Ansatz! Doktor Kurt Schmelz nahm sich vor, gleich nach dem Prozess mit Kaltenbrunner zu telefonieren. Die Sache nahm Gestalt an. Das Projekt gewann an Konturen. Der Sprung ins Justizministerium war nur noch eine

Frage der Zeit. Kurt Schmelz sah zum Erbprinzen, der sich eifrig Notizen machte. Notizen, ja, klar, Notizen waren doch das Wichtigste. Bisher war doch noch jeder, so groß er auch war, über kleine, mickrige Notizen gestolpert.

Kurt Schmelz sah sich die anderen Angeklagten an. Sie schienen ihm wie versteinert. Ilse Koch, die heute Morgen noch hysterisch geworden war und alles abgestritten hatte, schwieg apathisch. Hackmann, der einen trotzigen Eindruck mache, als wäre er ein kleiner Junge, der sich ungerecht behandelt fühlte. Geschürzte Lippen, beleidigter Blick, die Arme vor der Brust. Nur Waldemar Hoven wirkte unnahbar. Ihm sah man keine Reaktionen an, keine Gefühle, keine Ängste. Er hatte sich völlig unter Kontrolle, aber Waldemar Hoven war einst ein Schauspieler in Hollywood gewesen. Er beherrschte die Pose, und Schmelz meinte auch, Hoven spiele einfach eine Rolle, er habe sich einfach in einen Film hineingedacht. Schmelz biss sich auf die Unterlippe. Immerhin war es ihm gelungen, Hoven als untragbar für SS und Partei hinzustellen. Dessen Karriere war beendet! Wer sich mit verheirateten Frauen, mit Frauen von Kameraden, einließ, der war erledigt! Sollte Hoven hier ungeschoren davon kommen, Schmelz nahm sich vor, ihm dann einen neuen Prozess zu machen. Egal, wohin man in dieser Elite schaute, überall Unzucht, Diebstahl, Mord und Feigheit.

„Sehr geehrtes Gericht, ich möchte jetzt zur Verlesung einer Zeugenaussage kommen“, sagte der Staatsanwalt und erhob sich: „Leider kann der Zeuge selbst heute hier nicht anwesend sein. Er ist an den Folgen schwerer Verletzungen in der letzten Woche verstorben. Diese Zeugenaussage ist ein wenig ungewöhnlich und wird Farbe in diesen Prozess bringen, da sie in einer Art, wie soll ich sagen, in einer Art Geschichte erzählt ist. Eine Art Kurzgeschichte. Sie wurde aber zum Einen vom Zeuge noch vor seinem Tod beeidigt …“

„Na, nach seinem Tod ginge ja auch schwer!“, warf Piepenbrock ein, woraufhin ein Gelächter aus den Reihen der SS Offiziere hervorbrach.

„Und zum Anderen wurde es von allen Beteiligten ebenfalls beeidigt, die in dieser Aussage als Geschädigte erkennbar werden. Dieser Bericht entstand unmittelbar nach der Tat des Angeklagten Sommer und soll dessen menschenverachtende Seite offen aufdecken, damit wir alle einmal begreifen, wovon wir hier überhaupt reden, meine Herren“, sagte Staatsanwalt Breithaupt, setzte sich wieder, räusperte sich und begann vorzulesen:

„Kraft durch Freude, denkt Sommer, Leiter des Arrestbunkers von Buchenwald. Er geht durch das Tor, ohne den Wachen Beachtung zu schenken, und grinst in die Dunkelheit.

Die Scheinwerferkegel kreisen über den leeren Appellplatz und hin und wieder streifen sie den Hauptscharführer. Er geht nach vorne gebeugt, mit angezogenen Schultern, und hält die Hände in den Hosentaschen.

Martin Sommer foltert, auch wenn ein Geständnis von den schwerverletzten Insassen schon längst unterschrieben ist. Er erschießt die Todgeweihten erst, wenn er ihnen Kniescheiben und Unterleib zertrümmert und die Schultern ausgekugelt hat, und er setzt die Giftspritzen in seinem Arrestbunker beim ersten Mal immer mit zu wenig Arsen. Nicht selten lacht er während seiner Taten lauthals, und immer habe er ein wohliges Gefühl dabei, hatte er geprotzt.

Kraft durch Freude, denkt Sommer also.

Es ist kurz nach Mitternacht, Sommer weiß, die nächste Wachrunde wird erst um zwei oder zwei Uhr dreißig sein. Getrieben von Schlaflosigkeit schleicht er zwischen die Baracken und sucht jenes Vergehen, das einen Befehl zur Bestrafung unnötig mache. Er wolle auf frischer Tat ertappen, er wolle leiden lassen, so klein der Anlass auch sei, hatte er geprotzt.

Zwischen den vierundsechzig Baracken, die sich am Hauptweg paarweise gegenüberstehen, geht er nach Süden. Er setzt die Schritte lautlos auf den Kiesweg, folgt einer Eingebung und trabt geduckt die Längsseite der Nummer dreiundfünfzig entlang.

Alle paar Schritte verharrt er, lauscht, schleicht weiter, horcht, wirft Kiesel in die Dunkelheit, lauscht wieder und wartet geduldig auf eine Unregelmäßigkeit, auf das entscheidende Geräusch, das aufzuspüren für ihn mit zum Reiz gehört. Erst wenn er es lokalisiert habe, könne er aufspringen und mit ganzer Lust ansetzen, hatte er geprotzt.

Er fiebert dem verräterischen Geräusch entgegen, vergisst alles andere, und schließlich werden ihm die Knie vor Aufregung weich. Er bleibt unter einem Fenster hocken, setzt sich lautlos gegen die Barackenbretter und schließt die Augen. Ein Ohr drückt er gegen das Brett, mit einer Hand knöpft er die Uniformhose auf und wichst sich still.

Doch so sehr er es auch zwingen will, kein einziges Geräusch dringt aus der Baracke. Schließlich muss er die Eichel fest zusammendrücken und den Penis erschlaffen lassen.

In Gedanken stehe er dabei auf einem Hügel, hatte er geprotzt. Menschen würden von allen Seiten auf ihn zu kriechen. Er drehe sich langsam um sich selbst und setze mit zwei Maschinengewehren an der Hüfte lange und kurze Feuerstöße auf die Kriechenden.

Grinsend knöpft er die Hose zu, richtet sich auf, schlägt auf die eingeschlafenen Schenkel und sieht durch das Barackenfenster, unter dem er gehockt hat.

Vier Augen, tief in den Höhlen liegend, starren ihn zwei Sekunden lang an, ehe die fahlen Gesichter verschwunden sind.

Zwei Sekunden zu lange.

Mit der Faust schlägt er gegen das Fensterkreuz und reibt mit der anderen Hand über den Uniformstoff, der sich überm Penis spannt.

Schweine! denkt er: Wartet! Nichts anderes!

Sommer stößt die Tür auf, knipst das Licht an. Die kahlen Glühbirnen leuchten jeden Winkel aus.

‚Achtung!', brüllt der Barackenälteste mit verschlafener Stimme und zusammengepressten Augenlidern und springt aus dem Bett.

Die Insassen lassen sich aus den Bettkästen fallen, fangen den Sprung mit wackligen Beinen ab, richten sich auf und stehen stramm. Einige halten das Gesicht nach unten, lassen die Lider geschlossen, und in den hinteren Reihen stützen sich andere gegenseitig mit den Schultern ab.

‚Welche Sau wagt es, hier nicht zu pennen, verdammtes Pack, elendes!', schreit Sommer: ‚Sind euch fünfzehn Stunden Steine schleppen noch nicht genug?'

Die meisten Insassen zählen stumm Zahlenkolonnen herunter. Sie sind seit fast vierzehn Monaten im Lager und für den Rüstungsbau in der neuen Fabrik eingeteilt.

Sie müssen Panzerkettenplatten zusammennieten und diese tonnenschweren Ketten auf Waggons hieven. Die Norm liegt bei einhundert Panzerketten pro Tag, aber trotz größter Mühe schaffen sie nie mehr als die Hälfte. Sie werden gepeitscht, geschlagen, getreten und auch mal mit heißen Kartoffeln gelockt, doch die Norm bleibt unerreichbar. Sie ist mit voller Absicht vom SS Kommandanten Koch ins Unmögliche gesteigert worden.

Die Verladebretter zu den Waggontüren sind steil gelegt, und immer wieder rutschen Ketten mitsamt Männern herunter. Ständig werden Gliedmaßen zerquetscht, abgerissen und Knochen gebrochen.

Es gibt Männer, die jenseits der Erschöpfung die Köpfe unter die rutschenden Ketten werfen und am ganzen Leib zuckend sterben, und es gibt Männer, die nie richtig zupacken, darauf bedacht bleiben, Kraft zu sparen, ständig Kraft zu sparen. Männer, die schon als Jungs im Musikunterricht nur die Lippen bewegt haben, wenn im Chor gesungen wurde.

‚Arschbande!', schreit Sommer die Angetretenen an.

Einige Insassen wanken, andere schlafen sogar wieder ein und müssen vom Nachbarn hochgerissen werden.

‚Ich lass euch allesamt durch den Schornstein wandern!'

Sommer geht auf die Insassen zu, zieht einen Stock aus dem Gürtel und prügelt wahllos auf die erste Reihe der Strammstehenden ein. Für ihn sei jeder Schlag wie ein Stoß aus der Hüfte, hatte er geprotzt. Lachend schlägt er zu.

Will jemand das Gesicht mit den Händen schützen, bekommt er einen Kniestoß in den Unterleib und so lange eine Serie von Schlägen auf den kahl geschorenen Schädel, bis er zusammenbricht.

Liegt er, wird er mit den Stiefeln, deren Spitzen von innen mit Eisen beschlagen sind, weiter misshandelt.

Sommer grinst und keucht, lacht und keucht, beginnt zu schwitzen. Ein Kribbeln steige ihm dabei oft aus den Lenden den Rücken hoch, und immer ekstatischer prügelt er.

Zwölf Insassen liegen am Boden, die gesamte erste Reihe, als die Blockältesten Wabbel, Leonardt und Schuhbauer wie auf ein geheimes Zeichen hin einen Schritt nach vorne machen.

Sie wissen, es könne ihr Todesurteil sein, und trotzdem wollen sie den Hauptscharführer zu einer Entscheidung zwingen, um die Gewalt für diese Nacht zu beenden. Doch hochzusehen, wagen sie nicht.

‚Ich will die Richtigen', schreit Sommer sie an und prügelt auf sie ein: ‚Verarscht man nicht, mich verarscht man nicht!'

Die Blockältesten liegen wimmernd am Boden, als die beiden Männer, die aus dem Fenster gesehen haben, sich von der Menge lösen.

Mit gesenkten Köpfen stehen sie vor Sommer, der mit dem Stockende die Kinnspitzen nach oben drückt und in die Gesichter grinst.

Er muss schnell eine Hand in die Hosentasche stecken und fest gegen die Eichel drücken.

‚Na endlich, ihr Pennbrüder', sagt Sommer und deutet mit dem Stock hinter sich: ‚Raus! Los! Raus, raus!'

Georg Liegert und Willi Baum gehen aus der Baracke, und Sommer schlägt die Tür von außen zu.

Kurz darauf ist es wieder dunkel, und die ängstlich wütende Stille steigt aus den Köpfen und durchsetzt die Atmosphäre. Erschöpft schlafen die Eingesperrten ein.

‚Der Willi Baum kriegt auch nie genug, was?', sagt Sommer draußen: ‚Wie oft bist du Saubandit nun schon aufgefallen?'

‚Zehnmal, Hauptscharführer', sagt Willi Baum.

Er weiß, wenn Sommer zu flüstern beginne, wenn er den zärtlichen Ton anschlage, dann gehe die Tortur gleich los, und so schließt Willi Baum die Augen und zählt von tausend an rückwärts.

Die ersten Schläge treffen ihn am Kopf, als er bei neunhundertsiebenundneunzig ist.

Er zählt weiter, hält die Augen geschlossen, spürt die Hiebe am Bauch, auf der Brust, immer wieder am Kopf, sinkt auf die Knie, zählt, spürt sie auf dem Rücken, lässt sich auf die Seite fallen, zählt, Tritte im Unterleib, zählt, Schläge auf die Kniekehlen, auf die Schienbeine, Rippen, Hände, mit denen er den Hinterkopf schützt, zählt mühsam, auf Unterarme, mit denen er das Gesicht schützt, zählt, wiederholt nur die Zahl zweihundertdreiundzwanzig, behält sie auf den zitternden, blutenden, geschwollenen Lippen, fällt in die Bewusstlosigkeit. Zweihundertdreiundzwanzig.

Sommer springt auf den wie leblos daliegenden Körper herum, bohrt die Stiefelabsätze in den Leib, während er sich den Penis ungeniert durch die Uniformhose reibt.

Doch er wird ihm weich, trotz aller Tritte, noch bevor das Sperma heraus ist, weil Willi Baums Körper keine Reaktion mehr zeigt, keinen Schmerz, keinen Reflex.

‚Arschloch!,' schreit Sommer und lässt von Willi Baum ab.

Er grinst Georg Liegert an, befiehlt ihm, die Fingerspitzen der rechten Hand auf die Steinstufe der Baracke zu legen.

Voller Vorfreude spielt Sommer sich am Schwanz, und lustvoll tritt er mit dem Absatz auf jeden einzelnen Finger.

Während Georg Liegert schreit, spritzt sich Sommer in die Unterhose und tätschelt kurz Georg Liegerts Kopf.

‚Braver Junge', flüstert Sommer.

Er geht ein paar Schritte und raucht. Am Himmel suche er dann oft den Großen Wagen, aber gefunden habe er ihn noch nie, hatte er geprotzt.

Georg Liegert wimmert. Er hockt im Schneidersitz, die Hand mit den gebrochenen Fingern auf dem Oberschenkel, und bewegt den Oberkörper rhythmisch. Dieses Schaukeln schützt ihn, vor Schmerzen in Ohnmacht zu fallen.

Sommer wirft die Kippe weg und kommt zu seinen Opfern zurück.

Georg Liegert summt, schreit auf, als er Sommer näher kommen sieht, doch Sommer bleibt vor dem immer noch bewusstlos liegenden Willi Baum stehen.

‚Gepennt wird später', sagt er, holt den verklebten Penis hervor und pinkelt Willi Baum ins Gesicht, der wach wird, den Kopf schüttelt und sich instinktiv wegdreht.

‚Schmeckt wohl nicht?', lacht Sommer.

Willi Baum igelt sich ein. Ihm wäre es lieb, müsste er nicht mehr weiterleben.

Meine Herren, soweit die Aussage von Ernst Wabbelt, die von Willi Baum und Georg Liegert bestätigt worden ist. – Diese SS Leute da, hochverehrtes Gericht, diese Männer da auf der Anklagebank, die haben allesamt ihr Recht auf Leben verwirkt!", sagte Staatsanwalt Breithaupt und setzte sich.

Niemand sagte etwas. Nicht einmal ein Räuspern oder Husten war zu hören. Selbst der Verteidiger machte keinerlei Anstalten, den Bericht abzumildern oder mit einem Redeschwall zu vertuschen. Piepenbrock schloss nach einiger Zeit geräuschlos die Akten, lehnte sich zurück und sah vor sich hin. Er hatte die Arme verschränkt, und immer wieder schüttelte er den Kopf, ohne aufzusehen.

Chefrichter Ende wurde diese Stille schnell unerträglich. Er riss sich zusammen, hätte aber am liebsten mit dem Hammer für Ruhe gesorgt, es war ihm, als schreie diese Stille des Raumes, der mit fast zweihundert Menschen gefüllt war, ohrenbetäubend laut.

„Die Verteidigung beantragt eine Pause", sagte Piepenbrock nüchtern: „Ein paar Minuten."

„Stattgegeben", sagte Ende erleichtert: „Zwanzig Minuten Pause. Niemand verlässt das Gerichtsgebäude bis zur Urteilsverkündung. Die Eingänge werden bewacht."

Als versuchten all diese Männer mit so wenigen Geräuschen wie möglich aufzustehen und den Saal zu verlassen, meinte Schmelz und stellte erstaunt fest, dass niemand von ihnen redete. Selbst Schmitt Klevenow gehe an der Anklage vorbei, wo er doch sonst keine Gelegenheit auslasse, Drohungen auszustoßen, wunderte sich Schmelz.

„Genickbruch", sagte der Erbprinz zu Schmelz, während sie sich auf dem Flur eine ruhige Ecke suchten. Liebig, Tarnat und Breithaupt gesellten sich zu ihnen.

„Das war sehr raffiniert eingefädelt von Ihnen!“, sagte Schmelz zu Breithaupt: „Sie sind ein vortrefflicher Staatsanwalt. – Erstaunlich, wie viel Macht Geschriebenes doch haben kann! Wirklich erstaunlich dieses Schweigen danach!“

„Danke. Meinen Sie, wir haben gewonnen, meine Herren?“, fragte Breithaupt.

„Ich wüsste nicht, was dagegen spricht“, meinte der Erbprinz: „Es würde mich überhaupt sehr wundern, würde der Prozess noch einmal aufgenommen werden. Ich rechne damit, dass Piepenbrock jetzt das Handtuch wirft. Er wird begriffen haben, dass er nichts mehr gewinnen kann. Er wird begriffen haben, dass er sich nur die Finger verbrennt, wenn er diese Verbrecher weiterhin verteidigt.“

Die Männer rauchten schweigend, jeder ließ das Geschehene noch einmal Revue passieren, bevor sich Waldeck Pymont an Schmelz wandte: „Ich möchte Ihnen, Kurt, noch einmal in aller Form gratulieren! In den anderthalb Jahren haben Sie Rückgrat gezeigt, und stets haben Sie sehr gute Arbeit geleistet. Ohne Sie und Ihre Kollegen, Kurt, wäre das alles den Bach runtergegangen. Wir haben diesen Volksverrätern mit vereinten Kräften das Genick gebrochen. Hoffen wir nun, dass alle, und mit alle meine ich auch alle, die dem deutschen Volk Böses antun, bestraft werden. Dass es eine Wende ist. – Sie haben Ihren Mann gestanden, Kurt, und Ihr Vater kann sehr, sehr stolz auf Sie sein!“

„Von meinem Vater weiß ich leider nichts!“

„Na, auf jeden Fall bin ich sehr, sehr stolz auf Sie, Kurt! Und es wäre ein großes Glück für mich, wären Sie mein Sohn. Ihr Vater weiß ja gar nicht, was er verpasst! Das weiß er ja gar nicht.“

„Haben Sie vielen Dank, Obergruppenführer! Ohne Ihre Unterstützung und Hilfe wäre ich gescheitert. Sie haben mich gerettet, erst von der Ostfront weg, dann vor Pohls

Schergen. Ich kannte so etwas gar nicht, aber jetzt habe ich gemerkt, wie stärkend und wunderbar es ist, wenn man einen Mann an seiner Seite hat, der einem wirklich Schutz bieten kann. – Man muss nicht alles alleine durchstehen, auch wenn man als Muttersohn in diesem Glauben aufgewachsen ist. – Söhne mit echten Vätern, das müssen sehr glückliche Menschen sein."

Wortlos zog der Erbprinz den langen Richter zu sich herunter, umarmte und drückte ihn lange.

Unbeholfen stand Schmelz stocksteif da und berührte mit den Händen schließlich ganz leicht die Taille von Waldeck Pymont. Tränen standen ihm in den Augen. Wie umarmte man einen Mann?

Verlegen grinsten Liebig und Tarnat, die jetzt erst bemerkten, dass ihr Vorgesetzter in all den Monaten nie ein Gefühl gezeigt hatte. Nie habe er sich als Gefühlsmensch präsentiert. Sie wussten so wenig von Kurt Schmelz, so gut wie nichts aus seiner Vergangenheit, und wenn sie mal beim Bier zusammengesessen hatten, dann hatten immer nur sie beide Geschichten erzählt. Kurt Schmelz hingegen war immer in der Gegenwart geblieben, doch nun sahen sie, wie ihn die Vergangenheit überfiel und ihn die Sehnsucht nach einer glücklichen Zukunft überkam; war der überhaupt schon erwachsen geworden? Oder war der Richter mit seinen fünfunddreißig Jahren die ganze Zeit ein Heranwachsender geblieben, der immer nur handeln wollte, handeln und Tatsachen schaffen? Abenteuer erleben? Jemand, der unverwundbar blieb, weil er sich um niemanden sorgte?

Liebig und Tarnat sahen sich kurz an und wandten sich wie auch Breithaupt ab. Hörten sie da etwa ein Schluchzen hinter sich? An der Schulter des Prinzen? Was hatten diese beiden Männer für eine Beziehung? Liebig wagte nicht, sich umzudrehen, und dachte: Und das alles in Uniformen, in deutschen Uniformen, in deutschen Paradeuniformen der Elite. Sachen gibt es, die gibt es ja gar nicht. Heulen in Uniform, auweia, mitten im Krieg.

„Ach, da sind Sie ja", hörten die Männer die Stimme des Gruppenführers Schmitt Klevenow plötzlich durch den Flur schallen: „Auf ein Wort, Hauptsturmführer Schmelz, nur auf ein kleines Wort!"

Augenblicklich wurde es still auf dem Korridor. Die mit allen Arten von Intrigen vertrauten Offiziere blickten abwechselnd zu Schmelz und zum Gruppenführer, voller Vorfreude.

Schmitt Klevenow hatte am Eingang dem Rottenführer Tschaikow den Erhalt der Papiere bestätigt und ihn abtreten lassen. Der Kurier, der den Sonderbefehl mit einer Verspätung von vierundzwanzig Stunden abgegeben hatte, war wieder zu seinem Krad gegangen und hatte seinen linken Oberarm begutachtet, an dem er bei einem Bombenangriff auf der Schnellstraße bei Leipzig verletzt worden war. Tschaikow hatte den Splitter herausgezogen, das Handgelenk war geschwollen, der Ellenbogen hatte Schürfwunden, und er hatte den Granatsplitter achtlos fallengelassen, während Gruppenführer Schmitt Klevenow durchs Treppenhaus gelaufen war.

Schmelz wischte sich die Tränen weg, straffte sich, drehte sich um und sah den Gruppenführer auf sich zueilen. Er blieb an der Seite des Erbprinzen und rief, was es denn gebe.

„Ach nichts, gar nichts", sagte Schmitt Klevenow laut genug, damit jeder Anwesende es hören könne: „Nur ein Sonderbefehl, Schmelz, nur ein Sonderbefehl vom Hauptamt!"

„Von wem?", fragte Waldeck Pymont unwirsch, noch ehe Schmelz reagieren konnte.

„Ach, nur vom Reichsführer. Bestimmt nichts Wichtiges!", sagte Schmitt Klevenow, der schon die ganze Verhandlung über auf diesen Brief gewartet hatte. Er wedelte mit ihm in der Luft herum, kam zu den Männern, die um Schmelz standen und von denen sich Liebig und Breithaupt vor Schmelz postierten, ohne es recht zu bemerken.

Der Gruppenführer blieb stehen und reichte Schmelz den großen Umschlag.

Noch bevor er ihn öffnen konnte, sagte Gruppenführer Schmitt Klevenow: „Versetzungsbefehl vom SS Personalamt. Sie haben augenblicklich den Marsch anzutreten. Meldung morgen früh zehn Uhr beim Gerichtsherren Treiber in Königsberg!"

„Königsberg?", entfuhr es Schmelz und Tarnat wie aus einem Munde. Sie sahen sich überrascht an, und Liebig spürte, wie ihn augenblicklich die Migräne wieder überfiel.

„Der Kurier hatte Verspätung. Der Stellungsbefehl hätte schon gestern hier sein sollen", sagte der Gruppenführer.

„Dann hätte ich meine Aussage ja nie im Leben machen können. Ich wäre mitten auf dem Weg nach Osten gewesen", sagte Doktor Kurt Schmelz perplex.

„Und wer weiß, vielleicht wäre Ihre Maschine vom Feind beschossen worden", sagte Schmitt Klevenow: „Ich meine, denkbar ist ja alles. Einfach alles."

„Das ist nicht zu schaffen", mischte sich Breithaupt ein: „Bis morgen zehn Uhr? Von hier nach Königsberg?"

„Dann wird unser guter und edler Hauptsturmführer mit einer Bestrafung rechnen müssen. Aber auf eine Strafe mehr oder weniger kann es dem Herrn ja auch nicht ankommen", sagte Gruppenführer Schmitt Klevenow triumphierend.

Er hielt die Blicke all der Männer aus, die ihn anstarrten, während er dachte: Ja, was glaubt ihr denn? Dass Pohl sich an den Karren pissen lässt? Pack, elendes, dummes Pack!

„Der Hauptsturmführer kann jetzt hier nicht weg", entschied der Erbprinz: „Er wird hier noch für eventuelle Aussagen gebraucht. Außerdem kann er ja das Urteil gar nicht mitverfolgen."

„Tja, so ist der Krieg", sagte Schmitt Klevenow: „Befehl ist Befehl! Oder wollen Sie dem Hauptsturmführer einen neuen Befehl geben, der dem des Reichsführers entgegensteht, Obergruppenführer?"

Für einen Moment trat Stille ein. Auf dem ganzen Korridor herrschte Totenstille.

„Geben Sie her!", befahl der Erbprinz und überflog das Schreiben verärgert. Er schüttelte den Kopf und sagte: „Da kann man nichts machen, denke ich, vorerst kann man da nichts machen."

„Der Flieger jedenfalls geht in zwei Stunden vom Flugplatz Erfurt. Die Fahrt bis Erfurt dauert neunzig Minuten, falls kein Luftangriff kommt, also, wenn ich Sie wäre, Hauptsturmführer, ich würde keine einzige Minute mehr vergeuden", sagte Schmitt Klevenow und fügte süffisant hinzu, er hoffe, der Flieger stürze nicht ab. Er hoffe, Schmelz überlebe den Krieg und werde ein alter Mann werden können.

„Und Sie treten erst einmal weg hier!", befahl der Obergruppenführer dem Gruppenführer, der lächelnd Haltung annahm, eine Kehrtwendung vollführte und die Gruppe der fünf Männer alleine ließ.

„Verdammt", sagte der Erbprinz: „Wenigstens kam uns der Zufall zu Hilfe! Nicht vorstellbar, wenn Sie gestern schon weggemusst hätten, Kurt! Wenigstens konnten Sie Ihre Aussage machen! – Sofort nach dem Prozess, Kurt, das verspreche ich Ihnen, klemme ich mich ans Telefon und hole Sie zurück nach Kassel. Ich mache Sie zu meinem Adjutanten, dann sind Sie erst einmal sicher. Und dann räumen wir die SS so richtig auf! – Sie haben mein Wort, Kurt! Ich weiß, Sie würden sowieso darauf bestehen, mein Wort haben zu dürfen, Sie Fuchs, also gebe ich es Ihnen gleich!"

„Sowieso!“, sagte Schmelz und versuchte zu lächeln, was ihm aber vorerst misslang: „Ich muss dann wohl mal los.“

„Ja! Ihre Aussage ist nicht mehr zu revidieren, soviel ist klar. Und Ihre Männer hier werden Sie gut vertreten können, da bin ich mir sicher“, sagte Breithaupt: „Eventuelle Fragen werden Liebig und Tarnat genauso gut beantworten können, da bin ich mir auch sicher. Sie aber bleiben der Mann der Stunde! Der Ruhm ist ganz Ihrer! Und die Akten bleiben hier, falls wir sie noch brauchen. Zum Glück gibt es Papier, denn Papier hat den klaren Vorteil, nicht versetzt werden zu können.“

„Na dann!“, sagte Waldeck Pymont: „Ich telegrafiere Ihnen sofort den Ausgang des Prozesses zu! Und ich verspreche, ich hole Sie wieder zurück! Der Osten ist nichts für Sie! Sie müssen im Zentrum bleiben, Kurt, Sie gehören unmittelbar ins Zentrum des Orkans! Doch vorerst sind Sie erst einmal wieder auf sich gestellt. Ich hole Sie so schnell wie möglich in meinen Schutzbereich zurück, aber es kann ein oder zwei Wochen dauern. Diese Wochen müssen Sie dort durchhalten, Kurt, einfach überleben! Sie bleiben auf sich gestellt, und Sie müssen allein überleben, doch nur für ein paar Wochen. Gehen Sie jedem Ärger aus dem Weg, lassen Sie sich auf nichts ein, verschieben Sie, verschieben Sie, was immer es ist, und entscheiden Sie lieber nichts außerhalb meines Machtbereiches, Kurt. Merken Sie sich das! Nicht nur für jetzt! Wir brauchen Sie noch! Keiner kann besser Großreinemachen als Sie! Sie sind der Beste, Doktor Kurt Schmelz, Sturmbannführer Doktor Kurt Schmelz!“

„Sturmbannführer?“, fragte Schmelz.

„Mit sofortiger Wirkung sind Sie zum Sturmbannführer ernannt worden. Eigentlich wollte ich das erst nach dem Prozess bekanntgeben, aber jetzt ist es eben so. Die Ernennungsurkunde liegt bei mir im Hotelzimmer, ich werde Sie Ihnen ebenfalls zuschicken lassen", sagte der Erbprinz von Waldeck Pymont: „Ein wenig Einfluss habe ich eben auch noch! Mein eindringlichster Wunsch: Geben Sie Ihren Kontrahenten keine Macht über sich, indem Sie da in Königsberg Fehler machen! Warten Sie ab! Warten Sie ab, und erfüllen Sie Ihre Pflicht! In der Kür werden wir dann wieder zusammen glänzen, Sturmbannführer! – Und jetzt: Wegtreten! Ich palaver ja schon!"

Breithaupt, Tarnat und Liebig verabschiedeten sich ebenfalls von Schmelz, wobei Liebig nicht anders konnte, als den Vorgesetzten an sich heranzuziehen, ihn zu umarmen und zu sagen, er bewundere ihn, es sei ihm eine Freude gewesen, mit ihm arbeiten zu dürfen, und er habe hier so viel für sich und für seine Arbeit gelernt. Das habe er nur kurz sagen wollen, und nun entschuldige er sich in aller Form für diesen Gefühlsausbruch.

„Keine Ursache! Auch wenn es wie eine Grabrede klang!", sagte Schmelz zu Liebig: „Noch lebe ich ja! – Lassen Sie sich lieber wegen der Migräne behandeln! Wenn ich zurück bin, dann werden wir alle doppelt so hart arbeiten. Sehen Sie sich nur um hier. Das sind alles potenzielle Fälle! Die wollen alle bestraft sein! – Bis dann!"

„Bis dann", erwiderten die vier Männer im Chor und sahen ihm nach, diesem Sturmbannführer Doktor Kurt Schmelz, der da im Wirrwarr der vielen glänzenden Uniformen verschwand, ohne zu wissen, ob sie ihn noch einmal wiedersehen würden. Sie hofften es, aber Hoffen war eben nicht Wissen; oder wie es Schmelz gesagt hätte, dachte Tarnat: Handeln ist nicht Hoffen und Hoffen ist nicht Handeln und Wahrheit ist das, was sich am Ende auszahlt.

„Überleben Sie! Überleben Sie, das wünsche ich mir, mein Junge, überleben Sie! – Befehl von oben!", flüsterte der Erbprinz, während die Alliierten bei Saarlautern in den

Westwall eindrangen und amerikanische Bomber Tokio angriffen.

An der Tür drehte sich Schmelz noch einmal um, winkte ihnen zu und stieg die Stufen zum Vorplatz hinunter, während sich Großadmiral Karl Dönitz beim Propagandaminister beschwerte, der Film Große Freiheit Nummer sieben, in dem auch Hans Albers mitspiele, sei eine Schande. Der Anblick trinkender Matrosen sei eine Schädigung des Ansehens der deutschen Marine. Goebbels erwiderte, er sei derselben Meinung, jedoch störe ihn besonders der Filmtitel und das Prostituiertenmilieu des Filmes. Dies passe nicht zum Bild der deutschen Frau. Er versprach Dönitz, den Film verbieten zu lassen, was er am zwölften Dezember vierundvierzig auch tat.

VOLLSTRECKT

Neun Tage später schlossen Einheiten der Roten Armee die ungarische Hauptstadt Budapest ein und gewannen auch im Norden Land. Stalin kam mit dieser sowjetischen Offensive einer dringenden Bitte des britischen und des amerikanischen Oberkommandos nach, er möge einen großen russischen Angriff möglichst an der Weichselfront und bitte noch im Januar beginnen, um die Westfront zu entlasten.

Die Westalliierten waren verängstigt, hatte die Wehrmacht doch in den belgischen Ardennen an diesem sechzehnten Dezember vierundvierzig die letzte deutsche Großoffensive begonnen, mit der sie die Gegner zurückdrängen konnte, was den Eindruck vermittelte, die Wehrmacht verfüge noch über unbekannte Reserven.

Jedoch wurden Teile der Wehrmacht nach Ungarn verlegt, sodass die Deutschen in den Ardennen nicht mehr weiter vorrücken konnten. Sie verteidigten zuerst, wurden dann aber überrannt, während die deutsche Luftwaffe mit achthundert Bombern und Jägern alliierte Flugplätze in Nordfrankreich und Belgien anflog und Hunderte von Maschinen zerstörte. Die Luftwaffe verlor bei diesem Angriff selbst Hunderte von Bombern und Jägern, und als das Geschwader sich auf dem Rückflug befand, geriet es in eine Sperrzone mit V zwei Abschussrampen. Die eigene Flak eröffnete irrtümlich das Feuer und schoss knapp zweihundert deutsche Maschinen vom Himmel. Doch war es wirklich nur ein Irrtum?

Die deutsche Ardennenoffensive hatte zuerst die Briten

und Amerikaner verunsichert, als sie jedoch nach nur drei Wochen, im Januar fünfundvierzig, zusammenbrach, setzte der Weststurm mit aller Macht ein. Vier lange Monate sollte das Kriegsende noch auf sich warten lassen, Chaos und Flucht, vier Monate, in denen mehr Deutsche starben als in all den Jahren zuvor.

Besonders die Idee des Volkssturms stellte sich als das größte Mordinstrument der Nazis an den Deutschen heraus. Gebrechliche Greise, Kindersoldaten und Frauen, die noch nie eine Waffe in der Hand gehalten hatten, standen den verbitterten, aufs Blut gereizten Sowjets gegenüber, die bereits Tausende von Kilometern marschiert waren.

Während die Briten auch im Januar fünfundvierzig einen Bomber nach dem anderen über deutsche Städte schickten, die vierzehnte britische Armee eine Offensive im fernen Nordburma eröffnete, die Anführer der Deutschen zum ‚Volksopfer für den Volkssturm' aufriefen, die sowjetische Großoffensive gegen Deutschland begann, die Reichsbahn den Verkehr einstellte, die Sowjets in Pommern eindrangen, da verstarb am zweiundzwanzigsten des Monats die Dichterin Else Lasker-Schüler in Jerusalem und am sechsundzwanzigsten Januar fünfundvierzig erreichten die Armeen von Rokossowski und Tscherjakowskij die Ortschaft Tolkemit am Frischen Haff.

Ostpreußen war damit vom Reichsgebiet abgeschnitten, der Flüchtlingsstrom über die Ostsee riss nicht mehr ab, doch ich blieb weiterhin in Königsberg, erinnerte sich der sterbende, reglos verharrende Schmelz in der kalten und stinkenden Gruft seiner Frankfurter Mietwohnung: Ich blieb bis zum einunddreißigsten Januar in der preußischen Provinzhauptstadt und flog erst mit der letzten Maschine raus, während die Rote Armee die Stadt an diesem Tag einschloss und zu bombardieren begann.

Was für ein Irrsinn! Das zweite Mal war ich der Vernichtung im Osten entkommen. Mein Gott, was für ein Irrsinn. Auf der Straße schlugen Granaten ein, und ich hockte über Akten von Soldaten und Offizieren der Waffen SS, die gestohlen hatten. Ein Beamter, der friert eben nicht, der zittert nur vor Wut!

Bereits einen Tag nach seiner Ankunft in Königsberg erreichte Sturmbannführer Doktor Kurt Schmelz am siebten Dezember vierundvierzig das Telegramm vom Erbprinzen Waldeck Pymont, aus dem hervorging, Martin Sommer sei wie erwartet zum Tode verurteilt worden.

Hackmann und Karl Koch ebenfalls.

Soweit, so gut, dachte Schmelz.

Doch war Ilse Koch nicht verurteilt worden, und Schmelz wurde klar, er hätte sich bei ihr nicht nur auf die Untreue gegenüber dem Reich und dem Ehemann konzentrieren sollen, er hätte die Misshandlungen der Häftlinge stärker herausarbeiten sollen, ja, müssen!

Doktor Kurt Schmelz begann sofort, von Königsberg aus neues Material gegen diese Frau zu sammeln, um einen speziellen Prozess gegen sie anstrengen zu können.

Was ihn jedoch am meisten ärgerte, war die Tatsache, dass der schöne Waldemar nicht verurteilt worden war! Ein Skandal! Sicher, einem Arzt Mord zu beweisen, das war immer ein sehr schmaler Grat, aber Hoven, und bei der Beweislage! Schmelz schüttelte den Kopf.

Aus Mangel an Beweisen waren Waldemar Hoven und Ilse Koch freigesprochen worden! Immerhin, es waren keine reinen Freisprüche, es waren nur welche aus Mangel an Beweisen, es waren keine wegen erwiesener Unschuld. Dem Ermittlungsrichter taten sich sofort neue Möglichkeiten auf. Vielleicht, meinte er, sei dies auch ein Hinweis vom Chefrichter Ende, er, Schmelz, solle weiterarbeiten. Vielleicht habe Ende diese Türen absichtlich offen gelassen, nein, bestimmt! Bestimmt doch!

Kurt Schmelz nahm sich vor, diese Mängel zu beseitigen, als ihn in seinem Büro in Königsberg, wo er auf gepackten Koffern saß und auf den Moment wartete, mit den anderen vor der Roten Armee zu flüchten, ein dicker Brief von Obersturmführer Doktor Tarnat erreichte. Verwundert drehte Schmelz das Kuvert hin und her, ehe er es öffnete. Dieser Tarnat! Was hatte denn der noch vor? Laut Absender befand er sich in der Reichshauptstadt, der arme Hund! Von Berlin hörte man ja die allerschlimmsten Dinge, dort solle es ja Bomben wie aus Eimern schütten. Schmelz biss sich auf die Unterlippe und öffnete den Umschlag.

Zwanzig lose, dicht beschriebene Blätter fielen auf den Schreibtisch und was ihm sofort in die Augen stach, war dieser Name, dieser ihm so verhasste Name.

Pohl, Oswald Pohl, Pohl, auf den ersten Seiten wurde dieser Name dutzendfach genannt.

Schmelz faltete den Begleitbrief auseinander und las:

Sturmbannfuehrer,

soeben erreichte mich beiliegender Bericht. Er wurde mir von meinem langjaehrigen Freund und Vorgesetzten Gruppenfuehrer Arthur Nebe zugeschickt, der sich lange auf der Flucht befand, weil er das Stauffenberg Attentat aktiv unterstützt hatte. Diese Sache da in der Wolfsschanze, irgendwann im Sommer.
Ende des Jahres wurde er suedlich von Berlin in einem Dorf aufgegriffen, in dem die dortige Polizei anscheinend nicht das Portrait des Leiters der

deutschen Kriminalpolizei kannte. Welch Ironie!
Er wurde lange von einer Freundin versteckt, doch als sie merkte, er liebe sie nicht, er liebe seine Frau, zu der er im Augenblick aber nicht koenne, verriet sie kurzerhand den Aufenthaltsort von Arthur. Also, niemals ehrlich sein zu Weibern! Zu Frauen schon, aber nicht zu Weibern.
Welch Ironie!
Kurz vor seiner Festnahme hat er mir diesen Brief noch geschickt, weiss der Teufel, wieso.
Nun ist auch er wegen Hochverrats zum Tode verurteilt worden und muss jeden Tag mit seiner Erschiessung rechnen - ausgerechnet in Buchenwald sitzt er ein! Im Sonderlager Fichtenhain. Zeiten sind das, was, Sturmbannfuehrer? Welch Ironie!
Wie ist das Leben in Koenigsberg so? In Berlin ist es nicht gerade eine Freude im Augenblick. Wohne in Moabit, in der Birkenstrasse, immerhin, so dicht neben dem Gefaengnis ist man vor Luftangriffen halbwegs gesichert, halbwegs! Noch eine Ironie!
Bitte vernichten Sie diesen Begleitbrief, ich bin aber ueberzeugt, dass Nebes Erbe bei Ihnen in sehr guten Haenden sein wird.
Ich denke, auf das hier werden Sie gewartet haben, und der heutige Tag, der wird Ihnen, wie ich Sie nun mal kenne, Sturmbannfuehrer, wie Weihnachten vorkommen!
Dann bis spaeter,
...

Doktor Tarnat
Obersturmfuehrer.

Kurt Schmelz zerriss das Papier sofort, legte die Fetzen im Aschenbecher zu einem Häufchen zusammen, zündete es an und sah dem Verbrennen zu, während er kurz über diesen Arthur Nebe sinnierte, der doch offenbar über Jahre hinweg alle zum Narren gehalten haben musste. Was für ein Charakter!

Und während sein Erstaunen einer Dankbarkeit wich, die stetig größer wurde, je mehr Ermittlungsrichter Doktor Kurt Schmelz vom Nebebericht las, vergaß er alles um sich herum und jeden.

Diese Seiten müsse der Chef der Kripo offensichtlich für sich selbst als eine Art Rückversicherung angefertigt haben, meinte Schmelz:

Akte Pohl: Obergruppenfuehrer, Stellvertreter des Reichsfuehrers SS Himmler, war maechtiger als Himmler, bevor Kaltenbrunner auf den Plan trat. Kaltenbrunner jetzt gut fuer Himmler, der jetzt mehrere Quellen hat. Himmler durch Kaltenbrunner nicht mehr von Pohl abhaengig, aber Kaltenbrunner immer bessere Kontakte zum Fuehrer selbst. Pohl kann Kaltenbrunner nicht wie einst Heydrich auf seine Seite ziehen. Kaltenbrunner will alles. – Durch das imposante Reich seiner Verwaltungs- und Wirtschaftsabteilungen, die es im ganzen Reich gibt, erreicht Pohl jeden SS-Mann. Kann jeden die Abhaengigkeit fuehlen lassen und hat genug Mittel, um jeden zu bestechen und trotzdem noch Gewinn zu machen. Jeder SS-Mann ist irgendwie abhaengig von Pohl, wie in einer Einheit alle Schuetzen vom Koch und seinen Extraportionen abhaengig sind. – Er kontrolliert die Kanaele, durch die die Informationen zu Himmler gelangen. Versucht auch, Druck auf Kaltenbrunner auszuueben. Hat diesen Sicherheitsspezialisten noch nicht durchschaut. – De facto sind Pohl alle Konzentrationslager unterstellt. Ihn kuemmert die Reichsgerichtsbarkeit nicht. Straft und foerdert mit eigenem System. – Selbstherrlich. Sieht sich als Fuehrer unter Fuehrern. Nicht als Diener, erst recht nicht als Reichsdiener. Meint sich auf gleicher Ebene mit Himmler und Hitler. – Ihm unterstehen alle W-Betriebe. – Verwendungsfaehige, bewiesene Sachlagen: Hauptwirtschaftslager der SS in Warschau. Fegelein und Fassbaender haben jede Menge Pelzfirmen beschlagnahmt, darunter „Mathan und Apfelbaum", sowie viele Speditionshaeuser. Enorme Summen verdient durch Verkauf in Deutschland. Ein Zehntel ging an Pohl selbst.

Brief Pohls an Koch, nach dessen erster Verhaftung und schnellen Freilassung: „Lieber Karl, vielen Dank fuer die Uebersendung des Keramik-Kunstwerkes aus Buchenwald. Ich freue mich, dass Du so schnell wieder entlassen wurdest, und ich versichere Dir, mich mit der ganzen Fuelle meiner Macht fuer Dich einzusetzen, falls wieder etwas geschehen sollte." – Pohl selbst hat fuer die Freilassung gesorgt. Brief liegt als Abschrift vor. „Keramikkunstwerk" – klare Sache.

Oswald Pohl verschiebt aus dem Konzentrationslager Oranienburg waggonweise Lederwaren, die dort auf seinen Befehl hin hergestellt werden. Die Quelle: V-Mann von Kommissar Corneli.

Im Konzentrationslager Dachau hat Pohl eine Versuchsgaertnerei und eine Lehr- und Versuchskueche, wo allerhand auf die Seite geraeumt wird.

Besonders Lebensmittel und Kaffee. Gleiche Quelle, die auch aussagt, Pohl kommt dort oft mit seinem Privatwagen vorgefahren, um Waren selbst abzuholen. Natuerlich ohne Quittung.
Das WVHA ist aufs Gediegenste ausgestattet. In Pohls Arbeitszimmer haengt links eine Weltkarte in Relief, die aus edelsten Hoelzern der Welt zusammengestellt worden ist. Der Wert, laut Pohl selbst, 140 bis 160 Tausend Reichsmark. Keinem General wuerde so etwas ueber den Reichsetat gewaehrt werden. Herkunft noch unbekannt, kann aber angesichts der Einmaligkeit leicht ermittelt werden, bzw. Werkstatt, in der es hergestellt worden ist.
Das Gut Ravensbrueck pompoes ausgebaut. Millionenbetraege geflossen, die aus den Konzentrationslagern kommen. Dieses Schloss, in dem Pohl residiert, hat im Keller zum Beispiel eine Bar im Schiffsstil. Jeden Abend riesige Feste. Auftrag, heimlich Fotos zu machen, ist erteilt.
Er hat einen Mann samt Buero, der fuer ihn staendig in die Schweiz reist. Dieser Buchhalter, der nicht auf der offiziellen Mitarbeiterliste des WVHA steht, hat sein eigenes Buero in Pohls Etage. Geht's noch bequemer?
Im Konzentrationslager Herzogenbusch sitzen alle Diamantenschleifer von Amsterdam ein und arbeiten fuer ihn. Sie schleifen staendig getragene Brillanten um, die aus anderen Lagern stammen und danach im Ausland verkauft werden. Umfangreiche Depots im Ausland. Gold wird geschmolzen. Der SS-Gruppenfuehrer Berger, nun Herr der besetzten Niederlande, macht mit Oswald Pohl gemeinsame

Sache. Sie teilen sechzig zu vierzig. Schon wie bei der Brigade Dirlewanger. Die beiden sind unersaettlich.
Die Sachwerte aus den Konzentrationslagern sollen ueber Oranienburg an die Reichsbank abgeliefert werden. Pohl kontrolliert das. Was kontrolliert er wirklich? Er hat mehrere Firmen, wozu? Alles geht auf keinen Fall an die Bank, vieles aber an seine Tarnfirmen.
„Aktion Reinhardt". Die Verwertung der Vermoegenswerte der Juden in den Ostgebieten. Gruppenfuehrer Globocznik. Arbeitet selbstaendig, nur Pohl direkt unterstellt. Die Kleider und Schuhe der toten Juden werden systematisch in den Lagern aufgetrennt, weil diese dort ihre Wertsachen (Geld, Wertpapiere, Gold, Brillanten) verstecken. Man sammelt alles, und der letzte Empfaenger ist: Pohl. Daher die Umsiedlung, um ans Vermoegen der Juden zu kommen. Die Rassenfrage ist Quatsch, es geht um das Vermoegen. Pohl steuert „Reinhardt" und ist durch eine seiner Firmen Empfaenger, die nur einen Teil an die Reichsbank weitergibt. Systematische Unterschlagung. Das wird doch immer besser.
„Osti" - „Ostdeutsche Industriegesellschaft". GmbH, die als Aufkaeufer von grossen Vermoegenswerten und eroberten Objekten (Fabriken, etc.) fungiert. Pohls Amt macht fast nur Geschaefte mit der „Osti", in deren Aufsichtsrat seine Strohmaenner sitzen. Die „Osti" gehoert ihm. Er streicht Gewinne ein, die dem Reich gehoeren. Eine Fabrik fuer Soldatenstiefel, die sich in Dresden befindet, hat Karl Koch von der „Osti" gekauft. Verkaufspreis: zweiund-zwanzigtausend Reichsmark! Viel zu

gering! Stiefel fuer Soldaten! Der Staat ist doch noch immer der treueste Geschaeftskunde, denn er bezahlt seine Rechnungen immer.

Wer kennt die Zukunft, und wer glaubt nur, sie zu kennen? – Nicht das Wort ist im Anfang, das Schweigen ist es, das wissende Schweigen, welches vom Tod uebriggeblieben ist.

Akte Kaltenbrunner: Obergruppenfuehrer, Stellvertreter des Reichsfuehrers SS Himmler, haelt sich im ‚Salon Britta' zwei feste Huren, obwohl verheiratet, drei Kinder. Er nennt die Huren Max und Moritz, sich selbst nennt er Vater Busch. Helena Schwertfeger (Max) ist zu einem Achtel Juedin, Traude Koschy (Moritz) ist morphiumabhaengig. Er hat dort ein eigenes Zimmer, das sogenannte Tante Bolte Zimmer, das er monatlich im Voraus bezahlt. Recherche hat ergeben, die Rechnung wird vom Spesenkonto des RSHA beglichen; Vorgang XP-03834: Kaltenbrunner verschwendet somit Steuergeld.
Vorlieben: Franzoesischer(!) Champagner(!) mit russischem(!) Wodka(!), und Sex, bei der die Frau Miauen und Schnurren soll.
Kaltenbrunner hat keinerlei Fronterfahrung, was ihm zu schaffen macht. Er glaubt, ohne Fronterfahrungen nicht ernst genommen zu werden. Das ist seine Schwaeche.
Sehr intrigante Sau, mein lieber Herr Vorgesetzter. Man muss immer auf der Hut sein und immer den Trottel spielen.
Auch Himmler hat Schiss vor ihm. Habe ich bei einer Besprechung bemerkt, in der Kaltenbrunner sagte,

er koenne auch direkt zum Fuehrer gehen, ihm sei das gleich.
Charakterloser Mensch, weil jemand, der seinen Charakter wie einen Motor ausstellen kann, sobald er am Schreibtisch sitzt, ja erst gar keinen haben kann.
Wochenlang beobachtet, doch nie einen Zug offenbart. Wenn Gestapomueller ihn umschmeichelt, nickt er nur, wenn Himmler ihn anbruellt, nickt er nur, wenn Pohl ihn provoziert, nickt er nur, und wird er vor eine Entscheidung gestellt, weicht er erst immer mit einem sueffisanten Laecheln und der Floskel „Ich moechte lieber nicht" aus, was stets allgemeine Heiterkeit hervorbringt. Zumal er dabei mit oesterreichischem Akzent spricht.
Herkunft der Floskel: Sie stammt aus der Literatur des Feindes(!), gewisser Melville laesst sie staendig von einem einfachen Bueroangestellten aussprechen, der sich von heute auf morgen allem verweigert und so das ganze Amt ins Chaos stuerzt(!). Frechheit!
Fanatiker, der sein Leben pragmatisch nach dem Wohl und Sinn des Fuehrers ausrichtet. Als die Gleichberechtigung in Oesterreich stetig zugenommen hat, der Sprachenstreit offen ausbrach, in den Aemtern und im Bildungswesen staendig um Posten gekaempft wurde, hat sich in Kaltenbrunner, der aus der Mittelschicht kommt, eine heftige Sehnsucht ausgeloest, Oesterreich moege sich an das Deutsche Reich binden und alle Menschen deutscher Rasse moegen sich vereinigen.
Kaltenbrunner traeumte schon von Kindesbeinen an von einem Grossdeutschen Reich. Visionaer. Und

Visionaere, die es an die Hebel der Macht schaffen, sind gemeingefaehrlich und oft undurchschaubar. An Kaltenbrunner kann deutlich gesehen werden, Judenhass ist eine Erfindung aus Oesterreich, die nach Deutschland geschwappt ist. Meine Meinung. Alle kleinen Nationen muessen sich scheinbar mit Hass auf andere Erleichterung verschaffen. Meine Meinung.

Britische Spione haben das deutsche Gedankengut doch so nur vergiftet, um spaeter einen Kriegsgrund zu haben. Nur wer weiss, dass er immer und staendig von Feinden belauert ist, der weiss ueberhaupt etwas vom Leben.

Vorsicht daher geboten vor zu vielen Oesterreichern und anderen Kleingeistern in der Machtzentrale! Reichshauptstadt vor schleichender Invasion schuetzen! Ueberhaupt sollten in Berlin nur Preussen sein! Meine Meinung.

Kaltenbrunners Vater war achtzehnhundertdreiundneunzig bis achtundneunzig aktives Mitglied der studentischen Burschenschaft ‚Arminia', die schon damals Juden die Mitgliedschaft verweigerte und offen die Politik des Hitlervordenkers von Schoenerer unterstuetzte. In dieser Vereinigung kam es auf Haerte gegen sich selbst an. Arroganz gegen in ihren Augen unwuerdige Menschen galt als Tugend. Der Vater, fuer damalige Verhaeltnisse wohlhabend, beschraenkte den Umgang mit Juden auf die Arbeit als Rechtsanwalt und war erbost, als Ernst Kaltenbrunner am Schulgottesdienst als Messdiener teilnahm. Denn den Deutschnationalen, die den Anschluss verfochten, war auch der Katholizismus ein Dom im Auge. Alles, was der Religion „Deutschtum" schaden konnte, war in ihren Augen falsch. Vater Kaltenbrunner brauchte nicht lange Sorge zu haben, denn schon im Realgymnasium war Ernst Mitglied der antiklerikalen Schuelerverbindung „Hohenstaufen". Er machte sich dort schnell einen Namen, weil er viel mehr als nur Mitlaeufer war. Sein Vater war stolz auf ihn, was sich noch steigerte, als Sohn Ernst in Graz Jura studierte und in die gleiche Verbindung wie er selbst eintrat und in ihr erst oertlicher und spaeter ueberoertlicher Studentenschaftsvertreter wurde. Als solcher organisierte er schon damals Demonstrationen und Boykotts gegen juedische Studenten und Professoren, aber auch Aktionen gegen die katholische Verbindung „Carolina".

Ernst Kaltenbrunner verweist zu jeder Gelegenheit stolz darauf, schon fruehzeitig nichtdeutsche Interessen nicht nur angeprangert sondern nachhaltig bekaempft zu haben. Parteieintritt neunzehnhundertdreissig. Eintritt in die SS einunddreissig. Der Partei blieb er auch in der Verbotszeit treu, wurde danach Staatssekretaer fuer das Sicherheitswesen, weil er wie kein anderer geeignet schien, die politischen Stroemungen richtig zu deuten und diese Deutungen sogleich in den Dienst der Partei zu stellen.

Immer verstand er es, eigene Karrierewuensche mit dem offiziellen Parteikurs zu koordinieren. Hoeherer SS- und Polizeifuehrer in Wien war er von achtunddreissig bis dreiundvierzig, und am dreissigsten Januar dreiundvierzig wurde er Nachfolger von Heydrich, was ihn zu einem der einflussreichsten Maenner des Deutschen Reiches machte.

Kaltenbrunner ist fuer alle Sicherheitsfragen verantwortlich: Geheimpolizei, Kriminalpolizei, Spionage, Spionageabwehr. Sicherheitsfragen der KL. Seine Unterschrift entscheidet ueber mehr Leben als der gesamte Russlandfeldzug.
Daher: Selbst ein Pohl kann sich nicht sicher vor Kaltenbrunner fuehlen und ist es auch nicht.
Kaltenbrunner gilt als vorzueglicher Nachrichtendienstler, der freigiebig jene Maenner, von denen er sich etwas verspricht, mit Nachrichten aus erster Hand versorgt. Clever! Die Anderen kommen zu spaet, und wer spaet kommt, der muss die Zeche zahlen. Somit bestimmt Kaltenbrunner immer den Kurs mit.
Als er in Berlin ankam, verschaffte er sich aus dem Stand einen direkten Weg zu Hitler ueber Bormann, Schellenberg, Hewel, spaeter sogar ueber Himmlers eigenen Verbindungsmann Fegelein.
Wird haeufig und immer wieder direkt zu Hitler befohlen. Daher hat selbst Himmler vor Kaltenbrunner Schiss bis zum Stehkragen: Himmler in staendiger Sorge, Ernst Kaltenbrunner koenne ihm etwas vorenthalten.

Auch Himmler muss heute Angst vor diesem geuebten Intriganten haben, aber Pohl mit diesem Schmelz wirklich abzuschiessen, ist das nicht trotzdem eine Nummer zu gross? Ein Versuch ist es aber wert, schliesslich, ein solch studierter Trottel mehr oder weniger, das ist ja auch egal, und solange der Erbprinz den Kopf hinhaelt! Na, haben sich ja zwei Volltrottel gefunden, der Prinz, der glaubt, etwas darzustellen, und der Richter, der glaubt,

etwas zu erreichen, aber des Menschen Wille ist ja bekanntlich sein Himmelreich. Lass sie machen, immer lass sie machen. Ich lach mich derweil tot! Nur schade um Tarnat, den ich wegschicken musste.

Ach ja, dachte Schmelz, während er die Papiere sofort in einen der Koffer räumte, die bereits gepackt waren und in der Ecke neben der Bürotür standen: Ach ja, Nebe, ich bin also ein Trottel? Und wer sitzt nun in Buchenwald fest, weil er irgendwas falsch gemacht hat? – Aber ich danke dir! Danke dir von ganzem Herzen! Wenn auch nur zwei oder drei der KZ Geschichten stimmen, die hier gegen Pohl aufgelistet sind, dann ist alles in Butter. Dann bin ich zurück, größer und mächtiger als je zuvor! Jetzt habe ich nicht nur eine Akte Pohl, jetzt habe ich sogar auch eine Akte Kaltenbrunner! – Schmelz, alter Junge, wenn sich das alles als wahr herausstellt, dann gibt es nichts mehr, was dich aufhalten kann! Dann gibt es gar nichts mehr. Höchstens eine totale Kapitulation, aber wie soll die zustande kommen? – Klar, als Goebbels im Sportpalast geschrien hat, wollt ihr den totalen Krieg, da hat er auch die totale Niederlage gemeint, denn schließlich ist auch sie ja Teil des Krieges, und eigentlich hat er also gebrüllt: Wollt ihr die totale Niederlage? Vielleicht, aber nicht heute! Nicht heute und nicht jetzt! Erst einmal wird noch ein wenig gekämpft. – Danke, Nebe, für diese neue Munition, ich danke dir!

Der Ermittlungsrichter stand erneut auf, holte die beiden Personalakten noch einmal aus dem Koffer, trennte sie, legte die über Kaltenbrunner wieder zurück und studierte die über Oswald Pohl aufs Genaueste, wofür er sich einen ganzen Tag Zeit nahm.

Und die Folgetage verbrachte er damit, die Fakten der Akte zu kontrollieren, so gut es von Königsberg aus ging, doch schon am vierten Tag nach dem Eingang des Briefes musste das Gerichtsgebäude am einunddreißigsten Januar fünfundvierzig als letztes Haus der Stadt Königsberg von einer Stunde auf die andere geräumt werden. Schmelz rannte mit seinen beiden Koffern die Treppe hinunter, gelangte auf die Straße, als Fenster splitterten und Hausmauern zusammenbrachen. Er schaffte es gerade noch, die Koffer auf einen anfahrenden Lkw zu werfen und sich ebenfalls auf ihn zu hieven. Drei Kameraden halfen ihm dabei, und während sie alle zurückschauten und zusahen, wie die Stadt von Bombenangriffen zerstört wurde, bereitete Ermittlungsrichter Doktor Kurt Schmelz in Gedanken einen Strafantrag gegen Obergruppenführer Oswald Pohl vor, dem ersten Stellvertreter des Reichsführers.

Als Schmelz im Flugzeug saß, das als letztes die Stadt verließ, in das er es nur dank seiner Uniform noch hineingeschafft hatte, skizzierte er auf einem Stück Papier, das er sich auf die Knie gelegt hatte, den Strafantrag gegen Pohl, wobei er dessen Name mit einem P abkürzte.

Neben ihm saß ein Verletzter, aus dessen verbundener Wunde ständig Blut aufs Papier tropfte, aber Schmelz bekam das gar nicht so richtig mit. Er war wie besessen, und er fühlte sich wie beim Anlauf zum großen, zum ganz großen Wurf, dabei war doch gerade die letzte deutsche Offensive in den Ardennen gescheitert. Die Alliierten warfen über Berlin im Februar fünfundvierzig dreitausend Bomben ab, die Wehrmacht verließ Belgien, die Briten starteten eine Offensive am Niederrhein, Budapest fiel, im nichtbesetzten Deutschland wurden die Lebensmittelrationen noch einmal um elf Prozent gekürzt, die britische Armee stand schon am Rhein, die Rote Armee erreichte in Pommern die Ostsee und Mitte Februar legten britische und kanadische Luftangriffe in drei Wellen die sächsische Hauptstadt in Schutt und Asche. Im Schutze der Kulturdenkmäler Dresdens hatten sich Zehntausende von Flüchtlingen sicher gefühlt, als Feuerstürme, ausgelöst durch Hunderte Tonnen von Bomben, in der Stadt ausbrachen und knapp zweihunderttausend Menschen töteten.

Im März fünfundvierzig reichte Kurt Schmelz von Böhmen aus beim SS Hauptgericht Berlin den Strafantrag gegen Obergruppenführer Pohl, Chef des Verwaltungs- und Wirtschaftshauptamtes, wegen Verdachts auf Untreue und Anstiftung zur Untreue ein, als wären die Amerikaner nicht an Rhein, Mosel und Maas, die Sowjets nicht vor Wien und die Franzosen nicht in Baden.

Der Anführer der Deutschen gab zwar noch im März den Nerobefehl, alle deutschen Städte und Industrieanlagen seien vor der Eroberung durch die Alliierten niederzubrennen, jedoch gelang es seinen Stellvertretern, diesen Befehl zu unterlaufen, und Kurt Schmelz wurde im April fünfundvierzig mitgeteilt, der Strafantrag gegen Pohl werde aus Gründen der Überlastung abgelehnt.

Sturmbannführer Doktor Kurt Schmelz irrte den ganzen April in Böhmen umher, während Berlin von der Roten Armee eingeschlossen war, die Briten an der Elbe standen, Mussolini erschossen wurde und der Anführer der Deutschen sich tötete.

Die beiden Koffer wie seinen Augapfel bewachend, hielt sich Schmelz weiter in Böhmen auf, ehe er sich zum Monatsende hin tschechischen Truppen ergab, die ihn beim Anblick seiner Schulterstücke erst einmal zusammenschlugen, ehe sie fragten, wer er sei und wie sein Name laute.

Er hätte sich diese verdammten Schulterstücke abreißen sollen! Er hätte nicht so ein Idiot sein sollen! Doktor Kurt Schmelz tastete über das geschwollene Gesicht und schalt sich einen Narren, sich nicht einfach die Uniform eines Sturmmanns genommen zu haben, die eines jener armen Teufel, die doch überall tot in den Wäldern gelegen hatten. Erst jetzt kam er aus dem Schockzustand heraus, in dem er sich befunden hatte, nachdem er erfahren hatte, dass der Strafantrag gegen Pohl abgelehnt worden war, und erst jetzt blickte er sich um und fand sich in der Gefangenschaft wieder. Es habe wohl der Schläge bedurft, meinte er, um aufzuwachen und zu erkennen, wie knapp er in den letzten Kriegstagen dem Tod entgangen sei, wie knapp und wie oft.

Kinder und Betrunkene kommen nicht unter die Räder, dachte er: Aber betrunken bin ich ja gar nicht.

Die Tschechen nahmen ihm die Koffer ab, obwohl er darauf drängte, sie behalten zu dürfen, und während er in eines der Kriegsgefangenenlager gebracht wurde, in dem sich nur hochgestellte Nazigrößen befanden, verschwanden die beiden Koffer mit dem Beweismaterial gegen Pohl und andere für immer. Die ganze Arbeit der letzten zwei Jahre! Schmelz hockte im Gefangenenlager, hielt sich abseits der anderen, mischte sich nie in Gespräche ein und trauerte immer wieder um seine verlorenen Arbeitsergebnisse, während sich zur gleichen Zeit der Erbprinz zu Waldeck Pymont, der mittlerweile vom Konzentrationslager Buchenwald aus die Verteidigung des Wehrkreises neun organisierte, den Häftling Koch vorführen ließ und dessen Todesurteil Ende April fünfundvierzig eigenhändig vollstreckte. Der Obergruppenführer erschoss den ehemaligen Kommandanten des Lagers, in dem dieser so grausam gewütet hatte, kurz bevor die Dritte US Armee das Lager befreite und Deutschland nach dem Selbstmord seines Anführers Anfang Mai endlich kapitulierte. Am siebten Mai fünfundvierzig befand das Deutsche Reich sich mit vierundfünfzig Ländern im Kriegszustand. Einen Tag später kam der Befehl zur Einstellung aller Kampfhandlungen, und in Europa kam es den Menschen vor, als wären diese sechs Kriegsjahre tausend Schreckensjahre gewesen. Doch schon am vierzehnten Mai fünfundvierzig öffneten in Flensburg und Schleswig die Banken und Sparkassen wieder ihre Schalter.

Dem alten Körper, dem die Abtrennung zur Umwelt abgefault war, diesem alten Körper, dem die Verbindung zwischen Verstand und Umgebung abgerissen war, dem alten Körper, dem die Fähigkeit zum Fühlen nun ganz und gar verloren gegangen war und der auch zum Sehen, Riechen und Schmecken nicht mehr taugte, dieser alte Körper also, der nun nur noch aus einem Nichts bestand, von dem sich der Wundbrand immer weiter nährte, dieser Körper, vom eigenen Willen der Hülle beraubt, zerfiel. Er löste sich auf in all seine Bestandteile, und ohne die verbindende Haut wurde er zum Fraß für den Wundbrand, an dem im Ersten Weltkrieg mehr Soldaten gestorben waren als an den Wunden selbst. Doktor Kurt Schmelz hatte begriffen.

Das Glas war umgestoßen. Die Neige verrann.

Anna sah von der Tür aus das nackte Fleisch feucht glänzen. Sie fröstelte in Hut, Mantel und Schal.

Sie war doch nur achtundvierzig Stunden fort gewesen! Doch viel länger auf keinen Fall! Doch nur drei Kännchen Kaffee im Bahnhofsrestaurant, doch nur eine einzige Übernachtung im Bahnhofshotel. Sie war doch nur einige Tagträume lang am Meer gewesen, am blauen.

Noch immer hielt sie den verbrauchten Koffer in der Hand, der ihr die Schulter nach unten zog. Sie stand auf der Schwelle zum Schlafzimmer, in dem es bestialisch stank, und schnell taute der Schnee auf der Kleidung und zerrann als Wasser zwischen den Dielen.

Zwei Tage, sie hatte sich doch nur zwei Tage Erholungstraum erlaubt, zwei Tage auf einer grünen Insel mit goldfarbenem Strand inmitten der blauen See und unter schneeweißen Wölkchen.

Schließlich rutschte ihr der feuchte Ledergriff aus der Hand, polternd schlug der Koffer auf das Holz der Türschwelle und kippte um. Anna zuckte heftig zusammen, erwachte aus einer Art Starre, rief den Namen ihres Mannes, doch viel zu leise.

Nein, sie wollte jetzt lieber nicht gehört werden, nein, er sollte sie nicht hören. Nicht jetzt.

Sie ging in die Küche, sie schaltete die große Herdplatte an, sie wunderte sich, warum ihr die Handgriffe so schwer fielen, einen Topf aus dem Schrank zu nehmen, Wasser in ihn laufen zu lassen, ihn auf die Herdplatte zu stellen, einen Teebeutel aus der Papierschachtel zu fingern, ihn in eines der dickbäuchigen Gläser zu legen, ohne dass das Etikett ebenfalls hineinfiel, all diese alltäglichen Handgriffe, tausendmal gemacht, Tausende und Abertausende Male, wie schwer sie ihr doch jetzt fielen, wunderte sich Anna, ehe sie sich auf die Hände konzentrierte, die doch noch immer in den alten Lederhandschuhen steckten.

Kein Wunder.

Heute Abend kein Wunder.

Sie streifte die Handschuhe ab, sie legte sie übereinander auf den Küchentisch, ganz an den Rand, und als das Wasser sprudelte, nahm sie den Topf vom Herd, schaltete die Platte aus, und beim Eingießen des Wassers ins Glas rutschte ihr dann doch das Stückchen Papier mit hinein ins Kochende!

Wie so oft!

Wie oft war ihr das nicht schon passiert. Sie ließ den Griff des Topfes los, der Topf fiel polternd auf die Bodenfliesen, und Anna begriff, sie müsse jetzt etwas sagen, sie müsse jetzt von der Stimme Gebrauch machen, andernfalls könne es sein, sie werde verrückt. Anna verstand, sie müsse sich jetzt selbst hören. Sofort.

Ihre Finger bewegten sich über die Tastatur des Telefons, es tutete, es tutete Mal um Mal. Es tutete lange Minuten hindurch, sie setzte sich auf den Stuhl im Flur, der neben dem Telefontisch stand, sie hörte es tuten, und sie sah das viele Blut zu ihren Füßen. Getrocknete Pfützen. Schmale Rinnsale. Sie sah es an den Spiegel geschmiert, sie sah vergilbte Blätter vor der Wohnungstür, auf denen sich blutgetränkte Fingerabdrücke fanden, und überall waren diese kleineren Fetzen alter, sich bereits krümmender Haut, und ganze Streifen dieser Haut befanden sich auf den Dielen, diese Haut, die sie sooft gestreichelt hatte, von der sie jeden Zentimeter kannte, diese Haut, die nun tot im schummrigen Flur lag, abgestorben. Weggeworfen. Liegengelassen.

„Hallo?“

„Paul!“

„Anna?“

„Paul!“

„Weißt du, wie spät es ist?“

„Nein.“

„Nein? – Warum rufst du an?“

„Ich musste meine Stimme hören.“

„Was?“

„Ich glaube, ich werde verrückt.“

„Das glaube ich auch, weißt du nun, wie spät es ist?“

„Nein. – Paul?“

„Ja?“

„Komm her, Paul.“

„Jetzt?“

„Ja, Paul. – Es ist etwas Schreckliches geschehen, Paul.“

„Was?“

„Schreckliches ist hier geschehen, Paul."
„Gut, Anna, ich komme."
„Paul?"
„Ja?"
„Danke!"
„Danke mir nicht! Bedanke dich nicht immer. Immer bedankst du dich, Anna."
„Ja."
„Wir sind Geschwister, ob wir nun wollen oder nicht."
„Ja, Paul."

Sie legte den Hörer auf die Tischplatte und ging zurück in die Küche. Nur weg, sie wollte nur weg aus diesem Flur, nur weg.

Das Etikett des Teebeutels hatte sich aufgelöst. Sie behielt den Faden zwischen Daumen und Zeigefinger, sie hörte eine Krähe krächzen, und sie wusste erst nicht, wohin mit dem nassen Beutel. Wohin damit?

Wohin nur mit ihr?

Wie sollte sie in der Finsternis nur etwas sehen können? Diese dicken, schwarzen Vorhänge, die sich vor den Sternen befanden. Hier, dachte sie und stellte das Glas auf den Nachttisch, der sich rechts vom Ehebett befand: Hier, Kurt, dein Tee.

Sie blieb erst einmal stehen, der Tür wieder näher als dem Bett. Wie konnte so etwas passieren? Die Augen waren ihm ja offen, die Pupillen aber standen fest. Sie waren nicht glasig, es fehlten den Augen eben nur die Lider. Die Lider, die lagen ja im Flur.

Und dem Mund fehlten eben nur die Lippen. Die Lippen, die lagen ja vor dem Spiegel.

Und dem Kopf fehlte eben nur das Gesicht. Das Gesicht, aber wo das geblieben war?

Nein, er war nicht tot, er konnte ja noch gar nicht gestorben sein, sie hatte ihm doch Tee gemacht, sie hatte ihm doch extra einen Tee gekocht, so egoistisch würde er doch niemals sein.

Anna hielt den Atem an, sie lauschte, sie lauschte konzentrierter, und sie hörte den anderen Atem. Sie hörte den Anderen atmen.

Sie hörte ihn röcheln. Ein Röcheln, ehe sie deutlich ihren Namen hörte.

„Ja“, sagte sie.

Er regte sich, Kurt regte sich irgendwie, wobei er unter Qualen stöhnte, ihr Mann kam zu Sinnen, vielleicht zum letzten Mal? Waren dies die letzten Momente der Klarheit? Jene Momente, welche den Sterbenden doch stets vom Tod gestattet werden? Sie trat einen Schritt auf Kurt zu, und er brachte es fertig, die Augen in ihre Richtung zu bringen, sie mit dem Blick festzuhalten, während sie den Schein der Flurlampe im Rücken hatte.

Jetzt musste sie doch näher herantreten, sie musste sich sogar auf dieses Bett setzen, vor dem sie sich so ekelte. Ein Sud aus Körperflüssigkeiten, der nicht mehr in Laken und Matratze eindringen konnte, weil diese schon völlig durchgeweicht waren, stellte Anna fest.

Sie stand vom Bettrand auf, ließ nach kurzer Überlegung den Tee stehen, der doch schon kalt geworden sein musste, und ging zur Schwelle, wo sie sich noch einmal umdrehte. Nein, sie war froh, die Tür zu dieser stinkenden Gruft schließen zu können. Anna war froh, und sie schloss die Tür auch, leise und mit langsam nachlassendem Druck auf die Klinke; wie in all den Jahren zuvor.

EPILOG

Doktor Kurt Schmelz wurde im Nürnberger Hauptkriegsverbrecherprozess Zeuge der Verteidigung und in den Nachfolgeprozessen Zeuge der Anklage. Er sagte in den Nürnberger Prozessen aber auch im Auschwitz Prozess detailliert über die Struktur der Waffen SS aus, über das Netz der Konzentrationslager und auch über den Aufbau des Rechtssystems im Nazireich.

Er galt bei den Alliierten als zuverlässiger Zeuge, und kurz nach den Prozessen wurde er in seiner Heimatstadt Frankfurt am Main Notar und Rechtsanwalt. Unter anderem Namen gab es diesen Mann wirklich, der einsam im Februar des Jahres zweiundachtzig im hessischen Frankfurt verstarb.

In einem der Nürnberger Prozesse wurde auch der Erbprinz zu Waldeck Pymont angeklagt und zu zwanzig Jahren Haft verurteilt. Außerdem wurde sein gesamtes Vermögen eingezogen.

Jedoch kam er wenige Jahre später frei, und bald darauf gelang es ihm auch, sich das Vermögen zurückzuholen. Es ging das Gerücht, er habe gedroht, ähnlich wie einst die pommersche Sidonia von Borcke einen Fluch auszustoßen, deren Vermögen der Landeskasse zugeführt worden war, nachdem sie als Hexe verbrannt worden war. Ein Fluch, der mitten im Dreißigjährigen Krieg das Ende des pommerschen Herzogsgeschlechts eingeleitet hatte. Doch dieses Gerücht hielt sich nur einige Tage.

In Nürnberg wurde Ernst Kaltenbrunner zum Tode verurteilt, und in einem späteren Prozess auch Oswald Pohl, wobei Schmelz weder als Ermittelnder noch als Zeuge auftrat. Doktor Kurt Schmelz griff nicht noch einmal in die Weltgeschichte ein. Neue Leute fanden sich, jüngere.

Auch Waldemar Hoven wurde zum Tode verurteilt, jedoch nicht die ‚Hexe von Buchenwald'.

Ilse Koch lebte unbehelligt in Ludwigsburg bei Stuttgart. Sie führte ein ausschweifendes Leben. Tag und Nacht trank sie. Oft blieb sie tagelang weg, ohne sich um die Kinder zu kümmern. Sie brachte Männer mit nach Hause, und eine Vermieterin nach der anderen setzte sie vor die Tür, wobei die Begründung immer die gleiche war. Sie habe das Zimmer in ein Bordell verwandelt, sie sei eine Hure.

INHALT

Dank S. U.'s Mutter.

Der Verfasser dankt Karsten Raabe, der im Sommer 2003 auf Originalakten zum hier erzählten Fall stieß, ihn darauf aufmerksam machte und in den letzten Jahren den historischen Hintergrund der Romanfigur Doktor Kurt Schmelz recherchiert hat. Karsten Raabe, 1960 in Leipzig geboren, hat Wirtschaftsgeschichte studiert und über das Dritte Reich gearbeitet.

friktion 16

Erste Auflage 2009

Göhrener Str. 7, 10437 Berlin, info@matthes-seitz-berlin.de

www.matthes-seitz-berlin.de

Umschlaggestaltung und Illustration: Falk Nordmann, Berlin
Gestaltung und Satz: Tropen Studios, Leipzig
Druck und Bindung: CPI Moravia, Czech Republic

ISBN 978-3-88221-744-5